Lisa Unger

# Das makellose Mädchen

Weitere Titel der Autorin:

Die treue Freundin
Die folgsame Tochter

**Über die Autorin:**

Lisa Unger ist eine amerikanische Bestsellerautorin, deren Romane in ihrem Heimatland vielfach begeistert besprochen wurden. Auch international kann die Autorin mit ihren Thrillern große Erfolge verzeichnen, ihre Bücher erscheinen in 26 Sprachen, werden millionenfach gelesen und wurden bereits mit zahlreichen Preisen ausgezeichnet. Lisa Unger lebt mit ihrer Familie an der Westküste Floridas.

LISA UNGER

# DAS MAKELLOSE MÄDCHEN

thriller

*Aus dem Amerikanischen von Anke Angela Grube*

lübbe

Die Bastei Lübbe AG verfolgt eine nachhaltige Buchproduktion. Wir verwenden Papiere aus nachhaltiger Forstwirtschaft und verzichten darauf, Bücher einzeln in Folie zu verpacken. Wir stellen unsere Bücher in Deutschland und Europa (EU) her und arbeiten mit den Druckereien kontinuierlich an einer positiven Ökobilanz.

FSC www.fsc.org
MIX
Papier | Fördert gute Waldnutzung
FSC® C014496

Dieser Titel ist auch als E-Book erschienen

Vollständige Taschenbuchausgabe

Deutsche Erstausgabe


Titel der amerikanischen Originalausgabe: »Last Girl Ghosted«
Originalverlag: Park Row Books, New York

Dieses Werk wurde vermittelt durch die
Literarische Agentur Thomas Schlück GmbH, 30161 Hannover.


Textredaktion: Anne Fröhlich, Bremen
Einband-/Umschlagmotiv: © Magdalena Wasiczek / Trevillion Images
Umschlaggestaltung: Manuela Städele-Monverde
Satz: Dörlemann Satz, Lemförde
Gesetzt aus der Quadraat und Quadraat Sans
Druck und Verarbeitung: GGP Media GmbH, Pößneck
Printed in Germany
ISBN 978-3-404-18900-7

2 4 5 3 1

Sie finden uns im Internet unter luebbe.de
Bitte beachten Sie auch: lesejury.de

Für Jennifer Manfrey
Weil du absolut beinhart bist, und wenn ich eine Leiche
loswerden müsste, würde ich zuerst dich anrufen.

# TEIL I
# GHOSTED

Zufälle sind die Menschen, Stimmen, Stücke,
Alltage, Ängste, viele kleine Glücke,
verkleidet schon als Kinder, eingemummt,
als Masken mündig, als Gesicht – verstummt.

*Rainer Maria Rilke*

# Prolog
# MIA

*Mia Thorpe fuhr auf einer gewundenen Straße, die sich lang und dunkel vor ihr erstreckte. Mit Unterbrechungen war sie jetzt seit zwei Tagen unterwegs, ihr Körper war steif vom langen Sitzen und ihre Augen waren müde. Gestern hatte sie in einem Motel übernachtet, hatte unruhig geschlafen und halb auf eine Nachricht von Raife gewartet, die nicht kam.* Mach dir keine Sorgen, wenn du nichts von mir hörst, *hatte er gesagt.* Das Mobilfunknetz ist lückenhaft. Folge einfach der Wegbeschreibung. Ich werde da sein, wenn du kommst.

*Sie glaubte ihm. Sie vertraute ihm. Ja, wirklich.*

*Im Motelzimmer, wo es nach Zigarettenqualm und scharfen Reinigungsmitteln roch, hatte sie auf einer harten, unbequemen Matratze gelegen. Jedes Mal, wenn sie gerade eingeschlafen war, fiel das Scheinwerferlicht eines vorbeifahrenden Autos durch die dünnen Vorhänge, bewegte sich über die Wand neben ihrem Bett und weckte sie auf. Vermutlich hatte sie nicht mal zwei Stunden am Stück geschlafen.*

*Noch vor Sonnenaufgang war sie wieder unterwegs gewesen.*

*»Ich glaube, ich liebe ihn, Mama«, sagte sie laut. Ihre Mutter war schon lange tot, aber Mia war sicher, dass sie sie trotzdem hörte.*

*Als Mia sechs Jahre alt war, wollte sie ihren Namen in Prinzessin Regenbogen ändern. Sie wusste, dass es möglich war, seinen Namen zu ändern, weil ihr Vater ihr erklärt hatte, sie könne sich nennen, wie sie wolle, wenn sie erwachsen sei.* Aber solange du mein kleines Mädchen bist, möchte ich, dass du den Namen behältst, den Mama und ich dir gegeben haben. *Ein Name sei wie ein Geschenk, hatte er gesagt.* Wir haben lange darüber nachgedacht und uns einen Namen ausgesucht, der so schön ist wie du selbst. Mia Belle Thorpe. Und ist Belle nicht ein Prinzessinnenname?

Das stimmte. Aber es gab drei weitere Mias in ihrer Klasse und noch eine Belle. Und eine Bella und eine Isabella, die Izzy genannt werden wollte. Mia Belle Thorpe war nicht wie die rothaarige Mia, die immer unglücklich an ihrem Pult saß und ständig weinte. Sie war auch nicht wie die Mia, die gut rechnen konnte und deren Hand hochschoss wie eine Rakete, wenn eine Aufgabe an der Tafel gelöst werden sollte. Und sie war eindeutig nicht wie die schüchterne, blasse Mia, die nie etwas sagte und in der Schule häufig fehlte.

Sie war Mia, sie selbst. Sie wollte nicht eine von vier Mias im Klassenzimmer sein. Um Verwechslungen zu vermeiden, war die Lehrerin dazu übergegangen, alle Mias mit Vor- und Nachnamen anzusprechen. Mia Thorpe. Das hatte Mia gehasst. Sie hätte nicht sagen können, warum eigentlich.

Vielleicht hatte es damals angefangen, diese Vorstellung, auf ihrem »Besonders-Sein« bestehen zu müssen.

Ihre Mutter hatte ihr immer versichert, dass sie etwas ganz Besonderes sei. Hübsch, klug, ein echter Sonnenschein. Niemand ist wie du, kleiner Stern. Du bist mein besonderes Kind. Aber wie konnte das wahr sein, wenn es allein in ihrer Klasse drei weitere Mias gab? Aber Mia Belle Thorpe war ganz sicher, dass niemand sonst auf der Welt Prinzessin Regenbogen hieß.

Ungefähr zu dieser Zeit hatte sie entdeckt, was für eine wilde Freude es ihr bereitete, im Zorn Türen hinter sich zuzuknallen. Der Streit war entbrannt, nachdem sie beim Nachmittagssnack aufgezählt hatte, wie viele Male sie sich an diesem Tag wieder darüber geärgert hatte, denselben Namen zu haben wie drei andere Mädchen in der Klasse. Ihre Mutter hatte die Auseinandersetzung mit den Worten beendet: Mia Bella Thorpe, Ende der Diskussion. Du wirst deinen Namen nicht in Prinzessin Regenbogen ändern. Und jetzt geh und mach deine Hausaufgaben.

Mia war die Treppe hochgestürmt und hatte die Tür so heftig zugeknallt, wie sie konnte. Es schien ihr, als würde das ganze Haus wackeln. Sie warf sich weinend aufs Bett. Irgendwann war sie eingeschlafen, und als sie aufwachte, dämmerte es bereits, in ihr Zimmer drang ein ungewohnt graues Licht.

Es gab selten Streit zwischen ihr und ihrer Mutter. Mia war oft wütend auf ihren Vater, weil er sie herumkommandierte oder versuchte, ihr bei den Mathe-Aufgaben zu helfen, obwohl er überhaupt keine Ahnung davon hatte. Doch ihre Mutter war sanft und lieb, schlug ihr selten etwas ab, wusste immer, wie etwas wieder in Ordnung zu bringen war, und duftete nach Blumen. Und als Mia aufwachte, tat es ihr leid, dass sie davongestürmt war und so heftig mit der Tür geknallt hatte.

Im Haus war es still, als sie ihr Zimmer verließ, was ihr komisch vorkam. Normalerweise konnte sie ihre Mutter in der Küche hören – sie kochte, telefonierte mit einer Freundin oder hörte Radio, während sie das Essen zubereitete. Es gab immer alle möglichen vertrauten Geräusche im Haus. Diese Stille war ungewohnt.

Mia schlich die Treppe hinunter. Es war immer einfach, sich bei ihrer Mutter zu entschuldigen, die sie dann umarmen und ihr freundlich erklären würde, warum es nicht so laufen konnte, wie Mia es gern hätte. Es würde irgendeinen Trost geben – einen Keks vielleicht oder ein Zugeständnis bei irgendeinem strittigen Punkt.

Doch als Mia die Küche betrat, lag ihre Mutter auf dem Fußboden. Eine ihrer kleinen roten Samtpantoffeln war ihr vom Fuß gerutscht. Sie sah aus, als würde sie schlafen.

Mama, sagte Mia und setzte sich neben sie. Mama, es tut mir leid.

Doch ihre Mutter rührte sich nicht, und Mia ließ sich neben ihr nieder und legte den Kopf auf ihre Brust. Sie wusste, dass etwas Schreckliches geschehen war, wollte es aber nicht wahrhaben, presste die Augen fest zusammen und hielt ihre Mutter ganz fest. Sie schlief. Sie würde sehr bald aufwachen.

Und so hatte ihr Vater sie gefunden, als er kurz darauf von der Arbeit kam. Sein lautes Weinen sollte Mia für den Rest ihres Lebens in den Ohren klingen.

Es war nicht deine Schuld.

Das war der Satz, den sie nach diesem Tag sehr oft zu hören bekam. Von ihrem Vater. Von Therapeuten. Von Tanten und Onkeln. Aber Mia wusste, wie sehr ihre Mutter es hasste, wenn man mit Türen knallte. Genau deshalb hatte sie die Tür heftiger zugeknallt als je zuvor, und sie wusste genau, dass es sehr wohl ihre Schuld war, egal, wie oft ihr versichert wurde, dass das nicht stimmte.

Mias Mutter hatte an Asthma gelitten und kurz zuvor ihre Medikation ändern müssen. Sie hatte Warnzeichen ignoriert – Kurzatmigkeit, Schwindel. Es war ein Herzanfall gewesen. Eigentlich war niemand schuld. Aber Mia hatte gewusst, dass das Asthma ihrer Mutter sich verschlimmerte, wenn sie sich aufregte.

Sie hat sich nicht aufgeregt, beteuerte ihr Vater Henry. Sie hat mich nach eurem Streit angerufen und gesagt: Prinzessin Regenbogen war mal wieder voll in Fahrt. Wir fanden es witzig, süß. Sie war nicht wütend auf dich. Sie war dir nie böse.

Mia glaubte ihm nicht.

Sie liebte ihren Vater, aber die Wahrheit war, dass sie ihre Mutter mehr geliebt hatte. Ihre Mutter hatte ein ganz eigenes Licht in Mias Leben und ihr Zuhause gebracht, und das war nun erloschen. Das Licht, das noch da war, war nicht zu vergleichen mit dem, das die Liebe ihrer Mutter bedeutet hatte. Und ihr Vater, der immer fröhlich und lebenshungrig gewesen war, der große Ideen gehabt hatte und immer Pläne für Ausflüge und Reisen, war blass und still geworden, nur noch ein Schatten seiner selbst.

Die Welt hätte stehen bleiben müssen. Für Mia und Henry jedenfalls tat sie das.

Aber alles ging weiter. Doch Mia und ihr Vater lebten von nun an in diesem ungewohnten grauen Licht – zusammen mit dem Menschen, den sie weniger liebten, als sie die Verstorbene geliebt hatten.

Erst Jahre später, als sie zum ersten Mal eine Entziehungskur machte, hatte Mia Belle Thorpe sich mit diesem entscheidenden Moment auseinandergesetzt und angefangen, die Erfahrung zu verarbeiten. Was immer später in ihrem Leben schiefgelaufen war, dort hatte es seinen Anfang genommen. Von da an war jeder Augenblick durch den Verlust ihrer Mutter geprägt. Nun war sie etwas Besonderes. Sie war nicht Mathe-Mia, die schüchterne Mia oder die mürrische Mia. Sie war Mia, deren Mutter gestorben war.

Mia Belle, das bedeutete meine Hübsche oder meine Liebe. Der Name war etwas Besonderes, weil ihre Mutter ihn ihr gegeben hatte. Mia wünschte, sie könnte ihr sagen, dass sie das jetzt erkannt hatte.

Jetzt.

Je weiter sie auf dieser dunklen Straße fuhr, desto mehr von sich selbst ließ sie zurück. Alles, was sie gewesen war – das verwöhnte kleine Mädchen, das Kind, das seine Mutter verloren hatte, den wütenden Teenager, die Süchtige, die Süchtige auf Entzug. Das Kind, das in den Augen seiner Mutter so wertvoll und einzigartig gewesen war und später nicht damit klarkam, dass der Rest der Welt das anders sah.

Für sie warst du etwas ganz Besonderes. Und für mich bist du das auch, hatte ihr Vater gesagt. Und das ist alles, was zählt.

Mia hatte alles zurückgelassen, was sie mit ihrer Vergangenheit verband. Sie hatte ihren Vater nicht angerufen, um sich von ihm zu verabschieden. Er mochte Raife nicht und verstand ihre Beziehung nicht, also was sollte es bringen, sich wegen ihrer Pläne mit ihm zu streiten? Irgendwann würde sie ihm einen Brief schreiben und darin alles erklären.

Vermutlich würde es ihnen beiden guttun, etwas Abstand voneinander zu bekommen. Ihr Vater hatte mittlerweile eine Freundin. Sie schien nett zu sein und hatte sich sehr um Mia bemüht. Aber ... nein. Nein! Wenn Mia und ihr Vater etwas Abstand voneinander hatten, von der Erinnerung an ihren gemeinsamen Verlust, dann würden sie vielleicht beide glücklicher sein. Sie liebte ihren Vater. Aber es machte sie nicht glücklich, in seiner Nähe zu sein. Und sie hatte den starken Verdacht, dass es ihm mit ihr genauso ging.

Lass uns die toxische moderne Welt eine Zeitlang hinter uns lassen. Vielleicht nicht für immer, aber für eine Weile. Ich kenne einen Ort, wo wir frei sein können. Das hatte Raife zu ihr gesagt, als er seine Einladung aussprach.

Es klang, als wäre es genau das Richtige.

Auf dieser dunklen Straße war alles Geplapper verstummt. Sie hatte nur das Prepaid-Handy dabei, das sie in einem Drugstore gekauft hatte. Keine Social-Media-Benachrichtigungen, kein Signalton, der ständig schlimme Schlagzeilen ankündigte, keine Junkmails. Keine endlosen Nachrichten von Freundinnen mit Memes und Plänen für den Abend. Keine Podcasts. Keine Siri, die man nach dem Wetter fragen konnte, oder nach allem, was einem sonst so einfiel.

Das Auto, das sie Raifes Anweisungen folgend bei einem Gebrauchtwagenhändler gekauft hatte, besaß nur ein analoges Radio. Während der Fahrt wechselten die Sender, die sie empfangen konnte. Von der Country-Musik blieb irgendwann nur noch statisches Rauschen. Sie suchte herum und fand einen Rockmusik-Sender mit einem großmäuligen Moderator, aber irgendwann war auch das vorbei. Eine ganze Weile konnte sie nur ein christliches Programm empfangen, in dem ein Prediger vor dem Höllenfeuer warnte. Das hörte sie sich eine ganze Strecke weit an, weil sie gemerkt hatte, dass ihr die Stille Angst machte.

Er hatte ihr eine Landkarte gegeben, und allmählich fand sie heraus, wie sie zu lesen war. Er hatte die Tankstellen markiert, die sie anfahren sollte. Tankstellen ohne Kameras. Mit Barzahlung.

Allmählich lernte sie, die Stille auszuhalten. Irgendwann beruhigten sich auch ihre nervösen Gedanken.

Seit Stunden war ihr kein anderes Auto mehr begegnet. Über ihr waren unzählige Sterne, bis das Licht der aufgehenden Sonne den Himmel erhellte.

Sie kannte den Ort nicht, zu dem sie fuhr. Sie wusste nicht, wie lange sie dort bleiben würde. Aber sie wusste, dass sie zum ersten Mal in ihrem Leben die Freiheit spüren konnte.

# 1
# HEUTE

Modernes Dating. Mal ehrlich, das ist das Hinterletzte.

Gibt es eine unangenehmere Situation, als nervös darauf zu warten, dass jemand, den man nur aus dem Internet kennt, persönlich vor einem steht?

Es war ein Fehler. Die Bar im East Village, in der ich sitze, ist voll, stickig und hektisch. Zu viele Fernseher, lautes Stimmengewirr und Musik, die versucht, sich gegen den Lärmpegel durchzusetzen.

Ich bin zu früh dran und warte jetzt angespannt auf etwas, von dem ich nicht genau weiß, ob ich es überhaupt will. Erst bin ich neben der Tür stehen geblieben, halb auf dem Sprung, bis ich mich endlich ins Getümmel gestürzt und einen freien Platz am Tresen ergattert habe.

Und jetzt sitze ich auf einem unbequemen Barhocker. Und warte.

Es wäre besser zu gehen.

Ich habe ein Mineralwasser bestellt, was mich bei der hübschen tätowierten Barfrau mit den angesagten rosa Haaren und den künstlichen Magnet-Wimpern nicht gerade beliebt gemacht hat. Sie ist nicht wieder zurückgekehrt, seit sie mir mein Glas hingeknallt hat. Ich verstehe, warum. Es gibt keinen Grund, ein solches Lokal zu besuchen – eine zur Happy Hour von Hipstern frequentierte Bar –, wenn man nichts trinken will. Wegen der Atmosphäre kommt garantiert keiner her. Aber es ist wichtig, einen klaren Kopf zu bewahren.

Ich bin noch nie hier gewesen. Meine beste Freundin Jax hat die Bar vorgeschlagen, ein früheres Stammlokal von ihr. Sehr gut besucht, meinte sie, anonym.

*Es ist sicherer, von anderen Menschen umgeben zu sein, wenn man sich mit einem wildfremden Mann trifft, oder?*

Wäre es nicht sicherer, sich überhaupt nicht mit wildfremden Männern zu treffen, hat meine Antwort gelautet.

Ein besorgtes Stirnrunzeln. *Und was dann? Dann lernt man nie jemanden kennen.*

Wäre das so schlimm? Alleinsein. Das ist nicht das Schlimmste, was einem im Leben passieren kann.

Es war Jax' Idee. Die ganze Sache mit dem Online-Dating.

Robin, meine Kindheitsfreundin, die in allem das Gegenteil von Jax ist, war dagegen. Liebe, meinte sie, ist kein Algorithmus.

Das ist wahr.

Aber wer sucht schon nach Liebe?

*Nur jeder*, würde Robin sicherlich erwidern.

Ich nehme einen Schluck von meinem eiskalten Mineralwasser und schaue zum Eingang. Schallendes Gelächter kommt von einer großen Gruppe, die an einem Tisch weiter hinten sitzt. Ich schaue sie eine Weile an, beobachte. Drei Frauen, vier Männer, jung, gut angezogen, gut frisiert, gepflegt – Kollegen vielleicht? Entspannt, locker, sie fühlen sich wohl. Was man von mir nicht behaupten kann. Ich merke, dass ich die Schultern hochgezogen habe. Ich zwinge mich, mich zu entspannen, zu atmen.

Der Mann neben mir ist mir unangenehm dicht auf die Pelle gerückt, seine Schulter hat meine Schulter schon zweimal gestreift. Jetzt zum dritten Mal. Macht er das mit Absicht? Ich drehe mich zu ihm. Er ist massig, beginnende Glatze, Schweißfilm auf der Stirn. Nein. Er nimmt mich gar nicht wahr. Er ist mit seinem Smartphone beschäftigt und sichtet gerade Fotos von Frauen.

Er ist auf dieser anderen Dating-App, Firestarter, der App für Sextreffen. Sie verrät einem, wer gerade in der Nähe ist und eine kurze, unverbindliche Begegnung wünscht. Er ist von Menschen umgeben, am Ende des Tresens sitzt eine attraktive Brünette, die allein ist und ebenfalls auf ihr Smartphone starrt. Direkt hinter ihm steht eine Gruppe junger Mädchen – Studentinnen, nach ihren New-School-Sweatshirts und den Biergläsern in ihren Händen zu urteilen. Er ist schon bei seinem zweiten Scotch angelangt, mindestens, das schließe ich aus dem leeren Glas, das neben seinem vollen steht. Doch er sichtet einfach weiter die Fotos auf seinem Smartphone, sucht und sucht.

Seltsam. Die Welt ist zu einem sehr seltsamen Ort geworden.

Als ich einen Blick in Richtung Eingang riskiere, sehe ich eine Gruppe von drei jungen Männern hereinkommen, in die Stirn fallende Haare und Skinny Jeans, unrasiert. Einer trägt Vollbart, was heutzutage offenbar voll im Trend liegt. Es sieht aus, als wuchere ein Busch mitten in seinem Gesicht. Aber es hat schon auch etwas Männliches. Sehr *Game of Thrones*.

Das hier wird mein drittes Treffen über die Dating-App Torch, laut Jax die einzige Möglichkeit, heutzutage jemanden kennenzulernen. Sie hat mir ein Profil eingerichtet und mir gezeigt, wie man die Männer sichtet, die Fotos von sich hochgeladen haben. Jax mag sie mit nacktem Oberkörper und dämlich, ich selbst bevorzuge Intellektuelle. Bücherwürmer mit Brille, Männer, die gern lesen und nachdenken, die wandern und meditieren.

Unnötig zu sagen, dass solche Männer auf Torch die absolute Minderheit darstellen.

Mein erstes Date hatte ich mit Drew, einem Versicherungsmathematiker, der sich für russische Literatur begeisterte. Wir trafen uns in einem Sushi-Restaurant, betranken uns ein wenig mit Sake, und ich verbrachte die Nacht in seiner Wohnung in einem Haus ohne Aufzug in der Lower East Side. Er schnarchte noch laut, als ich mich morgens rausschlich.

In Jax' Augen war das ein erfolgreiches Treffen. Aber ich fühlte mich ein wenig leer danach. Ich wusste nicht genau, ob ich benutzt worden war oder ob ich es war, die ihn benutzt hatte. Er rief nicht wieder an, und das Traurige war, dass ich nicht einmal wollte, dass er anrief.

Mein Glas ist leer. Ich fange den Blick der Barfrau auf und deute darauf. Sie nickt kurz.

»Noch ein Mineralwasser?«, sagt sie und nimmt mein leeres Glas.

Ich schiebe einen Zwanziger über den klebrigen Tresen, und ihr Verhalten ändert sich merklich. Schließlich verdient sie vor allem an den Trinkgeldern, und ich mit meinem Mineralwasser besetze einen wertvollen Platz.

»Danke«, sage ich, als sie mir in Rekordtempo mein Mineralwasser vorsetzt, diesmal mit einer großzügigen Scheibe Zitrone.

Mein zweites Torch-Treffen hatte ich mit Bryce, einem Yogi und Meditationslehrer. Er war sehr ... flexibel. Wir gingen in ein veganes Restaurant in Soho und verbrachten die Nacht zusammen in seinem minimalistischen Loft in Williamsburg. Er rief an, einmal, zweimal, dreimal.

Ich spüre eine Verbindung zwischen uns, schrieb er mir.

Ging mir nicht so.

Ich muss beschämt zugeben, dass ich nicht einmal antwortete. Jax versicherte mir, das sei üblich. *Die Leute* erwarten, *nie wieder etwas von dem anderen zu hören.*

*Sieh es mal so*, sagte sie. *Du hast in zwei Wochen mehr Action erlebt als in den letzten zwei Jahren.*

Das stimmt, so traurig es ist.

Noch ein Blick Richtung Tür, die im zunehmenden Gedränge kaum noch sichtbar ist. Wirklich, ich sollte besser gehen.

Heute warte ich auf Adam. Ein Technologie-Experte mit einer Vorliebe für Rilke und Jung.

*Den da*, hat Jax bestürzt gefragt.

Es stimmt, das körnige Foto auf dem Display war nicht gerade schmeichelhaft – buschige Augenbrauen, zu groß geratene Nase. Der Text war so knapp, dass es an Unhöflichkeit grenzte: Gefällt mir nicht: Oberflächlichkeit. Gefällt mir: Einsamkeit. Persönliches Mantra: Alles in New York ist zu Fuß erreichbar, sofern man genug Zeit hat. Und zum Schluss: »Dich wundert nicht des Sturmes Wucht.« Nur ein Rilke-Fan konnte diese Zeile kennen und wissen, was sie bedeutete. Damit faszinierte er mich weit mehr als alle anderen.

Wer bist du, Adam? Ich bin gespannter darauf, dich persönlich kennenzulernen, als ich es sein sollte.

Doch vielleicht kommst du ja gar nicht. Es ist immer noch fünf Minuten vor der verabredeten Zeit, aber vermutlich werde ich versetzt.

Ich schreibe an Jax: Das ist jetzt wirklich das letzte Mal.

Ist er ein Arsch? Er wirkte so. Normalerweise kann man das sehen.

Er ist noch nicht aufgetaucht.

Wie überpünktlich warst du?

Eine halbe Stunde zu früh.

Sie schickt mir den augenverdrehenden Smiley. Entspann dich. Man weiß nie. Bestell dir noch ein Wasser, du Säuferin.

Ich will gerade zurückschreiben, als die Tür aufgeht.

Da bist du. Ich erkenne dich sofort.

Als ich dein Gesicht sehe, verspüre ich ein seltsames Ziehen im Magen. Einen Schock des Wiedererkennens. Wegen deines Fotos auf Torch, ja. Aber da ist noch irgendwas anderes. Du bist größer als die meisten Männer in der Bar, breitschultrig, muskulös, kohlschwarzer Blazer zum taubengrauen T-Shirt. Du bleibst kurz stehen, zögernd, und durchpflügst mit einer großen Hand deine dichte, fast schulterlange pechschwarze Mähne.

Er ist da, schreibe ich rasch an Jax. Muss Schluss machen.

Ist er heiß?

Bist du das? Schwer zu sagen. Deine Nase ist tatsächlich zu groß, die Augen wirken aus der Entfernung seltsam schwarz. Als du dich umschaust, treffen sich unsere Blicke. Ich lächle, winke aber nicht. Vielleicht bist du kein heißer Typ im klassischen Sinn. Aber irgendetwas in mir, das im Winterschlaf lag, erwacht.

Es ist, als würde ein Film angehalten. Alles bleibt stehen, scheint kurz zu warten. Ich spüre den Atem in meine Lungen strömen, als du dich durch das Gedränge auf mich zu schiebst.

Gerade, als du bei mir angekommen bist, steht der Mann neben mir wundersamerweise auf und geht. Der Barhocker neben mir ist frei geworden, und du nutzt die Gelegenheit.

Du hast ein umwerfendes, etwas schiefes Lächeln; es gefällt mir.

»Die Schöne und das Biest«, sagst du statt einer Vorstellung.

Dummerweise erröte ich. »Adam?«

Wir geben uns die Hand. Dein Handschlag ist warm und fest, dein Blick eindringlich.

»Freut mich, Wren.« Du hast eine tiefe Stimme, fast wie Donnergrollen. Nach einem kurzen abschätzenden Blick durch die Bar fragst du: »Ist das die Art Lokal, die dir gefällt?«

In deinen Augen blitzt Belustigung auf, Mutwillen.

Es ist seltsam. Du bist mir so *vertraut*, es ist, als würde ich dich schon seit Jahren kennen. Ein leichter, sauberer Duft geht von dir aus, die Kälte des Spätherbstes, die noch an deiner Kleidung hängt.

»Nein«, gebe ich zu.

»Warum hast du es dann ausgesucht?« Das könnte feindselig rüberkommen, gereizt. Aber es klingt nur neugierig.

»Habe ich gar nicht. Meine beste Freundin Jax fand, es sei ein sicheres Umfeld für ein Treffen mit einem Wildfremden.«

Dein Blick ruht auf mir, durchforscht mein Gesicht, nach was, das weiß ich nicht genau. Dann kommt: »Gibt es denn einen sicheren Ort für ein Treffen mit einem Wildfremden?«

»Vielleicht nicht.«

Dein Lächeln vertieft sich, und du hebst lässig die Hand. Die Barfrau kommt sofort vom anderen Ende des Tresens herbeigeeilt. Du bist diese Art Mann, glaube ich, strahlst eine natürliche Autorität aus. Die Leute beeilen sich zu tun, was du von ihnen willst. Du bestellst einen Woodford Reserve on the Rocks und siehst mich fragend an. Ich schüttle den Kopf und hebe mein Glas.

»Aber wir sind keine Fremden füreinander, oder?«, sagst du, als die Barfrau gegangen ist.

Unsicherheit überkommt mich. »Sind wir das nicht?«

Du reibst dir deinen markanten, bartstoppeligen Kiefer. »Es fühlt sich eindeutig nicht so an.«

»Stimmt«, gebe ich zu. »Tut es nicht.«

Als dein Drink kommt, erhebst du das Glas und wir stoßen an. Mein Lächeln ist echt, Anspannung und Nervosität fallen von mir ab.

»Auf Wildfremde, die einander irgendwie bereits kennen«, sagst du. Dein Ton ist leichthin, deine Haltung entspannt. Du fühlst dich wohl in deiner Haut.

»Das gefällt mir.«

»Mir auch.«

Wir müssen schreien, um uns bei dem Geräuschpegel verständlich zu machen. Du redest ein wenig über deine Arbeit im Cyber-Security-Bereich. Ich erzähle dir, dass ich Autorin bin – was die Wahrheit ist, aber nicht die ganze Wahrheit. Wir müssen die Köpfe zusammenstecken, um einander verstehen zu können. Mein Hals beginnt ein wenig zu schmerzen, weil ich so schreien muss.

Endlich sagst du: »Wollen wir nicht einfach weiterziehen?«

»Wo willst du denn hin?«

Wird das wieder ein schnelles Torch-Abenteuer für eine Nacht? Denn ich habe beschlossen, dass ich das nicht mehr will. Kann sein, dass es heutzutage üblich ist, wie Jax sagt. Aber wenn dem so ist, bleibe ich lieber allein.

»Egal, alles ist besser als das hier.«

Wir gehen nicht zu dir oder zu mir. Wir spazieren einfach los, und bei klarem Wetter, wenn der Himmel über der Stadt von diesem samtigen Blau ist, gibt es nichts, was ich lieber tue. Wir streifen durchs East Village bis zur Lafayette Street, vorbei an Joe's Pub und dem vietnamesischem Restaurant Indochine. Wir überqueren die Houston Street, schlendern durch die grellen Lichter von Chinatown und an heruntergelassenen Rollläden entlang und landen auf der Brooklyn Bridge, diesem schönen Überbleibsel des alten New York.

Wir legen etliche Kilometer zurück. Manchmal reden wir über deine Kindheit (viele Reisen), über meine (isoliert, unglücklich), doch immer wieder fallen wir in angenehmes Schweigen. Und es sind die Schweigephasen, die ich am aufregendsten finde. Gemeinsam schweigen zu können hat etwas köstlich Intimes. In Brooklyn Heights gehen wir in eine ruhige, schummrige Bar in der Nähe der Adams Street, wo leiser Jazz spielt und die Gäste in gemütlichen Alkoven zusammensitzen und sich leise unterhalten.

»Das ist eher nach meinem Geschmack«, sage ich.

»Geht mir genauso.«

Wir reden wieder über den Job. Du hast eine Firma für Cyber-Security, bist neu in der Stadt, nachdem du seit der Kindheit viel in der Welt herumgekommen bist, erst wegen des Berufs deines Vaters, später wegen deines eigenen. Du hast in verschiedenen Städten in den USA, in Europa und in Asien gelebt. Ich nehme Details wahr, den teuren Schnitt und das edle Material deiner Jacke. Die manikürten Fingernägel. Wie aufmerksam du mich anschaust, wenn ich etwas sage, wie du zuhörst. Du wartest, bis ich zu Ende gesprochen habe, bevor du antwortest oder einen Kommentar dazu abgibst. Du hast mich bisher nicht berührt, nicht einmal zufällig, obwohl wir sehr eng beieinandersitzen.

»Ich muss morgen früh raus«, sage ich endlich. Ich will den Zauber zwischen uns nicht brechen. Aber ich will mich auch nicht zu etwas hinreißen lassen, das ich bereuen werde. Es ist nur zu leicht, dem natürlichen Impuls nachzugeben. Besser, man setzt der Sache gleich ein Ende.

Falls du enttäuscht oder gekränkt bist, zeigst du es nicht. Du wirfst einen Blick auf deine Uhr, weißes Ziffernblatt, schwarze römische Zahlen. Analog in einer digitalen Welt. Du bist Technologie-Experte, hast aber noch nicht ein einziges Mal auf dein Smartphone gesehen.

»Wo wohnst du?«, fragst du.

»Direkt um die Ecke.«

»Darf ich dich nach Hause begleiten?« Du hebst die Hände, hast vielleicht meinen Gesichtsausdruck gesehen. »Nur nach Hause bringen, mehr nicht.«

Ich nicke. »Sicher.«

Draußen bietest du mir deinen Arm, und ich hake mich unter. Es ist lustig und antiquiert, aber absolut angenehm, so Arm in Arm durch die hübschen baumbestandenen Straßen von Brooklyn zu schlendern. Deine Wärme, deine Stärke. Es ist magnetisch. Ich empfinde etwas, das ich seit langer Zeit nicht mehr empfunden habe. Wir gehen schweigend. Endlich kommen wir zu meinem Brownstone-Haus.

Du blickst daran hoch und siehst dann mich an. »Das ganze Haus gehört dir?«

Ich nicke ein wenig verlegen. Als ich das Haus gekauft habe, war es praktisch eine Ruine, und ich bin seit Jahren dabei, es zu renovieren. Aber ja, es ist schon eine große Sache, hier in diesem Viertel ein Haus zu besitzen.

»Hast du nicht gesagt, du wärst Autorin?« Jeder weiß, dass Autoren normalerweise wenig Geld haben.

»Es war einfach Glück, dass ich dieses Haus gefunden habe.«

Dein Lächeln ist ungezwungen und wissend, ohne zu urteilen. »Du bist eine Frau mit vielen Facetten, Wren Greenwood, das merke ich schon.«

Das ist sehr wahr.

»Wir sind alle vielschichtig, Adam Harper.«

Du starrst einen Augenblick ins Leere, dann siehst du mich an. »Also … hör mal.«

Ah, jetzt ist es so weit. Jetzt kommt die Abfuhr. Ich wusste ja, der Mann war zu gut, um wahr zu sein.

»Ich bin nicht gut darin, Spielchen zu spielen.« Du fährst dir mit der Hand durchs Haar, das im Licht der Straßenlaterne bläulich glänzt wie das Gefieder einer Amsel. Mir ist bereits aufgefallen, dass du dazu neigst, dir durch die Haare zu fahren, wenn du dich unbehaglich fühlst.

Du räusperst dich. Ich bleibe stumm. Du fährst fort: »Du gefällst mir. Und ich will heute Abend kein seelenloses Torch-Abenteuer.«

Okay. Wow. Nicht das, was ich erwartet hatte. Wieder entscheide ich mich für Schweigen, wie ich es in Zweifelsfällen immer tue.

»Also, darf ich dich morgen zum Essen einladen?« Wieder ein Blick auf die Uhr. »Tja, heute wohl eigentlich.«

Aus irgendeinem der Brownstone-Häuser in der Straße dringt Klaviermusik. Die höre ich oft, und immer verleiht sie der Nacht etwas Magisches. Es ist kühl, obwohl es morgen warm werden soll. Der Klimawandel, verrückt.

Jax würde mir raten, so zu tun, als müsste ich erst in meinem Terminkalender nachsehen.

Aber Robin würde sagen, ich soll ich selbst sein.

»Sehr gerne«, sage ich. Ich mag auch keine Spielchen. »Wo und wann?«

»Soll ich dich um sieben hier abholen?«

Ich nicke. »Perfekt.«

Du gehst langsam rückwärts, Hände in den Taschen, und ich kann gar nicht aufhören zu lächeln.

»Gute Nacht, Wren Greenwood.«

»Gute Nacht, Adam Harper.«

Endlich drehst du dich um und gehst rasch davon. Dann verschwindest du um die Ecke.

Torch. Dating-Apps mögen hohl und seelenlos sein, ein armseliger Ersatz für menschliche Verbundenheit. Aber vielleicht spricht ja doch einiges dafür.

Ich gehe die Steinstufen hoch, gebe den Schlüsselcode ein, öffne die Tür, trete in die Stille des Zuhauses, das ich mir geschaffen habe, und schließe ab. Es riecht noch leicht nach der Suppe, die ich vorhin gekocht habe. Es ist immer eine Erleichterung, ins Nest zurückzukehren. Für mich bedeuten alle Begegnungen eine Anspannung, selbst die guten.

Die Wahrheit ist, dass ich seit der Collegezeit mit niemandem mehr zusammen war, und das ist peinlich lange her. Sagen wir einfach, dass es mir schwerfällt, Nähe zuzulassen, anderen zu vertrauen.

Vielleicht hätte ich aussprechen sollen, was ich gedacht habe: *Du gefällst mir auch, Adam.*

Andererseits kennen wir einander eigentlich gar nicht. Vielleicht beendest du alle deine Dates so? Versüßt den Abschied, indem du ein nächstes Treffen verabredest, zu dem es nie kommen wird.

Vielleicht, Adam, wirst du morgen nicht auftauchen, und ich werde dich nie wiedersehen.

So ist das eben mit dem Dating-Ritual von heute.

Es kann so oder so ausgehen.

# 2

»Also ... heiß oder nicht?«

Als ich am nächsten Morgen hinunterkomme, steht Jax bereits in meiner Küche und macht Kaffee. Ich habe nicht gut geschlafen. Wie immer wurde ich von lebhaften, hauptsächlich schlechten Träumen geplagt. Ich bin nicht überrascht, sie zu sehen. Sie kennt den Schlüsselcode, und ich habe sie kommen gehört.

So wie sie aussieht, die tintenschwarzen Locken zu einem festen Zopf geflochten, die dunkle Haut gerötet, feuchtes T-Shirt, ist sie von ihrer Wohnung in Chelsea hierher gejoggt. Sie ist eine leidenschaftliche Läuferin, eine Super-Läuferin, ob auf dem Laufband oder durch die Stadt – sie läuft gern über die Brücken und bis in die äußeren Stadtteile. Sie läuft, als wäre irgendetwas hinter ihr her, schnell und ausdauernd, und nie – und ich meine wirklich niemals – ermüdet sie. Wenn wir zusammen laufen, was selten vorkommt, lässt sie mich immer japsend hinter sich.

»Heiß?«, antworte ich zögernd und setze mich auf einen der Hocker an der Kücheninsel.

In der Küche sind die Renovierungsarbeiten noch im Gange. Die Wände sind nicht gestrichen, nackte Glühbirnen hängen von der Decke und warten auf Lampenschirme, die Küchenfronten werden gerade erneuert – die Schranktüren sind ausgebaut, der Altanstrich entfernt. Der Handwerker, der daran gearbeitet hat, ist auf mysteriöse Weise abgetaucht; das ist jetzt zwei Wochen her.

Es gab nur eine Textnachricht: Hi, bin zu einem anderen Job gerufen worden. Bin bald wieder da.

Wird er wiederkommen? Unmöglich zu sagen. Denkbar, dass

ich von einem talentierten und bizarr preiswerten, aber hochgradig unzuverlässigen Tischler geghostet wurde.

Inmitten der Baustelle summt und zischt eine funkelnagelneue Espressomaschine mit Milchaufschäumer. Niemand kann behaupten, ich würde keine klaren Prioritäten setzen.

»Eine Antwort sollte nicht wie eine Frage klingen«, ist Jax' Reaktion auf mein unsicheres Statement.

Sie hört sich haargenau wie ihre Mutter Miranda an, die in den letzten acht Jahren zu meiner Ersatzmutter geworden ist. Aber ich werde mich hüten, ihr das zu sagen. Jax gießt Mandelmilch in den Milchaufschäumer und drückt auf den Startknopf. Der Duft des Espressos, den sie bereits in die Tassen gefüllt hat, liegt in der Luft.

»Deine Frage war stark vereinfacht«, sage ich. »Heiß oder nicht? Was sind wir denn – Internet-Trolle?«

Sie fixiert mich mit ihren umwerfenden haselnussbraun-grünen Augen. Jamaikanische Mutter, britischer Vater – Jax erklärt immer, dass sie ein waschechtes amerikanisches Mädchen ist. Ihre Vorfahren kommen von überall her, aber sie ist in Brooklyn geboren und aufgewachsen. Zuallererst ist sie New Yorkerin, alles andere ist zweitrangig.

»Er ist doch nicht etwa noch hier, oder?«

Sie blickt an mir vorbei, zum Flur und zur Treppe hin.

Ich schüttle den Kopf, nehme dankbar den Kaffee entgegen, den sie mir über die Quarzsteinplatte hinweg reicht, die auf der unfertigen Kücheninsel liegt, auch noch nicht richtig befestigt. »So etwas mache ich nicht mehr, das habe ich dir doch gesagt. Mit den schnellen Torch-Abenteuern ist Schluss.«

Sie zuckt die Achseln und hebt die Augenbrauen, als hätte ich etwas Unvernünftiges gesagt, und nimmt einen Schluck Kaffee. »Also, was ist passiert?«

Was passiert ist? *Etwas*. Ich habe etwas empfunden, was ich von meinen beiden letzten Dates nicht behaupten könnte. Beim Aufwachen habe ich an dich gedacht, Adam, und mich gefragt, ob wir wirklich heute miteinander zu Abend essen werden.

»Nichts«, sage ich. »Wir haben geredet und sind spazieren gegangen. Es war ... schön.«

»Hast du ein Foto gemacht?«

Darüber muss ich lachen. Jax lebt quasi im Netz. Es ist acht Uhr morgens, und wahrscheinlich hat sie ihren Morgenlauf bereits auf Instagram gepostet. »Er ist nicht der Selfie-Typ.«

»Okay.« Sie zieht die Silben in die Länge. »Was für ein Typ ist er dann?«

»Ich nehme mal an, der Typ, den ich wiedersehen werde. Er hat mich für heute Abend zum Essen eingeladen.«

Wieder hebt sie die Augenbrauen, überrascht diesmal, und lässt sich auf den Küchenhocker neben mir gleiten. Wir trinken in geselligem Schweigen den starken Kaffee. Sie scrollt durch ihr Smartphone. Mit einem Seitenblick sehe ich, dass sie dein Profil aufgerufen hat.

Das Foto ist wirklich nicht besonders schmeichelhaft. In echt siehst du besser aus.

Ihr Stirnrunzeln verrät mir, dass du nicht ihre Billigung findest. »Was ist mit dem anderen Typen?«, fragt sie.

»Welchem?«

»Dem Bücherbegeisterten. Du hast gesagt, er sei nett, du weißt schon ... begabt.« Sie lacht und bewegt die Schultern, gespielt sexy.

Ich merke, dass ich den Blick nicht von ihr wenden kann. Ich bin oft wie gebannt von ihrer Schönheit, ihren hohen Wangenknochen, den leuchtenden Augen, den vollen Lippen. Meine Freundin hält sich selbst nicht für schön, aber sie ist es.

»Drew.« Ich erinnere mich an ihn – ganz netter Körper, Schlafzimmerblick. Ich kann mich nicht erinnern, dass ich ihn für begabt gehalten habe. Unsere gemeinsame Nacht war bestenfalls annehmbar. »Er hat nicht wieder angerufen.«

Sie legt den Kopf schief, denkt nach. »Du hast dich ja auch nicht bei ihm gemeldet.«

»Genau. Da war nichts«, sage ich und denke, dass sie Sache damit geklärt ist. Aber sie mustert mich immer noch. »Was ist?«

Jax betrachtet lange dein Foto, zupft an ihrem Zopf. »Dieser Typ. Er macht einfach ... einen so ernsten Eindruck. Ich will doch nur, dass du ... du weißt schon – ein bisschen *Spaß* hast.«

In den Augen meiner Freundin sollten Torch-Abenteuer unbeschwert und leicht sein – Treffen in Nachtclubs, Wochenend-Trips nach Miami Beach, ein Brunch mit Champagner, nach dem man wieder im Bett landet. Aber das ist ihr Ding. Nicht meins.

Sie sieht mich an, als wollte sie noch etwas hinzufügen, presst dann aber die Lippen zusammen.

»Was ist?« Sofort reagiere ich abwehrend, so wie man das nur bei Menschen tut, die einen zu gut kennen.

Sie hebt die Hände. »Ich mein ja nur. Fixier dich nicht auf einen einzigen Kerl. Probier ein bisschen was aus.«

Probier ein bisschen was aus. Sie benutzt die App wie einen Katalog, in dem man stöbert. Ich weiß nicht, ob sie sich schon jemals mehr als einmal mit demselben Typen verabredet hat. So funktioniert das halt. Potentielle Partner werden nach links oder rechts gewischt. Das Angebot ist scheinbar unbegrenzt, und wenn die Realität sich nicht mit dem Bild in den sozialen Medien messen kann (und wann würde sie das je?) – blockiert man, entfreundet, löscht, geht zum Nächsten über.

Die Idee dahinter – Jax' Idee – war, dass ich mal unter Leute komme. Aufhöre, so hart zu arbeiten. Ein wenig lebe, mich locker mache.

»Worüber machst du dir solche Sorgen?« Ich stupse sie mit der Schulter an, und sie ergreift meine Hand und drückt sie. »Wahrscheinlich wird er sich gar nicht melden. Ich werde ihn nie wiedersehen.«

»Hmm«, meint sie. »Wie wär's mit dem hier?«

Sie hält mir das Foto eines Mannes mit Ziegenbärtchen und zurückgegeltem Haar hin, extrem durchtrainiert, der seine Muskeln spielen lässt und anzüglich in die Kamera blickt. Wir brechen beide in Gelächter aus.

»Ähm«, sage ich. »Kein Kommentar.«

Etwas klopft an das Fenster über der Spüle, und als ich aufblicke, sehe ich eine Amsel, die fragend hereinschaut. Ich habe Körner für sie aufs Fensterbrett gelegt. Hinter meinem Townhouse liegt ein handtuchgroßer Hinterhof, den ich großzügig bepflanzt habe. Ich glaube, die Amsel hat ihr Nest in der Dachrinne über der Hintertür gebaut. Ich trete zur Spüle und betrachte sie. Im Morgenlicht glänzt ihr Gefieder bläulich schwarz.

Und, einfach so, bin ich wieder dort.

Das Haus meines Vaters. Groß und weitläufig, heruntergekommen und mit vielen Stellen, an denen Reparaturen fällig waren, für die wir nicht das Geld hatten. Abgelegen auf einem Riesenstück Land, das seit Generationen seiner Familie gehörte. Das Haus, in dem er aufgewachsen war und in das er mit seiner Familie zog, als ich zehn war, aus Gründen, die ich damals nicht nachvollziehen konnte.

Ich lege die Hand auf die Scheibe und erinnere mich an das beschlagene Fenster in der alten Küche, den warmen, nussigen Geruch von Hafergrütze, die auf dem Herd köchelt. Meine Mutter summt vor sich hin, mein Bruder Jay schmollt, wütend auf irgendwas – auf alles und jeden. Auch zu diesem Fenster kam eine Amsel, angezogen von den Körnern, die meine Mutter ihr hinstreute. *Vögel sind die Boten des Universums*, sagte sie immer. *Sie singen sein Lied.*

»Wren.«

Ich kehre zurück in die Gegenwart, zu Jax. »Erde an Wren. Wo warst du mit deinen Gedanken?«

Daheim, denke ich. Ich war zu Hause.

»Was ich damit sagen will«, fährt Jax fort, »lass es langsam angehen. Triff ihn wieder, wenn du willst. Aber verabrede dich auch mit anderen. Amüsier dich ein bisschen. Es muss doch nicht immer alles ... so schwer sein, so ernst.«

Sie redet über meine Arbeit, unsere Arbeit, aber nicht nur. Sie redet über mich.

Ich sehe zu, wie die Amsel die Körner aufpickt. Sie schaut mich mit schief gelegtem Kopf an und fliegt dann davon, in den bleigrauen Himmel hinein.

# 3

Ich warte an der Ecke 79th Street und Broadway, an einen Laternenpfahl gelehnt, und beobachte die Passanten. Es ist Rush Hour, der Himmel ist schmutzigblau und die Luft beißend kalt.

Eine aufgeregte junge Frau im roten Mantel, die eine große Umhängetasche umklammert hält, hastet an mir vorbei, umgeben von einer Parfümwolke. *Bist du denn völlig verrückt geworden*, schreit sie in ihr Handy, das Gesicht ärgerlich verzogen. Ein eleganter Mann mit graumeliertem Haar in einem schmal geschnittenen schwarzen Anzug geht an mir vorbei, völlig versunken in dem, was er sich mit seinen AirPods anhört. Sein Gesichtsausdruck verrät mir, dass er in anderen Sphären schwebt.

Der Verkehr wälzt sich stockend in beide Richtungen, es wird gehupt, sinnlos, immer wieder, Autos brettern über Gullydeckel, Busse halten mit einem Zischen. Ein Taxifahrer streckt den Kopf aus dem Fenster und brüllt wütend etwas in einer Sprache, die ich nicht verstehe.

Während ich auf dem belebten Bürgersteig stehe, strömen vielleicht hundert Leute – oder mehr – jeder Hautfarbe, jeder Nationalität, jeden Geschlechts an mir vorbei, ein schönes, chaotisches Mosaik der Welt, in der wir leben. Ich lasse die Energie über mich hinwegfließen, höre drei verschiedene Sprachen. Schäbig oder elegant, arm oder reich, konservativ oder wild, es ist eine bunte Mischung aus allem, was ein Mensch sein kann. Das liebe ich am meisten an dieser Stadt, ihre Akzeptanz aller Schattierungen des Menschlichen.

Und das ist nur die Oberfläche. Was darunter liegt, ist unglaublich tief, reich und komplex. Fast kann ich sämtliche Stimmen der drängelnden Fußgänger hören – ihre Sorgen und Ängste, Hoffnungen und Träume, die Probleme, die sie nachts wachliegen lassen. Das ist es, was ich tue: Ich helfe Menschen dabei, ihre Probleme zu lösen. Meine Superkraft ist das Zuhören.

Ich werfe einen Blick auf die Uhr. Wie immer bin ich zu früh dran. Und wie immer bin ich am Verhungern.

Laut meinem Lieblings-Foodblogger gibt es die beste Pizza in New Jersey, in einem Restaurant namens Razza. Natürlich ist die snobistische New Yorkerin in mir ganz sicher, dass das unmöglich sein kann. Wie könnte es außerhalb von New York irgendetwas geben, das besser ist als hier? Doch da wir uns seit unserem Kennenlernen vor drei Monaten praktisch auf einer kulinarischen Tour durch den Großraum New York befinden, fühlen wir uns verpflichtet, die Behauptung zu überprüfen. Heute Abend liegt eine schwere Pflicht vor uns, wir werden die Stadtgrenzen überschreiten müssen. Aber das werden wir tapfer ertragen.

Wir sind doch ein »Wir«, oder? Was meinst du, Adam?

Seit unserem Torch-Date ist kein Tag vergangen, an dem wir uns nicht getroffen hätten. Zum Essen, auf einen Kaffee, wir sind mittags ins Arthouse-Kino gegangen, durch eine Galerie in Soho geschlendert, haben einen Spaziergang auf der High Line unternommen, der Fußgängerpromenade auf den Schienen einer stillgelegten Hochbahn. Normalerweise ist jede Unternehmung nur der Auftakt für eine lange Liebesnacht (oder für kurze, gestohlene Momente am Nachmittag), manchmal sanft, manchmal verzweifelt, und immer bleibe ich bewegt, wie ausgelaugt, erschüttert zurück.

Es ist alles sehr schnell gegangen. Zu schnell, findet Jax. Robin ist auch nicht begeistert. Sie war schon immer eine Schwarzseherin.

*Wren, was weißt du eigentlich über diesen Mann? Er übernimmt ja praktisch dein Leben.*

*Ich bin dabei, ihn kennenzulernen. So etwas nennt man Beziehung.*

Robin ist nur eifersüchtig. Schon früher, als wir klein waren, gefiel es ihr nicht, wenn sie meine Aufmerksamkeit teilen musste.

Jax hatte völlig recht, als sie wollte, dass ich unbeschwerter werde, mehr Spaß habe, öfter mal rauskomme. Die Wahrheit ist: Ich bin glücklich. Klingt es merkwürdig, wenn ich sage, dass ich glücklich bin, vielleicht zum ersten Mal in meinem Leben?

Noch ein paar Minuten vergehen. Ich lasse den Blick über die Straße schweifen und halte Ausschau nach deiner hochaufragenden Gestalt in der Menge. So peinlich es ist, ich kann mich nicht an den Namen deiner Firma erinnern. Black Vault? Locked Box? Irgendwas in dieser Richtung, Tresorraum, Geldschatulle – es soll eine sichere Verwahrung symbolisieren. Du hast es mir erklärt. Das Gebäude hat eine schwarze Markise, hast du gesagt, und mir die Adresse genannt. Aber ich habe sie schnell wieder vergessen, da wir verabredet haben, uns an der Straßenecke zu treffen. Ob ich kurz einen Blick in die Lobby eines dieser nichtssagenden Bürogebäude werfen soll? Ich bin sicher, ich würde den Namen erkennen, wenn ich ihn auf einer Übersichtstafel lese.

Nein, es ist besser, ich warte auf der Straße. Halte ein wenig Abstand.

Obwohl wir uns seit unserem Torch-Treffen fast jeden Tag gesehen haben, lassen wir es langsam angehen. Ich weiß nicht viel über deine Arbeit, nur das Wesentliche. Ein Großteil davon ist vertraulich, das liegt in der Natur der Sache; Kunden, die private Cybersicherheit brauchen, legen Wert auf Diskretion.

Die Freunde des jeweils anderen haben wir bisher noch nicht kennengelernt.

Jax liegt mir ständig damit in den Ohren, aber ich bin noch nicht bereit dazu. Was meine Arbeit angeht, weißt du nur, dass ich Autorin bin und unter Pseudonym eine Beratungskolumne schreibe, die erstaunlich gut läuft.

All die Facetten, die du an unserem ersten Abend intuitiv erspürt hast. Die meisten Schichten liegen noch verborgen.

Aber, wie ich schon zu Robin sagte, so läuft das eben in einer Beziehung, nicht wahr?

Wir offenbaren uns Schicht für Schicht im Laufe der Zeit.

Oder auch nicht, je nachdem, wie es läuft.

»Hi.«

Da bist du. Stehst direkt vor mir, siehst untypisch erhitzt aus, ein bisschen aufgelöst.

»Du warst tausend Kilometer entfernt«, sagst du sanft, beugst dich vor und gibst mir einen Kuss. »Tut mir leid, dass du warten musstest. Kundenprobleme. Ich habe dir eine Nachricht geschickt.«

Vielleicht hast du das. Ich bin nicht die weltbeste Verwalterin meines Geräts, das tief vergraben in meiner Kuriertasche liegt. Ich mag diesen piepsenden, klingelnden kleinen Tyrannen nicht. Immer werfe ich nur einen kurzen Blick auf meine Nachrichten, auf diese Mini-Tastatur. Normalerweise rufe ich dann einfach an, statt zurückzuschreiben. Niemand telefoniert mehr, sagt Jax. Kostet zu viel Zeit.

Ich hasse diese kalte, reduzierte Art, in der wir heutzutage miteinander kommunizieren. Ich will die Stimme hören, die Bedeutungsnuancen, die in einem Tonfall mitschwingen. Noch lieber ist es mir, jemandem in die Augen zu sehen, ihn zu berühren, eine Verbindung zu spüren. Ich bin nicht so mit Technik aufgewachsen wie andere. Mein Vater ... wir durften nicht mal einen Fernseher haben. Keine Computer, keine Videospiele, keine Handys.

*Du bist ein analoges Mädchen in einer technisierten Welt. Das gehört zu den Dingen, die mir am besten an dir gefallen*, hast du gesagt, als ich dir das gestand.

Also rufst du an, Adam, obwohl du lieber schreiben würdest. Weil du weißt, dass es das ist, was ich gern möchte. Das gefällt mir an dir, diese Rücksichtnahme. Wenn wir nachts nicht zusammen sind, telefonieren wir oft stundenlang, beenden die Verbindung auch nicht, wenn längst alles gesagt ist.

Heute Abend – die weiße Sonne verschwindet bereits hinter den

Hochhäusern –, ist irgendetwas seltsam an deinem Verhalten. Anstatt mir den Laserstrahl deiner ganzen Aufmerksamkeit zu schenken, schweift dein Blick in die Ferne, du musterst die Straße um uns herum, als würdest du nach etwas suchen.

»Alles in Ordnung?«, frage ich.

Du konzentrierst dich auf mich. Diese schwarzen Augen in der Landschaft deines Gesichts – starke Brauen, Fältchen in den Augenwinkeln, Bartstoppeln, eine kleine Narbe auf einem deiner hohen Wangenknochen.

»Bloß ... ein harter Tag. Entschuldige.«

Ich habe den Eindruck, als würde mehr dahinterstecken, aber anstatt in dich zu dringen, sage ich: »Ich bin am Verhungern.«

»Ich auch. Lass uns essen.«

Wir nehmen ein Taxi nach Jersey City. Dekadent.

Ich selbst? Ich bin sparsam. U-Bahn, nicht Taxi. Hähnchen, nicht Hummer. Macy's, nicht Neiman. Aber du, Adam, hasst das Gedränge und Geschiebe, die Unzuverlässigkeit des ausgedehnten U-Bahn-Systems unserer Stadt. Wenn möglich, gehst du zu Fuß, und wenn nicht, nimmst du ein Taxi.

Wir sitzen im ruhigen Innenraum des Taxis, fahren erst im Schritttempo durch die belebten Straßen, dann schneller, als wir zum Tunnel kommen. Im Dunkeln knutschen wir auf dem Rücksitz wie Teenager, alles verschwindet bis auf den voyeuristischen Blick des Taxifahrers im Rückspiegel, den Verkehrslärm, das Rauschen der schnellen Fahrt durch den Tunnel.

Dann kommen wir in eine Gegend mit niedrigen Gebäuden. Es ist eins dieser noch nicht ganz gentrifizierten Viertel, eine witzige Mischung aus Rauheit und Chic, die manche Ecken der Stadt haben. Sie versuchen, etwas Bestimmtes zu sein, doch unter der Oberfläche sind sie etwas ganz anderes. Wie wir alle.

In dem kleinen, warmen Restaurant bestellen wir verschiedene Pizzen, nur um sie zu verkosten. Dann warten wir und reden hauptsächlich darüber, wie mein Tag so war. Ich tue so, als würde mir nicht auffallen, dass du auf eine Art nervös bist, die mir neu ist. Du blickst ständig an mir vorbei zum Eingang, als würdest du auf jemanden warten. Endlich kommen unsere dampfenden Pizzen, eine nach der anderen.

Sie sind himmlisch – der Teig ist locker und trotzdem knusprig, mit sahnigem geschmolzenem Käse, frischen Tomaten, einem Hauch von heißem Honig. Scheiben von göttlichem Prosciutto, Knoblauch-Geschmacksexplosionen.

Gott, ich bin verliebt.

»Ich mag die Art, wie du isst«, sagst du. Du siehst mich mit einer Intensität an, die mir mittlerweile vertraut ist, als wäre ich ein Puzzle, an dessen Lösung du arbeitest.

Kurz bin ich verlegen und werfe einen Blick auf die fast vertilgte Pizza vor uns. Aber es stimmt – ich esse leidenschaftlich gern und ohne mich dafür zu entschuldigen. Wir teilen die Leidenschaft für gute Küche.

»Essen ist Leben«, sage ich. »Jemand, der nicht gern isst, lebt nicht gern.«

Dein Lächeln verwandelt dein ernstes, fast grüblerisches Gesicht, macht es jungenhaft und hell.

»Amen.«

Wir essen, bis wir nicht mehr können, und bitten darum, uns die Reste einzupacken. Essen, das sinnliche Vergnügen der Essenskunst, ist für uns eine Art Vorspiel.

Als wir wieder in Brooklyn sind, stürzen wir durch die Haustür und reißen uns auf der Treppe gegenseitig die Kleider vom Leib. Wir waren auch ein paar Mal in deiner Wohnung, aber meistens gehen wir zu mir. Deine Wohnung in Chelsea ist kalt – moderne klare Formen und schicke, aber ungemütliche Möbel, wie in einem Museum. Sie ist elegant eingerichtet, aber ohne jede persönliche Note.

*Es ist, als würdest du eigentlich gar nicht hier wohnen*, habe ich gesagt, als ich dich zum ersten Mal dort besuchte.

*Tue ich wohl auch nicht*, hast du geantwortet. *Ich bin viel unterwegs. Ich bin selten hier.*

»Wo ist dann dein Zuhause?«

Ein seltsamer Ausdruck huschte über dein Gesicht, und zum ersten, aber nicht zum letzten Mal fragte ich mich, ob du vielleicht genauso viele Geheimnisse hast wie ich. Du hast auf deine Magengegend getippt. *Genau hier vermutlich.*

Ich fand das seltsam traurig, sprach es aber nicht aus.

Mein Haus ist völlig anders als deine Wohnung, unordentlich statt aufgeräumt, gemütlich statt unterkühlt. Große Sitzmöbel, die ich vor allem wegen ihrer Bequemlichkeit ausgesucht habe, mit möglichst weichen Kissen und Wohndecken bestückt. So weich wie die flauschige weiße Daunendecke, unter der wir jetzt liegen. Sie hüllt uns ein.

Unser Liebesspiel hat sich im Laufe der letzten Woche verändert. Was vorher sanft war, erkundend, rücksichtsvoll – Ist das in Ordnung für dich? Bist du okay? –, ist drängender geworden, hungriger. Der Ton hat sich verändert, die Stimmung.

Dein starker Arm liegt auf meinem Rücken, dein Atem an meinem Hals ist ein Grollen, tief und verzweifelt. Dann bist du so tief in mir, dass ich einen Schrei ausstoße, halb aus Schmerz, halb aus Lust. Du hörst nicht auf. Es ist wild und rau, als wir einander umschlingen, und ich werde ganz lebendig vor Begehren, vor Lust.

Du flüsterst meinen Namen. *Wren. O Gott. Wren.*

Ich höre deine Leidenschaft, deine Hilflosigkeit; sie ist ein Echo meiner eigenen. Jedes Mal, wenn wir uns lieben, habe ich das Gefühl, dich besser kennenzulernen, als hättest du eine weitere Schicht deiner selbst enthüllt, ohne ein Wort zu sagen.

Als es vorbei ist, wir in der Dunkelheit liegen und nur noch unser Atmen zu hören ist, glaube ich erst, dass du eingeschlafen bist. Doch dann veränderst du deine Position, ziehst mich an dich und flüsterst: »Erzähl mir etwas, was du noch nie jemandem erzählt hast.«

Bis zu diesem Moment habe ich genau überlegt, was ich dir von mir erzählen wollte und was nicht. Ich habe Teile von mir enthüllt, Scheibchen der Wahrheit, wenige Facetten, editierte Erinnerungen, bloß die banalsten Vorlieben und Abneigungen. Doch es gibt Dinge, die ich vor dir verborgen habe. Es war nicht notwendig, gleich alles zu enthüllen; Beziehungen dauern heutzutage selten sonderlich lange. Ich kann es mir nicht leisten, mich jemandem anzuvertrauen, der jeden Augenblick spurlos aus meinem Leben verschwinden könnte.

*Weiß er es*, fragte Jax, als ich ihr gestand, wie sehr ich dich mag.

Nein, erwiderte ich.

*Wann wirst du es ihm sagen?*

Jetzt, denke ich. Dies ist der richtige Augenblick. Wenn ich es jetzt nicht erzähle, wird es zur Lüge, etwas, das ich dir verheimlicht habe. Also erzähle ich dir in den dunklen Stunden nach Mitternacht, umschlungen von deinen starken Armen, etwas, das ich noch nie jemandem erzählt habe.

# 4

»Sehen wir uns heute Abend?«

Das fragst du immer, fast jeden Morgen, als wäre es keine ausgemachte Sache.

»Natürlich«, antworte ich wie stets.

Du bist bereits fertig, hast frische Sachen aus deiner Übernachtungstasche angezogen. Als ich vor einer kleinen Weile aufgewacht bin, hörte ich die Dusche rauschen. Ein Blick auf die Uhr verriet mir, dass du spät dran bist und ich verschlafen habe. Es war eine lange Nacht, wir haben geredet und geredet, und irgendwann muss ich eingeschlafen sein. Die Erinnerungen, die Dinge, die ich dir erzählt habe, lassen mich nicht los. Jetzt bereue ich es. Die Nacht hat mir ein Gefühl von Sicherheit verliehen, doch im hellen Licht des Morgens fühle ich mich entblößt. Meine Haut kribbelt vor Scham.

»Ich würde dir heute Abend gern eine Frage stellen.« Du ziehst den Gürtel um deine schmale Taille.

»Frag mich jetzt.«

Du schüttelst den Kopf und lächelst matt. »Ungeduldiges Ding.«

Ich drehe mich auf die Seite, stütze mich auf einen Ellbogen und schaue zu, wie du dir mit der Bürste durch das nasse Haar fährst. Deine große Gestalt füllt den Spiegel über der Frisierkommode aus. Dein Haar ist dicht und wild, jede Frau könnte dich darum beneiden. Doch als du dein Spiegelbild betrachtest, tust du es mit einem kritischen Stirnrunzeln.

»Wo und wann?«, frage ich.

»Es gibt da ein Restaurant im Village, das ich gern mal ausprobieren würde. Ich schicke dir die Adresse.«

Als du dich neben mich aufs Bett setzt, duftest du nach Salbei und Minze.

»Danke«, sagst du.

»Wofür?«

»Dafür, dass du dich mir anvertraut hast. Du wirst es nicht bereuen.«

»Lauf weg, solange du kannst«, witzle ich mit einer Sicherheit, die ich nicht empfinde.

Du küsst mich, eine Hand auf meiner Hüfte, ein langer, tiefer Kuss, um dich dann widerstrebend von mir zu lösen.

»Ich bin spät dran«, sagst du mit einem Stöhnen. »Wir sehen uns heute Abend.«

Und dann bist du fort, und ich bin allein mit meinem Geständnis, meiner Vergangenheit, all den Stimmen in meinem Kopf.

Ich flüchte mich in die Arbeit, wie ich es immer tue, vergesse mich selbst und alle meine Probleme. Der Tag vergeht schnell. Du rufst mittags nicht an, aber gegen zwei Uhr nachmittags bekomme ich eine Textnachricht mit der Adresse, ein Restaurant, das ich nicht kenne.

Ich habe Schmetterlinge im Bauch, als wäre es unsere erste Verabredung. In gewisser Weise ist es das vielleicht auch. Denn jetzt weißt du Bescheid.

Was willst du mich fragen, Adam?

Als ich das Restaurant betrete, flattern die Schmetterlinge in meinem Bauch wie wild.

Es ist angenehm schummrig. Abgetrennte Nischen und Kerzen auf den Tischen. Ein goldener Buddha sitzt in der Mitte eines dunklen Zimmerbrunnens, in dem Lotosblüten treiben. Ich halte nach dir Ausschau, sehe dich aber nicht.

Sieht dir gar nicht ähnlich, dich zu verspäten.

Der Chef de Rang, – große dunkle Augen, Gesichtszüge wie gemeißelt, makellos und ganz in schwarz gekleidet – lächelt, und ich sehe ihm an, dass das Kleid, das ich trage – neu, ein seltener Spontankauf –, die richtige Wahl war. Es betont mein Dekolleté und lässt meine Augen strahlen.

»Sie sind als Erste eingetroffen. Darf ich Sie zu Ihrem Tisch führen?«

»Ja, bitte.«

Sein Blick ruht auf mir.

Vom Äußeren her bin ich nichts Besonderes. Ich meine, ich sehe schon ganz gut aus. Aber meine Beine finde ich nicht so toll, und meine Haare führen bei Regen ein Eigenleben. Die Kunst des Schminkens habe ich mir nie so richtig angeeignet. In einer Stadt voller schöner, schicker, glamouröser Frauen setze ich auf den urbanen Warrior-Look, ich trage hauptsächlich Jeans und Lederjacke, T-Shirts und Doc Martens-Stiefel. Ich bin keine, die wachst, zupft und manikürt, hungert und sich herausputzt. *Eine natürliche Frau*, hast du gesagt. *Selten heutzutage*. Ich habe es als Kompliment genommen.

Aber dieses Kleid, ein königsblaues Wickelkleid, lang und hauteng, betont meine Vorzüge ausgesprochen gut.

Warum habe ich mich für heute Abend so schick gemacht? Ich weiß es nicht.

*Wenn er sich von dir trennen will, sieht er zumindest, was ihm entgeht*, hat Robin wenig hilfreich gesagt, als ich mich fertigmachte. Sie lümmelte auf meinem Bett herum, so wie sie es immer tut – entspannt, selbstsicher, zu allem bereit.

Am Tisch schaue ich in die Speisekarte.

Wow.

Sehr teuer.

Du übernimmst immer die Rechnung. Anfangs fühlte ich mich nicht wohl dabei, und wir stritten uns darum, wer bezahlen durfte. *Ich bin oldschool*, hast du gesagt. *Im Restaurant bezahlt der Mann. Es ist einfach daneben, wenn man es nicht tut*. Aber mittlerweile liebe ich das an dir: deine Großzügigkeit. Deine Freundlichkeit. Du gibst, ohne etwas im Gegenzug zu verlangen.

Ich blicke jedes Mal zur Tür, wenn sie aufgeht – ein lachendes junges Paar kommt herein, ein älterer Herr mit Baritonstimme. Natürlich habe ich Hunger. Die Kellnerin fragt, ob ich schon etwas trinken möchte. Aber ich werde auf dich warten. Die Schmetterlinge haben sich in Krähen verwandelt.

Immer wieder muss ich an gestern Nacht denken.

*Du hast so viel durchgemacht*, hast du voller Mitgefühl gesagt. *Aber du bist eine Überlebenskünstlerin.*

Das war noch nicht alles. Es gibt noch mehr Schichten. In uns allen steckt immer mehr als das, was wir sagen und zeigen. Aber ich habe dir alles anvertraut, was möglich war. Ich habe genug von mir offenbart.

Also bin ich, nachdem deine Nachricht kam, schnell zu einer Boutique geflitzt, die ich mag, um mir ein neues Kleid zu kaufen. Kauftherapie ist normalerweise überhaupt nicht mein Ding. Aber ich verstehe, was die Leute daran so reizt: Ich bin in eine neue Haut geschlüpft. In etwas Helles, Frisches.

Die Tür geht auf und eine große, umwerfend elegante Frau kommt hereingeschwebt. Sie hat dunkle Haut und trägt ein wunderschönes schwarzes Kleid. Sie setzt sich an die Bar, und kurz darauf gesellen sich zwei Asiaten in scharf gebügelten anthrazitgrauen Anzügen zu ihr. Sie stecken die Köpfe zusammen, unterhalten sich leise und intensiv.

Du wirst bald kommen, versichere ich mir. Du bist auf dem Weg.

Weißes Tischtuch.

Orchideen in einer Vase.

Leises Gemurmel, Flötenmusik. Ich warte.

Eine halbe Stunde über der Zeit. Sieht dir eindeutig nicht ähnlich.

Endlich fische ich mein Handy aus der Tasche.

Oh.

Drei verpasste Anrufe. Ich versuche, dich zurückzurufen, aber du meldest dich nicht. Ich spüre ein unangenehmes Ziehen im Magen. Angst. Ich weiß, wie schlimme Dinge sich anschleichen können. Eben noch scheint das Leben stabil, vorhersehbar, und im nächsten Augenblick wird einem der Boden unter den Füßen weggezogen und man schwebt im Weltall. Null Schwerkraft.

Ich schreibe: Ist was passiert? Ich habe eben versucht, dich zurückzurufen.

Weitere Minuten vergehen. Die übrigen Gäste genießen ihr Essen, ohne zu ahnen, wie mein Herz hämmert. Meine Kellnerin schaut immer wieder zu mir herüber. Andere Kellner flitzen vorbei, voll beladene Tabletts in den Händen – es riecht himmlisch, aber der Duft dringt kaum zu mir durch.

Schließlich – es sind weitere zehn Minuten vergangen, ohne dass du dich gemeldet oder auf meine Anrufe und Textnachrichten reagierst hättest – suche ich meine Sachen zusammen.

Du wirst nicht kommen.

Irgendetwas stimmt nicht.

# 5

Als ich aufstehe, ziehe ich alle Blicke auf mich. Ich lasse mein Wasserglas stehen, die zerknitterte Serviette auf den Tisch fallen. Meine Kehle ist wie zugeschnürt, Hitze steigt mir in die Wangen. Scham. Sie lebt in meiner Magengrube, zusammengerollt wie eine Schlange, und wartet darauf, ihre Fangzähne in mich zu schlagen.

Ich hätte es dir nicht erzählen sollen. Es war zu früh. Wir kennen einander noch nicht gut genug. Ich habe meine hässliche Vergangenheit aus gutem Grund begraben. Es hat Jahre gedauert, bis ich Jax davon erzählt habe. Und selbst sie kennt nicht die ganze Geschichte.

Aber du.

Denn das ist Liebe, oder? Wir wollen uns so gern offenbaren. Und wenn wir das tun, hoffen wir wider jede Vernunft, dass der andere uns so liebt, wie wir sind, auch wenn er etwas anderes erwartet hat.

»Es gab einen Notfall«, sage ich zu der Kellnerin, die herkommt, um festzustellen, was los ist und warum ich gehe. »Es tut mir so leid.«

Die Kellnerin und der Chef de Rang sind so freundlich und entgegenkommend. Was wehtut. Freundlichkeit tut mir manchmal weh. Ich kann es nicht erklären.

Auf der Straße versuche ich erneut, dich zurückzurufen, aber es meldet sich nur eine monotone Stimme, die mich darüber informiert, dass der Teilnehmer leider keine Mailbox eingerichtet hat. Seltsam.

Deine Wohnung ist nicht weit entfernt. Wahrscheinlich bin ich zu Fuß schneller da als mit dem Taxi; ich würde nur im Kriechtempo vorwärtskommen. Und der Spaziergang wird mich beruhigen, mir helfen, meine Gedanken zu ordnen.

New York kann wie ein Wald sein. Wenn es einem gelingt, innerlich ruhig zu werden, taucht man ein in Geräusche. In dem Hupen der Autos, dem Stimmengewirr, dem Grollen der U-Bahn unter einem liegt eine Art Rhythmus, eine friedliche Disharmonie. Der Strom trägt einen, wenn man sich in ihn hineinwirft. Fußgängerampeln schalten von *Don't Walk* auf *Walk*, Leute machen einem Platz. Ich schwimme mit und brauche nur zwanzig Minuten vom East Village bis zu deiner Wohnung in Chelsea.

Als ich vor deinem Haus stehe, bin ich überzeugt, dass sich bald alles aufklären wird. Es wird irgendeine einfache Erklärung dafür geben, dass du mich versetzt hast, nachdem ich dir mein dunkelstes Geheimnis anvertraut habe. Nachdem ich es dir im Dunkeln zugeflüstert habe, während du mich hieltest. Es tut mir so leid, hast du immer wieder gesagt. Und ich fühlte mich gesehen, erkannt, verstanden.

An dem sauberen weißen Eingang gibt es keinen Portier, nur einen modernen, schicken Monitor mit Sprechanlage. Mein Finger liegt auf dem harten, weißen Klingelknopf, 12 B, dem einzigen ohne Namen auf dem Schild.

*Warum sollten irgendwelche fremden Leute erfahren, wer in 12 B wohnt? Damit gefährdet man nur seine Sicherheit*, hast du gesagt.

Das ist dein Job. Sicherheit. Du verkaufst Sicherheitssysteme an Unternehmen und Privatpersonen. Du installierst Kameras und stille Alarmanlagen, Bewegungsmelder. Du klärst über Cybersicherheit auf, richtest Firewalls und verschlüsselte Webseiten ein. Ich weiß von dir, wie Trickbetrüger, Kriminelle und Hacker sich in Computersysteme einschleichen können, um zu stehlen, zu sabotieren, zu schaden. Du wirst ganz leidenschaftlich, wenn du davon anfängst. Ich mag Leute, die für ihre Arbeit brennen. Das gehörte zu den ersten Dingen, die mir an dir gefallen haben.

Es meldet sich niemand. Ich klingle erneut.

Endlich kommt ein »Hallo?«

Ich bin verblüfft, denn es ist eine weibliche Stimme, jung, vorsichtig. Dann erscheint ihr Gesicht auf dem Bildschirm. Sie ist hübsch, dunkle Haut und Ringellöckchen. Kurz versagt mir die Stimme. Wer ist diese Frau?

»Ist ... Adam da?«, frage ich. Mein Hals ist ganz trocken.

Sie schüttelt den Kopf. »Hier ist niemand, der so heißt. Tut mir leid.«

Ich höre eine Kinderstimme. »Mama, wer ist da?« Sie verschwindet vom Bildschirm, und als sie wieder auftaucht, hat sie ein kleines Kind auf dem Arm, einen Jungen in einem roten T-Shirt. Es greift mit seinem Patschhändchen nach der Kamera, blockiert das Bild. In meinem Brustkorb ist ein gefangener Vogel, der panisch mit den Flügeln schlägt. Wer ist diese Frau? Dieses Kind?

Ich räuspere mich, muss mich sammeln.

»Die Wohnung gehört ... einem Freund von mir«, erkläre ich. »Ist er da?«

Ich überprüfe noch einmal das Klingelschild. Es ist die richtige Wohnung. Ich war bereits zweimal hier – einmal hast du mich zum Essen eingeladen. Einmal habe ich hier übernachtet.

Danach waren wir meistens bei mir. Dass ich hier war, ist Monate her. Deine Wohnung ... wirkte so unterkühlt. Ich rufe sie mir in Erinnerung. Unbequeme Sofas, ein zu hartes Bett. Keine Lebensmittel im Kühlschrank. Deine Klamotten ordentlich aufgehängt und gebügelt, wie Soldaten, die bereit sind, in die Schlacht zu ziehen. Keine Bilder. Sogar im Bad ... da lagen nur ein Deo, eine Zahnbürste, Zahnpasta, Zahnseide. Ein Stück Seife in der Dusche. Auf keinen Fall irgendein Hinweis auf eine andere Frau, eine *Familie.*

»Ist er da?«, wiederhole ich, als das Kleinkind die Hand wegnimmt.

»Nein«, sagt sie. Sie macht einen sympathischen Eindruck, ein mütterlicher Typ mit geduldiger Stimme und verständnisvollem

Blick. »Oh, das ist nur eine Ferienwohnung. Ich habe sie mit meiner Familie für diese Woche gemietet. Tut mir leid.«

Ich weiß nicht, was ich sagen soll. Ihr offener Gesichtsausdruck beweist, dass sie die Wahrheit sagt. Es sei denn, sie kann sehr gut lügen, was bei den wenigsten der Fall ist. Erneut schaue ich auf den Eingang, die Klingel, die Sprechanlage. Es ist das richtige Haus, hier waren wir zusammen. Ich bin mir ganz sicher.

Ich bedanke mich. Was hätte ich sonst auch sagen sollen?

»Viel Glück bei der Suche nach Ihrem Freund«, sagt sie, und der Bildschirm wird dunkel.

Ein Blick auf mein Telefon verrät mir, dass es keine weiteren Anrufe gegeben hat, und als ich erneut deine Nummer wähle, meldet sich niemand. Ich schicke noch eine Nachricht:

> Es gibt bestimmt einen guten Grund dafür, dass du mich versetzt hast. Ruf mich an. Ich bin nicht besorgt oder so. Oder am Durchdrehen. Gar nicht.

Keine kleinen Punkte pulsieren, die mir verraten würden, dass du schreibst. Die Lesebestätigung für Textnachrichten hast du natürlich deaktiviert. Ich weiß also nicht, ob du meine Nachricht bekommen hast. Ich fühle mich elend und unglücklich, ein sehr vertrautes Gefühl. Man ist so hilflos, wenn eine Verbindung gekappt wird. Menschen bleiben nur in unserem Leben, wenn sie es wollen. Also kommt es oft vor, dass sie einfach weggehen. Und es gibt im Grunde nichts, was man dagegen tun könnte.

Ich stehe hilflos auf der Straße und gehe meine Optionen durch. Hier warten, bis du auftauchst? Nein. Noch einmal anrufen? Nein. Noch ein Anruf bei dir, und ich verfalle der Hysterie. Du hast mich versetzt. In der Wohnung, die ich für deine gehalten habe, sind eine Frau und ein Kind. In diesem Moment wird mir erst so richtig klar, dass wir keine gemeinsamen Freunde haben, niemanden, den du kennst, den auch ich kennen würde. Es gibt niemanden, den ich anrufen und beiläufig fragen könnte: Übrigens, was macht denn Adam?

Ist das nicht merkwürdig?

Ich bleibe noch kurz auf der Straße stehen, wie bestellt und nicht abgeholt, und starre auf mein stummes Handy. Und dann, da mir kaum etwas anderes übrigbleibt, gehe ich einfach nach Hause.

Als ich auf den Bahnsteig trete, fährt gerade die U-Bahn ein. Ich setze mich neben eine alte Frau, die in der Bibel liest. Ich versuche meistens, mich neben Leute zu setzen, die ein Buch in der Hand haben, irgendwas in ein Notizbuch schreiben oder einfach ins Leere starren. Das erscheint mir sicherer, außerdem fühle ich mich solchen Menschen irgendwie verwandt. Der Zug verlässt den Bahnhof und nimmt Fahrt auf, rattert quietschend Richtung Brooklyn Heights. Er ist nicht brechend voll, aber gut besetzt. An der Haltestelle Borough Hall steige ich aus.

Offenbar ist eine Kaltfront schnell herangezogen, merke ich, als ich ins Freie trete und mich auf den Heimweg mache. Es ist richtiggehend kühl geworden. Mein Kleid ist viel zu dünn.

Warum habe ich bloß keine Jacke übergezogen?

Wo bist du?

Ich gehe rasch, mit gesenktem Kopf. Brooklyn hat einen anderen Rhythmus als Manhattan. Langsamer, leichter. Ein Pulsieren ist trotzdem deutlich spürbar.

Kurz male ich mir aus, dass du auf der Treppe vor meinem Haus sitzt und wartest. *Ich habe mein Handy verloren*, wirst du sagen. Oder: *Du wirst nicht glauben, was passiert ist.* Und wir werden in mein Brownstone-Haus gehen, das in jeder Hinsicht das Gegenteil deiner Wohnung ist, und ich werde uns einen Wein einschenken und den Kamin im Wohnzimmer anmachen. Und du wirst mir erzählen, was passiert ist. Und es wird einen sehr guten Grund dafür geben, dass eine fremde Frau in deiner Wohnung war und behauptete, es sei eine Ferienwohnung. Und wir werden den Vorfall vergessen und uns lieben.

Ich kann fast deine Haut spüren, dein dichtes Haar unter meinen Fingern, du hältst mich ganz fest, siehst mich an, lässt mich etwas empfinden – einen Hunger, ein Fallen, ein so intensives Begehren, dass es fast beängstigend ist.

Aber du sitzt nicht auf der Treppe. Das Haus ist still und dunkel.

Ich mache Licht und schließe hinter mir ab. Das Haus, das Zuhause, das ich mir geschaffen habe, ist mir ein Trost. Ich lasse meine Tasche im Flur fallen, sinke in die weiche Umarmung meines Sofas und ziehe die Kaschmirdecke über mich, ohne das Telefon aus der Hand zu legen. Das Display bleibt dunkel.

Ich weiß nicht genau, wie lange ich dort sitze, eingekuschelt auf dem Sofa, und auf Nachricht von dir warte. Lange. Irgendwann muss ich eingedöst sein, denn das Vibrieren meines Handys weckt mich auf.

Es ist etwas passiert. Ich muss weg. Es tut mir leid, Wren.

Ich verstehe nicht, tippe ich rasch mit beiden Daumen.

Ich weiß. Es tut mir leid.

Sag mir einfach, was passiert ist.

Aber jetzt kommt nur eine Fehlermeldung: Meine Nachricht konnte nicht zugestellt werden. Ich sitze da, starre auf das Display und versuche immer wieder, dich zu erreichen.

Um mich abzulenken, schalte ich den Fernseher ein. Ein unmöglich wohlfrisierter Mann mit Plastikgesicht liest die Nachrichten vor. Er sieht nicht echt aus. Ist er echt, überlege ich. Vielleicht ist es einer dieser Avatare, ein computergeneriertes Idealbild eines Nachrichtensprechers. Aber nein, auf dem hochauflösenden Bildschirm meines Fernsehers kann ich die Ränder seines Make-ups erkennen. Die Nachrichten sind selbstredend alle schlecht. In China breitet sich mit beängstigender Geschwindigkeit ein Virus aus. Man sieht Bilder von Männern in Schutzanzügen, die irgendeinen Platz besprühen. Die Aktienkurse, die in den letzten Jahren stetig zugelegt haben, rutschen ab. Eine rote Zickzacklinie illustriert die Talfahrt unseres Wohlstands. In Vorderasien gab es einen Flugzeugabsturz, keiner der Passagiere hat überlebt. Das brennende Wrack wird gezeigt. »Bei diesem neuen Flugzeugmodell«, erklärt der Nachrichtensprecher, Missbilligung in der Stimme, »gab es bekannte technische Probleme. Es wurden Ermittlungen eingeleitet.«

Ich will es nicht, aber ich kann praktisch hören, was mein Vater dazu sagen würde. Nach einer solchen Nachrichtensendung hätte er gewettert, dass die Welt kurz vor dem Untergang stehe. Dass die Menschheit ein Virus im Körper Gottes sei, der irgendwann ausgestoßen würde. Er schlug immer mit der Faust auf den Tisch, wenn er so richtig in Fahrt kam. Ich höre noch das Geschirr klirren.

Etwas legt sich bleiern auf mein Gemüt, wie immer, wenn die Nachrichten des Tages das wirre Wüten meines Vaters fast vernünftig erscheinen lassen. Mein Smartphone bleibt hartnäckig dunkel.

Ich spüre einen fast körperlichen Schmerz im Magen, als unsere Verbindung durchtrennt wird.

Ich weiß nicht, woher ich das weiß. Aber mein ganzer Körper schmerzt, so sicher bin ich mir.

Du bist nicht mehr da.

# 6
# DAMALS

In dem alten Minivan herrschte trübselige Stimmung. Der angekoppelte Anhänger polterte und quietschte, drohte sich zu lösen. Ich drehte mich um, sah ihn schlingern und schwanken und dachte an meine in Umzugskartons gestopften Stofftiere und Bücher. Ich malte mir aus, wie es wohl aussehen würde, wenn sie sich überall verteilten, sollte der Anhänger sich lösen und auf die Straße krachen.

Ich hatte aufgehört zu weinen. Wir waren seit Stunden unterwegs, und meine Tränen waren irgendwann versiegt. Die Stadt, die ich als meine Heimat betrachtete, war im Rückspiegel verschwunden, und bald gab es nur noch Bäume und Himmel, eine lange, kurvige Straße nach Nirgendwo. Der Radiosender, den wir gehört hatten, verlor sich in statischem Rauschen. Ich hatte meinen Freundinnen gesagt, dass wir umziehen würden, aber nicht wann, weil ich es nicht gewusst hatte. Wir waren nachts losgefahren, und ich hatte keine Gelegenheit gehabt, mich zu verabschieden. Das ist das Grundproblem, wenn man ein Kind ist, über dessen Leben allein Erwachsene bestimmen: Man wird im Strudel ihrer Entscheidungen mitgerissen. Avery. Grace. Sophie. Würden sie nicht wissen wollen, wo ich war und warum ich mich nicht richtig verabschiedet hatte? Ich fragte meine Mutter.

»Wenn wir angekommen sind, schicken wir allen eine Nachricht. Sie werden es schon verstehen. Die Leute ziehen ständig um. Das bedeutet nicht, dass man nicht mehr befreundet ist.«

Wie sollte ich mit Mädchen befreundet bleiben, die ich vielleicht nie wiedersehen würde?

Ich versuchte, nach der Hand meines Bruders zu greifen, aber er entzog sie mir, drehte das Gesicht zum Fenster und starrte finster hinaus.

»Das Beste an dem Ort, wo wir hinziehen«, sagte mein Vater vom Fahrersitz aus, »ist das Land.« Unsere Blicke trafen sich im Rückspiegel.

»Es ist wunderbar dort, Luke«, stimmte meine Mutter, Alice, ihm zu. In ihrer Stimme lag die falsche Munterkeit, die man bei Arztbesuchen an den Tag legt. »So friedlich.«

Er legte ihr eine Hand auf den Oberschenkel.

»Die Welt der Menschen ist dem Untergang geweiht«, fuhr er fort. »Dort, wo wir hinfahren, werden wir frei sein.«

»Nicht die Welt der Menschen geht unter«, sagte Jay. »Du tust es. Du bist ein Versager, hast deinen Job verloren, unser Haus wird zwangsversteigert, und wir können sonst nirgendwohin.«

Ich spürte, wie mein ganzer Körper erstarrte, und hörte meine Mutter nach Luft schnappen. Hätten wir jetzt am Küchentisch gesessen, wäre mein Vater ausgerastet. Er wäre aufgesprungen, hinter Jay hergejagt und hätte ihn verprügelt. Wenn er ihn erwischte. Mein Bruder wurde immer kühner, je älter er wurde. Er war schnell. Mittlerweile meistens schneller als unser Vater.

»Halt den Mund, Junge«, sagte er stattdessen leichthin. Er saß am Steuer, und er war nüchtern. Ein ganz anderer Mensch als nach ein paar Bieren oder verkatert. »Ich könnte ein ganzes Buch mit dem füllen, was du nicht weißt.«

Jay blickte mürrisch drein und verstummte.

»Mein Vögelchen kennt die Wahrheit«, sagte mein Vater und fing wieder meinen Blick auf. »Nicht wahr?«

Meine Mutter drehte sich zu mir um und lächelte. Sie war eine goldene Schönheit mit funkelnden seeglasblauen Augen und einem freundlichen Gesicht. Ich war ihre Komplizin in dem Bemühen, meinen Vater zu beschwichtigen, ihm zu sagen, was er hören wollte, damit er nicht in Wut geriet.

»Es ist das Haus unserer Familie«, sagte ich. »Dort gehören wir hin.«

Und damit verriet ich Jay. Er warf mir einen giftigen Blick zu, und ich rückte so weit von ihm ab, wie es auf dem Rücksitz möglich war. Mir fehlten die richtigen Worte dafür, deshalb konnte ich ihm nicht sagen, dass ich es ebenso für ihn tat wie für unsere Mutter und mich. Wenn Paps ihn verprügelte, spürte ich jeden Schlag am eigenen Leib.

»Genau«, bestätigte mein Vater mit leuchtenden Augen. »Dort gehören wir hin.«

Es dämmerte bereits, als wir endlich ankamen und in die lange, kiesbestreute Auffahrt einbogen. Das Haus ragte drohend vor uns auf. Es sah aus, als hätte noch nie Licht hinter seinen Fenstern gebrannt. Die Bäume um uns herum sahen aus wie mit Tinte gezeichnet, dahinter verborgene Schatten.

Häuser sind wie Menschen. Sie haben Erinnerungen und eine bestimmte Energie. Sie warten. Sie welken, wenn sie vernachlässigt werden. Sie erkranken und verfallen. Dieses Haus war ein zu großes, verschachteltes altes Gemäuer, bevölkert von ruhelosen Geistern und schlimmen Erinnerungen. Als wir vorfuhren, schien es aus den Bäumen emporzusteigen.

Seine Fenster waren Augen, das Dachgesims Brauen, in finsterer Überraschung erhoben.

Das Land, viele Morgen Wald, wie ich noch erfahren sollte, war ein Hort schlecht durchdachter Ideen und gebrochener Versprechungen.

Doch als mein Vater aus dem Auto stieg, strahlte er, wie ich ihn noch nie hatte strahlen sehen. Sogar Jay schien sein Elend abzustreifen, als er ihm folgte und sich dehnte und streckte.

Meine Mutter stieg aus und warf sich in die ausgebreiteten Arme meines Vaters. Jay stand neben ihnen, und als ich mich zu ihnen gesellte, legte er den Arm um mich und blickte auf mich hinunter. Das war seine Entschuldigung dafür, dass er sich im Auto wie ein

Arsch aufgeführt hatte, und ich nahm die Entschuldigung an, wie es jede treue Anhängerin getan hätte, froh über seinen warmen, starken Körper neben mir.

Damals gab es nur uns vier, und wir standen auf der Schwelle zu einem ungewissen neuen Leben.

»Hört ihr das?«, fragte mein Vater mit leuchtendem Gesicht. Ich erschauderte und drückte mich an Jay, schlang die Arme um seine Taille.

»Nein«, antwortete meine Mutter, nachdem sie einen Moment gelauscht hatte. »Ich höre gar nichts.«

»Genau«, sagte er mit einem Lachen. »Man hört gar nichts.«

Da war nur der Wind, der in den Bäumen rauschte. Und der Duft von Fichten und Tannen.

Mein Vater ließ meine Mutter los und klatschte einmal in die Hände. Es hallte wider.

»Morgen bringen wir den Generator zum Laufen«, erklärte er. »Heute kochen wir am Lagerfeuer im Garten – wie gut, dass wir uns in der Stadt mit Lebensmitteln und Feuerholz versorgt haben.« Ich war erst zehn, aber ich musste an den Kasten Bier denken, der ebenfalls im Auto war. Ich hätte es so nicht ausdrücken können, aber mir war klar, dass Überschwang ebenso zum Trinken führen konnte wie Depression. Und das Trinken von Alkohol konnte sonst wohin führen.

Er lief die Stufen zur Haustür hoch, dicht gefolgt von meinem Bruder.

Meine Mutter drehte sich zu mir um und lächelte. Ich sah Hoffnung in ihren leuchtenden Augen, ihrem strahlenden Lächeln. Ich hätte ihre Gefühle so gern geteilt.

Was stimmte nicht mit ihnen? Konnten sie etwas sehen, das ich nicht sah? Sie ergriff meine Hand, drückte sie und zog mich in Richtung Haus.

»An diesem Ort kann dein Vater heil werden«, flüsterte sie. »In einem Haus, das seit Ewigkeiten in der Familie ist und jetzt uns gehört. Dazu jede Menge Land. Sieh es als Abenteuer.«

Abenteuer sollten eigentlich Spaß machen. Mir wurde schwer ums Herz.

»Es ist ein *Abenteuer*«, wiederholte sie, als würde es wahrer werden, wenn sie es mehrmals sagte. In ihren Augen glänzten Freudentränen.

»Du wirst schon sehen«, sagte sie, als ich stumm blieb. »Hier werden wir glücklich sein.«

Ich ließ mich von ihr ins Haus führen.

# 7
# HEUTE

Der Morgen ist angebrochen, grau und trübe. Kein Vogel sitzt am Fenster und klopft mit seinem Schnabel an, es ist nur der Nieselregen. Mein Nacken tut weh, weil ich auf dem Sofa geschlafen habe.

Nach der unruhigen Nacht bin ich benommen und unmotiviert. Ich greife nach meinem Handy. Keine Nachricht von dir oder sonst jemandem. Der Akku ist fast leer.

Eingehüllt in die Kaschmirdecke sehe ich durchs Fenster auf die Wipfel der Bäume. Ich trage noch das Kleid von gestern Abend. Sogar in Brooklyn zwitschern Vögel, aber heute höre ich nichts. Ich ziehe mir die Decke über den Kopf und drücke die Augen fest zu. Vielleicht bleibe ich einfach noch ein bisschen liegen. Oder den ganzen Tag.

Aber nach einer Weile meldet sich meine Koffeinsucht, und ich tappe in die Küche und mache mir einen Kaffee, ohne mein Handy loszulassen.

Während der Kaffee durchläuft, rufe ich Jax an und erzähle ihr, was passiert ist.

»Was für ein Arschloch«, sagt sie, als ich fertig bin.

»Was könnte ihm bloß zugestoßen sein?« Ich muss immer an deine letzten Textnachrichten denken. *Etwas ist passiert. Ich muss weg. Es tut mir leid, Wren.*

»Klingt nach reinem Bullshit, finde ich«, erklärt sie. »Als würde er sich irgendwelche rätselhaften Machenschaften ausdenken, um die Tatsache zu verschleiern, dass er ein Feigling ist.«

Sie klingt außer Atem, denn sie ist auf dem Laufband. Durchs

Telefon höre ich ihre schweren Tritte und das Surren des Bands. »Alle Männer sind feige. Wenn er nicht jetzt abgetaucht wäre, dann eben später. Oder er hätte dich betrogen. Oder er wäre insgeheim spielsüchtig oder so.«

Jax ist auf die meisten Männer nicht gut zu sprechen. Ihr Vater hat die Familie verlassen, als sie klein war, und Miranda hat sie und ihre Brüder allein großgezogen. Sie hatte zwei Jobs gleichzeitig, und es war nicht leicht für sie. Andererseits mag Jax auch die meisten Frauen nicht. Ich glaube, ich gehöre zu den ungefähr drei Menschen auf der Welt, die sie gut leiden kann.

»Möglich«, räume ich ein. Denn um fair zu sein: Keine von uns hatte bislang viel Glück mit Männern.

»Stellen wir uns den Tatsachen.« Ihre Schritte werden langsamer, und das Surren des Laufbands verstummt. »Allein sind wir besser dran. Warum heiraten wir nicht einfach, du und ich, und gut ist.«

Es ist nicht das erste Mal, dass sie das sagt. Aber da keine von uns beiden lesbisch ist, wüsste ich nicht, wie das funktionieren sollte. Vielleicht würde es klappen. Vielleicht ist eine verlässliche Freundschaft alles, was wir letztendlich alle brauchen. Ich merke, dass ich lächle.

»Kann ich darauf zurückkommen?«, sage ich. Es ist nicht das erste Mal, dass wir dieses Gespräch führen.

»Klar.« Sie hat eine rauchige Stimme, sexy. Perfekt für ihren Podcast. »Und hey, weißt du was? Es ist *okay*.«

»Ja«, sage ich, aber ich empfinde es nicht so. Überhaupt nicht. »Natürlich.«

Sie ist immer noch außer Atem. Ich höre, wie sie gierig Wasser trinkt.

»Gehen wir doch heute Abend aus«, schlägt sie schließlich vor. »Wir tanzen, trinken was, lernen jemanden kennen. Du weißt schon, ganz altmodisch, so wie man es gemacht hat, bevor es Dating-Apps gab.«

Mir fällt nichts ein, zu dem ich weniger Lust hätte.

»Nicht heute Abend. Ich glaube, ich bleibe einfach zu Hause und pflege mein Unglück.«

Ihr Lachen ist tief und kehlig. Sie kann mich immer dazu kriegen, abends auszugehen, und das weiß sie.

»Wir werden sehen«, sagt sie und beendet den Anruf.

Ich habe Abgabetermine, also schiebe ich meine Sorgen und meine Enttäuschung beiseite und mache mich an die Arbeit. Ich gehe mit meinem Kaffee ins Arbeitszimmer, setze mich an den Schreibtisch, der meiner Mutter gehört hat, und lehne mich in dem ergonomischen Bürostuhl zurück, den ich mir wegen meines Rückens gekauft habe. Ich klappe den Laptop auf und versuche, mich zu konzentrieren. Aber natürlich überprüfe ich ständig mein Handy und meine Mails.

Vielleicht mache ich ja aus einer Mücke einen Elefanten.

Deine berufliche Tätigkeit ist schon ein wenig mysteriös. Du kannst nicht immer über deine Kunden reden oder darüber, was du für sie tust. Vielleicht bist du plötzlich weggerufen und zu Stillschweigen verpflichtet worden? Das wäre doch möglich, oder nicht? Vielleicht hat dein Verschwinden gar nichts mit meinem nächtlichen Geständnis zu tun.

Doch der Vormittag vergeht, ohne dass ich irgendwas von dir höre.

Nein. Die Wahrheit ist, ich bin geghostet worden. Du hast unsere Beziehung beendet, einfach so, ohne jede Erklärung. Ich sehe bereits vor mir, wie ich zu einer schimmernden Fata Morgana verblasse, während du verschwindest, ein Pünktchen am Horizont.

Schuldbewusst ignoriere ich einen Anruf von Jax' Mutter Miranda, die, zusammen mit Jax' älteren Brüdern, zu meiner Ersatzfamilie geworden ist. Sie schreibt mir stattdessen: Ruf an, wenn du reden willst. Männer. Glaub mir. Er ist nicht die letzte kalte Cola in der Wüste. Es folgt eine Reihe Männer-Emojis. Da sie stets darauf bedacht ist, inklusiv zu sein, sind es Männer aller möglichen Hautfarben und Berufe: blond, brünett, mit Schnurbart, schwarz, asiatisch, ein Detektiv, ein Arzt, ein Beefeater, ein Punk. Miranda hat die Gabe, mich zum Lachen zu bringen, und ihre Nachricht hellt meine Stimmung auf, genau wie mein Telefongespräch mit Jax. Was würde ich nur ohne die beiden anfangen?

Kurz vor dem Mittagessen verliere ich den Kampf mit mir selbst und gehe auf deine Social-Media-Kanäle. Du postest selten etwas, nur gelegentlich einen Zeitungsartikel über Sicherheitsfragen. Nirgendwo steht irgendwas Neues.

Klick, klick, und ich habe die bunte Torch-Seite auf dem Bildschirm. Ein paar weitere Klicks bringen mich zu deinem Profil. Auch hier keine Veränderung, nur dieselben minimalistischen Informationen, die mich anfangs zu dir hingezogen haben. Dein Profilfoto ist völlig anders als die Fotos der anderen Männer – die meisten zeigen sich mit nacktem Oberkörper, lassen ihre Muskeln spielen, halten einen Riesenfisch hoch, den sie gefangen haben, lehnen an teuren Autos, halten Jagdgewehre in der Hand oder laufen einen Marathon. Wenn sie für dieses ultramoderne Forum posieren, senden sie uralte Botschaften, ohne es auch nur zu merken: Ich bin stark. Ich kann Raubtiere bezwingen. Eine Familie ernähren.

Aber du nicht. Auf deinem Profil ist nur ein einziges körniges Foto von dir, du blickst intensiv in die Kamera, forderst den Betrachter heraus. Irgendwie kommst du mir jetzt gar nicht mehr real vor. Du bist eine Fiktion, die ich erschaffen habe. Nichts verbindet uns außer dem Zufall unseres Kennenlernens.

Ich gehe noch ein paarmal auf deine verschiedenen Online-Kanäle.

Social-Media-Stalking. Nicht schön.

Gut. Zurück an die Arbeit.

Ich nenne meine Kolumne und meinen Podcast »Liebe Birdie«.

*Kommt her*, sage ich zu meinen Leserinnen und Lesern, *und bringt das mit, was ihr sonst niemandem erzählen könnt. Ich habe schon alles gese-*

*hen, bin unvorstellbar dunkle Wege gegangen, und das, was ich dabei gelernt habe, setze ich ein, um euch zu helfen, mit den Schrecken umzugehen, die das Mensch-Sein auf diesem Planeten mit sich bringen können. Kein Problem kann zu groß sein, zu hässlich, zu seltsam, zu erschreckend. Kommt damit zu mir. Wir reden darüber. Und solange ihr hier seid, seid ihr sicher.*

Es begann als ein Blog, mit dem ich kurz nach dem College anfing und der schnell eine bizarre Popularität erreichte. In weniger als einem Jahr wurde ich von einer relativ Unbekannten zu einer Bloggerin mit einer Art Kultgemeinde, hauptsächlich dank eines Artikels, der nach dem Tod einer bekannten Briefkastentante erschien und in dem »Liebe Birdie« als eine ihrer jüngeren, hipperen Erbinnen bezeichnet wurde.

Werbegelder begannen hereinzuströmen, als der Blog immer mehr an Bedeutung gewann. Bislang hatte ich ihn selbst publiziert, doch irgendwann meldete sich eine Chefredakteurin und fragte an, ob ich bereit sei, den Blog im *New York Chronicle* zu veröffentlichen – in der Online- und in der Printausgabe. Das Angebot war gut, viel besser, als ich es mir hätte vorstellen können. Offenbar sind auch Menschen, die sonst wenig lesen, verzweifelt auf der Suche nach guten Ratschlägen. Ich konnte kaum ablehnen.

Später fing ich an, einen Podcast aufzunehmen, der ebenfalls extrem populär wurde. Der Erfolg überraschte jeden, mich selbst am meisten. Jetzt ist noch eine Fernsehsendung im Gespräch, kurze fiktionalisierte Adaptionen einiger meiner beliebtesten Folgen. Das Honorar ist ... beachtlich.

Mein wahres Ich, der Mensch hinter »Liebe Birdie«, ist dabei anonym geblieben, völlig unbekannt.

Ich gebe keine Interviews, ich trete nicht in der Öffentlichkeit auf. Eine Zeitlang kannten nur meine Redakteurin Liz, Robin und Jax meine wahre Identität. Jetzt haben wir einen wachsenden Mitarbeiterstab, und es gibt ein paar mehr Leute, die wissen, dass Wren Greenwood »Liebe Birdie« ist. Aber alle haben eine Verschwiegenheitsvereinbarung unterzeichnet und legen Wert darauf, ihren gutbezahlten Job zu behalten. Wir sind ein relativ junges Team, also mussten wir uns noch nicht mit Kündigungen oder verärgerten Angestellten auseinandersetzen, die mein Geheimnis ausplaudern könnten.

Noch nicht einmal du weißt über »Liebe Birdie« Bescheid, Adam. Noch eine Facette von mir. Eine, die ich dir glücklicherweise noch nicht gezeigt habe.

Mittlerweile gibt es ein Team beim *Chronicle*, das die Mails an »Liebe Birdie« sichtet. Auf dem Höhepunkt der Popularität des Blogs, als ich noch alles selbst gelesen habe, war ich überwältigt von dem Ausmaß der Verzweiflung und des Schreckens, das mir in den Zuschriften begegnete, von Elend, Hoffnung, Freundlichkeit, Angst, wahrer Liebe, psychischen Erkrankungen, Heldentum und Wut. Es war wie eine Flutwelle, in der ich fast ertrank.

Robin war immer schon besorgt über diesen Aspekt meines Berufs. *Ist das klug? Hast du nicht schon genug durchgemacht?*

»Manchmal kann es eine Hilfe sein, anderen zu helfen«, versicherte ich ihr stets. Anfangs stimmte das auch.

*Und manchmal ziehen sie einen mit in die Tiefe*, warnte sie.

Vor dem Angebot des *Chronicle* wäre es fast so weit gekommen.

Jetzt entscheidet die Redakteurin anhand irgendwelcher redaktioneller Kriterien, welche Zuschriften an »Liebe Birdie« beantwortet werden. Das Thema soll relevant sein, aber nicht zu düster und auch nicht zu oberflächlich. Es ist eine Gabe, das Elend zu sortieren. Wenn es allein nach mir ginge, würde ich diejenigen auswählen, deren Verzweiflung am größten ist, die am meisten zu verlieren haben, die kurz davor sind, verloren zu gehen.

Ich bin ihr Rettungsanker, und immer noch will ich es den ganz Verzweifelten ermöglichen, »Liebe Birdie« zu erreichen. Schließlich bin ich in den meisten Fällen ihre letzte Hoffnung.

Die Frau, die fürchtete, von ihren angeheirateten Verwandten vergiftet zu werden. Ihr fielen die Haare aus.

Das Mädchen, das auf der Suche nach seinem verschwundenen

Vater war. Sie hatte den Verdacht, ihre Stiefmutter hätte ihn vergiftet und sie wäre als Nächste an der Reihe.

Die Mutter, die glaubte, ihren verstorbenen Sohn in einer Menschenmenge gesehen zu haben und nicht aufhören konnte, diesem Mann zu folgen, obwohl sie längst wusste, dass er nicht ihr Sohn war. Der Mann hatte ein Annäherungsverbot gegen sie erwirkt.

Ich mache mir Sorgen um diese Menschen. Manchmal träume ich von ihnen. Passiert dir das auch, Adam? Hast du Träume, in denen du selbst nicht vorkommst, sondern nur der Beobachter bist? Wahrscheinlich geht es nur mir so.

Ich reiße mich zusammen und sichte die Mails, die meine Redakteurin mir geschickt hat. Morgen ist Redaktionsschluss für die Kolumne. Und ich gebe immer pünktlich ab. Alles, was ich einschicke, ist perfekt, enthält keine Tippfehler, keine Stilblüten. *Perfekt*, lautet gewöhnlich die Rückmeldung meiner Redakteurin. *Wie immer*.

Von einer Trennung werde ich mich nicht aus der Bahn werfen lassen.

Ich gehe vor wie immer. Ich drucke die Zuschriften aus, die Liz mir geschickt hat, mische sie, schließe die Augen und greife aufs Geratewohl eine heraus. Dann beginne ich zu lesen.

Liebe Birdie,
ich bin Witwe. Mein Mann, die Liebe meines Lebens, ist vor vier Jahren gestorben. Auf Wunsch meiner Kinder habe ich vor kurzem angefangen, mich wieder mit Männern zu verabreden. Um ehrlich zu sein, tat ich es anfangs ohne große Begeisterung. Ich glaube, dass uns nur eine einzige große Liebe im Leben zusteht, und meine habe ich bereits erlebt. Aber meine Kinder hatten Angst, ich könnte einsam sein, also meldeten sie mich bei einer dieser Dating-Apps an. Ich bin noch relativ jung und einigermaßen attraktiv, glaube ich. Es kam zu einigen Treffen. Aber … nein. Lag es an mir? Oder sind die Leute heutzutage alle langweilig, selbstbezogen und hohl? Ich hielt mich für einen hoffnungslosen Fall.

Aber dann lernte ich jemanden kennen. Er war intelligent, witzig, freundlich, brachte mich zum Lachen. Zum ersten Mal empfand ich wieder etwas. Ich hatte das Gefühl, bei ihm ich selbst sein zu können. Ich spürte etwas, das ich seit geraumer Zeit nicht mehr empfunden hatte – die Hoffnung, dass es doch noch Liebe für mich geben könnte.

Doch dann rief er eines Abends an und sagte, er stecke in Schwierigkeiten. Er ist beruflich viel unterwegs, und er war im Ausland gestrandet. Er sei ausgeraubt worden, seine Brieftasche sei weg. Er sei im Krankenhaus. Ob ich ihm ein wenig Geld schicken könne? Natürlich tat ich es. Wir waren schon seit einer Weile zusammen, und er war immer ein Gentleman gewesen, hatte mich sehr großzügig mit Geschenken bedacht. Er übernahm immer die Rechnung, wenn wir ausgingen. Ich zögerte nicht. Ich fand die Summe ziemlich hoch, aber ich bin finanziell gut gestellt, und ich wusste ja, er würde es mir zurückzahlen.

Vermutlich ahnen Sie längst, worauf das Ganze hinausläuft. Er verschwand. Nachdem ich das Geld überwiesen hatte, hörte ich nie wieder etwas von ihm. Alle seine Online-Profile waren gelöscht, sogar das auf der Dating-App. Sein Telefonanschluss war abgeschaltet. Ich ging zu dem Haus, das ich für sein Haus hielt. Es war ein Airbnb. Er hat dort nie gewohnt.

Ich schäme mich so sehr. Wie töricht ich war! Natürlich bin ich nicht zur Polizei gegangen. Meinen Kindern habe ich es auch nicht erzählt. Ich meine, wie kann man nur so dämlich sein! Ich habe im Netz recherchiert. Es ist eine sehr verbreitete Betrugsmasche, und Leute wie ich, einsame, gut situierte Witwen, sind die häufigsten Opfer. Doch jetzt scheint mir die Welt ein finsterer Ort zu sein, und ich fühle mich einsam. Seine Lügen ... Ich habe ihm jedes Wort geglaubt. Meiner besten Freundin habe ich es erzählt, und sie meint, ich soll die Sache weiterverfolgen. Zur Polizei gehen. Einen Privatdetektiv engagieren. Sie will, dass ich mir »meine Kraft zurückhole«. Was immer das bedeuten mag. Aber ich fühle mich so traurig und hoffnungslos. Lieber würde ich versuchen, das Ganze zu vergessen. Liebe Birdie, soll ich versuchen, ihn aufzuspüren, oder soll ich das Ganze einfach hinter mir lassen?

Mit besten Grüßen

Für-immer-allein?

**Das Universum wählt manchmal seltsame Wege, nicht wahr? Es kommt häufig vor, dass die Zuschrift, die ich aussuche, irgendwie mit mir zu tun hat, mit etwas, womit ich mich gerade selbst herumschlage. Aber diesmal ist es etwas zu dicht dran, und ich spüre, wie Wut in mir aufsteigt, weil dieser Frau so übel mitgespielt worden ist.**

Liebe Für-immer-allein,

zunächst einmal, Sie sind nicht töricht. Menschen, die es wagen, der Liebe eine Chance zu geben, sind tapfer und hoffnungsvoll. Liebe tut weh, und manchmal können Verlust und Enttäuschung tiefe Wunden reißen – wie Sie ja selbst wissen. Ich halte Sie für eine Heldin, weil Sie versucht haben, nach dem Tod Ihres Mannes wieder rauszugehen. Viele Menschen schotten sich nach einem Verlust gegen die Liebe ab. Aber Sie nicht! Sie sind tapfer in den Kampf gezogen. Und bitte, geben Sie nicht auf. Sicher, da draußen gibt es viele Trickbetrüger und Abzocker, aber noch sehr viel mehr gute, ehrliche Männer, die dasselbe wollen wie Sie – Freundschaft, Kameradschaft, ein wenig Romantik. Also geben Sie nicht auf!

Ja, »Liebesbetrug« kommt häufig vor. Und Sie sind garantiert nicht die Einzige, die auf diese Betrugsmasche hereingefallen ist. Leider sind es die guten, aufrichtigen Menschen, diejenigen, die am meisten zu geben haben, die am verwundbarsten sind. Weil sie glauben, alle seien so ehrlich wie sie selbst. Dieser Mann – er ist feige und dumm. Und darüber hinaus ist er ein Krimineller. Ich glaube, ich weiß, was Ihre Freundin meint, wenn sie Ihnen rät, sich Ihre Kraft zurückzuholen. Und ich stimme ihr zu. Ich denke, Sie sollten zumindest Anzeige bei der Polizei erstatten. Und wenn

Sie dazu bereit sind und die Mittel dafür haben, sollten Sie auch jemanden engagieren, der diesen Mann aufspürt, finde ich. Es gibt einen Privatdetektiv, mit dem wir zusammenarbeiten, an den ich Sie kostenfrei verweisen könnte. Vielleicht wird es nichts bringen; Trickbetrüger sind sehr gut darin, ihre Spuren zu verwischen. Aber der Versuch könnte sich trotzdem lohnen. Und im besten Fall erfahren Sie Gerechtigkeit und hindern ihn daran, weitere Frauen um ihr Geld zu bringen – und um ihre Hoffnung auf Liebe.

Bleiben Sie stark. Bleiben Sie zuversichtlich. Die wahre Liebe ist dort draußen und wartet auf Sie.

Mit Wärme und Respekt

Birdie

Als ich den Brief fertig habe, feile ich daran herum, überarbeite ihn, denke noch ein wenig darüber nach. Nehme hier und dort eine kleine Änderung vor. Als ich auf »Senden« klicke, geht ein Seufzen durch meinen Körper, etwas löst sich. Ich fühle mich viel besser als vorher. Was oft der Fall und einer der Hauptgründe ist, warum ich das hier überhaupt tue. Zudem bin ich von neuer Entschlossenheit erfüllt und beschließe, mich an meine eigenen Ratschläge zu halten.

Weißt du was, Adam? Du kannst dich nicht einfach davonschleichen und im Schatten verschwinden.

Du wirst mich nicht ghosten.

# 8

Ich sitze im Wohnzimmer vor dem Kamin und rufe noch einmal deine Nummer an. Diesmal klingelt es überhaupt nicht mehr. Stattdessen höre ich einen harschen Dreiklang, und eine monotone automatische Ansage informiert mich darüber, dass die von mir gewählte Rufnummer nicht vergeben ist.

Nicht vergeben? Nein!

Ich versuche es noch ein paarmal, erst dann bin ich überzeugt, dass ich mich nicht verwählt habe.

Ich bin wie vom Donner gerührt, als ich wieder auf deine *Facebook*-Seite gehe, nur um festzustellen, dass sie weg ist. Ich tippe mehrmals auf das Display, um die Seite neu zu laden. Vorhin war sie doch noch da – vor wenigen Stunden.

Aber jetzt verkündet eine halbfette weiße Schrift auf grauem Grund: Dieser Nutzer ist nicht mehr aktiv.

Meine Finger gleiten über die Tastatur. Zurück zu Torch.

Wir haben darüber gewitzelt, dein Profil auf der Dating-Seite sei eine Art Nicht-Profil, dazu gedacht, alle zu vergraulen, die nicht auf derselben Wellenlänge sind. Es gab dieses eine wenig schmeichelhafte Selfie, auf dem du grüblerisch wirkst und deine Nase zu groß erscheint. Das ist sie auch, aber auf seltsam attraktive Art.

*Was sagt das wohl über dich aus*, hast du bei unserem zweiten Date sinniert. *Dass mein Profil, mit dem ich mir so betont wenig Mühe gegeben habe, dass es fast schon eine Provokation ist, dich angesprochen hat?*

Wir hatten gerade am Shake Shack im Madison Square Park einen Burger gegessen, saßen auf einer Bank vor dem Spielplatz und sahen den Großstadtkindern beim Spielen und Toben zu.

*Dass ich ein Rilke-Fan bin*, meinte ich und nippte an meinem Schokoladenshake.

Du hast eine Art, mich anzusehen, die gleichzeitig zermürbend und berauschend ist. Es ist, als würdest du mich durchleuchten. Du wendest den Blick nicht von mir und siehst mir tief in die Augen. Du bist absolut präsent, hellwach. So viele Leute sind das nicht. Die Menschen schlafwandeln, sagte mein Vater immer. Ich hasse es, wenn ich ihm recht geben muss.

Du hast an deinem Milchshake genippt und den Blick abgewandt. Ein spitzbübisches Lächeln spielte um deine Mundwinkel. *Das ist also dein Typ? Depressive Grübler, die allein sein wollen?*

Ich zuckte die Achseln. *Ich dachte, es wäre ironisch gemeint. Ich meine, du hast dir schließlich die Mühe gemacht, die App runterzuladen und das Profil auszufüllen. Du musst also auf der Suche sein.*

Du hast in dich hineingelacht und zustimmend genickt. Dann hast du deine Hand ausgestreckt, und ich habe meine Hand in deine gelegt. Wir verschränkten unsere Finger ineinander. Geküsst hatten wir uns zu diesem Zeitpunkt noch nicht. Irgendwie kam es mir intimer vor als alle anderen Begegnungen, die ich seit Ewigkeiten gehabt hatte, einschließlich meiner jüngsten Sex-Abenteuer.

*Wir sind alle auf der Suche nach irgendetwas, oder*, habe ich gesagt. Du hast nicht geantwortet, aber dein Lächeln vertiefte sich. Angesichts dessen, was passiert ist (und was genau ist das?), erscheint mir das jetzt in einem anderen, düsteren Licht. Du warst auf der Suche, ja, aber wonach?

Dein Profil – Nicht-Profil – ist ebenfalls gelöscht.

Ich jage einem Schatten hinterher; du entgleitest mir immer mehr.

Mein Herz hämmert, als ich die Online-Suche nach dir beende, meine Kehle ist trocken. Neue Ängste drängen sich in meinen Kopf, stoßen und rempeln aneinander.

Du warst oft hier bei mir. Ich habe dir vertraut, habe geduscht oder Besorgungen gemacht, während du im Haus warst. Du hattest

Zugang zu meinen Akten, meinem Computer. Der Brief, den Birdie gerade gelesen und beantwortet hat, klingt mir in den Ohren.

*Seine Lügen. Ich habe ihm jedes Wort geglaubt.*

Liebesbetrug. Wäre das nicht was? Wenn ausgerechnet ich auf diese Masche hereingefallen wäre? Schließlich weiß ich nur zu gut, zu welchen schrecklichen Taten Menschen fähig sind.

Schnell gehe ich online und überprüfe meine Konten, aber es fehlt nichts. Den Großteil meiner »Liebe Birdie«-Einnahmen legt eine kleine Investmentfirma für mich an. Mein Vater hielt den Aktienmarkt für den größten Schwindel. Aber ich bin bisher recht gut damit gefahren.

Also selbst wenn sich jemand in mein Girokonto gehackt hätte – auf diesem Konto ist nur genug, um meine monatlichen Ausgaben zu decken, die für eine Hauseigentümerin in Brooklyn erstaunlich niedrig sind. Das Haus ist längst abbezahlt, dank des Erfolgs meiner Kolumne und meines Podcasts. Und ich muss zugeben, ich bin knauserig. Oder *sparsam*.

Alles, was über die monatlichen Lebenshaltungskosten hinausgeht, geht direkt an meinen Vermögensverwalter Marty, der das Geld anlegt. Er ist ein alter Mann, der sein Leben lang in New York gewohnt hat, ein Wirtschaftskrisen-Denker, also bewundert er meine Supersparer-Tendenzen. *Nichts, was man kaufen könnte, verleiht einem ein so gutes Gefühl wie Geld auf der Bank.*

Wir hatten früher nicht viel. Und ich weiß auch, was für ein Gefühl es ist, selbst dieses Wenige zu verlieren. Also, ja, ich halte mein Geld fest. Vielleicht will ich mich auch nicht daran gewöhnen, zu viel zu haben. Ich weiß nicht ... es ist kompliziert.

Oder liegt es an der Stimme meines Vaters, die ich im Kopf höre: Je größer deine Erwartungen an die Welt sind, desto fester packt sie dich an der Gurgel.

Als ich so dasitze, mit geöffnetem Web-Browser, ziehen oben am Bildschirm die neuesten Nachrichten vorbei. Meistens kann ich nur die erste Hälfte des Banners lesen, bevor der Text verschwindet.

*Das Virus breitet sich weiter aus. China warnt die Welt ...*

*Zahl der Opioid-Todesfälle erreicht neuen Höchststand ...*

*Aktienmärkte auf Talfahrt, nachdem ...*

*Buschfeuer in Australien fordern Hunderte von ...*

Jede kleine Nachrichtenzeile ist eine Verlockung, zieht mich weg von meiner Aufgabe. Aber ich blende sie aus.

Wo könnte ich noch nach dir suchen?

Ich gehe in Gedanken alle Orte durch, die wir gemeinsam besucht haben, überlege, was wir alles unternommen haben, was du mir über dich erzählt hast. Da fällt mir deine Wohnung ein, die fremde Frau, die an die Tür kam, als ich klingelte.

*Oh, das ist nur eine Ferienwohnung. Ich habe sie mit meiner Familie für diese Woche gemietet.*

Ich öffne die Ferienwohnungs-Seite, die sie erwähnt hat, gebe die Adresse ein und starte die Suche.

Klick, klick, klick. Nach ein bisschen Scrollen durch die Einträge habe ich die Wohnung gefunden.

*Elegante, moderne Drei-Zimmer-Wohnung in Chelsea mit umwerfender Aussicht*, schwärmt die Überschrift – *fast alles fußläufig erreichbar!*

Ich scrolle durch die Fotos. Das Bett, in dem wir uns zum ersten Mal geliebt haben. Die Küche, in der du mir das beste Gericht zubereitet hast, das ich je gegessen habe – scharf gewürzter chilenischer Seebarsch mit Knoblauch und gerösteten neuen Kartoffeln. Wir haben Wein dazu getrunken, einen kräftigen, fruchtigen Cabernet, und viel gelacht. Es fühlte sich an wie Liebe, fast von Anfang an. Nicht das, was ich erwartet hatte: kurze, unverbindliche Begegnungen, Spaß. Nein, das war mehr.

Als ich durch die Fotos klicke, entdecke ich das Bad, eine riesige Wohlfühloase aus Stein und Glas, sehr schick. Metro-Fliesen, Marmor. Dort haben wir zusammen geduscht.

Rückblickend betrachtet wirkte die Wohnung sehr offensichtlich wie eine Ferienwohnung. Sie hatte etwas Steriles, Kaltes an sich.

Unten auf der Seite sind der Name und eine Kontaktnummer des

Vermieters angegeben. Joe ist offenbar ein »Superhost« und prahlt damit, dass er in weniger als einer Stunde auf jede Anfrage antwortet. Also schicke ich ihm eine Mail.

Lieber Joe, das klingt jetzt vielleicht etwas merkwürdig, aber ein Freund von mir wird vermisst. Seine letzte bekannte Adresse ist Ihre Ferienwohnung in Chelsea. Ich füge ein Foto von ihm bei. Erkennen Sie ihn? Hat er irgendwelche Kontaktinfos hinterlassen? Vielen Dank für Ihre Hilfe.

Dann warte ich. Es ist keine Telefonnummer angegeben, wie so oft heutzutage. Kein echter Mensch am anderen Ende der Leitung, der in Echtzeit Fragen beantworten, auf Sorgen eingehen könnte. Menschliche Wärme wird ersetzt durch sogenannte Effizienz. Die Stille um mich herum dehnt sich aus.

Endlich kommt eine Mail. Der Benachrichtigungston lässt mich zusammenschrecken. Meine Redakteurin.

Perfekt. Wir sehen uns nachher im Studio.

Im Studio, um den »Liebe Birdie«-Podcast aufzunehmen. Jax und ich lesen drei unterschiedliche Zuschriften laut vor und sprechen darüber. Ein gebrochenes Herz, ein düsteres Geheimnis und zuletzt leichtere, witzige Fragen über die heutige Etikette oder moderne Umgangsformen. Jax vertritt die harte Linie, ich den weicheren Ansatz. Manchmal kommt noch eine dritte Person dazu, einer unserer Therapeuten oder ein Privatdetektiv. Wenn nötig, erteilen sie praktische Ratschläge, vermitteln praxisbezogene, grundlegende Informationen.

Ich muss zugeben, der überwältigende Erfolg der Kolumne und des Podcasts überrascht mich selbst am meisten. Selbst die Fernseh-Option scheint vielversprechend. Es gibt einfach so viele Menschen, die sich in unserer modernen Welt verloren fühlen und nach irgendeiner Art der Verbundenheit suchen. Die finden sie bei »Liebe

Birdie«, selbst wenn die Mehrheit nie schreibt oder eine Sprachnachricht hinterlässt.

Auch wenn sie ganz alleine da draußen sind, während sie lesen oder zuhören.

Es klingelt an der Tür. Ich bin so in Gedanken versunken, dass das Schrillen mich durchzuckt wie ein Elektroschock. Ich springe vom Sofa auf und laufe zur Tür. Ich sehe nicht einmal nach, bevor ich sie aufreiße, so überzeugt bin ich, dass du es bist. Mit Blumen und einer Erklärung für die ganzen sonderbaren Umstände. Du wirst dein schiefes Lächeln aufgesetzt haben, und wir werden über das Ganze lachen.

Aber du bist es nicht.

Vor der Tür steht ein mir unbekannter Mann. Er hat frostige grüne Augen mit grauen Einsprengseln, die blonden Haare sind kurz geschnitten, raspelkurz. Nach dem Klingeln ist er offenbar zwei Stufen wieder hinabgestiegen, um einen höflichen Abstand zu wahren. Er steht seitlich auf der Treppe, gegen das Geländer gelehnt, eine Hand in der Tasche seiner Bomberjacke, und lächelt mich zurückhaltend an.

»Wren Greenwood?«

Ich bleibe im Türrahmen stehen und trete noch ein wenig zurück. Er macht keinen Schritt vorwärts, um den Abstand zu verringern, den ich zwischen uns halten möchte. Bislang hat noch niemand versucht, die wahre Identität von »Liebe Birdie« zu ergründen, aber ich habe immer Angst, dass dieser Tag irgendwann kommt. Unter der gewaltigen Flut von Zuschriften – etliche stammen von regelmäßigen Lesern und Hörerinnen – gibt es auch welche, die ziemlich finster sind. Viele Ratsuchende sind dankbar, aber manche sind auch voller Wut. Einige profitieren von meinen Ratschlägen, aber ein paar hassen mich und geben mir die Schuld an Fehlern, die sie begangen haben, weil sie meine Worte auf eine bestimmte Art interpretiert haben. Es gab schon Morddrohungen. Wir sind uns alle einig, dass es besser ist, wenn »Liebe Birdie« anonym bleibt.

»Kann ich Ihnen helfen?«

Er zieht eine abgegriffene braune Ausweishülle aus der Gesäßtasche seiner Jeans und hält sie mir hin. »Mein Name ist Bailey Kirk«, sagt er. »Ich bin Privatdetektiv mit Lizenz des Staates New York.«

»Was kann ich für Sie tun?«, frage ich wachsam. Er steckt den Ausweis weg, tritt vor und hält mir sein Smartphone hin.

»Kennen Sie diesen Mann?«

Neugier bewegt mich dazu, die Sicherheit meines Hauses zu verlassen und mir das Foto näher anzusehen.

Mir stockt der Atem, als ich sehe, wer es ist. Du, Adam.

Das Haar ist anders, kürzer und vielleicht ein wenig heller. Du bist gebräunt, als wärst du im Urlaub gewesen. Du siehst entspannt und glücklich aus; so kenne ich dich gar nicht. Ich frage mich, wo du warst, als dieses Foto aufgenommen wurde. Seltsame Eifersucht überkommt mich, weil ich nicht mit dir dort war, und weil ich diesen Ausdruck auf deinem Gesicht nie in Wirklichkeit sehen werde.

Ich trete wieder ins Haus zurück. Den Namen des Unbekannten habe ich bereits vergessen.

Diesmal kommt er eine Stufe höher, tritt näher. Ich habe seine Frage nicht beantwortet, aber er wird die Antwort in meinem Gesicht gelesen haben. *Du bist wie ein offenes Buch*, hat meine Mutter immer gesagt. Ich konnte nie irgendwas vor ihr oder irgendjemandem sonst verbergen.

»Können wir uns unterhalten, Miss Greenwood?«, fragt er. Er hebt die Hand. »Ich muss nicht reinkommen. Wir können in dem Coffeeshop dort an der Ecke reden.«

Er weist mit dem Kopf auf den Coffeeshop, in dem ich mir morgens oft einen Kaffee hole, wenn ich nach Manhattan muss. Er gibt sich sanft und höflich. Aber er rührt sich nicht von der Stelle, und sein Lächeln bleibt unerschütterlich. Es hat etwas Stählernes an sich, etwas Solides. Er wird nicht einfach weggehen. Ich bin wie erstarrt, verunsichert, das Blut rauscht in meinen Ohren. Als ich stumm bleibe, fährt er fort: »Man hat mich engagiert, damit ich diesen Mann finde. Er war mit der Tochter meines Klienten zusammen, als sie vor neun Monaten verschwunden ist.«

Er tippt auf sein Gerät und hält es mir erneut hin.

Diesmal sehe ich ein gertenschlankes Mädchen mit haselnussbraunen Augen, Sommersprossen und einer Fülle goldener Locken. Ihr Lächeln wirkt irgendwie gleichzeitig strahlend und traurig, ihr Blick ist fast flehend. Sie ist dein Typ, das merke ich. Wir sehen uns nicht ähnlich, sie und ich; sie ist sonnengebräunt und wirkt temperamentvoll, während ich kühl und ruhig bin. Ich habe dunkle Haare und tiefblaue Augen. Aber da ist irgendetwas an ihr, das ich wiedererkenne – ich sehe es, wenn ich in den Spiegel schaue. Was ist es nur?

Mein Herz hämmert wieder, und Furcht brennt in meinem Magen.

»Ich hole nur eben meinen Mantel«, sage ich. Es kommt als Flüstern heraus. Er nickt, tritt von der Treppe hinunter und bleibt wartend auf der Straße stehen – breitbeinig und mit verschränkten Armen.

»Lassen Sie sich Zeit«, sagt er. Ich überlege, ob er wohl schon zum Coffeeshop vorgehen wird, schnappe mir mein Handy, das auf dem Sofa liegt, hole Tasche und Mantel aus dem Flur. Vermutlich sollte ich Jax schreiben, ihr mitteilen, was passiert ist, aber dann lasse ich es einfach bleiben. Ich schließe die Haustür ab, drehe mich um und stelle fest, dass er immer noch da steht.

»Wollen wir?«, fragt er.

Ich verharre, die Hand auf dem Türgriff.

»Bailey Kirk von der Detektei Turner & Ives«, sagt er unbefangen in die peinliche Stille hinein, als wäre es kein Ding, dass ich seinen Namen bereits vergessen habe. »Ich warte gern, wenn Sie mich vorher überprüfen möchten.«

Dieses Foto von dir. Bisher habe ich noch nicht zugegeben, dass ich dich kenne. Tatsächlich habe ich praktisch überhaupt nichts gesagt. Ich sollte wieder ins Haus gehen, die Tür abschließen und es ablehnen, mit diesem Mann zu reden. Er ist schließlich nicht von der Polizei, er hat mir überhaupt nichts zu sagen.

Er setzt sich langsam in Bewegung und wirft einen Blick zurück, um zu sehen, ob ich ihm folge. Ich zögere und überlege, welche Möglichkeiten mir offenstehen. Schließlich gewinnt die Neugier die Oberhand. Ich laufe die Treppe hinunter und folge ihm.

# 9

Es ist später Vormittag und mitten in der Woche, und doch ist der Coffeeshop überhitzt und voll, bevölkert von Brooklyner Kreativen mit AirPods, aufgeklappten Laptops und Männerdutts. Ich sehe sogar einen Mann im Flanellhemd mit einem dieser Vollbärte, die aussehen, als würde mitten im Gesicht ein Busch wuchern. Das Ende dieses speziellen Trends sehne ich wirklich herbei.

Bailey Kirk fragt mich, was ich trinken will. Mandelmilch-Latte mit dreifachem Espresso, antworte ich, und er nickt, reiht sich in die Schlange ein und winkt ab, als ich ihm einen Zehner geben will. Ich finde einen Fenstertisch für uns, meine Hände zittern. Das Aroma der verschiedenen Kaffeespezialitäten liegt in der Luft, Tassen und Löffel klirren, gedämpfte Gespräche, die Milchschaummaschine faucht. Ich setze mich und beobachte ihn.

Wer ist dieser Mann?

Anders als die Leute um ihn herum. Er ist hochkonzentriert, während andere zerstreut wirken. Er ist kräftig, breitschultrig und durchtrainiert, im Vergleich zu ihm wirken die übrigen Gäste schlaff und weich. Er tritt an den Tresen und spricht leise mit der Barista. Sie lächelt, wie junge Mädchen es in Gegenwart viriler Männer tun. Er sagt etwas, das sie zum Lachen bringt. Dann dreht er sich zu mir um, vielleicht um festzustellen, ob ich noch da bin. Ich wende schnell den Blick ab, es ist mir peinlich, beim Anstarren ertappt worden zu sein.

Wieder sage ich mir, dass ich ja jederzeit gehen kann. Ich muss nicht mit diesem Mann reden.

Ich habe nur einen flüchtigen Blick auf seinen Ausweis geworfen. Es hätte ebenso gut die Mitgliedskarte eines Fitnessstudios sein können. Hastig greife ich nach meinem Smartphone, gebe »Turner & Ives« in den Web-Browser ein und lande auf einer professionell gemachten, mobilfreundlichen Webseite. Die Startseite zeigt die Gesichter zweier streng wirkender, aber nicht unattraktiver älteren Frauen, dazu die fettgedruckten Worte **Integrität * Ethik * Erfolg.**

Laut ihrer Homepage ist die Detektei spezialisiert auf Fälle von Versicherungsbetrug, auf die Unterstützung polizeilicher Ermittlungen, »Cold Cases« und die Suche nach vermissten Personen.

Ich klicke auf »Mitarbeiter«, und da ist er, Bailey Kirk, ernst und mit diesem durchdringenden Blick. Als ehemaliger Mordermittler des New York City Police Department und Absolvent des John Jay College ist er »Top-Ermittler« der Detektei mit einer Erfolgsrate von fast hundert Prozent.

Das »Fast« interessiert mich. Scheitern ist so viel interessanter als Erfolg; es verrät einem so viel mehr über einen Menschen. Was genau ist in diesem Fall mit »Erfolgsrate« gemeint? Aufgeklärte Fälle? Wiedergefundene vermisste Personen? Verhaftete Bösewichte?

Ich muss an das Foto denken, das Bailey Kirk mir gezeigt hat, das Foto von dem hübschen Mädchen, mit dem du zusammen warst, wie er sagt.

Wer ist sie?

Und wer zum Teufel bist du?

Der Mann, mit dem ich drei Monate lang mein Bett, meinen Körper und mein Leben geteilt habe. Das ist nicht sonderlich lang, ich weiß. Aber mir kommt es lange vor. Heutzutage geht das als ernsthafte Beziehung durch. Kein Abenteuer. Nicht nur ein »Gelegenheitsfreund«, wie Jax es manchmal nennt, wenn man sich regelmäßig mit jemandem trifft, von dem man nichts erwartet außer Sex und ein bisschen Spaß. Ich habe mehr erwartet als Sex und ein bisschen Spaß. Du doch auch, oder nicht?

Was weiß dieser Detektiv über dich? Die Neugier hält mich an meinem Platz fest.

Die Wahrheit ist, ich weiß von dir nur, was du mir erzählt hast. Dein Name ist Adam Harper. Im Februar wirst du vierzig. Ursprünglich kommst du aus dem Norden des Staates New York, aber deine Familie ist oft umgezogen, weil dein Vater es nie geschafft hat, eine Stelle zu behalten. Deine Eltern sind geschieden. Du hast zu beiden nicht viel Kontakt. Von deinem Bruder bist du total entfremdet. Du bist Experte für Cybersicherheit, hast einen Abschluss in Ingenieurwesen vom Massachusetts Institute of Technology. Du kannst kochen. Du bist manchmal so eine Art Workaholic. Du schnarchst nicht. Tatsächlich scheinst du kaum zu schlafen.

Ich kann dich immer noch auf meiner Haut spüren.

Das, was du mir erzählt hast, wurde immer wieder durch Details bestätigt – dein verschlissenes, abgetragenes MIT-Sweatshirt, deine Leidenschaft für Kochkunst, dein Wissen über das Internet und seine dunklen Winkel, die feinen Fältchen um deine Augen, deine angespannten Schultern, wenn du von deiner Familie gesprochen hast.

Keinen einzigen Augenblick habe ich daran gezweifelt, dass du mir die Wahrheit gesagt hast.

Wenn ich jetzt Näheres erfahren will, kann ich nur im Netz nachforschen, in deinen Beiträgen in den sozialen Medien, deinem Dating-Profil – und die sind gelöscht. Sonst gibt es nichts, was uns verbindet, nichts außer diesem fremden Mann. Wir haben keine gemeinsamen Freunde. Keine Bar um die Ecke, in der wir uns zufällig begegnen könnten.

Bailey Kirk sieht nicht noch einmal zu mir hin, um festzustellen, ob ich noch da bin. Er weiß, dass er mich am Haken hat. Natürlich. Ich habe im Netz einen Mann kennengelernt. Er ist verschwunden. Er war nicht der, für den ich ihn gehalten habe. Wie viele Zuschriften hat »Liebe Birdie« wohl schon erhalten, die sich um genau dieses Thema drehten? Mein Hirn läuft auf Hochtouren, ich gehe unsere Gespräche noch einmal durch, die intimen Momente, die wir teilten. War da irgendwo ein Fehlklang, gab es etwas, das ein Warnsignal hätte sein sollen? Nein. Da war nichts.

Der Detektiv kommt mit unseren Kaffeebechern zum Tisch und setzt sich, ohne seine schwarze Bomberjacke abzulegen. Ein sauberer Duft nach Seife umgibt ihn. Er hat einen Bartschatten am Kinn, goldblond. Sein Foto auf der Website ist retuschiert. In Wirklichkeit hat er feine Fältchen um den Mund, eine Furche auf der Stirn, Schatten unter den Augen, als habe er kaum geschlafen.

»Sie haben ihn also im Netz kennengelernt?«, beginnt er das Gespräch.

Er schiebt mir meinen Kaffee über den Tisch. Er hat dasselbe bestellt. Das weiß ich, weil es auf seinen Becher gekritzelt ist. Soll das so ein Spiegelungs-Ding sein, eine Methode, um mir ein Gefühl von Sicherheit zu geben? Oder er hat eine Laktose-Intoleranz und ist wie ich koffeinsüchtig.

Ich nicke. »Auf Torch.«

Er wirft mir einen Blick zu, hebt amüsiert die Augenbrauen.

»Ist das nicht eher was für unverbindlichen Sex?«, sagt er.

»Kann sein«, entgegne ich mit einem Achselzucken. »Ich war im Grunde nicht auf der Suche nach was Ernstem.«

Das sagen heutzutage alle. Es ist wahr und doch nicht wahr. Denn im tiefsten Inneren suchen wir alle nach Liebe, oder? Wann haben wir vergessen, dass Liebe das Einzige ist, was wir wirklich wollen?

»Wonach haben Sie dann gesucht?«

Sie – die Experten, die alles zu wissen scheinen –, halten das Online-Dating für den größten Wandel im menschlichen Paarungsritual seit tausend Jahren. Früher einmal waren die Möglichkeiten der Partnerfindung auf eine kleine Gruppe von, sagen wir, fünfzig bis hundert Personen beschränkt. Ein vertrauter, wenn auch begrenzter Pool – man fand den potentiellen Partner in der Nachbarschaft, der Kleinstadt, in der Schule, der Kirchengemeinde. Der erste große Wandel kam mit dem Beginn der industriellen Landwirtschaft und dem Wachstum der Städte. Der Pool wurde größer, aber wenn man jemanden kennenlernen wollte, musste man immer noch irgendwo zusammentreffen oder durch gemeinsame Bekannte zusammenkommen. Starke Verbindungen – Familie, Freunde, dasselbe geographische Umfeld.

Und dann kamen das Internet und der Aufstieg der Dating-Portale. Jetzt kann man aus einem Pool von Millionen Menschen auswählen, die auf der Suche sind – nach was auch immer. Sex. Liebe. Nach der Erfüllung jedweder Gelüste, Bedürfnisse, Sehnsüchte.

Manche mögen das für eine positive Entwicklung halten, diese neue Ära des unbegrenzten Angebots, der Fülle. Aber die Wahrheit ist, dass diese lockeren Verbindungen fast nie halten. Es gibt keine soziale Verpflichtung, den Partner gut zu behandeln. Niemand wird am Sonntag in der Kirche neben der Großmutter seines Torch-Dates sitzen. Wenn man also mit jemandem fertig ist, kann man ihn einfach abservieren und darf erwarten, die Person nie wiederzusehen, und auch niemanden, den sie kennt.

Jetzt kann ich mich vermutlich selbst zu Birdies einsamen Herzen zählen, die durch eine üble Online-Dating-Erfahrung tief verletzt wurden.

Natürlich war mir das alles vorher klar. Wem nicht? Aber als Jax anfing, mich zu drängen, mich bei Torch anzumelden, war es tatsächlich peinlich lange her, dass ich mich mit einem Mann getroffen hatte. Jemanden berührt hatte. Man könnte vermutlich sagen, dass ich einsam war. Klingt es sehr verzweifelt, wenn ich das zugebe? Viele Menschen sind einsam.

»Nur eine gute Zeit vielleicht«, antworte ich schließlich. Es klingt nicht sehr überzeugend, und ein schwaches Lächeln spielt um seine Mundwinkel, freundlich, wissend.

Ich halte mein Smartphone in der Hand und sehe ständig nach, ob eine neue Mail gekommen ist. Ob Joe, der Superhost, mir wohl antworten wird? Ich weiß nicht, wie die Bestimmungen lauten. Vielleicht wird er gar nicht auf meine Anfrage reagieren. Oder mir mitteilen, dass er mir diese Information nicht geben kann. Aber wahrscheinlich ist es allein seine Sache. Im Internet geht es zu wie im Wilden Westen. Alles ist möglich. Die Regeln ändern sich ständig.

»Also, wie funktioniert das mit Torch?«, fragt er, obwohl er es doch wissen muss. Weiß das nicht jeder?

»Man erstellt ein Profil, füllt einen Fragebogen aus und postet ein Foto«, erkläre ich. »Dann geht man auf die App und scrollt sie durch. Ein Doppelklick, wenn einem gefällt, was man sieht, ansonsten stöbert man weiter. Wenn es eine Übereinstimmung gibt – das heißt, wenn die Person, die einem gefällt, einen auch mag –, dann kann man durch die App mit ihr in Kontakt treten.«

Er nippt an seinem Kaffee und schaut sich im Café um.

»Wie viele Leute haben Sie auf diese Art kennengelernt?«

»Nicht viele. Drei.«

»Drei«, wiederholt er. Es klingt neutral. Ich fühle mich nicht verurteilt.

Wieder zucke ich die Achseln, nippe an meinem Milchkaffee. Er hat die perfekte Temperatur.

»Ich bin wählerisch.« Das Wort gefällt mir nicht, es klingt so überlegen und arrogant, also korrigiere ich mich. »Vermutlich ist es so, dass ich mich nur für einen bestimmten Typ Mann interessiere.«

»Was hat Sie an ihm angesprochen?«

Seine Körpersprache verrät, dass er entspannt, aber wachsam ist. Seine grünen Augen schweifen durch den Raum, bleiben kurz auf etwas ruhen, dann wandert sein Blick weiter. Er analysiert, wertet aus.

»Er war anders«, erkläre ich. Mein Gespräch mit Jax fällt mir ein. Sie fand ihn zu ernst. Aber genau das gefiel mir an ihm. Auf dem Foto erinnerte er ein wenig an meinen Vater, was Jax nicht gesagt hat, aber gedacht. Nicht so sehr vom Äußeren her, aber da war irgendwas in seinen Augen, seiner Aura.

»Inwiefern anders?« Jetzt ruht sein Blick auf mir.

»Alle anderen waren Poseure und Blender. Die meisten machten einen ziemlich oberflächlichen Eindruck und wirkten so, als wären sie nur auf Sex aus. Es gibt ziemlich viele wirklich dumme Leute auf

Torch – nur Muskeln, wenig Substanz. Und er war praktisch das Gegenteil des typischen Torch-Mannes.«

»Nur Substanz, keine Muskeln.«

Ich lächle. Sein Ton ist sachlich, aber ich höre das Neckende heraus. Sehr behutsam, ein Versuch, etwas Humor in eine schlimme Situation zu bringen.

»So in der Richtung.«

Er nimmt einen Schluck Kaffee, ich ebenso. Er hat ein interessantes Gesicht, noch charaktervoller durch die feinen Fältchen, einen nachdenklichen Blick, volle Lippen. Selbst wenn er lächelt, bleiben seine Augen ernst, wachsam. Ich versuche, sein Alter zu erraten. Anfang vierzig vielleicht? Kein Ehering. Unter dem Ärmelaufschlag seiner Jacke sehe ich Tinte hervorblitzen und überlege, was für ein Tattoo sich dort wohl verbirgt.

»Welchen Namen hat er angegeben?«

Fast will ich es ihm nicht verraten. Ich halte immer noch an dir fest, an der Vorstellung von uns, die ich für wahr hielt. War das nicht dein richtiger Name? Wenn du in diesem Punkt gelogen hast, dann bist du ein Fremder. Ein Fremder in meinem Bett, in meinem Herzen. Wie oft habe ich einen Namen ausgesprochen, der gar nicht deiner ist? Auf unterschiedlichste Weise: fragend, lachend, lustvoll.

»Adam Harper.«

Bailey Kirk nickt und sieht sich weiter aufmerksam um. Er macht sich keine Notizen, was ich seltsam finde. Man würde doch erwarten, dass ein Privatdetektiv sich Notizen macht, oder? Dass er ein kleines Notizbuch hat oder so.

»Wann haben Sie ihn zuletzt gesehen?«, fragt er.

»Hören Sie«, sage ich. »Worum geht es hier?«

Er seufzt und beugt sich leicht vor. Man sieht ein wenig mehr von dem Tattoo, erkennen kann ich aber immer noch nichts. »Die Tochter meines Klienten, Mia Thorpe, wird seit neun Monaten vermisst. Sie war eine junge Frau mit Problemen und verwundbar, als sie diesen Mann auf einer Online-Dating-App kennenlernte.«

Er öffnet eine andere Fotodatei auf seinem Smartphone und legt das Gerät auf den Tisch zwischen uns.

Da bist du wieder, Adam Harper. Du siehst ganz anders aus. Lichter, glücklicher, jünger. Deine Haut leuchtet, warm und golden. Ich sehne mich danach, die Hand auszustrecken und dich zu berühren.

»Mein Klient nimmt an, dass dieser Mann – den Mia als Raife Mannes kannte – etwas mit ihrem Verschwinden zu tun hat.«

»Er nimmt es an.«

»Auch Mannes ist verschwunden.«

Ein Mann, der den Coffeeshop betritt, trägt eine OP-Maske. Das habe ich jetzt schon einige Male gesehen, besonders in der U-Bahn, es kommt immer häufiger vor. Wie ich in den Nachrichten gehört habe, glauben manche, dieses Virus aus China sei auf dem Weg hierher. Der Anblick von Menschen, die Masken tragen, verursacht mir Unbehagen. Wissen sie etwas, das ich nicht weiß? Über die Luft, Krankheitserreger in der Luft? Oder sind sie krank und versuchen, andere zu schützen? Mein Vater würde das sicher zum Anlass für eine wütende Tirade nehmen. Die Endzeit wird nicht mit einem Knall kommen, verkündete er immer, sondern leise und unmerklich, wie ein giftiges Gas.

Sonst scheint der Mann mit der Maske niemandem aufzufallen. Alle stieren auf ihre Laptops oder Handys. Manche führen scheinbar leise Selbstgespräche, mit leerem Blick, sprechen tatsächlich mit jemandem, den sie über ihre Kopfhörer hören. Wie es scheint, sind wir die beiden einzigen Menschen in diesem Café, die einander gegenübersitzen und miteinander reden.

»Okay.« Ich konzentriere mich wieder. »Also Sie sagen, dieser Mann, Raife, den ich als Adam kenne, war mit Mia zusammen, die Probleme hatte. Mia wird vermisst. Raife ebenfalls. Und Ihr Klient – Mias Vater – hat Sie engagiert, um sie oder ihn oder beide zu finden.«

»Das ist richtig«, bestätigt er.

»Mir gefällt dieser Ausdruck nicht – jemand, der Probleme hat.«

»Und warum nicht?«

»Weil damit angedeutet wird, dass mit der Person irgendwas nicht stimmt. Sind wir nicht alle auf die eine oder andere Weise angeknackst?«

Er scheint darüber nachzudenken. »Das ist nicht wertend gemeint. Manche Menschen sind verwundbarer gegenüber Angriffen von Raubtieren als andere, würden Sie mir da nicht zustimmen?«

»Raubtiere.« Das Wort lässt meine Haut kribbeln.

»Es gibt Menschen, die Verwundbarkeiten ausnutzen, um zu bekommen, was sie wollen.«

Das kann ich nicht bestreiten. »Halten Sie ihn dafür? Für ein Raubtier?«

Ich blicke auf dein Foto und erinnere mich, was für ein Gefühl es war, deine Arme um mich zu spüren. Tatsächlich habe ich mich noch nie so sicher oder geliebt gefühlt wie in der Zeit, in der ich mit dir zusammen war. Wie kannst du nicht der Mensch sein, für den ich dich gehalten habe? Da muss irgendein Irrtum vorliegen.

»Ich weiß nur, dass eine Frau vermisst wird. Und dass der Mann, mit dem sie zusammen war, verschwunden ist«, antwortet Kirk. »Und er war nicht der, der er zu sein vorgab. Alle ihre Konten wurden leergeräumt. Sie hat ihre Wohnung, ihren Vater und ihre Freunde verlassen, ohne ein Wort zu sagen. Und sie hat ihr Smartphone nicht mitgenommen.«

Ich möchte etwas erwidern, aber die Worte bleiben mir im Hals stecken.

Er fährt fort: »Und dann, neun Monate später, taucht sein Profil wieder auf Torch auf, unter einem anderen Namen.«

Du und ich, wir haben durchaus über frühere Beziehungen gesprochen, Adam. Du hast mir von deiner High School-Freundin erzählt. Und von deiner ersten richtigen Liebe, einem britischen Mädchen, das du bei einem einjährigen Aufenthalt in London kennengelernt hast. Du hast noch eine andere Frau erwähnt – eine Frau mit emotionalen Problemen. Die Trennung sei hässlich, langwierig und schwer gewesen, hast du gesagt. Seitdem warst du mit niemandem mehr zusammen. Es hat sich angehört, als wäre es Jahre her. Ich habe dir von meinem College-Freund erzählt – nicht alles –, und von den wenigen Verabredungen und flüchtigen Abenteuern, die ich seitdem hatte. Vermutlich ist es peinlich. Mit Ende zwanzig sind die meisten Frauen verheiratet und Mutter oder leben in einer Beziehung. Zumindest hatten sie ernsthafte Beziehungen, die mit einer Trennung endeten. Aber ich nicht. Du bist der erste Mensch, bei dem ich mir hätte vorstellen können, mich zu offenbaren, mit allen meinen Schichten.

*Dich wundert nicht des Sturmes Wucht.* Rilke. Das war es, was mich angesprochen hat, diese Zeile.

»Also, wie hat die Spur Sie zu mir geführt?«, frage ich.

»Das ist mein Job«, sagt Bailey Kirk. »Ich bin Ermittler. Und Sie sollten wissen – jeder sollte wissen –, dass heutzutage nichts mehr privat ist. Wenn man die richtigen Verbindungen hat, und die habe ich, sind alle Informationen käuflich.«

»Das klingt nach einem Vortrag, nicht nach einer Antwort.«

Er trinkt seinen Kaffee aus und stellt den Becher auf den Tisch. Er macht eine Faust, umfängt sie mit der anderen Hand und drückt sie; das scheint eine Angewohnheit von ihm zu sein.

»Ich habe einige Torch-Profile, ebenso wie andere Mitarbeiter der Detektei«, sagt er. »Wir haben nach seinem Foto Ausschau gehalten. Ich halte das für seine Vorgehensweise: Er sucht sich Frauen auf Online-Dating-Apps.«

Mir gefällt nicht, wie das klingt: *Ich halte das für seine Vorgehensweise.*

»Frauen? Es gibt … noch andere.«

Er antwortet nicht. »Als sein Foto schließlich auftauchte, ließ sich leicht feststellen, mit wem er in Kontakt getreten war – mit den richtigen Verbindungen bei Torch.«

»Wie viele Profile hat er angeklickt?« Ich bin neugierig. Du hast mir erzählt, dass ich die Einzige sei, die du aus einem Meer geschürzter Lippen und dargebotener Dekolletés herausgesucht hast. Es seien meine Augen gewesen, hast du gesagt, tiefblau im Kontrast zu meiner blassen Haut und den schwarzen Haaren. Hypnotisch – das war das Wort, das du verwendet hast.

Bailey Kirk lächelt wieder, dieses rätselhafte Lächeln. »Nur eins. Er hat nur Sie gewählt.«

Ich bin rastlos, ängstlich, beuge mich vor.

»Wie konnten Sie an diese Information gelangen?«

»Die Detektei, für die ich arbeite, ist ziemlich einflussreich. Sie kann viel Geld in die Hand nehmen.«

Ist es so einfach? Geht es überall auf dieser Welt nur ums Geld? Aber natürlich, würde mein Vater sagen. Geld, die Wurzel allen Übels.

»Was ist mit mir?«, wage ich zu fragen. »Wie viele wollten mich treffen?«

Sehr oberflächlich, nicht wahr? Aber du würdest ebenfalls fragen, wenn du könntest, Adam. Würdest du nicht wissen wollen, wie viele Leute dich toll fanden? Wieder dieses Aufflackern leiser Belustigung in seinen Augen.

»Sie haben nur drei Personen angeklickt, die Sie ebenfalls positiv bewertet haben«, sagt er. »Aber, fürs Protokoll, Sie hatten jede Menge potentieller Matches. Wie es scheint, haben Sie sich nur eine Handvoll Männer ausgesucht, unter anderem unseren Freund. Wählerisch, wie Sie schon sagten. Oder ... eben nur an einem bestimmten Typ Mann interessiert.«

Unseren Freund. Aber du bist nicht mein Freund, nicht wahr, Adam? Ich kenne nicht einmal deinen Namen, deinen richtigen Namen.

Ich weiß nicht genau, warum, aber jetzt platze ich mit allem heraus: der gestrige Abend, wie du mich versetzt hast, wie ich zu deiner Wohnung ging und entdeckte, dass es sich um eine Ferienwohnung handelt, die rätselhafte Textnachricht, die du mir geschickt hast.

Kirk fragt nach der Adresse der Ferienwohnung, und ich gebe sie ihm, berichte auch von meiner Mail an Joe, den Superhost.

»Hat er sich schon gemeldet?«, fragt er.

Ich ziehe mein Handy aus der Tasche und überprüfe erneut, ob eine Mail eingegangen ist. »Noch nicht.«

Ich halte den Blick gesenkt, wische wieder und wieder mit dem Daumen, warte auf eine Antwort.

»Also, wann haben Sie Adam zuletzt gesehen?«, hakt er nach, lenkt meine Aufmerksamkeit wieder auf sich.

»Am Montag«, antworte ich. »Er hat am Sonntag bei mir übernachtet und ging morgens zur Arbeit.«

Wir haben uns geliebt, bevor der Wecker klingelte, beide noch im Halbschlaf. Ich hatte dir mein Geheimnis anvertraut, und deine Blicke gaben mir alles, was ich brauchte – Leidenschaft, Verständnis, Trost. Du hattest keine Angst, warst nicht distanziert. Wenn überhaupt, schienen wir uns noch näher zu sein. Du hast mich so fest gehalten, warst so tief in mir. Ich kann dich immer noch fühlen.

»Wo hat er angeblich gearbeitet?«, fragt Bailey.

»Uptown.«

»Name der Firma? Adresse?«

Ich schüttle den Kopf; es ist mir ein wenig peinlich. Du hast es mir natürlich erzählt. Oder nicht? »Ich kann mich nicht erinnern. Es hatte irgendwas mit Festung, Schloss oder Tresorraum zu tun.«

Man sieht ihm seine leichte Skepsis an. »Sie waren nie bei ihm im Büro?«

»Gestern zum ersten Mal. Ich bin nicht reingegangen, ich habe draußen auf ihn gewartet.«

Es ist genau wie bei der Wohnung, wird mir klar. Ich war gerade oft genug in der Wohnung in Chelsea, um eine Vorstellung von deinen Lebensumständen zu bekommen, so dass ich die Wahrheit deiner Behauptungen nicht in Frage stellte. Deine Kollegen habe ich nie getroffen, dazu war es zu früh, auch zur Weihnachtsfeier im Büro habe ich dich nicht begleitet. Schließlich hast du auch noch keinen der Menschen kennengelernt, mit denen ich arbeite. Ich habe dir nicht einmal Jax vorgestellt.

»Wo war das genau?« Sein Tonfall ist geduldig, überredend.

»Uptown. 79th Street, irgendwo zwischen Broadway und Columbus Avenue.«

»Adresse?«

»Nein. Tut mir leid.«

»Hätten Sie Lust, eine Spritztour mit mir dorthin zu unternehmen? Mal sehen, ob Sie es finden können.«

Ich schaue nach der Uhrzeit. Ich muss ins Studio. »Wir können uns später treffen. Jetzt muss ich arbeiten.«

Er fragt nicht, was ich denn mache und wo ich arbeite, sondern nickt nur. Wie viel er wohl über mich weiß? Der Gedanke bereitet mir leichtes Unbehagen. Ich habe immer gedacht, ich wäre gut versteckt, anonym. *Heutzutage ist nichts mehr privat.* Stimmt das?

»Wann hätten Sie denn Zeit?«, fragt er.

»Ich könnte gegen sechzehn Uhr da sein. Ecke 79th Street und Broadway.«

»Okay«, sagt er. »Abgemacht.«

Wie will er wissen, dass ich Wort halte? Aber vielleicht braucht er das gar nicht. Offenbar war ich ziemlich leicht zu finden, obwohl ich immer vom Gegenteil überzeugt war. Wie oft trage ich irgendwo meine Adresse ein, wenn ich irgendetwas bestelle oder irgendwo Mitglied werde, in dem Glauben, die Information wäre privat, sicher, geschützt? Welche Informationen habe ich Torch gegeben? Oh, warte, das habe ich ja gar nicht. Jax hat das alles erledigt. Aber sie ist der einzige Mensch, der meine Geheimnisse noch strenger hütet als ich. Ganz anders als Robin.

Vielleicht sieht Kirk auch, dass ich kommen *will*, dass ich längst am Haken hänge und mehr wissen will, über ihn, über dich, über das verschwundene Mädchen. Das ist schließlich mein Fachgebiet – Menschen und ihre Probleme. Möglicherweise merkt er mir an, dass ich wissen will, was hier vorgeht, vielleicht sogar noch mehr als er.

Wir tauschen unsere Nummern aus, und ich spüre seinen Blick auf mir, als ich den Coffeeshop verlasse und zur U-Bahn gehe. Bevor ich unter die Erde abtauche, höre ich den Benachrichtigungston meines Telefons. Eine Mail von Joe, dem Superhost. Die Nachricht ist kurz. Nur eine Telefonnummer und ein einziger Satz: Bitte rufen Sie mich an.

# 10

»Liebe Birdie«, sage ich ins Mikrofon.

Früher haben wir den Podcast in einem behelfsmäßigen Studio in meiner Wohnung aufgenommen. Aber seit dem Umzug zum *Chronicle* hat es ein ernstzunehmendes technisches Upgrade gegeben. Ein schallgeschützter Raum, ein langer, hoher Tisch mit vielen Mikros, große, gemütliche Stühle und breite Kopfhörer, die auf meinem Kopf sitzen wie eine dicke Umarmung.

Heute sitzt Jax mir gegenüber. Sie hat ihre rabenschwarzen Locken wild auf dem Kopf aufgetürmt und einen bunt gemusterten Schal darum geschlungen, der zum Muster ihres Kleides passt, das im Grunde ein traditionelles hawaiisches Muumuu ist. Durch ihre Größe sieht es toll aus. Müheloser Glamour. Wie schafft sie das nur?

Jax ist Influencerin. Ihre Marke: Ändere dein Leben! Übernimm selbst die Verantwortung und gestalte deine eigene Welt! Schlechte Angewohnheiten? Leg sie ab! *Zehn einfache Methoden dafür.* Unglücklich? Werde erwachsen, erfraue dich und hör auf, die Geschichten zu glauben, die andere dir über dich erzählt haben. *Schreib deine eigene Geschichte!*

Ihre Ratschläge kommen bei einer bestimmten Zielgruppe sehr gut an. Sie hat einen eigenen Podcast und regelmäßige Auftritte in meinem Podcast, außerdem hat sie gerade einen großen Buchvertrag abgeschlossen. *Hör auf, auch nur einen Scheißdreck auf andere zu geben und fang an, DU SELBST zu sein.* Oder so ähnlich. Ich helfe ihr beim Schreiben, denn Jax ist ein visueller Mensch und redegewandt – ihre Stärken sind markante Sprüche und perfekt inszenierte Fotos – aber

Schreiben ist für sie eine Art Folter – sie zögert es hinaus, tobt und wütet bei jeder Seite. Das Kapitel, an dem wir derzeit arbeiten, hat die Überschrift: Nein, du bist NICHT dazu verdammt, GENAU WIE DEINE MUTTER ZU WERDEN!

Ich hoffe wirklich, dass das stimmt.

Wie meine Freundin selbst ist ihr Buch klug, witzig und voller handfester Ratschläge für junge Leute, die darum ringen, sich selbst zu finden. Jax ist eine starke Stimme, eine warme Berührung. Sie versucht, sich nach ihren eigenen Ratschlägen zu richten.

Heute haben wir zudem Ben bei uns. Er ist Familientherapeut und Zen-Buddhist mit einer tiefenentspannten Ausstrahlung. Er mildert Jax' Ecken und Kanten; sie ist viel sanfter, wenn er mit im Studio ist. Er sitzt mit gefalteten Händen und einem friedlichen Lächeln da, ihr energetisches Gegenteil in seinem grauen Hemd und den Khaki-Hosen. Er hat hellbraunes Haar, das allmählich grau wird, und freundliche Augen. Eine Weile hatte ich den Verdacht, dass die beiden etwas füreinander übrighaben. Sie tauschen jede Menge Blicke und leichte Berührungen. Sie sind wie Yin und Yang.

Ich räuspere mich und sage noch einmal: »Liebe Birdie.«

Meine Podcast-Stimme ist nicht meine echte Stimme. Meine echte Stimme ist mädchenhaft und weich. Wenn ich im Studio sitze, kommt ein anderer Teil meines Wesens zum Vorschein, und meine Stimme klingt rauchig und beruhigend. Birdie ist nicht Wren Greenwood. Birdie ist kühl und ruhig, wissend, geduldig. Sie ist weise und achtsam. Wren Greenwood ganz offensichtlich nicht so sehr.

Ich lese die Zuschrift vor, die ich vorhin beantwortet habe. Jax und Ben, mit Mikros ausgestattet, warten.

»Das ist hart«, sagt Jax, als ich fertig bin.

»Viel zu verarbeiten«, ergänzt Ben.

»Ich glaube, die Freundin hat recht«, sage ich. »Ich glaube, diese Frau ist es sich selbst schuldig, für Gerechtigkeit zu sorgen. Selbst wenn es ihr nicht gelingt. Aber allein der Versuch wird ihr helfen, etwas von dem zurückzugewinnen, was er ihr genommen hat. Und ich rede hier nicht von Geld.«

»Finde ich auch«, bekräftigt Jax. »Leute wie dieser Typ, die verlassen sich darauf, dass ihre Opfer sich verstecken, aus Scham schweigen. Nur so können sie immer wieder damit durchkommen. Ich denke da an – nur mal so rumgesponnen – einen Auftragskiller?«

Wir lachen beide. »Vielleicht nicht ganz so extrem«, sage ich.

»Streben nach Gerechtigkeit ist eine Sache«, wirft Ben sanft ein. »Der Versuch, jemanden zu verletzen, der uns verletzt hat, eine ganz andere.«

»Aber es ist eine Form von Gerechtigkeit, oder nicht?« Jax beugt sich vor, fordert ihn heraus, wie sie es gerne tut.

»Es hat nichts mit Gerechtigkeit zu tun, wenn wir anderen Schaden zufügen, was auch immer sie uns angetan haben«, erklärt Ben.

»Wir können für uns selbst eintreten, ohne anderen Schaden zuzufügen. Wir können unsere Wahrheit aussprechen und Wiedergutmachung fordern, und uns trotzdem ethisch verhalten«, biete ich als Kompromissvorschlag an.

Jax schüttelt heftig den Kopf. Das ist ein Thema, über das sie sich immer sehr aufregen kann. »Die Bösen laufen Amok, weil die Guten niemandem *Schaden zufügen* wollen. Ich meine, schaut euch die Welt doch mal an! Die Bösen ... sie gewinnen.«

»Aber nur so können wir die Guten bleiben.« Bens Lächeln ist heiter, gelassen, liebevoll.

Wir diskutieren eine Weile, bis ich das Thema schließlich mit der Antwort abschließe, die ich vorhin geschrieben habe. Ich bin sicher, dass wir zu diesem Beitrag viel Post bekommen werden.

Wir wenden uns weiteren Zuschriften zu. Eine Frau kommt nicht aus ihrer Trauer heraus und hat eine Agoraphobie entwickelt. Hier sprechen wir über Angst und darüber, wie die Welt sich weiterdreht, selbst wenn sie für uns stehengeblieben ist, und wie wir damit umgehen können. Ben redet ein wenig über Konfrontationstherapie und rät der Frau, sich jemanden zu suchen, der ihr hilft, wieder in die Welt hinauszugehen, einen kleinen Schritt nach dem anderen zu tun. Wir verweisen sie an eine Therapeutin, die auf Trauerarbeit spezialisiert ist.

Danach wenden wir uns einem leichteren Thema zu und diskutieren die Zuschrift einer älteren Büroleiterin, die in einem Team von lauter Millennials arbeitet und den Gebrauch von Emojis einfach nicht begreifen kann. *Wenn ich keine Smileys oder Herzchen in meine Nachrichten einfüge, halten mich alle für mies und gemein!*

»Sprache ist in einem steten Wandel begriffen«, erkläre ich. »Jedes Jahr gibt es neue Wörter, Veränderungen in der Umgangssprache. Wörter, die früher eine bestimmte Bedeutung hatten, meinen jetzt etwas ganz anderes. Emojis sind Teil dieses Wandels, ob es einem nun gefällt oder nicht. Vielleicht erscheint es albern. Aber wäre es wirklich so schlimm, das Herzaugen-Emoji zu verschicken, um Wärme und guten Willen auszudrücken?«

Ben gibt einen zustimmenden Laut von sich.

»Sie könnten Ihrem Team aber auch einfach erklären, dass Emojis nicht Ihr Ding sind«, sagt er. »Und dann setzen Sie sich alle zusammen, damit Sie sich ein wenig besser kennenlernen können. Führen Sie ein paar direkte Gespräche, damit die Leute Ihre Stimme in anderen Kommunikationsformen hören können.«

»Oder«, schlägt Jax vor, »Sie suchen sich nur ein Emoji aus, das dann Ihr Markenzeichen wird, den Smiley oder sogar den Smiley mit drei Herzen, und verwenden nur das. Es könnte Teil Ihrer Marke werden.«

Es nimmt mich gefangen. Wenn ich im Studio bin, Birdie bewohne, ist der Rest meines Lebens weg, als existiere er gar nicht. Für eine Weile vergesse ich dich völlig. Ich verliere mich in den Problemen anderer Menschen, helfe Leuten dabei, sich in einer Welt zurechtzufinden, die wir anscheinend alle nur sehr schwer verstehen können. Es widerstrebt mir, die Sitzung enden zu lassen. Aber enden tut sie.

»Alles in Ordnung?«, fragt Jax, während sie ihren Mantel anzieht. »Hast du schon was von ihm gehört?«

Ich schüttle den Kopf. Ich überlege, ob ich ihr von Bailey Kirk erzählen soll, von der vermissten jungen Frau. Aber ich bin noch nicht bereit, darüber zu sprechen.

»Ich bin wohl geghostet worden.«

»Tut mir leid, Süße«, sagt sie und zieht mich an sich. Sie duftet nach Teebaumöl, und ihre Umarmung ist voller Liebesenergie. Ich lasse sie durch mich hindurchströmen.

»Mir geht's gut«, lüge ich, den Kopf an ihrer Schulter.

»Ich weiß.« Sie löst sich von mir und sieht mich an. »Du bist Wonder Woman. Warum sprichst du nicht mal mit Jason? Befolge deinen eigenen Ratschlag.« Jason ist der Privatdetektiv, an den wir manchmal Leute verweisen, die sich an »Liebe Birdie« gewandt haben, ein Technik-Genie, der praktisch im Computer lebt.

»Ja. Vielleicht«, sage ich. »Aber Adam hat mir nichts weggenommen.«

Sie legt mir die Hand auf die Schulter. »Nicht?«

Jax und Ben verlassen das Studio gemeinsam, und ich bleibe allein zurück. Das Produktionsteam auf der anderen Seite der Scheibe ist bereits bei der Arbeit und schneidet die Sitzung. Ich mag diesen warmen, fensterlosen Raum. Gedämpfte Geräusche, gedämpftes Licht.

Ich überprüfe, ob das Mikro abgeschaltet ist, und rufe Joe, den Superhost, an. Er meldet sich nach dem ersten Klingeln.

»Hier ist Joe.« Eine Altmännerstimme, rau und barsch.

»Hallo, hier ist Wren. Ich hatte Ihnen eine Mail wegen eines Freundes geschickt.«

Er stößt ein freudloses Lachen aus. »Tja, Ihr *Freund* schuldet mir noch etwa fünf Riesen.«

»Wieso das?«

»Er hatte meine Ferienwohnung für ein langes Wochenende gemietet«, sagt er. »Die Miete hat er überwiesen, lief alles problemlos.

Als er anfragte, ob er noch eine Woche länger bleiben könnte, habe ich zugestimmt. Es war nicht viel los, und die Wohnung war noch frei.«

Ich höre eine Polizeisirene im Hintergrund. Joe räuspert sich.

»Okay«, sage ich.

»Er wollte wieder überweisen, und ich machte mir keine großen Gedanken deswegen, weil er beim ersten Mal ja auch Wort gehalten hatte. Aber es vergingen Tage, und irgendwann überwies er ein bisschen Geld – aber nur einen Bruchteil dessen, was eine Woche kostet. Das ging ungefähr zwei Wochen so – er zahlte nicht. Räumte die Wohnung nicht. Irgendwann schickte ich jemanden, der ihn rauswerfen sollte. Aber er war bereits weg.«

Die Worte schwirren in meinem Kopf. Das steht im Widerspruch zu allem, was ich über dich zu wissen glaube.

»Wann war das?«, frage ich.

»Ist jetzt schon ein paar Monate her.« Er tippt auf einer Tastatur herum. »Am ersten Oktober hat er eingecheckt. Am ersten November habe ich jemanden geschickt, der ihn rauswerfen sollte.«

Wo hast du dann die ganze Zeit gewohnt? In deinem Büro? Einer anderen Mietwohnung? Bist du ein Mietnomade?

»Waren Sie bei der Polizei?«, frage ich.

»Nein.« Ein kurzes, wütendes Lachen. »Die Polizei interessiert das einen Scheißdreck. In New York City findet man es nicht gut, wenn Wohnungen als Ferienwohnungen vermietet werden. Die Leute mögen das nicht. Aber, wissen Sie, das ist praktisch meine Rente.«

»Unter welchem Namen hat er die Wohnung gebucht?«

»Adam Grove. Überraschung, Überraschung, nicht sein richtiger Name. Viele akzeptieren ja nur Kreditkarten als Zahlungsmittel. Aber ich versuche, den Menschen zu vertrauen. Jedenfalls war das früher so. Jetzt nehme ich nur noch Kreditkarten, verlange Vorauszahlung, und es gibt keine Rückerstattung.«

»Es tut mir leid, dass Ihnen das passiert ist«, sage ich. Ich merke, dass ich mit meiner »Liebe Birdie«-Stimme spreche.

Erstauntes Schweigen am anderen Ende der Leitung.

»Ich hoffe, Sie finden Ihren Freund.« Er schnaubt. »Wenn Sie ihn finden, sagen Sie ihm, er soll einem alten Mann bezahlen, was er ihm schuldet, dann kann er auch seine Sachen wiederhaben. Und was Sie angeht, junge Dame, hören Sie auf meinen Rat. Ich glaube, Sie sollten Ihre Energie lieber darauf verwenden, sich neue Freunde zu suchen.«

Ein kleiner Hoffnungsschimmer. »Seine Sachen?«

»Ich habe einen Karton mit Dingen, die er in der Wohnung zurückgelassen hat. Erst wollte ich alles in den Müll werfen, aber dann habe ich beschlossen, es erstmal zu behalten.«

»Würde es Ihnen etwas ausmachen, wenn ich vorbeikomme und einen Blick darauf werfe?«

Ein Altmänner-Seufzer. Trotz seiner Schroffheit ist Joe ein netter Kerl, das merke ich – ich weiß nicht, woran genau. Es hat irgendetwas mit seinem Tonfall zu tun.

»Hören Sie«, sage ich, als er nicht antwortet. »Ich zahle Ihnen das, was er Ihnen schuldet.«

Ich hatte nicht vor, das anzubieten. Und es ist ja auch ziemlich verrückt, so etwas zu tun. Aber es ist mir einfach so rausgerutscht. Es hat etwas mit unserer Diskussion von eben zu tun, darüber, dass man keinen Schaden anrichten soll. Ich fühle mich verantwortlich dafür, dass du diesem Mann Schaden zugefügt hast. Warum nur?

»Warum sollten Sie das tun?«, fragt er.

»Weil ich es kann«, sage ich. »Und weil es nicht fair war, Ihnen das anzutun. Ich bringe die Summe in bar mit.«

Wieder Schweigen. Endlich sagt er: »Abgemacht. Wann?«

Ich schaue auf meinem Handy nach der Uhrzeit und stelle fest, dass mir vor dem Treffen mit Bailey Kirk noch ein paar Stunden Zeit bleiben. »Wie wär's mit jetzt sofort? Wo ist der Karton?«

»In einem Lagerraum, den ich gemietet habe. 10th Avenue. Wir treffen uns in einer Stunde dort.«

Nachdem ich den Anruf beendet habe, kommt eine Kurznachricht mit der Adresse. Ich habe eine Stunde Zeit, zur Bank zu gehen und auf die andere Seite der Stadt zu gelangen.

In New York City gibt es nur eine einzige Möglichkeit, schnell von A nach B zu kommen – aber die bedeutet, dass man sein Leben riskiert. Citi Bike.

# 11
# DAMALS

»Gehen wir.«

Jay rüttelte an meiner Schulter und weckte mich aus meinem leichten Schlaf. Das goldene Licht der aufgehenden Sonne strömte in das fremde Zimmer. Ich hatte kaum ein Auge zugetan und von meinen alten Freundinnen geträumt, meinem alten Zimmer, meiner Englischlehrerin Miss Penny, die meine Aufsätze immer in den höchsten Tönen lobte. Die Sehnsucht nach alldem war körperlich spürbar, in meinem Magen, in meinem Herzen. Ein schlimmer Fall von Heimweh. Auch wenn jetzt das hier unser Zuhause war.

»Wohin?«, fragte ich, nicht gerade versessen darauf, mein warmes Bett zu verlassen.

Wollten wir weglaufen? Vielleicht konnte ich bei Grace in ihrem hübschen Haus wohnen. Es schien möglich, aber dann dachte ich an meine Mutter und wusste, dass ich gebunden war an diesen Ort, dieses neue Leben. *Kopf hoch, Butterblümchen.* Ihr berühmter aufmunternder Spruch.

»Ich habe im Wald etwas entdeckt.« Jay machte es spannend. »Das will ich dir zeigen.«

Er trat zur Tür und wartete. Das Zimmer war schlicht, es standen nur ein Bett darin, eine Kommode und ein kleiner Kleiderschrank.

*Das war das Zimmer meiner Schwester*, hatte mein Vater gestern gesagt, während er meine Umzugskartons hineintrug. *Größer als dein altes Zimmer, was? Richte dich hier ein. Du hast völlig freie Hand.*

Eine Tante, der ich nie begegnet war. Laut meiner Mutter hatten sie sich entfremdet. Kamen nicht miteinander aus. Und dann war meine Tante gestorben. Also schlief ich jetzt im Zimmer eines toten

Mädchens – das war zumindest die Geschichte, die ich mir selbst erzählte. Ich stellte mir vor, wie sie aus dem Schrank kam oder unter dem Bett hervorkroch, bleich und starr, und jagte mir damit selbst Angst ein, bis meine Mutter schimpfte, ich solle mich zusammenreißen.

Jay war bereits angezogen. Ich stieg aus dem Bett und zog Jeans und Turnschuhe an, während er wartete. Mein Pyjama-Oberteil mit den Einhörnern ließ ich an. Ich folgte ihm die knarrende Treppe hinunter und zur Haustür hinaus. Die Vögel zwitscherten, die Blätter waren leuchtend grün, und eine samtige Kühle lag in der Luft. Wir gingen in den Wald hinein, bis wir zu einem alten, ziemlich baufälligen Baumhaus kamen, das in die dicken Äste einer hohen Eiche gebaut war.

»Kann man da ohne Gefahr hoch?«

»Wahrscheinlich nicht«, sagte Jay mit einem Achselzucken. »Mein Gewicht hält die Leiter bestimmt nicht aus. Aber deins vermutlich schon. Probier's mal aus.«

Ich zog probeweise an der Strickleiter, die von einer Luke im Boden des Baumhauses herabhing. Sie erschien mir stabil genug. Ich war nie ein mädchenhaftes Mädchen gewesen, sondern immer ein halber Wildfang. Das musste ich sein, denn sonst hätte Jay nichts mit mir zu tun haben wollen. Er brachte mir Werfen, Fußballspielen und Fahrradfahren bei, außerdem lernte ich von ihm, ein aufgeschürftes Knie zu ignorieren und nicht wie ein Mädchen zu heulen, wenn ich wütend war.

Ich stieg auf die unterste Sprosse der Strickleiter und wippte ein bisschen, um zu sehen, ob sie hielt. Dann kletterte ich hoch.

Oh, es war magisch. Sonnenlicht strömte durch die Dachritzen, und es roch nach Wald, Laub und Verfall. In der Ecke lag eine abgenutzte alte Matratze, es gab einen Stapel Bücher, die vor Feuchtigkeit aufgequollen waren, und einen Tisch, auf dem Muscheln und Federn lagen. Alles war schmutzig und vernachlässigt; offenbar war seit Jahren niemand mehr hier gewesen.

»Was ist da oben?«, rief Jay von unten herauf.

Nichts. Alles. Was fand ich so wunderbar an diesem Baumhaus? Es war ein geheimer Ort, ein Ort fern der Welt, an dem die Zeit stillstand. Ich konnte die Vögel singen hören, den Wind in den Zweigen rauschen. Für einen kurzen Moment verstand ich, warum mein Vater diese Gegend so liebte, und ein Gefühl tiefen Friedens überkam mich.

Der Fußboden erschien mir stabil genug. Ich schwor mir, hier sauberzumachen, für das Haus zu sorgen und es mir anzueignen. Am liebsten wäre ich für immer hier oben geblieben. Aber schließlich rief Jay mich zurück.

»Wie ist es dort oben?«

»Einfach perfekt«, versicherte ich ihm.

Er blickte zu dem Baumhaus hoch. Sonne und Wind spielten mit seinem weißblonden Haar.

»Gut«, sagte er und sah mich mit ernstem Blick an. »Wenn es ganz schlimm wird, gehst du hierhin, okay?«

Ich brauchte nicht zu fragen, was er meinte. Der gestrige Abend war relativ friedlich verlaufen. Wir hatten auf dem Lagerfeuer gekocht, das mein Vater hinten im Garten entfacht hatte – es gab Hot Dogs und in der Bratpfanne erhitzte Bohnen. Er hatte sogar seine Gitarre hervorgeholt und einen Song gespielt, den er für meine Mutter geschrieben hatte, ein Liebeslied. Aber der blauviolette, langsam abheilende Bluterguss in Jays Gesicht war eine Erinnerung daran, wie schnell ein anfangs friedlicher Abend hässlich werden konnte.

»Und komm nicht wieder runter, bis ich dich hole.«

Ich nickte zustimmend und schwieg. Er legte mir kurz den Arm um die Schultern, und wir schauten beide zum Baumhaus hoch. Dann schubste er mich leicht und fuhr mir durchs Haar.

Etwas bewegte sich zwischen den Bäumen. Zuerst dachte ich, ein Mensch stünde dort, reglos, halb im Blätterschatten, halb im Sonnenschein, und beobachte uns, eine große, massige Gestalt. Ich packte Jay am Arm. Aber er lächelte nur und legte den Finger an die Lippen. Jetzt sah ich, dass es ein Hirsch war, eine Hirschkuh. Sie starrte uns aus glänzenden dunklen Augen an und sprang davon, tiefer in den Wald hinein.

# 12
# HEUTE

Wonach suchen wir, wenn wir nach Liebe suchen?

Was habe ich mir erhofft, als ich mich auf Torch anmeldete?

Warum habe ich dich ausgewählt?

Über diese Fragen denke ich nach, während ich in meinem üblichen waghalsigen Kamikaze-Stil auf dem Fahrrad durch die Stadt sause, Mutproben ablege, Fahrzeugtüren ausweiche, die sich plötzlich öffnen, und mich durch schmale Gassen zwischen stehenden Autos schlängle.

Wenn man mit dem Fahrrad unterwegs ist, bekommt man von der Stadt nur verschwommene Eindrücke mit, hupende Autos, Verkehrsampeln, Menschengewühl und Eingänge, Seitenstraßen, Parks, Fenster. Ich bin gleichzeitig mittendrin und absolut allein. Miranda und Jax halten mir strenge Vorträge und verlangen, dass ich meine Citi-Bike-Gewohnheit aufgebe, seit Jax' älterer Bruder Pete von einem Auto angefahren wurde. Er musste fast zehn Wochen im Bett liegen und geht immer noch zur Physiotherapie. Im Laufe der Jahre hatte ich ein paar Unfälle; von einem habe ich Schrauben im Ellbogen zurückbehalten, eine Narbe am Bein von einem anderen. Beide Male habe ich einen Helm getragen, aber heute nicht.

Ein Mann, der an einer Ampel wartet, blafft mich wütend an, als ich zu dicht an ihm vorbeifahre. Ich hebe entschuldigend die Hand, mit den Gedanken immer noch bei Dating und Liebe und dabei, wie verkorkst das heutzutage alles ist.

Aber ist es wirklich so anders, jemanden bei der Partnersuche im Internet zu finden, als ihn in einer Bar anzubaggern? Ist es so anders als eine Zufallsbegegnung im Park, im Theater oder sonst irgendwo, wo Menschen zusammenkommen? Nur das Spielfeld ist größer. So anorganisch das erste Zusammentreffen auch sein mag, danach kommt es aufs Gleiche heraus, oder nicht? Man trifft sich. Wenn die Chemie stimmt, eine Verbundenheit spürbar ist, wird es ein zweites Treffen geben, ein langsames Kennenlernen, ein allmähliches Enthüllen der verschiedenen Facetten der eigenen Persönlichkeit.

Mein Vater hätte diese Entwicklung für einen weiteren Beweis dafür gehalten, dass das Ende der Welt nahe ist. Dass Menschen sich immer weiter voneinander entfernen, ihre Menschlichkeit verlieren, ihre Fähigkeit, in Kontakt zu treten – obwohl sie sich einbilden, durch ihre technischen Geräte mehr miteinander verbunden zu sein als je zuvor.

Der Umschlag mit dem Geld, den ich in meine Hosentasche gestopft habe, drückt mir beim Fahren unangenehm gegen den Bauch. Ich kann mich nicht erinnern, wann ich zuletzt so viele grüne Scheine bei mir hatte. Oder überhaupt Bargeld. Auch das Bezahlen ist auf eine größtenteils elektronische Angelegenheit reduziert worden. Auf das Durchziehen einer Karte, Beträge auf einem Bildschirm, Scheine, die ein Automat ausspuckt, wenn man überhaupt Bargeld braucht.

Ich bin alt genug, um mich an die Zeit zu erinnern, bevor wir vom digitalen Zeitalter verschluckt wurden, bevor unser Leben durch Bildschirme und Geräte gesteuert wurde. Ich erinnere mich an tickende Uhren und Papiergeld, klingelnde Telefone, die an der Wand befestigt waren, Türen, die mit einem Schlüssel abgeschlossen wurden, Türklingeln ohne aufzeichnende Kameras. Auch du erinnerst dich daran, Adam. Das haben wir gemeinsam, eine nostalgische Sehnsucht nach dem Analogen.

Ich stelle das Fahrrad an einer der Stationen wieder ab und gehe das letzte Stück zu Fuß. Der Block von Lagerhallen ist ein Koloss, ein ganzes Universum zur Aufbewahrung von Dingen, die Leuten nicht genug bedeuten, um sie zu benutzen, von denen sie sich aber auch nicht trennen wollen. Leute, die alles horten. Kurz muss ich an das Haus denken, in dem ich aufgewachsen bin, aber ich schiebe das Bild grob beiseite. Eine Reise in die Vergangenheit kann ich mir nicht leisten.

*Komm nach Hause*, hat Robin heute Morgen gesagt. *Komm einfach nach Hause.*

Ich hasse es, sie immer wieder so tief enttäuschen zu müssen. Aber ich will im Moment nicht dorthin zurückkehren.

Menschen eilen an mir vorbei, einige von ihnen tragen Masken, so wie der Mann im Coffeeshop. Man sieht, dass in irgendeinem fernen Land eine neue Krankheit mit irgendeinem seltsamen Namen ausgebrochen ist, aber das wird uns, genau wie bei SARS oder der Vogelgrippe, sicher nicht weiter betreffen. Die Leute neigen eben zu Panikreaktionen, während ich eher dazu tendiere, zu wenig zu reagieren. Mein Vater würde mir vorwerfen, ich sei »weltlich« – womit er meinte, dass ich im Materiellen verhaftet sei. Unter einer Illusion von Dauerhaftigkeit leide, irrtümlich glaube, Dinge, die man sehen und berühren kann, hätten irgendeine Bedeutung. Er würde diese Leute mit ihren Masken als Zeichen deuten, das weiße Pferd der Apokalypse: Pestilenz.

Es ist fast, als hätte ich meinem Vater die Erlaubnis erteilt, in meine Gedanken einzudringen, indem ich jemandem von meiner Vergangenheit erzählt habe. Es laut ausgesprochen habe. Aus eben diesem Grund hatte ich das alles so tief in mir vergraben. Davon zu sprechen, beschwört es wieder herauf. Gedanken und Sätze, unerwünschte Erinnerungen kehren mit voller Wucht zurück, lebhaft und lebendig. Ich hätte es dir niemals erzählen dürfen. Ich hatte mir mein Leben so eingerichtet, dass ich das niemals würde tun müssen. Ich hätte es mit ins Grab nehmen können, sozusagen. Doch für Reue ist es jetzt zu spät. Was geschehen ist, ist geschehen.

Ein schmaler alter Mann steht vor dem Eingang des Lagerblocks, Karo-Kappe, klobige Schuhe, die Hände in den Taschen seines Marinemantels aus dunkelblauem Wollstoff vergraben. Er ist etwas kleiner als ich. Als ich näher komme, reibt er sich das Kinn. Sein Gesicht ist eine zerfurchte Landschaft aus Linien und Schatten.

»Joe?«

Er nickt und streckt die Hand aus, und ich ergreife sie. Sie ist trocken, ein bisschen spröde und warm. Er mustert mich prüfend. Was auch immer er sieht, er schenkt mir ein leichtes Lächeln.

»Ich bin Wren.«

»Sie sind jünger, als ich dachte.«

»Ich bin älter, als ich aussehe.« Ich bin fast dreißig, aber ich sehe jünger aus. Immer wieder muss ich meinen Ausweis vorzeigen, um zu beweisen, dass ich schon volljährig bin. Ich sehne mich nach der Gemessenheit, die mit dem Alter kommt. Aber die scheint sich mir zu entziehen.

Joe nickt erneut, dreht sich um und betritt das Gebäude. Ich folge ihm durch ein Labyrinth von Betonfluren, die von Metalltüren gesäumt sind. Als wir zu Nummer 39 kommen, bleibt er stehen. Er öffnet das Vorhängeschloss und reißt die Tür mit einem Ruck auf, sodass es in dem langen Gang nachhallt.

Ich bin angespannt, meine Schultern tun mir weh. Ich frage mich, was du wohl von dir zurückgelassen hast. Ein Schwall feuchtmodriger Luft schlägt mir entgegen und kitzelt mich in der Nase.

Joe knipst das Licht an. Der Lagerraum ist aufgeräumt, er beherbergt Reihen von ordentlich beschrifteten Kartons: Steuerunterlagen, Bettzeug, Martys Kunstwerke, Millies Kleidung, Fotos, Briefe. Dazu einen alten Ohrensessel, eine Kommode, ein Spielzeug-Dampfwagen, eine Stehlampe. Am liebsten hätte ich das alles durchforstet. Was für Dinge sich in einem gelebten Leben ansammeln, wie wir daran festhalten, wie sie uns definieren. Es erzählt eine Geschichte, und ich liebe die Geschichten, die Menschen zu erzählen haben. Ein heftiger Wunsch überkommt mich, Joe zu verstehen, zu wissen, wie das Leben aussah, das er gelebt hat. Doch mitten im Lagerraum steht ein einzelner, nicht beschrifteter Karton.

Er bückt sich und hebt ihn hoch. Schwer scheint er nicht zu sein, es kann nicht viel drin sein. Aber ich bin begierig darauf, nach jedem Stückchen von dir.

Ich nehme das Geld, das in einem dicken weißen Umschlag steckt, aus der Hosentasche.

»Fünftausend, sagten Sie?«, frage ich.

Er runzelt die Stirn und tritt einen Schritt zurück. »Sind Sie sicher, dass Sie das tun wollen? Die Schulden Ihres Freundes begleichen? Wenn Sie meine Tochter wären, würde ich nicht zulassen, dass Sie irgendeinen Schmarotzer raushauen.«

Ich blicke auf das Geld in meiner Hand. Da ist was dran.

»Ich tue es nicht für ihn«, sage ich. »Ich tue es für Sie.«

Er lächelt, die Fältchen um seine Augen vertiefen sich. Ich merke, dass er amüsiert ist, versucht, aus mir schlau zu werden. »Sie kennen mich doch gar nicht.«

Auf einer gewissen Ebene stimmt das. Aber ich glaube, so, wie wir einen einzelnen Menschen behandeln, behandeln wir auch die Welt und uns selbst. Wenn ich ein Unrecht wiedergutmachen kann, ist das weit mehr wert als die Summe von fünftausend Dollar. Vielleicht gibt es Joe den Glauben an die Welt zurück, oder er wird irgendwann einem anderen ebenso helfen, wie ich ihm geholfen habe. Deshalb, denke ich, kommen Leute mit ihren Problemen zu mir und bitten mich, sie zu lösen. Ich werde immer versuchen, zu helfen und alles wieder in Ordnung zu bringen.

»Bitte«, sage ich, als er den Umschlag nicht entgegennimmt. »Ich tue es gern.«

Endlich greift er danach. Ich merke, dass seine Hand leicht zittert. »Danke, junge Dame.«

Er reicht mir den Karton.

»Darf ich?«, frage ich.

»Nur zu.« Joe setzt sich in den Ohrensessel.

Ich lasse mich mit dem Karton auf dem Boden nieder und fange an, ihn durchzusehen. Deine Uhr – großes weißes Zifferblatt mit römischen Ziffern, schwarzes Lederarmband. Ich habe sie einmal wegen ihrer Schlichtheit gelobt. Du sagtest, sie habe deinem Großvater gehört und du hättest sie von deinem Vater bekommen, sie bedeute dir viel. Warum solltest du so etwas zurücklassen? Wahrscheinlich war das auch nur eine Lüge.

Dein Lieblings-Hoodie liegt leicht und weich in meiner Hand – ein schöner blauer Kaschmirpullover, er war irrsinnig teuer. Du gehörst zu den Leuten, die ihren Wohlstand dezent tarnen, sich unauffällig kleiden, Klamotten anziehen, die nicht nach viel aussehen, auch wenn sie für die meisten Leute unerschwinglich wären. Ich vergrabe die Nase in dem Pullover und sauge deinen unverwechselbaren Geruch ein, fühle ein Prickeln im Körper. Eine Sekunde lang bin ich wieder bei dir, in meinem Bett, dieses letzte Mal, das wir zusammen waren. Deine Haut. Ich liege in deinen Armen. Fahre mit den Fingern durch dein seidenweiches Haar. Verlegen sehe ich zu Joe hinüber, doch der scheint gedankenverloren, starrt ins Leere.

Ein dünnes schwarzes Moleskin-Notizbuch klappt auf, als ich danach greife. Alle Seiten sind leer. Ich blättere es durch, einmal, zweimal, hoffe, dass irgendwo etwas notiert ist. Nein. Nichts.

Der Montblanc-Füller ist glänzend und neu, schlicht und elegant mit dem weißen Stern in der Kappe und dem glänzenden Schaft. Er liegt kompakt in meiner Hand. Ich bin Autorin, daher kann ich nicht widerstehen, nehme die Kappe ab und setze die Feder aufs Papier. Wo bist du, Adam Harper, schreibe ich in Schönschrift.

Dann ist da noch Rasierzeug – ein Rasiermesser und ein Rasierpinsel aus Dachshaar, fein säuberlich in einem Lederbeutel verpackt. Ich erinnere mich, es in deinem Bad gesehen zu haben. Alles, was du besitzt, ist ein Stilobjekt, wegen seines Designs ausgewählt, von hoher Qualität. Keiner dieser Gegenstände verrät mir irgendetwas, das ich nicht schon wusste.

Enttäuschung und Frust kämpfen in meiner Brust.

Ich bin sicher, dass der Karton jetzt leer ist, schaue aber trotzdem noch ein letztes Mal nach.

Und da sehe ich etwas, das mein Herz zum Stolpern bringt und den Boden unter mir wanken lässt. Es ist ein Zeitungsartikel, mehr als zehn Jahre alt, zusammengefaltet und zerknittert. Keine Kopie. Kein Ausdruck. Der Artikel wurde aus einer Zeitung ausgeschnitten. Ein vertrautes Gesicht starrt mir aus den körnigen Fotos entgegen. Druckerschwärze färbt meine Finger.

»Alles in Ordnung?« Joes Frage lässt mich zusammenfahren.

»Ja«, lüge ich. Bittere, ätzende Säure steigt aus meinem Magen hoch in meine Kehle. »Alles gut.«

»Haben Sie gefunden, wonach Sie gesucht haben?«

»Ich glaube schon.«

Er erhebt sich und reicht mir die Hand, um mir aufzuhelfen. Ich nehme sie und merke, dass er überraschend stark ist. Er sieht zu, wie ich deine Besitztümer in meiner Kuriertasche verstaue, den leeren Karton lasse ich zurück. Ich zittere am ganzen Körper. In meinen Ohren dröhnt es.

»Sie sehen aus, als hätten Sie einen Geist gesehen«, sagt Joe besorgt.

Das habe ich auch. Ich habe einen Geist gesehen. Ich sehe ihn jedes Mal, wenn ich in den Spiegel schaue.

# 13

Ich schnappe mir ein anderes Citi Bike und fahre Richtung Uptown, froh, mich körperlich verausgaben zu können, ich fordere das Schicksal heraus und ernte wütendes Hupen von Autofahrern, die in der Regel Fahrradfahrer hassen. Wahrscheinlich missgönnen sie uns unsere Freiheit, eingepfercht in ihre Kästen, wie sie sind, sie können nirgends hin und kriechen im Schneckentempo durch den fast stehenden Verkehr.

Sämtliche Nerven in meinem Körper vibrieren. Im Geist gehe ich deine Besitztümer durch. Armbanduhr, Pullover, Rasierzeug, Füllfederhalter, Notizbuch. Und das, was mir fast entgangen wäre. Der Zeitungsartikel. Was ich für festen Boden unter meinen Füßen gehalten habe, ist zu Treibsand geworden. Ich versinke, es gibt nichts, woran ich mich festhalten könnte, was mich vor dem Ertrinken retten würde.

Ich stelle das Rad etwa einen Block vom Treffpunkt entfernt ab und gehe das letzte Stück zu Fuß, immer noch im Schockzustand. Dabei versuche ich, die Puzzleteile zusammenzufügen.

Ich dachte, ich würde dir den dunkelsten Teil meiner selbst offenbaren.

Etwas, das ich vor fast allen anderen verborgen gehalten habe.

Aber du wusstest es bereits.

Woher?

Es scheint unmöglich. Mit Hilfe von anderen war diese Geschichte schon längst begraben. Das, was vor langer Zeit mit meiner Familie geschehen ist, in einer Kleinstadt. Die Sache hat ein großes Medienecho gefunden, aber seitdem sind zahlreiche andere

Scheußlichkeiten geschehen, die das Interesse der Öffentlichkeit erregt haben. Unsere Geschichte ist fast vollständig aus dem Gedächtnis der Menschen verschwunden, dank kurzer Aufmerksamkeitsspannen und den vielen Schreckenstaten, die an uns vorbeiparadieren wie Darsteller in einem Zirkus.

Man kann es finden, wenn man weiß, wonach man suchen soll, wenn man das Internet nach grässlichen Verbrechen durchwühlt. Noch wurde es nicht von irgendeiner Kriminalfall-Bloggerin oder einem True-Crime-Podcaster wiederentdeckt und ans Licht gezerrt für Leute, die sich gern ohne Gefahr ins Dunkle begeben, um zu sehen, was es dort so alles gibt.

Ich habe sogar jemanden engagiert, einen Suchmaschinen-Optimierer, damit die Leute bei Google nur das finden, was sie finden sollen. Wer jetzt den Namen eingibt, den ich benutze, stößt auf meine sorgfältig kuratierte Präsenz in den sozialen Medien, meine Website, einen Eintrag auf der Ehemaligenseite der New School. Eine fade Existenz, wenig bemerkenswert. Es gibt keine Verbindung zwischen meiner Vergangenheit und Wren Greenwood, und auch keine zwischen Wren Greenwood und »Liebe Birdie«.

Ich war sehr vorsichtig, denn ich wollte meiner Vergangenheit entrinnen und mein heutiges Leben schützen. Nur offenbar war ich nicht vorsichtig genug.

Bailey Kirk wartet an der Ecke, lässig gegen einen Laternenpfahl gelehnt, während die Passanten an ihm vorbeiströmen. Er sieht mich erst nicht. Es ist immer interessant, Leute zu beobachten, wenn sie nicht wissen, dass sie beobachtet werden. Genau wie im Coffeeshop wirkt er entspannt, aber hellwach. Er beobachtet die Menschen, die an ihm vorbeigehen, neutral, ohne zu urteilen, aber er sieht sie. Er starrt nicht auf sein Smartphone oder ist gedankenverloren, ohne etwas von seiner Umgebung wahrzunehmen. Er ist voll präsent, was selten ist. Als er mich entdeckt, hebt er grüßend die Hand, und ich winke zurück.

Was wohl jemand wie Bailey Kirk mit all seinen Ressourcen über mich weiß? Sollte ich ihm von meinem Besuch bei Joe erzählen, von dem Karton mit deinen Besitztümern? Nein, lieber nicht. Je schneller ich von Bailey Kirk wegkomme, desto besser ist es. Vielleicht.

»Ich war mir nicht sicher, ob Sie kommen würden«, sagt er, als ich vor ihm stehe.

»Ich halte meine Versprechen.«

Im Gleichschritt gehen wir den belebten Bürgersteig entlang. Wir kommen an einem Deli vorbei, einer Metalltür ohne Aufschrift, der Lobby eines schicken Apartmenthauses, einigen Geschäften, einem kleinen Gemüseladen. Als ich vorgestern hier war, habe ich nicht groß auf meine Umgebung geachtet, da ich nicht vorhatte, zu dir ins Büro zu gehen. Also weiß ich die Adresse nicht genau, aber ich erinnere mich an die von dir beschriebene schwarze Markise. Welches Gebäude es ist, weiß ich allerdings nicht. Ich habe dich nicht herauskommen sehen.

Wortlos wechseln wir auf die andere Straßenseite und gehen wieder zurück. Er hat nicht nach der Ferienwohnung gefragt, oder ob ich schon etwas von Joe gehört hätte, und ich bin nicht ungefragt mit der Information herausgerückt. Ich weiß immer noch nicht genau, was ich von ihm halten soll, was er bereits weiß, wie viel ich ihm verraten soll.

Schließlich bleibe ich unter einer Markise stehen, an der wir bereits vorbeigekommen sind.

»Hier könnte es sein«, sage ich.

»Sie waren noch nie zuvor hier?«, fragt er. Skepsis schwingt in seinem Ton mit.

»Nein.« Ich habe das Gefühl, mich verteidigen zu müssen. »Wir wollten es langsam angehen lassen.«

Er hält mir die Tür auf, und wir betreten das Gebäude. Kirk sieht sich in der Eingangshalle um, die in Größe und Atmosphäre wenig zu bieten hat, und sein Blick fällt auf eine Kamera oben in einer Ecke, ein rundes weißes Auge mit blauer Linse. Es gibt keinen Pförtner.

Auf einer Übersichtstafel an der rückwärtigen Wand sind die Namen der Unternehmen aufgelistet, und da steht es: Blackbox Cyber-Security. Elfter Stock.

Ich deute auf den Eintrag, weiße Plastikbuchstaben auf einem schwarzen Brett. »Das ist es«, erkläre ich.

Er ruft den Aufzug. Wir haben immer noch kaum ein Wort miteinander gewechselt. Während wir warten, spüre ich seinen Blick auf mir. Als ich zu ihm hinsehe, schaut er nicht weg. Ich kann seinen Gesichtsausdruck nicht deuten.

»Alles in Ordnung?«, fragt er. Es liegt eine Freundlichkeit in seiner Stimme, die mich überrascht.

»Ja«, lüge ich. »Mir geht's gut.« Die Wahrheit ist, ich habe Angst vor dem, was wir oben finden werden.

Der Fahrstuhl kommt, wir steigen beide ein. Meine Schultern sind angespannt, mein Puls rast. Vielleicht funktioniert der Aufzug nur mit einer Zugangskarte, was ein abruptes Ende der Unternehmung bedeuten würde. Fast hoffe ich darauf; ich merke, wie sehr mir davor graut, und mein Herz flattert.

Doch als Kirk auf den Knopf drückt, setzt sich der Fahrstuhl in Bewegung. Wir stehen verlegen nebeneinander, während das rote Licht der Stockwerksanzeige immer höher wandert, begleitet von einem angenehmen Ping-Ton. Er steht dicht neben mir, nur eine Handbreit entfernt, obwohl es reichlich Platz gibt und er leicht mehr Abstand halten könnte. Ich spüre seine Körperwärme, nehme seinen Duft wahr. Eine warme Sandelholznote vielleicht.

Die Fahrt in den elften Stock scheint ewig zu dauern, der Fahrstuhl ist langsam.

Was werden wir vorfinden, wenn die Fahrstuhltüren sich öffnen?

Wirst du an irgendeinem Schreibtisch sitzen, fleißig bei der Arbeit und peinlich berührt, weil ich entdeckt habe, dass du gar nicht verschwunden bist? Sondern nur fertig mit mir?

Vielleicht wirst du aufbrausend sein in deiner Verlegenheit. Oder toben vor Wut. Vielleicht wirst du vor dem Ermittler Reißaus nehmen, der Fragen über ein vermisstes Mädchen hat, über eine Frau, mit der du zusammen warst. Wie wirst du die tausend Fragen beantworten, die ich habe?

Wird es ein geschäftiges Büro sein? Durchgestylt und bevölkert von smarten Leuten, die hinter großen Computerbildschirmen sitzen? Oder vielleicht grau und heruntergekommen, flackernde Neonröhren, eingerichtet mit wackeligen alten Büromöbeln?

Aber es ist nichts von alldem. Es ist nur ein leerer Raum, in dem kein Licht brennt. Hinter einem Vorzimmer liegt ein kleines Büro, ausgestattet mit ein paar weißen, modernen Schreibtischen, ergonomischen Drehstühlen und Aktenschränken. Wir treten in das kleine Foyer, und die Fahrstuhltüren schließen sich hinter uns. Es ist still, ich spüre eine Atmosphäre von Verlassenheit.

»Sind Sie sicher, dass wir hier richtig sind?«, fragt Kirk stirnrunzelnd.

»Nein«, gebe ich zu. »Bin ich nicht.«

»Hallo?«, ruft er, aber seine Stimme hallt bloß in dem leeren Raum nach.

Er betritt das Hauptbüro und fängt an, die Schreibtische zu inspizieren. Da ich nicht weiß, was ich sonst tun soll, folge ich ihm. Ich fühle mich wie ein Eindringling.

Die Schreibtischplatten sind brandneu, die Schubladen sauber und leer. Alles wirkt unbenutzt, an einem der Stühle hängen noch Reste des Verpackungsmaterials. Es gibt keinerlei persönliche Gegenstände, weder Kaffeetassen noch gerahmte Fotos. Sogar die Abfallkörbe sind unberührt. Ich verliere mich für eine Weile, suche nach irgendeinem kleinen Teil von dir. Ich trage deine Uhr. Sie ist zu groß für mein Handgelenk. Wenn ich sie ans Ohr halte, höre ich sie laut ticken, wie ein schlagendes Herz.

Wir öffnen Schranktüren und spähen in einen leeren Konferenzraum.

Ich bin aufgewühlt, seit ich diesen Artikel gesehen und die Druckerschwärze von meinen Fingern gewischt habe. Ich bin vor meiner Vergangenheit davongelaufen, ich will nichts mit der Person zu tun haben, die ich einmal war. Sie ist tot, es gibt sie nicht mehr. Zum ersten Mal seit langer Zeit spüre ich die Dunkelheit in meinem Nacken, habe das Gefühl, als strecke sich aus dem Grab eine Hand nach mir aus.

Ich bin ihrer Dunkelheit entronnen und habe mir ein Leben im Licht aufgebaut. Es ist ein wenig einsam, sicher. Aber zumindest kann ich Menschen helfen, habe Freunde und, dank Jax, eine Adoptivfamilie, ein Zuhause. Die liebe Birdie würde sagen: *Du kannst dir das Leben aussuchen, das du führen willst, du kannst es dir erschaffen. Du bist die Autorin deiner Wirklichkeit.*

Vor der Zeit mit dir war mir diese Wirklichkeit genug. Bevor du den Hunger in mir geweckt hast, gekannt zu werden.

Mein Telefon, das in meiner Handtasche steckt, vibriert. Ich ignoriere es, aber sobald es aufgehört hat, fängt es wieder an. Ich sehe mich nach Bailey Kirk um, entdecke ihn aber nicht. Doch ich höre Schritte, und in einem Raum hinter einer geschlossenen Tür, vermutlich dem Pausenraum, werden Schranktüren geöffnet und geschlossen.

Mein Telefon vibriert weiter, und im Weitergehen wühle ich in meiner Tasche, um es hervorzuholen. In dem einzigen Büro, das eine Tür hat und eine bodentiefe Fensterfront, bleibe ich neben dem Schreibtisch stehen. Eine unbekannte Nummer, aber ich gehe trotzdem ran.

»Hallo?«

Stille in der Leitung. Dann höre ich jemanden atmen. Ich umklammere das Telefon, drücke es fester ans Ohr. »Wer ist da?«

Ich schaue durchs Fenster auf das Bürogebäude auf der anderen Straßenseite.

Dann sehe ich dort eine große, dunkle Gestalt am Fenster stehen. Ich kenne die Form deiner Schultern, ich weiß, wie du dich hältst, immer ein wenig steif – du bewegst dich langsam und vorsichtig, als hättest du Angst, dir selbst Schmerzen zuzufügen.

Bist du das?

»Bist du das?«, sage ich laut und trete dichter ans Fenster. Aber die dunkle Gestalt drüben entfernt sich. Ich lege die flache Hand auf die kühle Scheibe.

Ich höre etwas. Ein tiefes Brummeln unter Störungsgeräuschen, aber ich verstehe nichts.

»Adam.«

Drüben geht das Licht aus. Die Leitung ist tot. Ich bekomme keine Luft mehr.

»Was ist los?« Baileys Stimme erschreckt mich, ich zucke zusammen und fahre kampfbereit herum.

»Immer langsam«, sagt er und hebt die Hand. »Tut mir leid. Irgendwas gefunden?«

Ich schüttle den Kopf. Die Worte stecken mir im Hals fest.

»Wer war das?«, fragt er.

»Er. Das war er. Ich habe ihn gesehen. Da drüben. Glaube ich.«

Er sieht mich stirnrunzelnd an und blickt dann aus dem Fenster, um festzustellen, auf was ich gestarrt habe. Aber da ist nur ein geschäftiges Büro, wie dieses hier es auch sein könnte. Leute gehen ihren Aufgaben nach, leben ihr Leben, es ist ein völlig anderes Universum. Das Fenster, an dem er stand, ist dunkel. Aber da war jemand. Oder nicht? Das ergibt doch keinen Sinn. Wie? Weshalb?

»Sie haben ihn gesehen? Im Büro auf der anderen Straßenseite?«

»Er ist ... fort.« Die Verzweiflung, die in meiner Stimme mitschwingt, beschämt mich. Ich sehe so etwas wie Mitgefühl über sein Gesicht huschen.

Wir wechseln einen kurzen Blick, dann rennen wir los. Wir warten nicht auf den Fahrstuhl, sondern nehmen die Treppe, laufen elf Stockwerke hinunter, unsere Schritte hallen laut von den Betonwänden wider. Wir stürmen durch die Metalltür, die auf die Straße führt.

Bailey läuft mit erhobener Hand über die Straße, Autofahrer halten an, drücken protestierend auf die Hupe. Ich folge ihm. Auf dem

Bürgersteig gegenüber blicke ich nach rechts und links, halte nach dir Ausschau. Du bist größer als die meisten Leute. Wenn du hier bist, wird es leicht sein, dich im Gedränge ausfindig zu machen. Ich merke, wie unbedingt ich dich sehen will. Ich will hinter dir herlaufen, deine Hand packen und dich fragen, was zum Teufel hier vorgeht. Aber ich sehe dich nicht. Da ist nur eine Straße voller fremder Menschen. Anderer fremder Menschen.

Mit seinem Ausweis und seinem großspurigen Auftreten fällt es Kirk leicht, Zugang zum elften Stock zu bekommen. Er scheint ein Händchen dafür zu haben, andere Leute dazu zu kriegen, das zu tun, was er will – mich eingeschlossen.

Ein stämmiger Sicherheitsmann mittleren Alters eskortiert uns im Fahrstuhl hinauf zu einer schicken Werbeagentur – alles ist in Weiß und Grautönen gehalten, auf großen Bildschirmen flimmern edle Werbespots für Schönheit und Mode, Models posieren, feucht glänzende Lippen, schimmernde Haarkaskaden, fließende Stoffe. Im Hintergrund ein Soundtrack, der mich an ein South-Beach-Hotel erinnert, leise, beruhigende Elektrobeats.

Alle hier scheinen unglaublich jung und wohlfrisiert zu sein.

Ich zupfe an meinem Haar und blicke an mir hinunter: zerlöcherte Jeans, Lederjacke, Kuriertasche. Mein »Urbane-Kämpferin-Look«. Jax nennt es meinen Fahrradkurier-Look, was weniger cool klingt, aber wahrscheinlich der Wahrheit näherkommt. Ich habe die Sache mit der Mode eben nie so gemeistert wie sie. Jax schafft es, mit ihren fast eins achtzig in einem losen Hängekleid fantastisch auszusehen, sie kann ihre elegant schmale Figur in ein langes schwarzes Etuikleid stecken, das sich perfekt anschmiegt. Ich kann das nicht.

Bailey zeigt dein Foto herum, aber niemand erkennt dich. Alle blicken desinteressiert von ihren Bildschirmen auf, schütteln den Kopf. Ich gehe weiter zu dem Büroraum, in dem ich glaube, dich gesehen zu haben. Die Angestellten sitzen an silberfarbenen Laptops, sprechen in Mikrofone, ich höre Stimmengewirr, klingelnde Telefone. Einige starren mich an, als ich vorbeigehe, eine abgerissene Fremde in ihrer durchgestylten Mitte.

Ich gelange in ein leeres Büro. Vom Fenster aus kann ich den Büroraum gegenüber sehen, in dem ich eben noch stand.

Was geht hier vor? Was soll dieses Spielchen? Irgendetwas steigt in mir auf, eine Erinnerung, die ich nicht will. Ich schiebe sie beiseite.

Ich höre Baileys Stimme, ruhig und gelassen: *Ich bin auf der Suche nach einem vermissten Mädchen.*

Ich drehe mich zu ihm um, als er das Büro betritt, gefolgt von dem Mann von der Security. Der hat ein ernstes Gesicht und viele Sorgenfalten auf der Stirn, trägt einen Ehering. Er sieht aus wie jemand, der mit der Bahn zur Arbeit pendelt, irgendwo in den äußeren Stadtbezirken wohnt, verheiratet, mehrere Kinder, guckt samstags immer das Spiel. Er wird allmählich ungeduldig, Misstrauen scheint in ihm aufzukeimen.

»Wie hieß Ihre Detektei noch mal?«, fragt er.

»Turner & Ives«, antwortet Bailey. Ich mache mir im Kopf eine Notiz, weitere Recherchen über diese Detektei anzustellen.

»Sind Sie sicher, dass er es war?«, fragt Bailey und stellt sich dicht neben mich.

Ich bin mir sicher, und gleichzeitig auch nicht. Die Begegnung hat jetzt etwas Seltsames.

»Ich weiß es nicht«, gebe ich zu.

»Sie wissen nicht, was Sie gesehen und gehört haben?«, fragt Bailey stirnrunzelnd, und seine Stirnfalte vertieft sich. Langsam wird mir klar, woher diese Furche stammt.

Als ich nicht antworte, legt er mir den Arm um die Schultern und macht Anstalten, mich zur Tür zu geleiten. Es ist eine seltsam männliche Geste, und ich bin sicher, dass sie manchen Frauen missfallen würde. Als wäre er der Starke und ich ein zartes, zerbrechliches Geschöpf, das allein nicht zurechtkommt. Aber da ist irgendwas an seinem Geruch, an seiner Aura. Oder vielleicht liegt es an mir. Ich bin erschüttert und verwirrt. Ich lasse zu, dass er mich wegführt.

»Gehen wir«, sagt er. »Sie sehen aus, als hätten Sie einen Geist gesehen.«

»Das bekomme ich heute schon zum zweiten Mal zu hören«, entgegne ich.

Wieder dieses Stirnrunzeln, als er mich ansieht, aber in seinem Blick liegt leichte Belustigung. Seine Augen sind klar und grün wie ein Fluss, der über mich hinwegrauscht, durch mich hindurch. Wir verlassen die Werbeagentur, ohne Antworten gefunden zu haben, ohne dir einen Schritt nähergekommen zu sein. Es gibt nur noch mehr Fragen.

# 14
# DAMALS

Wiederverwilderung.

Das war ein Schlagwort meines Vaters und das, was er für uns wollte, der Grund dafür, dass er mit uns mitten ins Nirgendwo gezogen war. Er wollte, dass wir uns von der toxischen modernen Welt lösten und zur Natur zurückkehrten, wohin wir gehören.

Nachdem Jay mir das Baumhaus gezeigt hatte, ignorierte er mich erneut. Meine Mutter versuchte, das Haus wohnlich zu machen, sie putzte, legte Vorräte an, packte Umzugskartons aus, während mein Vater, unterstützt von Jay, die nötigsten Reparaturen durchführte. Derweil lag ich auf dem harten Bett in dem unvertrauten Zimmer und weinte leise – mein altes Leben fehlte mir, mein Zuhause, meine Freundinnen, mit denen ich nicht in Kontakt treten konnte, sogar die Schule.

Als die Tränen irgendwann versiegten, erkundete ich das Haus. Das große Schlafzimmer, jetzt das Schlafzimmer meiner Eltern, hatte früher meinen Großeltern gehört. Es war mit einem breiten Messingbett und einem Schaukelstuhl eingerichtet, auf dem man sitzen und in den Wald blicken konnte. Jay hatte das alte Zimmer meines Vaters bekommen. Alte Modellflugzeuge hingen von der Decke, auf einem Regal standen Football-Pokale. In der Schreibtischschublade fand ich das Foto eines Jungen, der aussah wie Jay. Er stand auf der Veranda, schick in einem Anzug, den Arm um ein hübsches Mädchen im Blümchenkleid gelegt.

»Wer ist das?«, fragte ich meine Mutter und zeigte ihr das Foto.

»Dein Vater«, sagte sie mit einem Lächeln. »Sah er nicht umwerfend aus?«

Ich konnte diesen sorgenfreien, lächelnden Jungen nicht mit dem Mann in Einklang bringen, der er jetzt war. Es schien unmöglich.

Es gab viele alte Fotos in Alben, die in einer Truhe im Wohnzimmer aufbewahrt wurden. Mein Vater brütete über ihnen und erzählte dabei Geschichten aus seiner Kindheit, von Leuten, die längst tot waren. Doch ich hörte gar nicht richtig hin. Und die Menschen auf den Fotos wirkten verhärmt und freudlos, hart geworden durch ihr Leben und die Umstände. Sie sahen aus wie Leute, die Kinder anschreien, wenn sie zu viel Lärm machen.

Dann entdeckte ich das Arbeitszimmer, in dem nur ein Schreibtisch und ein großer Sessel standen. Und viele Regale voller staubiger Bücher. Bücher über Bäume und Blumen. Standardwerke über Vögel und die lokale Fauna. Ratgeber über das Spurenlesen, die Jagd, das Lagern und Konservieren von Lebensmitteln. Einen dicken Wälzer über Schusswaffen, Bombenbau, Survival. *Bushcraft 101: Überleben in der Wildnis. Überleben ohne Arzt: Medizinisches Handbuch zur Selbsthilfe. Was tun bei Stromausfall – Krisenvorbereitung für den Blackout.*

Ich setzte mich auf den knarrenden Sessel und tauchte ein in die Werke von Emily Dickinson, Robert Frost, William Carlos Williams, Yeats und Thoreau. Und natürlich Rilke. Ich war eine begnadete Leserin. Auch wenn ich nicht alles verstand, die Worte der Dichter fanden Widerhall in mir.

Allein und isoliert, wie ich war, las ich und las. Ich lernte viel über das Land, auf dem wir lebten, darüber, wie man das Ende der Welt überlebte, über die beängstigenden Schönheiten und Gaben der Natur. Über die Magie der Wörter.

Jeden Abend beim Essen wollte mein Vater von uns erfahren, was wir an dem Tag auf dem Besitz entdeckt hatten.

Ich wusste bereits, dass Schweigen keine Option war. Jay redete über die Scheune mit den alten Werkzeugen, einen alten Friedhof. Da Jay mir geraten hatte, das Baumhaus nicht zu erwähnen, sprach ich stattdessen über die Puppen, die ich unter dem Bett gefunden hatte, die Eule, die in einem Baum vor meinem Fenster gesessen und mich angestarrt hatte, uralte Weisheit in den Augen. Über die Bücher im Arbeitszimmer.

»Die haben meinem Vater gehört«, sagte er. »Er war eine Leseratte, genau wie du.«

So, wie er das sagte, wusste ich nicht genau, ob es als Kompliment gemeint war.

»Versuch mal rauszugehen«, sagte er endlich. »Lass das Land zu dir sprechen. Das Wissen, das man aus Büchern erwerben kann, ist begrenzt.«

Ich nickte nur. Widerrede kam nicht in Frage, sonst zog man unweigerlich seinen Zorn auf sich.

Auf den Fotos, die wir in unserem alten Haus hatten, war mein Vater glatt rasiert, mit kantigem Kinn und einem Lächeln in den Augen, eindrucksvoll in seiner Uniform. Aber hier draußen war sein Haar wirr, und er ließ sich einen Bart wachsen. Sein Blick war oft stumpf oder leer, oder er starrte auf etwas, das niemand von uns sehen konnte.

»Gib dem Ganzen doch eine Chance.«

»Das wird sie«, versicherte meine Mutter, immer bemüht, seine Ausraster abzuwenden. Sie legte die Hand auf seinen Arm.

»Das werde ich«, sagte ich, weil ich ihr beistehen wollte. »Es ist schön hier.«

Die Worte, aus Angst gesprochen, lagen trocken auf meiner Zunge.

Er nickte billigend und aß von dem Eintopf, den meine Mutter zubereitet hatte. »Selbst das Essen schmeckt hier draußen besser, oder?«

Wir stimmten alle zu. Vielleicht stimmte es sogar.

Am nächsten Morgen, die Sonne war gerade erst aufgegangen, kam er in mein Zimmer.

»Du wirst nicht noch einen Tag damit zubringen, die Nase in Bücher zu stecken, Kleine«, sagte er. Seine dunkle Gestalt füllte den Türrahmen aus. »Komm mit.«

Ich zog mich rasch an – Jeans und ein altes Sweatshirt von Jay, meine roten Converse-Chuck-Taylor-Sneakers, die genau richtig eingelaufen waren. Alle coolen Kids in der Schule hatten solche Schuhe. Normalerweise folgte Jay unserem Vater, während ich ihnen nachsah und mich ausgeschlossen und erleichtert zugleich fühlte. Doch an diesem Morgen war ich es, die ihn begleitete.

Er nahm auf der obersten Verandastufe Platz, und ich setzte mich neben ihn.

»Horch.«

»Auf was?«

»Du sollst einfach horchen.«

Während wir dort saßen und die aufgehende Sonne den Himmel mit Rosatönen überzog, begannen ringsum in den Bäumen die Vögel zu singen. Mittlerweile konnte ich schon einzelne Vogelstimmen bestimmen: das melodische Trillern der Scharlachtangare, das Sirren des Grünwaldsängers, das raue Pfeifen des Rotflügelstärlings. Der Wind machte seine eigene Musik, rauschte in den Blättern und pfiff um das Dachgesims.

Mein Vater fuhr sich durchs Haar und legte eine Hand schwer auf meine Schulter.

»Das ist das, was wir hören sollen. Nicht das Schrillen von Alarmanlagen, Verkehrslärm, Polizeisirenen, Geplapper aus dem Fernseher. Dies hier ist die wirkliche Welt. Alles da draußen ist unecht, toxisch.«

Ich spürte, wie sich irgendwas in mir wandelte. Etwas, das sich festgekrallt und widerstanden hatte, getobt und gewütet, ließ los.

»Heute bringe ich dir bei, wie man gärtnert.«

An diesem Morgen erhaschte ich zum ersten Mal einen Blick auf das Mädchen im Wald. Als ich meinem Vater zu dem Stück Land folgte, das er gerodet hatte, damit wir dort unser eigenes Gemüse anbauen konnten, entdeckte ich sie zwischen den Bäumen. Sie lächelte mich an, aber als ich grüßend die Hand hob, drehte sie sich um und lief weg.

»Ich habe jemanden gesehen«, berichtete ich und eilte hinter meinem Vater her. Mit seinen langen Beinen war er mir weit voraus; ich musste mich immer anstrengen, um mit ihm Schritt zu halten. Jay war mittlerweile ebenso groß wie er, wenn auch nicht so stark. Aber sie gingen im Gleichschritt, Seite an Seite, wenn sie zusammen waren. »Im Wald.«

»Ich habe niemanden gesehen«, sagte mein Vater und blickte zurück.

»Ein Mädchen.«

Er schüttelte den Kopf. »Wahrscheinlich war es nur ein Kaninchen.«

Zerzaustes weizenblondes Haar, klein, abgetragenes Shirt mit Blümchendruck, Jeans, schmutzig. Fast hätte ich ihm widersprochen, aber dann biss ich mir auf die Zunge.

»Es leben tatsächlich noch andere Leute in der Nähe«, sagte er. »Menschen, die sich entschieden haben, so zu leben, wie wir auch leben wollen, die für sich bleiben wollen. Du wirst sie vermutlich bald kennenlernen.«

Der Gedanke munterte mich auf. Andere Menschen. Vielleicht neue Freunde.

Noch einmal warf er einen Blick zurück. »Aber im Moment gibt es nur dich und mich, Kleine.«

Der Rest des Tages verging mit anstrengender Arbeit: Ich half ihm, das Land fertig zu roden, Unkraut zu jäten, das Erdreich zu lockern, schaffte Wasser vom Bach herbei, half beim Aussäen der Samen und beim Pflanzen der Setzlinge, die er in der Stadt gekauft hatte. Die Sonne schien warm, aber im Schatten war es kühl; es wehte ein leichter, frischer Wind. Ich schwitzte vor Anstrengung und hatte Dreck unter den Fingernägeln. Aber irgendwie kam es mir nicht vor wie dreckige, harte Arbeit; irgendwie fühlte sich die Erde sauberer an als alles, was ich je angefasst hatte.

Mittags setzten wir uns in den Schatten einer großen alten Eiche und verzehrten Erdnussbutter-Sandwiches und Äpfel, die er in seinen Rucksack gepackt hatte, tranken Wasser aus seiner Feldflasche. Mir fiel auf, dass er immer noch die Erkennungsmarke trug, das Metall blitzte in der Sonne. Er hatte recht. Das Essen schmeckte hier draußen besser.

»Du kannst hart arbeiten«, lobte er. »Das ist gut. Ich weiß, dass das alles ... nicht leicht für euch ist. Aber du bist stark.«

Ich platzte fast vor Stolz, blickte ihn an und wagte ein Lächeln, das er erwiderte. Im Grunde kannten wir uns kaum; wir waren Fremde, die gerade anfingen, einander besser zu verstehen. Seit meiner Geburt war er meistens im Einsatz gewesen. Als Jay klein gewesen war, war er viel häufiger zu Hause gewesen. Wenn ich ihm ins Gesicht blickte, sah ich meinen Bruder, aber mich selbst sah ich nicht.

Ich wollte etwas erwidern, aber stattdessen sah ich ihn nur an, betrachtete die Landschaft seines Gesichts, den strohblonden Bart, das Leuchten in seinen Augen. Es schien ihm nichts auszumachen.

Am Nachmittag stieß Jay zu uns, nachdem er mit seinen Schulaufgaben fertig war, und die Arbeit ging schneller voran. Ich konnte das Gefühl nicht abschütteln, dass jemand mich beobachtete. Immer wieder schaute ich zum Wald hin, in der Hoffnung, das Mädchen zu entdecken – ich war mir ganz sicher, dass ich sie gesehen hatte. Aber ich sah sie nicht wieder, nicht an diesem Tag.

Wir arbeiteten auf dem Feld, bis die Sonne tiefer sank, dann gingen wir zum Haus zurück, in seltener Harmonie und Eintracht. Meine Mutter hatte ein üppiges Mahl zubereitet, und das Essen verlief friedlich. Als ich ihr half, die Küche aufzuräumen, dachte ich, dass mein Vater vielleicht recht hatte. Wir gehörten hierher.

In dieser Nacht schlief ich tief und traumlos.

# 15
# HEUTE

Bailey und ich sitzen in der Bahn nach Brooklyn, dicht nebeneinander, aber ohne ein Wort zu wechseln. Schweigen. Das ist wohl sein Ding. Er hat darauf bestanden, mich nach Hause zu begleiten. Vermutlich hätte ich gekränkt sein sollen. Schließlich brauche ich keinen Mann, um sicher zu meiner Türschwelle zu gelangen, oder? Ich passe jetzt schon ziemlich lange selbst auf mich auf.

Doch heute Abend – die Sonne ging unter, der Himmel hatte Tigerstreifen von Schwarz und Orange und ein kalter Wind wehte – da habe ich gemerkt, dass ich nicht allein sein wollte. Also hinderte ich ihn nicht daran, mich zur U-Bahn-Station zu begleiten oder mit mir in den Waggon zu steigen.

Während der Zug uns ratternd nach Hause bringt, muss ich immer wieder an die Gestalt am Bürofenster denken. Aber das warst nicht du, oder? Wie könntest du es gewesen sein? Mein Gehirn spielt mir Streiche.

Es wäre nicht das erste Mal.

Eine Frage geht mir immer wieder durch den Kopf: Wer bist du?

Baileys Schulter drückt gegen meine. Ich fühle mich zu ihm hingezogen, finde Trost in seiner körperlichen Gegenwart. Ich rücke nicht ab, und ich stelle fest, dass er es auch nicht tut.

An seinem Kiefer zuckt ein Muskel, ein Fuß trommelt auf den Boden. Das müssen die Anzeichen dafür sein, dass er angestrengt nachdenkt. Sein Handy brummt ständig, aber mir fällt auf, dass er es nicht aus der Tasche zieht, um nachzusehen, wer anruft.

»Also«, sagt er endlich, während die Bahn immer noch ruckelnd

Richtung Brooklyn rast. »Ich versuche, das zu verstehen. Ihr Handy klingelt, ein Anruf von einer unbekannten Nummer, und Sie gehen ran.«

»Das ist richtig.«

»Sie glauben, eine Stimme gehört zu haben, aber Sie sind sich nicht sicher.«

Ich erwidere nichts, nicke nur schweigend. Uns gegenüber sitzt eine ältere Frau in einem dicken Mantel und liest in einem Taschenbuch mit abgerissenem Cover. Ihre Schuhe sind abgeschabt, und die Tasche, die auf dem Boden zwischen ihren Füßen steht, enthält scheinbar beliebige Gegenstände, eine Puppe, eine Zeitung, einen bunten Schal. Ich frage mich, was wohl ihre Geschichte ist. Jeder hat eine Geschichte, ein Problem, eine Frage.

»Sie glauben, im Gebäude gegenüber jemanden gesehen zu haben«, fährt Bailey fort und lenkt meine Aufmerksamkeit wieder auf *meine* Geschichte, *mein* Problem. »Jemanden, der Sie beobachtete. Sie hielten es für möglich, dass es Adam war.«

Wieder nicke ich nur stumm. In seiner Zusammenfassung klingt es, als wäre ich labil, verwirrt.

»Ihnen ist schon klar, dass das keinen Sinn ergibt, oder?«

Ich spüre, wie Ärger in mir aufsteigt. Was ist das nur mit diesem Mann?

»Aber so war es nun mal.« Ich höre selbst, wie gereizt ich klinge. »Es spielt keine Rolle, ob Sie finden, dass es Sinn ergibt oder nicht.«

Das bringt mir ein weiteres besorgtes Stirnrunzeln ein. Er zweifelt an meiner geistigen Gesundheit. Vielleicht hält er mich ebenfalls für eine *Frau mit Problemen*, so wie die, die er sucht. Aber wie sollte ich ihm etwas erklären, das mir für einen Moment real erschien, aber ihm nicht? Ich kann es nicht. Wahrnehmung findet im Kopf statt, sie ist etwas sehr Persönliches.

An meiner Haltestelle steigt er mit mir aus, und wir gehen Seite an Seite durch die Straßen zu meinem Haus. Es riecht nach Holzfeuer, die Häuser sind erleuchtet. Wieder die fernen, dünnen Töne der Klaviermusik. Das gehört zu den Dingen, die mir an meinem Viertel so gefallen: dass es so klein wirkt, ein entzückend altmodischer Flecken im übervölkerten Großstadtsumpf.

Auf der Treppe frage ich: »Wollen Sie noch mit reinkommen?«

Nur aus Höflichkeit. Hauptsächlich.

Er wird sich davonmachen, ganz sicher, wieder das tun, was Privatdetektive so tun – beschatten, beobachten, die Leichen im Keller entdecken, ans Licht bringen, was Leute zu verbergen versuchen, finden, was verloren war.

Er blickt sich unsicher um, die Straße erst hinauf, dann hinunter. Dann überrascht er mich mit einem raschen Nicken, steigt die Stufen empor und wartet, bis ich die Haustür geöffnet habe. Im Flur hängt er seine Jacke neben meine an einen Garderobenhaken. Als ich die Schuhe ausziehe, tut er es ebenfalls.

»Kaffee?«, frage ich.

»Gern«, sagt er.

Während ich in meiner Baustelle von Küche den Kaffee mache, wandert er herum und sieht sich alles an. Es stört mich nicht. Er betrachtet die Bilder, die an den Wänden hängen. Ein körniges Foto von Jay und meiner Mutter, die unter einer hohen Eiche stehen, fesselt eine Weile seine Aufmerksamkeit. Er streicht mit dem Finger über die Fensterbretter und die Holzverkleidung der Wände, mustert den Messerblock mit den deutschen Messern, der auf der Arbeitsplatte steht.

»Das ist schon was, was Sie da haben, dieses Haus.«

»Danke«, sage ich, obwohl diese Worte aus dem Mund von Bailey Kirk alles Mögliche bedeuten könnten. Es klang nicht unbedingt nach einem Kompliment.

New Yorker sind immer sehr an Immobilien interessiert: Wie haben Sie Ihr Haus gefunden, wie können Sie sich das leisten, Treppen oder Fahrstuhl, Portier oder nicht? Und ein Stadthaus in Brooklyn Heights zu besitzen – nicht nur ein Stockwerk, sondern das ganze

Haus – da zieht jeder die Augenbrauen hoch. Die Frage, wie irgendjemand genug verdienen kann, um in dieser Stadt gut zu leben, ist wie der Weltraum – rätselhaft und unergründlich.

*Was bist du, ein saudischer Prinz*, hast du gefragt, als ich dich zum ersten Mal hierher brachte.

»Wie lange wohnen Sie hier schon?«, fragt Bailey.

Ich schäume Mandelmilch auf, gieße sie in den Kaffee und reiche ihm seine Tasse. Er dankt mir mit einem Nicken. Mir fällt wieder ein, dass er seinen Kaffee genauso trinkt wie ich.

»Ungefähr drei Jahre«, sage ich. »Es war eine Ruine, als ich es kaufte – ist es immer noch. Ich renoviere es langsam, Stück für Stück. Es ist noch längst nicht fertig.«

Ich habe das Haus durch einen glücklichen Zufall entdeckt, eine Makler-Freundin hatte mich auf die Zwangsversteigerung hingewiesen. Trotzdem kostete es mich fast alles, was ich besaß, und im ersten Jahr wohnte ich in einem nicht versicherbaren Haus, das kurz davor stand, für abbruchreif erklärt zu werden – mit jeder Menge Gesellschaft: Kakerlaken, Ratten auf dem Dachboden, sogar eine streunende Katze im Hof, die mittlerweile weitergezogen ist. Ich verbrachte meine Freizeit damit, mir YouTube-Videos anzusehen, um zu lernen, wie man Renovierungsarbeiten und Reparaturen durchführt, und fand Handwerker, die das erledigten, was ich nicht schaffte. Es gefällt mir, etwas instand zu setzen, zu reparieren, was kaputt und vernachlässigt war. Jetzt gehört das Haus mir, samt scheppernden Rohrleitungen, unebenen Böden und mittelmäßigem Farbanstrich.

*Es ist ein bisschen wie du.* Das hast du über das Haus gesagt, Adam. *Man fühlt sich sofort wie zu Hause, es ist warm und freundlich, geschmackvoll, aber nicht durchgestylt. Charmant, aber nicht überladen.*

Du schienst hier bestens reinzupassen – hast dich gleich aufs Sofa gesetzt, in der Küche das Regime übernommen. Und im Schlafzimmer. Oh ja, im Schlafzimmer warst du der Meister. Dort haben wir den Großteil der Zeit verbracht – und in der Badewanne und unter der großen Dusche. Allein beim Gedanken daran wird mir heiß.

Ich warte darauf, dass Bailey sagt, was die Leute meistens sagen: *Das muss ja ein Vermögen gekostet haben.* Oder, ein wenig kühner: *Wie kannst du dir das leisten?* Aber er sagt nichts dergleichen, trinkt nur dankbar den Kaffee, den ich ihm gegeben habe.

Im Wohnzimmer mache ich Feuer im Kamin. Bailey setzt sich auf den Fenstersitz und schaut auf die Straße hinaus. Vermutlich hat er noch Fragen, warum sollte er sonst hier sein? Aber er stellt sie nicht sofort. Als das Feuer knistert, starre ich in die Flammen, sitze nur da und nippe an meinem Kaffee.

Ich versuche zu begreifen, was hier los ist, aber ich kann es nicht. Die Dinge, die Bailey Kirk mir erzählt hat, das Foto von dir, auf dem du aussiehst wie ein Fremder. Ich kann das alles nicht mit dem Mann in Einklang bringen, den ich in den letzten Monaten kennengelernt habe. Wer bist du, Adam?

Du hast gelogen. Du bist ein Lügner. Du bist ein völlig anderer als der, für den ich dich hielt. Auch ich habe gelogen, dir Dinge verheimlicht – wichtige Tatsachen über mich und mein Leben. Aber meine Gefühle für dich waren echt. Diese Zeit mit dir, meine Liebe, das war real. Unter dem Schock und der Traurigkeit meldet sich das erste Grollen von Wut.

»Adam hat ein paar Habseligkeiten in seiner Wohnung zurückgelassen«, sage ich schließlich. »Der Vermieter der Ferienwohnung hat sie mir übergeben.«

Bailey hebt erstaunt die Augenbrauen. »Was für Habseligkeiten?«

Ich erzähle ihm von meinem Telefonat und meiner Begegnung mit Joe, erkläre, was in dem Karton war, den ich entdeckt habe. Ich hole alles aus meiner Kuriertasche und lege es auf dem Couchtisch aus, jedes Stück für sich, damit ich es mir ansehen kann. Bailey Kirk lässt sich neben mich auf das Sofa fallen. Unsere Beine berühren sich, als wir deine Sachen betrachten.

Dein Pullover. Das Notizbuch. Der Füller. Das Rasierzeug. Ich nehme die Armbanduhr ab und lege sie auf den Tisch.

Den Zeitungsartikel nicht. Das kann ich für mich behalten, oder?

*Warum vertrauen wir diesem Typen?* Robin. Sie ist ein bloßer Schatten, eine optische Täuschung, ein schmächtiges Ding mit spindeldürren Beinen und strohigem Haar. Ihre Schienbeine sind voller Schrammen und Prellungen, die Jeans ist zerrissen. Sie ist ein Vogel, ein Eichhörnchen, ein Rascheln von Blättern im Wind.

Robin, meine Kindheitsfreundin. Für mich ist sie so real wie jeder andere. Vielleicht sogar wirklicher als du, Adam. Nur dass ich die Einzige bin, die sie sehen kann.

Ich antworte ihr nicht, schließlich ist ein Fremder im Raum. Er hält mich sowieso schon für verwirrt.

Ja, warum vertrauen wir ihm? Ich weiß es nicht. Vielleicht tun wir das gar nicht.

»Kann ich die Sachen mitnehmen?«, fragt er. »Ins Labor unserer Detektei geben. Vielleicht finden wir DNA-Spuren. Natürlich ist das alles schon durch viele Hände gegangen.«

Es widerstrebt mir, irgendetwas aufzugeben, das einmal dir gehört hat. Aber ich nicke. Am liebsten würde ich alles behalten, besonders den Pullover. Aber ich sollte es besser wissen. Es ist uns nicht gestattet, irgendetwas zu behalten.

Er muss mir meine Gefühle angesehen haben.

»Es tut mir leid«, sagt er mit leiser, tiefer Stimme. »Ich weiß, er hat Sie verletzt.«

Ich mache eine abwehrende Handbewegung, täusche Gleichgültigkeit vor. »Er war nur ein Typ, den ich im Netz kennengelernt habe.«

*Du vertraust ihm, weil er aussieht wie Jay*, sagt Robin. *Er sieht Jay sehr ähnlich.*

Ja, das goldene Haar und die graugrünen Augen, die Gelassenheit und innere Stärke, diese Art eines Mannes, der Dinge repariert und wiederfindet. Sie hat recht. Robin hat eine scharfe Beobachtungsgabe.

Bailey blättert das Notizbuch durch. Wird er irgendwas entdecken, das mir entgangen ist? Als er zu der Seite mit meiner Handschrift kommt, hält er sie mir hin. Das hätte ich vermutlich nicht tun sollen. Manipulation von Beweismaterial oder so was, richtig?

»Das habe ich geschrieben«, gebe ich zu. Er nickt nur und blättert weiter.

»Erzählen Sie mir von Mia«, bitte ich. »Der Tochter Ihres Klienten.«

Er blickt von dem leeren schwarzen Moleskine-Notizbuch auf. Diese Augen. Ja, er sieht Jay ähnlich. Zu sehr. Ich wende den Blick ab und konzentriere mich darauf, wie der Atem durch meine Lungen strömt.

»Was wollen Sie hören?« Er legt das Notizbuch hin.

»Mias Geschichte.«

Er seufzt und lehnt sich zurück, scheint nachzudenken. Dann sagt er: »Mia. Ihre Mutter starb, als sie noch klein war, und laut ihrem Vater ist sie nie darüber hinweggekommen. Auf der High School hatte sie mit Depressionen zu kämpfen, dann kam eine Suchtproblematik hinzu. Und eine Essstörung. Irgendwann holte sie sich Hilfe, machte einen Entzug. Ihr Vater hielt zu ihr, machte alles richtig. Sie ging aufs College, schien sich wieder gefangen zu haben. Sie wollte Autorin werden. Sie fing einen Blog an, der durchaus erfolgreich war.«

Das kommt mir nur allzu bekannt vor. Stehst du auf einen bestimmten Typ Frau, Adam Harper? Adam Grove? Oder Raife Mannes? Wie viele Namen hast du?

»Dann ermutigte eine Freundin sie, sich bei Torch anzumelden. Es kam zu ein paar Treffen. Nichts Ernstes. Unverbindliche Abenteuer für eine Nacht, sagt ihr Vater. Er war nicht begeistert davon, aber sie war schließlich eine erwachsene Frau.«

Er beugt sich vor, greift nach dem Füller, dreht ihn in den Händen und legt ihn dann vorsichtig auf den Tisch zurück.

»Thorpe konnte nicht viel dagegen machen. Und dann kam dieser Raife – oder Adam. Oder wie auch immer er heißen mag. Mias Vater sagte, sie habe sich fast über Nacht völlig verändert. Er befürchtete, sie könnte rückfällig geworden sein. Sie hörte mit dem Schreiben auf, brach das College ab. Und dann verschwand sie einfach. Und wie sich schließlich herausstellte, war Raife Mannes ein Phantom – all seine Profile waren gelöscht, sein Handy abgemeldet, die angegebene Adresse falsch. Mein Klient hat seit neun Monaten nichts mehr von seiner Tochter gehört.«

Bailey lehnt sich zurück und reibt sich die Schläfen. »Das hier war meine erste Spur seit einer ganzen Weile. Mir graut davor, ihm mitteilen zu müssen, dass sie schon wieder kalt ist.«

»Was, glauben Sie, ist mit Mia passiert?«

Er zuckt die Achseln und trinkt seinen Kaffee aus. »Es kommt häufiger vor, dass Leute einfach alles hinter sich lassen und verschwinden. Ich rede von Tausenden von Fällen, hauptsächlich Männer, die Job und Familie verlassen. Sie heben alles Geld von ihren Konten ab und streifen ihr altes Leben ab wie eine alte Haut.«

*Ja, das weiß ich alles*, denke ich. Und frage: »Hat sie das getan? Alles Geld von ihren Konten abgehoben?«

»Ihre Konten waren leergeräumt. Von ihr selbst? Oder von jemand anderem? Ich weiß es nicht.«

Er greift nach dem Notizbuch, nach der Uhr, dann legt er beides wieder hin.

»Was ist mit Ihnen? Fehlt Geld?«, fragt er.

»Nein«, sage ich. »Ich habe es überprüft.«

»Behalten Sie es weiter im Auge.«

Ich nicke zustimmend.

»Was ist mit ihrem Handy? Ihrem Blog? Ihren Profilen in den sozialen Medien? Ihren Kreditkarten?«, bohre ich nach.

Ich weiß ein bisschen darüber, wie man Verschwundene aufspürt – Menschen, die einfach weggehen. »Liebe Birdie« bekommt häufig Zuschriften ihretwegen. Von Kindern, die nach ihren Eltern suchen, von Ehefrauen, die nach ihren Männern suchen, von einsamen Kontaktsuchenden, die ihr Geld und ihre Liebe verschenkt haben. Die meisten Menschen verschwinden aus freien Stücken, sie werden nicht entführt. Sagt jedenfalls Jason, unser beratender Privatermittler. Meistens lassen Menschen freiwillig das Leben hinter sich, das sie sich aufgebaut haben, sie werden nicht durch eine Gewalttat herausgerissen. Es ist kein Verbrechen, das zu tun.

*Du musst es ja wissen*, sagt Robin. Sie ist jetzt am Kamin, hat sich auf die Fersen gehockt und stochert mit einem Stöckchen in den Flammen herum. Ich ignoriere sie.

»Wir haben Mias Handy, ihre Handtasche und ihr Portemonnaie in ihrer Wohnung gefunden«, erklärt Bailey. »Seit dem Tag ihres Verschwindens hat sie weder eine Kreditkarte benutzt noch etwas in den sozialen Medien oder auf ihrem Blog gepostet.«

»Glauben Sie, dass sie freiwillig gegangen ist? Oder befürchten Sie, dass er ihr ... etwas angetan hat?«

Du bist sanft mit mir umgegangen, Adam. Respektvoll. Liebevoll. Freundlich. Du könntest niemandem etwas antun, oder? Nicht so. Du bist kein Ungeheuer.

Doch nun, da du fort bist, ist es, als wärst du nie wirklich hier gewesen. Du hättest jeder sein können. Ich wusste so wenig von dir.

Aber nein. Unsere letzten gemeinsamen Stunden, als wir uns im Dunkeln umschlungen hielten. War da nicht ein Wissen, eine Vertrautheit, die über deinen bloßen Namen hinausging, deinen Job, deine Adresse? Ich bin mir sicher, dass es so war. Für mich jedenfalls ganz bestimmt.

Fast hätte ich Bailey von dem Leben erzählt, das *ich* hinter mir gelassen habe, von dem Zeitungsartikel, den ich gefunden habe, dem Beweis dafür, dass du über mich Bescheid wusstest, bevor ich mich dir anvertraut habe. Fast hätte ich ihm verraten, dass ich »Liebe Birdie« bin.

Warum sollte ich so etwas tun? Mich einem Mann öffnen, den ich kaum kenne.

Natürlich tue ich das nicht. Es hat keinerlei Relevanz für seine Suche nach Mia Thorpe, nach dir.

*Bist du dir da so sicher*, fragt Robin.

*Hör auf, dich so aufzuführen*, denke ich. Sie wirft mir einen finsteren Blick zu.

Ich habe dir nie von »Liebe Birdie« erzählt, Adam. Irgendwann hätte ich es vermutlich getan. Aber diesen speziellen Vorhang hatte ich noch nicht aufgezogen. Ich habe so viele Schichten. Aber vielleicht nicht so viele wie du. Bist du ein Mörder? Ein Raubtier, das Jagd auf Frauen macht?

Was hättest du mir genommen, wenn du nicht vor Bailey Kirk geflohen wärst?

Denn so war es, richtig? Irgendwie hast du entdeckt, dass Bailey Kirk dich aufgespürt hatte. Und du bist abgehauen. Du hattest keine Wahl.

»Möglich, dass sie aus freien Stücken gegangen ist. Es ist aber auch denkbar, dass er ihr etwas angetan hat«, sagt Bailey in die Stille hinein, die sich zwischen uns ausgebreitet hat. »Aber es gibt keine Spuren – kein Blut, keine Leiche, nirgends einen Hinweis auf sie oder auf ihn. Mias Geld ist weg. Sie hatte eine ganze Menge. Genug, um irgendwo für eine ganze Weile billig leben zu können, falls sie das wollte.«

Wo würdest du hingehen? Nach Südamerika vermutlich. Mexiko? Wo kann man billig und anonym leben? Ich kenne da einen Mann, der hat ein Buch darüber geschrieben, wie man spurlos verschwindet und niemals aufgespürt werden kann. Wir hatten ihn bei uns im Podcast zu Gast. *Es gibt alle möglichen Gründe dafür, dass Menschen beschließen, ihr altes Leben hinter sich zu lassen*, sagte er. *Einige sind nachvollziehbar – Schulden, eine Affäre, eine unglückliche Ehe, Flucht vor der Justiz. Andere Gründe sind sehr persönlich. Vielleicht wird man sie nie erfahren.*

»Sie sagten, es gäbe noch andere Frauen?«, frage ich.

Draußen fährt ein Rettungswagen mit heulender Sirene vorbei.

Es ist laut, da wir hier im Erdgeschoss sind. Bailey wartet ab, bis es leiser wird, dann antwortet er: »Es gibt noch mehr Frauen, die verschwunden sind, nachdem sie auf Torch jemanden kennengelernt haben, ja. Über meinen Kontakt bei der Dating-Plattform weiß ich von zwei weiteren, seit ich die Ermittlungen im Fall Mia Thorpe aufgenommen habe.«

»*Ihn* kennengelernt? Adam?«

»Es ist nicht dasselbe Profilfoto. Es könnte sein, dass es ältere Aufnahmen sind, er sein Erscheinungsbild drastisch verändert hat oder immer andere Fotos für seine Profile benutzt, aber es gab Ähnlichkeiten in den Angaben. Rilke-Gedichte, eine ironische Attitüde, belesen, düster.«

»Haben Sie die Profilfotos dabei?«

Er zieht sein Handy aus der Tasche, und ich sehe, dass er fünf Anrufe in Abwesenheit und elf ungelesene Nachrichten hat. Wie hält er das nur aus?

Er öffnet die Foto-App und zeigt mir die Bilder. Sie sind grobkörnig und unscharf. Auf einem der Fotos steht ein schmaler junger Mann an einem See, das lächelnde Gesicht halb abgewandt. Das könntest du sein, als Jugendlicher, schlanker, glücklicher. Auf dem zweiten Foto steht ein junger Mann mit längerem braunem Haar und Vollbart auf einem U-Bahnsteig, eine verspiegelte Sonnenbrille auf der großen Nase. Ich erkenne etwas von dir darin wieder, obwohl beide Aufnahmen auch gut jemand anderen zeigen könnten. Aber auf Torch hätte ich beide ausgesucht. Ich empfinde denselben Stromstoß wie damals, als ich zum ersten Mal dein Bild in der App sah.

»Woher kamen die anderen Frauen?«

»Mia Thorpe kam aus Philadelphia. Bonnie Cartwright aus Chicago. Und Melissa Farrow aus einer Kleinstadt im Norden des Staates New York, The Hollows.«

Ein kalter Schauer läuft mir den Rücken hinunter. The Hollows. Ein Städtchen, das ich nur zu gut kenne.

»Kennen Sie die Stadt? The Hollows?«, fragt er, als ich nichts sage.

Ich schüttle nur den Kopf, da ich meiner Stimme nicht traue. Ich spüre seinen forschenden Blick. Als ich ihn ansehe, irritiert mich sein leichtes Lächeln. Wie viel weiß er über mich?

Er drängt mich nicht, sondern fährt fort: »Alle haben in ihrer Kindheit viel durchgemacht – Bonnie hat einen Amoklauf in ihrer Schule überlebt, Melissa wurde zur Waise, als ihre Eltern bei einem Brand umkamen; sie wuchs bei ihren Großeltern auf. Mia hat früh ihre Mutter verloren, hatte Suchtprobleme. Alle waren junge Frauen, die über ein gewisses Vermögen verfügten. Bonnie hat nach einem Rechtsstreit eine große Entschädigungszahlung erhalten. Mia besaß ein Treuhandvermögen von der Familie ihrer Mutter. Melissa wurden die Lebensversicherungen ihrer Eltern ausgezahlt. Alle hatten nach ihrem extremen Trauma schwer zu kämpfen – posttraumatische Belastungsstörung, Sucht, psychotische Schübe. Als sie verschwanden, war auch ihr Vermögen weg.«

Er mustert mich wachsam.

»Was ist mit Ihnen?«, fragt er. »Gibt es irgendein Trauma in Ihrer Vergangenheit?«

Ich reagiere gereizt. »Ich passe nicht in Ihr Profil.«

»Ach nein?«

»Ich bin noch hier.«

Ein Achselzucken, ein Nicken. »Das ist wahr.«

Wir messen uns mit Blicken, und ich bin diejenige, die zuerst wegsieht. Er nimmt eine Visitenkarte aus seiner Tasche und legt sie vor uns auf den Tisch. Ich rücke ein wenig von ihm ab. Unter seinem langärmeligen T-Shirt blitzt ein wenig mehr von dem Tattoo an seinem Unterarm hervor. Es sieht aus wie eine Ranke mit Dornen, aber ich habe meine Brille nicht auf.

»Vielleicht ist er noch nicht fertig mit Ihnen«, sagt er.

Etwas an der Art, wie er das sagt, lässt mich frösteln.

»Wenn er sich bei Ihnen melden sollte«, fährt er fort, »hoffe ich, dass Sie mich anrufen. Für was auch immer Sie ihn halten, für wen auch immer Sie ihn halten, ich wette, Sie liegen falsch. Beschützen Sie ihn nicht.«

Ich versuche ein wegwerfendes Lachen, aber es kommt ein wenig zu laut heraus.

»Er war nur ein Typ, mit dem ich mich getroffen habe«, sage ich. »So ernst war das Ganze nicht. Er hat mir nichts weggenommen. Er hat mich geghostet. So was kommt vor, wenn man jemanden auf Torch kennenlernt, oder? Es ist so, wie Sie gesagt haben: Die meisten Leute wollen nur eins, wenn sie sich auf einem solchen Portal anmelden – unverbindliche, kurze Affären. Sex. Wenn es vorbei ist, ist es vorbei. Ich bin eine Idiotin, wenn ich angenommen habe, es wäre mehr.«

*Warum lügst du*, fragt Robin. *Ich glaube, er versucht, dir zu helfen.*

Bailey sieht, wie mein Blick zum Kamin gleitet, er folgt ihm und schaut dann wieder mich an. Erneut dieses besorgte Stirnrunzeln. Wirke ich so labil in seinen Augen? Angeknackst, wie die vermissten Mädchen? Vielleicht bin ich das.

»Hören Sie«, sagt er, »er hat einen falschen Namen benutzt. Er hat gelogen, was seine Arbeit und seine Anschrift angeht, alle seine Profile wurden gelöscht. Sein Handy ist abgemeldet. Er wollte irgendetwas von Ihnen und hat es nicht bekommen. Noch nicht. Ich würde mal vermuten, dass er Sie immer noch umkreist. Dass er sich melden wird.«

Ich erinnere mich an eine deiner letzten Textnachrichten. *Es ist etwas passiert. Ich muss weg. Es tut mir leid, Wren.*

Es ist etwas passiert. Bailey Kirk ist passiert. So viel ist offensichtlich.

»Oder er hat gemerkt, wie dicht Sie ihm auf den Fersen waren«, entgegne ich. »Denn das muss der Grund dafür sein, dass er abgehauen ist, oder? Er ist längst über alle Berge. Der wird sich nicht mehr melden.«

Bailey presst enttäuscht die Lippen zusammen, steht auf und

macht Anstalten, in den Flur zu gehen. Deine Habseligkeiten nimmt er mit.

Ich bin froh darüber, dass er geht, aber irgendwie wünschte ich mir auch, er würde bleiben. Die Nacht, die vor mir liegt, wird lang und dunkel werden. Und von Bailey geht eine Art Licht aus – etwas Starkes, Aufrechtes, Gutes. Er ist nicht wie du; alle haben ihre Geheimnisse, aber ich glaube nicht, dass er irgendetwas verbirgt, jedenfalls nichts Schlimmes. Wieder treffen sich unsere Blicke, und es wäre gelogen, wenn ich behaupten wollte, dass da kein Knistern ist. Ich wende den Blick zuerst ab.

»Wissen Sie«, sagt er in das Schweigen hinein, »um Ihretwillen hoffe ich, dass Sie recht haben. Vielleicht hat Ihr Adam Harper irgendwie gemerkt, dass ich ihm auf der Spur war, und jetzt ist er weit weg und blickt nicht zurück.«

Aber ich frage mich, ob Bailey nicht recht hat. Du wolltest irgendetwas von mir, das du nicht bekommen hast. War dir nicht klar, dass du nur hättest fragen müssen? Ich gehöre selbst zu diesen verzweifelten einsamen Herzen, denen ich immer so gute Ratschläge gebe. Ich hätte dir alles gegeben, was du wolltest. Wäre dir überallhin gefolgt. Was war es, das du mich fragen wolltest? Ob ich mit dir weggehen würde? Hast du diese anderen jungen Frauen das gefragt?

»Aber um *meinetwillen*, für Mia, für Bonnie, für Melissa, hoffe ich, dass es noch irgendeinen Strang gibt, an dem ich ziehen kann. Vielleicht sind sie freiwillig gegangen. Oder aber sie wurden entführt, ihnen wurde Gewalt angetan. Vielleicht ist es noch möglich, ihnen zu helfen. Das ist es, was ich hoffe, Miss Greenwood.«

Bilde ich mir das nur ein? Oder legt er eine merkwürdige Betonung auf den Namen?

»Das hoffe ich auch«, erwidere ich. »Ich hoffe, Sie finden Mia und die anderen, und ich hoffe, dass sie alle gesund und wohlauf sind. Und dass Adam nichts mit ihrem Verschwinden zu tun hat.«

Von draußen kommt wieder das Heulen irgendeiner Sirene, weiter weg diesmal, ich höre Hupen und wütendes Geschrei.

»Wenn Sie bereit sind, über das zu sprechen, was Sie verschweigen, was immer es sein mag, dann rufen Sie mich bitte an. Ich kann Ihnen helfen. Sie können mir vertrauen ... Miss Greenwood.«

*Sie können mir vertrauen.* Kann ich das? Kann ich irgendjemandem vertrauen?

Ich werfe einen Blick auf seine Karte, lege meine Hand darauf, nicke schwach und bleibe stumm.

*Ich glaube, er will dir helfen*, sagt Robin. *Er macht sich Sorgen um deine Sicherheit.* Manchmal wird sie wütend. Das kann ich ihr nicht verdenken. Ich habe uns beide im Stich gelassen.

Seine Schritte hallen auf dem harten Dielenboden wider, dann verlässt er das Haus und zieht leise die Tür hinter sich zu. Als ich ans Fenster trete, um ihm nachzusehen, ist er bereits verschwunden.

Da meldet sich mein Handy. Eine Nachricht von einer unbekannten Nummer.

Glaub nicht alles, was er über mich erzählt. Es gibt mehr Schattierungen meiner Wahrheit, als du dir vorstellen kannst.

Die Nachricht elektrisiert mich, und ich hantiere ungeschickt mit dem Telefon herum, um schnell zurückzuschreiben.

Wer bist du, tippe ich rasch.

*Wo bist du hin?*

*Wer ist Mia?*

Erklär es mir. Ich will es verstehen.

Bitte.

Ich trete auf die Vortreppe hinaus. Der kalte Wind pfeift mir um die Ohren, lässt mich zittern.

Bist du in der Nähe?, schreibe ich. Beobachtest du mich?

Ich glaube, deine Anwesenheit zu spüren, und suche die Straße nach Schatten ab, nach dunklen Gestalten in den Hauseingängen, hinter Bäumen. Aber die Straße ist leer bis auf ein paar lachende Kinder mit schweren Schulrucksäcken.

Warum tust du das?

Ich versuche, die unbekannte Nummer anzurufen, aber es klingelt nur endlos. Keine Mailbox springt an.

Es kommt keine Antwort auf meine Nachrichten.

Endlich gehe ich wieder hinein, ein hohles Gefühl im Magen.

# 16

Wenn ich dich schon nicht im Internet finden kann, Adam, dann vielleicht Mia Thorpe.

Ich setze mich aufs Sofa, klappe den Laptop auf und gebe ihren Namen in die Suchmaske ein.

Es fällt mir nicht schwer, sie zu finden, oder zumindest die digitalen Spuren, die sie hinterlassen hat.

Auf ihrer Facebook-Seite, mit ihren Instagram-Posts und ihrem Blog »Mia schreibt« hat sie sich mehr oder weniger entblößt, so dass alle Welt sie sehen kann. Ich scrolle die Einträge auf ihrem Facebook-Profil durch und finde die zu erwartenden Schnappschüsse glücklicher Momente – Mädelsausflug zum Strand, Martini-Abend, Geburtstagsfeiern. Auf Instagram ist sie künstlerisch – arrangierte Fotos von Büchern, die sie liest, der Blick aus ihrem Fenster, viele Café-Aufnahmen mit Kaffeetassen und Leckereien, eigene Zeichnungen, die elegant und doch seltsam kindlich anmuten. Ihre Motive sind vor allem Vögel und Blumen oder einfache Landschaften, ein paar abstrakte Werke sind auch darunter. Ihr bevorzugter Filter ist Clarendon – er legt einen aufhellenden, aufhübschenden Glanz über ihr Leben.

Doch das sind nur kurze Einblicke, gestellte, sorgfältig ausgewählte Momentaufnahmen. Die Oberfläche, die Mia, die sie der Welt präsentieren will – jung und hübsch, fröhlich und sorgenfrei. In ihrem Blog geht sie mehr in die Tiefe. Der letzte Eintrag ist ein Essay mit dem Titel »Der dunkle Torweg«. Darin beschreibt sie ihren Kampf gegen die Depression.

Ich habe das Gefühl, als meine Mutter starb, hat sie die Mia mitgenommen, die ich sah, wenn sie mich anschaute. Dieses Mädchen konnte ich im Spiegel nie wiederfinden. Für sie war ich etwas ganz Besonderes, ihr Engel – strahlend, stark, schön. Für den Rest der Welt war ich nur ein kleines Mädchen. Klein für mein Alter, schüchtern, ganz hübsch, einigermaßen intelligent. Einfach Mia.

An manchen Tagen ist die Verzweiflung wie ein dunkler Torweg. Das Tor steht offen, erwartet mich. Wenn ich hindurchgehe, werde ich nie mehr zurückkehren, das weiß ich.

Ich kenne das Gefühl.

Ich suche in ihren Posts nach irgendeinem Hinweis auf dich. Aber zwischen den Menschen in ihrem Leben – alle jung und attraktiv, so wie sie selbst, munter, lachend und voller Leben – tauchst du nirgends auf. Ich stöbere nach deinem Schatten im Gedränge auf der Tanzfläche, auf Partys. Aber du bist nicht da. Sie erwähnt nicht, dass sie jemanden kennengelernt hat, postet kein Selfie mit ihrem neuen Freund. Auf allen Social-Media-Plattformen enden ihre Posts etwa zur selben Zeit, vor mehr als neun Monaten. Keine künstlerischen Aufnahmen mehr auf Instagram, keine Clubbesuche mit Freunden, keine Essays über Trauer und Verzweiflung.

Ich finde sie auf Torch, indem ich die App nach Alter, Größe, Haarfarbe, Geschlecht und Lyrik als Vorliebe durchsuche. Es dauert eine Weile; es gibt viele Mädchen auf der Welt, auf die die Suchparameter passen. Aber endlich finde ich sie. Ihr Profilbild ist grobkörnig, sie lächelt leicht und hat den Blick vom Betrachter abgewandt. Sie trägt einen flauschigen weißen Pullover, die goldenen Locken fallen ihr in Wellen auf die Schultern. Keine Bikini-Fotos oder anzüglichen Formulierungen, keine Versprechen von tabulosen Treffen ohne Verpflichtung.

Ich suche nach Freundschaft, aus der dann vielleicht Liebe erwachsen kann.

Mia und ich hätten Freundinnen sein können, wenn wir uns je begegnet wären. Es scheint, dass du einen bestimmten Typ Frau bevorzugst. Obwohl Mia und ich uns nicht ähnlich sehen, spüre ich eine Verbundenheit. Etwas Verwandtes. Auch sie ist eine Seele, die ihren Weg aus dem Dunklen ans Licht sucht. Ich denke an die anderen Frauen, von denen Bailey Kirk gesprochen hat, die alle ein Trauma überlebt und sich in die Normalität zurückgekämpft haben.

Ich sehe Mias Freunde auf Facebook und Instagram durch, in der Hoffnung, dich vielleicht unter ihnen zu finden. Oder irgendeinen Link, irgendeine Verbindung, die zu dir führt. Aber nein. Wenn es so einfach wäre, dich aufzuspüren, hätte Bailey Kirk das sicher längst getan.

Schließlich lese ich die Kommentare, die ihre Freunde nach Mias Verschwinden hinterlassen haben.

Wo steckst du, Mia?

Bitte komm nach Hause! Du fehlst uns so sehr!

Wir lieben dich, Süße. Bitte komm zu uns zurück.

Tu das nicht, Mia. Wir können das nicht noch einmal durchstehen. Bitte lass uns wissen, dass es dir gut geht, Schatz. Ich hab dich lieb.

Der letzte Kommentar gibt mir zu denken. Mia war also schon einmal verschwunden. Ich versuche, mich zu diesem Profil, dem einer gewissen January Crandell, durchzuklicken. Aber der Account ist privat, Freundschaftsanfragen sind nicht möglich. Ich überlege, ob ich jemand anderem schreiben soll – es gibt ein paar, die häufiger kommentieren als andere, und die oft auf Mias Fotos zu sehen sind.

Aber ich weiß nicht, was ich schreiben soll. Ich bin auf der Suche nach meinem Freund, der zusammen mit Mia verschwunden ist? Was können Sie mir über sie, über die beiden erzählen? Das wäre eigenartig. Niemand würde auf so etwas antworten. Ich jedenfalls bestimmt nicht.

Beim Durchblättern von Mias Essays stoße ich auf einen Bericht über ihren Kampf gegen die Sucht – Tablettensucht. Sie macht keine Angaben darüber, von was genau sie abhängig war, berichtet nur, dass ihr angstlösende Medikamente verschrieben wurden, sie zu viel davon nahm und irgendwann feststellte, dass sie den Tag nicht mehr ohne diese Tabletten durchstehen konnte. Sie fing an, sich die Pillen von einem Dealer zu besorgen, jemandem, den sie für einen Freund hielt.

> Die Kombination all dieser Mittel, die ich da schluckte, verursachten Schlafstörungen, dann verzerrten sie meine Wahrnehmung, bis ich nicht mehr wusste, was real war und was nur ein Traum. Aber vielleicht war das ganz gut so, denn so war ich gezwungen, mir Hilfe zu besorgen und die Probleme anzugehen, die die eigentliche Ursache für die Sucht waren.

Bailey hat das erwähnt. Du hast auch davon gesprochen, dass deine Ex Probleme hatte.

Wenn es eine Sache gibt, die ich über Süchtige weiß, dann, dass sie dazu neigen, einfach abzutauchen. Ein Hoffnungsschimmer steigt in mir auf. Vielleicht hast du gar nichts mit Mias Verschwinden zu tun. Vielleicht bist du nicht der Mann, für den Bailey dich hält. Vielleicht gibt es tatsächlich mehr Schattierungen deiner Wahrheit, als ich es mir vorstellen kann.

Es ist schon spät, als es an der Tür klingelt. Ich schrecke aus dem Schlaf hoch und stoße fast den Laptop zu Boden. Ich muss eingedöst sein, als ich in Mia Thorpes Leben eingetaucht bin.

Sie hat mich bis in meine Träume verfolgt. Ich jagte über unser Grundstück, Zweige schlugen mir ins Gesicht, ich stolperte, so wie in jener letzten Nacht, als ich hinter Robin herrannte, weil sie den Weg kannte und mein Vater dicht hinter uns war. Auf seinem Grund und Boden war er immer im Vorteil. Robin liebte die Gegend, aber er war in dem Haus geboren und aufgewachsen, war oft durch die Wälder gestreift. Er kannte dieses Land besser als jeder andere. Die Pfade. Die Tunnel. Die Bäume mit allen Verstecken. Wir hatten nie eine Chance.

Als ich Mia endlich einhole und nach ihrer knochigen Hand greife, dreht sie sich um, ein leichenfressender Ghul mit wilden Augen und scharfen Zähnen. Er gehört mir, zischt sie.

Es klingelt wieder. Dann höre ich, wie der Schlüsselcode eingegeben wird.

Es ist nach Mitternacht. Du kennst den Code, fällt mir ein. Ich habe ihn nicht geändert.

Ich erinnere mich an Baileys Worte: *Vielleicht ist er noch nicht fertig mit Ihnen.*

Ich weiß nicht, was mir mehr Angst macht – dass du mit mir fertig sein könntest, oder dass du es nicht bist.

Ich pirsche zur Tür, die in den Eingangsbereich führt, und spähe durch den Türspalt. Da ist jemand, er kommt durch die Eingangstür. Wer ist das? Wer steht mitten in der Nacht auf meiner Schwelle?

Aber du bist es nicht.

Es ist Jax. Ich trete in den Flur, als sie ins Haus stürmt, stoßweise atmend, mir um den Hals fällt, mich wieder loslässt und ins Wohnzimmer läuft. Sie belebt die Sinne mit bunten Farben und angenehmen Düften aus Parfüm, Shampoo und noch etwas anderem, einem Zimtgeruch, der nur ihr allein eigen ist.

Ich folge ihr ins Wohnzimmer und sehe, dass sie weint. Ihr

Haar hat sich aus dem Tuch gelöst, das sie um den Kopf trägt, ihr Kleid ist oben zerrissen. Jax weint nie. Bei mir schrillen alle Alarmglocken.

»Was ist los? Was ist passiert?«

Ich nehme sie in den Arm, und sie klammert sich an mich.

»Ich war mit einem Typen verabredet«, sagt sie.

»Über Torch?«

Sie schüttelt den Kopf. »Instagram. Er ist ein Follower. Wir kamen ins Gespräch.«

Ich nehme ihr den roten Kaschmirmantel und ihre Louis-Vuitton-Tasche ab, die mehr wert ist als ein Gebrauchtwagen.

»Er hat mich mit Mitteilungen bombardiert«, sagt sie und setzt sich aufs Sofa. Sie wickelt das Tuch aus ihrem Haar, und ihre dunkle Lockenpracht fällt ihr auf die Schultern. »Ungefähr eine Woche ist er mir auf Instagram gefolgt, hat alle meine Posts gelikt, intelligente Kommentare geschrieben. Er ist Familientherapeut. Es schien in Ordnung zu sein, weißt du. Und ... er war heiß. Als er mich per Privatnachricht kontaktierte, gab ich ihm meine Nummer. Wir haben ... geredet.«

Reden, das ist eine große Sache, irgendwie. Es ist etwas anderes, als über Messenger zu kommunizieren. Telefonieren ist echt.

»Heute Abend habe ich mich mit ihm getroffen. Wir waren essen. Es war nett. Dann sind wir in seine Wohnung gegangen. Und er wurde ... aggressiv.«

»Hat er dir wehgetan?«, frage ich und berühre sanft ihr Kleid. Ich mache Licht, damit ich ihre Haut sehen kann. Aber sie wirkt nicht verletzt. Keine Kratzer oder Prellungen. Ihre Hände zittern. Sie bebt am ganzen Körper. Ich lege ihr eine Decke um die Schultern.

»Ich fühlte mich begrapscht, bedrängt. Ich sagte ihm, ich würde gehen. Er versuchte, mich daran zu hindern, seine Wohnung zu verlassen.« Sie hält inne, holt tief Luft, fasst sich an die Schulter. »Er hat mein Kleid zerrissen.«

»Ist alles in Ordnung mit dir?«

Sie vergräbt das Gesicht in den Händen, während ich ihr über den Rücken streiche.

»Ich bin okay.« Sie blickt auf, die Augen voller Tränen.

Das Ausmaß von Jax' Schönheit kann nicht mit Worten beschrieben werden – ihre schimmernde Haut, die funkelnden Augen, die spektakulären Wangenknochen. Eigentlich heißt sie Jasmine. Sie nennt sich Jax, weil sie nicht nach einer Disney-Prinzessin benannt sein will, aber sie besitzt eine Art cartoon-artige Perfektion, als hätte jemand sie gezeichnet.

»Aber ich habe etwas für ihn empfunden, weißt du. Ich dachte, er sei einer von den Guten. Ich dachte, es könnte etwas Ernstes werden. Aber sobald wir in seiner Wohnung waren, fiel er über mich her.«

Zornig wischt sie sich über die Augen, strafft die Schultern. »Ich ... ich hätte nicht mit zu ihm gehen dürfen. Ich dachte, wir würden nur noch was trinken.«

Ich hebe die Hand.

»Moment. Wenn eine Frau mit jemandem in seine Wohnung geht, gibt ihm das noch lange nicht das Recht, mehr zu erwarten, als sie zu geben bereit ist.«

Wir bekommen das sehr oft zu hören. Frauen neigen dazu, die Schuld bei sich selbst zu suchen, wenn sie Opfer eines sexuellen Übergriffs werden. *Ich hätte nicht mit in seine Wohnung oder sein Hotelzimmer gehen sollen, ich hätte nicht in sein Auto steigen dürfen.* Die Wahrheit ist, dass sich ein netter Mann, *einer von den Guten*, niemals einer Frau aufzwingt. Wenn du gehen willst, lässt er dich gehen. Er nimmt die Enttäuschung hin, die er vielleicht empfindet, und respektiert deine Gefühle. Er lässt dich das Tempo bestimmen. Ich erinnere sie an diesen Ratschlag, den wir schon den unterschiedlichsten Frauen geben mussten. Doch, es gibt gute Männer da draußen, und sie wissen, wie man sich benimmt. Wenn ein Mann versucht, sich dir aufzuzwingen, sich nicht damit abfindet, dass du deine Meinung änderst oder gehst, ist das ein sexueller Übergriff.

»Ich weiß, ich weiß«, sagt sie. »Aber – wie konnte ich mich so in ihm täuschen?«

Gute Frage. Die stelle ich mir ebenfalls.

Ich dachte, du wärst einer von den Guten, Adam. Klug und witzig. Engagiert im Beruf, ein rücksichtsvoller Liebhaber, jemand, der gut kochen und zuhören kann, ein Freund. Wir haben gelacht und uns voneinander erzählt. Die Sonntage haben wir im Bett verbracht und uns alte Kinofilme angesehen. Ich habe dir Arme Ritter gemacht. Sie waren nicht sonderlich gut, aber du hast sie trotzdem gegessen und meine Bemühungen überschwänglich gelobt.

Vielleicht wissen wir heutzutage alle nicht mehr so recht, was wirklich ist und was nicht, was echt ist und was Schwindel, Imitation, Fälschung, weil unser Gespür für die Wahrheit abgestumpft ist.

Das würde mein Vater sagen.

Der Signalton von Jax' Handy ertönt. Sie hält es hoch. Ich sehe ein Foto eines Mannes mit Ziegenbart und heiterem Blick, dunkler Haut, einem freundlichen Lächeln. Sie liest die Nachricht vor. »Es tut mir leid. Bitte verzeih mir.«

»Antworte ihm nicht«, sage ich.

Sie legt das Handy hin, starrt aber weiterhin darauf. Wieder eine Nachricht.

»Ich habe wohl deine Signale missdeutet«, liest sie vor. Sie wirft mir einen Blick zu und greift nach dem Handy.

»Ich mochte dich«, sagt sie laut, während sie mit den Daumen tippt. Die rotlackierten Nägel blitzen. »Das bedeutet nicht, dass ich sofort mit dir schlafen wollte. Wir hätten reden können. Etwas trinken. Einander wiedersehen. Du musstest mich nicht begrapschen, sobald ich durch die Tür war.«

Sie tippt auf Senden.

Es kommt keine Antwort. Wir sitzen beide da und starren auf die pulsierenden Pünktchen. Schließlich wieder der Signalton.

»Du hast mich aufgegeilt«, liest sie vor, die Augen blitzend vor Zorn. »Oh nein, das kann er nicht wirklich geschrieben haben.«

»O Gott! Echt?«, sage ich. »Scheiß auf den Typen.«

Wir sperren seine Nummer, gehen auf meinem Laptop ins Internet und blockieren ihn auf all ihren Seiten in den sozialen Medien. Und er ist weg, einfach so. *Ghosted* – er kann keine Kommentare mehr zu ihren Beiträgen abgeben, kann sie nicht anrufen. Ganz offiziell existiert er nicht mehr.

Als wir fertig sind, sitzen wir auf dem Sofa, und sie weint in meinem Schoß, während ich ihr übers Haar streiche. Vom Feuer sind nur noch Glutreste übrig, und im Raum ist es kalt geworden, wie das in alten Häusern so ist. Alles wirkt dunkel und traurig, leer.

»Okay«, sagt sie schließlich und setzt sich auf. »Schluss mit dem Selbstmitleid.«

»Recht so.« Ich drücke ihre Hand.

»Und jetzt du.« Sie fährt sich mit ihren manikürten Fingern über die Unterlider, entfernt das verschmierte Mascara. »Erzähl mir alles.«

»Es gibt nichts zu erzählen«, lüge ich. »Er ist weg. Ich habe nichts mehr von ihm gehört.«

Sie wirft mir einen kurzen Blick zu. »Nein. Da ist doch noch was. Was ist los?«

Ich würde ihr gern von Bailey erzählen, von dem Zeitungsartikel, deinem Büro, den verschwundenen Frauen und der Verbindung zu The Hollows, dem Städtchen, in dem ich einen Teil meines Lebens verbracht habe. Aber ich weiß, wenn ich das tue, wird sie sofort aktiv werden. Sie wird Jason anrufen, unseren Privatdetektiv, und ihre ganze Energie daransetzen, alles aufzuklären. Und ich muss erst ungestört über alles nachdenken.

»Nein, wirklich«, sage ich. »Manchmal werden wir eben einfach verlassen. Es ist echt ätzend. Es tut weh. Aber man kann niemanden festhalten, der gehen will. Man muss nach vorne blicken.«

»Du klingst wie ›Liebe Birdie‹.«

Ich zucke die Achseln. »Ich *bin* ›Liebe Birdie‹.«

»Du musst nicht mit allem alleine klarkommen, weißt du.« Das bedeutet, ihr ist klar, dass ich ihr etwas verheimliche. Und wie jede gute Freundin lässt sie mich meine Geheimnisse behalten, denn sie weiß, ich werde ihr alles sagen, wenn ich so weit bin.

»Ja, ich weiß.«

Ich mache ihr einen Tee und führe sie nach oben ins Gästezimmer, gebe ihr einen sauberen Schlafanzug und schalte die Nachttischlampe ein. Das Zimmer ist gemütlich, mit weichen Decken und großen Zierkissen. Sie hat hier schon oft übernachtet; ich betrachte es im Grunde als Jax' Zimmer.

»Vermutlich war ich einsamer, als ich dachte«, meint sie, als sie ins Bett steigt. »Ich dachte, diesmal könnte es etwas Ernstes sein. Nicht nur ein Torch-Abenteuer.«

»Ich kenne das Gefühl«, sage ich und setze mich neben sie auf die Bettkante. Beide sind wir intelligente Frauen. Erfolgreich. Gute Menschen. Freundlich. Liebevolle Freundinnen. Warum muss das alles so schwer sein?

»Bitte sag mir, was los ist. Bitte, Wren, erzähl es mir.«

Ich zögere wieder, aber sie nimmt meine Hand und drückt sie.

»Wir stehen das zusammen durch, okay?«, sagt sie, als ich weiter schweige. Also erzähle ich ihr die abgekürzte Version – dass alle deine Profile gelöscht sind, dass ein Detektiv nach dir sucht. Dass du vielleicht nicht der bist, für den ich dich gehalten habe.

»Also *wer ist er?*«, flüstert Jax, als ich fertig bin.

Ich erinnere mich an meinen Traum, den Traum, in dem ich Mia durch den Wald jage. In einer anderen Nacht wäre es vielleicht Robin gewesen. Gelegentlich, wenn ich die Person erwische, die ich verfolge, ist es eine jüngere Version meiner selbst.

»Ich habe keine Ahnung«, muss ich zugeben. Der Mann, der du warst, als wir zusammen waren, könnte schlicht eine Fiktion sein. Die du erschaffen hast – oder ich.

Im gedämpften Licht der Nachttischlampe sieht Jax jung und verängstigt aus. Nicht die Powerfrau, die sie normalerweise ist, die es draufhat, die Influencerin, die Erfraue-dich-Meisterin, die alle

Antworten kennt. Sondern nur meine Freundin. Die meinen Trost und meine Liebe ebenso braucht, wie ich ihren Trost und ihre Liebe brauche. Die sich in diesem Augenblick ebenso verloren fühlt in dieser verrückten modernen Welt wie ich, wie all die Menschen, die sich an uns wenden und unseren Rat wollen.

Ich habe keine Ahnung, wer du wirklich bist, Adam.

Aber ich werde es herausfinden.

Ich decke sie zu und drücke ihr einen Kuss auf den Scheitel wie bei einem Kind. Sie schläft bereits, als ich den Raum verlasse.

Ich schlüpfe in mein Schlafshirt, lege mich ins Bett und stelle den Fernseher an.

Noch mehr schlechte Nachrichten. Dieses Virus hat sich von China aus nach Europa ausgebreitet. Es ist die Rede von einem Lockdown und Grenzschließungen, um die Verbreitung einzudämmen. In Australien wüten Waldbrände, die außer Kontrolle geraten sind. Die Bienen sterben, niemand weiß warum. Wann sind die Nachrichten düsterer geworden als jede dystopische Fiktion, die wir uns vorstellen konnten?

Als ich meinen Laptop aufklappe und die virtuellen Leben von Melissa und Bonnie durchforste, ertappe ich mich bei dem Gedanken, dass mein Vater, der Prepper und Weltuntergangsprophet, vielleicht doch recht hatte.

# 17

Bailey Kirk ging rasch die Straße hinunter, denn vermutlich würde Wren Greenwood ihm nachsehen. Er lief zu seinem Geländewagen, den er um die Ecke geparkt hatte, und stieg ein. Der Wagen hatte den ganzen Tag hier gestanden, und der Innenraum war eisig. Er stellte die Heizung an und rieb sich fröstelnd die Hände, bis warme statt kalter Luft aus dem Gebläse strömte.

Er checkte sein Handy. Fünf Voice-Mail-Nachrichten. Er hatte keine Lust, sie abzuhören. Elf Textnachrichten. Er machte sich nicht die Mühe, sie alle durchzulesen.

Er sah sie durch. Die meisten waren von Nora. Ein paar auch von Diana. Seine Chefinnen waren momentan beide nicht gut auf ihn zu sprechen.

Drei Nachrichten von Sabrina:

Hey, was machst du heute Abend so?

Lust auf Netflix und Pizza?

Also – was ist los? Ghostet du mich? Die Nachricht endete mit einem Geist-Emoji.

Er tippte eine Antwort, von der er hoffte, dass sie nicht zu kurz angebunden war: Ich ghoste dich nicht. Bin beruflich unterwegs. Ich ruf dich morgen an.

Sabrina. Sie war ein nettes Mädchen, süß und lustig – ein superheißer Rotschopf mit einem herzlichen Lachen und Traumfigur.

Aber es war ein Fehler gewesen, dass sie nach einer Firmen-Happy-Hour miteinander im Bett gelandet waren, eine Folge von zu viel Alkohol und mangelnder Weitsicht seinerseits. Seitdem versuchte er, sich behutsam aus der Sache herauszuwinden.

Er sah auf das Display, die kleinen pulsierenden Punkte.

Wie auch immer, B. Kein Ding.

Er fragte sich, was er darauf antworten sollte, und ließ es dann bleiben. Er löschte den ganzen Chatverlauf, wie er es bei nicht-beruflichen Mitteilungen auf seinem Handy immer tat. Die moderne Form der Kommunikation stellte ihn oft vor Rätsel, und auch die Beziehungen von heute begriff er nicht, er verstand nicht, wie sie funktionierten. Das Einzige, das für ihn wirklich Sinn ergab, war die Arbeit.

Als Bailey Kirk sechzehn gewesen war, hatte seine Mutter Lauren einmal ihren Verlobungsring verloren – den sie jeden Tag trug, seit sein Vater ihr einen Antrag gemacht hatte.

Sie wusste, dass der Ring morgens, als sie das Frühstücksgeschirr abgewaschen hatte, noch an ihrem Finger gewesen war, denn ihr war aufgefallen, wie der Stein das Licht brach, das durch das Küchenfenster fiel, und bunte Regenbogenfetzen an die Wand warf. Sie hatte Bailey und seine jüngere Schwester Ellie zur Schule gebracht – es fuhr kein Bus. Dann hatte sie die Einkäufe erledigt, Wäsche gewaschen und den brachliegenden Garten vorbereitet. Wie beim Murmeltierritual gerade vorhergesagt worden war, würde der Frühling in diesem Jahr früh kommen.

Der Ring saß locker. Sie hatte in letzter Zeit ein wenig abgenommen, dank eines Verzichts auf Kohlenhydrate. Und statt der gewohnten zwei Gläser Wein abends hatte sie nur ein Glas getrunken oder gar keinen Alkohol. Ultraschlank war sie nie gewesen; sie war fit und kräftig, Tennisspielerin, machte Yoga und Walking. Sie war immer auf der Suche nach Möglichkeiten, auf das eine oder andere zu verzichten.

Bailey Kirk hielt seine Mutter für die schönste Frau der Welt. Sein Vater tat das ebenfalls.

*Du bist vollkommen, so wie du bist*, sagte er oft und laut zu ihr. *Kinder, eure Mutter ist perfekt.*

*Weit davon entfernt*, wehrte sie dann immer mit einem Lächeln ab.

Sie hatte glänzende braune Augen, die stets lächelten, weiche Haut und warme Arme, die sie immer gern zu einer schützenden Umarmung ausbreitete. Ihr wunderbares Lachen erfüllte Bailey mit Glücksgefühlen, wenn er es sich durch einen Witz oder ein paar Faxen verdient hatte. Sie machte ein umwerfendes Bananenbrot. Es kam vor, dass sie ärgerlich wurde. Bei schlechten Noten, einem unaufgeräumten Zimmer, frechen Antworten, schmutzigen Klamotten auf dem Fußboden, oder wenn er zu spät nach Hause kam, setzte es eine gehörige Standpauke. Aber es steckte keine Wut dahinter, nicht wirklich. Sie brüllte nie. Meistens gab es nicht einmal eine Strafe – wahrscheinlich lernte er deshalb nie wirklich, sein Zimmer in Ordnung zu halten. Er schob einfach alles in den Kleiderschrank oder unters Bett, weil er wusste, wenn es ihr nicht ins Auge fiel, würde sie nicht danach suchen. Jetzt, als Erwachsener, war er ein ausgesprochen ordentlicher, fast schon pedantischer Mensch. Aber damals war er ein echter Chaot gewesen.

Als Lauren abends am Kochen war – Ziti mit Käse und Putenhack, ein Pastagericht, das alle mochten –, merkte sie, dass der Ring weg war. Der Ehering steckte noch am Finger, aber der Verlobungsring mit dem großen zweikarätigen Diamanten war fort.

Sie lief nach oben. Auf einem Regal in ihrem begehbaren Kleiderschrank stand ein Schmuckschälchen, in das sie ihre Ringe, – den Verlobungsring und den dazu passenden Ehering aus Platin, ebenfalls mit Diamanten besetzt –, manchmal legte, wenn ihre Hände geschwollen waren. Sie glaubte nicht, dass sie den Ring abgenommen hatte, weil sie den Ehering noch trug. Das Schälchen war leer.

Die Welt kam zum Stillstand, die Essensvorbereitungen wurden aufgeschoben, die Hausaufgaben unterbrochen.

»Leute, könnt ihr mir helfen?«

Sie war zittrig, hatte Tränen in den Augen. Zusammen mit Bailey und Ellie suchte sie überall, im Haus, im Auto, im Garten. Sie schauten in alle Ecken und Winkel, sahen unter der Fußmatte im Auto nach, zwischen den Sofakissen. Ellie durchsuchte die Handtasche ihrer Mutter, durchforstete ihre Schubladen. Bailey ging in den Garten, nahm die Harke und durchwühlte die Erde, die seine Mutter gerade umgegraben und aufgelockert hatte. Nach ungefähr einer Stunde brach sie in Tränen aus. Saß einfach auf dem Sofa und weinte. Bailey und Ellie waren sofort zur Stelle, setzten sich neben sie und nahmen sie in die Arme, wie Lauren es so viele Male bei ihnen getan hatte, wenn eine Freundschaft zerbrochen war, es Probleme mit Schulrabauken gab oder Frust bei den Hausaufgaben.

»Mach dir keine Sorgen«, sagte Bailey. »Ich finde ihn.«

An diesem Tag, in diesem Augenblick, hatte er seine Passion für das Wiederfinden verlorener Dinge entdeckt. Es gab nur begrenzte Möglichkeiten, wo der Ring hingeraten sein konnte. Sie hatten keine Putzfrau, und für eine Kinderbetreuung waren Ellie und er schon zu groß. Ihr älterer Bruder, der in dunkleren Tagen als Verdächtiger hätte gelten können, war seit fast zwei Jahren nicht mehr zu Hause gewesen. An dem Tag waren keine Fremden ins Haus gekommen, Installateure oder Elektriker oder was auch immer. Also konnte der Ring nicht gestohlen worden sein. Er saß locker, aber so locker nun auch wieder nicht. Bailey folgerte, dass der Ring ihr nur unter ganz bestimmten Umständen vom Finger geglitten sein konnte, ohne dass sie es merkte.

Sein Vater, Matthew, war ein guter Handwerker, und er hatte Bailey einiges beigebracht – wie man einen Reifen wechselt, einen undichten Spülkasten repariert, einen verstopften Abfluss freibekommt. Bailey hatte nicht immer besonders gut aufgepasst, weil er mit den Gedanken bei Videospielen, Fußball oder den merkwürdigen Gefühlen war, die bestimmte Mädchen bei ihm auslösten – Mädchen, mit denen er früher Verstecken gespielt und Frösche im Bach hinter dem Haus gefangen hatte, und die jetzt nach Blumen dufteten und Lipgloss auflegten. Aber manchmal hatte er doch aufgepasst, denn er verstand gern, wie alles funktionierte, er mochte es, wenn kleine Alltagsrätsel gelöst wurden.

Er holte den Werkzeugkasten seines Vaters und ging in die Küche. Das Abflussrohr unter der Spüle hatte eine Biegung. Wenn der Ring in den Abfluss geschwemmt worden war, als seine Mutter am Morgen das Geschirr spülte, bestand die Chance, dass er noch dort war. Bailey stellte das Wasser ab, griff nach der Rohrzange und schraubte den Siphon ab. Er schüttete den Inhalt in seine Hand, während Ellie und seine Mutter hoffnungsvoll zusahen. Und da, unter dem widerlichen, seifigen Dreck, lag der Diamantring.

Seine Mutter schluchzte, als Bailey ihr den Ring zurückgab. Es ging ihr nicht um den Ring, um seinen Wert oder das, was er gekostet hatte. Es ging ihr um ihren Mann, Baileys Vater, und ihre Liebe zu ihm, um ihre gemeinsame Geschichte und die gemeinsamen Erinnerungen. Deshalb hing sie so sehr an diesem glitzernden Zeichen von Matthews Liebe. Er hätte ihr einen neuen Ring kaufen können, aber ihr Verlobungsring, das Symbol ihres gemeinsamen Lebens, war unersetzbar. Bailey war damals erst sechzehn, und meistens verstand er weder die Welt, andere Menschen noch sich selbst. Doch die Bedeutung des Rings erkannte er mit absoluter Klarheit. Manche Dinge waren nicht einfach Dinge, unbelebte Gegenstände mit einem bestimmten Geldwert. Manche Dinge waren wie Menschen. Und alles, jeder, musste irgendwo sein.

Seit diesem Tag mochte Bailey Kirk keine Fragen, die er nicht beantworten konnte. Er mochte es nicht, wenn Dinge verlorengingen und nicht auffindbar waren. Denn es gab immer eine Antwort, ob man sie nun kannte oder nicht. Eine unbestreitbare Wahrheit, eine Erklärung für das, was geschehen war. Und das Verlorene war immer irgendwo. Es gab keinen Strudel, in den Ringe, Uhren, Schlüssel oder *Personen* hineingesogen wurden, sodass sie aufhörten zu existieren. Die auf der Welt enthaltenen Orte waren endlich. Es gab nur eine begrenzte Anzahl von Stellen, an denen man suchen konnte. Eine begrenzte Anzahl von Dingen, die passiert sein konnten.

Menschen waren keine Dinge, und wenn sie verschwanden, gab es viele Schichten, viele Möglichkeiten. Unbelebte Dinge versuchten nicht, verschwunden zu bleiben, sie versteckten sich nicht vor denen, die nach ihnen suchten. Ein Gegenstand hatte keinen Grund dafür, sein Leben hinter sich zu lassen. Dennoch blieb die Anzahl der Möglichkeiten auch hier begrenzt.

Er hatte ein Foto von Mia Thorpe hinter die Sonnenblende des Fahrersitzes geklemmt, und jetzt griff er danach.

Es gab noch weitere vermisste Frauen, um die er sich Sorgen machte. Aber Henry Thorpe war sein Klient und Mia das kostbare Kind, das dieser verloren hatte. Und darin lag eine gewisse Energie. Durch die Trauer des Vaters war Bailey mit Mia verbunden. Ein hauchdünner, seidener Faden spann sich zwischen ihrem Wesen und seinem, den er Millimeter für Millimeter kürzen konnte, bis sie sich von Angesicht zu Angesicht gegenüberstanden.

Er parkte den Geländewagen um, auf einen freien Parkplatz gegenüber von Wren Greenwoods Haus. So hatte er ihren Hauseingang und die Fenster der unteren Etage im Blick. Er stellte den Sitz etwas zurück, richtete sich ein und beobachtete das Haus.

Die Zeit verging. Ein paar Mal döste er ein und schreckte wieder hoch, aber er befürchtete nicht, dass sie weggegangen war. Dieses Haus, gemütlich, eingerichtet mit heruntergespieltem Luxus, war ihr Nest. Er würde wetten, dass sie es nur verließ, wenn sie einen guten Grund dafür hatte – um zur Arbeit zu gehen, sich mit Freunden zu treffen, der Liebe wegen. Und er hatte ihr reichlich Stoff zum Nachdenken gegeben. Er wäre jede Wette eingegangen, dass sie die Nacht am Laptop verbrachte, nach Antworten suchte, sich über Mia Thorpe informierte und den Mann, mit dem beide zusammen gewesen waren.

Adam Harper.

Raife Mannes.

Möglicherweise Timothy Johnston.

Vielleicht Cliff Jensen.

Ein Geist in der Maschine. Möglicherweise ein Trickbetrüger, ein Dieb. Vielleicht ein Mörder. Bailey hatte ihn nie zu Gesicht bekommen, denn der Mann war ihm immer einen Schritt voraus – was Bailey sehr zu denken gab. Er hatte nichts in der Hand außer ein paar digitalen Fotos. Und dieser Mann war die einzige Verbindung zwischen den drei vermissten Frauen. Zumindest die einzige Person, die alle drei kannten. Ansonsten hatten sie eine ganze Menge gemeinsam – ein traumatisches Erlebnis in der Vergangenheit, einen gewissen Wohlstand, die Bereitschaft, im Netz nach Liebe zu suchen. Alle waren sie von einer gewissen Zerbrechlichkeit. Er sah Mia als jemanden, der von Trauer gebrochen war und sich selbst zusammengeflickt hatte, nur um dann erneut zerbrochen zu werden.

Es musste irgendein Muster geben, etwas, das sie alle verband, irgendein fehlendes Puzzleteil, das ihn zur Lösung führen würde. Aber die Puzzleteile schwebten lose umher und passten nie so richtig zusammen. Es war verwirrend. Der Klient war verzweifelt. Seine Chefin, die er X nannte, nur als blöden Witz, hatte ihn vorhin angerufen.

»Also, wo stehen wir?«, hatte Nora wissen wollen. Die Detektei gehörte ihr, ihr und ihrer Geschäftspartnerin Diana. Beide waren früher beim FBI gewesen und in den Privatsektor gewechselt, weil das mehr Geld brachte und ihnen mehr Freiheit ließ. Beide waren knallhart – unschlagbar auf dem Schießstand, Technik-Genies. Diana beherrschte Kung Fu; in der Sporthalle hatte sie ihn unzählige Male auf die Matte geworfen. Nora war gnadenlos bei Vernehmungen. Er versuchte nicht einmal, ihr irgendeinen Mist aufzutischen. Niemals. Er arbeitete jetzt schon seit fast zehn Jahren für Nora Turner und Diana Ives.

Nora wusste sehr gut, wo sie standen. Er war keinen Schritt weitergekommen. Schließlich reichte er jeden Tag gewissenhaft über die verschlüsselte Website der Detektei seine Berichte ein.

»Ich brauche noch ein paar Tage«, hatte er gesagt. »Ich habe eine Spur. Möglicherweise.«

Sie hatte einen Moment geschwiegen; vermutlich studierte sie seinen Bericht. »Diese Wren Greenwood? Nicht ihr richtiger Name. Aber gut. Was weiß sie?«

»Ich glaube nicht, dass sie irgendwas weiß.«

»Also?«

»Aber ich glaube, sie wird mich trotzdem zu ihm führen. Und wenn ich ihn finde, finde ich auch Mia.«

»Da sind Sie sich sicher.«

»Bin ich.«

»Sie glauben nicht, dass die arme Mia einfach wieder rückfällig geworden ist und irgendwo in einem Crack-Unterschlupf hockt.«

»Nein.«

»Oder dass sie mit diesem Mann oder sonst jemandem abgehauen ist. Oder nur von ihrem Helikopter-Vater wegwollte.«

Es gab hundert Gründe dafür, dass er das nicht glaubte – es hatte mit ihrem Blog zu tun, ihren Facebook-Posts, den Fotos, die er im Netz oder in Fotoalben im Haus der Thorpes gesehen hatte, und mit ihren Kommentaren auf Seiten von Freundinnen. Mia war auf dem besten Wege gewesen, seelisch gesund zu werden, ein erfülltes, glückliches Leben zu führen – bis sie Raife Mannes begegnet war. Es gab ein Muster bei allem, was sie unternahm, einen Rhythmus in ihrem Leben und ihren Bewegungen. Sie war nicht dabei gewesen, wieder in die Sucht abzurutschen.

Wenn Bailey die Augen schloss und in sich ging, dann *wusste* er einfach, dass das nicht die Erklärung war. Nora brauchte er das nicht zu erklären. Sie wusste, wie das Aufspüren vermisster Personen ablief. Zu zehn Prozent war es Routine, die praktische Grundkenntnisse erforderte. Zu neunzig Prozent war es energetisch – jedenfalls, wenn es keine elektronischen Spuren gab. Kein Smartphone, keine

Zahlungen mit Kreditkarten, keine Aufnahmen von Kameras auf Tankstellen und Mautstellen, von Türkameras. Wenn man es auf die altmodische Art und Weise machen musste.

»Ein paar Tage kann ich Ihnen noch geben«, hatte Nora erklärt. »Aber ohne einen echten Durchbruch werde ich Henry Thorpe mitteilen müssen, dass die Spur erkaltet ist. Wir können nicht trotzdem weiter Geld von ihm nehmen. Es ist nicht richtig, ihn übers Ohr zu hauen, ihm falsche Hoffnungen zu machen. So etwas tun wir nicht.«

Das stimmte. Ethik spielte bei Turner & Ives eine ganz wesentliche Rolle.

»Gut.« Er machte sich nie die Mühe, mit einer seiner Chefinnen zu diskutieren.

»Bailey, wissen Sie ...«, begann sie.

»Ich weiß, X. Manchmal bleiben die Verschwundenen einfach verschwunden.«

»Und die Angehörigen müssen sich dieser Tatsache stellen, um trauern zu können.«

»Richtig.«

Ein Seufzer, leises Tastaturgeklapper. »Wir haben noch andere Fälle, bei denen wir Ihre Talente einsetzen könnten, Bailey. Es gibt nur einen Bailey Kirk.«

»Nur noch ein paar Tage.«

»Na schön.«

»Danke.«

»Und hören Sie auf, mich X zu nennen.«

Ende des Anrufs.

Er wusste nur zu gut, dass die Verlorenen manchmal verloren blieben. Nachdem er den Ring seiner Mutter im Abfluss gefunden hatte, hatte er das auf die harte Tour lernen müssen. Er hatte keinen Kontakt mehr zu seinem Bruder; niemand aus der Familie hatte das. Nachdem sie viele Jahre lang versucht hatten, ihn von der Sucht zu befreien, ihm zu helfen, seine psychische Erkrankung zu bewältigen, mussten sie ihn ziehen lassen. Niemand wusste, wo er steckte. Bailey war klar, dass seine Mutter nie aufgehört hatte, nach ihm zu suchen. Aber er schon.

Wenn die Verschwundenen verschwunden bleiben wollten, blieb einem manchmal keine andere Wahl, als loszulassen.

Nur dasitzen. Dafür hatte er eine Gabe – nur zu sitzen und zu atmen, total präsent zu sein, ein Beobachter. Die Welt wurde lebendig – er nahm seinen Atem wahr, sah ein Eichhörnchen einen Baumstamm hinaufflitzen, sah die Lichter in Wrens Haus, sah das Licht, das im dritten Stock des Nachbarhauses anging und wieder erlosch, den Mann, der mit seinem kleinen Hund spazieren ging und dabei telefonierte, den Mann, der auf dem Fahrrad vorbeifuhr, er hörte Musik aus einem Lautsprecher dröhnen und sah, wie der Inhaber des Waschsalons Feierabend machte.

Dann, zehn Minuten nach Mitternacht, sah er eine schmale Gestalt die Straße entlangeilen und die Stufen zu Wrens Haus erklimmen. Kurz flammte Hoffnung in ihm auf, er war elektrisiert und dachte, er könnte Glück haben. Adam Harper war mitten in der Nacht zurückgekehrt. Bailey überprüfte, ob seine Waffe im Handschuhfach war. Die 9mm-Glock lag flach und dunkel auf dem Durcheinander aus Servietten, Papieren, einer zerdrückten Zigarettenschachtel, ein paar Päckchen Black Jack-Kaugummi, einem Snickers-Riegel, dem Kabelgewirr eines Kopfhörers. Nun, vielleicht war er doch nicht so furchtbar ordentlich geworden. Seine Mutter würde sich aufregen. *Bailey! Räum das auf!*

Er sah wieder zur Treppe.

Nein. Das war nicht Adam Harper – so nannte ihn Bailey vorerst weiterhin. Es war die beste Freundin, wieder eine hübsche, kluge, junge Frau mit einem anspruchsvollen Beruf, die, – nach allem, was er mitbekommen hatte –, aus irgendeinem Grund nicht begriff, wie gefährlich Online-Dating sein konnte. Ihre Körpersprache verriet ihm, dass es irgendeine Krise gab. Sie ließ sich selbst ein und betrat das Haus. Dann war wieder alles ruhig.

Er wartete. Die ganze Nacht lang. Wren Greenwood war seine einzige Verbindung zu Mia Thorpe, die letzte Verbindung.

Als sie also frühmorgens das Haus verließ – von der Freundin war noch nichts zu sehen –, folgte Bailey Kirk ihr.

# TEIL II
# WIEDERVERWILDERUNG

Ich will mich entfalten.
Nirgends will ich gebogen bleiben;
denn dort bin ich gelogen, wo ich gebogen bin.

*Rainer Maria Rilke*

# 18
# MELISSA

Melissa Farrow war schon immer von Feuer fasziniert gewesen. Sie liebte, wie die Flammen in der Luft tanzten, sich drehten und zuckten, züngelten und flackerten. Sie verstand nicht, warum nicht mehr Leuten auffiel, was für ein kleines Wunder der Wissenschaft das Feuer war. Es konnte nur unter den richtigen Bedingungen entzündet werden und überleben. Schon der leiseste Atemhauch konnte das zarte Flämmchen auslöschen. Und doch konnte Feuer ein brüllendes, zerstörerisches Ungeheuer sein, das ganze Gebäude zum Einsturz brachte. Ihr Vater konnte ein brennendes Streichholz zwischen seinem schwieligen Daumen und dem Zeigefinger auslöschen. Doch wenn das Feuer aus dem Ofen oder dem Kamin Haut oder Kleidung erreichte, würde es einen verschlingen.

Als ihre Mutter sie zum ersten Mal mit Streichhölzern erwischte, versuchte Melissa, einen Haufen trockenen Laubes anzuzünden, den ihr Vater in einer Gartenecke zusammengerecht hatte. Sie war zehn und wünschte sich inständig, dieses Laub in einem Flammenturm aufgehen zu sehen, einem Freudenfeuer wie dem, das sie während eines Familienurlaubs in Jersey am Strand gesehen hatte. Ein hoher Turm aus Licht, der in den sternenbesäten Himmel griff, tosend und knisternd, aber in so sicheren Grenzen gehalten, dass die Leute dicht herantraten, um an langen Stöcken aufgespießte Marshmallows daran zu rösten. Sie erinnerte sich, wie ihre Mutter sie am Kragen gepackt hielt, als sie und ihr Vater zentimeterweise heranrückten und ihre Stöcke ins Feuer hielten.

Sei vorsichtig, hatte sie gesagt, die Stimme gepresst vor Besorgnis.

Es ist okay, hatte ihr Vater sanft erwidert und auf Melissa hinuntergeblickt.

Melissa fürchtete sich überhaupt nicht. Die Stimme des Feuers war wie eine Art Wind, die Hitze lag auf ihrem Gesicht wie eine Maske. Nachts träumte sie manchmal davon.

In einer der Küchenschubladen lag eine große Schachtel mit Streichhölzern. Ihre Eltern zündeten damit das Feuer im Kamin und die Kerzen auf dem Esstisch an, oder die Zündflamme im Gasherd oder in der Gastherme, wenn sie ausgegangen war.

Die Streichhölzer in der blauen Schachtel waren dick, mit großen roten Köpfen. Ein einfaches, schnelles Reiben, eine gekonnte Drehung des Handgelenks, und an der Spitze züngelte ein Flämmchen, eine winzige Tänzerin, eine Miniaturexplosion.

Melissa nahm sich die Schachtel. Ihr Vater war bei der Arbeit, ihre Mutter telefonierte. Seit dem Wochenende hatte sie immer wieder an diesen Laubhaufen denken müssen, hatte sich vorgestellt, wie es aussehen würde, wenn er in Flammen aufging, wie das brennende Laub riechen würde. Sie überlegte, ob wohl Marshmallows im Schrank waren. Ja, da waren welche. Sie nahm auch den Beutel mit den Marshmallows mit. Einen Stock würde sie im Garten finden. So machte man das, sagte ihr Vater, mit Stöcken, nicht mit diesen extra langen Spießen, wie man sie in Hotels bekam.

Draußen im Garten war es kühl, der Himmel war strahlend blau. Wegen eines Lehrerfortbildungstags und Elternkonferenzen hatte sie heute keine Schule.

Sie stand vor dem Laubhaufen und nahm ein Streichholz aus der Schachtel. Selbst die Schachtel war hübsch und ordentlich und ließ sich öffnen wie eine Schublade. Sie versuchte, ein Streichholz anzuzünden, einmal, zweimal, dreimal. Nichts. Sie war wohl nicht schnell genug, die Streichholzspitzen zerkrümelten zu Staub, so ungeschickt war sie.

Endlich klappte es. Man musste den Streichholzkopf schnell und sicher über die Fläche ziehen, nicht langsam, so wie sie es getan hatte. Und da war sie: eine perfekte kleine Flamme, die fröhlich am Ende des Hölzchens flackerte. Was für ein Potential – was das Feuer alles tun konnte, was für Formen es annehmen konnte.

Melissa!

Ihre Mutter. Sie ließ das Streichholz fallen, und es erlosch im nassen Gras.

Was um alles in der Welt? Sind das etwa Streichhölzer?

Das Gesicht ihrer Mutter war voller Überraschung, die schnell in Zorn und Angst umschlug. Melissa begann zu weinen.

»Ich wollte Marshmallows rösten.«

Aber das war nicht die Wahrheit. Sie wollte zusehen, wie etwas verbrannte. Weil es so erstaunlich war, wie Feuer einen festen Gegenstand zu Asche reduzieren konnte. Es veränderte buchstäblich das Wesen der Dinge, machte sie zu etwas anderem. Und das war eine Art Wunder.

Im Haus hielt ihre Mutter ihr einen Vortrag darüber, dass man nicht mit Streichhölzern spielen sollte, und wie schnell Feuer außer Kontrolle geraten konnte. Es konnte toben und wüten, sie umbringen, ihr Haus zerstören, die Häuser der Nachbarn zerstören. Natürlich wusste sie das alles. Sie entschuldigte sich. Ihre Mutter tröstete sie, als sie weinte. Es ist ganz normal, neugierig zu sein, sagte ihre Mutter. Aber mit Feuer spielt man nicht.

Es tat Melissa tatsächlich leid. Es tat ihr leid, dass sie nicht die Chance gehabt hatte, das Laub brennen zu sehen. Dass ihre Mutter ängstlich und verärgert war. Dass sie Ärger bekommen hatte. Aber Angst hatte sie immer noch nicht. Und sie liebte das Feuer kein bisschen weniger als zuvor.

Melissa dachte nur selten an diesen Tag, den Tag, an dem sie zum ersten Mal zu zündeln versucht hatte. Denn das, was danach kam, hatte ihr ganzes Leben so verändert, ihre ganze Welt so auf den Kopf gestellt, dass dieser erste Nachmittag aus ihrem Gedächtnis verschwunden war. Als sie jetzt aus der Stadt fuhr, weg von dem Leben, das sie sich aus der Asche ihrer Kindheit gebaut hatte, kehrte die Erinnerung daran zurück.

*Wie rasch alles hinter ihr zurückblieb. Er hatte vorhergesagt, dass es so sein würde, aber sie hatte ihm nicht wirklich geglaubt.* Sobald du dieses Smartphone wegwirfst, *hatte er gesagt,* werden alle Fesseln von dir abfallen. Alles, von dem du glaubst, dass es dich bindet.

Bargeld. Ein Prepaid-Handy. Eine Karte – eine echte Landkarte aus Papier! – auf der markiert war, wo sie tanken und übernachten sollte. Wo man Bargeld akzeptierte, wo es keine Kameras gab.

Es ist nicht für immer, *hatte er versichert.* Betrachte es als Neustart für dein Leben. Wenn wir zurückkommen, werden wir stärker sein, befreit vom Gefängnis des modernen Lebens.

Den Gebrauchtwagen hatte sie bei einem Händler gekauft, zu dem er sie geschickt hatte, und bar bezahlt. Es war ein älteres Modell, nicht wie ihr Range Rover, der Bluetooth hatte und ein Navigationssystem, das mit ihrem Smartphone verbunden war, so dass ihre Mails sofort auf dem Multimedia-Display auftauchten.

Anfangs war sie nervös gewesen; es war nicht einfach, alles und alle hinter sich zu lassen. Aber es stimmte – je weiter sie sich entfernte, desto weniger wirklich erschien ihr alles, was sie bisher gekannt hatte. Noch nie war sie so lange von ihrem Smartphone getrennt gewesen, von dem endlosen Nachrichtenstrom und den neuesten Schlagzeilen, den ewigen Signaltönen, dem Klingeln und Vibrieren. In der ersten Stunde auf der Straße hatte sie bestimmt zwanzig Mal danach gegriffen.

Die Straße schlängelte sich zwischen turmhohen Tannen hindurch.

Sie stellte das Radio an, drehte den Suchknopf – es gab einen Suchknopf! –, um einen Sender einzustellen. Die Nachrichten. Brände wüteten in Kalifornien, Menschen hatten ihre Häuser binnen Minuten verlassen müssen, weil eine Flammenwand auf den Ort zuraste. Auch Australien musste nach jahrelanger Dürre gigantische Waldbrände bekämpfen, die Häuser zerstörten, die Natur und die Tiere vernichteten.

Trotzdem spürte sie eine Art Erregung im Herzen, wenn sie an tobende Brände dachte. Das war etwas, das sie nie jemandem verraten hatte, bis sie es ihm anvertraute. Feuer. Das war ein natürliches Phänomen. Mit Feuer reinigte der Planet sich vom Alten und Verbrauchten, es düngte den Boden, schuf Raum für neues Leben. Eine Tragödie war es nur, weil der Mensch zu viele Häuser gebaut hatte, der Umwelt zu viel Schaden zufügte. Sich zu dicht an die Flammen begeben hatte. Sogar die Tierpopulationen könnten sich erholen, wenn wir die Natur nicht ausbeuten würden. Die Menschen regen sich auf und geben dem Feuer die Schuld an der Zerstörung. Aber wer Schuld hat, das ist der Mensch.

Melissa fuhr und fuhr, bis sie müde wurde und überlegte, ob sie irgendwo anhalten sollte. Sie war nicht in die Motels gegangen, die er vorgeschlagen hatte. Stattdessen hatte sie auf Rastplätzen übernachtet, hatte im Auto geschlafen, die Toiletten benutzt und sich unter dem Wasserhahn gewaschen. Sie mochte Motels nicht; sie zog es vor, möglichst autark und für sich zu bleiben.

Sie setzte die Fahrt fort. Eigentlich müsste sie bald angelangt sein. Aber wie sollte man das mit Sicherheit wissen, ohne ein Navi, das einem die genaue Ankunftszeit mitteilte?

Der Brand, bei dem ihre Eltern umgekommen waren. Es war ein Unfall gewesen. Die Streichholzschachtel ... ihre Mutter hatte sie einfach wieder in die Schublade gelegt und Melissa verboten, sie je wieder anzurühren. Melissa war ein braves Mädchen, eine Einser-Schülerin, ein Fußball-Superstar, hatte viele Freundinnen. Sie war nicht die Art Kind, das nachsitzen musste oder den Zorn der Lehrerinnen auf sich zog. Und ihre Eltern hatten nie irgendeinen Grund gehabt, sie zu bestrafen. Nie wurde ihr iPad konfisziert, und sie bekam auch keinen Hausarrest, wie so viele ihrer Freundinnen. Als ihre Mutter ihr also verbot, die Zündholzschachtel je wieder anzurühren, hatte sie jeden Grund zu der Annahme, dass Melissa gehorchen würde.

Es war eigentlich Priss, die keine Ruhe geben wollte. Priss war schon so lange Melissas Freundin, dass sie sich nicht an eine Zeit ohne das kleine Mädchen erinnern konnte, das unter ihrem Bett lebte. Selbst ihre Eltern akzeptierten Priss als feststehende Tatsache. Sie bekam sogar ein Weihnachtsgeschenk. Priss war da, wenn sonst niemand Zeit hatte, mit ihr zu spielen, wenn sie nachts Angst bekam oder wenn ihre Eltern sich stritten – was nicht oft vorkam, aber wenn es mal Zoff gab, wurde es schlimm.

Weswegen hatten ihre Eltern sich an jenem Abend eigentlich gestritten? Wegen Geld. Melissa erinnerte sich nicht einmal, was der genaue Anlass gewesen war. Ihre Mutter, Jessie, hatte irgendetwas gekauft, ohne es vorher mit ihrem Vater, Ramon, abzusprechen. Er hatte ein hitziges Temperament, und ihre Mutter war nicht der Typ, der sofort klein beigab. Der Streit begann beim Essen, als sie sich noch wegen Melissa zusammennahmen. Aber als sie auf ihr Zimmer ging, um ihre Hausaufgaben zu machen, hörte sie die wütenden Stimmen von unten. Es nahm kein Ende.

Als ihre Mutter kam, um ihr Gute Nacht zu sagen, konnte Melissa sehen, dass sie geweint hatte. Ihre Augen waren gerötet, ihr Lächeln wirkte aufgesetzt.

»Alles in Ordnung mit dir?«, fragte sie ihre Mutter. Manchmal kam ihre Mutter zu ihr und schlief auf dem Fußboden im Kinderzimmer. Heute war es vielleicht wieder so weit.

»Es ist schon gut«, versicherte sie. »Ehepaare streiten sich eben gelegentlich.«

»Wegen Geld.«

Ihre Mutter lachte leise und strich Melissa eine Haarsträhne aus der Stirn. »Bei einem solchen Streit geht es fast nie um das, worum es angeblich geht.«

Das verstand Melissa, und doch auch wieder nicht.

»Aber es ist alles in Ordnung, wir klären das. Tun wir doch immer, oder?«

Priss war unter dem Bett. Sie war schon dort gewesen, als Melissa in ihr Zimmer gekommen war, um Hausaufgaben zu machen. Je älter sie wurde, desto seltener tauchte Priss auf.

Nachdem das Gebrüll verstummt war und Melissa im Bett lag, wollte Priss nicht aufhören, von diesen Streichhölzern zu reden. Nicht dass sie direkt redete. Es war eher, als käme eine Idee in Melissas Kopf, weil sie in Priss' Kopf war. Später würde sie versuchen, das den unzähligen Therapeuten zu erklären, bei denen sie in Behandlung war. Bis ihr klar wurde, dass sie dadurch nur für sonderbar gehalten wurde und sie lieber ganz aufhören sollte, von Priss und ihren Ideen zu sprechen.

Melissa ging nach unten, nahm die Streichhölzer aus der Küchenschublade und ging ins Wohnzimmer. Sie wollte die Kerzen anzünden.

Ehrlich, das war der letzte Moment, an den sie eine klare Erinnerung hatte. Sie wusste, dass einer der Vorhänge Feuer fing und mit einem schrecklichen Zischen in Flammen aufging, das klang wie ein scheußliches Schnauben. Sie hatte nicht geschrien, weil sie fürchtete, dann Ärger zu bekommen. Genau wie ihre Mutter sie gewarnt hatte, sprang das Feuer schnell auf andere Gegenstände über. Melissa schaute einfach zu, fasziniert von der Akrobatik des Feuers, seiner Schnelligkeit, davon, wie es alles verzehrte, was es berührte. Ihre Eltern starben in dieser Nacht an Rauchvergiftung. Melissa wurde von der Feuerwehr gerettet. Und sie sah Priss nie wieder.

Offenbar lag es an der Bauweise des Hauses, irgendwas mit den Fasergipsplatten, dass es brannte wie Zunder. Melissa bekam eine gewaltige Summe von der Lebensversicherung ausbezahlt, die ihre Großeltern für sie sparten und anlegten.

Niemand gab ihr je offen die Schuld an dem, was passiert war. Es sei ein furchtbarer Fehler gewesen, sagte ihre Therapeutin, ein Unfall. Aber manchmal, wenn ihre Großmutter sich unbeobachtet glaubte, sah sie Melissa mit einem Ausdruck von Trauer und Verwirrung an. Wie es wohl war, die Enkelin aufzuziehen, die unabsichtlich die Tochter getötet hatte? Diese Frage stellte Melissa sich später, als sie älter war, jahrelange Therapien hinter sich hatte, weniger selbstbezogen war. Aber zu dem Zeitpunkt waren ihre Großeltern bereits gestorben.

Als sie Jack auf Torch kennenlernte, hatte sie keine engen Familienangehörigen mehr, nur ein paar entfernte Cousins und Cousinen, die ihr Weihnachtskarten schickten, und einen Kreis liebevoller Freundinnen, die inzwischen selbst Kinder hatten. Doch die Wahrheit war, sie war furchtbar einsam. Offensichtlich. Was für einen Grund hätte sie sonst gehabt, sich in den Sumpf des Online-Datings zu wagen?

Die Welt versinkt im Chaos, *hatte er gesagt.* Merkst du nicht, wie rapide alles den Bach runtergeht?

Man brauchte nur Nachrichten zu hören, um zu wissen, dass das stimmte. Die meisten Menschen schlafwandelten praktisch, wie betäubt von ihren Spielen, den sozialen Medien, ihrer Sportbesessenheit und den akzeptierten Süchten der gehobenen Klasse wie Essen und Wein. Die Welt war völlig aus dem Lot geraten, aber die meisten Leute interessierten sich nur für entzückende Katzenvideos.

Ich kenne einen Ort, wo wir hingehen können. Nicht für immer. Nur als Atempause.

Natürlich hatte sie zugestimmt.

Sie öffnete die Dose Cola, die in der Mittelkonsole lag. Die Cola war ziemlich warm, aber Melissa brauchte die Zufuhr von Zucker und Koffein.

Sie setzte ihre Fahrt auf der dunklen, kurvenreichen Straße fort. Jetzt konnte es nicht mehr allzu lange dauern.

# 19
# HEUTE

Ich habe kaum ein Auge zugetan, als die Sonne aufgeht. Das Licht, das durch die Jalousien fällt, färbt mein Schlafzimmer rosa. Ich hole tief Luft und greife nach dem Handy. Keine weiteren Nachrichten von dir. Ich bin erleichtert – und fühle mich gleichzeitig verlassen.

Mein Laptop steht noch aufgeklappt da und erwacht zum Leben, als ich danach greife. Auf dem Bildschirm erscheint ein Foto von Melissa Farrow. Wieder eine Schönheit. Anders als Mia, Bonnie und ich, doch es gibt auch Ähnlichkeiten, da ist irgendeine Verbindung zwischen uns, irgendetwas in der Ausstrahlung. Melissa hat üppige braune Locken und sehnsuchtsvolle Augen. Sie ist ein Emo, ganz in Schwarz gekleidet, und hat ein Raben-Tattoo auf der Schulter. Sie ist nur auf Instagram, auf keiner anderen Plattform. Wenn sie ein Profil bei Torch hatte, und ich vermute, das hatte sie, ist es nicht mehr da.

Ihre Einträge sind schlicht, hauptsächlich Schwarz-Weiß-Fotos, Stadtansichten und seltsame Objekte: eine armlose Puppe im Müll, ein Schuh, der auf der Straße liegt, eine herrenlose Hündin mit ihren Welpen in einem Pappkarton. Oder aber abgelegene Wanderwege, Ausblicke. Keine Texte außer ihrer Instagram-Bio. *Du bist die sich verwandelnde Gestalt,/die unbejubelt bleibt und unbeklagt/und unbeschrieben wie ein wilder Wald.*

Unbeklagt. Schon wieder Rilke.

Ihre letzten Posts sind die, die mich faszinieren. Es sind Fotos von Orten, die ich sehr gut kenne. Ein Friedhof. Der Startpunkt eines Wanderwegs im Wald. Ein altes Haus, verlassen und halb verfallen. Eine schlichte Kapelle.

Ihre letzten Fotos wurden in The Hollows aufgenommen, dem

Ort, in dem ich aufgewachsen bin, in dem mein Vater aufgewachsen ist. Meine Heimat vermutlich, in gewisser Weise.

Ich gehe unter die Dusche und ziehe mich an – Jeans, schwarzer Kaschmirpullover, Stiefel, meine Lederjacke. Ich werfe ein paar Klamotten und meinen Kulturbeutel in eine Tasche und packe meinen Laptop ein.

In der Küche mache ich mir einen dreifachen Espresso. Ich trinke meinen Kaffee am Fenster und halte Ausschau nach meiner Freundin, der Amsel. Aber die Körner auf dem Fensterbrett sind unberührt. Sie kommt nicht.

*Fahren wir nach Hause*, will Robin wissen. Heute trägt sie Jays Sweatshirt, zerrissene Jeans und abgeschabte Turnschuhe. Sie ist nicht anwesend, dieser Geist meiner Kindheit. Und doch ist sie es. Ich gebe ihr keine Antwort. Sie bleibt einen Moment an der Tür stehen, dann verblasst sie.

Ich überlege, ob ich Jax wecken und ihr die ganze hässliche Geschichte erzählen soll. Aber dann wird sie mitkommen wollen, und ich muss allein sein. Zumindest scheint es mir, als sollte ich diese Reise allein antreten. Also hinterlasse ich ihr eine Nachricht:

Bin bald zurück. Kümmere dich um »Liebe Birdie«.

Jax wird wissen, was zu tun ist.

Ich verlasse das Haus, schalte die Alarmanlage wieder ein und mache mich auf den Weg zu dem Parkhaus, in dem mein Auto steht.

Die Wahrheit ist: Seit Bailey Kirk gestern den Ortsnamen genannt hat, ist mir klar, dass ich dorthin zurückkehren muss; vielleicht sogar schon, seit ich den Zeitungsartikel unter deinen Sachen fand. Mir war klar, dass ich nach Hause fahren muss.

Mein Atem steigt in weißen Wölkchen vor mir auf, als ich rasch die Straße hinuntergehe, die Schultern zum Schutz vor der Kälte hochgezogen, an den anderen Häusern mit ihren hübschen Vortreppen vorbei, um dann in eine belebte Geschäftsstraße einzubiegen.

Hier ist sogar zu dieser frühen Stunde viel los, Leute, die Kaffeebecher und Handys umklammern, sind zur U-Bahn unterwegs, ich sehe Jogger, Mütter mit Kinderwagen, Yogis, die sich ihre Yogamatten umgehängt haben.

Ein Mann mit Dreadlocks im blauen Overall hat seine Kopfhörer eingestöpselt und sagt kein Wort, als ich ihm mein Ticket reiche. Er verschwindet, um meinen Wagen aus den geheimnisvollen Tiefen des großstädtischen Dauer-Parkhauses zu holen, fährt ihn vor und reicht mir die Schlüssel.

»Hey«, sagt er und mustert mich mit einem Blick, den ich nicht deuten kann. »Sei vorsichtig.«

Ich schüttle den Kopf. »Wie bitte?«

Aber er hat sich schon umgedreht, kehrt in sein Mini-Büro zurück. Hat er mit mir geredet? Oder hing er am Telefon und hat mit jemand anderem gesprochen? Seine Worte hallen in meinem Kopf nach, und einen Moment schaue ich ihm nach. Wann ist sogar der simpelste Austausch so kompliziert geworden?

Vielleicht liegt es an mir.

Ganz bestimmt sogar.

Ich steige ins Auto, schließe die Wagentür und spüre, wie der ruhige, lederduftende Innenraum mich umfängt. Es ist wie in einem Kokon. Meine Schultern lockern sich, ich atme freier. Ich biege auf die Straße ein und fahre los.

Ein eigenes Auto, hast du gesagt. *Wie passt das mit deiner Ich-bin-so-sparsam-und-nehme-die-öffentlichen-Verkehrsmittel-Philosophie zusammen?*

Vermutlich gar nicht. Wir haben alle unsere kleinen Widersprüche, nicht wahr, Adam?

Wenn mir alles zu viel wird, muss ich eben manchmal raus aus der Stadt – nicht zu Fuß, nicht mit dem Fahrrad oder mit der Bahn. Wenn meine vielen Geheimnisse, der Lärm in meinem Kopf und ringsum, all die Verzweifelten da draußen, die den Rat von »Liebe Birdie« brauchen, zu einer Woge werden, die mich hinwegzuspülen droht, wird mein Auto zu einem Rettungsboot, einem kleinen Schiff, das ich besteige, um davonzutreiben.

*Liebe Birdie,*
*ich habe meine Geburtsmutter durch ein Gentest-Zentrum aufgespürt, aber sie will sich nicht mit mir treffen. Sie hat mich ihr Leben lang geheim gehalten, hat eine neue Familie, weitere Kinder. Ich fühle mich so allein, weil ich jetzt weiß, dass ich eine Familie habe, die mich vielleicht nie kennenlernen wird. Was soll ich tun?*

*Liebe Birdie,*
*ich kann meinem Vater nicht verzeihen, dass er betrunken Auto fuhr und für den Unfall verantwortlich ist, bei dem meine Mutter und mein Bruder ums Leben kamen. Er sitzt im Gefängnis, und ich kann mich nicht überwinden, ihn zu besuchen, obwohl wir nur noch einander haben.*

*Liebe Birdie,*
*ich kann das Gefühl nicht abschütteln, dass mein Leben gar nicht mein Leben ist. Dass ich eine Betrügerin bin und alles, was ich auf Instagram poste, nur eine oberflächliche Version des Menschen ist, als der ich eigentlich gedacht bin. Und alle meine zwischenmenschlichen Beziehungen sind merkwürdig konkurrenzbetont und ich hasse meinen Job. Fühlen andere Leute sich auch so? Wie kann ich mein wahres Ich entdecken?*

Einigen kann ich helfen. Anderen nicht. Das Schwerste ist, den Unterschied zu akzeptieren.

Ich weiß, es gibt glückliche, ausgeglichene Menschen auf der Welt. Menschen, die ein authentisches Leben führen, ein Leben, das Sinn hat. Menschen mit liebevollen, gesunden Beziehungen, die die zahlreichen Tiefschläge des Lebens mit Stärke und Zuversicht überstehen, Tragödien und Schmerz überwinden und gestärkt daraus hervorgehen, klüger werden, mehr Mitgefühl für sich selbst und andere entwickeln.

Aber von solchen Menschen hört »Liebe Birdie« nichts. Nie. Die Leute wenden sich an sie, weil sie Hilfe brauchen. Und da sie selbst dunkle Wege gegangen ist, ist sie prädestiniert dafür, Menschen zu helfen, den Weg zurück ins Licht zu finden.

Oder?

Ja, manchmal. Doch an diesem grauen, nebligen Morgen, an dem der Winter schon in der Luft liegt, empfindet sie nicht so, besonders, da du verschwunden bist und die Vergangenheit sich gerade selbst aus ihrem Grab schaufelt.

Heute bin ich ebenso verloren wie alle anderen auch. Vielleicht sollte ich selbst einen Brief an »Liebe Birdie« schreiben.

Liebe Birdie,

ich bin vor dem Dunklen in meiner Vergangenheit geflohen und habe mir ein erfolgreiches neues Leben aufgebaut. Aber es gibt so viele Schichten an mir. Der Mensch, der ich damals war. Die Person, die ich bin, wenn ich meine Arbeit tue. Die Person, die meine wenigen Freunde kennen. Und dann gab es da einen Mann, der ebenfalls tief vergrabene Geheimnisse hat, und von dem ich dachte, ich könnte ihn lieben. Er ist nicht der Mensch, für den ich ihn gehalten habe, überhaupt nicht. Er könnte sogar ein Ungeheuer sein. Genau wie mein Vater.

Bestehen wir alle nur aus Schichten von Geheimnissen und Lügen?

Oder liegt es an mir?

Ich komme mir vor wie eine Betrügerin, ein Geist im Spukhaus meines Lebens.

Was soll ich nur tun, liebe Birdie?

Was würde »Liebe Birdie« dieser verlorenen Seele raten? Sie würde sagen: Hört sich an, als würde das Universum Ihnen mitteilen, dass es an der Zeit ist, all diese Schichten abzulegen und die Wahrheit zu enthüllen, sie laut zu verkünden. Sie werden sich nie selbst finden, solange Sie nicht bereit sind, Sie selbst zu *sein*.

Ich war schon immer besser darin, Ratschläge zu erteilen, als Rat anzunehmen.

Mittlerweile bin ich auf dem Henry Hudson Parkway und fahre Richtung Norden. Als die Stadt im Rückspiegel zurückbleibt, werde ich von Erinnerungen an eine Zeit und einen Ort überflutet, die ich mich bemüht habe zu vergessen.

Mein Vater.

Als ich klein war, war er nur ein Foto an der Wand, ein Mann in Uniform, ein redendes Gesicht auf dem Computerbildschirm. Dann war er plötzlich wieder zurück, in unserem Leben, in unserem Haus – ein müder Mann am Küchentisch, eine schlafende Gestalt im Bett meiner Mutter. *Seid leise, euer Vater ruht sich aus.*

Das Haus.

Ein verschachteltes, altes Gemäuer, umgeben von acht Hektar Land, in einer Kleinstadt gelegen, deren Name sich anhörte wie aus einem Horrorfilm entsprungen: The Hollows.

Meine Mutter wurde täglich dünner und schwächer.

Manchmal schlich sie sich nachts zu mir ins Bett und hielt mich ganz fest. So wie ich mich früher, als ich klein war, an ihr festgeklammert hatte, wenn ich mich fürchtete.

Eines Nachts, als es ganz besonders übel gewesen war, flüsterte sie: *Er war ganz anders, als ich mich in ihn verliebt habe. Er wird wieder gesunden. Dieser Ort wird ihn wieder heil und gesund machen, du wirst sehen.*

Heute weiß ich, dass er Hilfe gebraucht hätte. Aber diese Hilfe bekam er nicht, und wir alle haben den Preis dafür bezahlt.

Warum war dir nicht klar, wie krank er war, Mama? Das ist eine Frage, die ich ihr nicht stellen kann.

Ich bin gefangen im Gedankenkarussell meiner hässlichen Erinnerungen, als mein Handy klingelt. Ich tippe das Symbol auf dem

Multimedia-Display an, um das Gespräch anzunehmen. Er wartet nicht auf eine Begrüßung von mir.

»Ich wollte mal hören, wie's Ihnen geht.« Bailey Kirk.

»Alles bestens«, sage ich munter.

Wer ist dieser Mann? Ich dachte, ich würde nichts mehr von ihm hören. Mir fällt ein, dass ich ihm meine Nummer gegeben habe, und wünschte, ich hätte es nicht getan.

»Hört sich an, als säßen Sie im Auto«, sagt er. »Wo wollen Sie denn hin?«

»Nur für ein paar Tage raus aus der Stadt«, antworte ich. »Ich muss mal weg.«

Im Hintergrund höre ich Musik. Jazz. Ein klagendes Saxophon, blechern und weit entfernt.

»Sie tun doch nichts Dummes, oder? Nach Ihrem Freund suchen etwa.«

Bin ich auf der Suche nach dir? Oder laufe ich vor dir weg? Vielleicht beides.

Ich beschließe, ihm nicht zu antworten, und will gerade auflegen, als er sagt: »Ist Wren Greenwood Ihr richtiger Name?«

Nein, ist er nicht. Nicht der Name, den meine Eltern mir gegeben haben. Aber mein gesetzlich gültiger Name, den ich mir selbst gegeben habe.

»Selbstverständlich«, lüge ich.

Stille in der Leitung. Ich umklammere das Lenkrad so fest, dass meine Knöchel weiß werden, und zwinge mich, mich zu entspannen.

»Es ist schon komisch. Ihr Führerschein ist auf den Namen Wren Greenwood ausgestellt.«

Mein Magen krampft sich zusammen.

»Aber das ist *nicht* der Name, für den Ihre Sozialversicherungsnummer ursprünglich vergeben wurde.«

Ein Schmerz baut sich hinter meinen Augen auf. Schweigen. Das ist am besten. Aber er fährt fort: »Auf ConnectIn ist Ihr Beruf als freie Autorin angegeben. Aber ich kann nirgends irgendwelche Veröffentlichungen entdecken.«

Wow. Er hat wirklich tief gegraben.

»Und dieses Stadthaus? Ich weiß, Sie haben es bei einer Zwangsversteigerung erworben. Aber wie viele freie Autoreninnen gibt es, die sich ein Stadthaus in Brooklyn Heights leisten können?«

Ich überlege, was ich darauf antworten soll. Ich will ihm nichts von »Liebe Birdie« verraten. Dass wegen der großen Anzahl meiner Follower Werbegelder zu fließen begannen, mehr, als ich es je für möglich gehalten hätte. Seit ich zum *Chronicle* wechselte, werde ich sehr gut bezahlt, weil »Liebe Birdie« zu den beliebtesten Kolumnen und Podcasts der Zeitung gehört. Dass ich das Geld gespart und angelegt habe, so dass es mir noch mehr Geld einbrachte. Das Haus ist jetzt viel mehr wert als das, was ich dafür bezahlt habe. Ich bin nicht reich, aber durchaus gut situiert.

»Wie soll ich sagen?«, entgegne ich leichthin. »Ich habe ein bisschen was geerbt. Ich hatte eben Glück.«

Teilweise stimmt auch das. Ich habe eine kleine Summe von der Familie meiner Mutter geerbt. Mit dieser Erbschaft konnte ich mir das Studium finanzieren, und es hat mir einen soliden Start ins Berufsleben ermöglicht. Das, was ich Bailey erzähle, ist teilweise wahr, wie alles in meinem Leben. Schichten aus Wahrheit und Lüge, die sich mischen wie verschiedenfarbiger Sand, so dass Schattierungen und Abstufungen entstehen. Alles davon ist wahr. Und nichts davon.

»Es geht mich natürlich nichts an«, erklärt er. »Neugier ist wohl eine Berufskrankheit.«

»Das stimmt. Es geht Sie nichts an, wer ich bin oder woher mein Geld kommt. Das hat nichts mit Mia Thorpe zu tun, der Tochter Ihres Klienten. Dem Mädchen, das Sie zu finden versuchen.«

Er schnalzt mit der Zunge, was mich irritiert. »Aber ihr Verschwinden hängt mit einem Mann zusammen, mit dem Sie beide zusammen waren.«

»Vielleicht«, räume ich ein. »Aber ich habe auch ein paar Nachforschungen zu Mia Thorpe angestellt.«

Er seufzt. »Verdammtes Google. Heutzutage ist jeder ein Privatdetektiv.«

»Offenbar ist sie früher schon mal verschwunden.«

Jetzt ist er an der Reihe, zu verstummen.

»Ich habe ihre Facebook-Seite durchgesehen, die Kommentare ihrer Freunde gelesen, die sie anflehen, sich zu melden, wieder nach Hause zu kommen, und die alle sagen, wie besorgt sie sind.«

»Und?«

»Eine Frau schrieb so etwas wie: ›Bitte lass uns das nicht nochmal durchmachen. Bitte lass diesmal jemanden wissen, wo du bist‹. Also? War Mia schon mal weg?«

»Ja.«

»Und wo war sie?«

»Das habe ich Ihnen gestern Abend erzählt. Sie hat einen Entzug gemacht, in einer schicken Klinik irgendwo im Westen. Aber das war nur für sechs Wochen, und ihr Vater wusste, wo sie steckte. Das war etwas ganz anderes.«

»Süchtige tauchen gern mal ab«, sage ich. »Das ist ein verbreitetes Verhaltensmuster.«

»Und Sie wissen das, weil ...«

»Weil jeder das weiß.«

Er räuspert sich. Wegen der vielen Hintergrundgeräusche klingt es, als würde er ebenfalls im Auto sitzen. »Nicht etwa deshalb, weil Sie es gewöhnt sind, Leuten Ratschläge zu erteilen?«

Mist.

»Keine Sorge, liebe Birdie. Ihr Geheimnis ist bei mir sicher.«

Es durchfährt mich wie ein elektrischer Schock. Er hat mich gerade als »Liebe Birdie« entlarvt. Man bezeichnet Privatermittler nicht umsonst abfällig als Schnüffler.

Ich setze meine beste Erwachsenen-Stimme auf. »Wissen Sie was, Mr Kirk? Lassen Sie mich in Ruhe.«

»Warten Sie …«

Meine Hände zittern, als ich den Anruf beende. Er ist der Erste, der sich durch all meine Schichten gegraben hat und auf die Wahrheit gestoßen ist. Wofür er offenbar gerade mal vierundzwanzig Stunden gebraucht hat. Natürlich hat er als Privatdetektiv Mittel und Wege, die der Durchschnittsbürger nicht hat. Aber trotzdem. Ich trete aufs Gaspedal, Adrenalin strömt durch meine Adern. Ich fühle mich nackt, entblößt und bin ein klein wenig wütend. Als das Handy erneut klingelt, gehe ich nicht ran.

Die Stadt verschwindet im Rückspiegel, genau wie all die Ichs, die ich dort bin.

# 20
# DAMALS

»Komm her, kleines Vögelchen.«

Die Stimme meines Vaters war nur ein Krächzen, das aus dem dunklen Schlafzimmer drang. Ich blieb im Türrahmen stehen. Der Streit, den er und meine Mutter gestern Abend gehabt hatten, schien noch im Raum nachzuhallen.

»Schon gut. Komm und sag deinem alten Herrn guten Morgen.«

Ich trat einen Schritt vor. Im Zimmer roch es schwach, nicht unangenehm, nach Schlaf und Zigaretten.

»Komm näher.«

Ich ging über die knarrenden Dielen zum Bett. Die Jalousien waren heruntergezogen, doch an den Rändern strömte Sonnenlicht herein und färbte den Raum buttergelb. Er trug kein Hemd, und man sah seine starken Muskeln und die Tattoos auf seinen Armen. Sein rotblondes Haar war wild zerzaust.

Er griff nach der Zigarettenschachtel, warf dann einen Blick auf mich und legte sie wieder zurück. »Ich sollte nicht rauchen.«

»Es ist nicht gut für dich«, wagte ich mich vor.

Er lächelte, was selten vorkam. »Da hast du recht.«

Er rieb sich den Kopf. »Wo ist deine Mutter?«

»Bei der Arbeit.«

Sie arbeitete in der Stadt im Supermarkt, damit ein bisschen Geld reinkam. Jedes Mal, wenn ich sie mit dem klapprigen Pick-up-Truck wegfahren sah, machte ich mir Sorgen, dass sie nicht zurückkommen würde. Aber sie kam immer zurück und schmuggelte verbotene Leckereien für uns ins Haus, Dinge aus unserem alten Leben – Käse-Cracker und Snickers, Oreo-Kekse und Goldfischchen.

Er nickte mit gerunzelter Stirn. Sein Gesicht hatte so viele Schattierungen, er trug so viele verschiedene Masken. Sanft und müde, so wie jetzt. Düster und wütend wie gestern Abend, als er und meine Mutter sich gestritten hatten. Friedlich, wenn er Gitarre spielte. Leer und hohl, bevor er wieder einen seiner Tobsuchtsanfälle bekam.

»Hast du Hunger?«, fragte ich, bestrebt, ihn in seiner derzeitigen Stimmung zu halten.

»Ein bisschen.« Ein Achselzucken. »Kannst du kochen?«

»Ich kann Haferbrei machen. Willst du welchen?«

Er nickte. »Das wäre schön, kleines Vögelchen. Und dann gehen wir raus. Ich will dir was zeigen.«

Nach dem Frühstück gingen wir in den Wald und folgten einem gewundenen, kaum sichtbaren Trampelpfad, einer Schneise, die Jay und mein Vater geschlagen hatten. Ich musste fast laufen, um mit ihm Schritt zu halten. Dabei hielt er mir einen seiner Vorträge.

»Wenn der globale Zusammenbruch der Wirtschaft der Gesellschaft, wie wir sie kennen, ein Ende bereitet und der Himmel rot sein wird von Flammen, werden Leute wie wir es sein, die überleben. Die Welt wird uns gehören.«

»Wann? Wann wird das Ende der Welt kommen?«

Ich machte mir Gedanken wegen meiner Schule, den Lehrern, den Freundinnen, die ich zurückgelassen hatte. Was würde aus ihnen werden, wenn die Welt unterging? Und wie konnte die Welt überhaupt enden? Es schien unmöglich – die Luft, die Erde, der Himmel, die Vögel – das alles war doch lange vor uns hier gewesen.

»Es ist bereits da. Die Menschheit hat nur das Memo nicht erhalten.«

»Was ist ein Memo?«

Wieder ein leises Lachen. »Egal. Wir sind da.«

Wir waren vor einem rechteckigen Gebäude aus Leichtbetonstein mit einer großen Stahltür angelangt.

»Was ist das denn?«, fragte ich und legte die Hand auf die kalte Stahltür. Er war wie ein Misston, dieser Bau mit seinen harten, rechtwinkligen Kanten mitten in der Natur, im Rauschen des Windes und zwischen den Bäumen und leise herabfallenden Blättern.

»Ein Bunker. Mein Vater hat ihn gebaut. Ein sicherer Zufluchtsort.«

Er zog einen Schlüsselring aus der Tasche und schloss die Tür auf. Wir traten ein und stiegen eine schmale Betontreppe hinab, deren Stufen im Tageslicht noch gut zu erkennen waren. Unten angelangt, schloss mein Vater eine weitere Tür auf.

Er trat ein und schaltete eine batteriebetriebene Lampe ein, die an einem Haken an der Wand hing.

Ich folgte ihm mit hämmerndem Herzen und trockener Kehle. Es gab zwei Feldbetten, einen Tisch mit vier Stühlen, ein altes kariertes Sofa, stapelweise Bücher und Spiele. Und scheinbar endlose Reihen von Regalen, die sich ins Dunkle erstreckten. Die Luft roch modrig und feucht.

»Wer wohnt hier?«

»Niemand«, sagte er. »Momentan nutzen wir den Bunker nur zur Lagerung der Sachen, die wir später brauchen werden.«

Er hielt die Lampe hoch und ging tiefer in den Raum hinein, und ich folgte ihm, vorbei an Regalen mit haltbaren Lebensmitteln. Ich entdeckte die Marmelade, die ich zusammen mit meiner Mutter eingekocht hatte, die Etiketten fein säuberlich von ihr beschriftet – Blaubeermarmelade, Erdbeermarmelade, Traubenkonfitüre. Ein Regal war mit ordentlich gestapelten Dosen gefüllt, Thunfisch, Sardinen und jede Menge Bohnen – schwarze Bohnen, Pintobohnen, weiße Bohnen. Kichererbsen, Yamswurzeln, Apfelmus, Erdnussbutter in riesigen Behältern. Reissäcke in Plastiktonnen. Paketweise Batterien, Kanister mit Wasser. Es schien mir genug zu sein, um ein Leben lang zu reichen. Wo kam das alles her? Einiges war mit Staub bedeckt, anderes wirkte neu.

Mein Vater schloss eine weitere Tür tief im Inneren des Bunkers auf und hielt die Lampe hoch.

Ich schnappte nach Luft. Waffen. Pfeile und Bögen, alle möglichen Messer, von gezackten Jagdmessern bis zu Macheten. Und ein enormes Arsenal an Schusswaffen – halbautomatische Handfeuerwaffen, Sturmgewehre, Revolver – sowie die dazugehörige Munition.

»Wozu brauchen wir so viele Schusswaffen? Die sind zum Töten da.«

Er legte seine schwere Hand auf meinen Scheitel. »Weil am Ende diejenigen überleben werden, die sich verteidigen können, kleines Vögelchen.«

»Gegen wen verteidigen?«

Ich blickte zu ihm auf. Ich war sicher, dass er mir gleich irgendwas von Außerirdischen oder Zombies erzählen würde, den erkrankten Untoten.

»Gegen einander.«

Irgendetwas an der Art, wie er das sagte, zusammen mit seinem ausdruckslosen Blick, jagte mir einen Schauer über den Rücken.

In dieser Nacht träumte ich von Zombies und einem Himmel, der rot wurde, ich floh vor einem gesichtslosen Dämon durch den Wald, einem Dämon, der sich als mein Vater entpuppte.

Ich fahre vom Highway ab und biege in immer schmalere Nebenstraßen ein, bis ich auf der Straße bin, die direkt zu dem Ort führt, vor dem ich immer davonlaufe.

Der vergilbte und zerknitterte Zeitungsartikel, den ich in dem Karton mit deinen Habseligkeiten gefunden habe, liegt auf dem Beifahrersitz.

Im Radio singt David Bowie vom *Starman in the Sky*.

Ein Schild am Straßenrand verkündet: Willkommen in The Hollows.

Ich fahre in den Ort hinein, auf die Main Street und über den hübschen Marktplatz.

The Hollows ist eine Postkartenidylle, einer dieser kleinen Orte, die Großstädter am Wochenende besuchen, um auf den Feldern Kürbisse zu ernten, Äpfel zu pflücken und Cider zu trinken. Um die wilden Farbspiele des Herbstlaubs zu bestaunen, Gold und Bernstein, flammendes Rot und Orange. Pittoresk, heißt es. Friedlich. Ländlich. In exklusiven Läden wird lokales Kunsthandwerk verkauft, Kunstwerke und Wolldecken von den Schafen, die in der Gegend gehalten werden. Das Yoga-Studio ist hell und spartanisch eingerichtet, mit geweißten Eichendielen, das schicke Café mit seinen Cold Brew-Kaffeespezialitäten und glutenfreien Scones ist verführerisch. Es ist ein Ort, nach dem Städter sich sehnen, wenn sie sich ein einfacheres Leben ausmalen.

Doch das ist nicht das, was ich sehe, wenn ich herkomme. The Hollows hat noch eine andere Seite. Eine, die einem bei einem Wochenendbesuch vielleicht nicht auffällt. Böse Dinge geschehen hier – öfter als anderswo. Eine simple Internetsuche wird ergeben, dass ich nicht dramatisiere. Mir selbst sind hier zweifellos schlimme Dinge zugestoßen.

Ich bin angespannt, meine Schultermuskeln sind ganz fest. Ich erinnere mich daran, ruhig zu atmen, als ich vom Marktplatz fahre und das Blue House Inn zu meiner Rechten auftaucht. Es ist ein großes viktorianisches Haus, himmelblau gestrichen, das zu einem charmanten Bed & Breakfast umgewandelt wurde.

Ich stelle mein Auto auf dem kleinen Parkplatz ab. An einem Sommerwochenende, wenn alles ausgebucht ist, hätte ich vielleicht vorher angerufen. Aber die Saison ist vorbei, und eine graue Decke hat sich über die Stadt gelegt. Die Bäume haben ihr Laub abgeworfen, nur schwarze Äste ragen noch in den Himmel. Außerdem ist hier immer Platz für mich. Die Inhaberin und mich verbindet eine langjährige Beziehung.

In den Wintermonaten wird es gegen halb vier dunkel. Warum kommt es mir hier immer kälter vor? Feuchte Kühle lässt mich zittern, als ich mein Gepäck aus dem Auto hole.

Als ich die Lobby betrete, werde ich von einer kleinen Glocke angekündigt. Hier ist es warm und behaglich, im Kamin knistert ein

Feuer. Davor gruppieren sich gemütliche Sessel und ein Polstersofa, an den Wänden hängen Ölgemälde von schönen Landschaften aus der Umgebung, die Bücherregale sind gut bestückt. Über dem Kamin hängt der Kopf eines Hirsches, die glasigen Augen voller Verwirrung über den Lauf der Welt. Warum bloß finden die Leute, dass es in Ordnung ist, sich die Köpfe toter Tiere an die Wand zu hängen?

Die bebrillte junge Frau an der Rezeption blickt von ihrem Handy auf, überrascht, dass sich ein Gast blicken lässt. Auf dem Tisch liegen ein Lehrbuch und ein Laptop. Als sie ihr Gerät hinlegt, kann ich sehen, dass sie auf Torch ist und im Katalog hoffnungsfroher Gesichter stöbert. Ich will sie warnen, halte aber den Mund. Niemand weiß ungebetene Ratschläge zu schätzen. Wir alle lernen unsere Lektionen gern auf die harte Tour, nicht wahr?

»Ist Zimmer 33 frei?«, frage ich. Es ist das größte Zimmer, ausgestattet mit einer Sitzecke, einem Kamin und einem Schreibtisch am Fenster.

Sie schiebt ihre Brille hoch und lächelt ein wenig schief. »Alle Zimmer sind frei.«

»Ich brauche es mindestens für ein paar Tage.«

Sie schiebt sich eine Strähne ihres langen, kastanienbraunen Haars hinters Ohr, erklärt, es gebe keine Reservierungen, und gibt meinen Namen in den Computer ein, als ich ihn ihr nenne.

»Sie waren schon mal Gast hier«, sagt sie. »Ist Ihre Anschrift noch die gleiche?«

Ich bestätige das, und nach einigem Klackern auf der Tastatur reicht sie mir einen goldenen Schlüssel.

»Sie können so lange bleiben, wie Sie wollen«, erklärt sie. »Sagen Sie nur Bescheid, wenn Sie auschecken wollen.«

Ich danke ihr und schultere meine Reisetasche.

»Kann ich Ihnen behilflich sein?«, fragt sie. Sie wirft einen Blick auf ihr Handy, bestrebt, zur süchtig machenden Beschäftigung des Jungs-Shoppings zurückzukehren.

»Danke, geht schon.«

Ich durchquere das Wohnzimmer und gehe den Flur entlang. Die Dielen knarren, Fliederduft liegt in der Luft.

In meinem Zimmer angelangt, stelle ich meinen Laptop auf, lade das Handy und deponiere die Reisetasche im Kleiderschrank. Dann schalte ich den Gaskaminofen ein und starre eine Weile in die Flammen.

Ich packe Birdie und Wren Greenwood in ihre jeweiligen Schubladen.

Dann logge ich mich in Tor ein, auch bekannt als Onion Router, um ins Darknet zu gehen. Was man tut, wenn man nicht will, dass die eigenen Aktivitäten im Netz zurückverfolgt werden können.

Denn es gibt zwei verschiedene Internets. Das Internet, das wir alle kennen und ohne das wir nicht leben können. Ein glitzerndes, hektisches Chaos, hier finden sich sämtliche Menschen, denen wir je begegnet sind, alle Informationen, die man braucht, und alles nur Erdenkliche, was man kaufen will. Es gibt soziale Medien in allen Bonbonfarben, Coupon-Plattformen und genug Speicherplatz für unsere unzähligen Fotos – wir können sie bearbeiten, ausdrucken, Fototassen machen! Dieses Internet ist ein Beichtstuhl. Ein Netzknoten internationaler Nachrichten. Kochbuch. Radio. Fernsehen. Unsere Pforte in das Universum, in dem jede Frage, die je gestellt wurde, bereits mit unterschiedlicher Genauigkeit und Richtigkeit beantwortet wurde.

Und dann gibt es noch die seltsame, hässliche Unterwelt des Darknet. Dort werde ich die Person finden, die mir helfen wird, dich aufzuspüren.

# 21

Ich folge Robin durch die Dunkelheit. Sie rennt wie ein Kaninchen, unglaublich flink und schnell. Warte, würde ich am liebsten rufen. Aber meine Stimme versagt, Entsetzen und Anstrengung haben sie mir genommen. Ich habe Seitenstechen, meine Kehle ist wie Sandpapier. Hinter mir sind Schritte, jemand kracht durchs Unterholz – größer als ich, noch unbeholfener, stöhnend. Ich stolpere, falle hin und schürfe mir das Knie auf, rapple mich auf und renne weiter.

*Hier oben.*

Da ist sie, im Baumhaus. Ihr Gesicht ist wie ein winziger Mond am dunklen Himmel des Fensters.

*Rasch, bevor er dich sieht.*

Ich kraxle hoch, leise und schnell. Es dauert nur wenige Minuten, bis er unten vorbeistampft, brüllend vor Schmerz und Wut. Ein Monster. Ein Bär. Der Butzemann. Mein Vater. Er keucht und stampft, heult meinen Namen in die Nacht. Aber er blickt nicht nach oben, torkelt davon.

Seine Stimme wird leiser, bis der Wald sie ganz verschluckt. Stille. Nur mein keuchender Atem ist zu hören. Robin, stockdürre Beine, das Haar ein verfilztes Nest, hockt in der Ecke auf den Fersen.

Wir haben im Baumhaus einen Naturtisch gestaltet – besonders schöne Blätter, interessant geformte Steine, ein Vogelnest und zerbrochene blaue Vogeleier, ein Eulenköttel, ein Schneckenhaus, eine große schwarze Feder, ein vom Blitz angesengtes Stück Holz, ein winziger Schädel, vermutlich von einer Maus.

*Die ist vielleicht von einer Krähe*, sagt Robin und deutet auf eine schimmernde, gebogene Feder. Sie versucht, mich abzulenken. Sie hat weniger Angst vor ihm als ich.

»Das könnte sein.« Meine Stimme zittert, ich atme flach. »Ich habe hier in letzter Zeit viele Krähen gesehen.«

*Es sind intelligente Vögel. Wusstest du das? Sie erinnern sich an Menschen, können Groll hegen. Sie sind diebisch – besonders glitzernde Gegenstände haben es ihnen angetan. Sie fressen alles. Sie sind Überlebenskünstler, genau wie wir.*

Sie reicht mir die Feder. Sie glänzt blauschwarz im Mondlicht.

*Das wird schon wieder,* flüstert Robin.

Wir legen uns auf den Rücken und betrachten den sternenübersäten Himmel durch die Ritzen im Dach, unsere Herzen schlagen. Irgendwo schreit eine Eule, ein klagender, weiser Ruf.

Als ich aufwache, mit hämmernden Kopfschmerzen und einer furchtbaren Sehnsucht im Herzen, habe ich auf die Tastatur gesabbert. Ich kann die Wälder fast fühlen und riechen, dieses Baumhaus.

Wie kann man Heimweh nach einem Ort haben, den man so gehasst hat?

Mein Computer signalisiert das Eintreffen einer Nachricht. Ich logge mich ein, und der Bildschirm geht an.

Man könnte das Darknet als eine Art Nachtmarkt betrachten, auf dem man jede Art illegaler Waren erwerben kann, von Schusswaffen bis zu Drogen. Wo man sich alle denkbaren Dienste sichern kann, ob von Auftragskillern oder von Prostituierten. Die Verbindungsdaten sind anonymisiert, man ist nicht aufspürbar wie im World Wide Web. Im Darknet habe ich den Mann gefunden, der mir geholfen hat, jemand anders zu werden, zumindest im Netz. Man soll ihn eigentlich nie wieder kontaktieren, außer im Notfall, aber ich habe mich auf seiner Seite eingeloggt und ein Chatfenster geöffnet.

Ich wurde gefunden, habe ich geschrieben und mich mit dem Codenamen identifiziert, den er mir vor langer Zeit gegeben hat: lostgirl. Dann habe ich gewartet und bin dabei eingeschlafen.

Jetzt ist eine knapp gehaltene Antwort gekommen: Nicht mein Problem. In diesem Metier gibt es keine Garantien.

Ich verlege mich aufs Betteln: Bitte helfen Sie mir.

Was wollen Sie?

Was ich will? Gute Frage. Ich bin auf diesen Mann gestoßen, als ich versuchte, eine Online-Präsenz für Wren Greenwood zu schaffen und damit meine Vergangenheit effektiv in einem digitalen Grab zu verscharren. Ich dachte, das würde bedeuten, dass niemand je in der Lage sein würde, eine Verbindung zwischen meiner Vergangenheit und meiner Gegenwart herzustellen. Aber ganz offensichtlich hat das nicht funktioniert. Also was will ich jetzt von ihm?

Hallo?

Können Sie mir helfen, den Mann zu finden, der mich gefunden hat, tippe ich.

Er hat Sie gefunden? Und jetzt wollen Sie ihn finden?

Noch ein guter Punkt. Ich überlege, ob ich die Sache einfach fallenlassen soll. Aber nein. Ich brauche seine Hilfe, wenn er mir denn helfen kann. Also schreibe ich stattdessen: Es ist kompliziert.

Ein ziemlich häufiger Beziehungsstatus heutzutage.

Können Sie mir helfen?

Schwer zu sagen.

Was brauchen Sie, um ihn aufzuspüren?

Der rote Cursor blinkt. Wird er den Kontakt einfach beenden und mir überhaupt nicht mehr antworten? Er – jedenfalls glaube ich, dass es sich um einen Mann handelt – und ich sind uns nie begegnet. Ich weiß seinen Namen nicht, ich weiß nicht, wie er aussieht oder wo er wohnt. Aber er hat mir geholfen, im Netz eine Vergangenheit für eine Identität zu konstruieren, die nicht die meine war. Wenn er jetzt nicht mehr antwortet, gibt es nichts, was ich dagegen tun könnte.

Ich warte. Meine Aufregung wächst, ich trommle vor Nervosität mit dem Fuß auf den Boden. Die Sonne geht unter, der Himmel ist stahlgrau. Ich bin so müde. Es kommt mir vor, als wäre es Mitternacht. Aber die Uhr zeigt erst halb vier am Nachmittag. Mist. »Liebe Birdie«. Ich muss Jax anrufen.

Ich zittere weitere zehn Minuten, lasse den Bildschirm nicht aus den Augen. Gerade will ich aufgeben, als die Antwort kommt: Schicken Sie mir alles, was Sie über ihn haben. Ich werde sehen, was ich tun kann.

Er gibt mir eine E-Mail-Adresse, die nur aus Ziffern besteht, und den Namen eines Servers, von dem ich noch nie etwas gehört habe.

Vielen Dank, tippe ich.

Danken Sie mir noch nicht. Und es ist nicht umsonst.

Natürlich nicht.

Er nennt seinen Preis, und der ist hoch. Offenbar merkt man mir an, wie verzweifelt ich bin. Ich spare mir die Mühe des Verhandelns.

Ich schreibe: Gut.

Bitcoin, bitte.

Er nennt mir eine Bitcoin-Adresse. Ich habe keine Ahnung, wie man mit Bitcoin umgeht. Ich werde meinen Vermögensverwalter damit beauftragen, vorausgesetzt, *er* weiß, wie man das macht. Dann erlebe ich einen Moment der geistigen Klarheit, und meine Finger gleiten über die Tastatur.

Ich zahle, wenn Sie ihn gefunden haben. Ich mag verzweifelt sein, aber ich bin nicht blöd.

Die Hälfte jetzt. Die andere Hälfte bei Erfolg.

Gut.

Sobald ich das Geld habe, fange ich an.

Ich schicke ihm alles: Adam – den Namen, den ich kenne und den Namen, den Bailey Kirk mir genannt hat –, den Namen deiner Firma, alle Fotos, die ich habe, die erloschenen Links zu deinen gelöschten Seiten in den sozialen Medien und auf Torch, die Adresse der Ferienwohnung, die du als deine Wohnung ausgegeben hast. Die Namen der vermissten Frauen. Alles, was du mir über dich erzählt hast, obwohl das meiste vermutlich Lügen sind. Aber selbst Lügen haben ein Muster.

Als ich fertig bin, bleibe ich kurz sitzen und komme mir vor, als würde ich am Rand des digitalen Abgrunds stehen, in den du gestürzt bist. Ich habe dich im Netz gefunden, und jetzt, wo du verschwunden bist, kann ich nur deinen elektronischen Fußspuren folgen. Ich habe jemanden angeheuert, mit dem ich immer nur im Darknet kommuniziert habe, um mir dabei zu helfen.

*Was willst du unternehmen, wenn du ihn findest*, will Robin wissen. Sie ist drüben beim Feuer, ein Schatten in der Ecke.

»So weit habe ich noch nicht vorausgedacht«, erkläre ich.

*Vielleicht solltest du ihn lieber verschwunden bleiben lassen.*

Sie hat natürlich recht.

Wieder ein Signalton: Ich melde mich.

Wie?

Das Chatfenster schließt sich.

Ich schicke eine Mail an meinen Vermögensverwalter und bitte ihn, die Summe in Bitcoin zu transferieren. Das wird mir garantiert einen Anruf von ihm einbringen, vermutlich innerhalb der nächsten Minuten.

Dann rufe ich Jax an.

»Du wirst nicht glauben, wie unglaublich produktiv ich heute war«, erklärt sie statt einer Begrüßung. »Du wärst stolz auf mich.«

»Wirklich? Denn als ich mich bei Netflix eingeloggt habe, hatte ich den Eindruck, du würdest dir sämtliche Folgen von *Buffy die Vampirjägerin* reinziehen.« Ich habe mich nicht bei Netflix eingeloggt. Nur kenne ich Jax eben sehr gut.

»Tja«, sagt sie. »Das auch. ABER ... ich habe die Birdie-Antworten ganz allein geschrieben. Und TAUSEND Wörter von meinem Buch. UND ich habe mir die Nägel gemacht.«

»Moment mal«, sage ich. »Du hast als ›Liebe Birdie‹ Zuschriften beantwortet?«

»Nur die Ruhe, Mädchen, ich hab's noch nicht an Liz geschickt. Ich habe auf deinen Anruf gewartet.«

»Okay«, sage ich. »Lies vor.«

Mit einem Blick auf meine Mails stelle ich fest, dass sie mir alles vor etwa einer Stunde geschickt hat. Ich könnte es leicht selbst lesen, aber ich höre die Worte gern laut ausgesprochen.

Sie liest die Zuschriften und ihre Antworten vor. Eine Messie-Frau will sich ändern, nachdem ihr Mann sie verlassen und ihre Tochter den Kontakt abgebrochen hat. Ein junger Mann leidet, weil die Frauen ihn immer abweisen, und zieht eine teure, schmerzhafte kosmetische Operation in Erwägung, um sein fliehendes Kinn zu richten. Eine Frau beschwert sich darüber, wie faul und selbstbezogen ihre Millennial-Angestellten allesamt seien.

Jax liest ihre Antworten vor, und ich muss zugeben, es ist fast

Wort für Wort das, was ich selbst geschrieben hätte, nur in ihrem speziellen Tritt-in-den-Hintern-Ton.

*Holen Sie sich Hilfe, Schwester,* schreibt sie der Messie-Frau, nachdem sie über die Psychologie des Zwangshortens informiert, eine Therapie vorgeschlagen und Worte der Unterstützung gefunden hat. *Machen Sie Ihr Haus sauber, damit Ihre Familie wieder nach Hause kommt.*

*Liebe findet im Kopf statt,* teilt sie unserem Incel mit. *Wenn Sie von innen heraus an sich arbeiten, Ihr ureigenes Wesen finden und Authentizität ausstrahlen, wird die richtige Frau Sie anziehend finden, die Frau, die Sie für das lieben wird, was Sie SIND – nicht wegen Ihres Aussehens. Legen Sie sich NICHT unters Messer, ich garantiere Ihnen, das wird nichts helfen.*

Dann bricht sie eine Lanze für die Millennials, die einen so schlechten Ruf haben. *Vielleicht hat diese Generation einfach eine bessere Work-Life-Balance. Wenn Sie anfangen würden, auch mal um fünf nach Hause zu gehen, wäre Ihr Groll gegenüber Ihren Angestellten vielleicht nicht ganz so groß. Schließlich wurde der Acht-Stunden-Tag hart erkämpft!*

Ich nehme ein paar kleine Änderungen in dem geteilten Dokument vor. Aber größtenteils lasse ich alles so, wie es ist.

»Du könntest durchaus ›Liebe Birdie‹ sein«, erkläre ich, als wir fertig sind und die Datei an Liz geschickt haben.

»Nein, danke«, sagt sie. »Ich glaube nicht, dass ich das jeden Tag machen könnte, Wren. Es ist hart. Die Menschen ... leiden so sehr.«

»Manche«, sage ich. »Ja.«

Sie stößt einen tiefen Seufzer aus. »Übrigens, der Grapscher, wie ich ihn inzwischen nenne, bombardiert mich schon den ganzen Tag mit Nachrichten.«

»Wir haben ihn doch blockiert.«

Ich höre, wie sie den Kühlschrank öffnet und darin herumstöbert. Sie wird nichts finden außer einem Salatkopf, ein wenig altbackener Pizza und einem halb geleerten Behälter Thai Amazing Chicken, das so toll nun wirklich nicht war. Und eine preiswerte Flasche Weißwein, die seit Ewigkeiten dort steht.

»Vielleicht habe ich ihn ja ent-blockiert?«, sagt sie.

»Jax!«

»Gehst du eigentlich nie einkaufen?«, fragt sie. »Es könnte sein – wäre doch möglich –, dass ich überreagiert habe. Vielleicht war alles nur ein Missverständnis?«

Ich kann kaum glauben, was ich da höre. »Lieber Gott. Er hat *dein Kleid zerrissen.*«

»Ich glaube ... das war keine Absicht.«

Ich antworte mit Schweigen.

»Ich weiß«, räumt sie wenig später ein. »Ich weiß ja. Ich werde ihn wieder blockieren. Doch, das werde ich.«

Ich schweige weiter. Dann sage ich: »Du denkst doch nicht etwa darüber nach, dich wieder mit ihm zu treffen?«

»Nein«, versichert sie. Aber es klingt wenig überzeugend. »Auf keinen Fall.«

Ich kann sie schlecht verurteilen. Ich, die ich hinter dir herjage. Obwohl du ein Lügner bist, vielleicht Schlimmeres. Warum tue ich das?

»Wie konnte ich mich nur so in jemandem täuschen?«, fragt sie, ein Echo meiner eigenen Gefühle. Ihre Stimme wird weicher, wenn sie traurig ist.

»Manchmal sehen wir nur das, was wir sehen wollen«, antworte ich.

Noch ein tiefer Atemzug. »Wo steckst du?«

Mein Vermögensberater ruft auf der anderen Leitung an.

»Jax«, sage ich. »Ich muss auflegen.«

»Du weißt, dass ich deinen Standort verfolgen kann, oder? Mit ›Finde meine Freunde‹.«

Ach, richtig. Die App hatte ich ganz vergessen. Ich kann ebenfalls feststellen, wo sie sich gerade aufhält.

»Und: Ich stalke dich *nicht*. Aber: Ich weiß, dass du da oben in diesem Ort bist. Was zum Teufel hast du da verloren?«

»Ich ruf dich zurück.«

»Du hasst diese Stadt, oder? Warum kehrst du dorthin zurück?«

Sie redet immer noch, als ich den anderen Anruf annehme.

Es ist der Assistent meines Vermögensberaters, Lyle, der eine jung klingende, angenehme Stimme hat. Ich überzeuge ihn davon, dass ich nicht den Verstand verloren habe und niemand mir eine Waffe an den Kopf hält, und nach ein paar schwachen Protesten mit dem Inhalt, dass Marty kein Fan von Bitcoin-Transaktionen ist, stimmt er zu, die Zahlung in die Wege zu leiten.

»Sind Sie sicher, dass alles in Ordnung ist, Miss Greenwood? Das sieht Ihnen wirklich gar nicht ähnlich.«

»Mir geht's gut, Lyle, wirklich. Es ist nur ... da kann man eben nichts machen.«

Was soll diese Wendung überhaupt bedeuten? Die Worte klingen genauso unaufrichtig in meinen Ohren, wie sie sind.

»Marty würde gern mit Ihnen sprechen, Miss Greenwood«, sagt er. »Wie Sie wissen, gibt es einige Turbulenzen auf dem Aktienmarkt. Er möchte einige Änderungen in Ihrem Depot vorschlagen, um Ihre Anlagen zu schützen.«

Der Aktienmarkt. Mein Vater würde das schärfstens kritisieren. *Der ultimative Schwindel, des Teufels Spiel, die Gier der Konzerne.* Aber Miranda, die Mutter von Jax, hat uns beiden beigebracht, wie man spart und investiert. *Arbeite für dein Geld, und dann lass dein Geld für dich arbeiten. So brauchst du dich nie von einem Mann abhängig zu machen.* Das hat mir eingeleuchtet. Wenn ich an meine eigene Mutter denke – sie war eine Gefangene der Umstände, stand völlig unter dem Bann meines Vaters und besaß nicht die finanziellen Mittel, sich ohne ihn ein Leben für sich und ihre Kinder aufzubauen.

»Richten Sie ihm einfach aus, er soll vorgehen, wie er es für richtig hält«, sage ich.

»Er würde das wirklich gerne mit Ihnen persönlich durchsprechen. Wann passt es Ihnen?«, drängt er.

»Ich rufe nächste Woche an und mache einen Termin aus.«

Sicher wird mein Leben dann wieder in normalen Bahnen verlaufen.

»Miss Greenwood –«

»Danke, Lyle. Ich muss Schluss machen.« Unhöflicherweise beende ich den Anruf mitten im Satz.

Jetzt muss ich nur noch darauf warten, dass mein Darknet-Kontakt sich meldet. Und darauf hoffen, dass er nicht einfach meine Bitcoins kassiert und für immer abtaucht.

Es wird noch eine Weile dauern, bis ich darüber Klarheit habe. Bis dahin habe ich noch einiges zu erledigen.

# 22

Die Bäume biegen sich im starken Wind. Das letzte Nachmittagslicht schwindet, als ich in die asphaltierte Einfahrt einbiege und durch das offene Tor fahre. Ich passiere ein kleines Gebäude zu meiner Linken, das verlassen wirkt, die Fenster sind beschlagen, und auf der kleinen Terrasse liegt Herbstlaub. Langsam fahre ich weiter. Die Abenddämmerung eines nördlichen Wintertags ist der perfekte Zeitpunkt für einen Friedhofsbesuch – wenn man es auf die Atmosphäre abgesehen hat. Die Schatten der Grabsteine sind lang, das letzte Tageslicht liegt weiß auf kahlen Ästen.

Die Grabsteine, manche hoch, andere gedrungen, stehen in ordentlichen Reihen. Einige Grabstätten sind Monumente für die Verstorbenen, mit Statuen und kleinen Steinhäusern. Der Metallzaun ist an manchen Stellen kaputt, offenbar wird er nicht in Ordnung gehalten. Ich könnte mir vorstellen, dass Jugendliche sich wegen des Nervenkitzels hier reinschleichen und zwischen den Toten herumtollen, mit dem sorglosen Lachen derjenigen, die sich unsterblich fühlen. Einige Gräber sind zugewuchert und ungepflegt, andere liebevoll bepflanzt.

Ich parke und hole die Orchideen, die ich eben auf dem Markt besorgt habe, aus dem Wagen. Der Wind zerrt an meiner Jacke und meinem Haar, während die Temperaturen sinken und der Himmel immer dunkler wird. Ich folge dem Pfad zwischen den Gräbern.

Die Toten machen mir nichts aus. Und vor Geistern habe ich keine Angst. Die Lebenden sind viel gefährlicher. Der Friedhof ist verlassen; ich sehe keine anderen geparkten Autos, niemand kniet an einem Grab. Stille. Einsamkeit. In meinen Augen ist das gut, nicht beängstigend.

Der Boden fühlt sich unter meinen Schuhsohlen kalt und hart an. Als ich an meinem Ziel angelangt bin, knie ich mich hin, um das Laub von dem ersten Grabstein zu fegen.

Alice, meine Mutter. Noch nicht einmal vierzig Jahre alt, als sie starb.

Dann Jay. Einen Monat zuvor hatten wir seinen achtzehnten Geburtstag gefeiert.

Ich schiebe Laub und Zweige beiseite und denke mir, dass eine Harke hilfreich gewesen wäre. Nicht, dass ich eine besäße. Zwischen dem Laub blitzt das unnatürliche Weiß einer Zigarettenkippe auf. Hat vermutlich nichts zu bedeuten, es gibt tausend Möglichkeiten, wie dieses Stückchen Abfall hierhergelangt sein könnte.

Aber ich stelle mir vor, wie jemand an Jays Grab steht und raucht. Mein Vater war Raucher. In seiner Kleidung hing immer ein leichter Geruch nach Zigarettenqualm, sein Atem roch danach, und auf der hinteren Veranda stand ein überquellender Aschenbecher. Er pflegte am Geländer zu lehnen, in den Wald zu schauen und zu rauchen, sich eine Zigarette nach der anderen anzuzünden. Camels, ohne Filter.

*Versuch doch wenigstens, etwas weniger zu rauchen*, bat meine Mutter ihn immer.

*Das werde ich. Ganz bestimmt.*

Hat jemand hier gestanden und am Grab meines Bruders geraucht?

*Sieh auf den Boden*, würde Robin sagen. *Er wird dir alles verraten, was du wissen musst.*

Ich suche den Boden um mich herum ab. Aber falls er eine Geschichte zu erzählen hat, erkenne ich sie nicht. Diese Gräber sind verlassen, anders kann es nicht sein. Außer mir sind nur noch sehr wenige Menschen übrig, die um meinen Bruder und meine Mutter trauern, sie vermissen, sie besuchen.

Das letzte Grab ist das, vor dem mir am meisten graut. Robin, gerade mal fünfzehn.

Bei ihr ist ein Engel eingemeißelt, die einzige Verzierung auf den drei Grabsteinen. Ansonsten sind alle ganz schlicht – nur Name und Todestag stehen darauf, einfacher Schrifttyp, klare schwarze Kanten. Sonst nichts, kein Wort darüber, was sie für wen bedeutet haben. Ein schlichter Stein bleibt als einziges Zeichen eines Lebens.

Ich säubere die Gräber, so gut es ohne Gartengeräte geht, rupfe ein wenig Unkraut. Flechten haben sich in den Ritzen und Winkeln der Grabsteine eingenistet.

Als ich fertig bin, stelle ich eine Orchidee auf jedes Grab. Sie welken bereits, bereiten sich auf ihre Rückkehr zur Erde vor.

Das vertraute Gefühl von Leere überkommt mich.

Es liegt eine gewisse Sinnlosigkeit in diesem Tun. Die Grabpflege ist eine oberflächliche Handlung, etwas, das ich der Form halber tue und nicht, weil ich mich den Toten dann näher fühle. Ihre Überreste mögen hier ruhen, aber ich glaube nicht daran, dass ihre Seelen noch hier sind, über mir schweben und wachen. Ich bringe es nicht über mich, etwas zu sagen – ihnen von meinem Leben zu erzählen, zu versichern, wie sehr ich sie vermisse, von den tausend Dingen zu sprechen, die ich bereue und die sich nicht ungeschehen machen lassen. Stattdessen bleibe ich einfach knien, spüre, wie Kälte und Nässe durch den Stoff meiner Jeans dringen, während die Dämmerung hereinbricht. Aus der Entfernung betrachtet, könnte es so wirken, als würde ich beten. Aber das tue ich nicht.

Ein rauer Ruf ertönt, und als ich erschreckt und mit hämmerndem Herzen aufblicke, sehe ich eine schwarze Krähe auf dem schiefen Zaun hocken. Sie ist riesig, bestimmt vierzig Zentimeter groß, breite Brust. Große schwarze Krallen umklammern den Zaun.

Kraaak! Kraaak!, ruft die Krähe und mustert mich mit ihren alterslosen schwarzen Knopfaugen. Zeit zu gehen.

Ich erhebe mich.

»Verschwinde.« Ich mag keine Krähen. Ich trete näher, versuche, sie zu verscheuchen, aber sie bleibt furchtlos sitzen. Ein bisschen dreist, muss ich schon sagen, sie starrt mich frech an, flattert kurz mit den Flügeln, um mir zu zeigen, wer hier der Boss ist. In manchen Kulturen gilt die Krähe als Todessymbol. Manche sagen, dass sie die Seelen der Toten ins Jenseits trägt. Andere betrachten sie als Symbol der Transformation. Wenn eine Krähe in deinem Leben auftaucht, bereite dich auf eine Veränderung vor.

Kraaak! Kraaak! Kraaak! Ich bilde mir ein, dass die Krähe mich auslacht, und spüre, wie eine irrationale Wut in mir aufsteigt.

In diesem Augenblick bemerke ich etwas. Eine Bewegung im Schatten der Bäume, die den Friedhof eingrenzen.

Da steht jemand. Groß. Breitschultrig. Er sieht zu mir hin, tritt einen Schritt vor.

»He!«, rufe ich.

Ich sollte in die entgegengesetzte Richtung laufen, zurück zur Sicherheit meines Autos. Aber ich tue es nicht, das ist mir nicht gegeben. Stattdessen gehe ich auf die Gestalt zu.

»He!«

Bist du das, Adam? Verfolgst du mich?

Scheinwerferlicht durchschneidet die Dämmerung, erschreckt uns beide. Ein Auto fährt langsam die gewundene Straße herauf, in meine Richtung. Als ich mich wieder umdrehe, bewegt sich die schattenhafte Gestalt und verschwindet.

Eine weitere Gelegenheit, den Rückzug anzutreten, zu meinem Wagen zurückzukehren, weg von der Gestalt im Wald und dem Fahrer des näherkommenden Autos, wer auch immer das sein mag. Aber stattdessen renne ich los, folge dem Schatten, überquere die Lichtung, tauche zwischen den Bäumen in den finsteren Wald ein, gerade als die weiße Sonnenscheibe hinter dem Horizont verschwindet.

# 23

Beim Fangenspielen gewann Robin immer. Ich blieb dann mit Seitenstechen zurück, rief hinter ihr her und hörte, wie ihr Lachen immer schwächer wurde.

*Warte auf mich*, flüsterte ich dann, ein Hauch, der in Eiche und Ulme verschwand, sich in der feuchten Luft auflöste.

»Warte!«, rufe ich jetzt in den Wald hinein, meine Stimme klingt laut und scharf. »Bleib stehen!«

Adrenalin ist Raketentreibstoff. Mein Herz ist eine Maschine.

Er läuft weit vor mir, bricht lautstark durchs Unterholz. Ich bin ganz gut in Form, eine passable Läuferin. Der Einfluss von Jax. Ich bin nicht wie sie, ich kann mich nicht in der körperlichen Anstrengung verlieren, Kilometer abreißen, ohne je stehen bleiben oder mich ausruhen zu müssen, ob im Sprint oder im Langstreckenlauf. Jax ist eine Maschine. Aber als Folge unserer Freundschaft kann ich jetzt länger und schneller laufen, als ich es je für möglich gehalten hätte.

Ich lege ein flottes Tempo vor, ohne darauf zu achten, wie weit wir bereits gekommen sind oder wie ich zurückgelangen soll, wenn ich all meine Energie verbraucht habe. Ich verringere den Abstand, ohne mir die wichtige Frage zu stellen, hinter wem ich eigentlich herjage – oder warum ich es tue.

Ich stolpere, mein rechtes Knie knallt hart auf den Boden. Aber ich komme wieder hoch. Zweige schlagen mir ins Gesicht. Genau wie in meinen immer wiederkehrenden Alpträumen, den Erinnerungen, die ich nicht loslassen kann. Ich habe das schon mal erlebt. Ich habe nie aufgehört, es zu erleben.

Bald höre ich nur noch die Geräusche, die ich selbst mache. Vor mir ist kein Schatten mehr. Wen auch immer ich verfolgt habe, er ist weg. Stille umfängt mich, dicht und unheimlich. Das Licht der ersten Sterne erscheint. Ich bleibe stehen, heftig keuchend, in meinem Hals pulsiert eine Ader.

»Adam!«, rufe ich. Es klingt verzweifelt und verletzt, ich wimmere wie ein Tier. Es kommt keine Antwort. »Warum *tust du das?*«

Die letzten Silben kommen als mädchenhaftes Kreischen heraus.

Mir ist übel, so sehr habe ich mich verausgabt. Hoffentlich muss ich mich nicht übergeben. Ruhig atmen, atmen, atmen.

Warst du das? Warum solltest du mich verfolgen, wenn du doch von mir wegwolltest? Warum solltest du am Rand meines Lebens auftauchen und weglaufen, wenn ich zu dir komme?

Die offensichtliche Antwort lautet: Du warst es nicht.

Es war niemand, gar nichts. Wie die Gestalt am Bürofenster.

Wie Robin.

Ich sehe Dinge, weil ich sie sehen will.

Ein Käuzchen schreit, ein rhythmischer Ruf, es klingt wie: komm-mit, komm-mit, wie im Spott. Der Wald und seine Bewohner, wie sie über uns lachen müssen, über unsere Torheiten, unser ganzes Wollen und Streben, die Art, wie wir unsere Energie verschwenden.

Es könnte auch irgendein Herumtreiber gewesen sein. Oder ein Freak, der auf dem Friedhof herumhängt und am Grab eines Toten raucht, den er gar nicht kannte, weil ihm das einen Kick gibt.

Ich berühre eine brennende Stelle in meinem Gesicht und stelle dann fest, dass meine Finger rot von Blut sind. Ich versuche, mit dem Ärmelbündchen, das unter meiner Jacke hervorragt, das Blut zu stillen. Aber es blutet zu stark. Mein weißer Hemdsärmel sieht in der Dunkelheit fast schwarz aus. Ich drücke den Stoff fester auf die Wunde, lehne mich gegen den nächsten Baum und lasse mich zu Boden sinken, spüre die raue Borke in meinem Rücken. Der Baum hat etwas Tröstliches, Vertrautes, sogar der kalte, feuchte Waldboden hat das. Die Umarmung der Natur, so kalt sie auch sein mag, ist ein Trost. Dort gehören wir hin, würde mein Vater sicherlich sagen.

Da beginne ich zu weinen. Eine tiefe, hässliche Traurigkeit überkommt mich, ein Gefühls-Tsunami. Jeder Verlust beschwört den Verlust herauf, der mich geprägt hat. Ich kenne den Abgrund, in den man fällt, wenn man jemanden verliert. Ich habe alle verloren, sogar mich selbst. Was vermutlich der Grund dafür ist, dass du der erste Mensch seit langer, langer Zeit warst, den ich an mich herangelassen habe.

Ja, ich habe dich geliebt. Ich liebe dich immer noch. Da ist kein Schalter, den man einfach umlegen kann.

Ich lasse alles heraus, werde von heftigen Schluchzern geschüttelt. Die Tränenflut wird zu einem Strudel, in dem ich eine Weile treibe. Dann lässt er mich los. Ich atme tief, als das Schluchzen nachlässt, fühle mich gereinigt.

Als ich meinen Namen im Wind höre, halte ich es zuerst für Einbildung, einen Vogelruf oder irgendwas, das von weit weg herangetragen wird, wie es nachts im Wald manchmal passiert. Geräusche hallen ringsum wider und sind an den merkwürdigsten Orten hörbar.

*»Wren! Wren Greenwood!«*

Nicht mein ursprünglicher Name. Aber der, den ich mir selbst gegeben habe. Das macht ihn vielleicht wirklicher als den Namen, den meine Mutter mir gegeben hat. Es ist der Name der Figur in der Geschichte, die ich mir über mich selbst erzähle. Das Mädchen, das aus der Asche neu geboren wurde, sich selbst aus dem geformt hat, was übrigblieb.

*»Wren Greenwood!«*

Die Stimme kommt aus der Richtung des Friedhofs, von dort, wo ich hinmuss. Die Person, hinter der ich hergerannt bin, lief in die entgegengesetzte Richtung. Wer ruft da? Wer weiß, dass ich hier bin?

*»Wren Greenwood!«*

Es ist ein alberner Name. Ein Name, wie ihn ein Kind sich ausdenken könnte. So war es natürlich auch, ich war noch fast ein Kind, als ich mir selbst diesen Namen gab und die zerrissenen Teile meines Ichs wieder zusammenschusterte, damit sie ein Ganzes ergaben. Eine Lumpenpuppe, die wieder zusammengeflickt wurde.

Ich komme auf die Beine, emotional und körperlich ausgelaugt, und gehe der Stimme entgegen. Die Nacht ist kalt geworden, und nach der schweißtreibenden Anstrengung zittere ich, meine Sachen sind feucht und mein Hintern ist nass vom Sitzen auf dem Waldboden. Ich würde gern in den Gasthof zurückkehren und schlafen. Eine Woche lang.

Eine Gestalt kommt auf mich zu, eine reale Gestalt diesmal, ich sehe den schwankenden Strahl einer Taschenlampe. Ich drehe mich um und schaue in die Richtung, wo der dunkle Schatten verschwunden ist, aber da ist niemand und nichts.

Als er wieder meinen Namen ruft, ist er schon so nahe, dass ich seine Stimme erkenne.

Es kommt selten vor, dass irgendetwas mich überrascht. Dafür habe ich selbst zu viele Irrungen und Wirrungen erlebt, habe zu viele schlimme Schicksale von den Ratsuchenden gehört, die sich an »Liebe Birdie« wenden. Manchmal denke ich, dass ich die Menschen nur zu gut kenne, zu gut weiß, wie alles läuft. Ich sehne mich nach Unvorhersehbarkeit.

Aber als der Mann näher kommt und seine Taschenlampe sinken lässt, bin ich überrascht.

Bailey Kirk.

»Was um alles in der Welt ...«, sage ich und empfinde eine unerfreuliche Mischung aus Verärgerung, Verlegenheit und Erleichterung. »Sind Sie mir etwa gefolgt?«

»Sind Sie verletzt?«, fragt er. Er legt die Hand auf seine Wange, als könne er den tiefen Kratzer, den er wohl auf meiner Wange sieht, mitempfinden. »Sie bluten.«

Seine Stimme ist sanft und ein wenig atemlos von dem Marsch

durch den Wald. Als er mich mit der Taschenlampe anleuchtet, schirme ich die Augen ab – ich muss schrecklich aussehen, blutendes Gesicht, Blätter im Haar, die Jeans dreckig an den Knien.

*Ja*, würde ich am liebsten antworten. *Ich bin auf etwa hundert verschiedene Arten verletzt.*

Er leuchtet mit der Taschenlampe im Kreis herum, vertreibt die Dunkelheit, die über uns hereingebrochen ist. Dann kehrt der Lichtstrahl zu mir zurück. Er tritt näher und legt mir die Hand auf den Arm.

»Alles in Ordnung mit Ihnen?«, fragt er. Er betrachtet forschend mein Gesicht, wischt mir mit dem Daumen die Tränen ab. Da ist irgendwas an seiner Wärme, seiner Stärke. Als er mich an sich zieht, lasse ich es geschehen. Ich lehne mich an ihn, lasse zu, dass er mich in seine starken Arme schließt. Schließlich löse ich mich verlegen von ihm und starre zu Boden.

»Wren, was haben Sie sich nur dabei gedacht? Ganz allein in den Wald zu laufen?«

Typisch Mann, richtig? Männer bilden sich immer ein, am besten zu wissen, was andere zu tun und zu lassen haben. Gleich wird er mir eine Strafpredigt halten.

»Ich könnte Sie dasselbe fragen«, sage ich.

Ich kann seinen Gesichtsausdruck nicht deuten. Er starrt an mir vorbei in die Dunkelheit, und ich drehe mich um und folge seinem Blick. Immer noch nichts außer kahlen Winterbäumen und dem Schein des aufgehenden Mondes, der silbern auf dem Waldboden glänzt.

In die Stille hinein, die sich zwischen uns ausbreitet, gebe ich zu: »Ich habe jemanden gesehen. Möglicherweise. Ich dachte …«

Ich verstumme, weil das Ganze zu sehr an das erinnert, was ich ihm gestern erzählt habe. Ich habe einen Mann im Bürogebäude gegenüber gesehen und ihn verfolgt, und dann war er weg. Niemand sonst hat ihn gesehen – nicht Bailey Kirk, keiner der vielen Büroangestellten an ihren Schreibtischen. Nur ich.

Tatsächlich hat niemand dich je gesehen, oder, Adam? Nicht einmal Jax. Ich war noch nicht bereit, dich meinen Freunden vorzustellen, dich in mein Leben einzulassen. Ich wollte dir nichts von »Liebe Birdie« erzählen. Aber lügen wollte ich auch nicht. Und jetzt bist du aus meinem Leben verschwunden, und niemand sonst hat dich je zu Gesicht bekommen.

»Ja«, sagt er, vermutlich als Antwort auf meine erste Frage. »Ich bin Ihnen gefolgt. Ich bin Ihnen hierher gefolgt.«

»Warum?«

Dumme Frage, oder? Er glaubt, dass ich auf der Suche nach dir bin, oder dass du mit irgendwelchen bösen Absichten hinter mir her bist. Er hat recht, was mich angeht. Vielleicht auch bei dir. Wie dem auch sei, ich bin froh darüber, Bailey Kirk zu sehen, auch wenn ich das nie zugeben würde. Ich will nicht mehr allein an diesem dunklen Ort sein, Schatten im Nichts jagen.

»Weil es das ist, was Ermittler tun«, antwortet er und reicht mir seinen Arm. »Wir folgen Leuten. Normalerweise ist das ziemlich langweilig. Oft sitzen wir nur da und warten, und nichts passiert. Bei Ihnen war das bisher nicht der Fall. Sie halten mich ganz schön auf Trab.«

Unwillkürlich nehme ich die Hilfe an, die er mir anbietet, und halte mich an ihm fest. Langsam gehen wir in Richtung Friedhof, dorthin, wo mein Auto steht. Ich humple ein wenig, mein Knie schmerzt nach dem Sturz.

»Aber das hilft Ihnen nicht dabei, Mia zu finden.«

Er neigt nachdenklich den Kopf. »Wir werden sehen. Die Nacht ist noch jung.«

Wir treten aus dem Wald hinaus. Der Mond steht rund und weiß am Himmel und sieht gleichgültig auf uns nieder.

»Wessen Grab haben Sie besucht?«, fragt er.

Darauf gibt es keine einfache Lüge, keine rasche, ausweichende Erwiderung. Also verlege ich mich aufs Schweigen. Aber wir müssen an den Gräbern vorbei, um zu unseren Autos zu gelangen.

Er hat seinen Wagen hinter meinem abgestellt, mit leuchtenden Scheinwerfern und laufendem Motor.

»Was wissen Sie über mich?«, frage ich und bleibe an Robins Grab stehen.

Sie liebte den Friedhof, der im Grunde ein Naturreservat ist. Alter Baumbestand, manche Bäume konnten jahrhundertelang ungestört wachsen. Es ist ein Ort des Friedens und der Stille, Vögel finden ihren Lebensraum bei den Toten – Waldsänger und Drosseln, natürlich auch die Wanderdrosseln, nach denen Robin benannt ist.

»Es tut mir leid«, sagt er. Er reibt sich den Kopf.

Ich werte das als Eingeständnis, dass er alles weiß, was ich zu verbergen versucht habe. Ein wenig hasse ich ihn deswegen. Und doch ist es auch eine enorme Erleichterung, die Anspannung in meinen Schultern und im Nacken löst sich. Es braucht so viel Energie, zu lügen, sich zu verstecken, die ganze Zeit über jemand anders zu sein. Ich hätte nie vermutet, dass das alles so auf mir lasten würde, dass es mit den Jahren immer schwerer werden würde, wie ein großer Buckel auf meinem Rücken, der mich niederdrückt.

»Sollen wir von hier verschwinden?«, fragt er.

Er blickt sich unbehaglich um, wirft immer wieder einen Blick zurück auf die Bäume. Ein Stadtkind. Wie so viele Menschen hat er vergessen, dass wir eins sind mit der Natur, mit dem Tod. Dass wir eines Tages Bäume und Gras sein werden, Wildblumen, Flechten auf Grabsteinen, Sterne am Himmel.

»Ich kenne da ein Lokal.«

»Ich fahre Ihnen hinterher.«

»Ja«, antworte ich. »Das habe ich gemerkt.«

Ich setze mich in mein dunkles Auto und lasse den Motor an. Gerade als ich wegfahren will, piepst mein Handy.

Eine Nachricht von einer unbekannten Nummer.

Willkommen daheim, kleines Vögelchen.

Kleines Vögelchen. Der einzige Mensch auf der Welt, der mich je so genannt hat, war mein Vater. Aber die Nachricht muss von dir sein, Adam. Habe ich dir erzählt, dass mein Vater mich so genannt hat? Woher weißt du, dass ich wieder hier bin? Warst du das eben, die Gestalt im Wald, die mich beobachtet hat?

Mich überkommt das Gefühl, dass die Welt sich wie in einem Wirbel dreht, die Vergangenheit verschwimmt mit der Gegenwart. Du. Dieser Ort. Das Mädchen, das ich einmal war. Die Frau, zu der ich geworden bin. Und mein Vater.

Mit ihm ist es genauso wie bei dir – wenn ich nach ihm hasche, entzieht er sich mir, wie alle Geheimnisse der Kindheit. Er kehrt nur in grobkörnigen, vergilbten und vom Alter verblassten Schnappschüssen zu mir zurück. Er bleibt immer ein Fremder für mich, wie der Junge auf dem Foto, das ich einmal gefunden habe.

Immer jage ich ihm hinterher.

# 24
# DAMALS

»Kleines Vögelchen. Steh auf.«

Die Stimme meines Vaters riss mich aus dem Tiefschlaf, und er rüttelte mich an der Schulter. Als ich die Augen öffnete, stand er vor meinem Bett, vollständig angezogen, mit einem schweren Rucksack.

»Was ist los?«, fragte ich aufgeschreckt.

Jay stand an der Tür, auch er war angezogen und hatte einen schweren Rucksack auf dem Rücken. Er sah todmüde aus, die Haare vom Schlaf zerzaust, der Blick ausdruckslos.

»Wenn sie kommen«, erklärte mein Vater mit leuchtenden Augen, »werden sie mitten in der Nacht kommen.«

»Wenn wer kommt?«, fragte ich und blickte an ihm vorbei. Das Licht des Vollmonds fiel durch mein Fenster, tauchte ihn in einen unheimlichen weißen Schein. »Wo ist Mama?«

Jay, der hinter ihm stand, schüttelte rasch den Kopf. Ich las seine Gedanken: *Halt die Klappe. Tu, was er sagt.*

»Steh auf.« Die Stimme meines Vaters war strenger geworden. »Du musst jetzt stark sein.«

Ich stieg aus dem Bett, zog die Jeans über mein Nachthemd und griff nach meinem Sweatshirt – ein abgelegtes Teil von Jay, das ich praktisch jeden Tag trug. Dann schlüpfte ich in meine Turnschuhe.

»Wo gehen wir hin?«, fragte ich. Ich wusste, ich konnte ihn mehr bedrängen, als es Jay möglich war. Zu viele Fragen konnten meinem Bruder leicht einen Schlag ins Gesicht einbringen. Ich als die Jüngste, das Mädchen, der eindeutige Liebling meines Vaters, konnte mir mehr erlauben. Aber ich erhielt keine Antwort.

Draußen im Flur stand ein weiterer großer Rucksack, kleiner als die, die mein Vater und Jay auf dem Rücken hatten, aber immer noch riesig. »Wenn sie kommen, schnappst du dir diesen Rucksack. Siehst du? Er ist rot. Meiner ist blau, der deines Bruders schwarz.«

»Was ist mit Mama?«

»Deine Mutter hat eine andere Aufgabe zu erfüllen, wenn sie kommen. Sie weiß, was zu tun ist.«

Was war in diesen Rucksäcken? Wo kamen sie her? Wo würde ich meinen Rucksack finden, wenn »sie« in der Nacht kamen? Es gab immer riesige Löcher in den Geschichten meines Vaters. Es war besser, einfach mitzuspielen. Besonders dann, wenn er derart unter Strom stand wie jetzt, wenn seine Stimme so angespannt und aufgeregt klang.

Er half mir dabei, den Rucksack aufzusetzen, und ich brach unter dem Gewicht fast zusammen.

Wo war meine Mutter? *Luke*, würde sie sagen, *der ist doch viel zu schwer für sie*. Aber die Schlafzimmertür war geschlossen. Ich spürte, wie mir Tränen in die Augen stiegen, Tränen hilfloser Wut und tiefer Müdigkeit.

»Gehen wir«, sagte mein Vater. »So viel Zeit werden wir im Ernstfall nicht haben. Bleib nicht zurück.«

Draußen lief er im Laufschritt los, gefolgt von Jay. Ich konnte kaum gehen, so schwer war der Rucksack. Ich versuchte angestrengt, mit Jay Schritt zu halten, der meinetwegen absichtlich langsamer zu laufen schien. Vom Haus bis zum Bunker waren es fast zwei Kilometer. Als wir dort ankamen, war ich völlig außer Atem, jeder einzelne Muskel in meinem Körper schmerzte. Der Mond schien hell, überzog alles mit blauweißem Licht.

Ich stützte mich mit einer Hand an der Betonmauer ab, beugte mich vor und übergab mich.

Mein Vater nahm mir den Rucksack ab. »Das muss deutlich besser werden. Du musst stärker werden. Schneller.«

Ich nickte, immer bemüht, ihm zu gefallen, und zwang mich, den Würgreflex zu unterdrücken. »Gut. Das werde ich.«

Als mein Vater die Bunkertür aufschloss, sah ich den Ausdruck in Jays Gesicht, den ich von meinem Vater kannte: eine Maske verborgener Wut, die nur auf einen Zündfunken wartete, um zu explodieren. Jays Augen waren dunkel vor Hass, doch es war dieser furchtbare Hass, durchdrungen von Angst und Sehnsucht, den wir nur einem Elternteil entgegenbringen können, das uns misshandelt.

»Wenn sie kommen, bringt ihr die Rucksäcke hierher. Ich werde entweder bei euch sein oder auf euch warten.«

»Wenn wer kommt, Paps?« Jays Stimme klang zischend vor Wut. »Wer wird kommen? Ich meine, mal in echt. Wer soll kommen?«

Doch mein Vater antwortete nicht, sondern schloss nur die Tür auf und betrat den Bunker. Wir folgten ihm die Treppe hinab bis zur inneren Tür.

»Schließt die Außentür hinter euch ab«, sagte er. »Und wenn ihr unten angelangt seid, schließt diese Tür auf.«

Im Bunker legte er den Rucksack ab, der schwer zu Boden plumpste, und Jay folgte seinem Beispiel. Was war da bloß drin? Ich wusste es nicht. Das orangefarbene Licht der Lampe flackerte. Am liebsten hätte ich mich auf das alte Sofa gelegt und geschlafen, aber ich blieb stehen, stellte mich dicht neben meinen Bruder und griff nach seiner Hand. Ich erwartete, dass er mich wegschieben würde. Aber er tat es nicht, sondern erwiderte meinen Händedruck.

Wie würde die Welt untergehen, überlegte ich. Durch Seuchen, sagte mein Vater manchmal. Einen Zusammenbruch des Weltwirtschaftssystems. Hungersnöte. Den Klimawandel. Es gab tausend Möglichkeiten, und wir konnten alle überleben, so isoliert, wie wir waren, fähig, autark zu leben.

»Und hier werden wir bleiben, wir alle. Bis es wieder sicher ist.«

»Wovor sicher?«, wagte ich zu fragen.

Er rieb sich die Stirn und blickte wild um sich, und es war ein erschütternder Moment, als ich erkannte, dass er Angst hatte. Er hatte Angst und versuchte herauszufinden, wie er uns vor irgendeiner unklaren Bedrohung beschützen konnte, die auf uns zukam. Einer Bedrohung, die wir nicht ausmachen konnten, gegen die wir uns aber trotzdem wappnen mussten.

Ich glaube, Jay hatte dieselbe Erkenntnis, aber während ich Mitgefühl empfand, zeichnete sich Abscheu auf seinem Gesicht ab.

»Paps«, sagte er fast flehend. »O mein Gott. Du bist irre. Du bist ja völlig durchgeknallt.«

Der Schlag kam so schnell wie der Angriff einer Schlange. Jay torkelte, taumelte gegen die Wand und schlug hart mit dem Kopf dagegen. Er sackte zu Boden, und mein Vater machte Anstalten, auf ihn loszugehen. Ich ging zwischen die beiden, stellte mich vor Jay und streckte die Arme aus. Jay rutschte zurück und drückte sich gegen die Wand. Schützte sein Gesicht mit den Händen. Mein Vater holte aus und machte einen großen Schritt vorwärts. Ich stürzte zu ihm und schob ihn mit aller Kraft zurück.

»Nein! Nicht!«, schrie ich. »Hör auf!«

Mein Vater ließ den Arm sinken und starrte mich an. Wut und Traurigkeit rangen in seinem Gesicht.

»Hör auf«, wiederholte ich. »Er hat es nicht so gemeint. Er hat nur ... Angst.«

Denn das war die Wahrheit, oder? Wir hatten alle Angst, nur eben vor unterschiedlichen Dingen.

Mein Vater trat einen Schritt zurück und schüttelte den Kopf.

»Reiß dich zusammen, mein Sohn«, sagte er mit leiser Stimme. »So ist die Welt nun mal.«

Das Schweigen wurde tiefer. Hinter mir weinte mein Bruder leise. Als er aufstand, rann ihm Blut aus beiden Nasenlöchern und tropfte auf sein Hemd.

»Deine Welt vielleicht«, sagte er.

Als mein Vater erneut auf ihn losgehen wollte, schlang ich beide Arme um seine schmale Hüfte, hielt ihn fest, hielt ihn zurück. »Bitte«, flüsterte ich. »Bitte.«

Jay verließ den Bunker, seine Schritte hallten auf der Treppe wider. Am liebsten wäre ich ihm gefolgt, aber irgendetwas hielt mich zurück. Mein Vater hatte mich noch nie geschlagen. Also hatte ich keine Angst, dass er gewalttätig gegen mich werden könnte, nicht richtig. Und deshalb fiel es mir zu, Jay zu beschützen.

Ich blieb zurück und hielt meinen Vater weiter fest umklammert. Irgendwann spürte ich, wie er die Arme um mich legte. Die Luft war still, die Stimmung zum Zerreißen angespannt.

»Frauen sind immer die Stärkeren«, sagte er schließlich und schob mich ein Stück zurück, um mich ansehen zu können. »Beim Überleben wird es nicht nur auf Körperkraft ankommen. Sondern auch auf Durchhaltevermögen, innere Stärke, Mut. Alles weibliche Qualitäten.«

Er ging zur Tür seines Waffenlagers, schloss sie auf und trat ein.

Die modrige Kellerluft stieg mir in die Nase, während ich dastand und verfolgte, wie das Licht der Lampe über die Reihen von Waffen glitt.

»Nächste Woche werde ich anfangen, dir das Jagen mit der Armbrust beizubringen.«

Er griff nach einer der Armbrüste; sie war schwarz und gebogen wie eine Schlange, ein seltsames Zwischending aus Bogen und Schusswaffe. Sie erschreckte und faszinierte mich.

»Ich will nichts töten«, sagte ich. Er lächelte und legte mir die Hand auf den Kopf.

»Aber du isst gern Hamburger, oder? Was ist mit diesen Chicken-Nuggets, die du früher so gern mochtest? Wo, glaubst du, kommen die her? Irgendjemand hat die Kuh und das Huhn geschlachtet.«

»Das ist etwas anderes.«

»Ist es nicht«, sagte er. »Es ist überhaupt nichts anderes. Nur dass du begreifen wirst, was es bedeutet, Fleisch zu essen.«

Die Logik war unbestreitbar, das spürte ich genau.

»Keine Sorge. Es wird lange dauern, bis du einigermaßen treffsicher bist. Am Anfang kannst du von Glück sagen, wenn du die Scheunenwand triffst.«

Als wir wieder in dem äußeren Raum standen, starrte ich bestürzt auf die Rucksäcke. Jay hatte seinen liegengelassen. Ich wollte meinen nicht wieder zurückschleppen.

»Warum lassen wir die Rucksäcke nicht einfach hier?«, schlug ich vor. »Wenn sie hier sein müssen.«

Die Müdigkeit hatte nun auch ihn übermannt. Er nickte zustimmend, und wir trotteten nach Hause.

Ich folgte ihm in den Sonnenaufgang hinein.

Selbst heute noch sehe ich dieses seltsame goldene Licht vor mir.

Als ich an jenem Nachmittag in der Bibliothek saß, las und aus dem Fenster schaute, sah ich sie wieder, das Mädchen mit dem wilden Haar und den zerrissenen Jeans, der zu kleinen geblümten Bluse.

Sie stand ganz still in der Dunkelheit zwischen den Bäumen. Wir sahen einander lange an, dann hob sie grüßend die Hand. Ich winkte zurück, und sie bedeutete mir, ich solle zu ihr rauskommen. Ich erhob mich von meinem Sitz und lief ohne Zögern nach draußen. Es war schon lange her, dass ich ein gleichaltriges Mädchen getroffen hatte; ich war sehr einsam.

Sie verschwand zwischen den Bäumen, und ich folgte ihr. Am Bach holte ich sie schließlich ein. Sie kauerte bei einem großen Felsen, ließ die Hände sanft über den Stein gleiten und murmelte leise, als spreche sie mit einem Haustier.

»Weißt du, was das ist?«, fragte sie mich. Der Felsen war von einer dünnen grünen Schicht bedeckt.

»Moos?«, riet ich.

Sie schüttelte den Kopf. »Flechten«, erklärte sie und sah mich an. »Sie sind lebendig.«

Sie sagte es mit einer Art verwundertem Staunen. Ich beugte mich vor, um mir die Sache näher anzuschauen; es sah aus, als wäre Farbe auf der grauen Oberfläche des Felsens.

»Die Flechte ist zweierlei«, fuhr sie fort. »Sie besteht aus einer Alge und einem Pilz. Sie arbeiten zusammen, um zu überleben.«

Ich strich sanft mit dem Finger darüber; es fühlte sich weich an, wie Papier.

»Flechten sind zäh«, sagte sie. »Es gibt welche, die Hunderte von Jahren alt sind.«

Der Bach plätscherte, irgendwo hörte man das Klopfen eines Spechts. Ich hielt nach seinem hämmernden roten Kopf Ausschau, sah ihn aber nicht.

Als ich den Blick wieder auf das Mädchen richtete, sah sie mich eindringlich an, mit zwinkernden, lächelnden Augen.

»Wo kommst du her?«, fragte ich.

Sie wies in Richtung Osten. »Von dort drüben«, sagte sie vage.

Ich hatte mich noch nicht bis an die Grenzen unseres Besitzes vorgewagt. Aber ich wusste, dass es dort noch andere Häuser gab, andere Menschen. Die Männer kamen gelegentlich vorbei, um sich mit meinem Vater zu treffen; sie spielten Karten und redeten bis spät in die Nacht. Mein Bruder und einige der älteren Jungs durften dabei sein, aber ich wurde immer ins Bett geschickt. Was mir nur recht war, denn sie rauchten und fluchten, und die Dinge, über die sie redeten, ergaben für mich sowieso keinen Sinn.

»Wie heißt du?«, fragte ich.

»Robin«, sagte sie.

»Aber so heiße ich auch!«, rief ich erstaunt.

»Das geht nicht. Wir können nicht denselben Namen haben, wenn wir beste Freundinnen sein wollen.«

Das leuchtete mir ein. Sie sah mich an, einen Finger an ihrem rosafarbenen Kinn. Sie war wie ein Naturgeist, Stupsnase, Schmollmund, durchscheinende Haut, flink und schnell wie ein Kaninchen.

»Ich werde dich Wren nennen.«

Zaunkönig. Das gefiel mir. Ich war glücklich darüber, einen neuen Namen zu haben, eine neue Freundin.

# 25
# HEUTE

Ich bin immer noch ziemlich mitgenommen, als wir in der Kneipe »The Juke« kurz vor der Stadtgrenze einkehren und uns hinten in eine Nische setzen. Ich war früher schon mal hier, und im Grunde hat sich nichts verändert. Es gibt einen Billardtisch, an dem niemand spielt, eine stumme Jukebox und einen einsamen Wirt, der mit ein paar Typen quatscht, die aussehen wie Polizisten außer Dienst – Bürstenhaarschnitt und breite Schultern, müde Augen. Im Fernseher, er ist unter der Decke an die Wand geschraubt, läuft ein Football-Spiel ohne Ton. Gelegentlich hört man halbherzige Jubelschreie von einer Gruppe, die ich von unserer Nische aus nicht sehen kann. Ich ertappe mich dabei, dass ich auf den Bildschirm starre, obwohl ich keinerlei Interesse an Sport habe. Oder an Fernsehen überhaupt.

*Willkommen daheim, kleines Vögelchen.*

Es gibt nur einen einzigen Menschen, der mich je so genannt hat. Mein Vater. Meine Nerven kribbeln.

Bailey Kirk hat noch kein Wort gesagt, seit er seinen doppelten Cheeseburger mit Bacon, Pommes und ein großes Ingwerbier bestellt hat. Ich habe dasselbe bestellt. Die Kellnerin war auch schon bei meinem letzten Besuch hier, der Jahre zurückliegt. Aber vielleicht entspricht sie auch nur einem bestimmten Typus, der in solchen Lokalen arbeitet – vollbusig, verlebtes Gesicht, eine ganz bestimmte Nuance rotbraunen Lippenstifts, blau lackierte Nägel. Ihr T-Shirt verkündet liebenswürdig: *Dir passt was nicht? Ruf 1–800-F*CK-YOU an.*

Mir ist klar, was Bailey vorhat. Er wartet darauf, dass ich das Gespräch eröffne. Aber ich warte darauf, dass er es tut. Mal sehen, wer gewinnt.

Endlich fragt er: »Also, was führt Sie hierher?«

»Schauen Sie«, sage ich und beuge mich vor, »können wir nicht damit aufhören? Ich habe Ihnen alles erzählt, was ich über Adam weiß. Wirklich. Warum sagen Sie mir nicht, was Sie über mich zu wissen glauben? Alles auf den Tisch. In Ordnung?«

Die Kellnerin kommt mit unserem Essen. Das köstliche Aroma des fettigen Burgers steigt mir in die Nase, und plötzlich habe ich einen Bärenhunger. Ich weiß gar nicht mehr, wann ich zuletzt etwas gegessen habe.

Oh, wie lecker das schmeckt – der Hamburger ist saftig, die Pommes sind knusprig. Ich merke, wie ich wieder etwas munterer werde. Das Ingwerbier schickt ein Feuerwerk von Endorphinen durch meinen Körper. Die magisch belebenden Kräfte von Fett und Zucker kann man gar nicht überbewerten.

»Ich will gar nicht all Ihre Geheimnisse ergründen«, erklärt er, nachdem er einen Bissen genommen hat. »Es ist nur so: Es gibt vier Frauen, von denen drei spurlos verschwunden sind. Ich suche nach der Schnittstelle, dem gemeinsamen Nenner. Und den kann ich nur finden, wenn ich mir das Leben aller vier Frauen näher ansehe.«

»Aber das ist leicht«, sage ich mit vollem Mund. »Ich meine, das ist doch offensichtlich, oder? Die Dating-App. Das ist die Verbindung zwischen uns. Wir alle waren verzweifelt genug, oder einsam genug, um zu versuchen, im Netz Liebe zu finden.«

Ich wische mir etwas Ketchup ab, den ich am Mundwinkel spüren kann. Ein Bild blitzt vor meinem inneren Auge auf, unser letzter Besuch im Shake Shack im Madison Square Park. Du hast dich vorgebeugt und mir mit deiner Serviette etwas Senf aus dem Gesicht gewischt; ein amüsiertes Lächeln erhellte dein ernstes, grüblerisches Gesicht. Ich habe beim Essen schon immer gern gekleckert. Du bist doch nicht von Wölfen großgezogen worden, lamentierte meine Mutter immer. Wenn nur.

»Ich glaube, da steckt mehr dahinter«, entgegnet er.

»Und was ist, wenn es sonst nichts gibt, das uns verbindet?«, sage ich. »Vielleicht ist er nur ein Raubtier, das wie jedes Raubtier Appetit auf eine bestimmte Art von Beute hat. Und Torch ist sein bevorzugtes Jagdrevier.«

Bailey schweigt einen Moment und macht sich über seine Pommes her. Auch er ist jemand, der gerne isst, ohne die Notwendigkeit zu sehen, sich dafür rechtfertigen zu müssen. Sein Körper verrät mir, dass er trainiert: die definierten Muskeln, seine Haltung, die verlässliche Stärke seines Arms, den er mir vorhin im Wald geboten hat. Aber er hat diese Weichheit eines Menschen, der Essen liebt. Er ist niemand, der Kalorien zählt und sich für die vegane Platte entscheidet.

»Aber es gibt keine äußerliche Ähnlichkeit«, sagt er schließlich. »Ungefähr dasselbe Alter, das ja. Alle sind schön, aber auf sehr unterschiedliche Weise. Es ist nicht so, als hätten alle dunkles Haar oder die gleiche Augenfarbe.«

Ich erröte, als ich das Kompliment höre. Aber es klingt wie eine beiläufige Bemerkung, also bedanke ich mich nicht dafür.

»Vielleicht ist es die Ausstrahlung, die ihn anspricht, kein bestimmter Typ«, sage ich. Mein Ingwerbier ist alle. Soll ich noch eins bestellen? Ich hebe mein Glas, und die Kellnerin signalisiert mir, dass sie es gesehen hat. »Haben Sie Fotos von den anderen Frauen?«

Er zückt sein Handy und schiebt es über den Tisch. Er hat eine Fotocollage erstellt, auf der wir alle vier zu sehen sind. Es ist mein Torch-Profilfoto, Jax hat es aufgenommen. Es ist nicht das schlechteste Bild von mir. Sie sagte, ich solle an Sex denken, was mich zum Lachen brachte, und in dem Moment drückte sie auf den Auslöser. Der Schalk blitzt mir aus den Augen.

»Alle vier wohlhabend«, sagt er. Und fährt sanfter fort: »Und alle haben in der Kindheit ein extremes Trauma erlitten.«

Ein dumpfer Schmerz hat sich hinter meinen Augen eingenistet. Ich reibe mir die Schläfen, schiebe meinen Teller weg.

»Vielleicht ist es nur ein Zufall, dass sich alle mit ihm getroffen haben. Vielleicht hat er gar nichts mit dem zu tun, was mit ihnen passiert ist.«

»Möglich. Aber nicht sehr wahrscheinlich. Ich glaube nicht an Zufälle.«

Die Kellnerin bringt mein zweites Ingwerbier. Ich nippe daran. Aus irgendeinem Grund schmeckt es nicht so gut wie das erste. Jetzt ist es mir viel zu süß. Mein Magen protestiert ein wenig gegen die fettige Kost.

»Warum sind Sie heute in diese Stadt gefahren?«, fragt er noch einmal.

Ich konzentriere mich auf meinen Burger, von dem nicht mehr viel übrig ist. Bailey muss gesehen haben, wie ich an den Gräbern gekniet habe. Er kennt meine Geschichte. So sehr ich mir auch wünschen mag, dass es nicht so wäre, ist dieser Ort doch so etwas wie meine Heimat.

Aber deshalb bin ich nicht hergekommen. Ich bin wegen des Zeitungsartikels hier, den ich gefunden habe. Und weil Melissa Farrow ebenfalls eine Verbindung zu dieser Stadt hatte. Vielleicht sind hier Antworten zu finden. Vielleicht waren die Antworten immer schon hier.

»Ich komme gelegentlich her, um mich um alles zu kümmern. Um die Gräber. Das Haus.«

Auch das ist wahr. Ich will nicht zugeben, dass ich hier bin, um nach dir zu suchen. Wir sind beide auf der Suche nach dir, aber aus sehr unterschiedlichen Gründen. Wenn er dich zuerst findet, werde ich vielleicht nie bekommen, was ich will.

Wovon ich ebenfalls nichts sage: Wenn ich nach The Hollows zurückkehre, werde ich immer von Heimweh nach etwas übermannt, das es nie gegeben hat. Ein Begriff, den ich irgendwo mal gelesen habe, fällt mir ein: Solastalgie, eine Wortschöpfung des australischen Naturphilosophen Glenn Albrecht. Er bezeichnet damit das Verlustempfinden, das entsteht, wenn eine vertraute Umgebung durch Dürre, Feuer, Flutkatastrophen oder Kriege zum bitteren

Nachteil verändert oder zerstört wurde. Aber es ist auch eine perfekte Beschreibung der Gefühle, die mich überkommen, wenn ich an meine Kindheit zurückdenke.

»Als ich gestern Abend diese Stadt erwähnte, haben Sie gar nichts davon gesagt.«

»Nicht?«

Wieder dieser undeutbare Ausdruck, ein Blinzeln in den frostigen Augen.

»Ich versteh schon.« Er vertilgt den Rest seines Burgers und wirft einen Blick auf sein Handy. »Sie trauen mir nicht. Wir alle haben etwas, über das wir lieber nicht reden wollen, das wir am liebsten vergessen würden. Ich frage mich nur, ob Sie vielleicht versuchen, seiner Spur zu folgen. Sie wissen schon, Amateurdetektivin zu spielen. Vielleicht nach Melissa Farrow zu suchen.«

»Nein«, lüge ich. »Nichts dergleichen.«

»Kennen Sie sie?«

»Nein.«

»Aber Sie sind hier aufgewachsen. Melissa auch.«

Ich zucke die Achseln, und mein Blick schweift wieder zum Fernseher hinüber, wo immer noch das Spiel läuft. Jemand schießt ein Tor. Erneute Jubelschreie.

»So würde ich es nicht formulieren. Nachdem mein Vater aus dem Einsatz zurückkam, ist er mit uns in sein Elternhaus gezogen, das er geerbt hatte. Es lag inmitten von acht Hektar Landbesitz, und ich wurde zu Hause unterrichtet. Mein Vater ... wollte die moderne Welt hinter sich lassen. Die Welt der Menschen, wie er es nannte. Wir hatten kaum Kontakt zur Außenwelt.«

Er nickt langsam, wie es seine Art ist. Es ist seltsam tröstlich, so als würde er dem Gespräch seine ganze Aufmerksamkeit schenken. »Ich verstehe.«

»Wir lebten zwar hier, aber sehr zurückgezogen. Meinem Vater ... ging es nicht gut. Das weiß ich jetzt. Er litt unter einer unbehandelten posttraumatischen Belastungsstörung, hat sich selbst

Medikamente verschrieben, war ein starker Trinker. Und ich glaube, es gab schon Probleme, bevor er zu seinem Auslandseinsatz aufbrach. In der Familie waren schon vorher Fälle von bipolarer Störung bekannt.«

Ich weiß nicht, ob ich das schon mal jemandem erzählt habe, nicht einmal Jax, die mehr über mich weiß als jeder andere Mensch. Ich spreche nie über die Details, die Logistik dessen, was passiert ist. Darüber, wie alles auseinanderbrach. Das alles existiert wie in einem Alptraum, ohne Verbindung zur Realität meines gegenwärtigen Lebens.

»Es war damals nicht ungewöhnlich, dass eine posttraumatische Belastungsstörung bei Soldaten unbehandelt blieb«, sagt Bailey. »Erst seit kurzem versteht man das besser, gibt es mehr Behandlungsangebote.«

»Wenn sie denn wahrgenommen werden«, entgegne ich. »Oft tun die Betroffenen das nicht. Es ist immer noch schambesetzt. Es gibt immer noch viele, die versuchen, es einfach durchzustehen, wenn sie nach Hause kommen. So wie mein Vater. Er hat in einem Krieg gekämpft, den er nicht verstand, nur um heimzukehren und einen Kampf zu kämpfen, den er noch weniger verstand. Er hat verloren.«

Bailey wirkt auf einmal in sich gekehrt, etwas in seinen Augen verändert sich. Ich frage mich, an wen er wohl denkt. Nicht an sich selbst. Er hat nicht den Blick eines Soldaten, diesen Blick von Menschen, die Dinge gesehen haben, die sie nie wieder vergessen können, die Dinge über das Leben und den menschlichen Körper wissen, die sie nicht wissen sollten.

Jemand hat die Jukebox in Gang gesetzt. *Roll Baby roll*, fordert Jim Morrison uns auf.

Bailey tippt auf sein Smartphone, das zwischen uns liegt, und die Fotos der vier Frauen, denen du begegnet bist, leuchten auf. Vier, von denen ich weiß. Gibt es noch weitere?

»Ich habe Melissa Farrow nicht gekannt«, sage ich. »Ich hatte hier keine Freunde.«

Er sieht aus, als wollte er nachhaken. Macht den Mund auf, legt die Unterarme auf den Tisch. Aus der Nähe betrachtet, hat er violette Augenringe vor Müdigkeit und winzige Fältchen um den Mund. Seine Augenbrauen sind wie ein Bogen gewölbt, und in den Bartstoppeln an seinem Kinn sind schon ein paar graue Härchen. Aber dann presst er die Lippen zusammen und lehnt sich zurück. Was auch immer er sagen wollte, er behält es für sich.

»Wie haben Sie das mit ›Liebe Birdie‹ herausgefunden?«, frage ich, bestrebt, vom Thema meiner Vergangenheit wegzukommen.

»Ein Zauberkünstler verrät nie seine Tricks.«

»Sie sind kein Zauberkünstler.«

Er macht wieder diese Sache mit seinen Händen, legt die linke Faust in die rechte Handfläche und drückt zu. Seine Knöchel knacken leicht. »So schwer war das nicht. Sie haben sich ein ziemlich flaches Grab gegraben.«

Die Analogie schmerzt, ruft mir die weißen Orchideen in Erinnerung, die bereits auf den Gräbern von Jay, Robin und meiner Mutter zu welken beginnen. Ich stelle mir vor, wie die schneeweißen Blütenblätter auf die schwarze Erde fallen, langsam einsinken, vom fallenden Laub begraben werden.

»Sobald ich Ihren Namen, Ihre Adresse und Ihre Mobilfunknummer von meinem Kontakt bei Torch erhalten hatte, habe ich Sie überprüft, unter anderem auf Vorstrafen. Dabei kamen andere Namen ans Licht, beispielsweise der auf Ihrer Geburtsurkunde. Sie haben Ihren Namen ganz offiziell in Wren Greenwood geändert, als sie noch sehr jung waren.«

Ich hatte gedacht, ich wäre verborgen, sicher versteckt hinter meinem ausgedachten Namen. Aber das war nur so, weil bis jetzt niemand gründlicher nachgeforscht hat.

Woher hast du gewusst, dass ich früher mal jemand anders war, Adam?

Bailey verschränkt die Finger. Er glaubt, dass er alles weiß, aber wahrscheinlich irrt er sich da.

»Ihre Geheimnisse sind bei mir sicher«, sagt er. »Wie in einem Tresor. Was immer Sie mir sagen, es bleibt unter uns. Ich bin nicht daran interessiert, Ihr Leben zu zerstören. Ich will nur eins, nämlich Mia finden und dafür sorgen, dass dieser Mann niemandem mehr etwas antut. Auch Ihnen nicht. Das verspreche ich.«

Versprechungen. Wir brechen sie so leicht, nicht wahr? Aber als ich ihn ansehe, ihn wirklich ansehe, merke ich, dass er es ernst meint.

»Aber was, wenn es sonst nichts gibt?«, wende ich erneut ein. »Wenn die einzige Gemeinsamkeit zwischen uns ist, dass wir dumm genug waren zu glauben, wir könnten echte Liebe in diesem digitalen Ödland finden?«

Er verdrückt den Rest seines Burgers und leert sein Glas. Das Papier, mit dem das Plastikkörbchen ausgelegt ist, ist ganz durchscheinend von Fett.

»Dann ist Mias Spur kalt. Sie ist weg. Und Ihr Freund?« In seinem Kiefer zuckt ein Muskel. Dieses bestimmte verräterische Zeichen ist mir schon in der U-Bahn aufgefallen. Was zeigt es an? Frustration. Entschlossenheit. »Ist ebenfalls weg. Und ich muss zu meinem Klienten zurückkehren und ihm sagen, dass ich ihn im Stich gelassen habe, dass ich sein Kind im Stich gelassen habe. Dass er vermutlich nie erfahren wird, was mit seiner Tochter passiert ist.«

Das erscheint mir als schwere Bürde, eine Bürde, mit der ich in meiner Eigenschaft als »Liebe Birdie« vertraut bin. Wenn man versucht, den seelischen Schmerz anderer Menschen auf sich zu nehmen, wird er in gewisser Weise der eigene.

»Und dazu bin ich noch nicht bereit«, fährt er fort. »Ich will noch nicht loslassen.«

Geht mir genauso.

»Also was jetzt?«, frage ich.

»Ich habe noch ein paar Asse im Ärmel.«

»Um bei der Zaubertrick-Analogie zu bleiben?«

Er streckt die Hand aus, als wollte er hinter mein rechtes Ohr greifen. Ich zucke zurück, weil ich nicht weiß, was er vorhat. Als er seine Hand wieder zurückzieht, stecken zwei Zwanziger darin, und er grinst mich breit an.

Irgendwann hat unsere Kellnerin die Rechnung gebracht, ein Stück Papier, auf das sie die Bestellung gekritzelt hat. Vierzig Dollar sind mehr als genug, da ist noch ein großes Trinkgeld eingeschlossen.

»Ich melde mich«, sagt er und steht auf.

»Klasse.« Mit einer Mischung aus Ärger und Erleichterung sehe ich ihm nach.

Die Kellnerin kehrt zu meinem Tisch zurück.

»Freund von Ihnen?«, fragt sie. Was seltsam ist, weil ich sie nicht kenne.

»In gewisser Weise«, antworte ich.

»Er ist schon ein Weilchen hier in der Gegend«, sagt sie, greift nach Rechnung und Geld und schiebt beides in ihre Schürzentasche. »Er wohnt im Motel 8 direkt am Stadtrand.«

»Woher wissen Sie das?« Das muss ich einfach fragen. Ich frage nicht: Warum erzählen Sie mir das?

»Dieser dicke neue Geländewagen, den er da fährt. Ich hab ihn in der Stadt gesehen. Und beim Motel. Der Mann ist nicht von hier.«

Ich auch nicht, würde ich am liebsten versichern. Aber das entspräche nicht ganz der Wahrheit, oder?

»Bei dem würde ich aufpassen«, sagt sie. »Mit dem wird's noch Ärger geben.«

Okay, will ich erwidern, mit einem Hauch arroganter Rotzigkeit. Besten Dank.

Doch als ich aufblicke, ist sie bereits wieder hinter den Bartresen getreten. Sie und der Wirt stecken die Köpfe zusammen, sie flüstert ihm irgendwas ins Ohr. Dann schauen beide zu mir herüber.

Als ich meine Sachen packe und in die Dunkelheit hinausgehe, spüre ich ihre Blicke auf mir.

# 26
# DAMALS

Das morgendliche Konzert der Vögel weckte mich aus meiner unbequemen Schlafposition auf der Hollywood-Schaukel. Jay saß auf dem alten Schaukelstuhl und hielt Wache, die Schultern steif, das Gesicht müde und abgespannt im neuen Tageslicht. Am Abend zuvor hatte mein Vater nach dem Essen zu trinken begonnen. Es hatte als friedlicher Abend angefangen – er spielte Gitarre und meine Mutter strickte –, aber irgendwann kippte die Stimmung.

Bei meinem Vater brannten schnell die Sicherungen durch. Seine Tobsuchtsausbrüche verwandelten ihn, machten ihn zu einem grausamen, brutalen Ungetüm. Seit unserer nächtlichen Wanderung zum Bunker war es schlimmer denn je. Gegen mich war er nie gewalttätig geworden, kein einziges Mal. Vielleicht hauptsächlich deshalb, weil ich mich klein machte, mich wegduckte, mich versteckte. Aber meine Mutter und Jay gaben Widerworte.

Die behelfsmäßige Kühlpackung, die ich aus einer Packung gefrorener Erbsen und einem Geschirrtuch gemacht hatte, lag auf der Lehne des Schaukelstuhls. Jay rieb sich das Kinn. Selbst im schwachen Licht der Morgendämmerung konnte ich erkennen, dass sein Gesicht blau und grün geschlagen und angeschwollen war.

Er hatte sich gestern Abend hier draußen eingerichtet, um auf die Rückkehr unseres Vaters zu warten. Ich war bei ihm geblieben, und unsere Mutter hatte sich in meinem Zimmer in den Schlaf geweint. Was hatte ihn so wütend gemacht? Ich erinnerte mich nicht einmal daran. Ich dachte an den Gemüsegarten, den wir angelegt hatten, unsere gemeinsamen Mittags-Picknicks, seine Ruhe in diesen Momenten, seine Stärke, sein Verständnis der Natur.

»Leg sie zurück«, drängte ich Jay. Eine Amsel setzte sich auf das Verandageländer und beäugte mich mit schief gelegtem Kopf.

Jay hatte sich gestern eine Kurzwaffe aus dem Waffenlager geholt. Sie lag auf seinem Schoß.

»Er schläft irgendwo seinen Rausch aus, vermutlich in der Scheune«, sagte ich, als Jay schwieg. »Er wird sich an nichts erinnern, wenn er aufwacht.«

Jay wandte langsam den Kopf und sah mich an. Gestern Abend hatte seine Stimme sich überschlagen, sie war hoch und kindlich gewesen, verzweifelt. *Lass sie in Ruhe*, hatte er geheult. Und mein Vater hatte so hart zugeschlagen, dass ich es am eigenen Leib spürte und zu weinen begann.

Die Amsel flog davon.

»Liebe ihn nicht«, sagte Jay. »Obwohl er auch nett sein kann, auch wenn er unser Vater ist. Liebe ihn nicht. Er verdient es nicht.«

»Das tue ich nicht«, versicherte ich eilig, abwehrend. Aber ich liebte meinen Vater. Den Mann, der er tagsüber war, genau wie meine Mutter den Mann liebte, der er »vorher« gewesen war. Den Mann auf den Fotos – jung, tapfer, stark in seiner Uniform, mit frischem Gesicht und klaren Augen. *Danke für Ihren Einsatz*. Den Jungen auf dem Foto, der seinen besten Anzug trug. Den Mann im Garten, Schweiß auf der Stirn und Erde an den Händen.

»Leg sie zurück«, wiederholte ich.

Solange Jay diese Waffe hatte, konnte jederzeit etwas Schlimmes passieren, etwas ganz Schlimmes, das war mir klar. Wir hatten beide Schießen gelernt. Wir zielten auf leere Dosen, mein Vater baute sie auf einem rostigen alten Trecker auf, der auf der Lichtung stand.

*Du bist ein richtiger Scharfschütze, mein Sohn*, lobte er Jay immer. Mein Bruder traf jede Dose, jedes Mal.

Mir tätschelte er den Kopf. *Probier's weiter, Mädchen.*

Mädchen. Es war nicht als Beleidigung gemeint. Aber es fühlte sich so an. Ich schwor mir, besser zu werden.

Jetzt sahen Jay und ich uns in die Augen. Die Sonne stieg über den Horizont und färbte den Himmel rosa. Jay nickte leicht und stand auf, der Schaukelstuhl ächzte. Er sprang von der Veranda und schlug den Pfad ein, der zum Bunker führte, wo die Waffen aufbewahrt wurden. Gott verhüte, dass mein Vater ihr Fehlen bemerkte.

Ich wartete auf Jays Rückkehr und lauschte auf die morgendliche Kakophonie, diese Begrüßung der Sonne – Meise, Waldsänger, Drossel, Star, Rotkardinal. Damals »in der Stadt«, in unserem alten Leben, hatte ich den Gesang der Vögel nie wahrgenommen, nicht wirklich. Die Vogelwelt gedeiht in der Stille. Lärm ist eine Art Umweltverschmutzung, er bringt die Natur zum Verstummen.

Endlich kehrte Jay zurück, ging wortlos an mir vorbei ins Haus und ließ die quietschende Fliegengittertür heftig hinter sich zufallen.

Ich blieb sitzen und lauschte den Vögeln. Als ich zu den Bäumen hinüberblickte, sah ich Robin dort stehen. Ich sprang von der Veranda und lief zu ihr.

*Du musst etwas unternehmen*, sagte sie zu mir. *Sonst wird alles immer schlimmer und schlimmer.*

# 27
# HEUTE

Als ich wieder im Gasthof bin, mache ich den Kamin an, schlüpfe in Sweatshirt und Jogginghose und checke meinen Computer. Kein Wort von meinem mysteriösen Kontakt. Ich hatte auch nicht erwartet, dass es so schnell gehen würde. Im Grunde würde es mich nicht überraschen, wenn ich nie wieder etwas von ihm höre. Ich habe eine Mail von Marty, meinem Vermögensberater, er bestätigt die Bitcoin-Transaktion und fragt an, ob ich Gesprächsbedarf habe. Habe ich nicht.

Keine weiteren Nachrichten von dir. Aber ich kann dich spüren, du beschattest mich. Wo bist du?

Warst du das vorhin, draußen im Wald? Oder bin ich dabei, den Verstand zu verlieren? Wenn du es nicht warst, wer dann? Und diese Zigarettenkippen an Jays Grab. Rauchst du? Ich bezweifle es.

Diese Nachricht. *Willkommen daheim, mein Vögelchen.*

Es bestätigt meinen Verdacht, dass du weit mehr über mich weißt, als du eigentlich solltest.

Ich knipse das Licht aus und lasse nur die rosa Nachttischlampe ihr schummriges Licht verbreiten. Ich werde sie die ganze Nacht brennen lassen, sie wird die Schatten in Schach halten. Ich habe die Dunkelheit noch nie gemocht.

Gerade als ich es mir im Bett bequem gemacht habe, klingelt mein Handy. Auf dem Display sehe ich Jax' hohe Wangenknochen und ihr breites Lächeln. Es ist ein Foto, das ich vor Ewigkeiten mal gemacht habe und immer noch als Kontaktbild benutze.

»Du kommst nicht nach Hause«, stellt sie fest, als ich rangehe. »Ich kann den kleinen blauen Punkt, der deine Position anzeigt, auf

›Finde meine Freunde‹ blinken sehen. Oben im Norden, mitten im Nirgendwo.«

»Nein, heute komme ich noch nicht.«

Sie seufzt.

»Willst du, dass ich im Haus bleibe?«, fragt sie.

»Wenn du möchtest.« Mir gefällt die Vorstellung, dass sie und mein Haus sich gegenseitig Gesellschaft leisten. Mein Lieblingsmensch und mein Lieblingsort. Vielleicht sollte sie zu mir ziehen. Es ist ein großes Haus, und die Miete für ihre Wohnung in Chelsea ist obszön hoch.

»Keine Sorge«, sagt sie. »Ich werde deine Guthaben bei iTunes, dem Pizza-Bringdienst und dem Lebensmittel-Lieferservice nicht überstrapazieren.«

»Wie es scheint, machst du da aber gute Fortschritte.«

Den ganzen Tag sind SMS-Benachrichtigungen reingekommen – mittags eine Pizza, abends was vom Chinesen, massenweise romantische Weihnachtsfilme. Für Jax ein typischer Tag nach einer Trennung.

»Ein Mädchen muss schließlich essen.«

Das ist wahr.

»Was ist aus dem Grapscher geworden?«, frage ich.

»Den ghoste ich.«

»Gut.«

»Er ist nicht die letzte Cola in der Wüste, oder?« Sie muss mit ihrer Mutter gesprochen haben.

»Auf keinen Fall. Nein.«

Ich weiß es nicht. Vielleicht doch. Im Moment bin ich nicht sonderlich optimistisch, was die Liebe angeht. Oder sonst irgendwas. Ich fühle mich wie unter einem grauen Schleier. Es liegt an dieser Stadt, der Suche nach dir, den vermissten Frauen, meiner seltsamen Beziehung zu Bailey Kirk, den Erinnerungen, die ungebeten in mir aufsteigen. Ein hässliches Knäuel, das ich nicht entwirren kann. Aber ich muss Jax ja nicht auch noch mit runterziehen.

»Du klingst gar nicht gut«, meint sie. »Komm einfach nach Hause. Du weißt doch selbst, wie sehr dich dieser Ort deprimiert. Verkauf das verdammte Haus. Vergiss die Gräber. Woran hältst du fest, Wren?«

Sie hat recht, das weiß ich. Ja, woran halte ich fest?

»Ich fahre morgen nach Hause.« Ich kuschle mich in die weiche Bettdecke und betrachte die Flammen im Kamin.

»Versprochen?«

»Versprochen.«

»Was ist mit ›Liebe Birdie‹?«

»Du kannst das, Jax. Ich vertraue dir. Ich bezahle dich natürlich.«

Sie kaut. Bestimmt Chicken Lo Mein, ihr chinesisches Lieblingsgericht. »Ich glaube, das hast du bereits – in Essenslieferungen und Filmen.«

»Schreib mir einfach eine Rechnung.«

»Ich weiß nicht, wie du das schaffst, Wren.«

»Wie ich was schaffe?«

»Diese Zuschriften. Wirst du es nie leid, dich mit den Problemen anderer Leute zu beschäftigen?«

Aus irgendeinem Grund muss ich an Bailey Kirk denken. Die Müdigkeit in seinen Augen, die Last, die er offenbar schultert. Manchmal ist es leichter, die Sorgen anderer Menschen zu tragen, als sich die eigenen Probleme näher anzusehen. Ich frage mich, was er wohl mit sich herumschleppt. Seine Augen sind voller Geheimnisse.

»Irgendjemand muss in dieser grausamen Welt ja anderen helfen«, sage ich, nur halb ironisch.

»Jaaaa.« Sie zieht die Silbe in die Länge. »Aber musst das unbedingt du sein?«

Das Feuer knistert, und das Zimmer ist in den rosa Schein der Nachttischlampe getaucht. Ich fühle mich sicher, heimelig. Das ist die andere Seite. Vielleicht mag ich The Hollows nicht. Aber es liegt etwas Tröstliches in seiner Vertrautheit. Als könnte ich einfach bleiben. Als sollte ich das sogar.

»Vielleicht. Ich weiß es nicht.«

»Weil ich mir gedacht habe, du könntest ›Liebe Birdie‹ ja einfach verkaufen.«

»Sie verkaufen?«

»Ja, du weißt schon, wie in ›Die Braut des Prinzen‹. Der grausame Pirat Roberts. Das war nur ein Name, oder? Jemand ist in die Rolle geschlüpft, um sie dann irgendwann an den Nächsten weiterzureichen, der einen Decknamen brauchte.«

»Du guckst zu viel Netflix.«

Sie schnaubt. »Nein, wirklich. Es gibt Leute, die machen das. Wie viele verstorbene Autoren schreiben immer noch Bücher aus dem Jenseits?«

Darüber habe ich noch nie nachgedacht. Der Gedanke ist mir noch nie gekommen, dass ich »Liebe Birdie« einfach ablegen könnte wie einen Schal, den ich um die Schultern eines anderen Menschen lege. Die Vorstellung ist irgendwie tröstlich, aber auch beängstigend. Was wäre ich ohne »Liebe Birdie«? Ich habe keine Ahnung.

»Willst du ›Liebe Birdie‹ sein?«, frage ich.

Als Jax aufgehört hat zu lachen, ruft sie: »Lieber Himmel, nein. Du hast wohl den Verstand verloren. Ich habe meine eigenen Probleme. Ich kann ja kaum mit den Nicht-Problemen umgehen, mit denen ich Tag für Tag auf meinem Blog konfrontiert werde: *Mein Chef befördert mich nicht, was ist Sinn und Zweck meines Daseins, wie kann ich mein Glück optimieren?* Aber ›Liebe Birdie‹? Manche von diesen Problemen sind wirklich verstörend.«

Es ist wahr. Jax' Blog ist ein wenig leichtherziger, es geht um Karriere, Selbstfindung und Selbstbehauptung, die Probleme von Menschen, denen niemand je den Boden unter den Füßen weggezogen hat. Ich frage mich ... könnte ich »Liebe Birdie« abgeben?

»Und was ist mit dem Podcast?«

»Such dir einfach eine Frau, die klingt wie du«, sagt Jax. »Die Birdie-Stimme ist sowieso nicht deine richtige Stimme. Es klingt immer, als würdest du jemanden channeln.«

»Du scheinst das ja gut durchdacht zu haben.«

»Ein wenig schon«, antwortet sie leise. »Wren, ich möchte doch nur, dass du ein wenig Freude im Leben findest, dass du dir ein bisschen Zeit für dich nimmst. Und wie kannst du das, wenn du an deine Vergangenheit gefesselt bleibst? Wenn du dich ständig mit all dem menschlichen Leid beschäftigst, das sich vor dir auftürmt?«

Wir finden in unserem Leben nicht viele wahre Freunde. Jeder ist auf der Suche nach Liebe, richtig? Dem perfekten Seelenverwandten. Pralinen, Blumen, Reisen nach Paris, Romantik. Niemand redet je über die Kraft und den Trost einer wahren Freundschaft, die über Jahre hinweg besteht. Die Freundin, die sich Sorgen um dich macht, die da ist, wenn du anrufst, dir Suppe bringt, wenn du krank bist, auf deinem Sofa übernachtet, wenn du traurig bist. Es gibt nicht viele Freunde, die so sind. Wenn man eine solche Freundin hat, sollte man dankbar sein. Ich bin es auf jeden Fall.

»Mach dir keine Sorgen um mich«, sage ich. »Mir geht's gut.«

»Na schön. Wir können ja später noch darüber reden. Morgen mache ich ›Liebe Birdie‹. Aber dann musst du sie zurücknehmen.«

»Abgemacht.«

»Ach, übrigens. Da war eine Mail – ich hab nicht spioniert, aber sie wurde von dem alten Postfach weitergeleitet. Du weißt schon, die Mailadresse von dem Blog, an die früher die ›Liebe Birdie‹-Zuschriften gingen. Ich konnte mich nicht einloggen, also weiß ich nicht, um was es geht.«

Manchmal mailen Leute ihre Zuschriften an diese alte Adresse. Sie schwebt immer noch irgendwo in der Ewigkeit des Internets. Ich sollte sie abmelden. Aber ich finde den Gedanken furchtbar, jemand könnte sich hilfesuchend an »Liebe Birdie« wenden und nur eine Fehlermeldung erhalten. Gelegentlich checke ich das Postfach.

»Ich seh's mir mal an.«

Sie atmet tief ein und stößt die Luft aus.

»Lass ihn gehen, Wren. Was ich da gesagt habe von wegen deine Kraft zurückholen, Gerechtigkeit fordern, vergiss es. Blick einfach nach vorn. Lass diesen Ort los. Komm nach Hause zu dem Leben, das du dir aufgebaut hast. Es ist ein gutes Leben.«

»Morgen, versprochen.«

Schweigen, dann sagt sie: »Ich hab dich lieb.«

»Ich hab dich noch mehr lieb.«

Ich versuche zu schlafen, finde aber keine Ruhe – jedes Mal, wenn ich eindöse, jage ich hinter Robin her, oder hinter dir, schrecke ruckartig hoch, wenn ich stolpere und stürze oder ein Handgelenk zu fassen bekomme und merke, dass es die Knochenhand eines Ghuls ist.

Schließlich gebe ich auf, klappe meinen Laptop auf, logge mich ein und öffne das alte Postfach. Eine einzige Mail. Von einer unbekannten Adresse, nur Zahlen und ein mir unbekannter Server.

Ich öffne die Mail.

Liebe Birdie,
ich hätte es nie für möglich gehalten, aber ich habe mich verliebt. Es ist eine verrückte Liebe. Die Art Liebe, die einen dazu bringt, seine Lebensentscheidungen in Frage zu stellen. Die in einem den Wunsch weckt, ein besserer Mensch zu werden. Ich habe Fehler gemacht. Furchtbare Fehler, die manche vielleicht für unverzeihlich halten würden. Die Schuldgefühle quälen mich Tag und Nacht. Reue schleicht sich in stillen Augenblicken an mich heran, lässt mich aus dem Schlaf aufschrecken. Ich weiß, die Reue wird mich nie verlassen.

Ich wollte dieser Frau alles beichten. Sie hat sich mir anvertraut, ohne Angst ihr Innerstes geöffnet. Aber gerade als auch ich mich ihr gegenüber öffnen wollte, wurde ich von meiner Vergangenheit eingeholt.

Jemand ist hinter mir her. Er will, dass ich für die Fehler bezahle, die ich begangen habe. Und vielleicht ist das auch richtig so. Nach allem, was ich getan habe, habe ich es vielleicht nicht verdient, zu lieben oder geliebt zu werden. Ich wollte nur eine

*Chance, mich dieser Frau zu zeigen, so wie ich bin, damit sie über mich urteilen kann und ich weiß, ob ich ihrer je würdig sein könnte.*

*Ich musste sie verlassen, plötzlich und ohne Erklärung. Es muss ihr das Herz gebrochen haben. Aber ich hatte keine andere Wahl. Man sucht nach mir, und diese Leute waren mir dicht auf den Fersen. Und wenn ich jetzt wieder Kontakt aufnehme, riskiere ich mein Leben, meine Freiheit. Man wird mich auffordern, einen Preis zu zahlen, von dem ich nicht weiß, ob ich ihn zahlen will. Die Welt ist hart und grausam, doch wenn man mir die Freiheit nimmt, wäre das mein Tod. In einem Käfig kann ich nicht leben.*

*Also, meine Frage ist folgende, liebe Birdie. Wenn ich diese Frau bäte, zu mir zu kommen, wenn ich einen Weg fände, ein Treffen zu vereinbaren, damit ich ihr alles anvertrauen kann – glauben Sie, sie würde kommen? Oder würde sie mich anzeigen, die Tür den Wölfen öffnen, die draußen warten? Könnte sie mir vergeben? Wäre es möglich, dass sie mich immer noch liebt?*

*Was immer Sie mir raten, ich werde es tun.*

*Mit freundlichen Grüßen*

*Der Unverziehene*

Die Worte auf dem Bildschirm verschwimmen vor meinen Augen, und ich beginne heftig zu zittern. Das bist du, Adam, du musst es sein. Du bittest um meine Liebe, meine Vergebung. Und offensichtlich hast du von Anfang an gewusst, dass ich »Liebe Birdie« bin. Alle meine Schichten, die Geheimnisse, die ich verborgen glaubte, waren dir längst bekannt. Geschüttelt von Wut, Traurigkeit und Angst, beantworte ich die Mail, meine zitternden Finger huschen über die Tastatur.

*Lieber Unverziehener,*

*wir können nicht ungeschehen machen, was wir getan haben. Wir können nicht die Zeit zurückdrehen und begangenes Unrecht* wiedergutmachen. Wir können nur nach vorne schauen, aus den Fehlern lernen, die wir gemacht haben, und uns schwören, sie nicht zu wiederholen. Wir können Wiedergutmachung bei denen leisten, denen wir Schaden zugefügt haben. Und uns unserer Strafe stellen, wenn das Gesetz es verlangt.

Wenn Sie, lieber Unverziehener, diese Frau lieben und sie Ihre Liebe erwidert, hat sie es verdient, alles über Sie zu erfahren. Selbst das, was offenbar sehr schlimm ist, möglicherweise etwas, das sie nie wird verstehen oder akzeptieren können. Dennoch, wenn sie sich Ihnen hingegeben hat und Sie sich ihr hingegeben haben, müssen Sie jetzt ehrlich sein. Die Wahrheit ist der einzige Weg nach vorn. Denn sonst wird diese Frau Sie nie wirklich kennen. Und so nie die Chance bekommen, Sie zu lieben. Kann ich Ihnen versprechen, dass sie Sie annehmen wird, so wie Sie sind? Nein. Kann ich Ihnen versprechen, dass sie Sie nicht zwingen wird, für Ihre Verbrechen zu bezahlen? Nein. Aber wenn Sie jetzt nicht auf sie zugehen, werden Sie nie erfahren, ob Ihre gemeinsame Liebe real war. Und Sie werden keine Vergebung erlangen.

Mit freundlichen Grüßen

Birdie

Ich schicke die Mail ab, und dann warte ich, drücke alle paar Minuten auf Aktualisieren.

Es kommt keine Antwort.

Ich falle in einen traumlosen Schlaf.

Als ich erwache, scheint die Sonne durchs Fenster, und der Bildschirm ist dunkel geworden. Ich berühre die Tastatur, mein Herz rast.

Aber der Posteingang ist leer.

Allerdings ist eine Nachricht auf meinem Handy. Hallo, steht da. Ich habe gehört, dass du in der Stadt bist. Komm mich besuchen. Wir müssen reden.

# 28
# DAMALS

Robin brachte mir das Fährtenlesen bei. Wie man Spuren folgt, eine Fährte erkennt. Wie man feststellt, ob Fraßspuren von einem Kaninchen, einem Eichhörnchen oder einem Reh stammen. Wenn man Krähen in der Luft kreisen sah, hatten vermutlich Kojoten – seltener Wölfe –, frische Beute gerissen, und die Vögel warteten, bis sie an der Reihe waren, um die Knochen sauber zu picken. Die Natur sprach zu ihr. Und sie war meine Übersetzerin. Jedenfalls schien es mir damals so.

Doch es war mein Vater, der mir das Jagen beibrachte.

»Das Töten eines Tieres«, sagte er, »ist ein heiliger Akt.«

Wir waren durchs Unterholz gepirscht, gefühlt seit Stunden, die Armbrust lastete schwer auf meinem Rücken. Ich war bereits müde, obwohl die Sonne gerade erst aufging. Und Angst schnürte mir die Kehle zu. Ich war keine Jägerin. Ich wusste das, und ich fragte mich, was mein Vater wohl über mich denken würde, wenn er es herausfand.

»Wir müssen töten, um zu überleben, so geht es in der Natur nun mal zu.«

Stimmte das? Es klang wahr, aber es fühlte sich nicht richtig an. Ich hatte genug Tierfilme gesehen – Impalas, die von Löwen gerissen wurden, Robben, die Killerwalen zum Opfer fielen, Kaninchen, die von Adlern davongetragen wurden –, um zu wissen, dass der Tod ein Teil des Lebens war. Aber Tiere werden von Instinkten regiert. Sie haben keine Wahl. Einige Tiere töten, um zu überleben, andere sind von Natur aus Beutetiere. Es heißt, dass die Menschen wegen ihrer Intelligenz eine höhere Position haben.

»Wie im Krieg?«, fragte ich leise. Ich wusste, dass ich mit gesenkter Stimme sprechen musste.

Mein Vater drehte sich zu mir um und sah mich erstaunt an, und tieftraurig. »Nein«, sagte er. »Nicht im mindesten wie im Krieg.«

Was war der Unterschied? Ich traute mich nicht zu fragen.

»Wenn du ein Tier tötest, um dich und deine Familie zu ernähren, ist das Teil einer Vereinbarung, die du mit der Erde hast.«

Ich schwieg. Nur unsere Atemzüge waren zu hören, dann und wann knackte ein Zweig unter unseren Schuhsohlen. »Heutzutage nehmen die Menschen nur noch, sie nehmen und nehmen, beuten die Natur aus. Bald wird die Rechnung fällig. Und diejenigen, die wissen, wie man überlebt, wenn die Zivilisation zerbricht, werden den Vertrag mit der Erde einhalten. Sich nur nehmen, was man braucht, um zu überleben. Nicht mehr.«

Ich war schweigsam, als wir weiterpirschten. Die Welt, die wir zurückgelassen hatten, war schnell verschwunden. Ohne Telefon, Kabel oder Internet schien alles, was ich gekannt und für die Wirklichkeit gehalten hatte, so fern wie ein Traum.

Das erste Zeichen der Hirschkuh war ihre Losung. Ein noch warmer Haufen, im Kot sah man Beeren.

Ein paar Schritte weiter dann ein angenagter Laubtrieb, das Ende fransig von den unteren Schneidezähnen. Die Zähne von Kaninchen verursachen scharfe, regelmäßige Schnittkanten. Aber wenn Rotwild sich über Laubtriebe hermacht, bleibt an den Blättern ein ausgefranster Rand zurück.

Mein Vater berührte den fransigen Zweig, nickte mir langsam zu und legte einen Finger auf die Lippen.

Und bald sahen wir sie. Eine Hirschkuh, die friedlich an einem Schneeballstrauch knabberte. Das gelbbraune Fell und die leuchtenden schwarzen Augen bildeten einen scharfen Kontrast zum satten Grün der Blätter. Als ich sie beobachtete, überkam mich ein Gefühl des Friedens – der Wind, das Zwitschern der Vögel, das leise Rascheln der äsenden Hirschkuh.

Die Augen meines Vaters blieben auf mich gerichtet, als ich die Armbrust vom Rücken nahm. Ich hatte seit Monaten damit geübt, und ihr Gewicht war mir vertraut. Ich zog einen Bolzen aus dem Köcher. Mittlerweile war ich geübt im Umgang mit der Armbrust, stellte einen Fuß in den Steigbügel, griff nach unten, zog die Bogensehne, bis sie in der Sicherung einrastete, und legte den Bolzen ein. Mein Vater machte keine Anstalten, mir zu helfen.

Ich hob den Bogen und spähte durch das Visier.

Jay hatte es abgelehnt, auf die Jagd zu gehen. *Ich weigere mich, für dich zu töten*, hatte er meinem Vater erklärt.

*Dann wirst du nicht essen*, hatte die Antwort gelautet. Es war ein Streit, der nicht in Gewalt endete, was selten vorkam.

*Ich bin Vegetarier.*

Mein Vater machte ein finsteres Gesicht. *Seit wann?*

*Seit heute.*

Ich war seine letzte Hoffnung, wenn wir die Endzeit überleben wollten, von der niemand außer ihm glaubte, dass sie angebrochen war. Die Gefriertruhe war voller Hot Dogs. Wahrscheinlich hätten wir notfalls ein Jahr davon leben können. Meine Mutter brachte jede Woche frische Lebensmittel aus der Stadt mit, und ich persönlich hätte leicht von Makkaroni mit Käse und getoasteten Waffeln leben können. Wir mussten also nicht wirklich töten, wenn wir am Leben bleiben wollten. Hielten wir trotzdem noch den Vertrag ein, den wir mit der Erde geschlossen hatten?

Ich beobachtete die äsende Hirschkuh. Sie hatte uns noch nicht entdeckt.

Ich brauchte nur auf einen trockenen Zweig zu treten, dann würde sie die Flucht ergreifen.

Aber ich spürte die Spannung des Bogens, den Druck der Erwartungen meines Vaters. Mein Arm war stark geworden, ich konnte zielen. Ich hatte sie im Visier. Mein Atem ging langsam und gleichmäßig. Es geschah fast ohne mein Zutun. Der Schuss löste sich, der Bolzen flog durch die Luft, fand sicher sein Ziel und grub sich tief ins Fleisch der Hirschkuh. Ihr Körper zuckte, die Augen waren wild vor Angst und Schmerz.

Sie brach zusammen, ohne einen Laut von sich zu geben.

Mein Vater wandte sich mir zu, stolze Überraschung in den Augen.

Es war gleichzeitig der schlimmste und der beste Augenblick meines Lebens.

Etwas in mir verschob und veränderte sich. Verzweiflung überkam mich. Ich hatte einem unschuldigen Geschöpf das Leben genommen – etwas, das nie ungeschehen gemacht werden konnte. Nie wieder würde ich der Mensch sein, der ich vor dieser Tat gewesen war. Nachdem der Bolzen sich gelöst und sein Ziel gefunden hatte, war ich für immer verändert.

Aber darunter lag eine tiefe Ruhe, die in einem neuen Wissen über die Welt begründet war. Dem Wissen, dass Leben und Tod gemeinsam existierten, wie ein unentwirrbares Knäuel. Mit diesem tiefen Begreifen kam eine schreckliche Ehrfurcht. Ich sank auf die Knie und begann leise zu weinen.

Mein Vater stand neben mir, legte die Hand auf meinen Scheitel und ließ sie dort liegen, bis ich zu ihm hochschaute. Sein Gesicht war müde und abgespannt, gequält.

»Ich weiß«, sagte er leise. »Es tut mir leid.«

# 29
# HEUTE

Ich verlasse den Gasthof und fahre in die Stadt. Der Himmel ist düstergrau, es wird bald regnen.

Nach einer kurzen Fahrt über den pittoresken Marktplatz und durch hübsche, von Bäumen gesäumte Straßen halte ich vor einem gepflegten Haus mit weißen Schindeln, rotbraunen Fensterläden und einer passend gestrichenen Haustür mit Messingklopfer. Die Sträucher sind ordentlich geschnitten, die Blumenbeete winterleer. Auf der kleinen Veranda stehen Weihnachtssterne in Töpfen, leuchtend rot und schneeweiß. Es ist so, wie ich es in Erinnerung habe, warm, einladend. Ein sicheres Haus.

Für mich ist es ein Trauma-Trigger, wie es in der modernen Trauma-Sprache heißt, ich bekomme Herzrasen, Angst steigt in mir auf, das vertraute Gefühl, dass die Welt unsicher ist und ich keine Kontrolle über das habe, was mit mir geschieht. Aber ich habe jahrelange Therapieerfahrung, also atme ich. Es ist wirklich so einfach. Atmen. Sich im Augenblick erden. Im Jetzt sein. Nach ein paar tiefen Atemzügen beruhigt sich mein Nervensystem.

Ich parke, hole den Zeitungsartikel, diesen Blick in die Vergangenheit, aus dem Karton mit deinen Habseligkeiten, und zwinge mich, die Schlagzeile zu lesen:

**Örtliche Polizei entdeckt Waffenlager auf Besitz von Weltuntergangs-Prepper**

Die verblichenen Schwarz-Weiß-Fotos lassen tiefsitzende Wahrnehmungs- und Erinnerungsreste hochkommen. Gewehrfeuer. Meine

Mutter, die so still auf dem Boden liegt, in ihrem Blut. Die Schreie meines Bruders. Mein Vater, der wütend meinen Namen brüllt. Ich jage in panischem Schrecken durch den Wald, Zweige peitschen mir ins Gesicht.

Der in dem Artikel erwähnte Polizist heißt Jones Cooper. Er steht mit grimmiger Miene neben Reihen von Sturmgewehren.

Als ich aus dem Auto steige, scheint die Luft kälter geworden zu sein, eine beißende nördliche Winterkälte. Der Burger von gestern Abend liegt mir wie ein Betonklotz im Magen, und die furchtbare schlaflose Nacht, die ich hinter mir habe, macht mich nervös und schreckhaft.

Ich ertappe mich dabei, nach dir Ausschau zu halten, einem Schatten, der hinter den Bäumen hervortritt, einer dunklen Gestalt am Rand meines Blickfelds. Bailey hat recht, glaube ich; du bist noch nicht fertig mit mir. Diese Textnachrichten und Mails. Du lockst mich. Ich spüre dich in der Nähe. Was willst du?

Als ich durch die Pforte im Jägerzaun trete, fliegt ein Rotkardinal auf, der im Gesträuch gesessen hat. Ein Aufblitzen von Rot. Ich folge dem kleinen weißen Wegweiser, auf dem steht: »Jones Cooper. Ermittlungen«. Er ist längst im Ruhestand und hat ein eigenes Detektivbüro aufgemacht. Laut seiner rudimentären Website ist er auf die Suche nach vermissten Personen spezialisiert, genau wie Bailey Kirk. Kein Wort davon, dass er einmal einem tief traumatisierten jungen Mädchen geholfen hat zu verschwinden. Das ist unser kleines Geheimnis.

Ghosting.

Heute hat das Wort eine ganz bestimmte Bedeutung. Aber früher nannte man es »ghosting«, wenn jemand die Identität einer anderen, verstorbenen Person etwa desselben Alters annahm. Der Betrüger schlüpft in das Leben des Verstorbenen und nimmt dessen Identität an. Er wird jemand anders.

Das Unterfangen wird erleichtert, wenn die verstorbene Person keine Angehörigen mehr hat. Wenn sie in einem anderen Bundesstaat verstarb als dem, in dem sie geboren wurde, jung und schuldenfrei war, nie abhängig beschäftigt. All das macht es leichter, in die Haut der Person zu schlüpfen.

Es ist kein Identitätsdiebstahl, so wie wir es heutzutage kennen. Es geht nicht darum, sich durch fremde Daten unrechtmäßig zu bereichern. Man verschwindet, das ist der Sinn. Man wirft sein altes, problematisches Leben ab und fängt als jemand anderes neu an. Heute ist das schwieriger als früher. Die Datenbanken der Behörden – Geburts- und Sterbeurkunden, Vorstrafenregister, Fingerabdrücke, DNA-Datensätze – sind digitalisiert, und die Bundesstaaten sind vernetzt und können untereinander Daten austauschen, was früher so nicht möglich war.

Damals, als ich ein gebrochenes, misshandeltes junges Mädchen war, das einen Alptraum überlebt hatte und sein hässliches Vermächtnis zurücklassen musste, um neu anfangen zu können, hatte ich Hilfe. Allein hätte ich das niemals schaffen können.

Ich klopfe an die Tür, und kurz darauf öffnet sie sich.

Jones Cooper ist kaum gealtert, er ist immer noch hochgewachsen und stark, kraftvolle Kieferpartie, leichter Bauchansatz. Vielleicht ist sein Haar etwas dünner geworden und sein Gesicht ein wenig faltiger, aber im Großen und Ganzen ist er derselbe geblieben, so tröstlich und vertraut wie eine alte Eiche.

»Schau dich nur an«, ruft er und streckt die Hand aus. »Wie erwachsen du geworden bist.«

Wir schütteln uns die Hand; er ist nicht der Typ für Umarmungen.

»Bin ich das?«, frage ich mit einem Lächeln. »Ich weiß nicht genau, ob ich mich wirklich erwachsen fühle.«

»Das tut niemand«, versichert er und klopft mir auf die Schulter. »Wir alle versuchen nur, irgendwie klarzukommen.«

»Gut zu wissen«, sage ich, als er mich hineinführt.

Der Raum ist spärlich möbliert, so wie ich es erwartet hätte, da ich ihn kenne. Das einzige Zugeständnis an Dekor irgendeiner Art ist ein Ölgemälde an der Wand, eine düster-schöne Baumgruppe.

»Ich weiß, dass du Kontakt zu Maggie hältst«, sagt er. »Sie hat mir versichert, dass du dich gut machst.«

Er lädt mich mit einer Handbewegung ein Platz zu nehmen, und ich sinke auf das graue Sofa, das hart aussieht, sich aber als überraschend weich erweist. Er setzt sich auf den Bürostuhl hinter dem Schreibtisch. Er hat einen uralten Computer, ein Festnetz-Telefon und eine große Rolodex-Kartei. Im Büro von Jones Cooper ist die Zeit stehengeblieben, so etwa in den späten Neunzigern.

»Es ist mir gut ergangen. Dank allem, was ihr für mich getan habt, Maggie und du.«

Dr. Maggie Cooper, meine Therapeutin, Mentorin, Freundin, hat mir geholfen, die zerbrochenen Teile meiner Psyche wieder zusammenzusetzen, und wenn die Erinnerungen mich überwältigen oder »Liebe Birdie« mit irgendeinem Problem überfordert ist, ist sie diejenige, an die ich mich wende. Wenn es um eine normale Trennung ginge, hätte ich sie vielleicht angerufen und um eine Sitzung gebeten, um meine Verlustgefühle zu verarbeiten – bei jedem neuen Verlust kommt bei traumatisierten Menschen vieles hoch. Aber hier geht es nicht um eine normale Trennung. Es ist etwas anderes.

»Wir haben ein Problem«, stellt er fest. Es war noch nie seine Art, um den heißen Brei herumzureden. »Ein Privatdetektiv ist in der Stadt und stellt Fragen.«

Er blickt auf seinen Schreibtisch, greift nach einer Karte und reicht sie mir.

»Der Mann heißt Bailey Kirk und arbeitet für eine große, wohlhabende High-Tech-Detektei namens Turner & Ives. Offenbar hat man dort einige unserer Geheimnisse aufgedeckt. Er war hier. Wir haben uns verpasst, aber er hat seine Karte dagelassen. Später haben wir Nachrichten ausgetauscht.«

Ich blicke auf die einfache weiße Visitenkarte. Wut steigt in mir auf, gemischt mit Angst. Gestern Abend hat Bailey Kirk mir noch versichert, dass er nicht mein Leben zerstören will.

»Er ist nicht der Einzige, der in der Vergangenheit herumwühlt«, sage ich.

Die Geschichte bricht förmlich aus mir heraus, ein wildes, konfuses Chaos. Torch, dein Verschwinden, der Lagerraum, Bailey Kirk, die vermissten Frauen, die Zigarettenstummel an Jays Grab, der Mann im Wald. Es hört sich bestimmt verrückt an, wie unsinniges Gefasel, aber Jones Cooper reibt sich das Kinn, hält die rauchblauen Augen fest auf mich gerichtet und brummt zustimmend an den richtigen Stellen.

Als ich fertig bin, stehe ich auf und gebe ihm den Zeitungsartikel. Er faltet ihn auseinander und betrachtet ihn kurz. Sein Gesicht verfinstert sich. Der Bürostuhl knarzt unter seinem Gewicht.

»Es kommt mir vor, als wäre es lange her«, sagt er.

Mir kommt es vor, als läge es hundert Jahre zurück und zugleich nur fünf Minuten, als wäre ich immer noch dort. Die Erinnerung ist wie ein Kaleidoskop, bei jedem neuen Lichteinfall sieht alles anders aus.

»Wo hast du den Artikel her?«, fragt er und blickt auf.

»Er war unter Adams Sachen. Irgendwie hat Adam von meiner Vergangenheit gewusst. Schon vor unserer ersten Begegnung. Aber ich begreife nicht, wie das möglich ist. Ich war so vorsichtig.«

Jones lehnt sich in seinem Stuhl zurück und starrt zur Decke, als würde sich dort alles noch einmal vor seinen Augen abspielen.

»Ich habe viele Fehler gemacht«, sagt er. »Wir hätten das anders handhaben sollen. Es tut mir leid.«

»Es geht hier nicht um Schuldzuweisungen, nach so vielen Jahren.«

Er atmet tief ein und stößt die Luft wieder aus. Dann erhebt er sich, tritt zu einem freistehenden Aktenschrank, zieht eine dicke Akte heraus und kehrt damit zum Schreibtisch zurück. Auf den Aktendeckel ist ein einziges Wort gekritzelt: GREENWOOD.

Ich fange an zu zittern. Und in meiner Mitte brodelt ein Vulkan.

Diese Nacht. Alles war so tief in mir vergraben. Nach einer

traumatischen Erfahrung kann eine segensreiche Amnesie einsetzen. Man distanziert sich von dem Geschehen, und es nimmt eine traumähnliche Qualität an, ist weit entfernt vom alltäglichen Leben. Aber es ist nicht fort, nur verborgen. Wenn es wieder an die Oberfläche gelangt, kommen starke Gefühle mit hoch. Wut. Schrecken, Entsetzen. Unendlich tiefe Traurigkeit.

»Ich versuche, die Puzzlestücke zusammenzusetzen. Deshalb bin ich zurückgekommen«, erkläre ich. »Können wir darüber reden? Über das, was passiert ist?«

Er öffnet die Akte und blättert sie durch. Von dort, wo ich sitze, kann ich amtliche Urkunden erkennen, Kopien von Zeitungsartikeln, ein paar Fotos. Aber ich beuge mich nicht vor, um besser sehen zu können.

»Das, was wir getan haben – war nicht vorschriftsmäßig. Es war nicht *legal*«, sagt er leise. »Wir hätten das Jugendamt einschalten sollen, aber ich habe es einfach nicht über mich gebracht. Du warst noch so jung, schienst so zerbrechlich, fast katatonisch vor Trauer. Du hattest alles verloren.«

Ich bin wieder dort, aber die Erinnerungen sind zusammenhanglos, zersplittert. Jones Cooper stützte mich, führte mich weg von den Schreien und Rufen, seinen starken Arm um meine Schultern gelegt. Ich war desorientiert vor Schock, unfähig, zusammenzufügen, was ich gesehen, getan, verloren hatte. In meinen Ohren rauschte es, ich bekam kaum Luft. Er hüllte mich in eine Decke, setzte mich auf den Rücksitz eines großen SUVs, tätigte einen Anruf. Seine Stimme war gedämpft, ich konnte nicht hören, was er sagte.

*Mein Bruder*, sagte ich, als er zu mir zurückkam. *Meine Mutter.*

Er legte eine Hand schwer auf meine Schulter. Sein Gesicht war ernst, aber freundlich. *Bleib hier sitzen, Kleine. Wir werden uns um dich kümmern.*

Danach weiß ich nichts mehr, bis Maggie kam, sich zuerst neben mich auf den Rücksitz setzte und mich dann zu einem anderen Auto führte.

*Das ist die schlimmste Nacht deines Lebens*, sagte sie. *Aber du wirst es überstehen.*

Dann fuhren wir weg, fort von meiner Familie, von meinem Zuhause. Ich weinte und weinte. *Bitte*, flehte ich – daran erinnere ich mich. *Bringen Sie mich nach Hause.* Ich dachte, es wäre ein Alptraum, aus dem ich gleich aufwachen würde. Aber ich wachte nicht auf.

»Wir hatten vor, am Morgen danach das Jugendamt zu informieren, nachdem du dich an einem sicheren Ort etwas ausruhen konntest«, fährt Jones fort. »Aber als ich später am Abend die Liste der Opfer sah, stand dein Name darauf. Ein Irrtum.«

Ich schweige, höre nur den Lärm aus meinen Erinnerungen: Gewehrfeuer. Schreie. Mein Vater, der meinen Namen brüllt. Der scharfe Geruch von Rauch und Kordit.

»Da kam mir eine Idee. Ich fragte mich, ob es nicht eine bessere Lösung gab, als dich dem kalten, gefühllosen System der Jugendfürsorge zu übergeben. Wir hatten beide schon zu oft erlebt, Maggie und ich, dass Kinder und Jugendliche daran zugrunde gegangen sind.«

Er zuckt mit den Achseln, als wäre er jetzt unsicher, ob es richtig war, das zu tun. Obwohl er weiß, dass es viel zu spät ist, noch irgendetwas daran zu ändern.

Ich erinnere mich an den Morgen danach, ich saß am sonnenbeschienenen Frühstückstisch der Coopers, vor mir eine kleine Schüssel mit Hafergrütze, die ich nicht anrührte. Draußen war ein grausam blauer, schöner Tag, und mein Leben lag in Scherben. Ich war wie betäubt, leer geweint, die Traurigkeit war zu einem Panzer verhärtet.

Jones Cooper saß am Küchentisch und ließ mir die Wahl. Ich konnte meinen Namen behalten und würde der Obhut des Jugendamts übergeben werden. Oder ich konnte einen anderen Namen annehmen, und die Coopers würden ein sicheres Zuhause für mich finden und mir helfen, seelisch zu gesunden und mir ein neues Leben aufzubauen. Ich entschied mich für diese Möglichkeit.

Es war überhaupt nur machbar, weil meine Familie so isoliert gelebt hatte, wie ich heute weiß. Niemand in der Stadt kannte mich oder die übrigen Bewohner oben auf unserem Besitz. In der Stadt bezeichnete man uns als »das Bergvolk«, seltsam und geheimnisvoll, Leute, die man besser mied.

»Maggie war dagegen, aber sie hat mitgespielt«, sagt Jones. »Wir können uns nicht vor der Wahrheit verstecken, meinte sie, oder sowas in der Richtung. Du kennst ja Maggie.«

Draußen hat der Wind aufgefrischt und rüttelt an den Fensterläden.

»Das Mädchen, dessen Leichnam mit deinem verwechselt wurde, war so alt wie du, ihre ganze Familie war ausgelöscht. Niemand in der Stadt kannte sie oder ihre Eltern. Also habe ich einen Bekannten im Standesamt um einen Gefallen gebeten.«

Es sagt das, als wäre es nichts. Aber in Wahrheit war es Betrug. Vielleicht wäre es irgendwo anders gar nicht möglich gewesen.

Aber das hier ist The Hollows. Hier gelten die üblichen Regeln nicht, diese Stadt hat ihre eigenen. Manchmal ist hier das Falsche das Richtige. The Hollows wird deine Geheimnisse bewahren.

»Wir haben dir ihre Geburtsurkunde und ihre Sozialversicherungsnummer gegeben«, fährt Jones fort. »Du konntest dir einen eigenen Namen aussuchen, und ihr Name wurde ordnungsgemäß geändert. Es wurde nie eine Sterbeurkunde für sie ausgestellt. Aber für Robin Carson. Also ist Robin Carson an jenem Tag gestorben.«

»Braucht eine Minderjährige nicht einen Vormund, um ihren Namen ändern zu können?«

Er wirft mir einen Blick zu. Ich verstehe und frage nicht weiter nach, wie das bewerkstelligt wurde.

Ich finde es unbeschreiblich traurig. Ein Mädchen wie ich, das verschwand, ohne eine Spur zu hinterlassen. Wir haben gesetzwidrig ihren Namen ausgelöscht, und es ist so, als hätte sie nie existiert. Schon komisch, wie unsere ganze Identität auf ein paar Stücken Papier beruht, wie man durch ein paar Tricksereien und ein gefälschtes Dokument eine ganze Existenz auslöschen und eine neue schaffen kann.

»Ich habe den Namen Wren Greenwood gewählt.« Einen Vogelnamen, so wie meine Mutter es gewollt hätte. Es war der Name, den meine imaginäre Freundin mir gab. Und als Nachname das Bild, das mir am meisten inneren Frieden schenkte, von Bäumen, die sich im Wind wiegen.

Er nickt nachdenklich. »Der Name passt zu dir.«

»Wie hieß sie? Das Mädchen, das gestorben ist?«

Er zögert. Noch mehr Details, über die er nicht reden will. Vielleicht ist es besser für ihn, wenn das Vergangene begraben bleibt. Vielleicht will er ihren Namen nicht laut aussprechen. Schließlich reicht er mir die Akte.

»Steht alles hier drin.«

»Weiß noch jemand Bescheid über das, was wir getan haben?«, frage ich.

»Der Mann vom Standesamt ist verstorben.« Sein Tonfall ist entschieden, endgültig. »Miss Lovely lebt auch nicht mehr.«

Miss Lovely, die Frau, die mich aufnahm, mir ein sicheres und komfortables Zuhause gab.

»Damit bleibt vermutlich nur Joy Martin.«

Joy Martin. Die Bibliothekarin der Historischen Gesellschaft von The Hollows und Miss Lovelys beste Freundin. Sie weiß alles über diese Stadt, aber sie kann Geheimnisse bewahren.

»Manchmal ist es besser, alte Ichs, alte Leben, alte Fehler hinter sich zu lassen«, sagt er.

»Das habe ich versucht. Aber es hat mich eingeholt.«

Er blickt auf den Zeitungsartikel.

»Was hast du Bailey Kirk erzählt?«, frage ich.

»Das, was in den Archiven zu finden ist. Nichts über dich oder das, was wir getan haben. Aber ich hatte das Gefühl, dass er bereits Bescheid weiß. Das, was wir getan haben, konnte vielleicht nur in einer kleinen Stadt wie dieser unentdeckt bleiben. Die Blicke der

Außenwelt waren nicht auf uns gerichtet; Bundespolizeibehörden wie das ATF oder das FBI wurden nicht hinzugezogen. Sonst wäre es unmöglich gewesen. Aber es blieb ein unbedeutender Fall, die landesweiten Medien haben nie darüber berichtet. Trotzdem, wenn man genauer hinsieht, in den Unterlagen wühlt, ist es vermutlich nicht allzu schwer, die Wahrheit herauszufinden.«

»Er sucht nach einer Verbindung zwischen mir und den vermissten Frauen. Seine Spur zu Mia Thorpe ist kalt.«

Jones nickt nachdenklich.

»Und wie sieht diese Verbindung aus, was meinst du?«, fragt er.

»Einsamkeit, eine Dating-App, bei der wir alle angemeldet waren – Torch –, frühe Traumata. Eine der vermissten Frauen, Melissa Farrow, hat auch hier in The Hollows gelebt. Kanntest du sie oder ihre Familie?«

Er kneift die Augen zusammen und blickt ins Leere.

»Der Name kommt mir bekannt vor. Gab es da nicht einen Brand? Ja, genau. Ihre Eltern kamen dabei ums Leben. Ihre Großeltern haben sie aufgenommen. Tragisch. Ist lange her.«

»Hast du Zugang zu irgendwelchen alten Akten zu dem Vorfall?«

»Ich kann den Polizeichef fragen. Vielleicht lässt er mich mal einen Blick reinwerfen. Sonst gibt es nur einen einzigen Menschen, der noch am Leben ist und die ganze Geschichte kennt und weiß, was in jener Nacht geschah. Der über dich Bescheid weiß und weiß, was getan wurde, um dich zu schützen.«

Meine Kehle wird trocken, und ich bringe kein Wort heraus.

»Dein Vater.«

Mein Vater.

Der Rotkardinal von vorhin sitzt jetzt auf dem Gartenzaun. Ich konzentriere mich auf das leuchtende Rot seines Federkleids. Ich wünschte, ich wäre ein Vogel und könnte davonfliegen.

Mein Vater lebt. Für mich ist er gestorben. Aber er ist am Leben.

»Hast du mit ihm gesprochen?«, fragt Jones, als ich schweige.

Ich schüttle den Kopf. Mein Vater. Der Mann, der meinen Bruder und meine Mutter umgebracht hat. Der verantwortlich ist für den Tod so vieler Menschen, unter anderem den eines namenlosen Mädchens, das meinetwegen offiziell weder geboren wurde noch starb, das es aber trotzdem gab.

Mein Geist. Oder bin ich ihr Geist?

»Es gibt nichts zu sagen.« Meine Stimme klingt angespannt, zittrig.

»Ich verstehe.« Er lässt zu, dass die Stille sich ausdehnt. Dann sagt er: »Mein Vater war auch kein guter Mensch. Den größten Teil meines Lebens hatten wir keinen Kontakt.«

»Aber dein Vater war kein Ungeheuer. Kein Mörder.«

»Es gibt alle möglichen Arten von Ungeheuern. Menschen fügen einander alle nur erdenklichen Arten von Schmerz zu.«

Das ist sehr wahr. Ich weiß es nur zu gut.

»Jedenfalls«, fährt er fort, als ich stumm bleibe. »Kurz vor seinem Tod habe ich ihn besucht. In meiner Vorstellung war er ein bösartiger Riese, weißt du. Ein Gigant, der mir Schmerzen zufügte. Ein Riese mit Händen wie Schaufeln und wutverzerrtem Gesicht. Ich hatte Angst. Obwohl ich ein Mann mittleren Alters war und selbst einen Sohn hatte, habe ich gezittert, als ich zu ihm fuhr.«

Er geht um seinen Schreibtisch herum und lässt sich schwerfällig am anderen Ende des Sofas nieder. Ich wende mich ihm zu.

»Aber er war nur noch ein winziges Männlein, kaum unter der Bettdecke auszumachen, blass und kahl. Er konnte nur noch flüstern. Ich setzte mich eine Weile zu ihm. Blätterte das Fotoalbum durch, das auf seinem Nachttisch lag. Es war seltsam. Er hatte meine Mutter verlassen, als ich noch ein Kind war. Wir hatten nie wieder etwas von ihm gehört. Aber sein Fotoalbum war voller Bilder von mir – ich im Footballtrikot, bei der Abschlussfeier der Polizeiakademie. Es gab sogar ein Hochzeitsfoto. Wie sich herausstellte, hatte Maggie ihm die ganzen Jahre über Fotos von mir geschickt. Weißt du, was er gesagt hat?«

»Was denn?«

»Er sagte: ›Ich habe Fehler gemacht. Es tut mir leid‹.«

Einen Moment sitzen wir beide schweigend da, seine Worte hängen in der Luft.

Jones räuspert sich und beugt sich vor. »Zu wenig, zu spät, klar. Aber immerhin. Es hatte etwas Heilsames. Das Wissen, dass er nur ein Mensch war, der Fehler gemacht hat, der es nicht besser wusste, dessen eigener Vater ihn vermutlich windelweich geprügelt hatte.«

Ich blicke auf meine Hände. Den Schmerz auf seinem Gesicht will ich nicht sehen.

Von irgendwo über uns kommt Musik, harte Rock-Riffs. »Dein Vater war ... krank«, sagt Jones.

»Ich weiß.«

»Ich sage nicht, dass du ihm vergeben kannst, schon gar nicht, dass du ihm vergeben sollst. Ich meine nur, dass ein Gespräch mit ihm dir vielleicht helfen könnte, nicht mehr vor der Vergangenheit davonzulaufen, sondern dich damit auseinanderzusetzen. Sie zu verstehen. Damit klarzukommen.«

»Aber darum geht es hier nicht.«

»Nicht?«

Was würde ich antworten, wenn Wren Greenwood an Birdie schriebe?

*Liebe Birdie,*
*ich kann meinem Vater nicht vergeben, dass er meine Mutter und meinen Bruder umgebracht hat. Seitdem verstecke ich mich, vor jener schrecklichen Nacht, vor ihm, vor mir selbst.*

Ich würde ihr raten, sich ihren Dämonen zu stellen, auch ihrem Vater. Ich würde ihr raten, sich mit der Vergangenheit auseinanderzusetzen, sich ihren Namen zurückzuholen. Wie seltsam, dass ich meine eigenen Ratschläge so selten befolge.

»Wie ich gehört habe, hilft er jetzt anderen.« Jones ist aufgestanden und ans Fenster getreten, er spielt mit einem Riegel, der locker zu sein scheint.

»Was meinst du damit?« Meine Kehle ist wie zugeschnürt, in meiner Brust ein Engegefühl.

»Er ist jetzt so eine Art Gefängnisprediger.«

»Willst du mir erzählen, dass er zu Gott gefunden hat?«

»Zu irgendetwas hat er jedenfalls gefunden«, sagt er. »Er lehrt Achtsamkeit und Meditation. Er erteilt Ratschläge. Er berät Menschen im Todestrakt.«

Ich finde die Vorstellung empörend. Er ist es, der tot sein sollte. Und meine Mutter und mein Bruder sollten leben. Er sollte nicht die Chance bekommen, sich reinzuwaschen, indem er anderen hilft.

»Woher weißt du das?«, frage ich.

»Ich behalte die Leute gern im Blick, zu deren Verhaftung ich beigetragen habe. Auch alle, denen ich geholfen habe, meine Klienten. Ich weiß gern, wie es weitergeht.«

»Hast du auch mich im Blick behalten?«

»Natürlich«, sagt er.

Er dreht sich zu mir, lächelt freundlich, verschränkt die Arme vor dem Bauch. In dem Licht, das durchs Fenster fällt, sieht man, dass er mehr gealtert ist, als ich zuerst dachte – die Falten in seinem Gesicht sind tiefer, die Haut an seinem Kinn ist schlaff. Er sieht aber immer noch gut aus. Für sein Alter.

»In deinem Fall war mein Urteilsvermögen vielleicht nicht so besonders«, sagt er. »Vielleicht habe ich nicht die richtigen Entscheidungen für dich getroffen. Wir haben das Gesetz gebrochen, die Identität eines jungen Mädchens gestohlen. Wir haben Papiere gefälscht. Das war falsch.«

Bedauern, Reue. Wir alle erleben das früher oder später. Was hätte sein können. Was wir anders hätten machen können.

»Du hast getan, was du für das Richtige hieltest. Das weiß ich. Und es *war* richtig. Ich wurde nicht von den Medien verfolgt, von Massenmörder-Fans gestalkt oder von irgendwelchen True-Crime-

Podcastern aufgespürt. Alle denken, dass ich in jener Nacht gestorben bin. Und in gewisser Weise bin ich das auch. Außerdem war es meine Entscheidung. Ich wollte einen neuen Namen, ein neues Ich.«

»Aber du warst noch so jung. Du warst nicht wirklich fähig, eine fundierte Entscheidung zu treffen.«

»Aber was wäre gewesen, wenn du dich an die Vorschriften gehalten hättest? Ich wäre zu Pflegeeltern gekommen. Eine Sache mit höchst ungewissem Ausgang.«

Er neigt den Kopf, hält den Blick gesenkt.

»Stattdessen hast du mir den Weg in ein neues Leben geebnet. Du hast mir geholfen, einen neuen Namen zu bekommen. Und du hast mich zu Miss Lovely gebracht.«

Miss Lovely, die Eigentümerin des Blue House Inn. Damals leitete sie eine Wohngruppe für Kinder und Jugendliche.

Nachdem meine Welt untergegangen war, gab sie mir einen sicheren Ort, an dem ich leben konnte. Sie unterrichtete mich zu Hause, bis ich meinen externen Schulabschluss machte, und half mir bei den College-Bewerbungen. Während der paar Jahre, die ich bei ihr verbrachte, gab es noch andere Kids, sie kamen und gingen. Ein Ausreißer, den sie am Busbahnhof aufgelesen hatte, blieb nur ein paar Nächte und haute dann mit dem Haushaltsgeld ab, das sie in einer Dose im Küchenschrank aufbewahrte. Es gab noch einen anderen Jungen, dessen Mutter gestorben war, sein Vater machte einen Entzug. Er war still, las sehr viel. Er war nicht lange da und redete wenig.

Ich habe nur schwache Erinnerungen an ihn oder an irgendetwas anderes aus dieser Zeit. Ich war wie von einem Trauernebel umfangen. Aber Miss Lovely sorgte für uns alle, mit Freundlichkeit und Lachen. Sie brachte mir das Kochen bei, das Nähen, das Bett zu machen wie bei der Armee. Sie ist verstorben. Ihre Tochter, die bereits erwachsen war, als ich zu ihr kam, ist jetzt Eigentümerin des Gasthofs, sie hat ihn verpachtet. Sie setzt nie einen Fuß in die Stadt.

»Miss Lovely war gut zu mir. Und Maggie Cooper auch. Die beiden haben mir geholfen, heil zu werden, mir ein eigenes Leben aufzubauen.«

»Ja, aber Maggie hatte recht. Wir können uns nicht vor der Wahrheit verstecken.« Er geht zum Schreibtisch, greift nach dem Zeitungsartikel und hält ihn mir hin.

»Vielleicht nicht«, räume ich ein und nehme den Artikel entgegen.

»Was kann ich sonst noch tun, um dir zu helfen?«, fragt er.

Jones Cooper ist hier geboren. Er weiß, was in The Hollows läuft, er kennt die Geschichte der Stadt, hat Zugang zu all ihren finsteren Gängen. Vielleicht bin ich aus diesem Grund hier. Er ist der Führer, den ich an diesem Ort brauche. Wenn es irgendeine Verbindung zwischen den Vorgängen jetzt und den Geschehnissen damals gibt, ist Jones Cooper der richtige Ansprechpartner.

Ich erzähle ihm vom Darknet, von dem Mann, der mir geholfen hat, eine Online-Existenz für Wren Greenwood zu schaffen und alle Spuren meiner Vergangenheit auszulöschen. Ich berichte, dass ich mich jetzt wieder an ihn gewandt habe, um festzustellen, was er weiß, was er herausfinden kann. Ich sage ihm, was ich dafür bezahlt habe, und dass ich auf das Ergebnis warte. Die Sache gefällt ihm nicht. Er sieht mich stirnrunzelnd an.

»Das Darknet«, sagt er. »Ist das real? Ich habe es immer für eine urbane Legende gehalten.«

»Es ist sehr real.«

»Ich verstehe das nicht.«

Da tut sich eine tiefe Kluft zwischen unseren Generationen auf. Ich bin in die digitale Welt hineingeboren worden, er hat sich spät und nur zögernd darauf eingelassen. Sein Desktop-PC ist uralt, hat einen riesigen Bildschirm und ein klobiges Gehäuse, das auf dem Boden steht. Auf dem Couchtisch liegt ein Klapphandy.

Ich erkläre es ihm. »Es ist ein Teil des Internets, in dem die Verbindungsdaten anonymisiert werden. Im konventionellen Netz, das Server wie Safari oder Chrome benutzt, hinterlässt man eine digitale

Spur, die jeder verfolgen kann. Aber im Darknet, in das man sich mit Tor einloggt, ist man völlig anonym. Es ist ein Schwarzmarkt für ... alles. Waffen. Drogen. Auftragskiller. Identitätswechsel. Man findet da Leute, die einem alles besorgen können, sämtliche Waren und alle Dienstleistungen.«

Er zieht die Augenbrauen hoch, stets der Skeptiker.

»Und dieser Mann, Adam ... ihn hast du auch im Netz kennengelernt.«

»Richtig.«

»Ich erkenne da ein Muster. Je weiter man sich von der wirklichen Welt entfernt, desto dunkler und gefährlicher wird es.«

Da ist was dran.

»Aber so ist das heute nun mal.«

»Das müsste es aber nicht.«

»Jetzt hörst du dich an wie mein Vater. Er wollte der modernen Technik entkommen, der Welt der Menschen. Er erzählte uns, dass ihre Welt zusammenbrechen würde, dass der weltweite Kollaps kurz bevorstünde. Aber auf unserem Land würden wir sicher sein, davon war er überzeugt. Wo wir leben konnten, wie es gedacht war, im Einklang mit der Natur.«

Er nickt nachdenklich und lehnt sich gegen den Schreibtisch, die Hände in den Hosentaschen.

»Aber die Menschenwelt ist noch da«, fahre ich fort. »Während unsere Welt auseinanderbrach. Zerschlagen wurde.«

Er nickt leicht, nimmt alles in sich auf, denkt darüber nach.

»Also«, sagt er schließlich. »Ich gehe noch mal meine Fallnotizen durch und rede mit dem neuen Polizeichef. Ich forsche ein wenig nach.«

»Und du suchst wonach?«

»Das werde ich wissen, wenn ich es gefunden habe.«

Das bringt mich zum Lächeln, diese pragmatische Herangehensweise. Er steht mit beiden Beinen fest auf dem Boden der Tatsachen.

Er wirft einen Blick auf die Uhr. »Ich glaube, Maggie erwartet uns beide zum Essen.«

»Ich sollte wirklich allmählich los«, sage ich.

»Bleib noch«, sagt er. Ganz sanft, eine freundliche Aufforderung. »Deine Probleme können bis nach dem Mittagessen mit alten Freunden warten.«

Hier läuft alles langsamer. Das war es, was mein Vater so am Landleben geliebt hat. Wenn man die Stadt verlässt, atmet man tief ein und langsam wieder aus. Das frenetische Tempo unserer modernen Welt bleibt hinter einem zurück.

Der Handyempfang lässt zu wünschen übrig, oft gibt es überhaupt kein Netz, die Verbindung bricht mittendrin ab oder Anrufe kommen gar nicht erst durch. Sprachnachrichten dauern. Mein Smartphone ist seltsam still geworden. Ich muss zurück zu meinem Laptop, um meine Mails checken zu können. Aus irgendwelchen Gründen erfolgt hier kein Download aufs Smartphone.

Es gibt keine mehrspurigen Straßen, keine Hupkonzerte, kein Sirenengeheul, keinen Lärm. Stattdessen herrscht Stille. Ich will die Anziehungskraft dieses Ortes und seine Versprechungen nicht fühlen. Aber ich tue es. Ich weiß, warum mein Vater sein Land so geliebt hat. Warum er dachte, wir könnten hier ein anderes Leben führen.

Wiederverwilderung.

Ich nehme Jones' Einladung mit einem Nicken an. »Klar«, sage ich. »Ich bleibe sehr gerne zum Essen.«

Denn schließlich, wozu die Eile? Wenn das tatsächlich du warst, der mir gestern Abend geschrieben hat, Adam, wenn du »Der Unverziehene« bist, dann habe ich dich garantiert verschreckt, weil ich dir keine Versprechungen gemacht habe. Vermutlich bist du längst über alle Berge, und alle meine Versuche, dir hinterherzujagen, werden vermutlich so enden, wie es angefangen hat: Ich werde allein sein, ein Geist, der sich hinter einem falschen Namen versteckt.

Jones klopft mir beifällig auf die Schulter. »Mit einem vollen Magen geht alles leichter.«

Ich weiß, du würdest ihm da zustimmen.

In meinem Kopf dreht sich alles. Du, mein Vater, meine Vergangenheit, das tote Mädchen, dessen Namen ich gestohlen habe, Bailey Kirk, seine verschwundene Mia, Melissa Farrow, »Liebe Birdie«. Aber anstatt hinter dir oder ihnen herzujagen, folge ich Jones Cooper einen langen Flur hinunter.

Für ein kleines Mittagessen ist immer Zeit.

# 30

Nach meinem Gespräch mit Jones schwirrt mir der Kopf, Vergangenheit und Gegenwart drehen sich im Kreis. Aber das Essen mit den Coopers hat mich ruhiger gemacht, zentrierter. Jones' Pragmatismus, Maggies Weisheit, gegrillte Käsesandwiches und Tomatensuppe – ich bin gestärkt und gekräftigt durch das Zusammensein mit den beiden. Und eins ist klar: Es ist Zeit herauszufinden, was Bailey Kirk so alles weiß.

Das Motel 8 ist ein flaches, langgezogenes Gebäude, ein typisches Motel direkt an der Straße mit einer Reihe grauer Türen und rechteckiger Fenster mit zugezogenen Vorhängen. Ein großes, leuchtendes Neonschild verkündet, dass noch Zimmer frei sind.

Ich bin schon häufig daran vorbeigefahren und habe mich immer gefragt, wer wohl hier absteigt. Lkw-Fahrer vermutlich, oder Outdoor-Typen auf dem Weg zu einem Zeltlager, Angler, die ihr Glück am nahen Fluss versuchen wollen, Jäger mit der Absicht, die wachsende Hirschpopulation einzudämmen. Privatdetektive auf der Suche nach vermissten Mädchen, einer Spur folgend, die sie irgendwie an diesen abgelegenen Ort geführt hat. Die Kellnerin hat mir Baileys Geländewagen beschrieben, aber ich sehe ihn nicht. *Ein nagelneuer schwarzer Geländewagen*, hat sie gesagt. Auf dem fast leeren Parkplatz stehen nur zwei Autos, ein weißer Toyota und ein ramponierter alter VW-Bus.

Was tue ich hier? Diese ganze Unternehmung kommt mir inzwischen vor wie ein unwirklicher Traum. Dein Verschwinden, mein Gespräch mit Jones, die Gedanken an meinen Vater, an The Hollows, alles wirbelt mir wild im Kopf herum. Ich habe die Verbindung zu der Welt verloren, die ich zurückgelassen habe.

Mein Handy, das auf dem Beifahrersitz liegt, vibriert.

Jax: Bist du auf dem Rückweg?

Sie muss mich mit der App im Auge behalten und gesehen haben, dass ich die Stadt verlassen habe.

Noch nicht, schreibe ich.

Die kleinen grauen Punkte pulsieren. Dann kommt: Du hast es versprochen.

Ich weiß. Bald.

Ruf mich an.

Wren, ich mein's ernst. Ruf mich an.

Ich steige aus dem Auto und gehe zur Rezeption. Ein Glöckchen klingelt und kündigt meine Ankunft an, und ein verhutzelter alter Mann, der hinter dem Tresen sitzt, blickt von seinem Taschenbuch auf. Sein Gesicht sieht aus wie ein Baseball-Handschuh, das Ergebnis von lebenslang ignorierten Warnungen vor zu viel Sonne. Er rückt sein schwarzes Brillengestell zurecht und sieht mich an. Die Augen wirken cartoonhaft groß hinter den dicken Gläsern.

»Kann ich helfen, Miss?«

»Ich bin auf der Suche nach einem Freund«, sage ich.

Er legt sein Taschenbuch hin, irgendein Militärroman, nach den grellen Farben und der Silhouette des Soldaten auf dem Cover zu urteilen. Der Umschlag ist eingerissen und zerknittert.

»Sie sind doch recht hübsch«, sagt er. »Ich wette, Sie haben keine Probleme damit, Freunde zu finden.«

Das ist ein Beispiel dafür, was Männer heutzutage nicht sagen sollten – es ist irgendwie fürsorglich und beleidigend zugleich. Aber ich lächle trotzdem, weil er ein alter Mann mit Bierbauch ist, dem nur noch ein paar graue Haarsträhnen geblieben sind. In seiner Vorstellung geht sein Spruch bestimmt als charmant durch; er ist, als hätte er ihn einem sehr alten Buch entnommen, in einer Sprache verfasst, die die meisten gern vergessen würden. Vermutlich ist es zu spät, ihn eines Besseren zu belehren, der Mensch ist eben ein Gewohnheitstier.

»Ich bin auf der Suche nach einem ganz bestimmten Freund«, erkläre ich. »Er heißt Bailey Kirk.«

Er deutet auf das Gästebuch, und als ich seinem Zeigefinger mit dem Blick folge, sehe ich Baileys Namen in wackeliger Schreibschrift.

»Ist noch nicht lange hier«, sagt der alte Mann. »Wird vielleicht eine Weile bleiben. Ruhiger Gast, macht keine Probleme. Ist den Großteil des Tages unterwegs.« Er deutet auf eine Kaffeemaschine, die schon bessere Tage gesehen hat. »Frühaufsteher. Kommt morgens her, um einen Kaffee zu trinken.«

So viel zum Schutz der Privatsphäre.

Gerade will ich hoch pokern und fragen, welches Zimmer er hat, als mir das Schlüsselbrett hinter ihm ins Auge fällt. Es fehlt nur ein Schlüssel. Zimmer 12.

»Wann kommt er denn meistens zurück?«, frage ich stattdessen.

»Schwer zu sagen.« Er deutet mit dem Kopf auf mein Smartphone, das ich in der Hand halte. »Seid ihr Kids heutzutage nicht in ständigem Kontakt miteinander? Können Sie ihm nicht eine Nachricht schicken oder so? Wenn er ein Freund von Ihnen ist.«

Kids.

»Gute Idee«, sage ich leichthin. »Das mache ich. Vielen Dank.«

Ich will gerade gehen, als noch etwas kommt. »Er ist neugierig.«

»Oh?« Ich drehe mich um.

»Stellt viele Fragen.« Das überrascht mich nicht.

»Was für Fragen?«

»Über Dinge, Leute und Orte, die die meisten hier lieber vergessen würden. Niemand hat es gern, wenn jemand in der Vergangenheit herumwühlt.«

Ich kehre zur Rezeption zurück. Die holzvertäfelten Wände sind mit Angelausrüstung dekoriert – Ruten und Netze, Fliegen und Blinker, Rollen. Fotos von Naturburschen, die Forellen und Barsche hochhalten, die Rahmen sind verzogen, das Glas milchig. Auf einem der Bilder erkenne ich den Mann vom Empfang wieder, viele Jahre jünger, er sieht sehr männlich aus und glücklich über einen großen Fang.

»Über was zum Beispiel?«

»Über diese Gruppe, die vor Jahren da oben in den Bergen lebte, Weltuntergangs-Prepper. Diese unschöne Sache mit den Waffen und der Polizei. Menschen sind gestorben. Eine Tragödie.«

Er schüttelt den Kopf, geht hinter den Empfangstresen und schenkt sich einen Kaffee ein. Fragend hält er einen Styroporbecher hoch, und ich nicke, nur um freundlich zu sein, und kämpfe eine Woge der Übelkeit nieder. Normalerweise habe ich einen eisernen Magen.

»Was wollte er denn darüber wissen?«

Er reicht mir einen schwarzen Kaffee. Er riecht bitter und abgestanden, aber der Höflichkeit halber nehme ich trotzdem einen Schluck. Wie zu erwarten war, schmeckt er absolut grauenhaft. Mir dreht sich der Magen um.

Der alte Mann geht zu der Sitzgruppe, aus der die Lounge des Motels besteht, und setzt sich auf das lädierte karierte Sofa. Ich nehme auf dem Sessel ihm gegenüber Platz. Immer noch warte ich darauf, dass er meine Frage beantwortet, und will ihn gerade daran erinnern, als er endlich sagt: »Er wollte wissen, wer dort oben gelebt hat. Ob ich noch irgendwelche Namen wüsste. Ob ich wüsste, was aus den Leuten geworden ist, die nach dem Vorfall von hier weggingen, ob irgendwelche Kinder dabei waren. Ob noch jemand von ihnen in der Stadt lebt.«

»Was haben Sie ihm erzählt?«

Mit der freien Hand reibt er sich das Knie. Seine Knöchel sind geschwollen, die Finger gekrümmt von Arthritis.

»Dieses Land war seit Generationen im Besitz derselben Familie.«

Das ist mir bekannt. Es gehört meiner Familie. Oder vielmehr, es gehört mir. Weil von meiner Familie sonst keiner mehr übrig ist.

»Jetzt ist es verlassen. Aber die Leute da oben wollten nur ein anderes Leben führen, auf die alte Weise leben, wissen Sie, als Selbstversorger, sich nur das nehmen, was sie brauchten.«

Mein Handy vibriert unablässig. Ich werfe einen Blick darauf und sehe eine Reihe von Nachrichten von Jax.

Was ist das Motel 8, und was hast du dort zu suchen?
Ich habe das Gefühl, dass man mich demnächst für einen True-Crime-Podcast interviewen wird, wenn du verschwunden bist.
Ruf mich an, oder ich reise dir hinterher.
Wren, ich mein's ernst.

Ich schiebe das Handy in die Hosentasche. Als ich aufblicke, stelle ich fest, dass der alte Mann mich mustert. Ich habe ihn nicht nach seinem Namen gefragt, und es erscheint mir ungehobelt, das jetzt nachzuholen.

»Das Land gehört der Carson-Familie. Die anderen waren nicht von hier, an ihre Namen erinnere ich mich nicht. Nach der Razzia haben sie sich in alle Winde zerstreut. Von ihnen ist niemand mehr hier.«

»Wie viele Familien haben dort oben gelebt?«, frage ich. Ich kenne die Antwort tatsächlich nicht. Meine Sicht der Welt war damals die eines Kindes, absolut kurzsichtig, und ich war völlig in Anspruch genommen von meinen eigenen Bedürfnissen, Ängsten, Vorlieben und Abneigungen. Ich erinnere mich daran, dass noch andere Leute dort waren, aber nicht an ihre Namen. Die Gesichter sind verblasst. Ich muss sogar schon tief in meinem Gedächtnis graben, um mich an meine Mutter und Jay zu erinnern, an ihre Augen, ihre Stimmen.

»Die Carsons und vielleicht noch zwei weitere Familien.« Er reibt sich das Kinn. »Sie blieben für sich. Sie waren fast komplette Selbstversorger. Keine schlechte Art zu leben eigentlich. Was sie in die Bredouille brachte, waren die Waffen. Irgendwer hat sie gemeldet.« Die Stimme des alten Mannes reißt mich zurück in den Augenblick, diese seltsame Motel-Lobby. Der Himmel draußen ist von einem verblüffend heiteren Blau, grüne Tannenwipfel wiegen sich im Wind. »Deshalb ist die Polizei da hoch. Als sie das Gelände durchsuchen wollte, begann jemand zu schießen, und die Lage geriet außer Kontrolle. Eine Katastrophe.«

Er deutet auf etwas über dem Fernsehgerät an der Wand, das ich noch nicht bemerkt habe. Eine dunkelblaue Uniform in einem Schaukasten-Bilderrahmen, daneben gerahmte Orden und Militärmarken.

»Luke Carson, der Mann, dem das Land gehörte.« Er hält einen Finger an seine Schläfe und zeichnet einen langsamen Kreis. »Der Krieg. Macht einen verrückt, wenn man es zulässt. Manche kehren nie wirklich nach Hause zurück.«

*Der Mann, der gegangen ist, ist nie zurückgekehrt*, flüsterte meine Mutter mir einmal ins Ohr, wenn sie, wie so oft, in meinem Bett schlief. *Ich dachte, ich könnte ihn heilen.*

»Er soll seine Familie umgebracht haben, aber ich finde das schwer zu glauben.«

»Sie kannten ihn?«

»Ich kannte ihn, als er noch ein Junge war. Er war ein echter Sonnenschein, immer freundlich und höflich. Seine Eltern waren gute Leute.«

Ich habe meine Großeltern nie kennengelernt. In gewisser Weise habe ich auch meinen Vater nicht richtig gekannt.

»Die Mutter war Näherin, der Vater Tischler. Aber sie lebten praktisch autark da oben, gingen auf die Jagd und betrieben Landwirtschaft. Luke ist mit meinem Sohn zur Schule gegangen. Nach der High School ist er von hier weg. Wie ich hörte, ist er zur Army gegangen. Als ich ihn wiedersah, war alles Licht in ihm erloschen. Ich glaube, er wollte einfach zu diesem Ort zurückkehren, zu seinem alten Leben. Aber die Welt hat ihn nicht gelassen.«

Ich verspüre einen seltenen Anflug von Mitgefühl für meinen Vater, diesen sonnigen Jungen, der mit Idealen und Träumen in den Krieg zog und als gebrochener, kranker Mann heimkehrte, aber ich ersticke es im Keim. Diesen liebenswerten Jungen, an den der alte Mann sich erinnert, kenne ich nicht.

»Haben Sie das alles auch Bailey Kirk erzählt?«, frage ich.

Er schüttelt den Kopf. »Ich habe ihm die Wahrheit gesagt, nämlich, dass ich mich nicht mehr an viel erinnere, aber dass es jemanden gibt, der mehr wissen könnte.«

»Und wer wäre das?«

»Joy von der Historischen Gesellschaft. Es ist nicht nur ihr Job, sondern auch ihre Berufung, die Annalen von The Hollows zu führen. Vielleicht sollten Sie mal bei ihr vorbeischauen.«

»Ich habe Ihren Namen gar nicht mitbekommen«, sage ich, als ich aufstehe, und strecke ihm die Hand hin.

»Bob Shaw.« Sein Handschlag ist überraschend fest. Ein sauberer, frischer Geruch nach Weichspüler umgibt ihn.

»Ich bin Wren.«

»Ich hoffe, Sie finden, wonach Sie suchen«, sagt er in das Schweigen hinein, kehrt zu seinem Platz hinter dem Tresen zurück, greift nach seinem Buch und beginnt wieder zu lesen. Ich stehe kurz da wie bestellt und nicht abgeholt, und all meine unausgesprochenen Fragen bleiben mir im Hals stecken.

Bin ich nicht hergekommen, um nach dir zu suchen?

Oder bin ich auf der Suche nach etwas ganz anderem?

Draußen hat sich der Himmel plötzlich verdunkelt.

Auf meinem Handy ist eine Ansammlung von Nachrichten und verpassten Anrufen, die meisten von Jax, eine von meinem Vermögensberater. Und eine Textnachricht von einer unbekannten Nummer:

> Ich verrinne, ich verrinne / wie Sand, der durch Finger rinnt. / Ich habe auf einmal so viele Sinne, / die alle anders durstig sind.

Rilke.

Ich hole tief Luft, starre auf die Wörter und ertappe mich dann dabei, dass ich mich suchend umschaue. Die Motelzimmer, die Bäume auf der anderen Straßenseite, die geparkten Autos. Bist du hier? Beobachtest du mich? Mir ist plötzlich ganz kalt, meine Nerven sind angespannt, liegen blank. Wird gleich deine große, dunkle Gestalt zwischen den Bäumen hervortreten oder hinter dem Müllcontainer auftauchen?

Ein rotes Auto rast vorbei, wirbelt Erde und Laub auf.

Ich bin allein.

Wie soll ich reagieren? Ich könnte selbst mit ein paar Rilke-Zeilen antworten:

> Lösch mir die Augen aus: ich kann dich sehn, / wirf mir die Ohren zu: ich kann dich hören.

Geh nicht. Komm zurück zu mir. Lass mich alles von dir sehen.

Stattdessen antworte ich gar nicht auf die Nachricht. Mein Herz rast, meine Hände zittern.

Du entgleitest mir, wie Sand, der durch Finger rinnt. Und ich sollte dich loslassen.

Aber ich kann es nicht, und ich will es nicht. Ich gehe zu Zimmer 12.

# 31

Ich habe einige Fähigkeiten. Fähigkeiten, die ich normalerweise nicht einsetze. Ich kann mit einer Pistole umgehen. Ich kann Schusswaffen auseinandernehmen, reinigen und wieder zusammensetzen. Ich kann mit einer Armbrust jagen. Einen Nutzgarten anlegen und pflegen. Ich kann angeln. Meinen Fang abschuppen und ausnehmen. Ich kann ohne Streichhölzer Feuer machen. Wenn von mir verlangt würde, in der Welt zu überleben, die mein Vater sich vorgestellt hatte, würde ich wahrscheinlich ganz gut zurechtkommen.

Es ist die moderne Welt, die mir die meisten Probleme bereitet hat.

Ich kann auch ein einfaches Schloss wie das hier mit einer Kreditkarte knacken. Ich trete dicht an die Tür des Motelzimmers und schiebe meine robuste American-Express-Platin-Karte in den Spalt zwischen Tür und Rahmen. Ich lasse sie unter die Schrägfalle gleiten, drücke sie zurück, und die Tür springt auf. Das klappt nicht bei allen Schlössern, aber dieses hier bietet praktisch überhaupt keinen Schutz.

Das Zimmer ist dunkel, die Vorhänge sind zugezogen. Ich sollte nicht hier sein. Das ist nicht richtig. Trotzdem trete ich ein und schließe die Tür hinter mir, wobei ich hoffe, dass Bob Shaw mich nicht beobachtet und die Polizei gerufen hat.

Bailey Kirks Koffer liegt aufgeklappt auf einem Stuhl neben einem kleinen Tisch. Der Koffer ist kompakt und schwarz, die Klamotten darin sind akkurat gefaltet. Alle sind grau, schwarz oder blau, die Farbpalette, die ich von ihm kenne.

Das Bett ist ordentlich gemacht. Auf dem Nachttisch liegt ein Stapel Bücher, eins über das Darknet, ein dicker Band über Identitätsdiebstahl und eine komplette Sherlock-Holmes-Ausgabe. Was mich zum Lächeln bringt, denn die meisten Privatdetektive fahren voll auf das Abenteuer ab, werden in ihrer Vorstellung selbst zum Helden einer Detektivgeschichte. Jones Cooper nicht, er ist da die Ausnahme. Ihm geht es um die Sache, die Menschen, darum, das Richtige zu tun. Welchen Eindruck er auf andere macht, ist ihm egal. Dieses Gefühl hatte ich eigentlich auch bei Bailey Kirk, ich dachte, dass die beiden aus demselben Holz geschnitzt wären. Aber der Sherlock-Holmes-Wälzer gibt mir zu denken.

Im Bad liegt ein ordentlich gepackter Kulturbeutel. Zahnbürste, Zahnpasta, Rasierer und Deo sind sorgsam eingeräumt. Keine Spur von Schmutz oder Unordnung. Das ist mir auch an dir aufgefallen, Adam; bei dir war stets alles an seinem Platz, penibel arrangiert. Ich weiß, die meisten Männer neigen zu Schlamperei, aber mein Vater war genauso penibel, mein Bruder ebenfalls. Ich fühle mich hingezogen zu Ordnung, dem sorgfältigen Arrangieren der Dinge, die wir besitzen. Ich rühre nichts an.

Auf dem Schreibtisch entdecke ich Baileys Laptop und einen Stapel Akten.

Ich setze mich auf den Stuhl und klappe den Laptop auf, nur um festzustellen, dass er erwartungsgemäß passwortgeschützt ist. Ich kenne Bailey Kirk nicht gut genug, um den Versuch zu wagen, sein Passwort zu erraten. Also gehe ich die Akten durch. Er hat für jede der vermissten Frauen eine angelegt, alle mit dem Namen auf dem Karteireiter und einem Foto vorn. Mias Akte liegt oben. Meine ganz unten. Auf meinem Karteireiter stehen zwei Namen. Wren Greenwood. Und mein echter Name. Oder vielmehr der Name, den meine Eltern mir gegeben haben.

Robin Carson.

Unser Ich setzt sich aus verschiedenen Teilen zusammen, unterschiedlichen Aspekten. Wir alle sind Kaleidoskope. Ich bin Robin Carson – das ist der Name, den ich nach meiner Geburt bekam. Ich bin Wren Greenwood, der Name, den ich mir selbst gegeben habe. Ich bin »Liebe Birdie«, der Name, hinter dem ich mich verberge, wenn ich andere an den Früchten meiner hart erworbenen Weisheit teilhaben lasse.

Aber das weißt du ja alles, nicht wahr, Adam? Du weißt alles über dieses Wechseln zwischen verschiedenen Teilen des Ichs. Ich habe es getan, um zu überleben. Was ist deine Entschuldigung?

Ich klappe den Ordner mit meinem Namen auf – meinen beiden Namen. Ich habe kein schlechtes Gewissen, weil ich in Bailey Kirks Zimmer eingebrochen bin und seine persönlichen Gegenstände durchwühle, seine mühsam gesammelten Daten durchsehe. Warum sollte ich?

Robin hat sich in eine Ecke des Motelzimmers gekauert. Sie wirkt hier fehl am Platz, das Licht, das durch die Ritzen zwischen den zugezogenen Vorhängen fällt, lässt ihr Haar golden aufleuchten.

*Ich bin echt*, sagt sie mit anklagendem Blick.

»Du bist wirklicher als die meisten Menschen«, versichere ich ihr.

Sie scheint befriedigt und verblasst, verschwindet im hellen Schein.

Baileys Unterlagen sind ebenso penibel geordnet wie seine persönlichen Sachen.

In meiner Akte befindet sich ein übersichtlicher Stapel kopierter Dokumente. Oben liegt eine Kopie meiner ursprünglichen Geburtsurkunde. Ich halte sie in der Hand. Robin Anne Carson. Sie ist jetzt nur noch eine Augentäuschung, ein Schatten, der verschwindet, wenn man genauer hinschaut. Vater: Luke Carson, Mutter: Alice Carson. Die Namen sind ordentlich in die entsprechenden Kästchen getippt. Zwei Menschen, die einander einmal geliebt haben, die ein

Kind zusammen hatten. Nur wenige Monate später zog er in den Irakkrieg. Als er wiederkam, war er jemand anders.

Es gibt noch eine weitere Geburtsurkunde. Den Namen kenne ich nicht. Emily Stone. Das muss sie sein. Das Mädchen, das in meinem Grab liegt. Ich starre einen Moment darauf – sie ist im selben Jahr geboren wie ich, nur ein paar Tage später. Als Eltern sind Wyatt und Melba Stone angegeben. Ich forsche in meinem Gedächtnis nach Erinnerungen an die anderen Familien, die mit uns dort oben lebten, aber vergebens. Dieses Mädchen, ihre Eltern ... auch sie sind tot.

Ich starre Robin Carsons Sterbeurkunde an. Diese Version von mir starb im zarten Alter von fünfzehn Jahren. Laut dem beigefügten Obduktionsbericht war die Todesursache eine Kugel ins Herz. Ich lege die Hand auf meine Brust.

Dann wird ein offizieller Namenswechsel beurkundet – von Emily Stone in Wren Greenwood. Wusstest du, dass jeder Mensch seinen Namen ganz legal ändern kann? Dass man, wenn man will, seinen Geburtsnamen einfach ablegen kann, um sich einen neuen auszusuchen? Wren, weil das der Name war, den Robin mir gab. Greenwood, weil mich das Wort an die magischen Momente erinnerte, wenn ich ausgestreckt auf dem Waldboden lag und die hochstehende Sonne durchs Blätterdach schien, buttergelbes Licht durch das Laub fiel und es in einem strahlenden Sattgrün leuchten ließ. Die Luft war feucht und roch nach Vegetation, und die Sonnenstrahlen malten Kringel auf den Boden.

Darunter finde ich eine Kopie von Wren Greenwoods Sozialversicherungskarte und ihrem Führerschein. Und meine Steuerunterlagen, die Einnahmen vom *Chronicle*, die mich als »Autorin« von »Liebe Birdie« entlarven. Das Grab, das ich mir geschaufelt habe, ist flach, hat Bailey gesagt. Und das stimmt. Man muss nur aufmerksam suchen. Ich kann sehen, wie mühelos er eins und eins zusammengezählt hat. Aber die Wahrheit ist, man kann sich nicht vor sich selbst verstecken. Egal, wie angestrengt man es versucht.

Und Menschen haben das Gesetz gebrochen und sich sehr bemüht, Robin Carson vor aller Welt zu verbergen.

Es folgt eine Reihe Zeitungsartikel über die Razzia auf dem Besitz. Ich blättere sie durch, ohne sie wirklich zu lesen. Ich denke nicht gern daran zurück. Es ist immer noch ein Gefühl, als würde mir jemand ein Messer in den Bauch rammen. Aber ein körniges Bild erweckt meine Aufmerksamkeit: ein Schwarzweißfoto des Waffenlagers, die Regale voller Schusswaffen, Munition und Sprengstoff hinten im Bunker.

Ich überfliege den Artikel. Jones Cooper, der damals Polizeichef war, wird mit den Worten zitiert: *Wir erhielten einen anonymen Hinweis auf ein Waffenlager und andere illegale Aktivitäten.*

Mein Herz hämmert, mein Mund ist klebrig wie Kleister, und ich höre das Krachen von Gewehrfeuer. Diese Erinnerung ist ein dunkler Torweg. Wenn ich ihn betrete, wird er mich verschlingen.

Ich klappe die Akte zu und konzentriere mich auf meine Atmung, um mich in die Gegenwart zurückzubringen. *Die Vergangenheit ist vergangen. Die Zukunft ist nur eine Vorstellung. Es gibt nur den Atem, den Augenblick.* Das ist ein Mantra, das Dr. Maggie Cooper mich gelehrt hat. Manchmal funktioniert es sogar.

*Du musst niemals dorthin zurückkehren*, sagte sie zu mir. *Lass die Erinnerung an diese Nacht los, dann wird sie für immer verschwinden.*

Aber sie kehrt immer wieder zu mir zurück, verfolgt mich wie ein Spuk.

Ganz unten im Stapel liegt eine Akte, die Bailey Kirk mit »Das Phantom« beschriftet hat.

Während ich mir ein flaches Grab geschaufelt habe, hast du offenbar extrem tief gegraben. Die Akte enthält lediglich die paar Fotos, die ich bereits kenne. Verschiedene Versionen von dir, jüngere, vielleicht glücklichere Inkarnationen. Und Ausdrucke deiner Torch-Profile mit unterschiedlichen Namen, aber fast identischen Worthülsen.

Keine Geburtsurkunde, kein Führerschein, keine amtlichen Dokumente. Es gibt einen Ausdruck des Airbnb-Eintrags mit ein paar handschriftlichen Notizen, vermutlich von Bailey Kirk. Er hat eine saubere Handschrift, die Buchstaben stehen eng beieinander und sind präzise geformt. »Zwei Nachrichten für Joe, den Gastgeber, hinterlassen, unter der von RC/WG erhaltenen Nummer. Keine Antwort. Auch Mails nicht beantwortet. Werde persönlich nachhaken.«

Andere Notizen beschäftigen sich mit deiner Firma Blackbox. »Cybersicherheit. Gehört einer Strohfirma, alle Konten an einem Offshore-Finanzplatz. Noch eine Phantomspur.«

Ich sehe die übrigen Akten durch, eine über Mia, eine über Melissa, eine über Bonnie – jede Menge Fotos, amtliche Dokumente, Zeitungsartikel, E-Mails, Profile in sozialen Netzwerken, Aussagen von Freunden.

Ich kann nachvollziehen, warum Bailey Kirk so frustriert ist. Am Ende habe ich das Gefühl, diesen Frauen nahegekommen zu sein, aber es gibt keine offensichtlichen Verbindungen. Melissa und ich stammen beide aus The Hollows – das ist zumindest etwas. Vielleicht. Aber wir sind uns nie begegnet.

Die Wohnung aufgegeben, Auto und Smartphone zurückgelassen. Alle sind sie aus dem Gewohnten fortgegangen oder wurden verschleppt, ohne eine Spur zu hinterlassen. Nicht einmal eine digitale Spur lässt sich verfolgen. Alle sind unauffindbar.

Ich bin die Einzige, die noch da ist.

Wahrscheinlich hätte ich in wenigen Tagen am eigenen Leib erfahren, was mit den anderen geschehen ist.

Was wolltest du mich fragen?

Adam, wenn du mich gebeten hättest, alles zurückzulassen und mit dir fortzugehen – hätte ich es getan? Wäre ich dir gefolgt, so wie meine Mutter meinem Vater gefolgt ist? Wenn du mich aufgefordert hättest – so wie er es bei ihr getan hat –, die kaputte Welt hinter mir zu lassen und mir mit dir ein neues, anderes Leben aufzubauen, wäre ich mit dir gegangen?

Ich weiß es nicht.

Da sind Jax und ihre Familie, »Liebe Birdie« und all die Menschen, die sie brauchen.

Mein Gespräch mit Jax fällt mir ein. Jede könnte »Liebe Birdie« sein. In gewisser Weise ist der Gedanke erleichternd. Stimmt das? Vielleicht kann jeder jeder sein. Robin Carson kann Emily Stone sein. Emily Stone kann zu Wren Greenwood werden, Wren Greenwood zu »Liebe Birdie«. Ich habe mir kein flaches Grab geschaufelt, sondern ein unentwirrbares Netz aus Lügen und falschen Identitäten gesponnen. Bin ich die Spinne oder die Fliege?

»Haben Sie gefunden, wonach Sie suchen?«

Seine Stimme durchzuckt mich wie ein Elektroschock. Als ich mich umdrehe, steht eine dunkle Gestalt im Türrahmen. Einen kurzen Moment denke ich, dass du es bist, und ein Tsunami von Wut, Traurigkeit und Angst durchfährt mich. Doch dann erkenne ich Bailey Kirk – er ist größer und breitschultriger, als ich es bei unserer ersten Begegnung registriert habe. Ich weiche nicht von der Stelle. Ich werde ihm nicht den Gefallen tun, nervös eine Entschuldigung zu stammeln.

»Nein«, antworte ich. »Gar nichts.«

Er tritt ins Zimmer und schließt die Tür hinter sich. Er scheint unbeeindruckt, ein leises Lächeln spielt um seine Lippen. Als Privatdetektiv kann er sich vermutlich nicht groß darüber aufregen, wenn jemand in sein Zimmer eindringt und seine Sachen durchwühlt.

»Also«, sagt er. »Willkommen in meiner Welt.«

Ich klappe die Akte zu, die auf meinem Schoß liegt, schließe dein Gesicht aus und sehe Bailey an. Er setzt sich auf die Bettkante und lässt die Hände auf den Oberschenkeln ruhen. Es ist etwas Solides an ihm, etwas Tröstliches und Gutes.

»Sie wissen alles, was es über mich zu wissen gibt«, sage ich.

»Nicht alles«, erwidert er sanft. »Wir können nie alles übereinander wissen, nicht wahr?«

Nach dem zu urteilen, was ich in diesen Akten gelesen habe, weiß er mehr über meine Vergangenheit als jeder andere. Ich wurde gesehen. Bin enthüllt. Es liegt eine gewisse Erleichterung darin, ein wenig Anspannung löst sich.

Das Gefühl, das ich für Liebe hielt, meine tiefe Traurigkeit über den Verlust, die bittere Enttäuschung. Zum ersten Mal verwandelt sich das alles in Zorn.

»Ich werde Ihnen helfen«, sage ich. »Ich werde Ihnen helfen, ihn zu finden.«

# 32

Die Sonne geht unter, im Zimmer wird es dunkler. Aber keiner von uns beiden steht auf, um das Licht einzuschalten. Er bleibt auf dem Bett sitzen, ich auf dem harten Schreibtischstuhl, die Arme um meine Mitte geschlungen.

Im Halbdunkel dieses billigen Motelzimmers erzähle ich Bailey, wie mein Vater aus dem Krieg heimkehrte, uns aus unserem glücklichen Leben in der Stadt riss und mit uns auf den Besitz seiner Familie zog. Wie Jay, meine Mutter und ich alles zurückließen, was wir kannten, weil mein Vater wollte, dass wir alle Verbindungen zur Zivilisation kappten und fern von der Welt der Menschen lebten.

»Also war er ein Weltuntergangs-Prepper«, stellt Bailey fest.

Er hat einen negativen Beiklang, dieser Ausdruck, es schwingt eine Art Hohn darin mit. Er ruft die Vorstellung irgendwelcher Irren hervor, die das Ende der Welt vorhersagen und verrückt sein müssen, weil sie auf so vieles verzichten, was wir für unbedingt notwendig halten. Aber es gibt alle möglichen Arten von Wahnsinn. Und man kann es meinem Vater wohl kaum verdenken, wenn er der Ansicht war, mit unserer Welt würde es abwärtsgehen.

»Er bezeichnete sich selbst als ›Kollapsisten‹.«

»Kollapsist?«

»Er bereitete sich nicht auf irgendein entferntes Ereignis vor. Seiner Überzeugung nach war die Welt bereits im Niedergang begriffen. Er sagte immer, er sei als Idealist zur Army gegangen und als Realist zurückgekehrt. Krieg, Hungersnöte, Katastrophen, Seuchen, die vier Reiter der Apokalypse. Nach Ansicht meines Vaters sind sie bereits da.«

Bailey nickt und reibt sich das Kinn. »Muss ziemlich beängstigend für ein Kind gewesen sein, auf das Ende der Welt zu warten.«

»Vieles ist beängstigend, wenn man ein Kind ist. Mein Vater ... wurde gewalttätig, wenn er getrunken hatte. Ich glaube, ich hatte mehr Angst vor ihm als vor dem Weltuntergang.«

»Wie sind Sie damit fertiggeworden?«

Ich erzähle ihm von »Robin«, dem Mädchen, das im Wald zu mir kam und mich alles lehrte, was ich brauchte, um zu überleben, um zu der Tochter zu werden, die mein Vater haben wollte. Was war sie? Eine imaginäre Freundin vermutlich. Laut Dr. Cooper ist es bei traumatischen Erfahrungen in der Kindheit nicht ungewöhnlich, dass ein junger Mensch sich ein Wesen erfindet, etwas oder jemanden, das ihn tröstet und beruhigt, seine Einsamkeit lindert, ihn beschützt. Wenn wir älter und stärker werden, brauchen wir diese fiktiven Freunde weniger, und sie verblassen.

»Aber eigentlich stammte das ganze Wissen aus den Büchern im Arbeitszimmer«, räume ich ein. »Und von ihm, meinem Vater. Er hat mir viel über Survival-Techniken beigebracht. Und ich war eine ziemlich gute Schülerin. Ich habe gelernt, wie man auf diesem Land überleben kann, so wie er es wollte. Ich habe es sogar gern getan.«

»Und was ist mit Ihrer Mutter?«

Ich schließe die Augen und beschwöre sie herauf. Ihr goldenes Haar und ihr freundliches Lächeln, ihr Lachen, ihre Wärme, die Nachsicht, mit der sie meiner imaginären Freundin begegnete, die für mich ganz real war und es mir ermöglichte, mich an unser neues Leben anzupassen.

»Sie hat ihn geliebt. Sie dachte, das Haus, die Natur, der Rückzug aus dem Irrsinn des modernen Lebens würden ihn heilen. Sie glaubte, er würde wieder zu dem Mann werden, den sie einmal geliebt hatte.«

»Und hat es ihn geheilt?«

»Irgendwann hätte es das vielleicht«, sage ich, obwohl ich nicht genau weiß, ob ich das tatsächlich glaube. »Wenn die Razzia nicht gewesen wäre.«

»Es wohnten noch andere Familien da oben, oder?«, sagt Bailey. »Erinnern Sie sich an jemanden?«

»Nicht wirklich. Als ich den Artikel las, habe ich die Namen erkannt – Stone, Wilson. Aber manche von diesen Leuten lebten ihr ganzes Leben lang dort oben. Viele von ihnen haben die Geburten ihrer Kinder vermutlich gar nicht gemeldet. Oder Todesfälle in der Familie.«

»So langsam verstehe ich das«, sagt er. »Dieser Ort. Er hütet seine Geheimnisse, oder?«

Ich lächle unwillkürlich. Das ist wahr.

»Waren Sie schon bei der Historischen Gesellschaft von The Hollows?«, frage ich.

»Jedes Mal, wenn ich dort hingehe, haben sie geschlossen. Und die Leiterin des Archivs, Joy, ruft mich nicht zurück.«

Das leuchtet ein. Bailey Kirk ist ein Außenseiter, ein Eindringling. Er schnüffelt hier herum, was den Leuten nicht entgangen sein wird. Joy wird ihm die Tore zur Vergangenheit nicht öffnen, solange sie nicht weiß, was für Absichten er verfolgt. Und ob diese Absichten in Einklang mit dem stehen, was The Hollows will.

»Da wollte ich als Nächstes hin. Ich kenne Joy«, erkläre ich.

Joy war Miss Lovelys älteste Freundin. Sie kam jeden Donnerstagnachmittag zum Kaffee und brachte immer irgendeine Geschichte über diese kleine Stadt mit, irgendeine Erinnerung, eine Anekdote. Da sie zu den wenigen Menschen gehörte, die mein Geheimnis kannten, sprach sie immer wieder von dem Land, das der Familie meines Vaters gehört hatte. *Kümmere dich darum. Im Moment willst du nicht wieder dorthin zurück. Aber irgendwann wirst du es wollen. Dieses Land gehört zu dir und du zu ihm.*

Ehrlich gesagt fand ich Joys Besessenheit von The Hollows und seiner Geschichte ein bisschen übertrieben. Und ich hatte nicht vor, je wieder zum Haus meines Vaters zurückzukehren. Aber wie sich herausstellte, hatte sie recht; ich habe das Gefühl, dass das Land mir gehört. Und ich war nicht fähig, es einfach abzustoßen.

Bailey steht auf, tritt ans Fenster und blickt hinaus. Das schwächer werdende Licht fällt auf sein Gesicht. Vielleicht ist das so ein Privatdetektiv-Ding, dass man immer wissen will, wer kommt und geht. Am liebsten hätte ich ihn gefragt: Waren Sie schon als Kind neugierig, die Art Kind, das zu viele Fragen stellt? Ich weiß gern, wie die Leute ticken. Und Bailey, so verschlossen und gelassen, ist mir ein Rätsel.

»Was hoffen Sie bei der Historischen Gesellschaft herauszufinden, was Sie nicht bereits wüssten?«, fragt er. »Ich meine, Sie waren dabei. Sie wissen, was passiert ist. Und was hat das Ganze mit dem Phantom zu tun?«

»Dem Phantom?«

»Adam Harper.«

»Nennen Sie ihn so?«, frage ich.

»Wie sollte ich ihn sonst nennen? Er ist ein Mann, den ich nie zu Gesicht bekommen habe, der namenlos ist. Er entschlüpft mir jedes Mal, wenn ich ihm näherkomme.«

»Warum sind Sie nach The Hollows gekommen?«

»Weil Sie und Melissa beide von hier sind. Ich habe keine andere Spur, und die Zeit läuft mir davon. Es ist der einzige handfeste Hinweis, dem ich noch nachgehen kann.«

»Das gilt auch für mich.«

Er dreht sich um und mustert mich prüfend von oben bis unten. Schaut er mich an? Oder versucht er herauszufinden, ob ich die Wahrheit sage? »Na schön.«

Ich gehe zum Bett hinüber und greife nach dem Buch über das Darknet, das auf seinem Nachttisch liegt. Es ist ein Taschenbuch und sieht aus, als wäre es im Selbstverlag erschienen, mit schlechter Grafik und einer unprofessionell wirkenden Schrifttype.

Als Bailey weiterspricht, hat er die Stimme gesenkt.

»Die Zeit wird knapp. Sie verrinnt. Die Zeit ist eine Art Entfernung, nicht wahr? Eine Straße, auf der man nicht zurückfahren kann.«

Vielleicht hat er sich in Mia verliebt. Oder vielmehr in ihren Geist, seine Vorstellung von ihr – schließlich sind sie sich nie begegnet. Vielleicht ist er schon so lange auf der Suche nach ihr, versucht sie aufzuspüren, dass er eine Art Bindung zu ihr aufgebaut hat. Etwas zerrt an ihm, eine Art trauriges Begreifen.

»Meine Detektei«, sagt er. »Meine Chefin Nora will einen Schlussstrich ziehen und dem Klienten erklären, dass die Spur kalt ist.«

»Und ist sie das?«

»Ich habe absolut nichts entdeckt, das mich Mia näherbringen würde. Abgesehen von Ihnen.«

Ich erzähle ihm von der Mail, die ich bekommen habe. Von den Nachrichten auf meinem Handy. Das sind Köder, die mich anlocken sollen. Wenn ich anbeiße, zappele ich am Haken.

»Das ist kein Spiel«, sagt Bailey, als ich fertig bin. Seine Miene ist besorgt, als er zu mir kommt. Wir bleiben in der Mitte des Raums stehen, nur ein paar Zentimeter trennen uns. »Dieser Mann ist gefährlich. Ein Raubtier. Was, glauben Sie, will er von Ihnen, Wren? Warum meldet er sich bei Ihnen?«

»Ich weiß es nicht.«

Aber ich weiß es doch. Ich spüre den Sog dieser Dunkelheit, eine tödliche Unterwasserströmung. Auf seltsame Weise erinnert es mich an meinen Vater – was er über die Welt, die Natur und die Menschheit sagte, machte mir gleichzeitig Angst und ergab eine Art Sinn. Ich wollte unbedingt von ihm weg, und gleichzeitig wollte ich ihm nahe sein – ein kompliziertes Gefühlswirrwarr.

»Weil er weiß, dass er Sie am Haken hat«, sagt Bailey. »Er weiß, dass Sie zu ihm gehen werden. Und was, glauben Sie, wird dann passieren?«

Wenn man auf die Pirsch geht, weiß man, dass die Beute einem entkommen könnte, ja sehr wahrscheinlich entkommen wird. Man kann den Zeichen folgen – der Fährte, den abgeknickten Zweigen –, aber vielleicht wird man das Geschöpf nie aufspüren, das da etwas von sich zurückgelassen hat. Sogar wenn es in Sichtweite ist, reicht eine falsche Bewegung, und es sucht das Weite. Jeder gute Jäger weiß, dass die Natur klüger, schneller und feinfühliger ist, als er es je sein wird. Das Erlegen der Beute ist ein Geschenk, etwas, das einem gegeben wurde, nicht etwas, das man sich genommen hat. Aber wenn man überleben will, geht man trotzdem auf die Jagd.

»Haben Sie einen anderen Plan?«, frage ich, obwohl ich die Antwort bereits kenne. »Fällt Ihnen ein anderer Weg ein, ihn aufzuspüren? Herauszufinden, was mit Mia passiert ist?«

Sein Stirnrunzeln vertieft sich, und er reibt sich mit Daumen und Zeigefinger die Schläfe.

»Nein, tue ich nicht.« Das Eingeständnis klingt müde.

Ein Foto fällt aus dem Buch, das ich in der Hand halte. Als ich mich bücke, um es aufzuheben, sehe ich, dass es ein Familienfoto ist – ein Mann, der aussieht wie eine ältere, stämmigere Version von Bailey, eine Frau mit dunklem Haar und freundlichem Gesicht, ein Mädchen, das aussieht wie sie, nur schlanker. Alle sind vom Wind zerzaust und lächeln, hinter ihnen erahnt man einen Strand. Seine Familie vermutlich – seine Eltern, eine Schwester. Irgendetwas daran bringt mich dazu, ihn ein wenig mehr zu mögen. Ich erinnere mich, dass er mal einen Bruder erwähnt hat, und frage mich, warum der nicht mit auf dem Foto ist. Aber es kommt mir unhöflich vor, danach zu fragen. Also schiebe ich das Bild zurück in das Buch und sage nichts.

Ich kehre zum Schreibtisch zurück und lege das Buch hin. Aus dem Stapel greife ich mir die Akte, die mit Greenwood beschriftet ist. Mit einem Nicken bestätigt er, dass sie mir gehört. Dann verlasse ich das Zimmer und steige in meinen Wagen. Bailey kommt direkt hinter mir her und klettert in seinen Geländewagen.

Als ich vom Parkplatz fahre, winkt Bob mir aus dem Fenster der Rezeption zu. Und Bailey Kirk folgt mir zurück in die Stadt.

# 33
# DAMALS

Am nächsten Tag nahm meine Mutter mich mit in die Stadt, was selten vorkam. Sie hatte einen Bluterguss im Gesicht, den sie so kunstvoll überschminkt hatte, dass er kaum auffiel, besonders, wenn ihre Haare darüber fielen. Wenn man nicht wusste, dass er da war, sah man ihn vermutlich überhaupt nicht.

Im Führerhaus des alten Pick-up-Trucks holperten wir die Landstraße entlang. Wir waren unterwegs, um die Zutaten für ein Guinness-Stew zu besorgen, das Leibgericht meines Vaters. Um ihn zu beschwichtigen vielleicht, ihn glücklich zu machen. Sie war immer bemüht, irgendwie dafür zu sorgen, dass er weniger wütend war.

Ich weiß, viele Menschen hassen ihre misshandelten Mütter irgendwann, weil sie sich nicht behauptet haben, sich nie gewehrt haben, nicht gegangen sind. Ich habe das nie so empfunden. Ich weiß, sie liebte einen Geist. Sie wartete immer darauf, dass dieser Mann zu ihr zurückkehrte und sie vor dem Mann rettete, zu dem er geworden war. Ich wartete ebenfalls darauf. Ihr Glaube war so stark, dass er ansteckend war.

»Er bringt sie noch um«, hatte mein Bruder am Abend vorher zu mir gesagt.

Ich lag neben ihr im Bett, und Jay saß auf dem Fußboden, den Rücken gegen die Tür gelehnt. Er hatte meinen Vater davon abgehalten, ins Schlafzimmer einzudringen, bis er aus dem Haus gestürmt war. Wir warteten auf, dass er zurückkehrte, aber er kam nicht.

Meine Mutter schlief unruhig, seufzend.

»Sag das nicht«, flüsterte ich, und die Panik schnürte mir die Kehle zu.

»Wir müssen von hier weg«, sagte Jay. Er war nur als Schatten bei der Tür zu erkennen. Neben ihm lag sein Baseballschläger, seine Hand ruhte darauf.

»Sie wird nicht gehen«, sagte ich.

»Dann werde ich ihn wohl irgendwann umbringen.«

»Hör auf.« Ein Schluchzen entrang sich meiner Kehle. »Hör auf.«

»So läuft das, weißt du. Die Gewalt eskaliert. So lange, bis ...«

»Es geht ihm schon besser«, sagte ich, obwohl ich das selbst nicht glaubte. Es blieb jetzt häufiger mehrere Tage hintereinander friedlich, manchmal sogar eine Woche lang. Wenn er tagsüber hart arbeitete und nachts gut schlief. Glücklich war. Wir lachten viel, es gab selbstgekochte Mahlzeiten und am Abend Musik, mein Vater spielte Gitarre. Bevor er an diesem Abend ausgerastet war, war alles fast gut gewesen.

»Du hörst dich an wie sie.« Jays Stimme klang verächtlich. »Ich hatte dich doch davor gewarnt, ihn zu lieben.«

Seine Worte hallten in meinem Kopf nach, schwirrten in meinem verängstigten Kindergehirn. Entweder würde mein Vater meine Mutter umbringen oder mein Bruder würde meinen Vater töten. Dieser Gedanke beschäftigte mich, während wir in die Stadt fuhren. Er brannte in meinem Inneren, brannte wie Säure in meiner Kehle.

In dem großen Supermarkt wanderte ich durch die farbenfrohen Gänge. Es war schon eine Weile her, dass ich unseren Besitz verlassen hatte. Ich hatte den wilden, grellbunten Überfluss in amerikanischen Supermärkten ganz vergessen, vielleicht war er mir vorher auch nie aufgefallen. Endlose Reihen von Snacks in Hochglanztüten, perlende Limonadenflaschen, dickes, wächsern aussehendes Obst und Gemüse, blutloses, ordentlich verpacktes Fleisch. Ich griff mir eine königsblaue Packung Oreo-Kekse. Meine Mutter nahm sie mir nachsichtig ab und legte sie in den Einkaufswagen.

»Hol du das Rindfleisch«, sagte sie, und ich gehorchte und ging.

Die übrigen Kunden sahen uns schief an. Warum? Vielleicht wirkten wir ein wenig abgerissen, die Haare zu lang, die Kleidung mehr als abgetragen. Ich glaube, sie nannten uns Bergleute, diejenigen von uns, die autark außerhalb der Stadt lebten. Sie spürten, dass wir uns von ihnen unterschieden.

Wir waren einmal genau wie ihr, hätte ich ihnen am liebsten zugerufen. Vor nicht allzu langer Zeit wäre es mir nie in den Sinn gekommen, ein Tier zu töten oder mein eigenes Gemüse zu ziehen.

Mein Vater sagte immer, sie – die Weltlichen, die immer noch den modernen Traum lebten –, seien allesamt Schlafwandler. Und es schien tatsächlich zu stimmen. Alle waren in ihre Gedankenwelt abgetaucht, warfen vielleicht einen kurzen Blick in unsere Richtung, aber mehr nicht. Es war ihnen egal, das sagte Paps immer. Sie interessierten sich für nichts außer ihre eigenen Wünsche, Ängste und Gelüste. Sie wussten nicht einmal, dass es noch etwas anderes gab als den Film, der in ihren Köpfen ablief.

Hatte er recht?

Die Fleischabteilung erstreckte sich scheinbar endlos: Hähnchen, Pute, Schinken, verschiedene Stücke vom Rind, alles fein säuberlich auf gelbliche Styroporschalen gebettet und in Plastik verpackt. Kein Tropfen Blut, keine Gerüche, alles sauber und kochfertig.

Nachdem ich die Hirschkuh erlegt hatte, hatten mein Vater und ich sie zu unserem Truck geschleift. Später hängte er das Tier an einen Baum, damit es ausblutete. Das Blut rann aus ihm heraus wie ein zähflüssiger Strom, sammelte sich in einem Eimer. Ich musste mich zweimal übergeben.

*Die Leute sollten wissen, was es bedeutet, Fleisch zu essen*, sagte mein Vater. *Jemand muss das Schlachten übernehmen, muss die Tiere ausnehmen und zerteilen. Es geht nicht ohne Schmerzen, Angst und Blut. So ist das Leben. So ist der Tod.*

Über den ordentlichen, blutlosen Verpackungen sah ich mich selbst in der verspiegelten Seitenwand der Fleischtheke – ein verwildertes Mädchen in dreckigen Jeans und einem zu kleinen Shirt, mit wirrem Haar und Erde unter den Fingernägeln.

Erst hielt ich sie für Robin und drehte mich nach ihr um. Dann erst merkte ich, dass ich es war.

*Hilf ihnen*, flüsterte sie in meinem Kopf. *Hilf deiner Mama und Jay.*

Und da entdeckte ich es, das Münztelefon drüben bei den Waschräumen.

Es ging schnell; mir war klar, ich musste schnell handeln. Ich wählte die 911.

*Notruf. Einsatzzentrale.*

Ich sprach rasch und klar, berichtete, dass meine Familie Probleme habe, dass mein Vater krank sei. Ich erzählte der Disponentin von den Waffen auf dem Besitz.

*Wo wohnt denn deine Familie, Liebes?*

Bestürzt erkannte ich, dass ich die Adresse nicht wusste.

»Außerhalb der Stadt, die Straße hoch.«

»Das ist keine Adresse, Liebes. Ohne Adresse kann ich dir nicht helfen.«

Ich sah meine Mutter durch die Gänge näher kommen, sie verrenkte sich den Hals, um nach mir Ausschau zu halten.

»Wie heißt du?«

»Mein Name ist Robin Carson.«

Ich musste auflegen, rannte los, holte das Rindfleisch und fing meine Mutter ab, bevor sie das Münztelefon entdecken konnte. Mein ganzer Körper kribbelte vor Erleichterung.

Ich hatte uns gerettet. Ich hatte meine Mutter vor meinem Vater gerettet. Meinen Vater vor Jay. Ich hatte Jay vor sich selbst gerettet. Das Erlegen der Hirschkuh hatte mich tief getroffen, mich in eine Verzweiflung gestürzt, die ich kaum ertragen konnte und die mich aushöhlte. Ich mochte mir kaum ausmalen, wie es erst sein mochte, den eigenen Vater zu töten.

Die Polizei würde uns finden und meinen Vater ins Krankenhaus bringen. Und dann würde meine Mutter frei sein. Wir alle würden frei sein.

Das glaubte ich jedenfalls, als wir nach Hause fuhren.

»Es wird alles besser werden«, versicherte meine Mutter mir, als wir in die Zufahrt zu unserem Grundstück einbogen. »Du wirst schon sehen.«

»Ich weiß, Mama«, sagte ich und nahm ihre zarte Hand. »Es ist schon gut.«

Aber Wochen vergingen, und es wurde schlimmer und schlimmer, und niemand kam.

# 34
# HEUTE

*Lieber Unverziehener,*
*vielleicht habe ich Sie verschreckt. Bitte zeigen Sie sich ihr. So wie Sie sind. Wahre Liebe sieht durch das Hässliche hindurch, durch das Kranke, das uns als Menschen in dieser dunklen Welt befallen kann. Wenn diese Frau zu Ihnen gehört und Sie zu ihr, wird nichts, was Sie getan haben, nichts, was Sie sind, sie dazu bringen, sich von Ihnen abzuwenden. Das verspreche ich.*
*Mit freundlichen Grüßen*
*Birdie*

Wirst du mir das abkaufen, Adam? Oder wirst du es als das erkennen, was es ist?

»Glauben Sie, das wird es bringen?«, fragt Bailey.

Bailey Kirk sitzt im Ohrensessel neben dem Kamin in meinem Zimmer im Blue House Inn, seinen Laptop auf dem Schoß. Wir sind eine Art widerwillige Partnerschaft eingegangen, denn jeder hat etwas, das der andere braucht.

Ich habe ihm alles gegeben, was ich auch dem Darknet-Guru gegeben habe – sämtliche Informationen, die ich über Adam habe –, und er übermittelt alles an sein Team bei Turner & Ives. Er weiß jetzt alles über mich und zudem alles, was ich über dich weiß.

»Möglich.«

Du bist nicht blöd. Vielleicht wirst du dieses Schreiben als das erkennen, was es ist. Eine Falle.

»Stimmt das?«, fragt Bailey. »Glauben Sie, dass wahre Liebe alles verzeihen kann?«

Die Frage lässt mich an meinen Vater denken. Den Kriegshelden. Das Ungeheuer. Den Mörder. Den Gefängnisprediger, laut Jones Cooper. Den beschädigten Mann, der seine Tochter um Vergebung bat, die ihm aber nicht gewährt wurde.

»Auch darauf weiß ich keine Antwort.«

»Ich glaube nicht, dass es so ist.« Er beantwortet seine eigene Frage. »Vielleicht in einem idealisierten Sinn. Vielleicht kann die Liebe einer Mutter alles verzeihen. Aber Liebe – erwachsene Liebe – darf nicht bedingungslos sein, oder? Denn das würde bedeuten, dass man sich selbst nicht liebt.«

Ich höre nur halb zu, denn ich versuche gerade, Jax durch Textnachrichten davon abzuhalten, nach The Hollows zu kommen. Ich versichere ihr, dass sie noch einen Tag ohne meine Hilfe die Zuschriften an »Liebe Birdie« beantworten kann. Bitte, Jax. Nur noch einen einzigen Tag.

»Das ist sehr tiefsinnig, Mr Kirk.«

Ein Achselzucken. »Ich habe viel Zeit, über solche Dinge nachzudenken.«

Er starrt auf den Bildschirm, und der weiße Schein erhellt sein kantiges Gesicht. Ich werde einfach nicht schlau aus diesem Mann.

»Es spielt auch keine Rolle, ob es stimmt oder nicht«, erkläre ich. »Wichtig ist nur, ob er es glauben wird.«

Er blinzelt kurz, blickt zu mir hoch und dann wieder auf den Bildschirm.

»Es spielt eine Rolle, wenn Sie es glauben«, sagt er mit seiner tiefen Stimme.

Er mustert mich über seinen Laptop hinweg, ändert dabei die Sitzposition und legt ein Bein auf den Fußhocker. Mir fällt auf, dass er darauf achtet, nicht mit dem Schuh auf die Polsterung zu kommen. Das bedeutet, er hatte eine Mutter, die ihm den Wert der Dinge beigebracht hat, die ihn gelehrt hat, alles sauber zu halten.

»Meinen Sie damit, ob ich ihn noch lieben könnte, wenn ich wüsste, dass er diesen Frauen etwas angetan hat?«

»Könnten Sie?«

Ich finde die Frage beleidigend, mache mir nicht mal die Mühe, darauf zu antworten. *Fahr doch zur Hölle*, denke ich, spreche es aber nicht aus. Er muss es mir vom Gesicht abgelesen haben, denn er hebt entschuldigend die Hände.

»War nur eine Frage.«

Ich habe es geschafft, mein Smartphone gibt Ruhe. Jax scheint zufriedengestellt. Ich habe meinem Vermögensberater versprochen, ihn morgen anzurufen. Weitere Rilke-Verse sind nicht gekommen. Vielleicht bist du fort. Vielleicht war diese letzte Nachricht dein Abschied. Vielleicht werden wir dich beide gehen lassen müssen.

Bailey klappt seinen Laptop zu und starrt ins Feuer.

»Es ist, als würden wir im Nebel stochern. Wir haben nichts als falsche Namen, digitale Fotos, Profilseiten, Geister-Mail-Accounts, eine Firma, die vielleicht existiert, vielleicht aber auch nicht.«

»Deshalb nennen Sie ihn ja das Phantom.«

»Vielleicht wenig originell, dafür aber umso zutreffender.« Dann fragt er: »Haben *Sie* irgendwelche Fotos von ihm?«

Ich scrolle die Bilder in meinem Smartphone durch. Du bist kamerascheu, was mir gefallen hat. Natürlich verstehe ich das jetzt viel besser. Es gibt gerade mal zwei Fotos von dir, während es von mir und Jax Hunderte gibt, in allen möglichen Lebenslagen – in Clubs, bei einem Erholungswochenende in Miami, im Studio. Von dir und mir, Adam, habe ich nur ein Selfie von uns beiden, Wange an Wange, das du mich auf der Brooklyn Bridge hast machen lassen. Wir strahlen wie verliebte Idioten, was wir ja auch waren – ich spreche da natürlich nur von mir. Das zweite Foto habe ich vor meinem Haus aufgenommen. Du stehst auf der Treppe, groß und dunkel in einem langen schwarzen Mantel. Ich habe es zu einem kunstvollen grobkörnigen Schwarz-Weiß-Foto bearbeitet. Deine Haut wirkt geisterhaft bleich vor dem Tintenschwarz deiner Haare und deiner Augen. Du siehst aus wie eine Krähe vor dem Grau der Häuser, blickst in die Ferne, eine Hand auf das Treppengeländer gelegt. Als ich mir das Foto jetzt ansehe, denke ich: Es war immer klar, dass ich dich verlieren würde. Mein Magen krampft sich zusammen.

Kann wahre Liebe alles vergeben?

Meine Mutter hätte die Frage bejaht. Sie glaubte an ihn; noch an dem Abend, an dem er sie und Jay umbrachte, glaubte sie an ihn. Mich hätte er auch umgebracht, wenn ich nicht vor ihm geflohen wäre.

Gerade als ich Bailey Kirk mein Handy reichen will, kündigt der Signalton eine eingehende Mail an.

Absender ist die seltsame Adresse des Suchmaschinen-Optimierers, die Nummer und ein Server, der mir nichts sagt. Eifrig öffne ich die Mail, mein Herz klopft erwartungsvoll.

Tut mir leid, steht da. Ihr Freund existiert nicht, er hat seine Spuren gründlich verwischt. So gründlich, dass ich sagen würde, er ist Experte. Sogar die Firma ist eine Strohfirma, alle Konten sind an einem Offshore-Finanzplatz; unmöglich, auf die Informationen zuzugreifen.

Bailey kommt zu mir und blickt mir über die Schulter.

> Nur so ein Gedanke: Sind Sie sicher, dass dieser Typ nicht für die CIA arbeitet? Kein einziger der Namen, die Sie mir gegeben haben, führt zu irgendwas Echtem. Und ganz bestimmt zu keiner Adresse oder irgendeiner Möglichkeit, einen Aufenthaltsort festzustellen. Keine früheren Adressen über eine Kreditkarte oder einen Strafzettel feststellbar. Gar nichts.

Das ist eine bittere Enttäuschung.

> Ich bin normalerweise ziemlich gut darin, digitalen Spuren zu folgen. Aber diese Spur ist kalt. Ich behalte Ihre Anzahlung, da ich wie verrückt an der Sache dran bin, seit Sie sich bei mir gemeldet haben, aber behalten Sie den Rest. Es nervt mich extrem, dass ich ihn nicht aufspüren konnte. Es kommt mir vor, als hätte er

gewonnen. Ich melde mich wieder, wenn doch noch irgendwas auftauchen sollte.

»Wer ist dieser Typ?«, will Bailey wissen.

»Jemand, der eine Online-Identität für einen konstruieren kann. Im Grunde schafft er dir eine Vorgeschichte in den sozialen Netzwerken, so dass die Leute nur auf das stoßen, was sie finden sollen, wenn sie deinen Namen im Internet eingeben.«

»Weil das das Erste ist, was Leute heutzutage tun: Sie forschen im Netz nach und besuchen Social-Media-Profile.«

»Genau. Heutzutage bleibt die ganze Geschichte eines Menschen im Internet lebendig – wo er aufgewachsen ist, wo er zur Schule gegangen ist, alles, was je über ihn geschrieben wurde, sämtliche Posts. Man kann eine ganze Persona online kreieren.«

»Wann haben Sie das getan?«

»Nach dem College. Jax kannte da jemanden. Es war ihre Idee. Um sicherzustellen, dass niemand je eine Verbindung zwischen meiner Vergangenheit und meiner Gegenwart herstellen würde.«

»Sie haben Robin Carson begraben.«

»Noch einmal. Nur wohl nicht tief genug.«

»Durchaus ziemlich tief.«

Er legt mir die Hand auf die Schulter, und mein ganzer Körper prickelt. »Ihre Geheimnisse ... bei mir sind sie sicher. Sie selbst sind bei mir sicher. Ich habe nicht vor, Ihre Tarnung auffliegen zu lassen.«

Seine Stimme klingt weich. Ich drehe mich nicht um, um ihn anzusehen.

»Vielleicht sollte sie auffliegen. In meinem Grab liegt ein Mädchen, das von allen vergessen wurde.«

»Das ist Ihre Entscheidung«, sagt er. »Aber eins sollten Sie wissen: Nach allem, was Sie damals durchstehen mussten, hatten Sie es *verdient*, einen Neuanfang zu machen, ein gutes Leben zu führen. Und das haben Sie geschafft. Das wäre nicht jedem gelungen.«

»Ich hatte Hilfe.« Miss Lovely, Jones und Maggie Cooper. Sie waren es, die das alles ermöglicht haben. Sie haben mir geholfen, mich selbst wieder zusammenzuflicken.

»Das ist gut.« Er bleibt dicht bei mir stehen. Als ich aufstehe, tritt er einen Schritt zurück, legt aber eine Hand auf meinen Arm.

»Es tut mir leid«, sagt er mit belegter Stimme.

»Was denn?«, frage ich. Er ergreift meine Hand, und ich weiche nicht zurück, lasse zu, dass er mich an sich zieht.

»Das, was du durchmachen musstest, was du jetzt durchmachen musst. Es tut mir leid, dass wir uns auf diese Weise kennenlernen mussten.«

Er lässt die Hand meinen Arm hochgleiten und lässt sie auf meinem Nacken ruhen, stark und zugleich zärtlich. Ich lege eine Hand auf seine Brust und spüre seine Körperwärme, das Ein- und Ausströmen seines Atems. Ich fühle mich unwiderstehlich zu ihm hingezogen, und als er seine Lippen auf meine drückt, entzündet der Kuss ein Feuer in mir. Was anfangs sanft ist, erkundend, wird drängend, seine Arme schließen sich fest um mich. Seine Lippen gleiten zu meinem Hals, und als er meinen Namen flüstert, kann ich hören, wie stark sein Begehren ist.

»Wren.«

Ich will mich von ihm lösen, aber ich tue es nicht. Ich tue es einfach nicht.

Das Klingeln meines Handys erschreckt uns beide, bricht den Bann. Wir starren einander an, verlegen, peinlich berührt. Was ist da gerade passiert?

Als Anrufer-ID steht da: Historische Gesellschaft The Hollows.

Er löst sich von mir und tritt ans Fenster, und ich fühle mich beraubt, als ich die Wärme seines Körpers nicht mehr spüre.

»Joy?«, melde ich mich.

»Miss Greenwood.« Der knappe, geschäftsmäßige Ton einer Historikerin, der der Umgang mit Büchern vertrauter ist als der mit Menschen.

»Ja. Danke, dass Sie zurückrufen.«

»Ich habe Ihre Nachricht erhalten und ein paar Nachforschungen angestellt. Möchten Sie vorbeikommen, um sich die Unterlagen anzusehen, die ich gefunden habe?«

»Wann würde es Ihnen denn passen?« Es ist schon spät und ich befürchte, dass sie mich auf morgen vertrösten wird.

»Es gibt keine bessere Zeit als die Gegenwart, Miss Greenwood.«

»Ich komme sofort.«

# 35
# DAMALS

Jedes Mal, wenn ich etwas erlegte, tat es ein bisschen weniger weh. Ich gewöhnte mich daran, zu sehen, wie das Licht in den Augen der Tiere erlosch, ihre Körper schlaff und still wurden, sie ihren letzten Atemzug taten. Mein Körper erstarkte, meine Treffsicherheit wuchs. Im Fährtenlesen wurde ich immer besser – ich entdeckte die Spuren der Tiere nicht nur und folgte ihnen, ich konnte die Energie meiner Beute auch erspüren.

»Du bist ein Naturtalent, mein Vögelchen«, sagte mein Vater mit so etwas wie Ehrfurcht in der Stimme.

Er wurde mein schweigender Assistent mit der Muskelkraft, die zum Hochheben und Tragen der Beute nötig war. Er erledigte die schmutzige Arbeit des Ausblutens, Ausnehmens, Häutens, bereitete das Fleisch zum Trocknen, Pökeln und Räuchern vor.

Diese Tage mit ihm, die wir draußen in der Natur verbrachten, meistens schweigend, an denen wir oft nichts erlegten und unseren mitgebrachten Imbiss verzehrten, gegen einen Baum gelehnt oder auf den Felsblöcken am Fluss. So ungern ich es zugebe, es waren glückliche Tage. Es geschah in den Nächten, dass seine Dämonen ihn heimsuchten, meistens, wenn er getrunken hatte, aber nicht immer. Es hatte irgendwie mit dem Untergehen der Sonne zu tun. Er war zwei verschiedene Personen. Tagsüber, wenn wir arbeiteten, er mich unterrichtete, wir unsere Schuhe auszogen und durch den Bach wateten, war er mit sich im Reinen. In diesen Momenten bereute ich, was ich getan hatte, dass ich die Polizei informiert hatte.

Die Wochen vergingen und niemand kam.

Meine Mutter wurde schweigsamer, zog sich immer mehr in

sich zurück. Sie trug einen Arm in einer Schlinge und schonte ihn, wagte aber nicht, zum Arzt zu gehen. Jays Wut wurde immer größer, bei ihm und bei meinem Vater brannten immer öfter die Sicherungen durch.

Meine Mutter brachte Jay in die Stadt, wo er seine Schulabschlussprüfungen ablegte. Natürlich wurde es nie ausgesprochen, aber ich spürte, dass sie versuchte, ihm zu helfen, seine eigenen Wege zu gehen. Eines Tages würden sie in die Stadt fahren und ohne ihn zurückkehren, dachte ich. Sie würde mich und meinen Vater nie verlassen, aber Jay war jetzt alt genug, um von zu Hause fortzugehen. Er hätte zur Army gehen können, dagegen hätte mein Vater nichts unternehmen können.

Aber Jay verließ uns nicht.

Ich wünschte, er hätte es getan.

Als sie kamen, in der Nacht, schlief ich. Ich war tief in den Wäldern meiner Träume und spürte einer Hirschkuh nach, ohne Waffe. Als sie in Sichtweite war, setzte ich mich hin und schaute ihr beim Äsen zu, erleichtert darüber, dass ich sie nicht zu töten brauchte, dass ich sie einfach in Ruhe lassen konnte.

Jay weckte mich, rüttelte mich grob an der Schulter. Das grüne Licht der Wälder wich der Dunkelheit meines Schlafzimmers.

»Lauf zum Baumhaus und bleib dort, bis ich dich hole.«

Der durchdringende Knall zweier Schüsse, Schreie und Rufe hallten durch die Nacht. Tief in meinem Inneren wusste ich, was da los war. Jay zerrte mich aus dem Bett und warf mir meine verschlissene Jeans zu.

»Zieh dich an.«

»Ich habe sie gerufen«, sagte ich, schlüpfte aus meinem Schlafanzug und in meine Sachen. Es kümmerte mich nicht mal, dass er mich in Unterwäsche sah.

»Wen?«

»Die Polizei. Ich habe die Polizei angerufen und ihnen von den Waffen erzählt.«

Er erstarrte. Ich dachte schon, er würde explodieren wie mein Vater. Aber er legte mir die Hand auf den Kopf.

»Das ist gut«, sagte er. »Das war klug von dir. Jetzt versteck dich. Ich hol dich, wenn es vorbei ist.«

Ich wollte ihn umarmen, aber ich tat es nicht. Das machten wir einfach nicht, uns umarmen. Mein Bruder war zurückhaltend und steif; vielleicht waren alle Jungs so. Mittlerweile ließ er nicht mal mehr zu, dass unsere Mutter ihm einen Kuss gab, und ich wusste, wie sehr er sie liebte. Ich hätte ihn packen und die Arme um ihn schlingen sollen. Dass ich es nicht getan habe, werde ich immer bereuen.

»Geh jetzt.«

Robin wartete auf der Veranda auf mich. Zusammen rannten wir über den schmalen Trampelpfad bis zu der großen Eiche, in der mein Baumhaus war, und kraxelten die Leiter hoch. Über uns standen die Sterne, man sah sie durch die Ritzen zwischen den Brettern. Rufe und Schüsse hallten durch die Nacht. Wir waren wie erstarrt und stumm, mein Herz hämmerte.

Ich wusste sehr wohl, dass Robin nicht existierte. Aber sie war ziemlich real. Inzwischen habe ich mich ein wenig kundig gemacht, mich mit Theorien zu imaginären Freunden auseinandergesetzt. Sie sind eine Funktion der Psyche, ein Überlebensmechanismus, der häufig bei traumatisierten Kindern auftritt. Manchmal erscheint der imaginäre Freund in Gestalt eines Tieres, es kann auch ein Geistwesen oder ein Engel sein. Robin war all das, was ich gern gewesen wäre – eins mit dem Wald und der Natur, mutig, ohne Angst vor der Dunkelheit oder vor den Tobsuchtsanfällen meines Vaters, vor der Schwäche meiner Mutter. Sie betrachtete alles mit weiser Gelassenheit.

Ich atmete flach, mein Herz dröhnte wie ein Motor. Ich wusste, ich konnte nicht in meinem Versteck bleiben, wenn Jay und meine Mutter vielleicht in Gefahr waren.

Ich sah Robin an.

Sie sagte: *Wo ist deine Armbrust?*

Joy erwartet mich schon, als ich auf die Eingangstür zusteuere. Sie ist eine schlanke, kantige Frau mit einem stahlgrauen Bob. Sie streicht sich den Bleistiftrock glatt und zupft am Kragen ihrer makellos weißen Bluse, jeder Zoll die elegante Bibliothekarin. Doch als ich näher komme, breitet sie die Arme aus. Sie duftet wie Miss Lovely, sie benutzt das gleiche Parfüm, L'Air du Temps, blumig und leicht. Ihre Umarmung ist fest und stark, während die von Miss Lovely weich und beschirmend war. Aber ich schöpfe trotzdem Trost daraus und halte sie länger fest, als ich es bei den meisten anderen Leuten tun würde.

»Offenbar kennen Sie sich.«

Joy löst sich von mir und mustert Bailey, der hinter mir aufgetaucht ist, über den Rand ihrer Brille hinweg. Ihre Miene lässt keinen Zweifel daran, dass sie wenig beeindruckt ist.

»Sie rufen nicht zurück«, sagt er in die entstandene Stille hinein.

»Doch«, erwidert sie. »Irgendwann immer.«

Sie nimmt meinen Arm und führt mich ins Haus. Ich frage mich schon, ob sie ihm die Tür vor der Nase zuschlagen wird, aber sie lässt auch ihn eintreten. Im Archiv riecht es nach Hartholz und altem Papier, ein tröstlicher Geruch, der mich an Miss Lovely und ihre Bibliothek denken lässt. Je digitaler die Welt wird, desto mehr sehne ich mich nach Holz und Papier, soliden, einfachen Dingen.

»Ich wusste, dass Sie eines Tages Fragen haben würden«, sagt sie. »Solche Dinge neigen dazu, wieder hochzukommen, wenn wir erwachsen werden, älter werden, neue Sichtweisen entwickeln.«

»Es ist mehr als das.«

»Erzählen Sie.«

Ich setze mich an den langen Holztisch, der zwischen den unzähligen Bücherregalen steht. Ich bin früher schon mal hier gewesen und weiß, dass dieses Archiv Bücher und Dokumente beherbergt, dazu primäre Quellen wie Briefe und Tagebücher. Es ist alles da, von Urkunden aus der Gründungszeit der Stadt bis hin zu einer Sammlung von Zeitungen. Es gibt einen Microfiche-Raum und einen Computerraum, ein Zugeständnis an die modernen Methoden zur Aufbewahrung von Unterlagen. Hier in diesem Archiv hat Joy Martin praktisch alle Dokumente zur Stadtgeschichte gesammelt. Es herrscht eine Energie, als würden tausend Stimmen flüsternd von der Geschichte der Stadt berichten.

Ich erzähle Joy alles, was passiert ist, und sie hört aufmerksam zu, trommelt dabei leicht mit der Fußspitze auf den Boden. Bailey ist mit verschränkten Armen an der Tür stehen geblieben.

Die Weite des Lesesaals, die stumme Gegenwart aufgezeichneter historischer Augenblicke, das Ticken der Standuhr neben dem Schreibtisch – all das vermittelt mir irgendwie das Gefühl, von der Welt draußen wie losgelöst zu sein. Meine Worte scheinen sachte in der Luft zu schweben, zu verwehen wie ein Atemzug. Als ich geendet habe, nehme ich den Zeitungsartikel aus meiner Handtasche und lege ihn auf den Tisch.

Joy greift danach, mustert ihn stirnrunzelnd, steht dann auf und sucht etwas in einem Stapel fester, rot gebundener Bände, die auf dem Tisch liegen. Sie nimmt den Band, der mit den Worten *Morde/ Familie Carson* beschriftet ist, und fängt an, ihn durchzublättern. Als sie findet, wonach sie gesucht hat, schlägt sie die Seite auf und schiebt mir das offene Buch hin. Bailey tritt näher und blickt mir über die Schulter.

Die Seite ist leer. Joy legt die Hand auf den Zeitungsartikel.

»Der Artikel stammt aus diesem Band hier.«

Ich starre die leere Seite an und versuche, das zu begreifen.

Du warst hier in diesem Archiv, hast in meiner Vergangenheit herumgewühlt? Wie? Wann? *Wieso?*

»War jemand hier und hat nach den damaligen Geschehnissen gefragt?«, will Bailey wissen.

»Wann?«, frage ich. »Warum haben Sie mich nicht angerufen?«

Joy hebt die Hand.

»Moment«, sagt sie. »Vor etwa einem Jahr hat jemand einen Termin vereinbart, er wollte die alten Aufzeichnungen durchsehen. Ein hiesiger Makler wollte die Geschichte einer Immobilie für einen Kunden recherchieren, der ein Kaufinteresse hatte. An Ihrem Grund und Boden, Miss Greenwood.«

»Das Land und der Hof gehören immer noch Ihnen?«, fragt Bailey.

Ich nicke, stelle aber fest, dass ich kein Wort herausbringe.

»Es ist seit Generationen im Besitz der Familie Carson«, sagt Joy. »Luke Carson hat es Robin überschrieben – nun, offiziell Wren Greenwood – als er ins Gefängnis kam. Er hat zweimal lebenslänglich bekommen, ohne die Möglichkeit einer vorzeitigen Entlassung.«

Ja, das stimmt. Land und Hof gehören mir, und es ist auch richtig, dass häufig Makler anrufen, die mir ein Angebot dafür unterbreiten wollen. Stadtmenschen, die der modernen Welt entfliehen wollen, jedenfalls fürs Wochenende, sind auf der Suche nach einem eigenen Stückchen Natur und bieten enorme Summen. Sie wollen das Haus dem Erdboden gleichmachen und dafür irgendein glänzendes Monument ihres Reichtums errichten. Jeder Mensch mit einem Funken Verstand hätte schon vor Jahren verkauft, aber ich habe es nicht getan. Ich habe das Land behalten, weil irgendein Teil von mir immer noch dort lebt. Wir dachten früher, dass es in dem Haus spuke. Aber in Wahrheit sind es unsere Geister, die dort umgehen. Es ist ihr Zuhause, und obwohl ich diesen Teil meines Lebens abstoßen sollte, abhacken wie ein brandiges Bein, habe ich festgestellt, dass ich es nicht kann. In meinen Träumen lebe ich noch immer dort, streife durch die Wälder und lausche den Vögeln, obwohl ich im Wachzustand nicht mal den Gedanken ertragen kann, auch nur einen Fuß auf das Grundstück zu setzen.

»Wer war dieser Makler?«, fragt Bailey. Er arbeitet immer noch seine Agenda ab, während ich vom Kurs abgekommen bin, in die Vergangenheit abgedriftet. Irgendwie geht es bei alldem nicht mehr so sehr um dich, Adam, wie es das am Anfang tat. Ich habe das Gefühl, in Treibsand geraten zu sein.

»Ich führe ein Besucherbuch.« Joy steht auf und geht mit schnellen, zielstrebigen Schritten zu ihrem Schreibtisch am anderen Ende des Raums. Ihre Absätze klackern auf dem Boden. Nach ein paar Klicks auf der Tastatur blickt sie auf und sieht uns über ihre Brille hinweg an.

»Rick Javits«, sagt sie nachdenklich.

Der Name kommt mir bekannt vor; vermutlich einer der Makler, die mich kontaktiert haben und die ich ignoriert habe. Es war auch eine Maklerin dabei, Barbara Irgendwas. Ihr Anruf kam erst kürzlich. Vielleicht sollte ich sie zurückrufen.

»Kam er allein?«, fragt Bailey.

»Nein. Sein Kunde war dabei, vor dem er ein bisschen angeben wollte. Sie wissen schon, die Leute glauben gern, dass sie ein Stück Geschichte erwerben.«

»Wissen Sie den Namen?« Ich merke, dass er sich allmählich darüber ärgert, dass er ihr jede Information aus der Nase ziehen muss.

»Nein, bedaure«, sagt sie steif. »Ich habe hier nur Rick Javits und Kunde eingetragen.«

»Das kommt mir seltsam vor«, sagt Bailey. »Wo Sie doch sonst so akribisch sind.«

Eine weit ausholende Geste durchs Archiv illustriert, was er meint.

Joy mustert ihn über ihre Brillengläser hinweg, verärgert und herrisch. »Wenn ich angenommen hätte, er würde in die Stadt ziehen, hätte ich ihm mehr Aufmerksamkeit geschenkt.«

»Er wollte hier ein Grundstück kaufen. Da wäre das doch wohl eine vernünftige Annahme.«

»Nein.«

»Und warum nicht?«

»Weil der Carson-Besitz nicht zum Verkauf steht und auch nie zum Verkauf stand. Robin wird dieses Land nicht verkaufen.«

Werde ich das nicht? Woher will sie das wissen?

»Können wir Rick Javits irgendwie erreichen?«, fragt Bailey.

»Er ist Makler, Mr Kirk. Er wird ziemlich leicht zu finden sein. Sie haben doch schon von Google gehört, oder?«

»Wow«, sagt er. »Was haben Sie für ein Problem mit mir?«

»Ich mag Leute nicht, die Fragen stellen und glauben, sie wüssten die Antworten bereits.«

Bailey hebt die Augenbrauen und stößt die Luft aus. »Sie sind Bibliothekarin, oder nicht? Ist es nicht Ihr Job, Interessierten Auskunft zu erteilen?«

»Wenn sie ehrlich sind und wenn ihr Anliegen klar ist.«

Ich frage mich, was Joy wohl gegen Bailey hat, aber eigentlich weiß ich es. Joy ist das historische Gedächtnis der Stadt, die Hüterin der Stadtgeschichte und der Art und Weise, wie sie erzählt wird. Bailey Kirk ist ein Außenseiter und ein Eindringling. Er spricht die Sprache dieses Ortes nicht. Da ich je einen Fuß in beiden Welten habe, kann ich erkennen, warum die beiden nie zusammenfinden werden. Man kann nicht zu der Welt da draußen gehören und Menschen wie meinen Vater verstehen, der diese Welt hinter sich lassen wollte.

Joy setzt sich neben mich.

»Im Augenblick geht es hier um Sie«, sagt sie und nimmt meine Hände. »Sie haben viel durchgemacht. Warum sind Sie heimgekehrt, was hoffen Sie hier zu finden?«

Ja, was erhoffe ich mir, hier zu finden? Ich dachte eigentlich, ich wäre auf der Suche nach dir. Aber vielleicht bin ich in Wahrheit auf der Suche nach mir selbst.

»Können Sie mir erzählen, an was Sie sich erinnern? Über den Hof und das Land, meinen Vater, die Razzia. Nicht nur das, was in den Aufzeichnungen steht. Sondern alles, von dem Sie wissen, dass es wahr ist.«

Einen Augenblick mustert sie mich mit ihren sturmgrauen Augen über den Rand ihrer Brille hinweg. Sie nickt Bailey zu und bedeutet ihm, dass er sich ebenfalls setzen kann, was er mit einem Seufzer tut.

Sie schlägt den ersten der Bände auf und berichtet mir, was sie weiß, und sie fängt ganz am Anfang an.

# Teil III
# ICH BIN DER STURM

Du bist die Zukunft, großes Morgenrot
Über den Ebenen der Ewigkeit

*Rainer Maria Rilke*

# 36
# BONNIE

Wir können nicht Zuneigung für jeden Menschen empfinden, dem wir begegnen, aber wir können jedem Menschen mit Freundlichkeit begegnen.

*Wie oft hatte ihre Mutter das wohl gesagt? Hundertmal. Tausendmal. Und das war der Grund dafür, dass Bonnie sich nie über Doug lustig machte. Die anderen Kinder aus der Klasse hielten sich von ihm fern, sofern sie ihn nicht aktiv hänselten – was sie sich normalerweise für das Mittagessen in der Schulcafeteria oder den Sportunterricht aufsparten, wenn die Aufsicht nicht so streng war.*

*Tatsache war, der arme Doug war nicht immer sauber; oft roch er, und die Haare hingen ihm fettig und strähnig in die Augen. Er war nicht immer nett; er rastete schnell aus, und wenn irgendwas ihn frustrierte, wurde er feuerrot im Gesicht, ein furchtbarer Farbton. Trotz seiner Intelligenz wollte im Chemielabor niemand mit ihm zusammenarbeiten.*

*Aber Bonnie mochte ihn irgendwie, auf eine seltsame Art. Wenn sie im Chemiekurs selber bestimmen durften, mit wem sie die Gruppenarbeit machen wollten, suchte sie immer ihn aus. Und das, obwohl Jessica und Evie, ihre besten Freundinnen, auch im Kurs waren und die beiden stöhnten und die Augen verdrehten, wenn Bonnie ihn wählte. Aber sie konnte nicht mit ansehen, wie traurig er aussah, wenn er sich unbeobachtet glaubte. Und er war ein guter Lerngruppenpartner, das gaben sogar Jessica und Evie zu. Auch sie waren nett zu ihm. Bonnie und ihre Freundinnen waren das Gegenteil der »gemeinen Mädchen« – eine Bezeichnung, die ihr immer albern vorkam. Sie kannte eigentlich niemanden, der die ganze Zeit über mies und gemein war.*

*Jedenfalls war Doug lieb und ruhig, wenn er mit ihnen zusammenarbeitete. Was er mitschrieb, war immer gut. Und er kam in allen Fächern gut mit.*

Wenn Bonnie sich mit dem Stoff abmühen musste, was häufig vorkam, ging sie zu ihm in die Bibliothek, wo er die meisten Lernzeiten und auch die meisten Pausen verbrachte. Nach Schulschluss saß er auch oft dort, weil sein älterer Bruder ihn immer sehr spät abholte, mit einem lädierten alten Pick-up-Truck, der aussah und sich anhörte, als würde er gleich auseinanderfallen. Doug half Bonnie immer.

Am Valentinstag sorgte sie dafür, dass er auch eine der kleinen Tüten mit Süßigkeiten bekam, die sie immer verteilte. Und am Ende jedes Schuljahrs schrieb sie ihm in sein fast leeres Jahrbuch: Hab einen tollen Sommer, Doug! Du bist so ein guter Freund!

Sie kannte Doug seit dem Kindergarten. Sie hätte ihn als Schulkameraden bezeichnet, denn außerhalb der Schule traf sie ihn nie, nicht so wie Jessie und Evie. Er ging nicht zusammen mit ihrer Clique ins Kino, zu den Spielen oder zum Jahrmarkt. Manchmal sah sie ihn bei solchen Gelegenheiten, aber er war dann meistens allein oder mit seinem Bruder zusammen, der Dope rauchte und verkaufte, wie jeder wusste.

Eines Nachmittags, als Doug ihr bei den Algebra-Aufgaben half, sagte er unvermittelt: »Mein Bruder hat eine Pistole.«

Irgendwas an der Art, wie er das sagte, bereitete ihr Unbehagen. Sie wich ein wenig vor ihm zurück; sie hatten dicht nebeneinandergesessen, damit sie in sein Schulheft blicken konnte.

»Ach ja? Wow.«

»Er hat mich zum Schießstand mitgenommen und mir beigebracht, wie man schießt.«

Sie wusste, dass Jungs das manchmal machten: Sie logen oder übertrieben, um cool zu erscheinen. Ihr Bruder tat das ständig – er behauptete, er hätte beim Fußball ein Tor geschossen, obwohl er nur dazu beigetragen hatte, oder irgendein Mädchen würde ihn mögen, obwohl sie offensichtlich nicht mal wusste, dass er existierte. Bonnie ging davon aus, dass Dougs Bemerkung auch in diese Kategorie fiel.

Sie wechselte das Thema und sprach wieder über Algebra, und er fing nicht wieder davon an. Hätte sie sich beeindruckt gezeigt, hätte er wahrscheinlich kein Ende mehr gefunden, denn das schien auch so eine Eigenart von Jungs zu sein.

Sie hatten gerade Englisch, als es passierte. Jessie saß neben ihr. Evie fehlte, weil sie ihre Tage hatte. Das Geräusch, ein lauter Knall, ließ alle erstarren. Der Lehrer, Mr Brennan, der gerade etwas an die Tafel geschrieben hatte, brach mitten im Satz ab.

Wieder das Geräusch, lauter, mehr wie ein lautes Krachen.

Wenn sie später auf diesen Moment zurückblickte, war ihr klar, dass sie es gewusst hatte. Obwohl es weit außerhalb ihrer Vorstellungskraft lag. Sie wusste, was los war. Und sie wusste, dass es Doug war.

»Okay, Leute«, sagte Mr Brennan, die Stimme angespannt vor falscher Munterkeit. »Keine Panik. Kriecht einfach unter die Tische, ja?«

Kriecht unter die Tische? Sie und Jessie sahen einander an, und Jessie begann zu weinen.

Bonnie packte ihre Freundin und zog sie zu Boden. Mr Brennan lief zur Tür und schaltete das Licht aus. Er versuchte, die Tür abzuschließen, aber es ging nicht. Sie hörte ihn leise fluchen. Mit Hilfe von Bruce, der aufgesprungen war, schob er einen Tisch vor die Tür. Dann legte er den Finger auf die Lippen, und alle waren mucksmäuschenstill. Alle außer Jessie, die leise wimmerte.

Als Doug kam und durch das kleine Fenster in der Tür sah, schienen sich ihre Blicke sofort zu treffen. Er war so bleich und sein dunkles Haar so wirr, die Augen glasig und seltsam, als wäre das überhaupt nicht Doug, sondern irgendein Ungeheuer in seiner Gestalt. Sie zwang sich, ihn traurig anzulächeln, am ganzen Körper zitternd, mit trockenem Mund.

»Ogottogottogottogott«, flüsterte Jessie. »Obittenein.«

Bonnie schüttelte leicht den Kopf. Bitte tu das nicht, Doug. Es ist nicht richtig, dachte sie. Sie versuchte, ihm die Botschaft gedanklich zu übermitteln.

Er drückte gegen die Tür, die aber wegen des schweren Tisches davor nicht aufging. Sie sah, wie er feuerrot anlief. Sie hörte das Heulen von Sirenen, schwach, viel zu weit entfernt.

Und dann tat er es.

Ohne den Blick von Bonnie abzuwenden, hielt er sich die Waffe an den Kopf und drückte ab.

Dieses Geräusch. Dieser Anblick. Dieser Moment. Er war ihr ins Gehirn gebrannt, in die Seele.

Nie, niemals würde sie aufhören, dieses Bild vor sich zu sehen. Es beherrschte ihre Träume, ihre Gedanken.

Wenn sie später irgendein lautes Geräusch hörte, war immer sofort alles wieder da. Von diesem Tag an litt sie unter Migräne. Doug hatte Becky Johnson und Amy Watson, Chad Markus, Martie Doyle und Will Jones erschossen, dann eine Lehrerin, Miss Carol, und einen Lehrer, Mr Beech, bevor er sich das Leben nahm. Bonnie war überzeugt, dass er sich mit Absicht auf die Suche nach ihr gemacht hatte, dem einzigen Menschen in der Schule, dem etwas an ihm lag. Nach jemandem, der sein tragisches Ende bezeugen konnte.

Jessie sagte, Bonnie habe unaufhörlich geschrien, aber sie selbst erinnerte sich nicht daran.

Danach kamen die Trauerfeiern und eine lange Ermittlung. Einige Eltern strengten einen Prozess gegen die Schule an, weil die Schlösser so vieler Türen defekt gewesen waren und die Polizei der Ansicht war, dass es sonst nicht so viele Opfer gegeben hätte. Nicht jeder hatte so schnell reagiert wie Mr Brennan und die Klassenzimmertür verbarrikadiert.

Es gab eine große Entschädigungszahlung an alle Familien, die ein Kind verloren hatten oder sonst irgendwie in Mitleidenschaft gezogen worden waren, so wie Bonnie, die ein seelisches Trauma erlitten hatte, oder James Smith, dem Doug ins Bein geschossen hatte. Ihre Eltern legten das Geld für ihre Ausbildung zurück. Es wurde gut investiert und war zu einem beachtlichen Notgroschen angewachsen, als sie ihren Collegeabschluss machte.

Aber das spielte keine Rolle. Weil Doug an diesem Tag ihr Leben zerstört hatte.

Und weil es ihre Schuld war, dass all diese Menschen gestorben waren.

Denn sie hatte niemandem etwas von dem Gespräch in der Bibliothek erzählt. Tatsächlich hatte sie Doug und die Pistole völlig vergessen, als sie in den SUV von Jessicas Mutter stieg, weil sie bei ihrer Freundin übernachten wollte und sich auf Pizza und einen Film freute. Tatsächlich hatte sie eigentlich nie einen Gedanken an Doug verschwendet, es sei denn, er stand direkt vor ihr oder sie brauchte seine Hilfe. Und sie war nur nett zu ihm gewesen, weil ihre Mutter ihr beigebracht hatte, dass es wichtig war, nett zu allen zu sein.

Und vielleicht stimmte es. Vielleicht hätte Doug auch sie erschossen, wenn sie nicht nett zu ihm gewesen wäre. Er hatte nur noch eine Kugel übrig gehabt, und damit hatte er sich selbst getötet. Vielleicht aber auch nur, weil er die Tür nicht aufbekam. Oder weil auch er die Sirenen gehört hatte.

Doch einen Teil von ihr hatte er getötet. Den Teil, der glaubte, dass die Welt ein guter, sicherer Ort war, dass Menschen meistens hilfreich und freundlich waren, dass eine helle Zukunft voller Möglichkeiten vor ihr lag. Und obwohl sie aufs College ging, studierte und Englischprofessorin an einem College wurde, einer kleinen Privatuni nicht weit von dem Ort, an dem ihre Eltern noch immer lebten, blieb ein Teil von ihr bei diesem Tag zurück, in diesem Moment. Und sie schleppte ein Gewicht mit sich, wie einen dunklen Mantel, der sie einzuhüllen schien. Ihre Eltern machten sich Sorgen, als all ihre Freundinnen munter feierten, irgendwann »den Richtigen« kennenlernten, heirateten und Kinder bekamen. Nicht so Bonnie. Sie blieb in diesem Klassenzimmer zurück und sah zu, wie Doug sich in den Kopf schoss. Wieder und wieder.

Natürlich hatte es Unmengen von Therapeuten gegeben. Eine Zeitlang auch Psychopharmaka. Einmal hatte sie sogar an ihre Lieblings-Ratgeberkolumne geschrieben. Es hatte geholfen, alles – ein wenig. Sie heilte, ein bisschen, schaute nach vorn, führte ein durchaus produktives Leben. Aber trotzdem fiel es ihr schwer, sich ins Leben zu stürzen, Freundschaften aufzubauen, sich zu verabreden. Deshalb hatte Jessie, die immer noch ihre beste Freundin war, sie gedrängt, sich auf Torch anzumelden. Und auf Torch hatte sie Shawn kennengelernt.

»Die Dunkelheit ist dir nicht fremd«, hatte er am ersten Abend zu ihr gesagt. Sie hatten die Bar verlassen, in der sie sich verabredet hatten, und waren auf einer Parkbank gelandet, betrachteten den Vollmond über dem See und redeten. »Ich merke es dir an.«

Das verblüffte sie so, dass sie ihm die Wahrheit verriet.

»Es stimmt«, gab sie zu. Und erzählte ihm, in groben Zügen, von dem Amoklauf in ihrer Schule.

»Ich kenne sie auch«, sagte er. Er sei in einem von Gewalt geprägten Haus aufgewachsen. Er habe eine Schwester verloren. Er sprach nicht über Details, und sie drängte ihn nicht. »Die Dunkelheit gehört zum Leben. Man muss sie nicht fürchten. Sie anzunehmen, ist wie eine Umarmung.«

Er zitierte Rilke. »Dich wundert nicht des Sturmes Wucht ...«

Und etwas in ihr entspannte sich und fühlte sich erkannt, zum ersten Mal seit dem Tag, an dem sie Doug hatte sterben sehen. Die ganze Zeit über hatte sie nicht gewusst, wie sie mit dem Wissen leben sollte, welche Dunkelheit sie erwartete. Durch Shawn erkannte sie, dass Licht und Dunkel, Leben und Tod zusammengehörten, sich zu einer schrecklichen, schönen Einheit vermengten, und es nur darum ging, sein Leben gut zu leben, so lange man es konnte.

Sie ging völlig in ihm auf. Mit ihm erlebte sie alles zum ersten Mal – ihre erste Liebe, ihren ersten echten, erwachsenen Kuss, die erste sexuelle Begegnung, die nicht grapschend, peinlich und eher unerfreulich war.

Ihre Eltern hatten sich Sorgen gemacht, dass sie zu einsam war. Aber sie mochten Shawn nicht.

»Er wirkt bestimmend, Bonnie, und so grüblerisch«, sagte ihre Mutter behutsam. »Bist du sicher, dass er der Richtige für dich ist? Du warst immer ein so positiver Mensch.«

Sie liebte ihre Eltern. Aber sie erdrückten sie. Sie brauchte eine Pause.

Und jetzt war sie unterwegs, hypnotisiert von der Nacht und der gewundenen Straße. Allzu weit konnte es jetzt nicht mehr sein. Sie hatte ihr Handy zurückgelassen, alles von ihren Konten abgehoben und war der Karte gefolgt, die er für sie gezeichnet hatte. Sie hatte niemandem erzählt, wo sie hinwollte. Es war ein Abenteuer.

»Es gibt da einen Ort, wo wir hingehen können«, hatte er gesagt. »Nicht für immer. Aber für eine Weile. Dort könnten wir leben, abgeschieden vom Wahnsinn der modernen Welt. Du kannst schreiben. Ich kann von überall arbeiten. Betrachte es als ein Retreat. Wenn du in die Welt zurückkehrst, wirst du stärker sein, fähiger, dich diesem ganzen Irrsinn zu stellen und nicht davon verschlungen zu werden.«

Das leuchtete ihr ein. Die Welt war tatsächlich verrückt geworden – die sozialen Medien hatten die Leute in Narzissten verwandelt, es gab mehr Amokläufe in Schulen denn je, und die Erde, lange Zeit durch die Gier der Konzerne ausgebeutet, entfesselte voller Zorn Feuer und furchtbare Stürme. Vielleicht war es an der Zeit, sich eine Weile von der Welt zurückzuziehen. Irgendwann hatte sie davon geträumt zu schreiben – Lyrik, vielleicht einen Roman.

Sie hatte ein schlechtes Gewissen wegen ihrer Eltern. Aber Shawn hatte recht. »Du bist erwachsen«, hatte er gesagt. »Du gehörst dir selbst. Du bist nicht mehr ihr Kind.«

Wenn sie sich stärker fühlte, würde sie ihnen schreiben. Sie würden wütend sein, verletzt, aber vielleicht würden sie verstehen, dass es das war, was sie brauchte, um endlich seelisch zu gesunden.

Bonnie kam zur letzten Kurve. Ein schiefer Holzpfosten mit einem Briefkasten und drei roten Reflektoren an einer gewundenen, schmalen Landstraße. Er würde sie erwarten, hatte er versprochen. Er war schon vorgefahren, weil er wollte, dass alles perfekt war, wenn sie eintraf.

Sie zögerte.

Ihr Leben, ihre Eltern, ihr Beruf, ihre Freunde. Warum bloß hatte sie das Gefühl, wenn sie diese Abzweigung nahm, würde sie nie wieder zu all dem zurückkehren können, nicht wirklich?

Sie spürte, wie das Herz in ihrer Brust hämmerte. Vielleicht war das alles ein Fehler. Vielleicht sollte sie zumindest zur letzten Tankstelle zurückfahren und ihre Mutter anrufen.

Aber dann dachte sie an ihn – seine Wärme, seine Sanftheit. Er kannte ihr Herz und ihren Körper wie niemand sonst. Sie setzte den Blinker, obwohl sonst keiner auf der Straße war, der hätte sehen können, wie sie abbog, und fuhr ihrem neuen Leben entgegen.

# 37
# DAMALS

Die Armbrust befand sich in einer Scheune beim Haus. Die Nacht war stiller geworden, aber ich hörte immer noch Gewehrfeuer in der Ferne, Rufe zwischen den Bäumen.

Ich nahm meine Armbrust aus der Halterung an der Wand, lud sie und folgte der Stimme meines Vaters.

In dieser Nacht war ich noch ein Kind, ein Teenager, aber in vieler Hinsicht reifer und stärker, als ich es gewesen wäre, wenn wir in der Stadt geblieben wären. Ich hatte Angst, doch ich war an die Angst gewöhnt und konnte sie wegschieben, mich auf meinen Atem konzentrieren und das Chaos in meinem Kopf bezwingen. Das hatte er selbst mich gelehrt, als er mir beibrachte, wie man tötet.

»Wer von euch hat sie gerufen?«, hörte ich ihn brüllen, als ich die Verandastufen hochstieg. »Nach allem, was ich für euch getan habe, nach *allem*.«

Er war außer sich vor Wut und Traurigkeit. Meine Nerven waren zum Zerreißen gespannt, als ich durch den langen Flur zur Küche schlich. Meine Füße waren nackt, ich spürte die Dielen hart und kalt unter meinen Sohlen. Ich achtete darauf, leise aufzutreten, möglichst kein Geräusch zu machen.

»Geh weg von ihr!« Jays Stimme war klagend, jammernd. »Geh weg von uns!«

Die Szene enthüllte sich stückchenweise, als ich zur Küchentür kam.

Ich weiß, dass Jay mich sah, aber er warf keinen einzigen Blick in meine Richtung. Mein Vater hatte mir seinen breiten Rücken zugedreht, er bebte vor wilder Wut. Meine Mutter lag reglos in einer

Blutlache vor dem Herd. Ihr Kopf war in einem unnatürlichen Winkel abgeknickt.

Mein Geist ging auf Distanz. Es schien nicht real. So still, wie sie dalag, es war unmöglich. Ich kannte diesen Anblick nur zu gut. Jays Gesicht war gerötet und tränenüberströmt.

»Wer von euch war es?«, brüllte mein Vater.

Ich hob die Armbrust. Der Kolben lag auf meiner Schulter, ich hatte das rote Hemd meines Vaters im Visier. »Ich war es«, sagte ich. »Ich habe die Polizei gerufen.«

Er fuhr herum, als er meine Stimme hörte. Er hatte eine Waffe in der Hand, die flache schwarze, halbautomatische Pistole, die er für Schießübungen benutzte. Wie Jay verfehlte er selten das Ziel. Ich spürte die Hitze seines Laservisiers mitten auf meiner Brust.

»Du?«, stieß er hervor. Nur eine einzige Silbe, aber voll von Verblüffung, Zorn, Traurigkeit. »Warum?«

»Leg die Waffe hin, Paps«, sagte ich. Ich hatte einen festen Stand, ich hatte ihn im Visier. Aber hatte ich auch den Willen, meinen Vater zu erschießen? Ich war mir nicht sicher; die Armbrust bebte leicht in meinem Griff.

»Ist dir nicht klar, was jetzt mit dir passieren wird?«, fragte er. »Sie werden dich von hier wegholen, und du wirst ihnen gehören, ihrer Regierung, dieser kranken Welt, die sie geschaffen haben.«

»Leg die Waffe hin.«

Da begann er zu weinen, und mein Herz zerbrach in tausend kleine Stücke.

Er kam auf mich zu. »Was hast du getan, mein Vögelchen?«

Der Raum drehte sich um mich, und mein Gehirn rang verzweifelt darum, etwas zu begreifen, das zu furchtbar war, zu hässlich.

»Paps. Leg die Waffe hin.« Meine Stimme klang fremd in meinen Ohren. Es war die Stimme einer jungen Frau, die Stärke besaß, die wusste, dass sie töten konnte, wenn es sein musste. »Ich will das nicht tun. Bitte.«

In dem Moment stieß Jay einen Kriegsschrei aus und stürzte sich von hinten auf ihn. Als er meinen Vater zu Boden warf, flog ihm die Pistole aus der Hand, außer Reichweite. Ich stand wie zur Salzsäule erstarrt und zielte mit meiner Armbrust auf die beiden ineinander verkeilten Männer auf dem Küchenboden.

»Du hast sie umgebracht«, schrie Jay. »Sie ist tot.«

Mein Blick fiel auf meine Mutter. Ihr goldenes Haar umgab sie wie ein Heiligenschein, ihre Augen, blau wie das Ei eines Rotkehlchens, starrten leer, ihr vergossenes Blut war schwarzrot. Sie lag da, so schön und leblos wie die Hirschkuh, die ich getötet hatte.

Es liegt Frieden darin. Das ist etwas, was die meisten Leute nicht wissen. Erlösung. Aber nicht damals, nicht für mich.

Ein schrecklicher Schmerzensschrei entrang sich mir, gerade als mein Vater seine Pistole zu fassen bekam. Er und Jay rangen darum, und dabei richtete er sich auf, löste sich von meinem Bruder. Und ich betätigte den Auslöser und ließ den Bolzen fliegen, genau in dem Moment, als sich der Pistolenschuss löste. Er dröhnte in meinen Ohren, und in der Luft hing der scharfe Geruch von Kordit.

Jay und ich sahen uns einen langen Augenblick an, während mein Vater schwankte. Der Bolzen steckte in seinem Rücken, die grünen Federn vibrierten.

Die ganze Welt holte tief Luft und stieß den Atem wieder aus.

Mit einem Aufstöhnen sank mein Vater schwer auf die Seite und ließ die Waffe fallen. Ich rannte hin, um sie wegzukicken. Und da sah ich das Blut, das auf Jays weißem Hemd erblühte wie eine Blume, direkt über seinem Herzen. Ich ließ die Armbrust fallen und lief zu ihm, versuchte, mit den Händen das Blut zu stillen. Ich bemühte mich, versuchte verzweifelt, es wieder in ihn zurückzupressen, den Strom umzukehren, das Vergehen der Zeit.

»Bitte«, flüsterte ich. »Bitte.«

Er ergriff mein Handgelenk, drängend, die Augen wild vor Angst. Aber er sagte kein einziges Wort mehr. Und ich legte den

Kopf auf seine Brust und hörte, wie sein letzter Atemzug ihn verließ, blickte rechtzeitig auf, um zu sehen, wie das Licht in seinen Augen erlosch.

Und alles, was ich tun konnte, war schreien vor Wut und Trauer. Der Schrei hallte im Raum wider, dröhnte in meinem Kopf.

Da packte mein Vater mich am Knöchel und zog mich zu sich heran. Er war sehr stark, sogar noch mit dem Armbrustbolzen im Rücken. Ich trat hart zu, traf ihn am Kiefer und brachte ihn dazu, seinen Griff zu lockern. Ich wollte meine Mutter und meinen Bruder nicht verlassen, aber ich musste es, griff nach meiner Armbrust und wich zurück in Richtung Tür.

»Deine Schuld!«, sagte er. Er riss sich den Bolzen aus dem Rücken, mit einem einzigen kräftigen Ruck, und heulte laut auf vor Schmerz. Dann stand er auf, schwankend, unsicher auf den Beinen, benebelt von Zorn und Schmerz. »Du warst das.«

Schon damals wusste ich, dass das nicht stimmte.

»Nein«, entgegnete ich. »Das warst du.«

Mit wutverzerrtem Gesicht stürzte er sich auf mich. Ich rannte weg, er war mir hart auf den Fersen.

Robin lief vor mir wie das weiße Kaninchen, zeigte mir den Weg. Um uns herum Schreie und Schüsse, es war so, wie ich mir den Krieg vorstelle. Es *war* ein Krieg, jedenfalls eine Schlacht. Eine Schlacht, die ich bereits verloren hatte, ich versuchte nur noch, lebendig da rauszukommen. Über uns wogende Baumkronen und das Licht der Sterne.

*Hier entlang*, rief sie mir immer wieder zu. *Hier entlang*.

Ich hörte ihn immer wieder meinen Namen brüllen. *Robin. Robin. Robin.*

Ich rannte direkt in Jones Cooper hinein, der mich mit seinem breiten Brustkorb auffing, mit seinen starken Armen. Er schob mich hinter sich und richtete seine Waffe auf die Dunkelheit. Wir hörten ihn beide kommen, er brach durchs Gehölz. Als er Jones sah und die Waffe, die auf ihn gerichtet war, blieb er stehen.

»Bleiben Sie, wo Sie sind«, sagte Jones. »Runter auf die Knie und Hände hoch.«

Er brüllte nicht.

Aber der Befehl hatte den unverkennbaren Klang von Autorität, von Rechtschaffenheit. Und mein Vater, außer Atem, verletzt, geschlagen, gehorchte so plötzlich und unvermittelt, als wäre alles Leben aus ihm gewichen. Er sank auf die Knie und fiel dann weinend zu Boden. Er war ein großer Mann von beachtlicher Körperkraft. Doch in diesem Moment war er ein Kind, verletzt und gebrochen durch das Leben, das er geführt hatte, durch die Dinge, die er gesehen und getan hatte. Nichts davon war meine Schuld. Aber es war auch nicht ausschließlich seine. Ich sank in die Hocke und lehnte mich an einen großen Baum, während Jones Cooper meinem Vater Handschellen anlegte. Ich begegnete seinem Blick und sah das ganze Ausmaß seines Schmerzes, seiner Wut, seiner tiefen Trauer.

Ich sah das alles. Und hasste ihn dennoch. Ich habe ihm nie vergeben.

An den Rest dieser Nacht und einen Großteil dessen, was in den Wochen darauf geschah, erinnere ich mich nur verschwommen. Ich empfand tiefe Trauer und ein Gefühl von unvorstellbarem Verlust.

»Das ist die schlimmste Nacht deines Lebens«, sagte Maggie Cooper zu mir, als sie mich in eine Decke hüllte und fortbrachte. Ich war wie betäubt. Ich erinnere mich deutlich an den Rücksitz ihres Autos, die weiche Polsterung, den leichten, blumigen Duft, die Kühle der Fensterscheibe. Es waren keine Worte in meinem Kopf, nur ein lautes Heulen von Elend. »Aber du wirst es überstehen.«

Es war mehr ein Befehl als ein Versprechen. Ich erinnere mich, wie ich dachte, dass ich nicht überleben wollte. Ich wollte dorthin gehen, wo meine Mutter war und mein Bruder und diese erste Hirschkuh, die ich getötet hatte. Ich wollte an den Ort, wo man hingeht, wenn das Licht erlischt.

Ich versuche, die lebhaften Erinnerungen zu unterdrücken, während Joy spricht, aber die Bilder, Geräusche und Gerüche kommen wie Blitze. Es gibt Dinge, die kann man nicht vergessen, sosehr man es auch versucht. Es ist schön und gut, zu sagen, vorbei ist vorbei, und alles, was wir haben, ist der Augenblick. Aber ich werde von der Vergangenheit verfolgt.

Bailey ist nervös und wippt mit dem Knie, während Joy durch die Nacht führt, in der ich alles verlor. Zwischen uns beiden herrscht jetzt angespannte Verlegenheit. Ich versuche, es zu ignorieren.

»Es wohnten drei Familien auf diesem Grundstück. Ihre Familie, der das Land gehörte, und die Stones und die Wilsons, die dort jeweils ein Gebäude gepachtet hatten, beide ziemlich primitiv. Die Stones hatten eine alte Scheune zu einem relativ bewohnbaren Haus umgebaut, mit einem eigenen Brunnen und Kläranlage.«

Vor ihr liegt der Flurplan. Darauf kann ich das Haupthaus erkennen, die Scheune, den Brunnen, die Kläranlage. Mir war nicht bewusst, dass die anderen unsere Pächter waren. Haben sie bezahlt? Oder war es eine Tauschvereinbarung? Ich stelle Joy die Frage, aber sie schüttelt den Kopf. Sie weiß es nicht.

Ich muss an den Bunker denken, vollgepackt mit Lebensmitteln, die großen Behälter mit Reis, Mehl und Zucker, die Dosenfrüchte und anderen Produkte, die Waffen, die Munition. Ich habe mich damals nie gefragt, wo das alles herkam.

»Die Wilsons lebten hier.« Joy deutet auf eine Lichtung. Der Plan zeigt dort kein Gebäude. »Sie haben sich dort eine Hütte gebaut. Natürlich wurde keine Baugenehmigung beantragt oder erteilt, aber ich war dort und habe es mit eigenen Augen gesehen. Es ist ein stabiles, gut gebautes Haus, mit Stromgenerator und Solaranlage.«

Seit damals war ich ein- oder zweimal beim Haupthaus, aber ich bin nie wieder über das Land gestreift, obwohl Robin mich immer bittet, ihr zu folgen, zu dem Baumhaus zurückzukehren.

»Sie waren alle abseits des Versorgungsnetzes?«, fragt Bailey.

»Das Haus war an die Stromversorgung angeschlossen. Aber Luke

Carson hatte mit einer Solaranlage ein ziemlich komplexes Stromversorgungssystem aufgebaut. Sie hatten auch Generatoren. Und zwei Kläranlagen sowie fließendes Trinkwasser aus den Brunnen.«

»Sie waren Selbstversorger.«

»Mehr oder weniger. Robins Mutter arbeitete in der Stadt im Supermarkt. Eine reizende Frau, hatte immer ein Lächeln für alle. Doch die Wilsons und die Stones waren echte ›Bergleute‹, wie die Leute in der Stadt sagen. Lebten fast gänzlich von dem, was ihr Land hergab. Unterrichteten die Kinder zu Hause. Meldeten die Geburten der Kinder nicht, begruben ihre Toten selbst.«

»Weltuntergangs-Prepper«, sagt Bailey. Für diesen Ausdruck scheint er eine Schwäche zu haben; vermutlich sieht er ihn als eine Art Kürzel, das einen bestimmten Lebensstil leichter verständlich macht.

Joy schüttelt leicht den Kopf und rückt ihre Brille zurecht. »Diese Leute waren der Ansicht, die Gesellschaft sei bereits zusammengebrochen. Sie sind ausgestiegen, weggegangen von –«

»… der Welt der Menschen«, beende ich den Satz. »Das hat mein Vater immer gesagt. Dass das Ende bereits gekommen sei.«

»An manchen Tagen fällt es schwer, das zu bestreiten«, sagt Joy.

Ich denke an die Brände, die überall wüten, das Virus, das sich gerade ausbreitet, die Kategorie-5-Hurrikane, die Küstenregionen verwüsten, die Kriege überall auf der Welt, Hungersnöte, Dürren. Ja, vielleicht hatte mein Vater recht.

»Jedenfalls lebten sie da oben recht friedlich«, fährt Joy fort. »Sie waren Selbstversorger, störten im Grunde niemanden, und keiner hatte irgendwelche Probleme mit ihnen. Aber dann erhielt die örtliche Polizei einen Anruf, und es war die Rede von einem Waffen- und Munitionslager.«

»Private Waffenlager, das hören die Strafverfolgungsbehörden gar nicht gerne«, bemerkt Bailey. »Führt meistens zu nichts Gutem. Überrascht mich nicht, dass es eine Razzia gab.«

Joy schüttelt den Kopf.

»Es war nicht als Razzia gedacht. Den Eindruck habe ich jedenfalls gewonnen. Es sollte nur eine Durchsuchung geben, man hoffte auf Transparenz und Kooperation. Aber offenbar ist irgendwie durchgesickert, dass die Polizei unterwegs war, und die Männer da oben bewaffneten sich.«

»Wie erfuhren sie davon? Ein Leck bei der Polizei?«

»Ich fürchte, das weiß ich nicht«, sagt sie mit einem Seufzer. »Aber es kam zu Gewaltausbrüchen. Eine Tragödie.«

»Wer ist in jener Nacht alles gestorben?«, frage ich.

»Ihre Mutter und Ihr Bruder.« Sie ergreift meine Hand. »Und die Familie Stone – Wyatt, Melba, Emily und Joseph. Die Wilsons konnten fliehen.«

»Wie viele Wilsons gab es?«, will Bailey wissen.

Joy schlägt einen anderen Band auf und blättert ihn durch.

»Jessup und Lina, und zwei Kinder, soweit ich mich erinnere, deren Geburten nicht gemeldet worden waren. Aber es könnte noch mehr Kinder gegeben haben, die zu Hause geboren wurden.«

So angestrengt ich es auch versuche, ich kann mich an niemanden dieser Leute erinnern. Ich habe eine vage Erinnerung an die Männer, die sich manchmal mit meinem Vater trafen: Einer hatte dunkles Haar und eine Narbe im Gesicht, der andere einen kahlgeschorenen Kopf und viele Tattoos. Vielleicht war da noch ein älterer Junge in Jays Alter, mürrisch und schweigsam. Ich weiß nicht, ob ich die Frauen je zu Gesicht bekommen habe, oder Emily, das Mädchen, dessen Leben ich gestohlen habe. Vermutlich ist das die typische Kurzsichtigkeit der Jugend; man sieht nur das, was einen direkt betrifft.

»Wissen Sie, wo Jessup und Lina Wilson hingegangen sein könnten?« Wieder Bailey, er sucht nach irgendeinem Faden, an den er anknüpfen könnte.

Joy Martin zuckt die Achseln. »Vermutlich haben sie irgendeinen anderen Ort gefunden, wo sie fern der Zivilisation leben konnten. Wenn Fremde diese Stadt verlassen, dann lassen wir sie ziehen.«

Die Spitze ist unüberhörbar. Ich unterdrücke ein Lächeln und frage mich erneut, was Joy wohl gegen Bailey hat.

Mein Blick fällt auf sein Smartphone, und ich stelle fest, dass er das Gespräch aufzeichnet. Ob er wohl auch die anderen Gespräche aufgezeichnet hat, die zwischen uns, und sich deshalb nie Notizen gemacht hat? Ich äußere mich nicht dazu, aber er bemerkt meinen Blick und hebt die Augenbrauen, als wollte er sagen: *Na und?*

»Glauben Sie, es gibt einen Zusammenhang zwischen dem, was Ihrer Familie passiert ist, und den Vorfällen jetzt?«, fragt Joy sanft.

»Auf diesen Gedanken wäre ich nie gekommen, wenn das hier nicht wäre.« Ich lege die Hand auf den Zeitungsartikel. Sie hat ihn bereits wieder in den Band gelegt, wo er hingehört. »Ich hätte nie gedacht, dass jemand über mich Bescheid weiß.«

Ich blättere den Band durch, die Artikel aus der *The Hollows Gazette*, den Geländeplan, eine Kopie des Grundbucheintrags. Völlig unerwartet steigt ein Gefühl von Besitzerstolz in mir auf: Das ist meine Geschichte, meine Familie, mein Land. Das alles gehört zu mir, ob ich es will oder nicht, so hässlich es auch sein mag.

Ich habe das Handy auf stumm gestellt, aber als ich spüre, wie es vibriert, ziehe ich es aus der Tasche. Eine Nachricht von einer unbekannten Nummer.

Wenn du der Träumer bist, bin ich dein Traum.
Doch wenn du wachen willst, bin ich dein Wille.

Rilkes Gedichte aus dem »Stundenbuch« sind eine Art Gebet, es sind Liebesbriefe, einseitige Gespräche mit Gott. Ich starre auf die Worte, erspüre ihre Bedeutung. So ungern ich es zugebe, ich vergehe vor Sehnsucht nach dir.

Dann folgt: Werde ihn los und ich komme dich holen. Wenn du ihn nicht loswirst, bin ich für immer weg.

Mir wird ganz schwindelig, aber Bailey und Joy scheint nichts aufzufallen.

»Was ist mit der Familie Farrow?«, fragt Bailey. »Gab es da irgendwelche Verbindungen zu den Familien Carson, Stone oder Wilson?«

Joy schüttelt nachdenklich den Kopf und durchforstet offenbar ihr Gedächtnis.

»Mr Farrow war Mathelehrer an der High School. Mrs Farrow hat die Erstklässler unterrichtet. Als sie bei diesem Hausbrand umkamen – es war ein Unfall –, haben die Großeltern, die nicht weit entfernt lebten, die kleine Tochter aufgenommen. Aber sie verließ die Stadt nach der High School und ist nie hierher zurückgezogen.«

»Es ist aber schon sonderbar, oder? Zwei der Frauen, die in diesen Fall verwickelt sind, stammen aus The Hollows. Beide haben eine Tragödie erlebt und fangen eine Beziehung mit demselben Mann an.«

»Vielleicht ist es nur Zufall.«

»Ich glaube nicht an Zufälle.«

»Es gibt zweifellos zahlreiche Dinge, an die Sie nicht glauben, die es aber trotzdem gibt. Und Sie verstehen The Hollows nicht, seine Eigenheiten. Vielleicht war das alles nur ein Trick, um Robin dazu zu bringen, nach Hause zu kommen.«

Ein Lächeln spielt um seine Mundwinkel. »The Hollows ist ein Ort, keine Person.«

»Manche Orte haben eine bestimmte Kraft, eine gewisse Energie«, entgegnet sie. Ich werde das nicht bestreiten, weil ich weiß, dass es wahr ist. Sogar Robin, dieses kleine Stück The Hollows, das mich nie verlässt, mich immer drängt heimzukehren, hat irgendetwas damit zu tun. Wenn man diesen Ort nicht kennt, kann man das nicht begreifen.

Joy mag Bailey nicht, aber ich glaube, er mag sie, jedenfalls amüsiert sie ihn. Ich schaue ihn an, erinnere mich an seinen Kuss, wie es sich anfühlte, in seinen Armen zu liegen. Deine Nachricht. Wie ich mich zu dir hingezogen fühle. Ich schüttle die Gedanken ab.

Er steht auf und schaut sich die Fotos an, die an den Wänden hängen – Bilder von den Stadtgründern, der alten Kirche, der ersten Schule. Die Gründungsurkunden der Stadt liegen auf Samt in einem Glaskasten.

Mein Handy vibriert erneut: Heute Abend.

»Das ist also Ihr Leben«, sagt Bailey. »Aufzuzeichnen, was in dieser Kleinstadt passiert.«

Ich glaube nicht, dass es flapsig oder respektlos gemeint ist. Bailey Kirk ist jemand, der immer alles wissen und begreifen möchte.

»Das ist richtig«, erwidert sie leichthin. »Wir haben alle unsere Berufung. Sie wollen Dinge finden, die verlorengegangen sind. Miss Carson will Menschen helfen, einen Weg durch die Dunkelheit ihres Lebens zu finden. Und ich will das historische Gedächtnis dieser Kleinstadt mitten im Nirgendwo sein.«

Er lächelt sie an und nickt respektvoll. Es gibt da eine Unterströmung unter ihrer gegenseitigen Antipathie, eine Art Einvernehmen. Es ist seltsam.

»Wir können es uns wohl nicht immer aussuchen«, sagt er.

»Nein.« Sie versteift sich ein wenig. »Nicht immer.«

Er bleibt an der Tür stehen. Vielleicht ist er zu dem Schluss gekommen, dass es hier nichts für ihn gibt, nur staubige alte Unterlagen über diese Nacht vor langer Zeit, meine persönliche Tragödie, aber nicht mehr. Eine Reise in die Vergangenheit, aber keine Spur, die ihm ermöglichen würde, Mia zu finden.

»Ich habe Ihnen alles hingelegt«, sagt Joy. »Sehen Sie sich die Sachen gerne durch, wenn Sie mögen. Sagen Sie Bescheid, wenn ich behilflich sein kann.«

Damit erhebt sie sich und verschwindet durch eine Tür, die sich mit leisem Klicken hinter ihr schließt.

»Haben Sie einen Anruf bekommen?« Er deutet auf mein Handy.

»Nur Jax«, lüge ich.

Bailey blickt finster und nachdenklich drein, vielleicht sein Standard-Gesichtsausdruck, aber ich habe das Gefühl, er weiß, dass ich lüge. Doch falls dem so ist, behält er es für sich. Er tritt zu den Regalen, nimmt ein Buch heraus und schlägt es auf.

Obwohl ich mich stark zu Bailey Kirk hingezogen fühle, obwohl ich immer noch seine Arme um mich fühlen kann, werde ich ihn abservieren. Eiskalt. Ich weiß selbst, dass das falsch ist, schließlich habe ich mich erst vor wenigen Stunden bereit erklärt, ihm zu helfen, dich aufzuspüren, habe mich als Köder angeboten. Und mir ist klar, dass ich auf gar keinen Fall versuchen sollte, dich allein zu treffen.

Doch Tatsache ist: Ich werde nicht auf die Gelegenheit verzichten, dich noch ein letztes Mal zu sehen. Ich kann es einfach nicht. Ich muss dich verstehen, muss die Dinge verstehen, die du getan hast. Es ist ein tiefes, dunkles Bedürfnis, das an mir zerrt. Denn eins weiß ich: Wenn du jetzt verschwindest, werde ich dich nie wiedersehen.

»Ich sehe noch diese Unterlagen durch«, sage ich leichthin.

»Okay«, meint Bailey. »Ich werde Rick Javits ausfindig machen und feststellen, was er mir über seinen Kunden sagen kann.«

Ich bin keine Ermittlerin, aber das scheint mir eindeutig eine Spur zu sein. »Nur zu!«, sage ich.

Sein Blick ruht auf mir. Es scheint, als wollte er etwas sagen. Er schiebt die Hände in die Taschen. »Sollten wir … ähm … reden?«

»Über was?« Ja, wir müssen reden. Natürlich. Aber nicht jetzt. Ich darf nicht zulassen, dass meine Gefühle für Bailey Kirk, wie auch immer sie aussehen, mich von meinem Ziel abbringen.

Er nickt langsam. Und sagt: »Bleib mit mir in Verbindung, Wren.«

Es klingt wie eine Warnung. Dann geht er und lässt mich mit meiner Vergangenheit allein. Ich starre auf die Tür und kämpfe gegen den Drang an, ihm zu folgen. Ich könnte ihm sagen, was passiert ist. Ihn um Hilfe bitten. Aber nein. Das ist etwas, das ich allein tun muss.

Als Baileys Geländewagen davonrumpelt, schicke ich eine Antwort an die unbekannte Nummer.

Er ist weg.

Die Antwort kommt sofort, eine Fehlermeldung. Ich versuche es erneut, mit dem gleichen Resultat. Ich scrolle durch die vorigen Nachrichten, suche nach einer Bedeutung, die mir vielleicht entgangen ist. Aber die Worte sind nackt und leer, enthalten keine Spur von dir. Ich schmecke Frustration tief in meiner Kehle. Diese Spielchen. Du hältst mir einen Köder hin, ich schnappe danach, und du ziehst ihn weg.

Ich schlage einen der Bände auf und mache eine Zeitreise, suche nach ... ich weiß nicht, wonach. Nach mir. Nach dir. Nach irgendeiner Information, die das Damals mit dem Heute verknüpft. Ich verliere mich in der Geschichte meiner Familie – alte Fotografien, Geburts- und Sterbeurkunden, Heiratsurkunden. Papiere, die das Verstreichen von Leben anzeigen. Es gibt sogar einige Briefe von meinem Großvater an meine Großmutter, er hat sie geschrieben, als er im Krieg war. *Jeder Tag ist voller Schrecken, aber jede Nacht träume ich von dir.*

Ich weiß nicht, wie viel Zeit vergangen ist, als mein Handy erneut vibriert.

Es ist eine Wegbeschreibung und eine Reihe einfacher Befehle: Schreib das ab. Lösch alle Hinweise auf mich aus deinen Nachrichten. Vernichte dein Smartphone.

Meine Haut kribbelt, als ich die Wegbeschreibung auf einen Block kritzele, den Joy mir hingelegt hat. Es hat irgendwie etwas Endgültiges, dieses Schreiben auf Papier. Ich reiße das Blatt ab.

Dann gehe ich, ohne mich von Joy zu verabschieden, steige in mein Auto und fahre los.

# 38

»Ich will, dass Sie zurück ins Büro kommen, Bailey.«

Nora war verärgert, und er verstand, warum. Er hatte versagt. Er hatte den Klienten im Stich gelassen. Und eine junge Frau, die höchstwahrscheinlich Opfer eines menschlichen Raubtiers geworden war.

»Ich habe eine Spur. Eine konkrete Spur.«

»Was für eine?«

Er erzählte ihr von dem Makler und von dessen Kunden, der den Carson-Besitz hatte kaufen wollen. Er habe die Adresse und parke gerade vor dem Haus des Maklers, bereit, an dessen Tür zu klopfen.

»Es ist fast Mitternacht.«

»Seit wann spielt das eine Rolle? Eine Frau wird vermisst, die Uhr tickt.«

Nora stieß ein Seufzen aus. »Hören Sie«, ihre Stimme klang blechern durch den Lautsprecher. »Thorpe hat uns gefeuert. Er hat eine andere Detektei beauftragt. Also kosten Sie mich gerade Geld, statt mir welches einzubringen.«

Das war ihr egal. Und ihm ebenfalls.

»Nur noch einen Tag. Vierundzwanzig Stunden.«

Schweigen.

»Ich nehme mir einen Tag Urlaub.«

Die Wohngegend, in der er parkte, war relativ bescheiden: schmucke Häuser, gut in Schuss, baumbestandene Straßen. Nichts Besonderes, keine protzigen Neubau-Villen, keine heruntergekommenen Baracken. In den Auffahrten Basketball-Netze und neue

Autos. Es machte den Eindruck einer gut organisierten Nachbarschaft – bestimmt gab es Straßenfeste und abgestimmte Jahreszeiten-Deko, vielleicht wurden am Heiligabend Kerzen in braunen Papiertüten an den Straßenrand gestellt. Wie nannte man diese Dinger nochmal? Farolitos, genau. Sie erinnerten Bailey an die Art, wie er aufgewachsen war – eine typisch amerikanische Kindheit. Er war zusammen mit Freunden mit dem Rad herumgefahren und nach Hause gekommen, wenn die Straßenlaternen angingen. Samstags Fußballspiele und Picknicks, Strandurlaub. Rick Javits besaß ein schmuckes kleines Haus im Craftsman-Stil mit Jägerzaun und einem handtuchgroßen Vorgarten.

Nora redete weiter.

»Wissen Sie, manchmal verbeißen wir uns aus Gründen in einen Fall, die mit uns selbst zu tun haben. Dann geht es nicht mehr um den Klienten, sondern um etwas in uns, das verarbeitet werden muss. Und wenn das passiert, wird es bedenklich.«

»Darüber haben wir doch schon gesprochen.« Wenn er nachts mit Nora telefonierte, was er oft tat, stellte er sie sich immer in einem grauen Seidenpyjama und Kaschmir-Morgenmantel vor, ein Glas Wein in der Hand. Er hätte nicht sagen können, warum; er hatte seine Chefin ganz bestimmt noch nie im Schlafanzug gesehen.

»Wie viel hat das mit Wren Greenwood zu tun?«, fragte Nora.

Verärgerung und Verlegenheit durchzuckten ihn. »Sie ist in Gefahr.«

»Das können Sie nicht wissen.«

»Er wird sie sich schnappen. Er wollte irgendwas von ihr, das er noch nicht bekommen hat, und Männer wie er geben nicht auf.«

»Haben Sie sich in sie verliebt?«

»So ist das nicht.«

Als würde er sie nicht schon eine ganze Weile beobachten, hätte nicht alle Schichten ihres Lebens durchforstet. Er konnte nicht aufhören, an sie zu denken. Es war aufregend gewesen, sie in seinem Motelzimmer anzutreffen. Er verspürte den heftigen Drang, dafür zu sorgen, dass ihr nichts geschah. Dass sie nicht in irgendein schwarzes Loch fiel, das dieses Monster irgendwo auf der Welt geöffnet hatte.

»Worum geht es dann?«

»Sie ist ein guter Mensch. Sie hat es verdient, dass sich jemand um sie kümmert, gerade jetzt. Sie ... hat sonst niemanden.«

Wieder Schweigen.

»Wissen Sie, sie hat einen Alptraum durchlebt«, fuhr er fort. »Und statt zuzulassen, dass er ihr Leben zerstört, ist sie in eine Rolle geschlüpft – diese ganze ›Liebe Birdie‹-Sache –, und versucht, Menschen zu helfen. Sie hat das alles nicht verdient.«

»Sie ist nicht unsere Klientin.«

»Was ist mit den Laborergebnissen? War irgendwas auf den Sachen, die ich eingeschickt habe?«

»Ein wenig DNA auf dem Pullover, aber kein Treffer in irgendeiner der Datenbanken.«

Das war eine Enttäuschung. Er hatte große Hoffnungen in die Sachen gesetzt, die Wren aus dem Lagerhaus geholt hatte.

Ein alter Mann mit einem kleinen weißen Hund ging die Straße entlang, ohne in Baileys Richtung zu blicken.

»Nur noch einen Tag«, sagte er. »Wenn er sie holen kommt und ich zur Stelle bin, finden wir vielleicht auch Mia.«

»Hatte ich erwähnt, dass Thorpe uns gefeuert hat?«

»Hatten Sie.«

»Es ist nicht länger Ihr Fall. Kommen Sie zurück ins Büro.«

»Gut.«

»Bailey.«

»Einverstanden, habe ich doch eben gesagt. Ich komme zurück.«

Natürlich hatte er nicht die Absicht, zurückzufahren. Es würde nicht passieren, und Nora würde es ihm durchgehen lassen, weil er der beste Detektiv in ihrer Firma war. In diesem Punkt gab es ein stillschweigendes Einverständnis zwischen ihnen. Denn Nora war wie Bailey. Beiden ging es nicht um Fälle und Honorare, sondern um Menschen. Und wenn man einen Fall übernahm, wurden die Klienten zu nahestehenden Menschen, und es war einem nicht gleichgültig, was mit ihnen geschah. Noras Geschäftspartnerin Diana war da anders. Ihr ging es ums Geld, um die Bilanz. Und der Fall Mia Thorpe war gerade zum Verlustgeschäft geworden. Ehrlich, Bailey verstand das sehr gut.

Und dann war da noch Wren Greenwood – wild, zerbrechlich, stur, freundlich. Da war ein Feuer in ihr, und auch eine Weichheit. Er dachte an sie. Viel zu oft.

»Verlieben Sie sich niemals in jemanden, der mit einem Fall zu tun hat«, sagte Nora. Vielleicht hatte sie seine Gedanken gelesen, das schien sie öfter zu tun. »Ich habe Sie schon ganz zu Anfang davor gewarnt.«

Das hatte sie, und er hatte darüber gelacht. Damals war er noch nie richtig verliebt gewesen. Er wusste nicht, wie es war, sich einem Menschen ganz zu geben und ihn dann zu verlieren. Er war das geliebte Kind guter Eltern, Bruder einer liebevollen jüngeren Schwester, und kannte daher nur die Art Liebe, die beständig war, die kräftigte und nährte. Nicht die Art Liebe, die wie ein Buschfeuer alles zu Asche verbrannte.

»Darum geht es hier nicht.«

»Es ist gut, wenn einem Menschen nicht gleichgültig sind. Solange man auf festem Boden bleibt und ihnen nicht folgt, wenn sie von einer Klippe springen.«

»Wir sehen uns morgen, Nora.«

»Gute Nacht, Bailey.«

Er warf einen Blick auf die Uhr am Armaturenbrett. Es war schon spät, wahrscheinlich zu spät für einen Besuch; schließlich war er nicht bei der Polizei. Und diese tickende Uhr – niemand außer ihm selbst und Henry Thorpe konnte sie noch hören. Aber ihm lief tatsächlich die Zeit davon. Er stellte den Motor ab, stieg aus und ging zur Haustür.

Oben auf der Veranda saß eine schwarze Katze auf der Schaukel, und die rote Haustür stand einen Spalt offen. Bailey hörte den Fernseher laufen. Er blieb stehen und lauschte.

Diese merkwürdige Kleinstadt gehörte zu den Orten, an denen die Leute noch nicht ihre Türen verschlossen.

Er hatte das immer idiotisch gefunden. Vermessen. Besonders, da in dieser Stadt statistisch gesehen offenbar viele schlimme Dinge passierten – Brandstiftung, Kindesentführung, verschwundene Personen, Morde. Er freute sich schon darauf, seine Sachen zu packen und von hier zu verschwinden.

Er klopfte. Die Tür schwang mühelos auf, und obwohl das grob unhöflich, grenzwertig und vermutlich illegal war, trat Bailey ein. Die Dielen knarrten.

»Mr Javits, entschuldigen Sie. Ich bin Ermittler und heiße Bailey Kirk.«

Es war keine Lüge. Er war zwar Privatdetektiv und nicht bei der Kriminalpolizei, aber das musste er ja nicht jedes Mal klarstellen. Er arbeitete mit dem, was die Leute annahmen. Sie gingen meistens davon aus, dass er von der Polizei war, und er widersprach ihnen nicht.

»Ich habe ein paar Fragen, es geht um einen Kunden von Ihnen.«

Er ging weiter den Flur entlang, auf den dröhnenden Fernseher zu. Offenbar liefen gerade die Nachrichten, die momentan alle schlecht waren.

*In China tobt ein tödliches Virus. Die Behörden sagen, dass es nur eine Frage der Zeit ist, bis es sich bis nach Europa und in die Vereinigten Staaten ausbreitet. Sind wir darauf vorbereitet?*

Ein aufgedunsener, kahl werdender Mann saß auf einem bequemen Fernsehsessel, den Kopf zurückgelegt, den Mund geöffnet. Sein Schnarchen konnte Bailey wegen des lauten Fernsehers nicht hören. Er klopfte erneut, diesmal an die Wohnzimmertür. Es war ein aufgeräumtes kleines Zimmer, gemütlich eingerichtet. Es gab eine Couchgarnitur, einen dunklen Kamin, Familienfotos und Staffordshire-Hundefiguren auf dem Kaminsims. Auf dem großen, an der Wand befestigten Bildschirm waren Patienten in Krankenhausbetten zu sehen, eine Frau weinte, Personen unbestimmten Geschlechts in weißen Schutzanzügen desinfizierten eine Straße.

Bailey erhob die Stimme. »Mr Javits.«

Er erkannte Rick Javits von dem schamlos retuschierten Foto auf seiner Webseite, auch wenn der perfekt frisierte Makler im schicken Anzug, den man dort sah, wenig Ähnlichkeit mit dem dösenden Deppen mittleren Alters in dem La-Z-Boy-Relaxsessel vor ihm hatte.

Er glaubte, eine Bewegung hinter sich wahrzunehmen, aber als er sich umdrehte, sah er nur die dunkle Türöffnung. Heutzutage waren viele Leute bewaffnet, mehr als man annehmen sollte. Man musste vorsichtig sein, schließlich wollte er nicht, dass eine panische Ehefrau, die gerade nach Hause kam, den Revolver zückte, feuerte und erst später Fragen stellte.

Bailey trat ins Wohnzimmer. Als er sich dem Sessel näherte, begann seine Haut zu kribbeln. Javits' Hals war irgendwie schief. Und dann erkannte Bailey, dass es kein Schatten war, der auf die Brust des Mannes fiel; sein Schlafanzug war blutgetränkt. Die Augen waren nicht im Schlaf geschlossen, sondern standen weit offen, blicklos.

»Scheiße«, flüsterte Bailey und griff nach seinem Handy.

»Mr Kirk.«

Bailey fuhr herum und sah einen hochgewachsenen Mann ganz in Schwarz scheinbar aus der dunklen Türöffnung gleiten. Er erkannte ihn sofort von den Fotos, die er im Internet gesehen hatte.

Er hatte sich immer gefragt, was all diese schönen Frauen an diesem ziemlich hässlichen Hünen mit der zu groß geratenen Nase und dem breiten Mund gefunden hatten. Jetzt sah er es. Der Mann strahlte eine Art Macht aus, eine rohe Virilität.

»Sie können es einfach nicht lassen, was?«

Bailey war schon so lange hinter diesem Mann her, dass er ihm jetzt unwirklich vorkam. Er trug einen langen schwarzen Mantel, und in der Hand hielt er eine Pistole mit Schalldämpfer.

»Reden wir«, sagte Bailey, hob eine Hand und ließ die andere zu der Pistole in seinem Schulterholster gleiten. Er hätte mindestens drei Fehler aufzählen können, die er in der letzten Stunde begangen hatte. Das hatte ihn in diese Lage gebracht, und die Wahrscheinlichkeit, dass es böse endete, war groß.

»Eher nicht.«

Bailey Kirk hörte den Schuss nicht einmal, er sah nur das Mündungsfeuer, und dann nichts mehr.

# 39

Feuerholz. Der Geruch von Herbstlaub. Eine schwarze Krähenfeder, die im Sonnenlicht glänzt. Das Summen von Bienen an den Wildblumen. Leuchtende, träge Glühwürmchen in den Sommernächten. Robins perlendes Lachen.

Plötzlich ist alles wieder da, als ich aus der Stadt hinausfahre. Ich nehme die Landstraßen, die du in deiner Wegbeschreibung angegeben hast, und habe das Gefühl, mich immer weiter von meinem Leben zu entfernen, von der Großstadt, von »Liebe Birdie«.

Zum ersten Mal seit langer Zeit verspüre ich wieder die Sehnsucht, dorthin zurückzukehren, zu dieser Art Leben – einem einfachen Leben in Stille und Frieden. Nur man selbst und der Tag, die lebensnotwendigen Pflichten: Kochen und Saubermachen, Gärtnern und Jagen. Kein Fernsehen, das die Stunden wegfrisst, einen mit dem Elend aus aller Welt überschwemmt. Keine klingelnden, piepsenden Geräte, keine Lärmverschmutzung.

Es gibt alle möglichen Bezeichnungen für Menschen wie meinen Vater – Prepper, Horter, Einsiedler, Survival-Freak. Uns, die wir in der modernen Welt leben, mit allen Annehmlichkeiten, allem als selbstverständlich hingenommenen Überfluss der ersten Welt, hypervernetzt miteinander und der Konsum-Maschinerie unserer Gesellschaft, erscheinen sie merkwürdig. Diese Menschen, die draußen in den Wäldern leben und suffizient wirtschaften wollen, die das, was sie zum Leben brauchen, selbst anbauen und jagen wollen. Warum sollte irgendjemand den Wunsch haben, so zu leben? Aber vielleicht sind gar nicht sie diejenigen, die falsch liegen.

Ich glaube, in Wahrheit hat mein Vater nur versucht, das ganze Geplapper zum Verstummen zu bringen – die allgegenwärtigen Anforderungen, den seelenlosen Konsum, die ständigen Belehrungen, wie er sein wollen sollte. Das, was er im Krieg gesehen hatte, was er getan hatte, quälte ihn. Ich glaube, er wollte zurückkehren an den letzten sicheren Ort, den er gekannt hatte, dorthin, wo er glücklich gewesen war. Er wollte wieder der Mensch werden, der er damals gewesen war.

Aber ich brachte die Welt zurück zu ihm. Und das vernichtete uns alle.

*Was tun wir hier?*

Robin sitzt auf dem Beifahrersitz, klein und undeutlich, und starrt in die Dunkelheit hinaus.

*Wo fahren wir hin?*

Ich antworte ihr nicht. Um ehrlich zu sein, ihre Anwesenheit ist mir ein wenig peinlich. Es ist mir peinlich, wie real sie für mich ist, was für eine Konstante in meinem Leben. Die meisten Leute lassen ihre imaginären Freunde in der Kindheit zurück, wo sie hingehören. Aber Robin ist bei mir geblieben. Sie ist immer noch das wilde, zerlumpte Mädchen, das die Welt um sich herum mit Staunen betrachtet. In glücklicheren Momenten, wenn ich beschäftigt bin, wenn meine Arbeit und mein Leben mich ausfüllen, ist sie selten da. Doch in dunkleren Augenblicken, wenn die Erinnerungen zurückkommen und sich nicht vertreiben lassen, wenn ich einsam bin oder das Gewicht von »Liebe Birdie« zu schwer auf meinen Schultern lastet, ist sie so wirklich wie Jax.

Doch der einzige Mensch, der von ihr weiß, ist Dr. Cooper. Vor ein paar Jahren, als Robin überall zu sein schien, wo ich hinschaute, hatte ich eine Sitzung bei ihr.

»Robin ist nicht so schwer zu verstehen«, sagte Maggie bei dieser Sitzung. Ich war zu ihr gefahren, anstatt mit ihr zu telefonieren, was wir manchmal taten. »In deiner Kindheit war sie all das, was du sein musstest, um in deinem neuen Leben zurechtzukommen. Sie war deine Lehrerin, brachte dir bei, was du wissen musstest. Sie war dir eine Freundin, als du aus deinem vertrauten Umfeld herausgerissen wurdest. Wenn wir heranwachsen, sind Freundschaften extrem wichtig. Sie helfen uns dabei, zu definieren, wer wir sind und wie wir werden wollen. Robin war dir ein Trost in einem Zuhause, das dir keine Stabilität bot.«

»Das verstehe ich schon.« Ich ließ mich in Maggies weiches Sofa sinken, dankbar für die Wärme des Raums, das Sonnenlicht, das durch die Fenster strömte. »Aber warum ist sie immer noch bei mir?«

»Hättest du keine traumatische Erschütterung erlebt, wäre sie wahrscheinlich irgendwann einfach verblasst, als du dich in deinem neuen Leben zurechtgefunden hattest, als du erwachsen wurdest und anfingst, eigene Entscheidungen zu treffen. Sie wäre den Weg gegangen, die Formationen der Psyche dieser Art immer gehen.«

Ich frage mich, ob es wohl einen Ort gibt, an den alle imaginären Freunde gehen, irgendeinen Himmel für diese »Formationen« geplagter junger Gemüter. Einen Ort, wo sie miteinander spielen können. Ich hoffe es.

»Ungewöhnlich an ihr ist«, sinnierte Dr. Cooper, »dass sie dieselbe geblieben ist.«

»Wieso?«

»Weil diese Freunde, wenn sie bis ins Erwachsenenalter bleiben« – sie hielt inne und sah mich auf ihre ernsthafte Art an –, »manchmal etwas Finsteres bekommen. Sie können zu Peinigern werden, vielleicht besitzergreifend, dominierend – wie ein Elternteil, der nicht loslassen kann.«

An Robin war nie etwas Finsteres. Sie war immer ganz Licht. Das sagte ich Dr. Cooper.

»Fordert sie je etwas von dir? Etwas, das du ihr nicht geben willst?«

Darüber musste ich einen Augenblick nachdenken.

»Sie will nach Hause. Sie will zu unserem Besitz zurückkehren, ins Baumhaus. In gewisser Hinsicht wäre sie glücklicher mit der Art Leben, das mein Vater führen wollte.«

»Ist es das, was du willst?«

»Ob ich wieder dort leben will, wo mein Vater meine Mutter und meinen Bruder umgebracht hat? Nein.«

»Und doch bist du hier, wieder in der Stadt. Warum?«

»Weil ich mit dir reden musste.«

»Über Robin«, präzisierte sie.

»Ja.«

Maggie nickte nachdenklich. »In dieser Frage musst du deine Seele erforschen. Wer ist Robin jetzt für dich? Was repräsentiert sie? Sie ist ein Bestandteil deiner Psyche. Was versucht sie, dir über dich selbst mitzuteilen?«

Robin verblasst immer mehr, während ich weiterfahre, bis irgendwann niemand mehr neben mir sitzt.

Als mein Handy klingelt, nehme ich den Anruf über die Taste am Lenkrad an.

»Keine Sorge«, melde ich mich. »Alles ist gut.«

»Wirklich?« Jax.

Nein, ich habe mein Handy nicht zurückgelassen. Ich stehe nicht so unter deinem Bann, wie diese anderen Frauen es offenbar getan haben. Ich habe nicht meine Konten leergeräumt und alles zurückgelassen, was ich kenne, um dir durch diesen dunklen Torweg zu folgen, den du anzubieten hast. Ich glaube, da kennst du mich besser. Ich habe sie gesehen, ihre Gesichter, ihre leuchtenden Augen. Diese Mädchen waren gebrochen, so leid es mir tut, das sagen zu müssen. Ich nicht. Ich bin eine Überlebenskämpferin.

Ich mache mir keine Sorgen, dass du es merken könntest. Oder verschwindest, wenn du feststellst, dass ich mich nicht an die Regeln gehalten habe. Du kommst ebenso wenig von mir los wie ich von dir, glaube ich. Sonst wärst du längst weg und dabei, dir dein nächstes Opfer zu suchen.

»Weißt du«, sagt Jax, »ich habe Siri gebeten, es mir mitzuteilen, wenn du diese Kleinstadt verlässt. Da ich deinen Standort verfolgen kann, geht das.«

»Jax.«

»Aber offenbar bist du nicht auf dem Weg hierher zurück. Wie es scheint, fährst du in die entgegengesetzte Richtung. Sag mir bitte, dass ich mich irre.«

»Du irrst dich nicht.«

Ein Seufzer.

»Rede.«

Ich erzähle ihr alles. Und diesmal wirklich alles. Ich erzähle ihr von meiner Vergangenheit, von Bailey Kirk, den anderen Frauen, die verschwunden sind, von deiner Textnachricht. Als ich fertig bin, herrscht bleierne Stille am anderen Ende der Leitung. Vielleicht hat Jax aufgelegt, oder wir wurden getrennt und ich habe es nicht mitbekommen, weil ich immer weitergeredet habe.

Dann sagt sie: »Habe ich das richtig verstanden? Du hast den guten Mann sitzengelassen und läufst dem bösen Typen hinterher. Warum tust du so etwas?«

Die Frage lässt mich innehalten. Jax hat so eine Art, direkt zum Kern der Sache vorzustoßen, sofort zum Punkt zu kommen. Mir fehlen die richtigen Worte, was selten vorkommt.

»Er zieht an der Leine, zitiert ein bisschen Rilke, tut ein bisschen rätselhaft, und du kommst angerannt? Was würde ›Liebe Birdie‹ wohl dazu sagen?«

»Ähm«, murmele ich töricht. Ich bin so weit entfernt von meiner »Liebe-Birdie«-Denkweise, dass ich nicht mal die Briefe gelesen habe, die Jax mir geschickt hat. Ich habe sie nur gebeten, ihre Antworten an Liz weiterzuleiten. Es ist befreiend, ohne alle diese Stimmen im Kopf zu leben, was ich so nicht erwartet hätte. Ich habe das Gefühl, zum ersten Mal seit langer Zeit meine eigene Stimme hören zu können.

*Hast du das gehört?*

*Nein, ich höre nichts.*

*Was du hörst, ist die Stille.*

»Sie würde sagen, dass du deine Impulse zügeln solltest. Wenn deine Handlungen dich in Gefahr bringen, solltest du dir überlegen, welche unverarbeiteten Gefühle dich dazu bringen, so etwas zu tun. Du solltest in dich gehen und dich fragen, warum du so handelst. Das würde sie sagen.«

»Aber das tue ich doch gar nicht. Ich laufe ihm nicht hinterher.«

»Was tust du dann?«

Ich antworte nicht, weil es zu düster klingen würde.

Die Wahrheit ist: Ich jage dich.

Was geschehen wird, wenn ich dich einhole, hängt hauptsächlich davon ab, was du diesen Frauen angetan hast. Aber Jax kennt diese Seite von mir nicht. Selbst meine engste Freundin kennt nicht alle Facetten von Wren Greenwood, und Robin Carson hat sie nie kennengelernt.

»Ich muss auflegen«, sage ich sanft. »Aber mir passiert schon nichts. Ich melde mich bald.«

»Wren ...«

»Mach dir keine Sorgen«, sage ich. »Kümmere dich so lange um das Haus und um ›Liebe Birdie‹.«

»Die Art, wie du das sagst, gefällt mir nicht.«

»Ich hab dich lieb.«

»Wren, wag es ja nicht, jetzt aufzulegen.«

Aber ich tue es, beende das Gespräch. Dann entferne ich sie aus der Liste der Kontakte, die mir folgen können, ohne die zweite Hand vom Lenkrad zu nehmen, und schalte das Handy aus. Keine Ablenkungen mehr.

Wenn man auf der Pirsch ist, sind Konzentration und Stille entscheidend.

Vor mir liegt Dunkelheit, tanzt an den Rändern des Scheinwerferlichts.

Ich bin deiner Wegbeschreibung gefolgt und jetzt bei der letzten Abzweigung angelangt. Es ist kein Ziel angegeben, keine Adresse, nur eine Folge von Straßennamen und Abzweigungen, besondere Kennzeichen, nach denen ich Ausschau halten soll – eine alte Scheune, ein aufgebockter, verrosteter Pick-up-Truck in der Auffahrt eines roten Farmhauses.

Die Straße ist steinig und dunkel. Der Mond verschwindet hinter den Wolken.

Ich setze die Fahrt fort.

# 40

Bailey Kirk glaubte nicht an einen zornigen Gott, der wütete und strafte. Sein Vater war Atheist, aber seine Mutter glaubte, dass Gott in allem und überall sei und man deshalb sich selbst, dem Planeten Erde und einander mit Liebe und Respekt begegnen solle. Sie waren keine Kirchgänger, aber seine Mutter folgte einer spirituellen Praxis, die sich aus Meditation, langen Spaziergängen in der Natur, guten Taten und ein paar Ritualen zusammensetzte, für die sie Salbeibündel und Klangschalen verwendete.

*Mama räuchert mal wieder*, pflegte seine Schwester dann zu sagen und nachsichtig die Augen zu verdrehen.

Der Geruch erfüllte das Haus, reinigte es, wie seine Mutter sagte, von verbrauchter Energie oder negativen Schwingungen, oder er drückte Dankbarkeit für irgendeine Segnung aus. Der Duft von Salbeirauch brachte ihn immer sofort in die Kindheit zurück, zu der Wärme und Sicherheit dieser Zeit in seinem Leben.

Dieser Geruch stieg ihm jetzt in die Nase, lag stark und streng unter seiner Zunge.

*Öffne die Augen, Bailey*. Die Stimme seiner Mutter. *Wach auf, mein Sohn.*

Er folgte dem Geruch, stieg hoch durch Schichten von Dunkelheit und musste feststellen, dass er auf dem Fußboden irgendeines fremden Wohnzimmers lag – eindeutig nicht das Haus seiner Mutter. Neben ihm kniete ein Mann, den er noch nie gesehen hatte – oder doch? –, und runzelte besorgt die Stirn. Als Bailey versuchte, sich zu bewegen, schoss ihm ein rasender Schmerz von der Schulter in den Arm, und er schrie auf.

»Okay«, sagte der ältere Mann. »Ganz langsam.«

Der Duft nach Salbei war verschwunden, ebenso wie das Gefühl von Wärme und Sicherheit, als der Mann, der überraschend stark war, Bailey zum Sofa half. Er beugte sich über ihn, um seine Wunde zu untersuchen.

»Sie haben Glück gehabt. Sieht nach einem glatten Durchschuss aus. Aber Sie haben ziemlich viel Blut verloren.«

Bailey hatte eigentlich nicht den Eindruck, dass er ein Glückspilz war.

Rick Javits saß noch auf seinem Fernsehsessel, seinem letzten Ruheplatz, bleich und langsam erstarrend, mit leeren Augen. Okay, doch, gestand Bailey sich ein. Er hatte Glück gehabt.

Der ältere Mann, hochgewachsen und breitschultrig, in Jeans, Arbeitsstiefeln und Holzfällerjacke, ging zu dem Leichnam hinüber und schüttelte den Kopf.

»Rick war ein guter Kerl. Wer hat das getan?«

Die Welt geriet ins Wanken und drehte sich, und Bailey übergab sich auf den Fußboden. Erneut schoss Schmerz in seinen Arm wie eine Feuerwerksrakete.

Sterne tanzten in seinem Gesichtsfeld. Gleich würde er wieder ohnmächtig werden.

*Nein. Nein. Reiß dich zusammen, Bailey Kirk.*

Er ging in seine Mitte und zwang sich, langsam und tief zu atmen. Konzentrierte sich auf den Schmerz, bis er aushaltbar wurde. Schmerz war nur ein Programm, und das konnte gehackt werden. Das jedenfalls hatte der Mann, der ihm das Kämpfen beigebracht hatte, ihm geraten. *Drück den Schmerz weg. Segmentiere ihn. Ignoriere ihn.*

»Mein Sohn, wer hat das getan?«

Sohn? Echt? Wer war dieser Typ? Doch dann dämmerte es ihm. Er hatte Fotos von ihm in Zeitungsartikeln über die Razzia auf dem Carson-Hof gesehen. Mittlerweile war er breiter und grauer geworden, aber Bailey erkannte den Polizisten wieder, der die Aktion geleitet hatte. Sie hatten Textnachrichten ausgetauscht, sich aber noch nicht getroffen.

»Ein Mann, den ich verfolgt habe. Seinen richtigen Namen kenne ich nicht, aber er nennt sich unter anderem Raife Mannes und Adam Harper. Er ist ein Phantom.«

»Ein Phantom mit einer Pistole«, bemerkte der hochgewachsene Mann. »Ich nehme mal an, Sie sind Bailey Kirk. Der Privatdetektiv.«

»Richtig. Und Sie sind?«

»Jones Cooper«, sagte er. »Ich bin ein Freund von Wren. Meine Frau bekam einen Anruf von einer von Wrens Freundinnen aus New York City – Jax heißt sie. Sie war ganz hysterisch. Sie meinte, Wren stecke in Schwierigkeiten.«

»Okay«, sagte Bailey.

Jax, die beste Freundin. Bailey wusste, dass Frauen es nicht schätzten, hysterisch genannt zu werden, und Männer nicht mochten, die sie so nannten. Aber dieser Mann lief offenbar noch mit einem alten Betriebssystem; vielleicht hatte er die neue Software noch nicht runtergeladen.

Cooper fuhr fort: »Dann erhielt ich einen Anruf von Joy Martin von der Historischen Gesellschaft. Sie sagte, ein Detektiv wäre hierher unterwegs, zu Rick Javits, vielleicht zusammen mit Wren. Auch sie glaubte, Wren könne in Schwierigkeiten stecken.«

»Wo ist Wren?«

»Das ist es ja. Ihre Freundin Jax sagt, sie und Wren könnten einander mit dem Handy orten, und jetzt hätte Wren sie blockiert. Das letzte Signal zeigte, dass Wren aus der Stadt hinausfuhr, aber nicht zurück nach New York City. Sondern weiter Richtung Norden.«

»Warum?«

»Jax hatte den Eindruck, dass sie auf der Jagd nach diesem Phantom war.«

»Gottverdammmich.« Bailey wollte aufstehen, sank aber zurück, geschwächt vor Schmerzen. Er wappnete sich und versuchte es noch einmal, entschlossen, es bis zu seinem Auto zu schaffen. Dort hatte er einen Erste-Hilfe-Kasten und Schmerztabletten. Er hatte sich auch vorher schon selbst zusammengeflickt und weitergemacht.

Der alte Mann sah ihn mit einem leicht belustigten Stirnrunzeln an. »Was haben Sie vor?«

»Ich habe einen GPS-Tracker an ihrem Auto angebracht«, sagte Bailey. Als er Wrens Wagen beim Hotel entdeckt hatte, hatte er sich einen Moment Zeit genommen und einen Tracker an der Innenseite des Radkastens befestigt. Jetzt musste er nur noch die App auf seinem Smartphone öffnen. »Ich fahre ihr hinterher.«

»Sie können nicht fahren.«

Da war was dran.

»Können Sie es?«

Denn Jones Cooper war dieser Typ, nicht wahr? Man erkannte sie immer sofort – Polizist, Soldat, Ersthelfer. An einem Tatort oder Unglücksort wissen sie instinktiv, was richtig ist und was zu tun ist, und sie tun es, ohne nachzufragen und ohne Rücksicht auf sich selbst.

»Ich muss den Mord melden und hierbleiben, bis jemand kommt, um den Tatort zu sichern«, sagte Cooper. »Aber ja, fahren wir. Ich habe einen Verbandskasten im Wagen.«

Natürlich.

Die Polizei kam gerade, als Cooper gekonnt Baileys Schulter versorgt hatte – der Druckverband saß fest, aber nicht zu fest. Der Druck linderte den Schmerz ein wenig. Die beiden hochdosierten Schmerztabletten, die Bailey geschluckt hatte, machten ihn ein wenig benommen, aber zumindest funktionierte er. Als er auf dem Beifahrersitz von Coopers Wagen saß, öffnete er die App auf seinem Smartphone und sah den kleinen blauen Punkt, der Wren Greenwood war, Richtung Norden kriechen.

Cooper schien die beiden Polizisten zu kennen, die aus dem Wagen stiegen. Sie führten ein rasches Gespräch, alle nickten, dann kam Cooper zum Auto. Als er einstieg, senkte sich der Wagen auf der Fahrerseite unter seinem Gewicht leicht ab.

»Ich habe versprochen, Sie später zur Befragung aufs Revier zu bringen.«

»Wir haben den Tatort verunreinigt.«

Jones Cooper nickte. »Ich habe ihnen gesagt, wo wir uns in dem Zimmer aufgehalten und was wir getan haben. Dass wir Rick nicht angerührt haben. Ich habe dem Polizeichef Namen und Personalien des Verdächtigen geschrieben und ihm versprochen, dass wir uns melden. Die Polizei hier muss mit sehr wenig Geld auskommen. Man wird froh über ein wenig Hilfe sein.«

»Sie waren mal der Polizeichef hier.«

»Richtig«, sagte Cooper, legte den Gang ein und fuhr an. »Jetzt bin ich nur noch Privatdetektiv.«

»Ich habe etwas über Sie gelesen.«

In der *The Hollows Gazette* waren viele Artikel über Jones Cooper zu finden, nicht alle davon schmeichelhaft. Er war nach einem Skandal »in Pension gegangen«, hatte sich selbstständig gemacht und irgendwann sogar mal mit einem Medium zusammengearbeitet.

Jones Cooper warf ihm einen ausdruckslosen Blick zu; es schien ihm herzlich gleichgültig zu sein, was Bailey gelesen hatte oder wie er über ihn dachte. »Wohin geht's?«, fragte er.

Bailey hielt Cooper sein Handy hin, und er betrachtete die Landkarte. »Landstraße 181. Ich weiß, wo das ist.«

Mit einem Nicken bretterte er los, was Bailey überraschte. Er hätte den Älteren als langsamen Fahrer eingestuft. Der große SUV musste getunt sein. Der Motor röhrte, und der Wagen fraß die Kilometer der dunklen Straße vor ihnen.

Bailey saß nicht gern auf dem Beifahrersitz, aber die Alternative war nur das Krankenhaus, wo er zweifellos hingehörte. Er zwang sich, gerade zu sitzen und auf die Straße vor sich zu sehen, kämpfte Wellen von Schmerz, Wut und Angst nieder.

Er sah wieder das Phantom vor sich, die schwarze Gestalt in der Dunkelheit, eine Pistole in der Hand, das orangefarbene Mündungsfeuer. Gott, wie dämlich er gewesen war – fahrlässig. Er hatte sich durch Nora ablenken lassen. Es versäumt, die Umgebung auszukundschaften.

Und Wren. Warum hatte er nicht vorhergesehen, dass sie allein hinter dem Mann herfahren würde?

Bailey behielt das pulsierende blaue Signal auf dem Display im Auge. Mitten im Nirgendwo, man sah nur das Grün, das für Bäume stand. Wenn er am Steuer säße, würde er das Gaspedal bis zum Anschlag durchdrücken, versuchen, die Distanz zwischen ihnen schneller zu überbrücken, noch schneller. Er beugte sich vor, und der Sitzgurt drückte unangenehm auf seine Wunde.

»Wir holen sie ein«, sagte Cooper, der wohl seine Körpersprache richtig interpretiert hatte. »Wir finden sie.« Er beschleunigte, und Bailey lehnte sich zurück.

»Erzählen Sie mir von Ihrem Fall«, sagte Cooper. »Fangen Sie am Anfang an.«

Bailey Kirk mochte es nicht, wenn Dinge verloren gingen. Und er würde das Phantom nicht noch einmal verlieren, und mit ihm Mia – und Wren.

# 41

Die Straße ist ein langes schwarzes Band, das sich langsam vor mir entfaltet, das Motorengeräusch ein leises Dröhnen in meinem Kopf. Es ist hypnotisch, ich kämpfe darum, wach zu bleiben. Mein Handy ist ausgeschaltet und weggepackt, zum Zeichen, dass ich deine Bitte respektiere – oder Forderung? Vielleicht wirst du nicht auftauchen, weil du weißt, dass ich ungehorsam war. Oder ist es nur ein Spiel, das du mit mir spielst? Nach dem Motto: Kann ich sie dazu bringen, mir zu folgen, und wie weit? Wie lange wird sie mir nachlaufen? Wird sie mir folgen, wohin ich auch gehe?

Meine Mutter hat oft von dem Abend erzählt, an dem sie meinen Vater kennenlernte. Sie war Kellnerin in einem Diner, und er kam mit einer Gruppe von Freunden herein, viele davon Kollegen von der Baustelle, auf der er arbeitete. Es war eine grölende, lustige Bande, rüpelhaft und flapsig, aber nicht so respektlos, wie Gruppen von Männern es manchmal sein können. Sie bestellten tonnenweise Essen – hauptsächlich Burger, Riesen-Sandwiches, Pommes, Zwiebelringe und Milchshakes.

Als ich ein Kind war, habe ich mir die Szene gern ausgemalt. Ich stellte mir das Restaurant als einen sonnigen, glänzenden Ort vor, bunt und kitschig mit roten Sitznischen und großen Portionen bodenständiger Gerichte, einer Kuchentheke mit Drehteller für die Desserts, alten Reklameschildern und brutzelndem Grillgut. Wahrscheinlich sah es überhaupt nicht so aus; es war nur irgendeine heruntergekommene Fernfahrerkneipe. Aber in meiner Vorstellung glänzt es dort vor Sauberkeit, und die Jukebox spielt einen Song von den Beatles.

Meiner Mutter, Alice, war zu diesem Zeitpunkt in keiner guten Verfassung. Sie stand ohne Geld da und hatte das Community College abbrechen müssen, und zudem musste sie ihre kranke Mutter pflegen. Ihren Vater hatte sie nie kennengelernt; er hatte ihre Mutter schon vor ihrer Geburt verlassen. Gelegentlich bekam sie eine Weihnachtskarte von ihm, die sie sofort in den Müll warf. Alice neigte nicht zu Depressionen und finsteren Stimmungen, aber sie fühlte sich verloren und ziellos, wusste nicht, wie es mit ihrem Leben weitergehen sollte.

»Er ist mir sofort aufgefallen«, erzählte sie. »Sie kamen rein und zwängten sich in ein paar Sitznischen, und da gab es diese eine Sekunde, in der unsere Blicke sich trafen. Ich schwöre, ich wusste es sofort. Ich fühlte es hier.« Dabei legte sie immer die Hand aufs Herz.

Während sie die Bestellungen aufnahm und das Essen servierte, scherzten die Männer mit ihr und baggerten sie an, und die ganze Zeit lächelte sie nur und machte mit ihrer Arbeit weiter. Als einer der Männer handgreiflich wurde und ihr den Arm um die Hüften legte, stand mein Vater auf.

»Zeig ein bisschen Respekt«, ermahnte er seinen Freund, und der nahm seine Baseballkappe ab und entschuldigte sich mit einem verlegenen Lächeln bei meiner Mutter.

*Zeig ein bisschen Respekt.*

Es waren diese Worte, die eine Saite bei Alice zum Klingen brachten. Alice, die sich als mittellose junge Frau und arme Studentin selten respektiert fühlte. Und jetzt war sie nicht mal mehr Studentin, sondern nur noch Kellnerin, die ihr Geld hauptsächlich mit Trinkgeldern verdiente. Respekt war etwas, das andere genossen. Sie errötete und schämte sich, sogar für den Rüpel, der es vermutlich nicht böse gemeint hatte.

Nach einer Weile, als sie wieder an der Kasse stand, erhob sich mein Vater und ging zu ihr, um mit ihr zu reden.

»Tut mir leid wegen dem, was mein Freund da gemacht hat«, sagte er. »Es sind gute Männer. Aber eben ... Männer.«

»Ist schon gut«, versicherte sie. Und das stimmte. Es gibt gute Männer, und es gibt schlechte Männer, so dachte sie damals. Die schlechten Männer verletzten einen, verließen einen, zerbrachen einen – so wie ihr Vater. Aber für Alice waren mein Vater und seine Kumpels gute Männer: rüpelhaft und albern vielleicht, aber nicht gefährlich, nicht grausam.

»Ich will Sie nicht anmachen, aber …«

»Aber?« Sie lächelte ihn an, und er errötete wie ein Mädchen, seine Wangen liefen rosa an. Er blickte schüchtern zu Boden und vergrub die Hände in den Hosentaschen.

»Wann haben Sie Feierabend? Darf ich Sie dann zu einem Eis einladen?«

Schoko mit Nüssen für ihn. Minze mit Schokosplittern für sie. Ein Heiratsantrag mit dem Ring seiner Mutter nicht mal einen Monat später. Eine Hochzeit im Garten mit der Familie und Freunden, Wildblumen und Freudentränen. Dann wurde sie schwanger mit Jay – nicht geplant, aber alle freuten sich. Dann hatte mein Vater seinen ersten Einsatz als Soldat. So wurde die Geschichte erzählt. Später, als er auf Heimaturlaub war, wurde ich gezeugt.

Es war kein Märchen, aber es war ihre gemeinsame Geschichte.

Sie erzählte sie immer, wenn er den ganzen Abend getobt und gewütet hatte, wir alle verstört waren und er seinen Rausch ausschlief. Es war wie ein Gebet, eine Erinnerung daran, dass irgendwo etwas Gutes in ihm steckte und sie es einmal gesehen hatte. Dass sie ihn einmal geliebt hatte.

Als Kind liebte ich diese Geschichte – ich stellte mir meine Eltern vor, wie sie waren, bevor es uns gab, bevor er in den Krieg zog. Zum Schluss hasste ich die Geschichte. Sie war eine Traumvorstellung von einem Mann, der nicht mehr existierte. Sosehr meine Mutter sich auch wünschen mochte, dass er nach Hause kam, diesen Mann gab es nicht mehr. Wenn ich jetzt daran denke, steigt Wut in mir auf. Ich glaube, wenn sie aufgehört hätte, sich daran zu klammern, wie er einmal war, hätte sie vielleicht gesehen, was aus ihm geworden war. Und dann hätte sie uns vielleicht alle retten können.

Stattdessen folgten wir ihm und verließen ihn nicht, obwohl er sie immer wieder schlug.

Was würde »Liebe Birdie« wohl dazu sagen?

Sie würde mir raten, mich mit meiner Vergangenheit auszusöhnen, meiner Mutter zu verzeihen, dass sie einen Mann geliebt hat, der sie schlug. Ihr zu verzeihen, dass sie uns nicht von ihm wegbrachte. Weil sie tat, was sie konnte – sie wusste es nicht besser.

Es ist ein schwacher Trost.

Weder Mond noch Sterne sind zu sehen. Nur die Bäume und Schichten von Dunkelheit. Ich sehe es vor mir auftauchen. Ein schiefer Holzpfosten mit einem Briefkasten und drei roten Reflektoren darauf. Hier soll ich rechts abbiegen. Ich halte an und warte einen Moment. Seit einer Stunde bin ich keinem anderen Auto mehr begegnet. Die Straße, auf der ich mich befinde, ist vollkommen verlassen. Ich lasse das Fenster herunter, höre nur den Wind, rieche den Duft von Tannen und Kiefern.

Was ist das für ein Ort?

Standen auch Bonnie, Mia und Melissa an dieser Kreuzung und nahmen diese Abzweigung, um dann auf Nimmerwiedersehen zu verschwinden?

*Vielleicht wollte sie den Schmerz*, sagt Robin. Sie redet über meine Mutter. *Vielleicht hat sie das für Liebe gehalten.*

In ihrem wirren Haar stecken kleine Zweiglein. Sie runzelt die Stirn. *Und vielleicht tust du das auch.*

»Nein«, sage ich.

*Hast du es ihm nicht angemerkt*, fragt sie. In der Hand hält sie die glänzende schwarze Schwungfeder einer Krähe.

»Nein«, lüge ich.

Spätestens jetzt sollte ich umkehren und Bailey Kirk aufsuchen, die Polizei informieren. Was ich da mache, ist vermessen, tollkühn, das ist mir klar. Aber es ist, als würde sich ein hauchdünner Faden zwischen meinem und deinem Herzen spinnen, und als würde er mich weiterziehen, eine Umkehr unmöglich machen.

Ich nehme die Abzweigung, und die Nacht wird noch dunkler. Ich fahre weiter.

Ich wohnte zusammen mit Jax in einer Dreizimmerwohnung im vierten Stock in der Lower East Side, als mein Vater zum ersten Mal versuchte, Kontakt mit mir aufzunehmen. Ich verdiente mir meinen Lebensunterhalt mit dem Schreiben von Literaturkritiken für *The Village Voice*, jobbte bei einer Lyrik-Zeitschrift und kellnerte zusätzlich in einem kleinen Restaurant an der Avenue A. Ich war total erschöpft und die ganze Zeit müde. Aber ich war glücklich. Mein Leben gehörte mir. Mein Blog war auf Erfolgskurs, jeden Tag gewann ich neue Follower dazu.

Ich versuchte zwar, nur von dem zu leben, was ich selbst verdiente, aber ich hatte auch ein bisschen Geld geerbt – meiner Mutter war es gelungen, etwas zusammenzusparen, genug, um eine College-Ausbildung für mich und Jay zu finanzieren. Zudem war sie die Begünstigte der Lebensversicherung ihrer Mutter gewesen. Es war kein großes Vermögen, aber es war ein finanzielles Polster, das es mir erlaubte, die Miete zu bezahlen, wenn wenig Geld reinkam, besonders, da Jays Anteil ebenfalls mir zugefallen war. Mein Vater hatte das Kapitalvermögen auf mich überschrieben, auf Wren Greenwood, ebenso wie den Hof und das Land. Vermutlich sein Versuch, Buße zu tun.

Damals hatten wir noch einen Festnetzanschluss in der Wohnung. Jax' Mutter bestand darauf, damit wir im Notfall den Notruf wählen konnten. Jax stammte aus einer großen Brooklyner Familie – einem lauten, lustigen, liebevollen Haufen von Brüdern, Cousinen, Tanten und Onkeln. Ihre Mutter kam gelegentlich unangekündigt vorbei, angeblich, um uns etwas zu essen zu bringen, aber im Grunde nur, um nach ihr zu sehen. Im Laufe der Jahre hatte mich der

Clan praktisch adoptiert, und ich hatte alle Semesterferien bei ihrer Familie verbracht. Ich wusste von Jax, dass ihre Mutter glaubte, wir seien ein Paar, trotz aller Versuche, sie vom Gegenteil zu überzeugen. Als ich auszog, nahmen sie an, dass wir uns getrennt hätten. Ihre Mutter rief mich an.

»Du gehörst zur Familie«, versicherte sie mir. »Ich möchte, dass du das weißt.«

Ich versuchte, ihr zu erklären, dass Jax und ich allerbeste Freundinnen seien und es auch immer bleiben würden.

»Ich weiß, ich weiß«, sagte sie. »Alles gut, Süße. Verstehst du? Für dich wird es immer einen Platz an unserem Tisch geben.«

An dem Abend, als das sonst immer stumme Telefon klingelte und mich aus dem Schlaf riss, war Jax unterwegs.

Benommen ging ich ran. Ein R-Gespräch aus dem Highwater County-Gefängnis.

Ich war urplötzlich hellwach, mein Herz hämmerte wie wild. Desorientiert, wie ich war, nahm ich das Gespräch an.

»Robin.«

Diesen Namen hatte ich schon lange nicht mehr gehört, so lange, dass er mir vorkam wie eine Lüge. Meine Augen füllten sich mit Tränen, meine Kehle schnürte sich zusammen.

»Du nennst dich ja jetzt anders. Wahrscheinlich ganz gut so. Solange du nicht vergisst, wer du bist.«

»Paps.« Das Wort lag schwer auf meiner Zunge, schmeckte nach Leid und Verrat. *Liebe ihn nicht*, hatte Jay mich gewarnt. *Er hat es nicht verdient*. Aber ich tat es, ich liebte ihn. Selbst nach allem, was er getan hatte. Die Tränen flossen. Meine Beine wurden weich, ich sank zu Boden. Ich war wieder mit ihm zusammen im Garten, lief mit ihm durch die Wälder.

»Bist du in Sicherheit? Geht es dir gut?«

»Ja«, brachte ich heraus.

»Es gibt keine Entschuldigung für das, was ich getan habe. Es gibt keinen Weg zurück. Aber ich wollte dich wissen lassen, dass ich einen Weg nach vorn gefunden habe. Ich denke jeden Tag an euch alle. Reue ist mein ständiger Begleiter.«

Ich brachte kein Wort heraus. Aber ein Schluchzen entrang sich mir.

»Sei stark«, sagte er. »Dieses Land steht dir immer offen. Wenn alle Stricke reißen und die Welt der Menschen dich enttäuscht, wird es dich mit offenen Armen aufnehmen.«

Wut stieg in mir auf. Ich wünschte, ich hätte besser gezielt und nicht die Nerven verloren – ich wünschte, mein Bolzen hätte ihn ins Herz getroffen.

»Du warst es, der mich enttäuscht hat, Paps«, sagte ich. »Nicht die Welt.«

»Ich weiß.« Es war nur ein Flüstern. »Vergib mir.«

Eine Weile schwiegen wir beide, ich hätte nicht sagen können, wie lange. Eine verzweifelte Mischung aus Hass und Liebe, Sehnsucht und Trauer erfüllte mich. Dr. Cooper sagte immer, dass ich ihm vergeben solle, nicht ihm zuliebe, sondern mir selbst zuliebe. Vergebung sei eine Möglichkeit, den Schmerz in meinem Herzen loszulassen; das bedeute nicht, ihm seine Taten zu verzeihen oder sie gar gutzuheißen. Aber damals konnte ich das nicht, auch wenn ich jetzt besser verstehe, was sie meinte. Aber ich bin noch immer nicht so weit.

Dann sagte er: »Auf Wiedersehen, mein Vögelchen.«

Er legte auf, und ich saß da wie erstarrt, bis Jax von ihrem Clubbesuch nach Hause kam. Wir blieben fast bis Sonnenaufgang auf und redeten über alles, und ich erzählte ihr, was ich sonst nie jemandem erzählt habe – bis ich dich traf.

Die Straße scheint endlos. Der Wunsch, Jax anzurufen, ist stark. Sie wird wissen, was zu tun ist. Aber ich fahre stetig weiter, folge deiner Spur.

# 42

Der blaue Punkt pulsierte. Cooper, der schnell und sicher fuhr, den Blick nach vorn gerichtet, eine Hand auf zwei, die andere auf zwölf Uhr am Lenkrad, hatte während der ganzen Fahrt kaum ein Wort gesprochen. Bailey schätzte Menschen, die sich nicht verpflichtet fühlten, Konversation zu machen, besonders jetzt, da er gegen Wellen von Übelkeit und Schmerz ankämpfen musste und darum rang, nicht das Bewusstsein zu verlieren. Er hatte Cooper alles über den Fall erzählt, und Bailey merkte, dass er die Informationen verarbeitete wie eine Maschine. Das Einzige, was der ehemalige Polizeichef selbst geäußert hatte, war sein Eingeständnis, dass am Abend der Razzia Fehler gemacht worden seien. Wenn sie es anders angefangen hätten, wäre die Sache vielleicht nicht so außer Kontrolle geraten.

»Das trägt man mit sich herum, wissen Sie. Wenn Fehler, die man gemacht hat, Menschenleben kosten.«

»Ich weiß«, sagte Bailey. »Wenn man in diesem Job Fehler macht, tut es weh – und nicht nur einem selbst. Menschen werden verletzt.«

In dem Blick, den Cooper ihm zuwarf, hatte Verstehen gelegen, eine Akzeptanz dieser Wahrheit.

Bailey versuchte erneut, Wren auf ihrem Handy anzurufen. Wohin war sie unterwegs?

Er hatte es schon unzählige Male versucht. Sie ging nicht ran, immer schaltete sich sofort die Mailbox ein. *Wren Greenwood, was zum Teufel hast du vor?*

Plötzlich rührte der Signalpunkt sich nicht mehr, pulsierte aber weiter.

»Sie hat angehalten«, teilte er Cooper mit. Der Mann nickte und wirkte wenig überrascht.

»Da vorn ist eine Tankstelle, wenn ich mich richtig erinnere«, sagte Cooper.

Doch die Straße lag dunkel und verlassen da – sie hatten seit einer Stunde kein Haus, kein Geschäft und kein anderes Fahrzeug zu Gesicht bekommen. Bailey hatte immer in Städten gelebt, wo es überall Gedränge gab und man nie wirklich allein war. Er brauchte das bunte Treiben, Menschen und Kultur, Restaurants und schwirrende Energie, Architektur. Man konnte über die moderne Welt und all ihre Übel sagen, was man wollte. Aber die Leere dieser Landschaft fing an, ihn zu bedrücken. Er konnte sich nur schwer vorstellen, dass in dieser Dunkelheit irgendetwas war.

Aber dann sah er Licht, direkt vor ihnen auf der rechten Straßenseite, ein entferntes Leuchtschild.

Erleichterung überkam ihn. Jeder musste irgendwann anhalten, um zu tanken. Tankstellen und Überwachungskameras an Mautstellen waren das Beste, was Polizei und Privatdetektiven je passiert war. Obwohl es ihm bei der Suche nach Mia keine Hilfe gewesen war. Nach dem Verlassen ihrer Wohnung war Mia im Umkreis von fünfhundert Kilometern von keiner Kamera aufgenommen worden – bei keiner Mautstelle oder Tankstelle, in keinem Motel. Sie hatte ihre Kreditkarte nicht benutzt. Ihr Smartphone hatte sie zurückgelassen. Sie war durch das elektronische Raster geschlüpft, das heutzutage jeden aufspürbar machte.

Das Verlorene bleibt verloren, wenn es verloren bleiben will.

Es gab immer noch Löcher. Mit ein wenig Mühe konnte man immer noch durchs Netz schlüpfen.

Aber dieses Mal war es anders. Dieses Mal hatte Bailey vorgesorgt, indem er einen Tracker an Wrens Radkasten angebracht hatte.

Sie näherten sich dem Signal, die Reifen knirschten über den Kies auf dem Seitenstreifen.

»Direkt da vorn, auf der rechten Straßenseite.«

Cooper bremste ab und fuhr auf die Tankstelle. Sie war geschlossen, der kleine Laden verrammelt und dunkel. Über der Tanksäule brannte immer noch Licht, das Metall glänzte in seinem Schein.

Drüben bei einem Münztelefon war ein Wagen abgestellt, ein alter schwarzer Mustang, der schon bessere Tage gesehen hatte und schlecht lackiert war.

»Das ist nicht ihr Auto«, sagte Cooper.

»Nein.«

Cooper fuhr dicht an den Wagen heran und stieg aus. Bailey blieb sitzen und starrte auf das Signal. Sie war hier. Sie musste hier sein. Aber wo? Er musterte die Tankstelle, die Bäume ringsum. Dann stieg er aus und ging zu dem schwarzen Mustang. Cooper hatte die Hand auf die Motorhaube gelegt.

»Noch warm.«

Sie spähten ins Innere, versuchten die Tür zu öffnen und stellten fest, dass der Wagen nicht abgeschlossen war. Der Innenraum war leer und sauber.

»Sehen Sie im Kofferraum nach.«

Bailey ging um den Wagen herum und holte tief Luft, bevor er die Heckklappe öffnete. Glücklicherweise war im Kofferraum nichts außer einem Ersatzreifen. Sein ganzer Körper prickelte vor Erleichterung.

Er umrundete das Tankstellengebäude, um nach der Toilette zu suchen, und hielt dabei Ausschau nach einem schwarzen Range Rover, der vielleicht irgendwo versteckt war.

Vielleicht war das Phantom ihr in diesem Mustang bis hierher gefolgt ... hatte Bailey den Wagen nicht schon mal irgendwo gesehen? Beim Motel? Auf der Straße vor dem Haus von Rick Javits? Vor seinen Augen drehte sich alles, Schulter und Arm schmerzten unerträglich. Er war nicht in Bestform. Er hatte nicht seine normale Kraft. Und er sollte gar nicht hier sein, das wusste er selbst.

Hinter dem Tankstellengebäude beugte er sich vor und übergab sich – leise, damit Cooper nichts mitbekam. Es war nie ratsam, vor hartgesottenen Typen wie diesem alten Polizisten Schwäche zu zeigen, und er hatte sich vorhin schon mal übergeben. Einen Moment blieb er an die kühle Betonwand gelehnt stehen, dann ging er weiter und umrundete das ganze Gelände.

Ihr Auto. Keine Spur von dem großen, auf Hochglanz polierten, absurd teuren Range Rover.

Die Toilettentür war abgeschlossen. Schlüssel beim Tankwart, stand auf einem verblassten Schild. Die Tür war schwer und solide. Völlig sinnlos hämmerte er dagegen. Nur Stille war die Antwort. Er hatte den Geschmack von Frustration im Mund.

*Wo bist du?*

Als er zum Mustang zurückkehrte, inspizierte Cooper gerade die Radkästen. Nachdem er mit dem rechten Hinterreifen fertig war, hielt er etwas in der Hand.

»Ist das Ihr Tracker?«

Bailey nahm das kleine schwarze Gerät entgegen. Es war sein Tracker, offensichtlich von Wrens Range Rover entfernt und an diesem Auto befestigt. Der Gegenstand lag dunkel auf seiner Handfläche.

»Sie ist weg«, sagte er. Ein Aufwallen von Wut und Schmerz ließ die Welt um ihn her ins Wanken geraten.

Jones Cooper blickte die Straße hinunter, die ins Nichts zu führen schien.

»Gottverdammmich«, sagte er leise.

»Ich habe sie verloren.«

# 43

Wie lange bin ich jetzt schon unterwegs? Die Fahrt fühlt sich inzwischen unwirklich an. Robin ist fort und hat mich meinem irrsinnigen Unterfangen überlassen.

Irgendwann endet die lange Zufahrt an einem hohen Maschendrahtzaun. Ein verblasstes Schild hängt daran, schief und unlesbar im grellen Licht meiner Scheinwerfer. Aber ganz offensichtlich ist es ein Warnschild mit rotem Rand und Ausrufezeichen, eine Aufforderung, sich fernzuhalten.

Ich bleibe bei laufendem Motor im Auto sitzen und überlege, was ich tun soll.

Wieder eine gute Gelegenheit umzukehren und zurück in die Welt zu fahren, Hilfe zu holen, von dir wegzukommen. Gerade als ich mich dazu entschlossen habe, öffnet sich das Tor quietschend und rasselnd, offensichtlich ferngesteuert.

Die Nacht dehnt sich aus. Anstatt umzukehren, fahre ich durch das offene Tor, das sich quietschend hinter mir schließt.

Der Kies knirscht unter den Reifen, die Scheinwerfer schneiden eine Lichtschneise in die Schwärze. Bald kommt ein Haus in Sicht. Es kommt mir bekannt vor, vertraut. Wo habe ich dieses Haus schon mal gesehen?

Vielleicht auf einem der wenigen Fotos aus deiner Kindheit? Es ist ein niedriges Flachdachhaus mit großen Fenstern und einer hohen Eingangstür, das mitten im Wald steht. Die moderne Architektur fügt sich in die Umgebung ein. Neben dem Zufahrtsweg sind große Solarpaneele. Alles wirkt neu. Auf die Gestaltung des Gartens wurde keine Mühe verwandt, als hätte man nur Platz für das Haus, die Solaranlage und die Zufahrt geschaffen und alles andere so gelassen, wie es war. Es gibt keinen Rasen, keine Sträucher, nur ein Haus, das mit dem Wald verwachsen scheint. Flache Steine dienen als Gehweg zur Haustür.

Drinnen brennt Licht.

Ich stelle den Motor aus. Beuge mich über den Beifahrersitz und klappe das Handschuhfach auf, in dem ein Revolver liegt, silbern und bedrohlich. Er ist schwer und kalt und passt in meine Jackentasche. Als ich aus dem Auto steige und auf das Haus zugehe, ruht meine Hand auf dem Pistolengriff.

Ich war schon tausendmal hier. So jedenfalls kommt es mir vor, wie eine Art Zuhause.

Das Herz hämmert in meiner Brust.

Dann schwingt die Tür langsam auf. Zunächst sehe ich nur Dunkelheit.

Und dann bist du da, Adam, du wartest.

Deine Gestalt füllt den Türrahmen aus, und als du ins Licht trittst, sehe ich dieses schiefe, dunkle Lächeln und ein triumphierendes Aufblitzen in deinen Augen. Einen Augenblick stehen wir uns gegenüber, und zwischen uns scheint eine große Distanz zu liegen, obwohl es nur wenige Schritte sind.

Der Ruf eines Käuzchens, geisterhaft, *komm-mit, komm-mit*. Ein anderer Kauz antwortet, diesmal klingt es wie ein leises Stöhnen.

Du glaubst, dass ich gekommen bin, um dir zu verzeihen.

Dass ich gekommen bin, damit du mir deine dunklen Seiten enthüllst.

Aber deshalb bin ich nicht hier.

Mit einer schnellen Bewegung ziehe ich die Waffe, ziele und feure. Der Schuss hallt durch die Nacht, Vögel stieben von den Bäumen auf. Du reißt überrascht die Augen auf, den Mund. Fällst schwer auf den Holzfußboden.

Als ich nähertrete, hebst du die Hand und versuchst, die Blutung zu stillen, eine furchtbare rote Blüte auf dem Weiß deines Hemds.

Genau wie in der Nacht, als Jay starb. Ich stehe vor dir und sehe zu, wie das Licht in deinen Augen erlischt, während du nach mir greifst. Dann schaue ich genauer hin.

Das bist gar nicht du. Das ist mein Vater.

Mit einem Schrei wache ich auf, als der Range Rover von der Straße abkommt, in den Graben kracht und mit einem furchtbaren Ruck zum Stehen kommt. Der herausschnellende Airbag drückt mich tief in den Sitz hinein. Ich muss am Steuer eingeschlafen sein. Ich kann von Glück sagen, dass ich nach rechts ausgeschert bin und keine anderen Autos auf dieser dunklen Straße unterwegs sind. Mein Gott. Was ist bloß los mit mir?

Atemlos und desorientiert stolpere ich in die Kälte und Dunkelheit hinaus. Dein Gesicht und das Gesicht meines Vaters verschwimmen. Meine ganze Wut, meine Angst, meine Frustration steigen in mir hoch und lösen sich in einem Jammerschrei, der von den gleichgültigen Bäumen und dem fernen Himmel aufgenommen wird. Ich lehne mich gegen die heiße Motorhaube und schreie in die stille Nacht hinein, bis ich ausgelaugt und erschöpft bin.

Mein Kopf schmerzt von dem Aufprall des Airbags, dem Schleudertrauma des abrupten Halts.

Und was jetzt? *Was?*

Okay, atme. Orientier dich.

Ich gehe ein paar Schritte, um eine Kurve herum. Und sehe den Zaun aus meinem Traum. Einen Maschendrahtzaun mit einem verblassten Warnschild, das schief an nur einem Kettenglied hängt. Ich trete näher.

Renaturierung. Privatbesitz. Betreten verboten.

Ich weiß darüber Bescheid, diese Bewegung hat das Ziel, verlassene Industriebrachen, Land, das verseucht und zerstört wurde, wieder zu einem Ökosystem zu machen. Privatpersonen haben solche Gebiete aufgekauft und versuchen, sie wiederherzustellen, zu heilen und wieder bewohnbar zu machen.

Der Metallzaun mit dem hängenden Schild war Teil deiner Wegbeschreibung. Vielleicht hat mein benebeltes Gehirn ihn deshalb in meine Träume eingewoben. Ich sollte zum Wagen zurückkehren, mein Handy und meine Pistole holen. Aber ich tue es nicht.

Die Welt, zu der ich einmal gehörte, entgleitet mir bereits. Etwas in der Luft, den Bäumen, der Waldesstille ruft nach mir, der Sog ist unwiderstehlich.

Ich bin wie in Trance. Vielleicht habe ich mir den Kopf angeschlagen. Vielleicht träume ich immer noch.

*Das Tor wird nicht verschlossen sein. Öffne es und folge dem Weg. Jetzt ist es nicht mehr weit. Lass das Auto stehen und komm zu Fuß.*

Robin steht auf dem Weg und wartet auf mich. Sie muss mich nicht auffordern, ihr zu folgen. Sie weiß, ich werde es tun. Sie flitzt davon, endlich befreit. Sie fühlte sich immer so beengt im Stadthaus, sehnte sich danach, dorthin zurückzukehren, wo sie herkam. Sie verschwindet aus meiner Sicht, wird von der Dunkelheit und den Bäumen verschluckt.

Mir gefällt diese Idee, die Renaturierung von beschädigten Landschaften. Ich weiß, meinem Vater würde es auch gefallen, dieser Versuch, einen zerstörten Teil der Erde wieder zu heilen. Wieder zu einem Lebensraum zu machen. Sogar die am schlimmsten zerstörten Gebiete, wie Tschernobyl, gesunden mit der Zeit – die Tiere kehren zurück, die Vegetation erobert die verlassenen Gebäude zurück, Wildblumen wachsen durch Fußböden. Nach dem gewaltigen Brand, der fast dreißig Prozent des Yellowstone-Nationalparks zerstört hat, ist das Ökosystem gesünder denn je. Die Erde heilt sich selbst, regeneriert sich. Mir gefällt der Gedanke, dass wir, die Zerstörer, ihr dabei helfen können, indem wir Altlasten wegräumen und aus Industriebrachen Refugien für Tiere, Vögel und einheimische Pflanzen schaffen. Häuser bauen, die sich in die Erde einbetten, statt sie zu verwunden.

Das Haus erwartet mich hinter der nächsten Biegung.

Es ist nicht das Haus aus meinem Traum, ihm aber sehr ähnlich. Erneut habe ich das Gefühl, schon einmal hier gewesen zu sein.

Es ist niedrig und modern, mit großen Fenstern und einer breiten, zweiflügeligen Eingangstür. Trittplatten aus Naturstein führen zur Haustür, und ich steige die flachen Stufen zur Veranda empor. Das Haus ist aus gebrauchtem Holz erbaut, Holz mit Patina und Charakter. Auch die Türen sehen aus, als hätten sie mal zu einem anderen Gebäude gehört, einer Scheune vielleicht. Ich drücke die Klinke und die Tür schwingt auf. Ich trete ein.

Ein großer, offener Raum. Vom Eingangsbereich sind Küche, Wohnzimmer und ein Esstisch mit Stühlen sichtbar. Die Rückwand besteht aus einer Reihe von Glastüren. Draußen sehe ich nur Dunkelheit, aber ich vermute, man tritt auf eine von Bäumen umstandene Terrasse hinaus.

Das Haus ist wie du, Adam.

Schlicht, elegant – ein zurückhaltendes Modulsofa. Tische und Bänke sehen aus, als wären sie aus altem Holz geschreinert, das wiederverwertet wurde, gerettet. Die Wände sind in einem weichen Taubengrau gestrichen. In der Küche gibt es Marmor-Arbeitsplatten und einen Gastro-Herd mit Backofen. Neben der Spüle liegt eine schlichte weiße Karte. Darauf steht: *Hier werden wir unsere Speisen zubereiten.*

Die gedämpfte Beleuchtung taucht alles in einen warmen rosa Schein. Im Wohnzimmer stapeln sich Bücher auf einem Couchtisch – dicke, in Leinen gebundene Bände über Kunst, Architektur, Möbel. Bei dem aus Stein gemauerten Kamin liegt eine weitere Karte. *Hier werden wir unsere Abende verbringen.*

Meine Nerven sind zum Zerreißen gespannt.

Vernünftige Stimmen in meinem Kopf – meine eigene, die von Jax, die von Miranda – schrillen wie eine Sirene, versuchen, mich aus diesem Traum zu wecken, drängen mich, von hier zu verschwinden. Unbewaffnet, ohne Handy. Was denkst du dir nur? Doch ich gehe weiter, den langen Flur entlang, der indirekt durch in die Fußleisten eingelassene Spots beleuchtet wird, und betrete das erste Zimmer.

Es ist eine Bibliothek. Hohe, überquellende Bücherregale an den Wänden. Hier hat jemand ein Leben lang Bücher gesammelt, Literatur und Lyrik, Lehrbücher und Zeitschriften. Die edlen Einbände aus Leder, Leinen oder Papier sind glatt und weich. Ich sehe mir Titel und Autorennamen nicht an, es sind zu viele. Das Fenster, hinter dem tiefe Dunkelheit herrscht, ist wie ein Spiegel. Ich sehe mich, wie ich zu dem schlichten Schreibtisch aus hellem Holz trete, der mitten im Raum steht, dahinter ein ergonomischer Bürostuhl.

*Hier wirst du schreiben*, steht auf der Karte, die dort liegt. Ich male mir aus, wie ich hier mit meinem aufgeklappten Laptop sitze, in dieser Ruhe. Ja, ich kann es mir vorstellen.

Am Ende des Flurs drücke ich die hinterste Tür auf.

Hier sehe ich ein schlichtes Futonbett in einem Schlafzimmer, dessen Rückwand ganz aus Glas besteht, wie überall im Haus. Ein geweißter Eichenfußboden. In der Ecke steht ein Eames-Stuhl, daneben ein einfacher dreibeiniger Tisch. Auf der Daunendecke liegt noch eine Karte: *Hier werden wir uns lieben.*

Deine Handschrift ist präzise, perfekte schwarze Buchstaben auf dickem Papier. Der Kartenstapel liegt schwer in meiner Hand. Das Bett ist weich wie eine Wolke, als ich mich auf die Matratze sinken lasse. Ich stelle mir vor, wie deine Hände über meinen Körper gleiten, dein Fleisch an meinem, die zärtliche Gewalt deines Begehrens.

Da geht die Haustür auf und fällt dann mit einem endgültigen, dumpfen Knall wieder ins Schloss. Das Geräusch durchfährt mich wie eine Woge. Alle meine Sinne sind plötzlich hellwach.

In diesem Augenblick erkenne ich, viel zu spät, dass das von Anfang an dein Plan war.

Mia, Bonnie, Melissa. Du hast sie nicht verschleppt, aus ihrem Leben gerissen. Du hast sie hierhergelockt. Und sie sind dir bereitwillig gefolgt. Einfach so. Du hast ihnen ihr Geld nicht genommen, sie haben es dir gegeben. Genau wie ich es getan hätte.

Genau wie ich sind sie ihren eigenen dunkelsten Impulsen gefolgt.

Ich bin nicht die Jägerin.

Ich bin die Hirschkuh.

# 44

Du.

Fast kommst du mir nicht real vor. Während der letzten Tage – waren es wirklich nur wenige Tage? – warst du mein Geliebter, der mich verlassen hat, ein Rätsel, ein Dämon. Du warst ein Geist, der mir entglitt, zurück durch das schattenhafte Tor, durch das du in mein Leben getreten bist.

Und nun stehst du vor mir, einfach ein Mann. Atmend, das Gesicht leicht gerötet, mit hängenden Armen und hoffnungsvollem Blick.

Du lehnst am Türrahmen des Schlafzimmers. »Wren«, sagst du. Die eine Silbe des Namens, den ich mir selbst gegeben habe, vibriert.

Ich kenne dein Gesicht – oder vielmehr dachte ich, ich würde es kennen. Würde wissen, wie du aussiehst, wenn du angestrengt nachdenkst – dann erscheint eine kleine Falte zwischen deinen Augenbrauen. Im Schlaf entspannen sich die Muskeln um Augen und Mund, lassen dich so weich und offen wirken wie ein Kind. Wenn du hungrig vor Begehren bist, brennen deine schwarzen Augen wie ein Scheinwerfer. Ich habe dich nie zornig erlebt; du bist gelassen, friedlich wie ein stehendes Gewässer. Obwohl, ja, ich weiß schon, dass du Wut in dir trägst. Das erkenne ich jetzt. Die Wut war immer direkt unter der Maske, die du trägst. Ich will nicht glauben, dass es vor allem das Dunkle in dir war, deine Krankheit, von dem ich mich angezogen gefühlt habe.

»Oder sollte ich dich Robin nennen?«

Ich habe mich nicht von der Stelle gerührt, seit ich gehört habe, wie die Haustür aufging und wieder ins Schloss fiel. Ich bin klug genug, um zu wissen, dass ich in der Falle sitze. Es gibt keine Hintertür. Die Fenster lassen sich nicht öffnen. Ich bin erstarrt wie ein Beutetier, das Gefahr wittert.

Ich schweige.

»Oder ziehst du ›Liebe Birdie‹ vor?«

Mein Handy. Meine Pistole. Mein Auto. Ich habe alles zurückgelassen. Warum nur?

»Ich bin nicht der Einzige, der gelogen hat, nicht wahr?«, sagst du in die Stille hinein. Deine Stimme ist ein tiefes Grollen. »Nicht nur ich habe Geheimnisse.«

Ich spüre meinen Atem, die Luft strömt in meine Lungen und wieder hinaus, das Blut rauscht mir in den Ohren.

Du lächelst mich sanft an. »Vermisst du diese Dinge?«

Aus deiner Jackentasche ziehst du mein Handy, das nur noch ein Haufen Schrott ist. »Ich hatte dir doch gesagt, du sollst es zurücklassen. Diese Dinger sind wie kleine Spione, nicht wahr? Sie wissen alles über uns.«

Du lässt die Bruchstücke zu Boden fallen – das Display ist zersplittert, das Gehäuse verbogen, man sieht das glitzernde Innenleben aus Kupfer und Drähten.

»Oder das hier?«

Meine Pistole wirkt klein in deiner Hand. Mit dem Daumen öffnest du die Trommel des Revolvers. Sechs Patronen fallen heraus wie Blütenblätter, schlagen auf dem Dielenfußboden auf und rollen in alle Richtungen davon. Eine kommt direkt vor meinen Füßen zum Stillstand. Ich blicke auf sie hinunter; das Metall fängt das Licht ein und blitzt auf.

»Und die hier?«

Du hältst meine Schüssel hoch – den Autoschlüssel, die Hausschlüssel, den Schlüssel zum Büro. Du steckst sie in deine Tasche und legst die entladene Waffe auf den Tisch.

»Das alles wirst du nicht mehr brauchen. Du bist jetzt zu Hause.«

*Nein*, denke ich. *Ein Zuhause ist selbstgewählt.*

Aber ich streite mich nicht. Und ich habe ja selbst gewählt – in gewisser Weise.

Stattdessen stehe ich auf und gehe langsam auf dich zu. Du wirkst überrascht, bleibst aber stehen und streckst mir die Hand entgegen. Ich ergreife sie. Ein elektrischer Schlag trifft uns beide, als unsere Finger sich berühren.

Deine Hitze. Sie löst immer noch etwas in mir aus. Du ziehst mich an dich, und nichts in mir wehrt sich gegen dich. Ich schmiege mich an dich, und dann verschlingst du mich, dein Mund ist auf meinem Mund, meinem Hals, ich spüre deinen Atem an meinem Schlüsselbein, hinter meinem Ohr. Die Anspannung, die sich in meinem Schädel, in meinen Schultern, zwischen den Augen breitgemacht hat, löst sich.

Ich lasse mich in deine starken Arme sinken. Ich kenne jeden Muskel, alle Hügel und Täler deines Körpers, ich kenne jede Tonart, alle Schichten deiner Küsse. Dein Hunger durchströmt mich und weckt ein wildes Begehren in mir. Deine Berührungen sind drängend, verzweifelt.

Du hebst mich hoch und trägst mich zum Bett, wo du mich behutsam hinlegst, und dann lastet dein Gewicht auf mir.

»Ich weiß alles über dich.« Deine Augen leuchten, deine Stimme ist ein dunkles Grollen in meinem Ohr. »Kenne alle deine dunklen Schichten. All deine geheimen Ichs. Ich will sie alle.«

Und dann sind wir nur noch Haut, unsere Kleidung liegt in einem Haufen auf dem Boden, achtlos hingeworfen. Ich lasse mich auf dich gleiten, streiche mit den Händen über deinen Körper, deine breite Brust, durch dein seidiges Haar. Du siehst mir die ganze Zeit in die Augen, bannst mich mit deinem Blick.

Wir lieben uns leidenschaftlich, in weiten, langsamen Kreisen der Lust, bis nichts mehr von uns übrig ist, von keinem von uns. Du hast recht. Es ist wie eine Heimkehr.

Danach liegen wir im Dunkeln, und meine Nerven flattern.

»Was ist mit ihnen passiert?«, frage ich.

»Mit wem?«

»Bonnie. Melissa. Mia.«

Ihre Namen hängen in der Luft. Waren sie alle irgendwann hier? In deinen Armen, in deinem Bett? Hast du sie alle so gewollt, wie du mich wolltest? Werden deine Gelüste durch jede willige Beute befriedigt?

Aber du gibst mir keine Antwort. Die Atmosphäre wird angespannt.

»Du hast mir nie etwas über *deinen* Ex erzählt, nicht wirklich. Den aus dem College«, konterst du.

Die Frage katapultiert mich in diese Zeit zurück, lässt mich frösteln. Ich ziehe mir die Decke über die nackte Haut. Noch eine Schicht, die aufgeblättert wird.

»Da gibt es nichts zu erzählen.«

»Das ist nicht wirklich wahr, oder?«

Die Stille dehnt sich um uns herum aus. In der Stadt ist es nie völlig still, selbst wenn man gute Fenster hat. Man hört immer den Straßenlärm oder das Rumpeln der U-Bahn unter der Straße, das Hupen von Autos, laute Rufe.

Offenbar soll jetzt alles aufgedeckt werden und zur Sprache kommen.

»Jackson. Ich habe ihn in einer Volkswirtschafts-Vorlesung kennengelernt. Er hat mich um Hilfe bei einem Referat gebeten, und wir fingen an, miteinander auszugehen.«

Höre ich da etwas, ein fernes Motorengeräusch? Hoffnung steigt in mir auf. Vielleicht ist Bailey Kirk mir immer noch auf der Spur, obwohl ich mich heimlich weggeschlichen habe und die zertretenen Bruchstücke meines Handys auf dem Boden liegen. Vielleicht hat er irgendeinen Weg gefunden, mir zu folgen. Hast du es auch gehört? Dann ist es wieder still.

»War es Liebe? Hast du ihn geliebt?«

»Ich weiß nicht«, antworte ich. »Er war der erste Mensch, den ich nach dem Verlust meiner Familie näher an mich herangelassen habe. Nachdem ich die Sicherheit von Miss Lovelys Wohngruppe verlassen hatte.«

»Was gefiel dir an ihm?«

Ich fühlte mich angezogen von seinem Licht, seinem sauberen Duft, von der Leichtigkeit eines Menschen, der nie Entbehrungen gekannt oder einen Verlust erlitten hatte. Sein Haar war wie gesponnenes Gold, seine Augen von einem seltenen Meergrün. Wie die von Jay.

»Vielleicht sah er meinem Bruder ein wenig ähnlich. Er war ein Outdoor-Typ.«

»Er hat dich zurück in die Wälder gebracht.«

Ja. Wir fuhren aus der Stadt hinaus und wanderten oben im Norden des Staates New York. Ich hatte nicht geahnt, wie sehr es meinen Körper nach dem Grün verlangte, dem Rauschen der Bäume im Wind, Vogelgesang, dem Geruch des Waldbodens.

»Ja.«

»Hast du ihn geliebt?«, fragst du erneut.

»Ich weiß nicht genau, ob ich damals wusste, was Liebe ist. Aber ja, vielleicht. Ich empfand etwas für ihn, das ich noch nie empfunden hatte. Etwas, das mehr war als Begehren. Aber ich hielt mich zurück. Sexuell.«

»Du warst noch Jungfrau.«

»Richtig«, gebe ich zu. »Woher weißt du das?«

»Das ist nicht schwer zu erraten. Nach dem, was du durchgemacht hast, wird es dir nicht leichtgefallen sein, dich hinzugeben.«

Ich konnte es gar nicht. Unser Herummachen hatte eine verzweifelte Intensität erreicht, die uns beide quälte. Aber ich konnte mich ihm nicht hingeben, mich ihm so nicht zeigen. Ich ... konnte ihm diesen Teil von mir einfach nicht geben. Später habe ich ihn an Männer verschenkt, an denen mir längst nicht so viel lag, die ich weit weniger begehrte. Aber damals hütete ich alles, was mir kostbar war.

»Eines Abends hatte er getrunken«, fahre ich fort. »Wir waren auf irgendeiner Party. Später, als wir in seiner Wohnung waren, wurde er aggressiv. Er warf mir vor, ihn aufgereizt zu haben, nur mit ihm zu spielen. In dem Moment erkannte ich ihn nicht wieder. Er war stark und sehr aggressiv. Er wurde zu einem anderen Menschen, wenn er trank.«

»Wie dein Vater.« Es ist so leicht mit dir. Du verstehst mich.

»Ja.«

»Und was passierte dann?«

»Wir haben gekämpft. Ich dachte, ich wäre stark, gut in Form, schnell. Aber er war viel stärker als ich. Im Vergleich zu ihm war ich ein Kind.«

Dein Herz schlägt in deiner Brust, ich kann das Pochen spüren.

»Was hast du getan? Hat er dich vergewaltigt?«

»Das hätte er getan.«

»Aber?«

»Irgendwas Urtümliches stieg in mir auf, eine wilde Wut, von der ich nicht gewusst hatte, dass ich sie in mir trug. Sie verlieh mir Kraft. Ich tastete nach irgendeiner Waffe, und meine Finger schlossen sich um diese Buchstütze, eine Kristalldruse – scharfkantig und schwer. Ich ließ sie auf seinen Kopf niedersausen. Ich dachte ...«

Deine Brust hebt und senkt sich. Sie hat mir gefallen, diese wilde Wut. Sie war besser als Angst. Angst duckt sich und bettelt. Wut hebt das Haupt und gibt keinen Zoll nach.

»Ich dachte ...«

»Was?«

»Dass ich ihn umgebracht hätte. Er lag so still da. Eben war er noch ganz Kraft, Stärke, Gewalt, und im nächsten Augenblick war er so weich und ruhig wie ein schlafendes Kind.«

»Und was hast du dann getan?«

Was hätte ich tun können? Hilfe rufen, seinen Vergewaltigungsversuch melden, auf die Polizei warten. Es war ein klarer Fall von Selbstverteidigung. Mein Shirt war zerrissen, und auf meinen Armen begannen sich bereits Druckstellen abzuzeichnen, so fest hatte er mich gepackt.

»Ich suchte meine Sachen zusammen und ließ ihn dort liegen.«

Die ganze Erinnerung kommt wieder hoch, – an den dunklen Raum, nur durch die Straßenlaterne draußen erhellt, den schalen Geruch nach Alkohol, den er ausdünstete, seinen Atem, das schwarze Blut an seinem Kopf. Die grüne Anzeige seines Digitalweckers. Es ist etwas, an das ich selten zurückdenke, wegen dem, was es über Männer aussagt, Jungen, die sich einfach nehmen, was sie wollen, und wegen dem, was es über mich aussagt. Die Gnadenlosigkeit, mit der ich ihn dort liegen ließ; es war mir egal, ob er noch lebte oder tot war. Als die Wut verrauchte, blieb nur Apathie übrig, und eine Art Entschlossenheit – töten oder getötet werden.

»Aber es ging ihm gut«, sagst du. Offenbar hast du deine Hausaufgaben gemacht.

»Er verließ das College und kehrte wieder nach Hause zurück, wie ich gehört habe. Ich hatte ihn verletzt, ziemlich schwer. Aber er hat sich davon erholt, ja. Er ist jetzt verheiratet. Wie folgen einander auf Facebook.«

»Das ist mir aufgefallen. Ist das nicht ziemlich peinlich? Er hat versucht, dich zu vergewaltigen. Du hast versucht, ihn umzubringen. Nicht direkt die besten Voraussetzungen für eine dauerhafte Freundschaft.«

Nein, das nicht. Jackson ist Buchhalter geworden und offenbar glücklich in seiner Ehe – aber man weiß ja nie. Was in den sozialen Medien steht, muss nicht unbedingt stimmen. Er ist der Trainer der Lacrosse-Mannschaft seines Sohnes, führt seine Frau am Hochzeitstag groß aus. Dieser Abend damals, so blutig und primitiv, ist bei uns beiden ins Unterfutter unseres Lebens gestickt: Es ist da, aber niemand rührt daran.

»Du weißt ja, wie das ist. Entweder er erinnert sich nicht daran oder er will sich nicht erinnern. Und ich will es auch nicht. Facebook-Freunde eben. Eine sehr lockere Verbindung, praktisch fiktiv, nicht wahr?«

»Alle heutigen Beziehungen sind praktisch fiktiv. Eine Geschichte, die wir uns selbst in kuratierten, gefilterten Posts erzählen. Echte Beziehungen sind schmutzig und kompliziert.«

Sie sind alle hier; ihre Geister schweben über uns. In den letzten Tagen habe ich mich mit den Geschichten von Mia, Bonnie und Melissa vertraut gemacht – ich kenne ihre Gesichter, ihre Lieblingsbücher und ihre Lieblings-Smoothies, ihre bevorzugten Instagram-Farbfilter. Mia bevorzugte den Schönmacher Clarendon, Bonnie den dramatischen Ludwig-Filter. Melissa nahm lieber den beruhigenden Lark-Filter. Ich spürte Mias verzweifelte Suche nach dem Licht in ihrem ernsthaften Blog, im Chat mit ihren Freunden auf Facebook, in ihren pastelligen, inspirierenden Memes. Bonnie klammerte sich an ihre Kindheit – Einhörner, Seifenblasen, Malbücher für Erwachsene. Sie war eine Einzelgängerin, das merkte man an den vielen Naturaufnahmen und Zitaten übers Alleinsein. Keine Mädelsabend-Posts, keine fröhlichen Selfies, keine Fotos vom Freund, von romantischen Dates, dafür viele Bilder von den süßen Kindern anderer Leute. Melissa war seltener in den sozialen Medien unterwegs als die beiden anderen. Anscheinend konnte sie dort ihre Stimme nicht finden, war nicht so geschickt darin, sich ihren Avatar zu erschaffen.

Sie waren alle aus Fleisch und Blut. Und jetzt sind sie fort.

»Was ist mit ihnen geschehen, Adam?«

Ist das überhaupt dein Name? Ich weiß es nicht mal. Ich will dich nicht kennen, ich will nicht wissen, wozu du fähig bist. Nicht wirklich. Ein Teil von mir könnte für immer so mit dir hier leben, in diesem Schwebezustand des Nichtwissens. In dieser Geschichte, die wir uns selbst erzählen.

»Ich habe ihnen das hier angeboten. Diesen sicheren Raum, weit entfernt von der modernen Welt. Es ist so hässlich dort draußen, so voller Falschheit. Hier, an diesem Ort, sind wir frei.«

»Und was ist passiert?«

»Sie wollten es nicht annehmen.«

Deine Stimme klingt angespannt, das erste Anzeichen von Wut. Robin wollte vorhin wissen, ob ich das Dunkle in dir gesehen hätte. Ich glaube ja. Ich glaube, das habe ich als Erstes gesehen – in diesem grobkörnigen Foto, in deinen Rilke-Zitaten. Noch schlimmer, ich fürchte, genau das war es, was mich angesprochen hat.

»Und was hast du getan?«, frage ich leichthin.

Die Luft dehnt sich aus. Ich habe ein Modell des Zimmers in meinem Kopf. Die Pistole auf dem Tisch, die verstreuten Patronen auf dem Fußboden. Meine Schlüssel stecken immer noch in der Tasche deiner Hose, die zusammengeknüllt am Fußende des Betts liegt. Wird der Wagen noch starten, nachdem der Airbag ausgelöst hat? Ich weiß es nicht. Normalerweise würde ich das sofort bei Google nachsehen, aber mein Smartphone ist nicht mehr zu gebrauchen.

Mein Kopf ruht immer noch auf deiner Brust, so wie in der Nacht, in der ich mich dir offenbart habe. Mir ist klar, wenn ich dir in die Augen sähe, würden sie nichts verraten. »Ich habe sie gehen lassen.«

»Du hast sie gehen lassen.«

»Richtig.« Du hebst die Hände und lässt sie wieder dorthin zurückfallen, wo sie vorher gelegen haben, auf meiner Hüfte und auf meiner Schulter. »Was sonst? Liebe lässt los, Wren. Sie hält nicht fest.«

Doch die Art von Liebe, die ich von Männern kenne, ist eine Liebe, die festhält. Im Würgegriff. Natürlich glaube ich dir kein Wort.

»Aber sie sind alle verschwunden«, wage ich mich vor. »Niemand hat je wieder etwas von ihnen gehört.«

»Ich habe auch nie wieder etwas von ihnen gehört. Sie haben mich verlassen. Sie wollten das Leben nicht, das ich ihnen angeboten habe. Anfangs glaubten sie, sie würden es wollen. Aber schließlich waren die Verlockungen der Welt zu stark, ihre Bindungen daran. Nicht alle sind fähig, den Schnitt zu machen. Du weißt das.«

»Also hast du sie von hier weggehen lassen«, sage ich.

»Man kann niemanden zwingen zu bleiben, wo er nicht bleiben will. Versuchen kann man es, aber man wird nur Hass ernten. Hat deine Mutter nicht am Ende deinen Vater gehasst?«

Die Erwähnung meiner Eltern schmerzt.

»Ich weiß nicht, ob sie ihn gehasst hat. Ich glaube allerdings, sie hat nie aufgehört zu hoffen, dass er wieder der Mensch würde, der er war, als sie ihn kennenlernte. Ich glaube, selbst in diesen letzten Augenblicken hat sie immer noch das in ihm gesehen, was er im tiefsten Innern war.«

»Aber die Welt. Sie hat diesen Mann zerstört und zum Ungeheuer gemacht.«

Ein Ungeheuer. Ein tobender Ghul, der meinen Namen heulte.

»Er war kein Ungeheuer«, flüstere ich, obwohl ich ihn selbst oft so genannt habe. »Er war gebrochen, nicht böse.«

»Wo ist da der Unterschied?«

»Ist das eine philosophische Diskussion?«

»Ist nicht alles eine philosophische Diskussion?«

Ich antworte dir nicht, denn ich weiß, wenn du so wirst, kann das Gespräch sich stundenlang hinziehen, zur tiefschürfenden Erkundung von Wahrnehmung und Realität werden, diesem Spiegelkabinett.

»Wren?«, sagst du in das Schweigen hinein. »Du wolltest doch wissen, was ich dich fragen wollte.«

»Ja?«

»Willst du die Welt hinter dir lassen und bei mir bleiben?«

Ich lasse den Teil von mir antworten, der das gern möchte, diesen dunklen, geheimen Teil von mir.

»Natürlich«, sage ich. »Natürlich bleibe ich.«

Deine Arme umschlingen mich fester. Du glaubst mir. Fast habe ich mich selbst überzeugt.

»Du wirst es nicht bereuen, Wren. Ich liebe dich.«

»Ich liebe dich auch, Adam.«

Es klingt wahr, weil es, leider, die Wahrheit ist. Ich weiß, wie das ist, die Dunkelheit zu lieben, den Schmerz zu lieben, den jemand einem zufügt, sich nach dem Menschen zu sehnen, den man hinter der hässlichen Fassade erkennt. Es ist ein vertrautes Gefühl, ein selbst gewähltes Zuhause.

Wir bleiben so liegen, bis du irgendwann leise zu schnarchen beginnst, deine Arme erschlaffen und dein Griff sich lockert. Offenbar schläfst du tief und fest, aber ich weiß, wie schnell du aufwachen kannst.

Leise stehe ich auf. Im Dunkeln suche ich meine Sachen zusammen, die Pistole, die eine Patrone, die ich schnell finden kann. Ich fische meine Schlüssel aus deiner Hosentasche, sehr vorsichtig, damit sie nicht klirren. Im Flur schlüpfe ich in meine Klamotten und schleiche Richtung Haustür. Ein Dielenbrett knarrt, aber ich bleibe nicht stehen. Durchquere den großen Raum, werfe im Gehen die Jacke über. Meine Füße sind bloß, keine Zeit, meine Schuhe zu suchen. Egal.

Als ich die Tür erreiche, stelle ich fest, dass sie verschlossen ist. Versperrt durch einen massiven Riegel, für den man einen Schlüssel braucht. Und mein Herz, das wie ein gefangener Vogel in meiner Brust geflattert hat, stockt. Ich lehne mich gegen die Haustür und spüre, wie solide sie ist, wie schwer, wie kühl von der Nachtluft.

Ich taste den Türrahmen ab – vielleicht liegt der Schlüssel ja oben auf der Türleiste. Nein, natürlich nicht. So etwas sähe dir nicht ähnlich. Ich muss in das Zimmer zurück, in dem du schläfst, und in deiner Hosentasche nachsehen. Hoffentlich ist der Schlüssel dort.

Im Flur meide ich das knarrende Dielenbrett, schiebe mich dicht an der Wand entlang, kontrolliere meinen raschen Atem, der meinen Brustkorb ausdehnt, zu laut durch die Nase strömt. Du schläfst noch, tief und friedlich. Ich gehe in die Hocke und krieche zu deinen Sachen, die auf dem Boden liegen. Die Pistole ragt aus meiner

Jackentasche, die Patrone habe ich in die andere Tasche geschoben; ich hatte noch keine Gelegenheit, die Waffe zu laden. Wenn ich den Schlüssel finde, werde ich das auch nicht tun müssen.

Da, ein einzelner kalter Schlüssel in deiner Jeanstasche. Ich halte ihn fest in der Hand.

Ich könnte dich im Schlaf umbringen. Der Gedanke kommt ungebeten. Ein einziger Schuss in den Kopf oder ins Herz.

Wenn ich weggehe und dich leben lasse, wirst du dann die Verfolgung aufnehmen? Wirst du mich durch die dunklen Gassen des Netzes jagen, mir mein Geld stehlen, meine Geheimnisse enthüllen? Wirst du mich belauern als das Raubtier, das du bist? Werde ich fortan immer in Angst leben müssen? Oder wirst du mich gehen lassen?

Ich kauere immer noch am Fußende des Betts, als ich die Pistole aus der Tasche hole, die Patrone in die Kammer schiebe und feststelle, ob ich durch das Visier zielen kann. Werde ich es fertigbringen? Kann ich dich kaltblütig erschießen, während du im Bett liegst, vertrauensvoll, mit weit ausgebreiteten Armen?

Ich kenne die Antwort bereits.

Ich stehe auf, hebe die Pistole und muss feststellen, dass das Bett leer ist.

Dann spüre ich dich hinter mir. Wie ist das möglich?

Mir bleibt keine Zeit zum Kämpfen. Deine Pranken schließen sich um meine Handgelenke und drücken fest zu, bis ich die Pistole loslasse; sie fällt polternd zu Boden. Dann schlingst du die Arme fest um mich. Ich kann mich nicht mal wehren, du bist zu stark.

»Wren.« Traurigkeit schwingt in deiner Stimme mit, Enttäuschung, Wut. Es erinnert mich an meinen Vater in der Nacht, als ich ihn mit meinem Bolzen traf. »Ich habe dir vertraut. Du hast mich verraten. Wie alle mich immer verraten.«

»Lass mich gehen«, flüstere ich. Dein Gesicht ist dicht vor meinem, deine Augen schwarz vor Wut.

Doch deine Antwort entgeht mir. Denn mit einer einzigen fließenden Bewegung lässt du mein rechtes Handgelenk los, ich spüre einen scharfen Stich, und Hitze schießt mir in den Arm. Die Welt schwankt und wird dunkel.

Robin kauert in der Ecke und sieht mich mit weit aufgerissenen Augen an. Sie weint.

*Es tut mir leid*, flüstert sie. *Es tut mir so leid.*

Und dann nichts mehr.

# 45

Bailey Kirk wartete im vornehmen Foyer der Vermögensberatung. Er hatte Kopfschmerzen, was er sich selbst zuzuschreiben hatte, seiner eigenen Dummheit und seinem Mangel an Selbstbeherrschung. Gelegentlich streifte ihn der Blick der Rezeptionistin; er saß hier schon eine ganze Weile. Als er einmal ihren Blick erwiderte, hing sie mal wieder am Telefon. Strahlendes, flammend rotes Haar, dunkelblaue Augen, schimmernde Lippen, vollbusig – sie war ein Pin-up-Girl, eine Schönheit aus einer vergangenen Ära. Das metallische Blau ihres Brillengestells betonte Augen und Lippen. Sie blickte nicht wieder zu ihm hin.

Sein Arm heilte allmählich, pochte aber nach der Physiotherapie gestern. Er trug ihn immer noch in einer Schlinge, sechs Wochen nach der Schussverletzung.

Der dumpfe Schmerz war sein ständiger Begleiter, erinnerte ihn an das, was er alles falsch gemacht hatte. An sein Versagen.

An jenem schrecklichen Tag hatte er seinen Job verloren, auch wenn er offiziell nur krankgeschrieben war. Er hatte seinen Klienten Henry Thorpe im Stich gelassen, der dem Ziel, sein Kind zu finden, kein bisschen näher gekommen war. Das Phantom war untergetaucht und hatte Wren Greenwood mitgenommen – wie schon Mia, Bonnie und Melissa. Das Loch, das dieser Mann irgendwo auf der Welt geöffnet hatte, um hindurchzuschlüpfen, hatte sie alle verschluckt.

Seit jenem Tag trank Bailey Kirk zu viel. Nahm zu viele Schmerztabletten. Seine Mutter machte sich Sorgen. Sie hatte bereits ein Kind an Drogen und Alkohol verloren und kannte die Anzeichen.

»Komm nach Hause«, hatte sie ihm angeboten. »Du klingst gar nicht gut. Lass dich ein bisschen aufpäppeln.«

Die Versuchung war groß. Sein Kinderzimmer war noch genau so, wie er es verlassen hatte – die Siegeswimpel des Lacrosse-Teams an der Wand, die dunkelblaue Tagesdecke über dem Jugendbett, der Schreibtisch, an dem er seine Hausaufgaben gemacht hatte (oder auch nicht), die alten Jahrbücher im Regal. Wenn er in dieses Zimmer zurückkehrte – bei Besuchen, in den Ferien –, wurde er stets wieder zum Jugendlichen, seine Mutter wusch seine Wäsche und machte ihm Frühstück. Es war eine gute Sache, beruhigend. Es war ein Segen, von Eltern geliebt zu werden, die einen aufnahmen, wenn es einem mies ging, und einen gehen ließen, wenn man stark genug war, wieder auf eigenen Beinen zu stehen.

Aber ... nein. Er lebte seit dem College allein, hatte nie in sein Elternhaus zurückkehren müssen, im Gegensatz zu seinen Geschwistern. Er hatte seine Eltern nie um etwas gebeten, nie auch nur einen Cent von ihnen angenommen.

»Sie sind hartnäckig.« Eine Stimme riss ihn aus seinen Gedanken.

Marty Friedman, Wrens langjähriger Vermögensberater, war schwer zu erreichen und nicht gewillt, über seine Kunden zu sprechen. Jetzt stand der kleine alte Mann vor ihm, im eleganten Anzug, und erinnerte mit seiner runden Brille, der wilden weißen Mähne, der Knollennase und den viel zu großen Ohren eher an eine Figur aus *Herr der Ringe* als an einen New Yorker Finanzmenschen. Anrufe hatte er nie erwidert, und Baileys Besuch heute war unangekündigt. Er hatte der Rezeptionistin erklärt, er würde warten, bis Mr Friedman Zeit für ihn fände. Es sei wichtig. Er würde erst gehen, wenn sie miteinander gesprochen hätten.

Sie hätte die Polizei oder den Sicherheitsdienst rufen können, dann wäre Bailey nichts anderes übriggeblieben, als das Feld zu räumen, schließlich waren das hier Privaträume. Aber sie hatte es nicht getan. Sie hatte ihn mit diesen tiefblauen Augen angesehen und ihn gebeten zu warten.

»Ich habe in Ihrer Detektei angerufen«, sagte Marty und rieb sich das Kinn. »Turner & Ives. Sie seien krankgeschrieben, hieß es. Der Fall, in dem Sie ermittelt haben, sei nicht länger Ihr Fall.«

»Tatsächlich?«

Der Mann vergrub die Hände in den Taschen seiner Anzughose. Sein Nadelstreifenanzug aus Wollstoff hatte vermutlich mehr gekostet, als Bailey in einem Monat verdiente – klare Linien, eleganter Fall. Bei einem Mann dieser Größe vermutlich maßgeschneidert. Im Gegensatz dazu trug Bailey Jeans, eine zerknautschte Lederjacke und ein graues T-Shirt, das schon bessere Tage gesehen hatte. Tatsächlich hatte er schon darin geschlafen – wenn er denn dieser Tage überhaupt Schlaf fand. Man würde ihn auffordern zu gehen, das war offensichtlich. Und wenn er nicht ohne Widerstand ging, würde man ihn hinausschaffen lassen. Wäre nicht das erste Mal, dass ihm das passierte.

»Sie sehen nicht gut aus, junger Mann«, brach Marty schließlich das Schweigen, das vermutlich nur Bailey peinlich vorgekommen war. Der Vermögensberater hatte ihn taxiert. »Kann ich Ihnen ein Glas Wasser anbieten, oder einen Kaffee?«

»Ich habe ein paar Fragen zu Wren Greenwood«, sagte Bailey.

»Wie ich bereits am Telefon sagte, es steht mir nicht frei, Auskunft über meine Kunden zu geben.«

»Sie wird vermisst, Mr Friedman. Sie hat ihr Zuhause verlassen, ihre Freunde, ihre Arbeit. Sie ist *verschwunden*.«

»Sagen Sie.«

»Wissen Sie mehr als ich? Haben Sie etwas von ihr gehört?«

Marty Friedman musterte ihn durch seine runden Brillengläser. Sie waren nicht entspiegelt, sodass seine Augen verborgen waren. Die Rezeptionistin griff zum Telefon, offenbar rechnete sie mit der Anweisung, Bailey hinauswerfen zu lassen.

Aber Marty überraschte sie beide.

»Kommen Sie mit in mein Büro«, sagte er. »Beth, Schätzchen, würden Sie Mr Kirk bitte ein Glas Wasser bringen?«

In welchem Jahr befanden sie sich, 1950? Doch die Rezeptionistin, Beth, nickte nur pflichteifrig. »Aber natürlich, Marty.«

Er folgte Marty durch dicke Glastüren über einen hochflorigen, dunkelblauen Teppichboden in ein Büro, das eher an das Arbeitszimmer eines alten Herrenhauses erinnerte.

Ein Familienmensch. Eifriger Leser. Philanthrop. Gelehrter. Bailey suchte Menschen gern an den Orten auf, die sie selbst eingerichtet hatten, weil es so viel über sie verriet. Ein detailgetreues Modell eines Segelboots unter einer glänzenden Glasglocke. Die »It All Adds Up« – so lautete der Schiffsname auf dem Heck – aus Long Island, New York. Fotos von Kindern mit großen Augen und runden Wangen in unterschiedlichen Silberrahmen. Ein Regal voller Preise und Auszeichnungen als bester Vermögensverwalter, die Bescheinigung über eine Riesenspende an ein Frauenhaus namens Safe House, eine Zuflucht für misshandelte Frauen und Kinder. Ein großer Standglobus, das Gemälde eines schwarzen Labradors: Charley 2000 – 2013.

Beth brachte das Mineralwasser in einem hohen Glas mit eingeprägtem Firmenlogo. Bailey nahm es entgegen, dankte ihr und leerte es. Danach fühlte er sich sofort besser. Sie schenkte ihm noch ein höfliches Lächeln, bevor sie die Tür hinter sich schloss.

»Setzen wir uns doch«, sagte Marty.

Sie nahmen in der bequemen Besprechungsecke Platz. Bailey hockte sich auf die Kante des Polstersofas. Er konnte es sich nicht leisten, sich zurückzulehnen, dafür war er zu müde. Er musste hellwach bleiben.

»Ich weiß, dass Sie die Pflicht haben, die Privatsphäre Ihrer Kunden zu schützen. Aber wann haben Sie zuletzt etwas von Wren Greenwood gehört?«

Marty nahm seine Brille ab, holte ein Taschentuch aus seiner Hosentasche – mit Monogramm selbstverständlich – und putzte die Gläser.

»Ich kann Ihnen nur sagen, was ich auch schon der Polizei gesagt habe. Ich hatte tagelang versucht, sie zu erreichen. Sie hatte einige sonderbare Abhebungen getätigt, Bargeld, eine Bitcoin-Transaktion. Ich wollte die langfristige Sicherheit ihres Portfolios mit ihr besprechen. Wie Sie wissen, hat es aufgrund der globalen Ereignisse der letzten Zeit einen Börseneinbruch gegeben. Sie hat Verluste hinnehmen müssen.«

Ja, in China hatte sich ein Virus ausgebreitet, mehrere europäische Länder befanden sich im Lockdown, Grenzen wurden geschlossen, Fluggesellschaften waren angeschlagen, der Aktienmarkt war wegen des rasanten Einbrechens der Ölpreise im freien Fall. In den Nachrichten wurde Panik verbreitet. Bailey achtete kaum darauf. Er hatte kein Geld in Fonds, Aktien oder Anleihen angelegt. Er glaubte nicht daran, sondern legte sein Geld nur auf ein Sparkonto, wo es immer mehr wurde, da er praktisch nur arbeitete. Bis vor kurzem jedenfalls. Jetzt lag er nur herum, grübelte und suchte im Netz nach irgendeiner Spur von Wren und dem Phantom.

So wie er es sah, drohte immer irgendwas Dunkles am Horizont. Wenn man jedes Mal in Panik verfiel, wenn die Nachrichten schlecht waren, konnte man sich auch gleich einweisen lassen.

»Wir hatten einen telefonischen Gesprächstermin vereinbart«, fuhr Marty fort. »Und zu diesem Termin hat sie dann auch angerufen.« Marty zückte sein Handy und zeigte Bailey Tag und Uhrzeit des Anrufs.

»Das war einen Tag, nachdem ich sie zuletzt gesehen habe. Die Spur ihres Autos verlor.«

»Wenn Sie das sagen. Sie bat mich, alles verfügbare Kapital auf ein Konto zu überweisen, über das ich keine Kontrolle habe, und nannte mir die Kontonummer. Die Details der Transaktion habe ich der Polizei übergeben.«

»Könnte ich eine Kopie davon bekommen?«

Marty erhob sich, trat an seinen Computer und tippte auf der Tastatur herum.

»Ich kann es Ihnen geben, aber es wird Ihnen nichts nützen. Die

Kontonummer ist eine Bitcoin-Adresse. Unmöglich zurückzuverfolgen. Es gibt keine Möglichkeit, sie irgendeiner Firma oder Privatperson zuzuordnen. Das ist der Sinn von Bitcoin. Es ist die bevorzugte Währung von Anarchisten.«

Er kam mit einem Blatt Papier zurück, das der Drucker neben dem Schreibtisch ausgespuckt hatte. Nur ein paar Zahlen auf einem weißen Blatt. Bedeutungslos.

»Normalerweise raten wir unseren Kunden von Bitcoin ab, da wir als Firma nicht in diese Anlagen investieren. Aber natürlich müssen wir die Wünsche unserer Kunden respektieren. Es ist schließlich ihr Geld. Aber das ist Teil des Problems und der Grund dafür, dass die Regierung Bitcoin nicht mag. Das Geld ist futsch, Zugriff darauf hat nur die Person, die das Passwort für dieses Konto hat.«

Bitcoin. Bailey wusste nichts darüber – was es war, wie es funktionierte. Es rief in ihm die Vorstellung von einem Hacker wach, der sich in einem abgedunkelten Raum über einen Laptop beugte.

»Haben Sie danach noch mal mit ihr gesprochen?«

»Ich habe nichts mehr von Ms Greenwood gehört. Selbst unter normalen Umständen ist sie schwer zu erreichen. Sie hat mir gesagt, dass sie mal eine Auszeit braucht, und wie ich von der Polizei weiß, hat sie das wohl auch einer engen Freundin gegenüber angedeutet. Sie sagte, sie brauche mal eine Pause von ihrer Arbeit, von dem Druck der modernen Welt. Sie werde sich melden, und ich solle den Rest ihres Geldes so verwalten, wie ich es für sinnvoll halte.«

»Den Rest ihres Geldes.«

»Sie wollte das sofort verfügbare Kapital. Ihre langfristigen Anlagen, die ohne Strafzahlungen nicht angetastet werden können, bleiben unberührt.«

»Weiß irgendjemand, dass sie noch mehr Geld hat?«

»Außer mir wissen nur Miss Greenwood selbst und die Leute, denen sie erzählt hat, wie viel sie besitzt.«

»Und wenn sie den Rest auch noch will?«

»Wird sie mich anrufen müssen.«

»Das geht nicht per E-Mail oder Textnachricht?«

»Nein«, sagte Marty Friedman. »Ich muss ihre Stimme hören.«

»Wie wirkte sie denn auf Sie, als sie mit ihr gesprochen haben?«

»Sie meinen, ob es sich anhörte, als würde sie unter Zwang handeln?«

»Genau.«

»Sie klang wie immer – gelassen, ruhig, vielleicht ein wenig reserviert. Ich habe sie sogar gefragt, ob es irgendein Problem gebe. Ob sie in Schwierigkeiten stecke. Und sie hat geantwortet, sie brauche nur ein wenig Ruhe und Zeit für sich. Sieht ihr gar nicht ähnlich, das gebe ich zu. Seit ich sie kenne, hat sie noch nie Urlaub gemacht. Sie hat sich auch noch nie größere Summen auszahlen lassen, nur das Geld für ihre monatlichen Ausgaben.«

Bailey zog eine Visitenkarte aus seiner Brieftasche, legte sie auf den hölzernen Besprechungstisch und schob sie zu Marty hinüber.

»Rufen Sie mich an, wenn Miss Greenwood sich wieder bei Ihnen meldet?«

Der Ältere blickte auf die Karte, nahm sie aber nicht.

»Ich werde ihr mitteilen, dass Sie nach ihr gesucht haben, Mr Kirk.«

Es entstand eine unbehagliche Stille, und sie saßen da und fixierten einander. Verbarg der Vermögensverwalter irgendwas? Oder lag ihm nur daran, Wrens Privatsphäre zu schützen?

»Sind Sie überhaupt nicht besorgt ihretwegen?«, fragte Bailey.

»Doch«, sagte Marty. »Aber ich kann ihr Vertrauen nicht missbrauchen.«

»Vier Frauen haben denselben Mann über eine Dating-Webseite kennengelernt. Alle vier sind spurlos verschwunden. Alle haben ihr Zuhause verlassen, ihre Familien und Freunde. Sie haben ihr Leben hinter sich gelassen. Und ihr ganzes Geld ist weg.«

Bailey öffnete eine Fotodatei auf seinem Smartphone und schob es Marty Friedman hin.

»Kennen Sie diesen Mann?«

Marty beugte sich vor, schob seine Brille hoch und studierte das Foto. War da irgendeine Regung, ein Aufflackern von Wiedererkennen?

»Nein«, sagte er. »Tut mir leid. Ich habe diesen Mann noch nie gesehen.«

Er lehnte sich zurück, und sein Handy spielte ein paar Töne. »Ich habe ein Meeting. Tut mir leid, dass ich Ihnen nicht weiterhelfen konnte.«

Bailey war entlassen. Er stand auf, faltete das Blatt Papier zusammen und schob es in seine Tasche.

»Ich finde allein raus«, sagte er.

»Wissen Sie, Sie fragten eben, ob sie mir irgendwie komisch vorkam. Wenn irgendwas anders war, dann vielleicht, dass sie glücklicher wirkte, entspannter, als ich sie je erlebt hatte. Vielleicht sollten Sie einfach akzeptieren, dass sie fortgegangen ist, weil sie wegwollte. Das kommt vor. Manchmal hat man eben ... alles satt. Haben Sie nie so empfunden, Mr Kirk?«

*Oh doch. Jetzt im Moment zum Beispiel.*

Die Rezeptionistin war nicht an ihrem Schreibtisch. Aber sie stand vor dem Gebäude und rauchte. Das sah bei ihr richtig gut aus, es passte zu dem kurzen schwarzen Regenmantel und den hohen Absätzen.

Er winkte ihr zu und ging Richtung U-Bahn.

»Mr Kirk!«, rief sie, trat die Zigarette aus und lief hinter ihm her.

»Diese Freundin von Miss Greenwood, Jax Morris, ruft jeden Tag hier an. Marty weigert sich mittlerweile, ihre Anrufe entgegenzunehmen, aber sie macht sich Sorgen. Sie glaubt auch nicht, dass Wren einfach abgehauen ist.«

Sie reichte ihm einen zusammengefalteten Zettel. »Das ist ihre Nummer. Rufen Sie sie an?«

»Das werde ich.« Er war in täglichem Kontakt mit Jax; sie bildeten bei der Suche nach Wren ein inoffizielles Team.

Bailey griff nach seinem Handy und öffnete die Fotodatei mit dem Phantom. Wie oft er das jetzt wohl schon getan hatte?

»Kennen Sie diesen Mann?«

Beth musterte das Foto, biss sich auf die Lippen und neigte leicht den Kopf. »Ist er auf Torch?«

Ein kleiner Adrenalinstoß der Hoffnung. War das Phantom etwa wieder auf der Suche?

»Haben Sie ihn dort gesehen?«

Sie blickte ihn mit zusammengekniffenen Augen an. »Könnte sein.«

»Vor kurzem?«

»Ja, so in den letzten Tagen.«

»War er einer Ihrer Matches?« Er hatte doch wohl nicht vor, die Frau als Lockvogel einzusetzen, oder? Oh doch, das hatte er. Nora würde sagen, das beweise, wie getrübt sein Urteilsvermögen sei. Aber er und Nora sprachen momentan nicht miteinander.

»Nee«, sagte Beth abwehrend und hob die Hand. Ihre Nägel waren perfekt gefeilt und lackiert.

»Warum nicht?«

»Nicht mein Typ. Ich steh nicht auf düster und grüblerisch. Wenn Sie die Wahrheit hören wollen, ich mag sie hübsch und oberflächlich, zu allem bereit – Raves, Wochenendtrips. Im Augenblick zumindest.«

Aus der Nähe betrachtet sah man, wie jung sie noch war, wie glatt und frisch ihre Haut. In ihren Augen funkelte eine Art mutwillige Unschuld. Sie wusste nicht, was für Männer es dort draußen gab, die in der digitalen Sphäre lauerten, sich hinter ansprechenden Avataren versteckten. Moderne Raubtiere, die auf die richtige Art Beute warteten.

»Mädchen wollen eben ihren Spaß haben, oder?«, fügte sie hinzu, als er schwieg.

Wusste sie überhaupt, dass das ein Song aus den Achtzigern war? *Girls just want to have fun*.

»Seien Sie vorsichtig«, sagte er. Er hörte sich an wie ein grantiger alter Knacker.

»Immer«, erwiderte sie munter, als kenne sie die Welt, alle ihre Fallstricke und harten Konsequenzen. Sie hatte keine Ahnung. »Und, Mr Kirk, wenn Wren sich bei Marty meldet, rufe ich Sie an. Die Leute sind nicht immer nett, wissen Sie. Besonders nicht zu einer Rezeptionistin. Aber sie war immer sehr freundlich zu mir, merkte sich meinen Namen, schickte mir Pralinen zu Weihnachten. Ich hoffe ... es geht ihr gut.«

Er gab ihr seine Karte, was ihm ein Lächeln und erhobene Augenbrauen einbrachte. »Bailey Kirk, Privatdetektiv. Das klingt cool.« Damit wirbelte sie herum und verschwand durch die gläserne Drehtür.

Die bleierne Müdigkeit, die auf ihm lastete, schien sich etwas zu heben. Er sprintete fast zur U-Bahn, um nach Brooklyn zurückzukehren.

# 46

»Die Welt der Menschen. Sie ist eine Falle.«

Es ist ein klarer Tag, der Himmel leuchtet blau über den Wipfeln der Nadelbäume, die Luft ist frisch, aber nicht kalt. Wir sitzen unter einem Baum und verspeisen die Käsebrote, die er am Morgen eingepackt hat, bevor ich überhaupt aufgewacht bin, trinken Wasser aus einer Feldflasche, die wir uns teilen. Hier, unter den Bäumen, mit mir, ist er ruhig und zentriert. Er hat die Augen eines Jungen, mit dichten Wimpern und groß – haselnussbraun wirken sie heute, manchmal spielen sie ins Bläuliche. Die Stoppeln seines Dreitagebarts schimmern golden im Sonnenlicht. Er sitzt zurückgelehnt da. Seine Hände sind große Pranken. Er hat mich noch nie geschlagen, aber meine Mutter und Jay schlägt er ständig, also fürchte ich ihn ebenso sehr, wie ich ihn gern lieben würde.

»Sie macht einen zum Sklaven. Sie bringen einen dazu, immer mehr zu wollen. Ermutigen die Leute, sich zu verschulden, um sich das größte Haus kaufen zu können, ein größeres Auto, Kleidung einer bestimmten Marke. Dann müssen sie den ganzen Tag arbeiten gehen, um alles bezahlen zu können, was *man* haben muss. Man verbringt sein Leben in einer Tretmühle. Man kommt nie dort an, wo man hinwill. Es ist niemals genug.«

Ich würde ihm gern zustimmen, aber ich verstehe seine Wut nicht, die ich an der angespannten Kieferpartie, den verkrampften Schultern erkennen kann.

»Dabei ist das hier alles, was wir wirklich brauchen: genug Nahrung, Schutz vor den Elementen, Zeit in der freien Natur.«

Die Welt von Kino und Videospielen, Pyjamapartys und Pizza-

Bringdienst, von Freundinnen und Schule ist nur noch eine ferne Erinnerung, so fern, dass es mir fast vorkommt wie ein Traum. Wie mein Vater, wie Robin, bin ich eins mit dem Land, mit unserem Leben dort.

»Wenn ich nicht mehr da bin, wird dieses Land dir und deinem Bruder gehören. Obwohl er es nicht wollen wird. Wahrscheinlich wird es dir zufallen, dich um alles zu kümmern.«

»Wo willst du denn hin?«, frage ich.

»Ich meine, nach meinem Tod.«

Die Worte sind ein Schock. Er liest es mir vom Gesicht ab.

»Nicht jetzt. Aber eines Tages.«

»Eines Tages.«

»Alle Menschen sterben, Kleines. Deine Zeit kommt, und du kehrst zur Erde zurück. Sorg dafür, dass meine Asche hier verstreut wird. Wirst du das tun?«

»Ja.«

Als Jäger sind wir mit dem Tod vertraut. Theoretisch wusste ich, dass alle Menschen sterben. Und trotzdem ist es wie ein Schlag in die Magengrube.

»Und verkauf das Land nicht. Lass nicht zu, dass irgendein reiches Arschloch sich eine Protzvilla darauf baut oder dass irgendeine Firma es ausbeutet. Versprochen?«

»Ich verspreche es.«

Wir sitzen eine lange Zeit dort. Vielleicht bin ich eingedöst. Irgendwann höre ich seine Stimme.

*Komm jetzt, Kleines. Du musst aufstehen, du hast schon zu lange geschlafen. Wir müssen von hier weg. Sonst schaffen wir es nicht nach Hause, bevor es dunkel wird. Wach auf, mein Vögelchen.»*

Ich kämpfe mich aus dem Schlaf hoch und finde mich im Dunkeln wieder. Mein Kopf hämmert, und mein ganzer Körper schmerzt. Ich kann mich nicht bewegen. Meine Hände sind in meinem Rücken gefesselt, und ich liege irgendwo auf einem kalten, harten Boden.

O Gott, wo bin ich?

Mein Hals ist so wund, dass es mir vorkommt, als würde ich Feuer atmen. Trotzdem finde ich meine Stimme wieder. Und mit einem Schlag fällt mir wieder ein, in welcher Lage ich bin.

»Adam«, schreie ich. »Adam, was tust du?«

Ich kämpfe gegen die Fesseln an und merke, dass ich sie damit nur noch fester ziehe, bis sie böse ins zarte Fleisch meiner Handgelenke schneiden.

O Gott. Wie lange schon? Wie lange bin ich schon hier? Ein Schluchzen steigt mir vom Bauch in die Kehle, und ich weine, Angst und Verzweiflung brennen wie Säure in meiner Speiseröhre. Als ich mich ausgeweint habe, liege ich still, mein Atem rasselt. Ich sammle meine Gedanken, bemühe mich um Ruhe, rationales Denken.

Als meine Augen sich langsam an die Lichtverhältnisse gewöhnen, erkenne ich eine Pritsche, einen Schaukelstuhl, ein Bücherregal, einen runden Teppich. Irgendwo gibt es eine Lichtquelle, vielleicht ein abgedecktes Fenster?

Der Raum, der vorher stockfinster war, wird mitternachtsblau. Ich versuche, mich in eine sitzende Position hochzukämpfen. Dabei fällt mein Blick auf etwas an der Wand. Kurz über dem Boden sind Worte in den Stein geritzt.

*Ich bin der Sturm.*

Diese Worte. Grimmig und verzweifelt zugleich, tapfer und zweifelnd, sind sie der Inbegriff von Hoffnung. Ich habe den Satz schon mal gehört. Wo? Wo nur? Da fällt es mir wieder ein. Mias Instagram-Account, eins ihrer inspirierenden Memes. Das Universum flüstert dem Krieger zu: »Du bist nicht stark genug, um den Sturm zu besiegen.« Und der Krieger erwidert: »Ich bin der Sturm.«

Tiefe Traurigkeit überkommt mich. Fast hätte ich wieder geweint, aber ich dränge die Tränen zurück.

*Ich bin der Sturm*, sage ich zu mir selbst, dann wiederhole ich es: *Ich bin der Sturm*. Die Worte erfüllen mich mit neuer Kraft, dem fernen Licht von Hoffnung. Ich bin noch am Leben. Bereit zu kämpfen.

Das ist doch was – Mias Botschaft an mich. Ich klammere mich an diesen schwachen Hoffnungsschimmer.

Irgendwann erscheint ein schmaler Lichtspalt in der Dunkelheit, wird breiter – eine Tür öffnet sich. Dann sehe ich dich, wie du das Licht löschst, ein dunkler, drohender Umriss, wie aus Pappe geschnitten. Du steigst die knarrende Treppe hinab.

Ich will die Arme nach dir ausstrecken, den Mann anflehen, für den ich dich gehalten habe. Und dann denke ich an meine Mutter. War es so für sie? Immerzu hat sie die Arme nach jemandem ausgestreckt, der längst fort war, den es vielleicht nie gegeben hat.

»So muss es doch nicht sein, Wren«, sagst du, als du am Fuß der Treppe angekommen bist, Traurigkeit in der Stimme. »Können wir nicht reden? Eine Lösung finden?«

Die Frage klingt so harmlos, als hätte es lediglich eine kleine Meinungsverschiedenheit zwischen uns gegeben, die wir klären müssen. Meine frühere Reaktion auf diese Frage hat dazu geführt, dass ich hier gelandet bin, geschlagen, gefesselt und hilflos. Ich bin verzweifelt, mir tut alles weh.

»Ja«, sage ich, zu schnell. »Reden wir.«

»Gut. Das ist gut.« Erleichterung. »Ich will dir nicht mehr wehtun müssen.«

Du näherst dich, schüttelst missbilligend den Kopf, als hätte sich das alles leicht vermeiden lassen, hebst mich hoch, so mühelos, als wäre ich ein Kind, und trägst mich die Treppe hinauf ins Licht. Ich kneife die Augen zusammen, ich habe rasende Kopfschmerzen. Meine Augen stellen sich auf das Licht ein, als du den Flur entlang zum Schlafzimmer gehst. Du hast dir einen Bart wachsen lassen. Deine Haare sind länger, wild. Du wirkst größer, und deine Stärke ist unglaublich. Du bist kaum außer Atem, nachdem du mich die Treppe hochgetragen hast. Sanft legst du mich auf das Bett, in dem wir uns geliebt haben – wann war das? Hier hat die Zeit keinen Anfang und kein Ende, es gibt weder Tag noch Nacht, nur eine entsetzliche Zeitschleife, eine Karussellfahrt der Schmerzen.

Du trennst meine Fesseln mit einer Drahtschere durch, die du aus deiner Tasche holst. Meine Arme sind frei, aber so taub und wund, dass ich sie kaum bewegen kann. Du lässt mich auf dem Bett liegen, und ich höre, wie die Dusche angestellt wird.

Als du zurückkommst, fragst du: »Kannst du stehen?«

Du bietest mir die Hand und ich nehme sie, um auf die Füße zu kommen. Ich bin wackelig auf den Beinen, vollkommen nackt. Du hast mir meine Kleidung weggenommen, und ich weiß nicht, wo meine Sachen sind. Du hilfst mir ins Bad.

»Ich lasse dir ein wenig Privatsphäre.«

Was für eine sonderbare Bemerkung. Seit meiner Ankunft hier hast du mir alles genommen, was ich habe.

Bevor ich reagieren kann, schließt du die Tür, und ich bin allein in dem Badezimmer, das sich durch das heiße Wasser der Dusche allmählich erwärmt. Im Spiegel sehe ich eine Frau, die ich nicht erkenne. Ihr dunkles Haar ist wirr, die Haut voller Blutergüsse, die Augen ängstlich. Ihre Schultern sind krumm, sie hat die Arme um ihre Mitte geschlungen. Rippen und Schlüsselbeine zeichnen sich deutlich unter der wächsernen Haut ab.

Ich trete unter die Dusche, lasse das warme Wasser über mich fließen und wasche mich langsam mit dem Seifenstück, das in der Seifenschale aus Teakholz liegt. Es duftet nach Kokos und belebt meine Sinne ein wenig. Doch mein Körper fühlt sich schwer an, mein Geist ist trübe, die Gedanken drängen sich zusammen und fliegen dann davon wie ängstliche Vögel. Ich lehne mich gegen die weißen Kacheln und sammle meine Kraft. Heute Abend wird der Abend sein, an dem ich von diesem Ort entkomme, so oder so.

*Ich bin der Sturm.*

Aber das sind nur Worte. Mein Körper und mein Geist sind schwach.

Robin kauert in einer Ecke, und ich sinke auf den grauen Steinboden der Dusche nieder und lasse mir das Wasser auf den Rücken prasseln. Wir sehen einander an.

»Wie komme ich hier raus?«, frage ich.

Sie flüstert die Antwort, aber ich kenne sie bereits.

Ich muss dich töten. Wenn ich das an jenem ersten Abend getan hätte, wäre ich jetzt nicht in dieser Lage. Wenn ich zugelassen hätte, dass Jay unseren Vater tötete, wären Jay und meine Mutter noch am Leben. Manche Menschen sind Raubtiere, sie richten nur Schaden an. Manchmal heißt es töten oder sterben.

*Der Schlüssel für den Türriegel ist an dem Schlüsselring in seiner Tasche,* sagt Robin.

Ich habe es klirren gehört, als wir den Flur entlanggingen.

*Die Pistole, die du mitgebracht hast, liegt geladen in der Nachttischschublade.*

Das ist nur eine Vermutung. Ich hoffe, dass es so ist.

Plötzlich stehst du in der Badezimmertür und findest mich kauernd auf dem Boden vor. Du gehst durch den Dampf, greifst in die Duschkabine, drehst den Hahn ab und hilfst mir hoch. Auf dem Holzregal unter dem breiten Marmorwaschbecken liegt ein zusammengefaltetes Handtuch. Du hüllst mich darin ein und führst mich aus dem Bad. Du bist so stark. So sanft. Jetzt erfüllt deine Berührung mich mit einem Schauder von Widerwillen und Angst.

Auf dem Bett liegen ein Kleid – ein schlichter Hänger aus schwarzem Wollstoff –, ein karamellfarbenes Kaschmirtuch, weil du weißt, wie leicht ich friere, und Spitzenunterwäsche, die mir zweifellos genau passen wird.

»Ich bereite gerade das Essen zu. Gesell dich zu mir, wenn du so weit bist.«

»Danke«, flüstere ich.

»Machen wir heute Abend einen neuen Anfang.«

»Ja.«

Dein Blick ruht auf mir, als du die Tür hinter dir schließt. Sobald du weg bist, eile ich zum Nachttisch. Aber natürlich ist die Schublade leer. Ich sehe mich nach Robin um, aber sie ist fort. Dieser Situation ist sie nicht gewachsen, genauso wenig wie ich. Wir wissen beide nicht, wie ich es schaffen soll, dich zu überleben. Ob ich es schaffen werde. Die arme Robin, sie ist nur so stark und klug, wie ich es bin. Vermutlich war mir das immer schon klar, sogar als Kind.

Ich ziehe mich langsam an, mit schmerzendem Körper und hämmerndem Herzen. Die Spitzenunterwäsche, die du ausgesucht hast, ist sexy, aber weich. Als ich mir das Kleid über die Schultern ziehe, sitzt es perfekt, sanft fließend, aber es betont die richtigen Stellen. Das Kaschmirtuch ist himmlisch. Ich schlüpfe in die samtigen flachen Schuhe. Ich kenne den Modeschöpfer nicht, aber sie waren garantiert teuer. Du verachtest die protzigen Marken – Jimmy Choo, Louboutin, Chanel, Valentino. *Leute, die keinen Stil haben, kaufen diese Sachen, um ihren Reichtum zu demonstrieren. Mit Schönheit oder Kunst hat das nichts zu tun. Das alles sagt nur eins aus: Seht her, was ich mir alles leisten kann.*

Ich trete in den Flur und begebe mich in das große Zimmer.

Ich weiß bereits, dass es nur zwei Türen gibt, beide mit massiven Riegeln verschlossen. Die Fenster lassen sich nicht öffnen. Die mit Argon gefüllten Doppelscheiben sind aus Sicherheitsglas, sie halten Windgeschwindigkeiten von 300 Stundenkilometern aus und die meisten Dinge, die der Wind dagegen schleudern könnte. Man kann sie nicht einschlagen, indem man einen Stuhl dagegen wirft oder verzweifelt auf sie einhämmert. Noch eine Lektion, die ich auf die harte Tour gelernt habe.

Ich weiß, dass es im weiten Umkreis keine anderen Häuser gibt. Selbst wenn jemand nach mir suchen sollte, hier bin ich unmöglich aufzuspüren. Ich bin nur ein paar Stunden von The Hollows entfernt, aber ich könnte ebenso gut auf dem Mond sein. Das Tor ist verschlossen. Dieser Besitz und dieses Haus sind völlig von der Außenwelt isoliert.

Und jetzt weiß ich, was mit Bonnie, Melissa und Mia passiert ist.

Ich weiß es, weil es auch mir geschieht.

Ich setze mich an deinen Tisch, und du kommst mit zwei Gläsern Wein und stellst sie ab. Der Wein ist blutrot, das Kristall funkelt. Aus der Küche kommen köstliche Düfte, und mein rebellischer Magen knurrt.

Ich widerstehe der Versuchung, das Glas gegen den Tisch zu schlagen und dich mit einer Scherbe anzugreifen. Du bist viel stärker und schneller als ich. Du vertraust mir nicht mehr und bist auf der Hut. Noch eine bittere Lektion, die ich habe lernen müssen – wieder und wieder. Endlich habe ich es begriffen. Ich bin so gehorsam wie ein Schulmädchen.

Meine Hände zittern.

Du zündest die Kerzen an und siehst mich mit deinen dunklen Augen liebevoll an.

Du bevorzugst die Nocturnes von Chopin, und sie spielen leise im Hintergrund, angemessen düster und melancholisch.

Wenn jemand durch die Fenster sehen sollte, würde er uns für ein elegantes, liebendes Paar halten, das gerade ein exquisites Mahl verspeist. Ich könnte den Moment in den sozialen Medien posten, mit dem entsprechenden Filter: #Romantik #Paarabenddaheim. Alle meine Follower würden mich beneiden.

Du kehrst mit unseren Tellern zum Tisch zurück – ein schönes Stück Filet, zarte Röstkartoffeln, Rosenkohl, mit Bacon gegart und mit Aioli beträufelt –, stellst meine Portion vor mir ab und nimmst Platz.

»Auf einen Neuanfang für uns, mein Liebling«, sagst du und hebst dein Glas.

»Ja«, hauche ich.

Wir trinken.

Ich bete.

# 47

Bailey klingelt, und Jax öffnet die Tür. Sie sieht erschöpft und angeschlagen aus, ihre dunkle Mähne ist hochgebunden und mit einem Stirnband in grellem Pink befestigt. Das schwarze T-Shirt rutscht von einer schön definierten Schulter. Bailey fühlt sich an *Flashdance* erinnert.

Jax sagt nichts, zupft nur an ihren violetten Leggins und tritt zur Seite, um ihn ins Wrens Stadthaus zu lassen.

Zenmeister Ben und Privatermittler Jason von »Liebe Birdie« sitzen am Esstisch. Jason hebt grüßend die Hand, Bailey nickt. Die drei Freunde haben Wrens Esszimmer in eine Kommandozentrale verwandelt, überall stehen Rechner, jede Oberfläche ist mit Fotos, Liegenschaftskataster-Unterlagen, Zeitungsartikeln und Polizeiberichten übersät. Die Suche nach ihrer Freundin gestaltet sich langwierig und erschöpfend. Und alle sehen sie ein wenig angespannt aus, geschlagen, mit Ringen unter den Augen. Willkommen in meiner Welt, denkt Bailey.

»Was hast du herausgefunden?«, fragt Jax und lässt sich mit gekreuzten Beinen auf dem Sofa nieder.

Er fasst seine Gespräche mit Marty und Beth zusammen und berichtet dann, dass das Phantom wieder auf Torch ist. Es ist ein harter Schlag; Jax reißt die Augen auf, sie scheint in sich zusammenzusinken.

»Was bedeutet das?«, flüstert sie. »Heißt das, er ist … mit ihr fertig?«

Bailey schüttelt den Kopf, er spürt das Gewicht der Frage. »Ich weiß es nicht. Aber ich habe eine Idee.«

»Eine Idee.«

»Bieten wir ihm doch eine passende Partnerin an.«

Jax holt tief Luft, dann atmet sie langsam aus.

»Ich mache es«, sagt sie.

»Nein«, sagen Ben und Bailey gleichzeitig.

Die beiden Männer sehen einander an. Bailey mag sie alle – Jax ist eine besonnene und verlässliche Freundin, Ben ist gutherzig und arbeitet hart. Jason ist ein junger, technikversierter Privatermittler. Alle lieben sie Wren. Gemeinsam führen sie ihre Ratgeberkolumne weiter, sie haben den Mediensturm gemanagt, der auf Wrens Verschwinden folgte. Und sie haben ihre eigenen Ermittlungen eingeleitet. Sie sind zu Baileys inoffiziellem Team geworden, seit Turner & Ives ihm und diesem Fall die Unterstützung entzogen hat.

»Ich feuere Sie doch nicht, Bailey«, hat Nora bei ihrem letzten Gespräch zu ihm gesagt. »Sie sind der beste Ermittler, den ich je hatte. Ich versuche, Ihnen zu *helfen*. In jeder Laufbahn gibt es so einen Fall, wissen Sie. Ich kenne das, Diana auch. Einen Fall, der einen zu sehr schmerzt, den Prozess destabilisiert. Werden Sie gesund und kommen Sie zu uns zurück. Arbeiten an einem anderen Fall.«

»Sie wollen sagen, dass es mir gefühlsmäßig zu nahe geht«, hat er erwidert, verletzt, wütend, frustriert. »Das ist Blödsinn.«

Sie holte tief Luft und atmete wieder aus.

»Was ich Ihnen sagen will, ist, dass Ihr Urteilsvermögen getrübt ist. Sie sind nicht der Richtige für diesen Fall.«

»Wer dann?«

»Der Detektiv, den Henry Thorpe als Nächsten beauftragt. Haben Sie den Klienten ganz vergessen? Die Person, die die Rechnungen bezahlt? Davon rede ich.«

Es stimmte, er hatte den Klienten völlig vergessen. Ihn interessierte nur das Phantom. Und Wren.

»Kommen Sie darüber hinweg und kommen Sie wieder heim«, sagte Nora, und als nur Schweigen folgte, legte sie auf.

Aber er hat nicht aufgehört. Er hat Jax aufgespürt und sich bereit erklärt, ihr unbezahlt zu helfen. Und hier sind sie jetzt, sechs Wochen später.

»Nein, du nicht, Jax«, sagt Bailey. »Er wird dich kennen. Ganz offensichtlich weiß er alles über sie.«

Ben geht zu ihr und nimmt ihre Hand. Sie sind ein ungleiches Paar, findet Bailey. Jax ist voll wilder Energie und hitziger Leidenschaft. Ben ist milde und blass, bereits leicht ergraut, trägt gern Khakihosen und vernünftige Schuhe. Sie reagiert sofort und hitzig. Er nickt langsam und reibt sich das Kinn. Aber irgendwie funktioniert es. Yin und Yang.

»Wie machen wir es dann?«, fragt Ben.

»Wir erschaffen eine Person, eine, die seine Kriterien erfüllt – jung, schön, reich und gequält durch irgendein Kindheitstrauma. Wenn er den Köder schluckt, machen wir ein Date aus. Seine Fake-Verabredung erscheint nicht, und wir folgen ihm«, sagt Jax.

»Wie wahrscheinlich ist es, dass so etwas funktioniert?«, fragt Jason, der am Tisch sitzen geblieben ist. Er ist ein großer, magerer Typ mit dunkler Mähne und Bart, Brillenträger, blass und mit schlechter Haltung, weil er zu oft vor dem Bildschirm hockt.

»Ungefähr so wahrscheinlich wie unser Erfolg, wenn wir nur immer wieder dieselben Informationen durchgehen, so wie wir es die ganze Woche gemacht haben. Wir haben nichts in der Hand. Na ja, fast nichts«, sagt Bailey.

Er fischt ein zusammengefaltetes Blatt Papier aus seiner Tasche und gibt es Jason.

»Was ist das?«

»Das Bitcoin-Konto, auf das Wren ihr Geld hat überweisen lassen. Kannst du irgendwas damit anfangen?«

»Eine Identifizierung ist unmöglich, das ist der Sinn von Bitcoin.« Jason nickt nachdenklich und starrt auf die fast leere Seite. »Könnte sein, dass da was geht. Ich müsste jemanden treffen.«

Er steht auf, geht rasch zur Tür und winkt. »Ich ruf nachher an.«

»Sei vorsichtig«, sagt Jax und sieht ihm nach. Sie sagt das zu jedem, der das Stadthaus verlässt. Ben streichelt ihre Schulter, und sie lehnt sich an ihn.

»Wie erschaffen wir eine solche Person?«, fragt sie.

»Ich kenne da eine, die uns helfen könnte. Vielleicht tut sie es. Dann müssen wir nicht ganz von vorn anfangen.«

»Frag nach«, sagt Jax. Sie ist die inoffizielle Klientin, die Anführerin des Teams, das sich zusammengefunden hat, um nach Wren zu suchen. »Mach schnell. Wir verlieren sie. Ich kann es spüren.«

Bailey nickt und tut so, als merke er nicht, dass sie weint. Er tritt beiseite, um zu telefonieren.

»Hi«, meldet sich eine rauchige Stimme. Sabrina. »Man ist hier gar nicht gut auf dich zu sprechen.«

»Ich weiß.«

»Lass mich raten. Du versuchst es alleine. Und das Ermitteln ist nicht ganz so einfach, wenn man kein komplettes Technikerteam zur Verfügung hat, junge Leute, die für den Bildschirm leben. Eine dieser Millennials war sogar bereit, mit dir zu schlafen, nachdem sie nach der Weihnachtsfeier im Büro zu viel getrunken hatte.«

»Sabrina.«

»Und gelegentlich, wenn dir danach ist, hast du unverbindlichen Sex mit ihr.«

»So ist das doch gar nicht.« Er spricht mit sanfter Stimme, lächelt.

»Um dich dann monatelang nicht zu melden.«

»Hör auf.«

»Es sei denn, du willst irgendwas.«

»Wow.«

»Liege ich falsch?«

»Nein«, gibt er zu. »Du liegst nicht falsch. Du hast nur den Umstand ausgelassen, dass wir Freunde sind. Dass wir zusammen ins Kino gehen, Billard spielen, einmal haben wir ein Picknick gemacht. Es war nicht nur unverbindlicher Sex.«

Sie schnalzt zweimal mit der Zunge. »Das ist nur eine höfliche Vorrede für unverbindlichen Sex. Es stimmt, du machst das gut. Ich habe mich nie benutzt gefühlt.«

Er kann sie fast vor sich sehen, wie sie eine Haarsträhne zwischen den Fingern dreht. Als er sie zum letzten Mal sah, war ihr Haar violett, aber jetzt könnte es praktisch jede Farbe haben. Diese Augen mit den schweren Lidern, das wissende Lächeln auf den von Lipgloss glänzenden Lippen. Sie ist fast zwanzig Jahre jünger als Bailey, üppig und sinnlich, witzig, sexy, ein bisschen besserwisserisch.

»Wie geht es dir?«, fragt sie. »Sei ehrlich.«

»Es ging mir schon besser.«

»Bist du verletzt?«

»Nein, alles okay.«

»Das klang wie eine Lüge. Ich hätte dich für einen besseren Lügner gehalten.«

»Was soll das denn heißen?«

»Nichts, nur, weißt du, du bist vielschichtig. Kompliziert. Jedenfalls, lass mich raten. Du hast herausgefunden, dass unser Mann wieder auf Torch ist.«

»Du wusstest es.«

»Klar. Ich habe nach ihm Ausschau gehalten. Ich will ihn ebenso gern schnappen wie du.«

»Du musst für mich ein Profil erstellen.«

»Da bin ich dir weit voraus.« Der Signalton seines Handys ertönt, und in seinem Nachrichtenordner taucht ein Link auf, den er mit dem Daumen antippt. Es ist das körnige Foto eines Mädchens mit großen Augen und Haaren im Ombré-Look, blondiert mit kupferrotem Ansatz. Es ist Sabrinas Gesicht, aber der Name, der darunter steht, lautet Angel. Sie mag: Einsamkeit, Dunkelheit, Sturm und Regen. Sie mag nicht: dumme Menschen, Hassnachrichten, Müll. Lieblingsband: Bauhaus. Lieblingsfilm: *Der Koch, der Dieb, seine Frau und ihr Liebhaber*. Lieblingsdichter? Natürlich Rilke.

»Sie hat bereits eine Geschichte. Ich habe ihr einen Instagram-Account eingerichtet – scheiß auf Facebook und Twitter, das ist was für alte Leute.«

»Was ist ihr Kindheitstrauma?«

»Ihre Eltern starben bei einem Autounfall, als sie dreizehn war. Sie wollten sie von einer Party abholen, auf der sie eigentlich nicht sein sollte. Darauf bin ich zuerst gestoßen, auf Zeitungsberichte über diesen Unfall. So habe ich sie erschaffen. Wenn er nach Infos über die Torch-Angel sucht, ist das die Information, auf die er stoßen wird. Das echte Mädchen ist stinkreich, und sie sieht mir ziemlich ähnlich. Ich habe ihre Frisur kopiert. Wenn er nicht zu genau hinsieht und nicht zu tief gräbt, kann er die Torch-Angel leicht für das echte Mädchen aus den Artikeln halten. Die Figur Angel, Lockvogel für das Phantom.«

»Ist die echte Angel auf Torch?«

»Nein«, sagte Sabrina. »Das habe ich bereits überprüft. Das Profil ist übrigens schnell zusammengeflickt. Wenn er gründlich nachforscht, könnte ihm klar werden, dass die Torch-Angel und die wahre Angel nicht dieselbe Person sind.«

»Alles klar. Es dürfte reichen. Gute Arbeit.«

»Ich habe nach rechts gewischt. Jetzt heißt es abwarten, ob er mich auch mag.«

»Wenn ja, mach ein Date aus. Möglichst bald.«

»Nora wird das nicht gefallen.«

»Nora wird es nicht erfahren, oder?«

»Ich mag meinen Job.«

»Sie wird dich nicht feuern. Sie will ihn genauso dringend schnappen wie wir, glaub mir. Das muss sie nur Diana gegenüber glaubwürdig abstreiten.«

»Dich hat sie auch gefeuert.«

»Ich bin krankgeschrieben.«

Sie schnaubt. »Ach, hat man dir das gesagt?«

Bailey ignoriert sie. Er glaubt nicht, dass er entlassen wurde.

Aber selbst wenn, es spielt keine Rolle. Ja, es ist nett, all dieses technische Spielzeug zur Verfügung zu haben und dazu ein Team von Millennial-Techies, aber er wird auch so seinen Weg machen. Und es wäre schön, mal frei zu arbeiten, ohne Leine. »Und wenn ihr das Date ausgemacht habt, melde dich.«

Er kann das Klackern ihrer Tastatur hören, Stimmen im Hintergrund, ein Telefon klingelt.

»Ich gehe hin«, erklärt sie. »Ich werde der Köder sein.«

»Auf keinen Fall. Niemand muss da auftauchen. Ich werde ihm folgen, wenn er wieder geht.«

»Aber was ist, wenn er Verdacht schöpft? Wenn er ein abgekartetes Spiel wittert und abhaut? Dann verlierst du ihn für immer.«

Da ist was dran. »Darüber reden wir, wenn es ein Match gibt.«

Stille am anderen Ende der Leitung. Dann sagt sie: »Hey, Bailey.«

Er mag Sabrina. Sie hatten viel Spaß zusammen. Er glaubt nicht, dass er sie nur benutzt. Er will nicht die Art Mann sein, der Frauen benutzt. Diese Sache mit ihnen ... so war sie eben, oder? Unbeschwert, lustig, eine Art Freundschaft. »Ja.«

»Sei vorsichtig. Ich habe das Gefühl, dass du dich sehr weit aus dem Fenster lehnst.«

Das kommt ihm auch so vor. Viel zu weit. Es liegt an Wren. Er greift nach ihr, balanciert am äußersten Rand dessen, was noch klug wäre, und sie entgleitet ihm, zieht sich immer weiter zurück.

»Mir geht's gut«, versichert er und weiß nicht genau, ob das stimmt. »He, Sabrina, du fühlst dich doch nicht wirklich benutzt, oder?«

Sie lacht, ein kehliges, schallendes Lachen, das ihn zum Lächeln bringt. »Hättest du wohl gern. Wenn überhaupt, bin ich diejenige, die dich als Sexpartner benutzt.«

»Damit habe ich kein Problem.«

»Das glaube ich.« Sie lacht immer noch, als sie das Gespräch beendet.

Nicht mal eine Stunde später kommt eine Nachricht: **Es gibt ein**

Match. Ich treffe ihn morgen in einem Schuppen im East Village, in der WCOU Radio Bar. Seine Wahl.

Geh da nicht hin, schreibt er zurück. Ich kümmere mich darum.

Aber sie antwortet nicht. Und er weiß, er kann sie nicht daran hindern, zu tun, was sie will. Er kann niemanden daran hindern, zu tun, was er will. So angestrengt er es auch versuchen mag. Nicht seinen Bruder. Nicht Wren. Offensichtlich nicht mal seine Millennial-»Freundin«. Vielleicht liegt eine wichtige Lektion in diesem Gedanken. Vielleicht wird er es eines Tages lernen.

# 48

Es ist eine kalte Nacht, und in der First Avenue fällt leichter Schnee. Früher war das East Village rau, es hatte einen bestimmten Geruch. Aber heutzutage gibt es hier edle Boutiquen und hippe Lebensmittelläden, E-Zigaretten rauchende Hipster, schicke Bars und Restaurants. Bailey hat New York City besser gefallen, als es noch keine Disney-Version seiner selbst war, als es noch dreckig und gefährlich war, Stil hatte. Als es noch Skandale, Kunst und Underground-Clubs gab. Als man in der Bowery leicht überfallen werden konnte, auf der Tenth Street Drogen angeboten bekam und im Meatpacking District die Nutten standen. Jetzt ist alles homogener, gentrifiziert. Sicherer, hübscher, Instagram-geeignet. Besser, würden manche zweifellos sagen. Aber irgendwie nicht real. Wie verpackt und verkauft. Die Idee von New York City, der Traum von New York City.

»Ist sie das?«

Jax sitzt neben ihm in seinem Geländewagen. Er hat sie nicht eingeladen, sie ist eine Ablenkung, und er will die Verantwortung nicht, eine Zivilistin im Wagen zu haben. Tatsächlich hat er sie ausdrücklich gebeten, nicht mitzukommen. Aber sie ist keine Frau, die ein Nein als Antwort hinnimmt. Er hat ihren Blog gelesen. *Nimm dir, was du vom Leben willst. Bitte nicht um Erlaubnis. Entschuldige dich nicht dafür, du selbst zu sein.*

Die Frau lebt, was sie predigt, das muss er zugeben.

»Ja, das ist sie«, antwortet er.

»Was hat sie da an?«, fragt Jax. »Ist das ein Catsuit aus Leder?«

»Sieht so aus«, gibt er zu. Was an »sei dezent« hat Sabrina nicht verstanden?

High Heels, große Handtasche, ein dramatischer roter Mantel. Sie eilt die Straße entlang und schaut sich um. Ihre Lippen sind so rot geschminkt, dass er es von hier aus sehen kann, einen halben Block entfernt.

Ganz falsch.

Nicht der Typ Frau, den das Phantom bevorzugt, zu auffällig, zu selbstsicher. Nicht, dass es eine Rolle spielt.

Vielleicht ist es nur gut, wenn der Mann rasch das Interesse verliert und sich wieder auf den Weg macht. Wenn er denn überhaupt kommt. Oft, nur allzu oft, läuft eben nicht alles nach Plan. Das ist das schmutzige Geheimnis der Detektivarbeit – man sitzt lange herum, ohne dass viel passiert, um dann stundenlang Berichte zu schreiben, die nichts aussagen. Zumindest muss er zurzeit keine Berichte ans Büro schicken.

Obwohl Nora ihn heute bereits dreimal angerufen hat; er ist nicht rangegangen und hat ihre Nachrichten nicht abgehört.

Bailey schaut in den fallenden Schnee, bis endlich der Signalton seines Handys ertönt.

Sabrina: Ich bin hier.

Er klickt die Überwachungs-App an, die ihr Handy in eine Kamera und ein Abhörgerät verwandelt. Es ist eine App für Eltern, die ihre Kinder ständig im Visier haben, die erfahren wollen, wo sie sich aufhalten, die ihre Textnachrichten lesen und wissen wollen, mit wem sie telefonieren. High-Tech-Spyware, die es früher nur in Science-Fiction-Filmen gab; jetzt ist sie alltäglich und für 19,99 Dollar im Monat zu haben.

Die App lädt, und er ist in der Bar. Leiser Jazz spielt, die Beleuchtung ist schummrig. Das Lokal ist brechend voll, aber Sabrina scheint sich einen ruhigen Tisch in der Ecke gesichert zu haben.

»Was, wenn er nicht auftaucht?«, flüstert sie. Sie weiß, dass er sie hören kann.

Die Handykamera fängt die Kurve ihres Halses und ihres Kinns ein, ihre roten Lippen.

Er schickt ihr eine Nachricht: Psst. Nicht reden. Warte einfach ab. Wirk … verwundbar.

»Ich *bin* verwundbar«, flüstert sie, und als sie zwinkert, sieht man ihren Glitzer-Lidschatten.

»Das ist eine ganz schlechte Idee«, sagt Jax, die ihm ärgerlicherweise über die Schulter sieht. »Sie ist ja praktisch noch ein Teenager. Ich meine … wie alt ist sie?«

Natürlich hat sie recht. »Es wird schon gutgehen«, versichert Bailey. »Sie ist Detektivin, sie ist vom Fach.«

Nicht wirklich. Sie ist eine Technikexpertin ohne Außendiensterfahrung.

»Sie wirkt nicht wie eine Detektivin.«

Sie warten. Jax ist nervös, sie zappelt herum, lässt den Eingang der Bar nicht aus den Augen. Noch zehn Minuten bis zur vereinbarten Zeit. Bailey vermutet, dass er weder zu früh noch zu spät kommen wird. Er wird pünktlich sein. Bailey versucht, nicht an das Mündungsfeuer zu denken, die Gestalt, die aus dem Dunkeln aufgetaucht ist. Seine Schulter schmerzt.

»Warum machst du das?«, fragt Jax. »Warum hilfst du uns? Obwohl es nicht dein Job ist. Obwohl du nicht dafür bezahlt wirst.«

Ihre dunklen Augen sind auf ihn gerichtet. Ihre Stirn ist leicht gerunzelt, das scheint ein halbwegs permanenter Ausdruck bei ihr zu sein. Er denkt über ihre Frage nach, bevor er antwortet.

»Ich bin schon seit fast einem Jahr an diesem Mann dran, der die einzige Verbindung zwischen vier vermissten Frauen zu sein scheint. Es ist nicht mehr mein Job, der Klient hat die Detektei gefeuert. Aber ich kann es nicht einfach auf sich beruhen lassen.«

Sie sieht ihn unverwandt an. »Und der wahre Grund? Der Grund hinter dem Grund.«

Er weiß, worauf sie hinauswill. Jeder will etwas und handelt aus diesem Wunsch heraus. Und was Menschen zu wollen glauben, was sie behaupten zu wollen, kann etwas völlig anderes sein als das, wonach sie sich wirklich sehnen.

»Ich mag keine unbeantworteten Fragen«, sagt er. »Ich mag es nicht, wenn etwas verloren bleibt. Das ergibt keinen Sinn. Jeder ist irgendwo.«

Die Geräusche aus der Bar – Musik, Lachsalven – dringen blechern aus dem Smartphone, das zwischen ihnen liegt.

»Und Wren?«

Wren. Momentan denkt er an kaum etwas anderes. Sie scheint sogar in seine Träume eingedrungen zu sein. Es stimmt schon, was Nora sagt, sie trübt sein Urteilsvermögen. Er jagt ebenso sehr hinter Wren her wie hinter dem Phantom.

»Mir ... liegt was an ihr.«

Jax' Augen, groß und dichtbewimpert, klug, sehend, erforschen sein Gesicht. Was sie dort findet, scheint sie zufriedenzustellen, und sie nickt rasch, als habe er etwas bestätigt, was sie bereits weiß.

»Sie ist wie eine Schwester für mich.« Jax' Augen füllen sich mit Tränen. »Es gibt Freunde, die werden wie unser eigen Fleisch und Blut. Sie hat immer die Ferien im Haus meiner Mutter verbracht. Kein einziges Mal hat sie nicht zurückgerufen, wenn ich sie angerufen habe. Viele Leute, die durchgemacht haben, was sie durchmachen musste ... werden verrückt, hässlich, deprimiert, sind voller Zorn. Aber Wren hilft Menschen, sie gibt alles für die Leute, die ihr schreiben. Völlig Fremde.«

»Wir werden sie finden«, verspricht Bailey und legt ihr die Hand auf die Schulter. Er glaubt daran. Er muss daran glauben.

»Es ist meine Schuld.« Sie weint jetzt. Sie wischt die Tränen ungeduldig mit ihren manikürten Fingerspitzen ab. »Ich habe sie überredet, sich auf Torch anzumelden.«

»Praktisch jeder ist auf Torch. Nichts von alldem ist deine Schuld. Der Mann ist ein Raubtier.«

Sie schlingt den Arm um ihre Taille und starrt aus dem Fenster auf die Bar. »Ich muss sie nach Hause bringen.«

»Okay.«

Sie nickt, wirft ihm einen Seitenblick zu, nickt wieder und stößt die Luft aus. »Okay.«

Bailey sieht ihn zuerst, und er könnte schwören, dass sein Arm sofort zu schmerzen beginnt. Er hat die Schlinge abgelegt, um nicht auszusehen wie ein gottverdammter Invalide. Aber der Arm ist schwach und steif; einem Kampf wäre Bailey nicht gewachsen, das weiß er. Grund genug, keinen Außendienst zu machen.

»Da ist er«, sagt er.

Pünktlich auf die Minute. Seine Haare sind länger, und er hat sich einen Bart wachsen lassen. Er wirkt muskulöser, als hätte er viel trainiert und viele Proteine zu sich genommen.

Nur mit Mühe kann Bailey sich davon abhalten, aus dem Auto zu springen, die Straße hochzulaufen und den Mann zu Boden zu werfen, die Antworten aus ihm herauszuprügeln. Er atmet die Wut weg, spürt, wie sie sich in seinem Inneren zusammenzieht.

Das Phantom geht ohne Eile die Avenue hinauf, eine hochgewachsene Gestalt auf dem fast leeren Bürgersteig. Es ist ein ruhiger, kalter Abend, nicht viele Leute sind auf der Straße unterwegs. Auf einer Treppe hockt ein Obdachloser, ein kicherndes Paar eilt vorbei, eng aneinandergeschmiegt. Der Schnee bleibt nicht liegen, aber die Straße ist rutschig und nass. Vor der Bar bleibt das Phantom stehen, späht durchs Fenster. Bailey spannt sich an. Ahnt der Mann etwas? Wird er wieder gehen?

Nein.

Er betritt die Bar.

»Er ist da«, flüstert Sabrina in ihr Handy.

# 49

»Du siehst anders aus als auf deinem Foto.«

»Wirklich?« Sabrinas Stimme, leise und rauchig, klingt locker und unbefangen. »Besser oder schlechter?«

»Du bist schön«, sagt er. »Das weißt du.«

»Es ist immer nett, das gesagt zu bekommen.«

»Was darf ich Ihnen bringen?« Eine junge Männerstimme. Ein eleganter Kellner mit Gelfrisur und kunstvoll gepflegtem Stoppelbart erscheint auf dem Display. Nach der seltsamen Perspektive zu urteilen, muss die Handykamera auf dem Tisch liegen.

Das Phantom – laut seinem Torch-Profil heißt er gerade James Lowry – bestellt einen Bourbon on the Rocks. Sabrina möchte einen Dirty Martini mit Extra-Oliven. Bailey hofft, dass sie nicht vorhat, ihn zu trinken. Als der Kellner wieder weg ist, kommt die Frage: »Datest du oft?«

Bailey drängt Sabrina innerlich, das Handy ein Stück nach vorn zu schieben, damit er den Mann besser sehen kann.

»Eigentlich gar nicht, nein«, sagt sie mit einem Lachen.

Endlich schiebt sie ihr Handy ein wenig zur Seite. Da ist er. Ein Riese, geisterhaft bleich, kräftige Kieferpartie, intensive dunkle Augen. Er hat eine große, schiefe Nase. Gut aussehen tut er nicht. Nicht die Art Mann, dem man zutrauen würde, dass Frauen alles für ihn aufgeben. Aber vielleicht geht es gar nicht ums Aussehen. Vielleicht bietet er ihnen irgendetwas anderes, etwas, nach dem sie sich zutiefst sehnen, ohne es zu wissen.

»Also warum Torch?«, fragt das Phantom.

»Meine Freundin dachte, es wäre an der Zeit, dass ich mal jemanden kennenlerne. Und so machen das doch heutzutage alle, oder?«

Die Musik ist ein wenig zu laut. Bailey muss sich anstrengen, um die beiden hören zu können.

»Scheint so. Lernst du nicht bei der Arbeit Leute kennen?«

»Nein«, sagt sie. »Es ist eine kleine Firma. Und sowas kann in die Hose gehen. Mit Kollegen was anzufangen – nicht die beste Idee.«

»Online-Recherche.«

»Hmm?«

»Das machst du beruflich, laut deinem Profil.«

»Richtig. Ich recherchiere für Autoren. Und du bist in der IT-Branche.«

»Genau.«

Das Gespräch ist oberflächlich, uninteressant.

»Sie gefällt ihm nicht«, sagt Jax. »Nicht traumatisiert genug. Er merkt das. Männer wie er, Raubtiere, haben ein Gespür dafür.«

»Sie muss ihm nicht gefallen. Er soll aufbrechen, damit wir ihm folgen können.«

Die Getränke kommen, das Gespräch schleppt sich dahin. Wo er wohnt, woher er kommt. Vermutlich alles Lügen. Sabrina lacht zu viel, offenbar ist sie nervös.

»Familie?«

Sabrina senkt den Kopf und macht einen nicht allzu überzeugenden Versuch, traurig dreinzuschauen. »Alle tot.«

»Das tut mir leid.«

»Ich ... versuche, nicht an die Vergangenheit zu denken. Sie ist vorbei. Wichtig ist nur der gegenwärtige Moment.«

Das kommt zu leichthin, die hingeworfene Bemerkung eines Menschen, der nie etwas wirklich Schlimmes erlebt hat.

»Verstehe«, sagt er. »Das ist klug.«

»Ist das eine Narbe?«, fragt sie. »Da an deinem Hals?«

Bailey sieht, wie seine Augen dunkel werden, seine Hand an seine Kehle fährt.

»Ich rede auch nicht gern über die Vergangenheit«, erwidert er.

»Okay.«

»Reden wir doch über die Zukunft«, sagt er. »Wollen wir gehen?«

»Wohin denn?«

»Machen wir einen Spaziergang. Ich liebe verschneite Städte in der Nacht. Suchen wir uns irgendein anderes Lokal, das gut aussieht.«

»Klar«, sagt sie.

»Was tut sie da?«, zischt Jax.

»Keine Ahnung«, sagt Bailey.

Das Phantom legt einen Fünfziger auf den Tisch und hilft Sabrina in den Mantel. Die Verbindung wird schlechter, als Sabrina das Handy in die Manteltasche steckt. Ihre Stimmen klingen jetzt gedämpft.

»Verdammt!«

Dann sind sie auf der Straße, gehen Richtung Uptown. Er hat den Arm um Sabrinas Schultern gelegt.

»Kannst du Auto fahren?«, fragt Bailey.

»Natürlich kann ich das«, sagt Jax verärgert. »Was bin ich, zwölf Jahre alt?«

»Fahr mir hinterher.«

»Warte! Was?«

Bailey steigt aus dem Auto, um dem Paar zu Fuß zu folgen, läuft über die Straße und holt sie ein, als sie gerade auf den Saint Mark's Place einbiegen. Die Handy-Verbindung besteht noch, aber er kann nichts hören außer Straßenlärm – die Sirene eines Rettungswagens, der an ihnen vorbeifährt, einen lauten Ruf, Musikfetzen aus irgendeiner Bar.

Das Paar bleibt unvermittelt stehen, und Bailey taucht in einen Hausausgang ab, aber da hat das Phantom sich schon umgedreht. Ihre Blicke begegnen sich. Ein Schock des Wiedererkennens.

Einen Augenblick scheint alles vor Bailey Augen zu verschwimmen, dann rennt er los. Das Phantom zieht Sabrina in eine enge

Umarmung, dann stößt er sie von sich und weicht zurück, den Blick immer noch auf Bailey gerichtet. Ein kleines, kaltes Lächeln spielt um seine Lippen.

Bailey erreicht Sabrina gerade, als die Beine unter ihr nachgeben und sie hinfällt. Er fängt sie auf, bevor sie auf dem Beton aufschlagen kann, hält ihren weichen Körper in den Armen. Mit ihr zusammen sinkt er zu Boden. Als er in die Tiefen ihrer blauen Augen schaut, sieht er Schmerz und Angst. Ein grässlicher Schwall von Blut schießt ihr aus dem Mund, als sie versucht, seinen Namen zu sagen.

»O Gott. Sabrina, bitte.«

*Sie ist so jung. Bittebittebitte.*

Er zieht das Handy aus der Tasche und wählt 911, während Jax mit kreischenden Bremsen neben ihnen hält, das Auto mitten auf der Fahrbahn stehen lässt und zu ihnen rennt. Der Geländewagen versperrt die Straße, ein Hupkonzert bricht los, die Fahrer lassen ihre Fenster herunter und brüllen sie an.

»Was ist passiert?« Jax, ein Schrei der Verzweiflung. »O mein Gott, wo ist er?«

Als Bailey sich von Sabrinas verängstigtem Blick löst und aufschaut, ist das Phantom nicht mehr da.

# 50

Mein Vater ist mittlerweile ein alter Mann, verhutzelt und dünn, mit weißem Bart und eingefallenen Wangen. Der Ausdruck in seinen umschatteten Augen ist nicht direkt Traurigkeit; sie haben schon zu viel gesehen.

»Ich habe viel falsch gemacht, Robin. Zu viel. Ich habe mich in so vielen Punkten geirrt.«

Wir sitzen auf einem überhängenden Felsen, unsere Füße baumeln über dem rauschenden Fluss. Ich kann nicht atmen, etwas lastet auf meiner Brust, die Luft ist zu dünn. Ich will ihm das sagen, aber ich habe keine Stimme.

Es ist ein altbekanntes Gespräch, eins, das ich jetzt nicht führen kann. Es gibt etwas, das ich tun muss. Ich weiß nur nicht, was es ist. Panik flattert in meiner Brust.

»Du hättest mich töten sollen, als du die Gelegenheit hattest.«

»Ich hab's versucht«, krächze ich. »Ich habe schlecht gezielt.«

»Deine Nerven haben versagt.«

»Es war zu spät. Sie waren tot.«

»Verbock es nicht wieder.«

»Zu spät.«

»Nein«, sagt er und nimmt meine Hand. Sein Blick ist eindringlich, fast verzweifelt. »Noch nicht ganz.«

Ich ringe nach Luft, höre meinen eigenen Atem pfeifen.

»Mein Vögelchen«, sagt er, ergreift meine Hände und drückt sie fest. »Steh auf und lauf.«

Als ich die Augen öffne, ist da nichts, nur Grau. Die Luft ist knapp, mein Atem kommt keuchend. In der trüben Düsternis strecke ich die Hand aus und ertaste Plastik. Panik steigt wie eine Woge in mir auf, und ich fange an, um mich zu schlagen, setze meine ganze Kraft ein. Meine Lungen brennen. Ich bin ein Derwisch, trete und kratze, ich bekomme nicht genug Luft, um zu schreien.

OGottoGottoGott. Alles kommt wieder zurück.

Nein. Nein. Ich will noch nicht gehen. Nicht jetzt, nicht so. Die Welt. Mein Leben. Jax. »Liebe Birdie«. *Du hast dir ein eigenes Leben aufgebaut. Ein gutes Leben. Kehr zu ihm zurück.*

Da. Ein Lichtpunkt. Ich zwinge mich zur Ruhe, bis ich einen Finger danach ausstrecken kann und die Zähne eines Reißverschlusses ertaste. Es kostet mich all meine Kraft, meine ganze Konzentration, am Schieber zu ziehen, so lange zu ziehen, bis er sich bewegt. Gesegnete Luft strömt herein, dann noch mehr. Licht. Sterne. Baumwipfel, die sich im hellen Mondlicht wiegen, genau wie im Baumhaus.

Mit einem Wimmern breche ich aus meinem Kokon aus und sauge köstliche Luft in meine Lungen. Ich krabble aus dem Leichensack, in dem ich gelegen habe, und spüre Erde unter meinen Handflächen.

Du.

Du hast mich für tot gehalten. Ich lege die Hände an meine Kehle, sie ist gequetscht und schmerzt. Ich erinnere mich, wie deine Hände zugedrückt haben, wie deine Augen in meine Augen starrten, während ich um mich schlug und nach Luft schnappte. Dein unglaublich schweres Gewicht, das auf mir lastete.

*Wir hätten alles haben können*, hast du geflüstert, als das Licht langsam aus der Welt verschwand. Weiße Sterne tanzten vor meinen Augen. Ich gab den Versuch auf, deine Finger von meinem Hals zu lösen. Dein Griff war wie ein Schraubstock, deine Augen glasig von der Lust, die mein Schmerz und meine Angst dir bereiteten. *Aber du hast alles weggeworfen.*

Robin kauert neben mir.

*Er ist weggefahren*, flüstert sie. *Er ist nicht da. Das ist deine Chance.*

Sie weint, sie zittert.

Der Tag wird kommen, an dem du sie nicht mehr brauchst, hat Dr. Cooper gesagt. Und dann wirst du sie gehen lassen. Sie wird nicht fort sein, sie wird ein Teil von dir werden.

Mit schmerzenden Lungen krieche ich zu ihr hin und streiche ihr eine wirre Haarsträhne aus den Augen.

*Es tut mir leid*, sagt sie. *Ich weiß nicht, was zu tun ist.*

»Ist schon gut«, sage ich. Sie ist nur Luft und Licht. »Ich weiß es.«

Es raschelt im Laub, irgendwo ertönt der klagende Ruf eines Vogels. Der Mond kommt hinter den Wolken hervor. Und ich bin allein im dunklen Wald. Es ist eine Art Heimkehr. Ein Erwachen. Ich war immer allein hier draußen. Und das ist in Ordnung, sogar richtig.

Der Sack, in dem ich war, klafft wie ein offenes Maul, und ich sitze zitternd da. Ich trage noch dieses dünne schwarze Kleidchen, spüre meinen Körper, der brutal misshandelt und zerbrochen wurde. Jede Bewegung bereitet mir Schmerzen, aber ich bin noch ganz und am Leben.

Neben mir sind drei behelfsmäßige Gräber, jedes mit einem einfachen Holzkreuz gekennzeichnet. Auf jedem Kreuz steht ein Name: Mia. Melissa. Bonnie.

Ich sitze da und weine um sie.

*Ich habe ihnen das Geschenk der Freiheit angeboten*, hast du gesagt. *Aber keine von ihnen wollte es. Ich dachte, du wärst anders. Ich dachte, du wärst die Eine.*

Der Wein, und was immer er hineingemischt hatte, ließ den Raum schwanken. *Freiheit ist nur, was selbst gewählt ist.*

Das brachte mir einen Schlag ins Gesicht ein; ich hebe die Hand und berühre meinen schmerzenden Kiefer. Ich krieche zu ihren Gräbern hinüber. Ich würde ihnen gern etwas geben – eine Blume, eine Entschuldigung, Rettung –, obwohl ich nichts mehr habe, das ich geben könnte. Für sie ist es zu spät. Aber nicht für mich.

In dem Augenblick sehe ich die Scheinwerfer eines Wagens die Zufahrt heraufkommen.

Du bist zurück.

Ich könnte mich zur Straße durchschlagen und nach Hause zurückkehren. Aber das tue ich nicht. Ich schulde uns allen mehr als das. Wenn ich einfach nur entkomme, werde ich den Rest meines Lebens damit zubringen, mich immer ängstlich umzusehen. Nein, ich werde für Gerechtigkeit sorgen, für uns alle.

Jetzt muss ich nur noch vor dir dort sein.

Ich mobilisiere alle Kräfte, die ich noch habe, und laufe los.

# 51

Der bittere Geschmack von Versagen und Verlust steigt Bailey wie ätzende Galle in die Kehle. Es ist ein Geschmack in seinem Mund, ein Dröhnen in seinen Ohren. Er stützt Jax, als sie vor dem Stadthaus aus dem Auto steigen. Sie hat nicht aufgehört zu weinen, seit es passiert ist, nicht im Krankenhaus, nicht bei der Polizei. Ben kommt zur Tür herausgestürzt, und sie wirft sich in seine Arme und hält ihn ganz fest.

»Es tut mir so leid«, sagt er. Die Straße ist leer. Es hat aufgehört zu schneien, doch ein wenig Schnee ist auf den Zweigen der Bäume und auf den geparkten Autos liegen geblieben. Die Luft ist eisig.

Ben hilft Jax ins Haus, Bailey folgt ihnen.

Jason sitzt am Esstisch, und Bailey sieht ihn hoffnungsvoll an. Aber der junge Ermittler schüttelt nur den Kopf.

»Es gibt keine Möglichkeit, die Kontonummer zurückzuverfolgen. Es tut mir leid. Das ist ja der Sinn von Bitcoin. Es gibt keine Spur. Ich dachte, ich könnte vielleicht einen Weg finden. Aber ... nein.«

»Was ist mit dem Internet-Guru, den sie angeheuert hat?«

»Auch ein Phantom«, sagt Jason. »Keine Chance, an ihn ranzukommen. Ich habe ihren Laptop benutzt, mit dem sie im Darknet war. Aber er antwortet nicht.«

Verzweiflung sitzt mit im Raum, sie verbraucht allen Sauerstoff.

»Sie ist weg. Wie alle diese anderen Mädchen«, sagt Jax, die sich aufs Sofa gesetzt hat. »Du hast keine von ihnen gefunden. Wie sollen wir jetzt Wren aufspüren?«

Bailey antwortet nicht. Er kann nicht. Er hat keine Antworten. Er sieht nur immer wieder die Angst in Sabrinas Augen. Er ist im Rettungswagen mitgefahren, Jax mit seinem Geländewagen hinterher. Sie saßen im Wartezimmer, bis Sabrinas Eltern kamen und Nora auf dem Weg war. Jetzt liest er immer wieder die Nachricht, die seine Chefin ihm gerade geschickt hat:

Sie hat viel Blut verloren. Aber sie wird wohl durchkommen.
Das ist allein Ihre Schuld, Bailey.

Er braucht einen Drink. Er muss saufen, bis die ganze Welt im Nebel verschwindet.

Ein forsches Klopfen an der Tür schreckt alle auf. Bailey und Jason stehen auf, Bailey legt instinktiv die Hand an seine Pistole, während er zur Haustür geht. Eine dunkle Gestalt steht auf der Veranda, breit und reglos.

»Wer ist das?«, fragt Jason, der hinter ihm steht.

Bailey hat ihn sofort erkannt und öffnet die Tür.

Draußen in der Kälte steht Jones Cooper in Parka und Wollmütze. Unter den Arm hat er einen dicken Umschlag geklemmt.

»Ihre Chefin meinte, ich würde Sie hier finden. Ich glaube, sie kann Ihren Standort orten.«

Das ergibt Sinn.

»Höchstwahrscheinlich. Ich fahre einen Firmenwagen.«

»Ich bin ein paar alte Akten durchgegangen. Und ich glaube, ich habe etwas entdeckt.«

Sie versammeln sich um ihn, als er sich an den Esstisch setzt, Fotos und alte Zeitungsausschnitte darauf ausbreitet, zudem ein paar Ausdrucke, die nach Katasterunterlagen und einem Grundbucheintrag aussehen.

»Zur Zeit der Razzia lebten mehrere Familien auf dem Carson-Land. Eine davon konnte in jener Nacht entkommen. Dieser junge Mann hier gehörte dazu.«

Er deutet auf ein Foto auf einem der Zeitungsausschnitte. Es zeigt einen schlanken Jungen mit dunklem Haar und dunklen Augen. »Sein Name ist Adam Wilson.«

»Adam«, sagt Jax. »Wren hat geglaubt, dass das sein richtiger Name war.«

»Die Familie blieb eine Reihe von Jahren abgetaucht. Es gibt keinerlei Unterlagen aus dieser Zeit – keine Steuerbescheide, keine Erwerbstätigkeit, keine Schulbesuche. Aber ein paar Jahre später taucht der Junge wieder auf. Offenbar konnte er das Massachusetts Institute of Technology besuchen. Er wurde zu Hause unterrichtet, machte aber einen sehr guten Schulabschluss. Er erhielt ein Stipendium.«

Jones Cooper zeigt ihnen die Unterlagen der Universität, Ausdrucke mit dem Unisiegel.

»Später gründete er eine eigene Firma, eine Internet-Security-Firma, die er Blackbox nannte.«

Ein Ausdruck dokumentiert die Anmeldung des neuen Unternehmens beim Finanzamt. Noch ein Stück Papier, das sie einen Schritt weiterbringt.

»Als Firmensitz ist diese Adresse angegeben.«

Bailey starrt darauf. Diese Information hätte er finden müssen. Die Erkenntnis, dass Nora recht hatte, trifft ihn hart. Er konnte nicht mehr klar denken, sein Urteilsvermögen war getrübt. Ihm ist etwas Wesentliches entgangen. Seinetwegen hat eine unerfahrene Kollegin fast ihr Leben verloren.

Jones schiebt den Ausdruck zur Seite und zeigt ihnen einen Auszug aus dem Liegenschaftskataster. »Auf diesem Grundstück stand früher eine Chemiefabrik, es war eine durch Altlasten verseuchte Brachfläche. Es ist Teil eines Projekts, bei dem beschädigte Lebensräume an Privateigentümer verkauft wurden, die es in Zusammenarbeit mit der Regierung regenerieren wollten, es wieder nutzbar machen, im Grunde.«

Bailey spürt Hoffnung in sich aufsteigen.

»Es ist nicht ans Stromnetz angeschlossen, auch nicht an die

Wasserversorgung oder die Kanalisation. Aber diese Luftaufnahmen zeigen, dass dort anscheinend ein Gebäude errichtet wurde.«

Er zieht ein paar Aufnahmen hervor, die einen großen Wald zeigen. Um etwas, das wie ein Dach unter all dem Grün aussieht, ist ein roter Kreis gezogen. Er deutet auf weitere Kreise. »Hier scheint es sich um einen Stromgenerator und eine Solaranlage zu handeln. Es gibt vermutlich einen Brunnen, allerdings habe ich für die Gegend keine Genehmigung für Brauch- und Trinkwassergewinnung oder eine Klärgrube gefunden.«

Die digitale Welt hat sie im Stich gelassen. Aber diese Papierspur, sorgfältig zusammengetragene Informationen von einem pensionierten Polizisten, dem etwas an Wren liegt, ist ein konkreter Hinweis, der einzige, den Bailey seit Monaten bekommen hat. Ein realer Ort, eine tatsächlich existierende Adresse.

»Gehen wir«, sagt Bailey.

»Ich hatte so das Gefühl, dass Sie das sagen würden«, meint Jones. »Ich habe diese Informationen bereits an Ihre Chefin und an die Polizei weitergegeben.«

»Los, wir fahren.« Jax greift nach ihrem Mantel und trocknet sich die Augen. An der Tür bleibt sie stehen und sieht sich nach den anderen um. Jones Cooper senkt kurz den Kopf, dann hebt er den Blick und sieht Bailey und Jax an.

»Sie wird jetzt schon eine Weile vermisst. Sind Sie vorbereitet auf das, was wir vielleicht dort vorfinden werden?«

Jax steigen Tränen in die Augen, aber sie beißt entschlossen die Zähne zusammen und reckt das Kinn. Bailey steht auf. Jones blickt zwischen den beiden hin und her, dann erhebt er sich mit einem resignierten Seufzer.

»Ich fahre«, sagt er.

# 52

Du verrätst unwillkürlich deine Überraschung, als du mich an deinem Tisch sitzen siehst, hältst unvermittelt inne und machst einen Schritt zurück zur Tür, durch die du gerade getreten bist. Schließlich hast du mich als Leiche in einem Leichensack zurückgelassen, neben den Gräbern anderer Frauen, die du entführt und ermordet hast. Und doch bin ich hier.

Wenn das nicht peinlich ist.

Warum hast du mich nicht neben ihnen begraben? Warum hast du die Sache nicht zu Ende gebracht? Wurdest du abgelenkt? Ein Grab auszuheben ist harte Arbeit. Vielleicht hat dir die Energie gefehlt. Vielleicht brachtest du es nicht über dich, schon wieder eine Frau umzubringen, die dich geliebt hat. Vielleicht bist du müde geworden.

Ich bin es jedenfalls.

Da ist eine tiefe Furche auf deiner Stirn, du bist bleich. Offenbar hast du einen harten Abend hinter dir.

»Wren.«

»Adam.«

Nach ein wenig Suchen habe ich meine Pistole im Schrank über dem Kühlschrank gefunden. Voll geladen. Und mein Vater hatte recht. Ich ziele sehr gut. In dieser Nacht vor so vielen Jahren habe ich tatsächlich die Nerven verloren. Mein Herz stand mir im Weg. Das wird mir nicht noch mal passieren.

Du stehst in der Tür, sammelst dich. Bist du bewaffnet? Sehr wahrscheinlich.

Du musst es spüren, genau wie ich es tue. Das Glück verlässt dich.

Ich sitze am Kopfende des Tisches. Vor mir liegt die Pistole, meine Hand ruht darauf. Die andere Hand drücke ich auf die Holzmaserung.

»Ist Adam dein richtiger Name?«, erkundige ich mich. Dumme Frage vermutlich. Aber ich merke, dass ich es immer noch wissen will.

Du zuckst die Achseln, eine Geste der Ergebenheit. Obwohl du vermutlich zur Tür rennen könntest. Vielleicht könntest du entkommen. Vielleicht auch nicht. Wir alle wollen gesehen werden, nicht wahr? Egal, wie sehr wir uns bemühen, uns zu tarnen, insgeheim wollen wir alle unser wahres Ich enthüllen.

»Ja. Adam Wilson.«

Der Name kommt mir bekannt vor. Ich durchforste mein Gedächtnis, erziele aber keinen Treffer. Hat er mal an »Liebe Birdie« geschrieben? Ich habe noch eine Verbindung entdeckt, eine, die Bailey Kirk entgangen ist. Wenn man im Dunkeln liegt, nackt und gefesselt, hat man viel Gelegenheit zum Nachdenken. Viel Zeit, seine Erinnerungen und Gedanken zu durchforsten. Jede der jungen Frauen – Mia, Bonnie, Melissa – hat irgendwann mal an »Liebe Birdie« geschrieben.

Und ich habe ihre Zuschriften beantwortet, ihnen Ratschläge gegeben, wie sie mit diesem schrecklichen Kapitel ihres Lebens abschließen können, wie sie Trauer, Schmerz und Schuldgefühle überwinden können. Gehörst du zu meinem Publikum? Hast du den Blog gelesen, die Zeitungskolumne? Hast du dir die Podcasts angehört?

»Weißt du denn nicht, wer ich bin?«, fragst du. »Du hast es immer noch nicht rausgefunden?«

»Verrat es mir.«

»Meine Familie hatte ein Stück Land von deinem Vater gepachtet. Wir lebten am nördlichen Ende des Grundstücks, in einem Haus, das mein Vater mit eigenen Händen renoviert hat. In der Nacht der Razzia waren wir dort.«

Die Enthüllung ist ein Schock. Aber natürlich.

»Die Familie, die floh. Die Wilsons.«

»Das ist richtig«, bestätigst du und trittst einen Schritt näher. Ich hebe die Waffe, und du bleibst stehen. »Wir sind geflohen, konnten aber nirgendwohin. Nach dieser Nacht waren wir obdachlos, schliefen in unserem Auto. Wir reisten herum, fuhren durchs Land, überallhin, wo mein Vater Arbeit fand – meistens auf Farmen. Er trank. Meine Eltern trennten sich. Schließlich wurden meine Schwester und ich bei unseren Großeltern in Florida zurückgelassen.«

Ich habe kein Mitleid. Kein bisschen.

»Du erinnerst dich nicht an uns«, stellt er fest. »Aber ich habe dich gesehen. Du hast mit deinem Vater im Garten gearbeitet, bist immer in dieses Baumhaus geklettert. Ich kam mit meinem Vater zu euch, wenn die Männer sich trafen, um Pläne für das Ende zu schmieden.«

Ich schüttle den Kopf. Ich war versunken in meiner eigenen Welt, und die einzige Freundin, an die ich mich erinnere, war imaginär. Das Land war riesig. Wir hatten keinen gesellschaftlichen Umgang mit irgendwem. Wenn er wirklich dort war, habe ich ihn jedenfalls nie gesehen.

»Was ist aus deinen Eltern geworden?«

»Gestorben aus Verzweiflung. Mein Vater ist bei einer Kneipenschlägerei umgekommen. Kannst du dir etwas Schändlicheres vorstellen? Meine Mutter hat eine Überdosis Oxy genommen.«

Er kraust angewidert die Nase. Mit Entsetzen bemerke ich Blutspritzer auf seinem Hemd. »Mit meiner Schwester habe ich keinen Kontakt. Ich habe seit zehn Jahren nichts mehr von ihr gesehen oder gehört. Manchmal sehe ich mir ihre Posts in den sozialen Medien an. Sie hat Mann und Kinder, ist eine biedere Hausfrau. Normal.«

»Ist das so schlimm?«

Du zuckst die Achseln. Deine Augen sind glasig. Du bist nur einer der vielen gebrochenen Männer, die Frauen wehtun, um ihren eigenen Schmerz zu lindern.

»Vielleicht nicht. Verhältnismäßig.«

Das Metall der Pistole hat sich in meiner Hand erwärmt.

»Mir ist diese Zeit auf dem Land deines Vaters als eine Art Paradies in Erinnerung geblieben. Friedlich. Einfach. Meine Mutter war eine gute Lehrerin. Uns zu Hause zu unterrichten, fiel ihr leicht. Mein Vater liebte die Arbeit auf dem Feld. Wir haben ein paar Schafe gehalten und die Wolle verkauft. Wir hatten einen Gemüsegarten und Obstbäume. Es war schön dort, nicht wahr?«

»Ich habe es anders in Erinnerung. Für meine Familie war es alles andere als der Himmel.«

»Aber nicht immer, oder? Es gab auch gute Tage.«

»Es gibt immer auch gute Tage«, räume ich ein.

Du atmest scharf ein und wieder aus, trittst noch etwas näher.

»Ich habe ihm geschrieben«, sagst du mit der Andeutung eines Lächelns.

»Wem?«, frage ich, obwohl ich die Antwort bereits kenne.

»Deinem Vater. Nach meinem Abschluss am MIT, als ich Investoren für meine Cybersecurity-Software gefunden und meine Firma gegründet hatte, habe ich ihm einen Brief ins Gefängnis geschrieben. Um ihm für diese gute Zeit in meinem Leben zu danken.«

Einen Brief, um ihm für all das zu danken, was er getan hat. Mir dreht sich der Magen um.

»Er hat meinen Bruder und meine Mutter umgebracht. Er ist ein Mörder.«

Du hebst die Hände. »Er bereut, was er getan hat. Wie ich auch.«

Die Leichtigkeit, mit der du ihm und dir selbst vergibst, facht den Zorn an, der in mir brennt und mit jeder Sekunde stärker wird.

»Wie nett.« Die Worte fühlen sich auf meiner Zunge wie Gift an.

»Sarkasmus steht dir nicht.«

»Sag mir nicht, was mir steht und was nicht«, bemerke ich milde. »Ich bin diejenige mit der Waffe in der Hand.«

Ein kurzes Lächeln, freudlos und grausam.

»Du warst es«, sagst du. »Du hast die Polizei gerufen.«

»Das stimmt.«

Ich habe mir lange selbst Vorwürfe gemacht deswegen, aber irgendwann habe ich erkannt, dass ich, vor die Wahl gestellt, wieder so handeln würde. Es war ein Versuch, meine Familie zu retten. Ich habe um Hilfe gerufen. Es kam anders als gewünscht, aber die Schuld liegt nicht bei mir. Sie liegt bei meinem Vater. Diese klare Erkenntnis habe ich Dr. Cooper zu verdanken.

»Du hast diesen Ort zerstört. Wenn die Polizei nicht gekommen wäre, würden deine Mutter und dein Bruder noch leben. Vielleicht wäre meine Familie nicht zerstört worden. Vielleicht hätten wir uns früher kennengelernt, wären zusammengekommen.«

Es klingt bockig, wie ein kleines Kind, das sich über ein gebrochenes Versprechen beschwert, ein Versprechen, das sowieso niemals hätte gehalten werden können. Du lebst in einer Phantasiewelt, malst dir aus, was hätte sein können, wenn wir alle an diesem Ort geblieben wären.

»Wir können nicht zurück«, sage ich. »Wir können die Vergangenheit nicht ändern.«

Dein Stirnrunzeln vertieft sich, aber du schweigst.

»Wie hast du sie ausgesucht?«, frage ich.

Du hebst erstaunt die Augenbrauen, als du diese Frage hörst. »Über ›Liebe Birdie‹ natürlich. Ich war gerade mit dem Studium fertig, als ich über deinen Blog stolperte. Ich war einer deinen ersten Fans.«

Du rückst noch ein Stückchen vor. Ich schließe die Hand fester um die Pistole.

»Bei meinen IT-Kenntnissen brauchte ich nicht lange, um die Informationen zusammenzufügen und zu erkennen, dass Wren Greenwood ›Liebe Birdie‹ war. Und als ich dich im Internet aufgespürt hatte, habe ich dich sofort erkannt. Dein Vater hat mir nicht verraten, dass du noch lebst. Er hat dich beschützt. Das solltest du wissen. Aber ich habe es herausbekommen.«

»Der Unverziehene.«

»Da habe ich zum ersten Mal an dich geschrieben. Nachdem ich all die Jahre den Blog und die Kolumne gelesen hatte.«

Deine Augenbrauen vollführen den Tanz der Traurigkeit, deine Augen füllen sich mit Tränen, dein Kiefer spannt sich an. Glaubst du etwa, ich würde Mitleid mit dir haben? Du hättest mich fast ermordet. Ich bin nur um Haaresbreite und durch reines Glück einem frühen Tod entronnen. Drei andere Frauen, junge Frauen wie ich, hatten nicht so viel Glück. Trotzdem versuche ich, neutral zu bleiben. Es gibt so vieles, das ich noch verstehen muss, bevor diese Sache ihr unvermeidlich hässliches Ende nimmt.

»Was kam zuerst, Torch oder ›Liebe Birdie‹?«

Du bewegst dich immer noch langsam auf mich zu. Vielleicht denkst du, ich würde es nicht merken.

»›Liebe Birdie‹ natürlich. Es ist so einfach, Leute ausfindig zu machen, mit Hilfe kleiner Details, von denen sie nicht mal wissen, dass sie sie preisgeben. Du findest ihre Seiten auf den Social-Media-Plattformen, ihre Torch-Profile. Und dann schaffst du eine Persona, die eine Frau anspricht, die sich nach dem Dunklen sehnt, auch wenn sie es selbst nicht weiß. Selbst wenn sie überzeugt sind, anonym zu bleiben, geben die Leute eine Fülle persönlicher Informationen preis, unbedeutende Einzelheiten, die sie verraten. Das ist keine Magie. Nur Algorithmen.«

Ich lege den Finger auf den Abzug.

»Also eine Zuschrift an ›Liebe Birdie‹ und ein Torch-Profil. Und wenn es kein Match gab?«

Du hebst die Hände, trittst noch einen kleinen Schritt näher. »Kein Match, keine Verbindung.«

»Gab es welche, die dir durchs Netz geschlüpft sind?«

»Einige.«

»Und was ist mit Melissas Verbindung zu The Hollows?«

Du hebst die Augenbrauen, offenbar beindruckt von meinen Recherchen. »Das war eine Überraschung. Ich hielt es erst für ein Zeichen, dass wir füreinander bestimmt waren. Du weißt ja, wie trickreich diese Kleinstadt sein kann. Aber wie sich herausstellte, hasste sie The Hollows. Melissa war ... *schwierig*.«

Deine Verärgerung ist deutlich sichtbar.

»Alle meine Ex-Freundinnen dachten, sie wollten alle Bande zur Zivilisation lösen, ein einfacheres Leben führen. Alle haben sie gesagt, dass sie die Welt hinter sich lassen wollten. Aber als es dann darauf ankam – nein. Keine von ihnen war wirklich dafür geeignet.«

Ein kalter Schauer durchfährt mich, als ich an diese jungen Frauen denke. Du hast sie hierhergelockt, sie hier festgehalten, als sie gehen wollten, und schließlich dafür gesorgt, dass sie für immer blieben.

»Du hast versucht, sie zu überzeugen.«

»Ja.«

»Und als das nicht ging?«

Du rückst zentimeterweise näher.

»So sollte es nicht ausgehen. Ich wollte keiner von ihnen etwas antun. Ich habe sie alle geliebt, auf meine Weise. Dir wollte ich auch nie wehtun, Wren. Ich liebe dich.«

»Warum dann schließlich ich?«

Jetzt lachst du ein wenig. »Es ging immer nur um dich. Ich habe immer nur versucht, zu dir zurückzufinden, zu diesem Land zurückzufinden.«

Ich denke an den Zeitungsartikel.

»Du warst das. Du warst der Kunde von Rick Javits. Du wolltest den Besitz kaufen.«

»Aber du wolltest nicht verkaufen.« Du machst ein trauriges Gesicht. »Ich dachte, du würdest dort mit mir leben, Wren. Ich dachte, du zumindest wärst bereit, die Welt hinter dir zu lassen. Es ist so finster dort draußen, so kalt, ohne Leben und Hoffnung. Gerade du solltest doch wissen, wie kaputt wir alle sind. Diese Zuschriften, die du jeden Tag bekommst. Die Welt von heute mit all ihrer digitalen Bosheit, ihrem seelenlosen Protz, sie nimmt, trennt uns von dem, was wirklich ist. Ich glaubte, du wärst bereit für die Art Leben, das dein Vater für dich wollte. Ich glaubte, es aus dem Ton deiner Antworten herauszuhören. Ich dachte, es wäre an der Zeit, dass wir uns treffen.«

Ich schweige immer noch. Es gibt nichts zu sagen. Du hast mich für jemanden gehalten, der ich nicht bin.

»Dein Vater – du hast ihn als Kollapsisten bezeichnet«, fährst du fort. »Er glaubte, die Endzeit sei bereits gekommen. Sieh dich doch mal um. Lag er etwa falsch?«

Hat er sich geirrt?

»Nein«, gebe ich zu. »Es war keine Fehleinschätzung. Die Welt versinkt tatsächlich im Chaos. Sie ist gefährlich und grausam. Die Erde stirbt, so wie er gesagt hat.«

»Dieses Land«, sagst du und kommst kaum merklich näher.

Mein Griff wird fester. Ich hebe erneut die Waffe, und dein Blick fällt darauf.

»Ich habe dieses Land geheilt«, fährst du fort. »Ich habe Hunderttausende ausgegeben, um Chemiefässer auszugraben, das Land sich selbst überlassen, damit es sich regeneriert. Es hat Jahre gedauert. Dann erbaute ich dieses Haus auf den erneuerten Flächen. Hier ist es wie auf dem Land deines Vaters. Du kannst jagen. Wir können unser eigenes Gemüse anbauen. Es ist ein wiederhergestelltes Paradies, eine Umkehrung unserer Verbrechen gegen die Erde. Weit entfernt von den Zerstörungen, die die Welt der Menschen anrichtet.«

Da ist es. Das Mantra meines Vaters.

Aber eins habe ich mittlerweile begriffen.

Die Welt versinkt im Chaos, ja. Darum geht es nicht. Die Welt stand immer schon in Flammen. Und jetzt geht es vielleicht nicht so sehr darum, die Welt zu retten, sondern darum, dass wir einander helfen, alles durchzustehen. Dass wir einander aufrecht halten, uns gegenseitig unterstützen, zusammenarbeiten, reparieren, einander lieben und vergeben. Man kann sich nicht einfach an irgendeinen abgelegenen Zufluchtsort zurückziehen, sich dort verschanzen und abwarten, bis alles Dunkle und Beängstigende verschwindet.

Die Welt der Menschen – von Männern und Frauen – ist meine Welt. Ich will in ihr leben. Ich will helfen.

Aber das ist nichts, was jemand wie du verstehen könnte.

Du, der sich nimmt, was ihm nicht gegeben wird. Du, der zerbricht und zerstört, lügt und mordet.

Du bist es, der gehen muss. Nicht die Welt. Nicht alle anderen Menschen.

Wenn der Augenblick gekommen ist, tu es, sagte mein Vater zu mir, als er mir beibrachte, wie man jagt. Wenn du zögerst, auch nur eine Sekunde zu lange wartest, wird das Wild entwischen. Es wird dich spüren, deine Absicht spüren. Du wirst deine Angst mit einem Atemzug verraten, mit einem unsicheren Schritt. Und dann verschwindet es zwischen den Bäumen.

Die Lektionen meines Vaters. Manche davon habe ich gut gelernt.

Also handle ich jetzt rasch.

Nur eine einzige fließende Bewegung, dann ein Lichtblitz und ein Knall.

Es gibt immer ein paar angespannte Sekunden, in denen man nicht weiß, ob man sein Ziel getroffen hat oder nicht. In diesen wenigen Sekunden begegnen sich unsere Blicke. Da ist Angst und auch Erleichterung, immer auch Erleichterung. Liebe. Du hast mich geliebt, und ich habe dich geliebt, selbst wenn es nur ein kleiner Teil von dir war.

Ich habe mein Ziel getroffen. Eine Kugel mitten ins Herz.

Du fällst auf die Knie. Ich komme zu dir, wie ich es auch bei einer Jagdbeute tun würde. Dein Mund steht offen, dann schließt er sich. Du sinkst zur Seite, und ich bin dort, um dich aufzufangen, dich behutsam zu Boden gleiten zu lassen. Du versuchst zu sprechen, kannst es aber nicht. Dein Blut vermischt sich mit dem Blut, das bereits auf deinem Hemd war. Wen hast du an diesem Abend noch verletzt, Adam? Sie wird die Letzte gewesen sein.

Deine Hand schließt sich um mein Handgelenk, und ich sehe die Tiefe deines Schmerzes. Jetzt ist er vorbei.

Sieh zu, wie das Licht erlischt, sagte mein Vater. Sei dabei. Das ist das Mindeste, was du tun kannst.

Und das tue ich. Ich halte deinen Blick fest, und in der Dunkelheit deiner Augen sehe ich das ganze Universum, die glitzernden Galaxien und alles verschlingenden schwarzen Löcher, die aufgeblähten roten Riesen und alle noch nicht entdeckten Geheimnisse. Ich bin Zeugin, wie du dorthin zurückkehrst. Du liegst schwer in meinen Armen, die Augen gebrochen.

Und ich fühle keine Traurigkeit. Weder Schuld noch Reue.

Ich bin nicht die Jägerin.

Oder die Hirschkuh.

Ich bin der Sturm.

# 53

Ich laufe aus dem Haus und den Trampelpfad hinunter zu der Stelle, an der ich sterben sollte. Neben dem Sack liegt eine Schaufel, schwer und abgenutzt. Damit wollte er wohl mein Grab ausheben, wenn er dazu kam. Ich nehme die Schaufel und versuche, Mia zu finden, aber der Boden ist hart und kalt und ich habe noch keine großen Fortschritte gemacht, als ich die Sirenen höre.

Ich möchte das Ende ihrer Geschichten erfahren – der von Melissa, Bonnie und Mia. Was er ihnen angetan hat, wie sie starben. Aber vielleicht werde ich es nie erfahren. Ich weiß nur, dass ich durch reines Glück diesem Schicksal entronnen bin. Und weil jemand, ein ebenso finsterer Mann wie Adam, mir einiges beigebracht hat. Ein Mann, den ich trotz seiner Fehler liebte. Mein Vater.

Um mich herum seufzen die Bäume. Die Natur ist so gleichgültig wie eh und je.

In Kinofilmen gibt es immer einen Kampf, episch und blutig. Schreckliche Verluste und einen Himmel, der sich verfinstert. Immer sieht es irgendwann so aus, als würde das Böse triumphieren und der Held fallen. Und dann, wenn alles verloren scheint, kommt Verstärkung und rettet alle.

Aber im wahren Leben muss man sich selbst retten. Und es liegen immer noch tausend Kämpfe vor einem, große und kleine. Und darin liegt die Schönheit des Ganzen, die gesegnete, schreckliche Vermischung von Gut und Böse, Richtig und Falsch, Freude und Schmerz.

So finden Jax, Jones Cooper und Bailey Kirk mich, als sie durch die Bäume brechen. Auf den Knien neben dem Grab einer jungen

Frau, der keiner von uns helfen konnte. Nachdem ich mich selbst vor meinen eigenen dunklen Impulsen gerettet habe, und vor dem Mann, der diese dunklen Impulse deutlicher erkannte als irgendjemand sonst.

Bailey erreicht mich als Erster, sinkt neben mir nieder und reißt mich an sich. Ich schlinge die Arme um ihn, als er das Gesicht an meinem Hals vergräbt.

»O mein Gott, Wren, ich dachte, ich hätte dich verloren«, stößt er hervor und hält mich ganz fest. »Gott sei Dank. Gott sei Dank.«

Seine Augen sind voller Sterne – Freude, Erleichterung, Angst, Traurigkeit, Liebe. All das liegt darin. Sie sind nicht leer wie deine Augen. Keine schwarzen Löcher, die Licht und Leben in sich einsaugen. Wie konnte ich das nicht erkennen? Oder vielleicht habe ich es erkannt und es war das, was ich wollte. Aber jetzt nicht mehr.

»Du bist verletzt«, flüstert er. »Wren.«

Das bin ich, will ich ihm sagen. Aber es geht mir so gut, wie es nach all dem möglich ist. Ich bin am Leben. Stark.

Bereit weiterzukämpfen.

# 54

Liebe Birdie,
mein Vater war ein kranker Mann. Es gab schon vorher psychische Erkrankungen in unserer Familie. Seine Erfahrungen als Soldat im Krieg haben ihn traumatisiert. Er behandelte sich selbst mit Alkohol und wurde zum gewalttätigen Trinker. Meine Mutter liebte ihn, obwohl er nicht mehr der Mann war, den sie geheiratet hatte, obwohl er kaputt und süchtig war, schwer angeschlagen. Als er ihr mitteilte, er wolle mit seiner Familie – ihr, seiner Frau, meinem Bruder und mir – auf das Land ziehen, auf dem er aufgewachsen war, stimmte sie zu. Er wollte zurück zur Natur, autark leben, weit weg von der modernen Welt.

Sie stimmte zu.

Die Fahrt war lang und grau, und ich bin müde. Die Landschaft ist schon seit geraumer Zeit größtenteils flach, die vereinzelten Bäume schwarze Umrisse vor dem silbergrauen Himmel. Der Boden ist mit Schnee bestäubt. Als es in Sicht kommt – eine hohe weiße Mauer, ein Turm mit rotem Dach –, erinnert es mich mehr an eine Burg als an ein Gefängnis. Meine Hände und Schultern sind steif vor Anspannung, mein Magen flattert vor Nervosität. Fast mache ich kehrt. Das muss ziemlich häufig vorkommen. Leute kommen her, um jemanden zu besuchen, ihn mit etwas zu konfrontieren, ihm zu vergeben, und dann verlieren sie die Nerven.

Aber ich fahre auf den Parkplatz und stelle den Motor aus. Ich bleibe noch einen Moment sitzen und starre auf die Wachtürme, das große Tor. Alles strahlt Schmerz und Verlorenheit aus. Es ist ein

Hochsicherheitsgefängnis, das einige der gefährlichsten Kriminellen im Staat New York beherbergt. Viele, die durch diese Tore gehen, werden es nie wieder verlassen.

Warum bin ich hergekommen?

*In meinen Kindheitserinnerungen gibt es viele verschiedene Versionen meines Vaters. Den gutaussehenden jungen Soldaten in Uniform auf dem gerahmten Foto, das neben dem Bett meiner Mutter stand. Den fremden Mann auf dem Bildschirm, wenn wir mit dem alten Laptop meiner Mutter einen Videoanruf machten, auf dem Bett zusammengekuschelt. Den erschöpften Mann, der nach Hause kam und entweder den ganzen Tag im Bett verbrachte oder vor dem Fernseher hockte. Er hatte einen gequälten Ausdruck in den Augen, und wenn er mich ansah, geschah es mit einer Art Verzweiflung. Er machte mir Angst. Dann war da der Mann, der mir beibrachte, wie man jagt und fischt, Gemüse anbaut, Lebensmittel für den Winter konserviert, wie man mit einer Pistole und einer Armbrust umgeht. Er war ruhig und achtsam, sanft und weise. Ich liebte ihn. Dann war da das Ungeheuer, das meinem Bruder und meiner Mutter wehtat – sie schlug, sie anbrüllte. Zum Schluss umbrachte. Ihn hasste ich. Das tue ich immer noch. Ich kann ihm nicht vergeben.*

Ich ertrage die Befragungen und die Durchsuchungen, das Durchwühlen meiner Handtasche. Eine Justizvollzugsbeamtin, die viel zu hübsch und jung für ihre Uniform und für diese Arbeit ist, tastet mich nach Waffen ab. Das alles ist Routine, tausendmal durchexerziert. Drinnen ist es grau und kühl. Auf meinem Weg passiere ich mehrere Stahltüren, die aufgeschoben und wieder zugeschlagen werden. Je tiefer ich in die Vollzugsanstalt eindringe, desto stärker wird mein Wunsch, wieder umzukehren.

Es war ein Fehler.

Verdammt.

Jax war entschieden dagegen. Sie ist sehr dafür, die dunkle Vergangenheit hinter sich zu lassen – geh nicht zurück, schau nicht zurück. Maggie hat sich geweigert, eine Meinung zu äußern, sie erklärte, es sei allein meine Entscheidung. Letztendlich war es Jones Cooper, der mich drängte, den Schritt zu tun. *Ungeheuer leben nur in unserer Vorstellung. Im hellen Tageslicht entpuppen sie sich als fehlerhafte, gebrochene Seelen, die nur versuchen, in dieser Welt zu überleben, so wie wir alle.*

Schließlich werde ich zu einer Kabine geführt. Der Stuhl mir gegenüber ist leer, davor eine dicke Glasscheibe.

Ich gebe nicht mir selbst die Schuld daran, nicht mehr. Aber ich trage die Verantwortung für das, was in jener Nacht geschah. Ich hatte die Polizei gerufen und ein Waffenlager gemeldet. Ich war noch ein Kind, ein Teenager, und löste damit eine Kette von Ereignissen aus, die niemand hätte vorhersehen können, obwohl ich eigentlich nur versuchte, uns zu retten. Ich dachte, sie würden kommen und ihn mitnehmen. Ich wusste nicht, wie sich die Dinge entwickeln würden – niemand weiß das, nicht mal dann, wenn wir erwachsen sind.

Es hätte auch alles ganz anders kommen können. Ich hätte zulassen können, dass Jay ihn tötete, ich hätte ihn selbst töten können, im Wald, während wir auf der Jagd waren. Er vertraute mir. Ich hätte ihn in jener Nacht töten können, aber ich verfehlte ihn, denn ich war schwach. Und so wurden wegen eines Anrufs, den ich getätigt hatte, mein Bruder und meine Mutter umgebracht, unser Zuhause, wenn man es denn so nennen konnte, wurde zerstört, mein Vater bekam zweimal lebenslänglich, und ein weiteres Monster – Adam Wilson – wurde geboren. Ich kam bei Miss Lovely unter. Auf dem College kam es zu weiteren Gewalterfahrungen mit einem Jungen, den ich zu lieben glaubte. Endlich fand ich Jax und ihre Familie. Ich baute mir ein Leben auf. Fand meine Berufung, eine Möglichkeit, heil zu werden, indem ich anderen half.

Einen Moment lang kommt mir der Mann gegenüber wie ein Fremder vor. Haben sie einen Fehler gemacht, den falschen Gefangenen hergeführt? Er ist so dünn, dass sich die Knochen seiner Ellbogen abzeichnen, seine Wangenknochen. Er ist glattrasiert. Aber dann sehe ich diesem alten Mann in die Augen und erkenne meinen Vater. Sein Blick ist klar und freundlich, das stürmische Graugrün erinnert mich an meinen Bruder. Eine unverkennbare Aura des Friedens umgibt ihn. Er greift nach dem Telefon, das neben ihm steht, ein warmes Lächeln auf den Lippen, als hätte er schon sein ganzes Leben auf mich gewartet, wäre aber nicht überrascht, mich zu sehen. Ich zögere, bevor ich nach dem Hörer greife. Er riecht nach Desinfektionsmittel.

»Hallo, mein Vögelchen.« Es knackt in der Leitung.

»Hi, Paps.«

»Es ist lange her. Du bist zu einer schönen Frau geworden. Du bist das Schönste, was ich je gesehen habe.«

Ich weiß nicht, was ich sagen soll. Es ist mir nicht peinlich, als mir die Tränen kommen. Ich lasse sie fließen.

»Ich erwarte nicht, dass du mir vergibst«, sagt er und beugt sich vor. Er erinnert nicht im Geringsten an den Mann, der er früher war; er ist gebrechlich, hat wissende Augen und strahlt die Ruhe eines Mönchs aus.

Ich bin nicht gekommen, um ihm zu vergeben. Doch als ich in diesem Glaskasten sitze, entdecke ich unerwartete Gefühle in mir, für den Vater, der ein so großes Unrecht begangen hat, den ich gehasst und gefürchtet habe. Ich werde ihn nie wieder berühren können – nie seine Umarmung spüren oder seine Hand halten.

Liebe Birdie, ich bringe es nicht über mich, ihm zu vergeben. Denn wie könnte ich etwas vergeben, das er anderen angetan hat? Mich hat er meiner Familie beraubt, meiner Kindheit, meines Glücks. Aber Jay und meiner Mutter hat er das Leben genommen. Es ist nicht an mir, ihn von seinen Verbrechen freizusprechen. Das

Wissen, dass er seinen Frieden gefunden hat, einen Weg nach vorn, tröstet mich nicht. Denn warum soll er das bekommen, während Jay und Alice nicht mehr leben und ich wegen seiner Taten so viel leiden musste?

Er presst seine Hand gegen das Glas. Ich brauche einen Moment, aber dann tue ich es auch.

Seine Tat trennt uns. Aber ich kann erkennen, dass er eine Reise hinter sich hat. Auch er hat gelitten. Wie beschädigt er war, wie kaputt ihn die Welt der Menschen gemacht hat, der Krieg, seine eigenen Unzulänglichkeiten als Ehemann und Vater, als Mann.

»Ich wollte ihnen nie etwas antun«, sagt er. »Ich möchte, dass du das weißt. Ich bin in Weißglut geraten, ich war außer mir vor Wut, habe die Realität nicht mehr wahrgenommen.«

Das verstehe ich. Wirklich. Aber.

»Ich kann dir nicht vergeben. Ich liebe dich, Paps. Aber vergeben kann ich dir nicht.«

Er senkt den Kopf und stößt einen tiefen Seufzer aus. Als er aufblickt, läuft ihm eine Träne über die Wange. »Liebe ist genug, Robin. Das ist mehr als genug.«

*Liebe ihn nicht*, sagte Jay damals, aus seiner Wut heraus. *Er hat es nicht verdient.*

Doch die Wahrheit ist, wir alle haben es verdient, geliebt zu werden, so kaputt und gestört wir auch sein mögen. Es ist das Mindeste, das wir verdienen. Und wenn es mehr Liebe gäbe, würde es sehr viel weniger Schmerz in dieser Welt geben, auf der wir alle gemeinsam leben.

Ich lege die Hand auf meinen Bauch, der gerade angefangen hat, sich zu wölben. Bald werden meine Sachen mir nicht mehr passen. In das Kleid, das ich trage, konnte ich mich gerade noch hineinzwängen.

»Willst du mir etwas sagen?«, fragt er sanft.

Ich erzähle ihm alles. Von meinen Erinnerungen an unser Land, an ihn und die Dinge, die er mich gelehrt hat, wie ich das alles in Erinnerung behalten habe, von meinem Weg nach dieser furchtbaren Nacht. Ich erzähle ihm von dir, Adam. Wie du dich in mein Leben geschlichen hast und mich fast ermordet hättest, so wie du drei andere Frauen ermordet hast: Bonnie, Melissa, Mia. Sie waren wie ich, trugen die Bürde von Schuld, Scham und Zorn, waren aber auf der Suche nach Liebe. Ich erzähle ihm, dass ich ihnen nicht helfen konnte, dass ich dafür viel zu spät kam, so wie ich auch Jay und meiner Mutter nicht helfen konnte. Dass du ein Ungeheuer warst, ein unbarmherziges Raubtier. Und dass ich dem ein Ende gesetzt habe. Dich getötet habe.

*Meine Frage ist, liebe Birdie, wie kann man durch sein Leid wachsen, sich verwandeln, ohne denen, die einem Unrecht getan haben, zu vergeben? Wie kann man sich selbst seine Schwächen und dunklen Taten vergeben? Ist es möglich, zu Gesundheit, Glück und Ganzheit zu finden, ohne das zu tun?*

Aber ich brauche Birdie nicht, diesen weiseren Teil von mir, um diese Frage zu beantworten.

Und dann erzähle ich meinem Vater, dass ich von dir schwanger bin, Adam. Und dass ich tief in meinem Herzen weiß, dass dieses Kind gesund und gut sein wird. Meine Tochter wird einen sicheren Ort auf dieser Welt haben.

Einen, den ich geschaffen habe.

Ich ziehe das Ultraschallbild aus der Tasche und drücke es gegen das Glas. Falls irgendetwas von dem, was ich erzählt habe, ihn aus der Fassung bringt, zeigt mein Vater es nicht. Er nimmt alles hin, so wie es ist.

»Wie soll sie heißen?«, fragt er.

»Ich werde sie Emily nennen, nach dem Mädchen, das in Robins Grab liegt.«

»Das ergibt Sinn«, sagt er. »Eine Wiedergeburt.«

»Richtig.«

»Die Vergangenheit ist vorbei, mein Vögelchen. Schau nach vorn, blick nicht zurück.«

Schon komisch. Ich glaube, das ist genau das, was »Liebe Birdie« sagen würde.

# 55

Letztendlich haben wir nur einander.

Die Heimfahrt ist lang und anstrengend, und ich bin erschöpft, als ich in mein Townhouse zurückkehre. Die Tür wird aufgerissen, als ich die Stufen hinaufgestiegen bin, und Jax empfängt mich mit offenen Armen. Ich drücke sie an mich, meine beste Freundin und, seit dieser Woche, Mitbewohnerin. Sie duftet nach Patschuli und Zitronengras, ihre Arme sind weich und stark.

»Du hast nicht angerufen«, sagt sie. »Du hast versprochen dich zu melden, wenn du auf dem Nachhauseweg bist.«

»Ich brauchte Zeit, um das alles zu verarbeiten.«

»Ich habe dich überwacht.«

»Ich weiß.«

Sie vermietet ihre Wohnung und ist zu mir ins Townhouse gezogen. Wir werden zwar nicht heiraten – unser alter Witz –, aber sie wird meine Familie sein, unsere Familie. Sie wird mir helfen, das Kind großzuziehen. Ich werde ihr beim Schreiben ihres Buches helfen. Und manchmal wird sie »Liebe Birdie« sein – eine härtere Version, die den Leuten auch mal die Ohren langzieht. Sie und Ben ... sehen sich häufig. Wie das funktionieren soll? Ich habe keine Ahnung. Alles, was zählt, ist der Augenblick.

Ben sitzt am Esszimmertisch und geht die »Liebe Birdie«-Zuschriften für unseren morgigen Podcast durch. Er steht auf und umarmt mich.

»Möchtest du reden?«, fragt er. Er hat so etwas an sich, eine sanfte Stärke, er ist auf ruhige Weise präsent, locker. Er ist in allem das Gegenteil von Jax, ihr Gegenstück und perfekter Partner.

»Nicht jetzt«, sage ich, drücke ihn und lasse ihn los.

»Jederzeit.«

»Ähm.« Jax hat die Stimme zu einem Flüstern gesenkt. »Er ist in der Küche. Erwartest du ihn? Er hat Lebensmittel mitgebracht. Und er wirkte so … *eifrig*. Ich konnte ihn nicht wegschicken.«

Bailey Kirk. Ich habe ihn erwartet. Ich hatte gehofft, ihn zu sehen.

»Ich glaube, er ist am … Kochen«, fährt Jax mit einem Lächeln fort.

Dieser Mann. Er hat irgendwas an sich. Ich lächle zurück.

Als ich auf sie zutrete, legt sie die Hand auf meinen Bauch. »Was macht unser Mädchen?«

Ich lege meine Hand auf die ihre, unsere Finger umschlingen einander. »Gut.« Ich rede von dem Baby, aber auch von mir selbst. »Sie ist gesund. Ganz.«

Falls meine beste Freundin es seltsam findet, dass ich dein Kind bekommen will, hat sie es nicht gesagt. Ihre Mutter hat mich zunächst schräg angesehen, aber dann hat sie begonnen, meine Kühltruhe mit allen möglichen Suppen und Eintöpfen, Aufläufen und Lasagne zu füllen.

Das Leben siegt.

Die Liebe siegt.

Das Leben und die Liebe siegen *immer*.

In der Küche finde ich Bailey, der am Herd steht. Ich hätte nicht gedacht, dass er kochen kann. Aber ich hätte auch nicht gedacht, dass er mit den Ermittlungen weitermacht, nachdem er gefeuert wurde. Dass er zusammen mit Jones Cooper und Jax zu meiner Rettung eilen würde.

»Was gibt's denn?«, frage ich und setze mich an die Kücheninsel. Mein Rücken tut weh, und ich will eigentlich nur meinen Schlafanzug anziehen und ins Bett kriechen.

»Scharfen Bohneneintopf mit Pancetta.« Es duftet nach Knoblauch, Zwiebeln, Olivenöl.

»Klingt himmlisch.«

»Im Feuertopf zubereitet. Es ist praktisch fertig. Muss nur noch eine Weile köcheln.«

Er wischt sich die Hände an einem Geschirrhandtuch ab und kommt zu mir.

»Wie war's?«, fragt er.

»Seltsam. Traurig.« Ich spüre ein leises Ziehen von Kummer. Liebe fühlt sich nicht immer gut an. »Aber ich bin froh, dass ich hingefahren bin. Es war höchste Zeit. Ich bin jetzt schon so lange vor ihm weggelaufen, vor dieser Nacht, diesem Ort. Es war an der Zeit, stehen zu bleiben und mich dem zu stellen.«

Bailey und ich lernen uns langsam kennen. Seit dem Abend, als er mich fand, ist er bei mir. Zuerst fuhr er im Rettungswagen mit, war immer da, wenn ich die Augen öffnete. Dann war er dabei, ebenso wie Jax, als die Ärztin mir eröffnete, dass ich schwanger sei. Er hat uns zurück ins Townhouse gebracht. Schon zweimal war er zum Essen hier.

Jeden Morgen bekomme ich eine Textnachricht von ihm: Ist die Welt schon untergegangen?

Noch nicht, antworte ich immer.

Dieser Kuss, er lässt mich nicht los. Wie es sich anfühlte, in seinen Armen zu liegen, wie er meinen Namen flüsterte.

Er hat Turner & Ives verlassen und zusammen mit Jones eine Detektei eröffnet. So werden alte und neue Ermittlungsmethoden kombiniert; ich glaube, die beiden werden viel voneinander lernen.

Auch er hat nie meine Entscheidung in Frage gestellt, das Baby zu behalten. Neulich streifte er meine Hand, als ich ihn zu seinem Auto begleitete. Wir zuckten beide zurück, als hätten wir einen elektrischen Schlag bekommen. Und seitdem kann ich nicht mehr aufhören, an diese Berührung zu denken.

*Der Junge ist schwer verliebt*, hat Jax mich gewarnt.

*Hör auf*, antwortete ich.

*Bist du blind, meine liebe Freundin?*

*Bitte. Ich habe einen Psycho-Knacks.*

Jax wurde wütend. Jetzt bekam ich wirklich die Leviten gelesen. *Wag es ja nicht, so etwas zu sagen. Niemals. Ehrlich. Das ist sowas von daneben. Du bist, wie du bist, und zwar wegen allem, was dich so gemacht hat. Und das ist gut. Du bist eine Überlebenskämpferin.*

*Ich bin der Sturm?*

*Verdammt richtig.*

»Ich hoffe, es macht dir nichts aus, dass ich vorbeigekommen bin«, sagt Bailey. Wir sind beide so angespannt und verlegen wie Zwölfjährige bei ihrem ersten Tanz.

»Ich bin froh, dass du da bist«, bringe ich heraus. »Mir ist klargeworden, dass ich dir noch gar nicht gedankt habe für alles, was du getan hast. Und ich habe dir noch gar nicht gesagt, wie leid es mir für Mia tut. Und für Sabrina. Sie hat versucht, mir zu helfen, und Adam hätte sie fast umgebracht.«

Er senkt den Kopf. »Das Gespräch mit Henry Thorpe war herzzerreißend. Aber Nora hatte recht, er hatte es verdient, die Wahrheit zu erfahren, um seinen Verlust betrauern zu können. Das zumindest konnte ich ihm geben.«

Er blickt auf.

»Und Sabrina ... sie erholt sich. Aber es war meine Schuld.« Reue und Bedauern zeichnen sich auf seinem Gesicht ab. »Ich habe die Situation falsch eingeschätzt. Ich hatte dich verloren – und war in düstere Gedanken versunken. Ich habe Sabrina nicht davon abgehalten, sich in ein Vorhaben einzuklinken, das von Anfang an problematisch war.«

»Du hast dein Bestes getan«, sage ich. »Ich habe dich abgehängt und bin allein losgefahren. Wenn ich bei dir geblieben wäre, wärst du nicht angeschossen worden, ich hätte Adam nicht in die Hände gespielt und Sabrina wäre nicht verletzt worden.«

Bailey schüttelt den Kopf.

»Vielleicht hätten wir dann nie erfahren, was aus Mia, Bonnie und Melissa geworden ist. Ihre Familien wären immer im Ungewissen geblieben, sie hätten nie loslassen können.«

Ich lasse seine Worte auf mich wirken. Ja, wir alle müssen loslassen. Und das ist das Schwerste überhaupt, nicht wahr?

»Wir geben uns immer selbst die Schuld«, sagt er in das Schweigen hinein. »Aber in Wahrheit gibt es nur einen, der schuld ist an allem, was passiert ist.«

»Und der ist tot«, sage ich.

Du bist tot.

Bailey ist mir gefährlich nahe gekommen, ich kann die Wärme seines Körpers spüren. Er streckt mir die Hände hin, und ich drehe mich zu ihm. Sein Blick ist klar und aufrichtig, ein leichtes Lächeln umspielt seine Lippen. Es liegt Schalk darin und Licht. Ich lege meine Hände in seine, und ein elektrischer Schlag durchzuckt meine Arme. Er zieht mich an sich, und ich berge mein Gesicht an seiner Brust. Er schließt mich fest in die Arme.

»Das wird nicht einfach werden«, flüstere ich.

Er lacht ein wenig, weich und rau ohne viel Fröhlichkeit. »Nichts, das etwas wert ist, ist je einfach.«

Ich schließe die Augen und sehe dein Gesicht in diesen letzten Augenblicken vor mir, deinen Zorn, deine Verwirrung, deine Angst und Erleichterung.

Der Tag wird kommen, an dem ich nicht mehr vor mir sehe, wie das Licht in deinen Augen erlischt, nicht mehr dein Gewicht in meinen Armen spüre, während das Leben dich verlässt.

Der Tag wird kommen, an dem meine Verletzungen geheilt sind, meine Trauer nachlässt und ich nicht mehr bei jedem Schatten und jedem lauten Geräusch zusammenzucke. Irgendwann werde ich dich nicht mehr in jeder Menschenmenge sehen, in den finsteren Ecken jeder Straße. Das weiß ich, weil ich schon einmal Entsetzliches überstanden habe. Das Leben überwuchert die Schäden, deckt sie mit neuem Grün zu, und irgendwann kommen neue Stürme und neue Brände, wieder zerbricht etwas und es folgt neue Heilung. So ist das eben.

Als ich die Augen öffne, sehe ich Baileys Lächeln, es ist voller

Leben und Versprechen und Lachen. Er sieht Jay wirklich ähnlich, sehr sogar. Und das ist mir ein Trost.

Der Tag wird kommen, an dem ich deine Tochter zur Welt bringe. Sie wird unter Blut und Schmerzen auf die Welt kommen, unter einer Flut von Tränen, so wie du sie verlassen hast. Und ich werde vor Freude weinen.

Ich werde sie lieben, ohne Angst oder Sorge, was für ein Mensch sie werden könnte, oder wie viel von dir in ihr steckt. Denn ich werde ihr all meine Liebe geben, und die Menschen, die ich um mich versammelt habe, sind ja auch noch da. Und das wird genug sein.

Auch ich komme aus der Dunkelheit und habe einen Weg ins Licht gefunden.

Ich werde ihr den Weg zeigen. Wir werden ihr den Weg zeigen.

Liebe ist der Weg.

******

# Danksagung

Interessanterweise ist es auch nicht leichter, zum neunzehnten Mal einen Roman zu schreiben, als es zum ersten Mal zu tun. Tatsächlich ist es in gewisser Weise sogar schwieriger. Und das ist in Ordnung. Nichts, das es wert ist, getan zu werden, ist jemals einfach. Wenn ich mich eines Tages an den Schreibtisch setze und denke: *Kein Problem, ich hab's im Griff*, könnte das der Tag sein, an dem ich beschließe, das Schreiben an den Nagel zu hängen. Doch auch, wenn das Schreiben jedes Romans eine Reise ist, die ich allein antreten muss – zumindest der erste Entwurf –, ist das Veröffentlichen von Büchern glücklicherweise eine Teamanstrengung. Und ich werde dabei von einigen der besten Leute unterstützt, die ich kenne.

Jedes Buch, das ich schreibe, ist für meinen Mann Jeffrey und unsere Tochter Ocean Rae bestimmt. Sie sind das Heimteam, unterstützen mich, bringen mich zum Lachen, halten mich geistig gesund und erfüllen mein Leben mit Liebe. Mit einer Schriftstellerin zusammenzuleben ist nicht leicht – all die Höhen und Tiefen! Es tut mir leid! Ich liebe euch beide mehr als alles andere. Danke, dass ihr mit mir auf dieser verrückten Achterbahn bleibt und das Leben zu einem Fest macht. Und mein geliebter Labradoodle, Jak Jak, ist natürlich immer an meiner Seite, liegt zu meinen Füßen und mahnt mich, mit der Arbeit voranzukommen, damit wir endlich Ball spielen können.

Mein tiefempfundener Dank gilt meiner mitfühlenden, nachdenklichen, klugen – und vergessen wir nicht geduldigen! – Lektorin Erika Imranyi. Ich glaube, die Bücher, die ich bei ihr geschrieben habe, sind die besten meiner Autorenlaufbahn. Danke, Erika, für deine ruhige Anleitung. Und HarperCollins/Harlequin/Park Row Books ist ein Traumverlag! Ein riesiges Dankeschön an die großartigen Teammitglieder in den USA, Kanada und Großbritannien, von der herausragenden Textredaktion und der brillanten Grafikabteilung bis hin zu den unerschrockenen Verlagsvertretern. Mein besonderer Dank gilt Loriana Sacilotto, Verlegerin und Executive Vice President, sowie der Cheflektorin Margaret Marbury für ihre Führungsqualitäten und ihre Leidenschaft fürs Büchermachen. Und ich bin so dankbar für die großartige Pressefrau Roxanne Jones!

Meine Agentin Amy Berkover und ihre Assistentin Meridith Viguet von der phantastischen Agentur Writers House sind meine unermüdlichen Fürstreiter und helfen mir, durch die Gewässer des Literaturbetriebs zu navigieren. Ich bin so dankbar für ihre Unterstützung, ihre Klugheit und ihren Humor.

Ich bin mit einem wunderbaren Netzwerk von Freunden gesegnet, die mich an guten Tagen anfeuern und mir durch die schlechten Tage hindurchhelfen. Erin Mitchell, die jedes Manuskript ganz früh zu lesen bekommt, macht unermüdlich Werbung für meine Bücher, organisiert mein elektronisches Postfach, ist eine Stimme der Weisheit und ein prima Kumpel. Mit Alafair Burke und Karin Slaughter führe ich ein fortlaufendes Chat-Gespräch über das Leben, das Schreiben und geschäftliche Fragen, für mich eine ständige Quelle von Trost und Erheiterung. Das #authortalks-Team, bestehend aus J. T. Ellison, Heather Gudenkauf und Mary Kubica, ist eine Gruppe herausragender Autorinnen und Stimmen der Weisheit. Ich liebe unseren Austausch über das Handwerk des Schreibens, die Kreativität und das Autorenleben. Heather Mikesell, für immer meine beste Freundin, ist ein Adlerauge. Nichts kommt mir fertig vor, bevor sie es gelesen hat. Meine liebe Freundin Jennifer Manfrey steht immer bereit, »eine Sitzung abzuhalten« oder irgendeine Obsession mit mir durchzusprechen. Danke, dass du nicht sofort auflegst, wenn ich sage: »Ich habe da ein bisschen recherchiert ...«

Meiner Mutter Virginia Miscione, die früher Bibliothekarin war, verdanke ich meine Liebe zu Geschichten. Und sie bleibt eine meiner ersten und wichtigsten Leserinnen. In diesem Buch habe ich ihretwegen etwas geändert – sie weiß, worum es geht! Und ich bin wirklich froh, dass ich es getan habe. Mein Vater Joseph und mein Bruder Joe sind meine Sales-Promoter, die unermüdlich meine Bücher anpreisen, verkaufen und verschenken. Ihre Unterstützung bedeutet mir alles.

Recherchen sind immer ein wichtiger Teil meines Schreibprozesses. Eine Reihe von Büchern war für das vorliegende Buch von großer Bedeutung. *Trauma and the Soul: A Psycho-Spiritual Approach to Human Development and its Interruption* von Donald Kalsched ist eine tiefgründige Erforschung der Art und Weise, wie die Psyche auf ein Trauma reagieren kann. Kalscheds Bücher sind ein Quell der Weisheit, und ich greife immer wieder auf sie zurück, zur Inspiration und Verständniserweiterung. Das Buch *Tracking and the Art of Seeing: How to Read Animal Tracks and Signs* von Paul Rezendes ist ein praktischer, aber auch philosophischer Ratgeber, der uns zeigt, wie wir in der Natur sein, sie verstehen und respektieren können. *The Bumper Book of Nature: A User's Guide to the Great Outdoors* von Stephen Moss ist eigentlich ein Buch für Kinder, mit zahlreichen Ideen für Aktivitäten in der Natur, die meine Tochter und ich jahrelang ausprobiert haben. Aber es stecken so viele kleine Juwelen des Wissens darin, eine so tiefe Würdigung der Natur, dass ich mich oft davon inspiriert fühle.

Wie immer gehen alle Fehler oder Freiheiten, die ich mir zugunsten der Fiktion genommen habe, oder Fiktionalisierungen unbequemer Wahrheiten allein auf mein Konto.

Ein riesiges Dankeschön auch an Sie, meine Leserinnen und Leser, von denen einige mich seit meinem ersten Buch begleiten. Ich höre per E-Mail, auf meinen Plattformen in den sozialen Medien, bei Lesungen – in Präsenz oder Online –, von Ihnen. Zu wissen, dass meine Geschichten, meine Figuren, meine Worte ein Zuhause in Ihren Herzen und Köpfen gefunden haben, bedeutet mir viel. Ich danke Ihnen dafür, dass Sie meine Bücher kaufen oder sich ausleihen, dass Sie Kritiken schreiben und weitergeben, von meinen Büchern erzählen. Eine Autorin ist nichts ohne ihre Leserinnen und Leser. Ich bin froh über jede Einzelne und jeden Einzelnen von Ihnen.